U0448864

AYN RAND

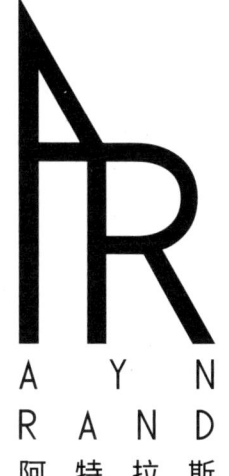

阿特拉斯耸耸肩

ATLAS SHRUGGED

三十五周年纪念版 35th ANNIVERSARY EDITION

第二部 排中律
PART TWO
EITHER-OR

[美]安·兰德 著　杨格 译

重庆出版集团 重庆出版社

第二部

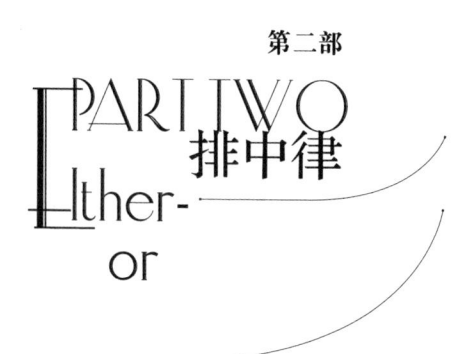

PART TWO
Either-
or

排中律

Contents
第二部 | 分目录

1 |610| 地球之子
the Man Who Belonged on Earth

2 |682| 靠关系的贵族
the Aristocracy of Pull

3 |762| 赤裸裸的勒索
White Blackmail

4 |832| 受害者的认可
the Sanction of the Victim

5 |896| 透支的账户
Account Overdrawn

6 |962| 神奇合金
Miracle Metal

7 |1026| 大脑停转
the Moratorium on Brains

8 |1100| 以我们的爱
by Our Love

9 |1146| 无痛无惧无疚的面孔
the Face Without Pain or Fear or Guilt

10 |1186| 美元的符号
the Sign of the Dollar

地球之子

the **Man who**

Belonged on Earth

I

罗伯特·斯塔德勒博士在他的办公室踱着步子，心里在想，要是不觉得冷就好了。

春天迟迟未来。窗外，山坡上死寂的灰色看上去像是从脏兮兮的苍白天空到铅黑色河流之间经过涂抹后的过渡。在远处的山坡边上，时而可见像是绿色的一小块银黄显现出来，随即便又消失。云层不断地闪出缝隙，只能透出一缕阳光，然后又渐渐合拢。办公室并不冷，斯塔德勒博士心想，让人寒冷的其实是外面这副样子。

今天的天气还好，寒意是在他的骨子里——他想——是冬季几个月的积累，那段时间，他的工作不得不被供暖不足和人们谈论的节省燃油这类事所打断。他想，这种自然事故对人类事务日益增长的影响实在荒谬：在以前，如果冬天异常寒冷，根本就不算回事；如果洪水冲垮了一段铁路，也不会有谁必须吃上两星期的罐装蔬菜；如果暴风雪袭击了哪个电厂，国家科学院这样的机构不会五天都没有电。这个冬季，五天毫无动静，偌大的实验室发动机停转，时间不可挽回地损失了，而他手下的工作人员可一直是在从事着最重大课题的研究工作。他恼怒地从窗前转过身——却停下来又转了回去。他不想看到放在他桌上的那本书。

他希望费雷斯博士能来。他瞧了一眼手表：费雷斯博士迟到了——令人吃惊——在和他约好见面的时候迟到，弗洛伊德·费雷斯博士可是科学的忠实仆人，在面对着他的时候，总是一副恨自己只能有一顶帽子可脱的抱歉神态。

这样的天气在五月份实在是太过分了，他心中想着，向河里望去。当然是这天气，而不是那本书，让他产生了这样的感觉。他把那本书放在了他桌上显眼的位置，却注意到他不仅仅是出于厌恶才不愿意看见它，而是因为它带着一种令人难以接受的感情因素。他告诉自己，他从桌旁站起来不是因为书放在那儿，而是因为他觉得冷，想要活动活动。他在屋里踱来踱去，在桌子和窗户之间进退维谷。他想，一和费雷斯博士谈完，他就可以把那本书扔到它该去的垃圾桶里。

他望着远处山丘上的那丛绿色和阳光，在一个似乎没有花草能够再次如期而至的世界上，它们是春天的承诺。他笑了——而当这一丛消失的时候，他感到他被自己的渴望和迫不及待想要抓住它所带来的耻辱刺中了。这令他回忆起了去年冬天那个著名小说家对他的采访。小说家从欧洲赶来写一篇关于他的文章——而一贯对采访嗤之以鼻的他却急切地大讲特讲了一番。

他从小说家的脸上看到了认同和肯定，毫无来由地迫切希望被理解。那人写的文章通篇是对他的极度吹捧和对他所表达的想法的曲解与篡改。当时他合上杂志，正如现在一样，感到被阳光遗弃了。

好吧——他想，从窗前转过身来——他可以承认有时孤独击中了他，但那孤独是他的权利，是他对某些有生命、有思想的心灵的渴望。他在轻蔑的苦楚中想，他实在受够那些人了；他对付的是宇宙射线，而他们却对付不了电力事故。

他感觉到嘴巴在抽搐，如同一记耳光不让他顺着这个思路继续想。他看着桌上的书，光面的封套闪着簇新的亮光，它是两星期前出版的。可我跟它毫无关系！——他冲自己叫喊起来，看来，这喊声在无情的静寂中丝毫不起作用，没有任何回答，没有原谅的回音。书封套上的标题是：你为何认为你有思想？

在他心灵法庭的寂静之中，没有声响，没有同情，没有辩护的声音——有的只是他超强的记忆在脑海里复写下来的几段话：

"想法是一种原始的迷信。理性是一个不合理的念头。'我们是能够思考的'这一幼稚的概念向来都是人类所犯的最大错误。"

"你认为你所认为的是一种错觉，产生于你的分泌腺，你的情绪，归根结底，它产生于你肚子里的东西。"

"你如此引以为傲的那个灰东西就像是游乐园里的一面镜子,除了你永远无法抓住的扭曲现实的信号,它什么都不会给你。"

"你对你的理性结论越肯定,你就越会出错。你的大脑成了一台专事变形的仪器,大脑越活跃,变形越厉害。"

"你无比崇拜的思想巨匠们曾教导你大地是平的,原子是最小的物质。整个科学史的过程就是谬论被不断地戳穿,而不是取得任何成就。"

"我们懂得越多,就越明白我们一无所知。"

"只有最无知愚昧的人才会依然信奉那个陈旧的眼见为实的说法。你所看见的正是首先需要被怀疑的。"

"科学家懂得,一块石头根本就不是一块石头,事实上,它和一个羽绒枕头一模一样。这两样东西都是相同的看不见的旋转粒子,只是用了不同的外表。可是,你说,你不能用石头当枕头啊!嗯,这只能证明你在真切的现实面前不可救药。"

"最近的科学发现——比如罗伯特·斯塔德勒博士取得的重大成就——已经最终表明了我们的理性根本无法去应对宇宙间的自然。这些发现将科学家们带到了人类思想认为不可能,但现实当中的确存在的矛盾面前。如果你们还没听说过的话,我可爱的落伍的朋友们,那么我告诉你们,现在已经被证明的就是，理性是愚蠢的。"

"不要指望一致性。任何东西都是互相矛盾的。存在的只有矛盾。"

"不要去寻找'普遍意义（common sense）'，对'意义（sense）'的求索恰恰证明了其无意义（nonsense）。大自然是没有意义的，一切都没有意义。提倡'意义'的人是找不到男朋友的那种勤勉的青春期老处女，是把宇宙想成了和他小而整齐的库房以及心爱的收款机一样简单的守旧的店主。"

"让我们去打破被称为逻辑的偏见的枷锁。我们会被一个逻辑推理所阻挡吗？"

"所以你认为你很肯定自己的看法吗？你对什么都不能肯定。你会仅仅为了一个错觉而去破坏你社区的和谐，你同邻居的友情，你的地位、威望、良好的名声，以及财产的稳固吗？就为了你所相信的海市蜃楼？在我们这样一个动荡的时代，你会以你称之为信念的那些你臆想的主张的名义，去反对现存的社会秩序，去冒险，去招来灾难吗？你说你肯定自己是正确的吗？没有谁是或者能够是正确的。你觉得周围的世界不对头吗？这你根本就无从知道。人类所看见的一切都是错的——那么还较量什么呢？不要争了，接受吧。调整你自己，去服从。"

这本书是费雷斯博士所写，国家科学院出版的。

"我和它没有任何关系！"罗伯特·斯塔德勒博士说道。他一动不动地站在桌边，有一瞬间的不适，不清楚刚才那一刻究竟持续了多久。他的语气里充满了恨恨的讽刺，冲着迫使他开口的人大声地说出了这句话。

他耸耸肩膀。自嘲是一种有道德的行为，这想法令他感到轻松了一些，耸肩则等于一句话之后的情绪发泄：你是罗伯特·斯塔德勒，别像个神经质的高中生那样。他在桌后坐下，用手背将那本书扫到一旁。

弗洛伊德·费雷斯博士迟到了半个小时。"对不起，"他说道，"不过我的车在从华盛顿来的路上又抛锚了，我费了好大工夫找人修车——现在路上的车居然这么少，一半的服务区都关了。"

他的话与其说是在道歉，还不如说是在抱怨，随后他便径自坐了下来。

如果是在其他行业，弗洛伊德·费雷斯博士不会被人认为有多英俊，而在他选择的这个圈子里，他总是被称为"那个漂亮的科学家"。他身高六英尺，四十五岁，却让自己看上去显得更加高大和年轻。他仪表无可挑剔，举手投足间带着宴会上的优雅，但他衣着朴素，西服通常是黑色或深蓝色。他的小胡子总是精心修剪，光亮的黑发令科学院里的男孩子们说他在身体的上下两头都打了同样的鞋油。他常不厌其烦地用调侃的语气讲，一个电影制作人曾说过要他去演一个被册封过的欧洲男伶。他一开始是一名生物学家，但这一点早已被人遗忘；他是靠当上了科学院的首席协调官出名的。

斯塔德勒博士吃惊地看了他一眼——没有道歉，这在以前可是从未有过的——然后冷冷地说道："我觉得你在华盛顿花了很多时间啊。"

"但是，斯塔德勒博士，当初不是你夸奖我是这座研究院的守护者吗？"费雷斯博士愉快地说道，"这难道不是我最基本的职责吗？"

"你该做的事情看来在这里是越积越多了。趁我还没忘，能不能跟我说说那个油料短缺的乱子是怎么回事？"

他不明白费雷斯博士的脸为什么绷成了一副受到伤害的样子。"请允许我声明，这是意料之外的，也是还未定论的。"费雷斯博士用隐忍了痛苦和大义凛然的郑重语气说道，"在涉及的机构中还没有发现应该受到批评的责任者。我们刚刚向经济计划和国家资源局递交了一份详细的最新工作进展报告，韦斯利·莫奇先生表示他很满意。在这项工作中，我们已尽了最大的努力，没有听到其他任何人称之为乱子。考虑到那一带的困难、大火造成的危害，以及只有短短的六个月时间——"

"你是在说什么？"斯塔德勒博士问。

"威特纠正计划呀，你问我的难道不是这个吗？"

"不是,"斯塔德勒博士回答,"不是,我……等等,让我把这件事搞明白。我似乎记得研究院是在负责搞一个什么纠正计划。你们究竟要纠正什么?"

"石油,"费雷斯博士回答,"是威特油田。"

"那是场大火,不是吗?是在科罗拉多吧?那是……等一等……是那个人放火烧了他自己的油井。"

"我更相信那是公众在惊慌之下说出的谣言,"费雷斯博士冷冷地说,"是一个带有不良的非爱国用意的谣言。我不会太相信那些报纸的报道。我个人认为那是一场事故,而艾利斯·威特死在了那场火灾里。"

"哦,现在谁拥有那些油田呢?"

"目前——还没人。既没有遗嘱也没有后人,政府已经接管了油田今后七年的经营——这是公众需要的一个措施。如果艾利斯·威特在这段时间不回来,他就会被正式认定为死亡。"

"那么,对于像采油这种不太可能的任务,他们为什么来找你——找我们呢?"

"因为这是个有很高技术难度的难题,需要最好的科学人才的参与。你知道,这事关重建威特已经采用的特殊石油提炼方法。他的设备还在,虽然状况很差;他的某些方法是公开的,但不知怎么回事,一份有关全套运行过程或者基本原理的完整记录都没有,得要我们重新开发。"

"那么进展如何?"

"十分令人满意。我们刚刚得到了一笔更大的拨款。韦斯利·莫奇先生对我们的工作很认可,同时,紧急委员会的巴尔奇先生,重大供应组织的安德森先生,以及消费者保护组织的帕提波恩先生也表达了同样的态度。我觉得我们能做的都做了,这项计划已圆满成功。"

"你生产出石油了吗?"

"没有,但我们成功地从其中一口井里压出了一点,达到了六个半加仑。这当然只具有试验意义,但你得考虑到,仅仅是灭火就要花费我们整整三个月的时间,现在已经是彻底的——几乎算是彻底地扑灭了。我们面临着比威特以前遇到过的更艰巨的难题,因为他是从零开始的,而我们还得对付这种恶毒、反社会的破坏所留下的面目全非的废墟……我的意思是说,这难题是很艰巨,但我们毫无疑问是会解决它的。"

"嗯,我其实问你的是院里的油料短缺。这幢大楼整个冬天所维持的温度水平简直太过分了。他们告诉我说,必须得节省燃油。你本来早就应该过问一下,像油料这种东西对研究院的充足供应,应该处理得更有效率。"

"哦,你想的是这件事吗,斯塔德勒博士?噢,我非常抱歉!"伴随着这句话的,是费雷斯博士脸上如释重负的笑容;他那副热心的样子又回来了,"你是说温度低得令你不舒服吗?"

"我是说我快被冻死了。"

"这真是不可原谅！他们为什么不告诉我？请接受我的歉意，斯塔德勒博士，并且放心，你不会再受此不便了。我唯一能替我们的维护部门辩解的是，燃油短缺并非由于他们的疏忽，而是——哦，我想你不用知道这些，这种事不应该占用你宝贵的精力——不过，你知道，去年冬天的油料短缺是一场全国性的危机。"

"为什么？看在老天的分上，你可别跟我说威特的那些油田是全国唯一的石油来源！"

"不，不，但是一个主要供应商的突然消失对整个石油市场造成了严重的破坏。所以政府必须采取控制，实行对乡村石油的配给制度，以保护重要的企业。我的确是为研究院弄到了一笔很不寻常的大额配给——完全是靠了一些非常特殊的关系帮忙——但如果这还不够的话，我难辞其咎。请放心，这种情况不会再发生了，只是暂时的紧急状况。到下一个冬季前，我们会让威特油田恢复产量，情况就会恢复正常了。另外，就整个研究院来讲，我已经做了安排，把我们的炉子改成烧煤的，下个月就会改好，只是科罗拉多州的斯托克顿铸造厂事先没有通知就突然停业了——他们在铸造我们的炉件，但安德鲁·斯托克顿出人意料地突然退了休，现在我们只好等着他的外甥重新让工厂开工。"

"明白了。那么，我相信你在忙其他事的时候会把它办好的。"斯塔德勒博士厌烦地耸了耸肩，"这已经变得有点荒唐了——那么多科技企业需要研究院去为政府处理。"

"可是，斯塔德勒博士——"

"我懂，我懂，这是免不了的。对了，X计划是什么？"

费雷斯博士飞快地瞥了他一眼——一种警惕的、怪异而雪亮的眼神，似乎一惊，但并不害怕，"你是从哪里听说X计划的，斯塔德勒博士？"

"哦，我听你手下两个小年轻提到了有关它的什么事，那个样子诡秘得像是业余侦探一样。他们告诉我这件事很机密。"

"是的，斯塔德勒博士，这是政府委托我们做的一个格外保密的研究项目。最重要的是不能让报界得到一丝风声。"

"X是什么？"

"木琴。木琴计划。那当然是个代码。内容与声音有关，不过我肯定你是不会感兴趣的，这纯粹是一项科技任务。"

"没错，用不着跟我讲这件事，我没时间关心你的科技任务。"

"我能否建议严禁向任何人说起'X计划'这个词，斯塔德勒博士？"

"哦，好吧，好吧。我得承认我是不喜欢进行这种谈论的。"

"当然了！而且我不会原谅自己让你花时间在这些事情上。请放心，你可以把这事交给我。"他欠了欠身，"假如你就是因为这个想见我的话，那我——"

"不，"斯塔德勒博士缓缓地说道，"这不是我要见你的原因。"

费雷斯博士不再主动提什么问题和积极效劳的建议了，他只是继续坐在那里，等待着。

斯塔德勒博士探过身去，用一只手把那本书从桌子的一角轻轻地拨到中央。"请你告诉我，"他问道，"这个丢人的东西是什么？"

费雷斯博士没有去瞧那本书，而是令人费解地盯着斯塔德勒博士的眼睛看了一会儿。然后，他向后一靠，露出了怪异的笑容，说道："我很荣幸你选择为我而破例看了一本通俗读物。这本小书在两周的时间内卖出了两万册。"

"我读了。"

"那么？"

"我希望得到一个解释。"

"你觉得文本令人困惑吗？"

斯塔德勒博士茫然无措地看着他："你是否意识到了你选择探讨的是一个什么样的题目，用的又是什么样的方式？单单说风格，这种风格，这种下作的态度——来对待这样的一个主题！"

"那你是不是认为这个内容值得用一种更有格调的表现方式呢？"如此毫不做作而流畅的声音令斯塔德勒博士竟然吃不准这是不是在嘲讽。

"你是否意识到你在这本书里鼓吹了些什么？"

"既然你看来不赞成它,斯塔德勒博士,我倒宁愿你认为我这本书写得幼稚而无知。"

对了,斯塔德勒博士心想,这就是费雷斯的举止令人不解的一面:他原以为只要流露出些许不赞同就足够,但费雷斯似乎对此无动于衷。

"要是一个喝醉的蠢人能找出文字来发泄自己,"斯塔德勒博士说,"要是他会用媚态来表达仇恨,用语言去展示他根深蒂固的野蛮的话——我觉得他就会写出这么一本书,但我居然发现它是出自一位科学家的笔下,是由这个研究院印刷的!"

"但是,斯塔德勒博士,这本书本来就不是让科学家们读的,它就是写给那些醉醺醺的蠢人的。"

"你什么意思?"

"是给老百姓看的。"

"可是,我的上帝!就连最愚蠢的白痴都能看出来你每句话里明显的矛盾。"

"咱们这么说吧,斯塔德勒博士,如果谁连这一点都看不出来,那他就活该相信我说的每一句话。"

"但你把科学的威望给了这个简直不堪一提的东西!如果是西蒙·普利切特这样的无名平庸之辈胡扯一些悬乎的神秘论调也就罢了——没人信他的。可你让他们认为这就是科学,科学!你用了伟人取得的成就去诋毁伟人。你有什么权利把我的成果不负责任而荒谬地滥用在另一个领域，作不合适的比喻，硬要从一个纯粹的数学问题中引申出一种畸形的普遍性？你有什么权利让这本书看起来像是我——我！——同意的？"

费雷斯博士安坐无言，只是静静地看着斯塔德勒博士，但这平静使他显得几乎像是在赞同称是。"你看看，斯塔德勒博士，你这么一说就好像这书是给有头脑的读者看的一样。如果的确如此，那他就会关心诸如准确度、正确性、逻辑，以及科学的威信这些方面。但它不是。它是写给大众的。你一向认为大众是不会思考的。"他顿了顿，但斯塔德勒博士没吭声，"这本书或许什么哲学价值都谈不上，但它具有很高的心理学价值。"

"什么价值？"

"你看，斯塔德勒博士，人们不愿意去思考，他们在麻烦中陷得越深，就越不愿动脑子，可他们的某种本能会让他们觉得应该去想一想，这令他们很惭愧。所以他们会去祝福和跟随任何一个给他们理由不去思考的人，只要他让他们的罪恶、弱点和内疚变成一种美德———种崇高的智慧美德。"

"而你打算去迎合这些？"

"这是会受到欢迎的。"

"你干吗想要受欢迎呢？"

费雷斯博士的眼睛像是不经意般地朝斯塔德勒博士的脸上扫了一下。"我们是一所公立的研究院，"他稳稳地答道，"依靠的是大众的资金。"

"因此你就跟人们说,科学是没用的骗人玩意,应该被废除!"

"这个结论是可以从我的书中推断出来,但这不会是他们得出的结论。"

"那么在余下的那些聪明人的眼里,又是怎么看对我们研究院造成的这种耻辱?"

"我们为他们操什么心?"

假如这句话是用仇恨、嫉妒或恶毒的语气说出来的,斯塔德勒博士还会觉得它简直难以想象,但这些情绪的全然不见,这声音的轻松随意,以及令人不自觉地要笑出来的轻巧,却让他恍如身处脱离现实的另一空间的片刻凝视之下,向他的小腹蔓延下去的是冰冷的恐惧。

"你看到对我这本书的反应了吗,斯塔德勒博士?它深受好评。"

"是的——那才是让我觉得难以置信的地方。"他得说话,他得像在进行一场文明的讨论那样说话,他不能让自己有时间去领会刚才感觉到的东西,"我无法理解你从所有声誉卓著的学术刊物那里得到的注意,他们怎么会如此郑重其事地谈论你这本书?假如休·阿克斯顿还在的话,没有一家学术刊物胆敢把它看成可以纳入哲学范畴的作品。"

"他不在。"

斯塔德勒博士感到有些话如鲠在喉——他但愿自己在说出这些话之前就结束这次谈话。

"从另一方面来讲，"费雷斯博士说道，"我这本书的广告——哦，我相信你是不会注意到广告这类东西的——引用了我从韦斯利·莫奇先生那里收到的一封评价很高的信。"

"韦斯利·莫奇先生究竟是谁？"

费雷斯博士笑了："再过一年，就连你都不会再问这个问题了，斯塔德勒博士。这么说吧，莫奇先生就是眼下负责调配石油的那个人。"

"那我还是建议你干好你的工作，和莫奇先生去打交道，把燃油炉这一部分交给他，但要把思考的这一部分留下给我。"

"倒是很想看看这个界线该怎么明确划分，"费雷斯博士用旁观者的语气评论道，"不过如果我们现在说的是我这本书的话，那我们所讲的就是公共关系的范畴了。"他转过身，热切地指着用粉笔在黑板上写下的数学算式："斯塔德勒博士，如果让公共关系的事情干扰了你去做那些全世界只有你才能做的事，那简直就是灾难。"

这句话里有一种谄媚般的顺从，而斯塔德勒博士不知自己为何听到了："守着你的黑板吧！"他感到被咬一样的刺痛，强忍住不去理它，恼火地想着他必须甩掉这些猜疑。

"公共关系?"他轻蔑地说道,"我在你的书里看不出任何有用的目的,看不出它想要干什么。"

"你看不出吗?"费雷斯博士的眼睛飞快地向他脸上一瞥,傲慢的神色难以觉察地一闪而过。

"我不能允许自己认为某些事在一个文明社会里会成为可能。"斯塔德勒博士严厉地说。

"太对了,"费雷斯博士欢呼道,"你不能允许你自己。"

费雷斯博士站了起来,首先表示见面即将结束。"无论院里发生了什么使你不舒服的事,请随时叫我,斯塔德勒博士,"他说,"我很荣幸能一直为你效劳。"

斯塔德勒博士明白,他必须强调他的权威,把他意识到的他所选择的令自己丢面子的另一种想法抑制住。他带着一种讽刺和无礼的腔调,傲慢地说道:"下次我叫你的时候,你最好把你那辆车弄一弄。"

"是,斯塔德勒博士。我保证不会再迟到了,请你原谅。"费雷斯博士像是在对台词一样回答,好像他对斯塔德勒博士终于学会使用现代交流方式感到很高兴。"我的车给我添了不少乱,就快散架了,我已经订购了一辆新车,是市场上最好的,一辆哈蒙德的可折叠式敞篷车——可是上星期,劳伦斯·哈蒙德无缘无故、没有征兆地就倒闭了,因此,眼下我是被困住了。那些混蛋似乎是去什么地方藏起来了,必须对此有所行动才行。"

费雷斯走后，斯塔德勒博士坐在桌旁，缩着肩膀，只能感觉到一个不能被任何人发现的绝望的念头。在令他难以分辨的痛苦的迷雾里，还有一种绝望的感觉，那就是没有人——没有一个他所看重的人——会希望再见到他。

他知道他没有说出的那些话。他没有说他要当众去抨击那本书，或者以研究院的名义拒绝接受它。他之所以没有说出来，是因为他害怕见到费雷斯对这种威胁毫不在意，他害怕见到弗雷斯不以为意的样子，怕自己明白自己的话再没有任何威力了。尽管他告诉自己稍后会考虑公开抵制的问题，但他明白他是不会这样去做了。

他拿起那书，随手扔进了废纸篓。

他的脑海中猛然间浮现出一张面孔，清晰得像是能看到上面的每一条纹路，这是一张年轻的脸庞，许多年来，他从不允许自己去回忆它。他想：不，他还没读过这本书，他不会看见它的，他死了，肯定是很久以前就死了……与此同时，他又有了其他发现，那尖锐的疼痛便是这发现所带来的震惊：自己在这个世界上最想见到的人就是他，却不得不希望这个人已经死去了。

他不明白为什么——当电话响起，秘书告诉他是达格妮·塔格特小姐的时候——他的手急切地抓紧了听筒，并且注意到手在哆嗦。一年多以来，他始终觉得她再也不会想见到他了。他听见了清晰却又不冷不热的声音正在问他能否见个面。"好,塔格特小姐,当然了,当然好了……星期一上午?好啊——这样,塔格特小姐,我今天有事去纽约,如果你想的话,我可以今天下午顺便去你的办公室……不,不——一点都不麻烦,我很高兴……今天下午,塔格特小姐,大约两点——我是说,大约四点。"

他在纽约没什么事。他不给自己时间去琢磨是什么促使他这么去做。他看着远方山坡上的一抹阳光,充满期待地笑了。

达格妮往时刻表上面的九十三号列车上划了一条黑线,对她能平静地把这件事做完感到一阵凄凉的欣慰。这个动作她在过去六个月里已经做了许多次。起初很难,后来便变得容易。这一天会来的,她想,到时候她就可以悄无声息地发出致命的一击。九十三号列车是专门负责给科罗拉多的哈蒙德村运输的。

她知道接踵而来的会是什么:首先,特殊货物的运输没有了——然后是缩减发往哈蒙德村的车皮数量,把它们像穷亲戚一样可怜地挂在开往其他城市的货车尾部——然后是日程表上逐渐减少客车在哈蒙德村的停靠次数——接下来的一天,她就可以将科罗拉多的哈蒙德村从地图上抹去了。这样的过程,正是威特枢纽站和那个名叫斯托克顿的城市的翻版。

她清楚——一听到劳伦斯·哈蒙德退休的消息——没有任何意义再去观望、再去指望和猜测他的外甥、律师或者当地居民组织能重开那个工厂。她明白，是到了削减车次的时候了。

这一切在艾利斯·威特离开后不到六个月就发生了——这段时间曾被一个专栏作家欢快地称为"小人物的出场"。全国上下每一个做石油生意的人，那些手里有那么三口井，还哭哭啼啼地埋怨艾利斯·威特没给他留下活路的人，全都一窝蜂冲了过去，填补威特留下的空当。他们成立了联盟、合作组织和协会，把各自的资源，甚至信笺上方的抬头名称，都集中在了一起。"小人物的重见天日。"那个专栏作家这样说道。他们的天日就是在威特石油公司的井架中燃烧的熊熊火焰。在火光中，他们圆了自己的发财梦，真是唾手可得，全不费力。随即，他们最大的客户，比如那些整车整车喝油、容不得出半点纰漏的电力公司，开始转烧煤炭了——而小一些的、更能容忍的客户，则开始纷纷倒闭——华盛顿的那帮家伙开始对石油实行配给制，对雇主们征收紧急赋税，用来帮助那些失业的油田工人——然后是一些大的石油公司倒闭——然后那些阳光下的小人物们发现，曾经卖一百元的钻井零件，现在要花他们五百元，采油设备无处可买，供应商们必须用一台钻机赚回过去五台钻机的利润，否则就会垮掉——然后输油管道开始关闭，没人付得起维护费用——然后铁路被准许上调运输费率，几乎没油可运，油罐车的营运费用压垮了两家小型铁路公司，从此销声匿迹——然后，当红日坠落的时候，他们发现他们所拥有的在以前可以维持六十公顷小油田的日常开销，已经伴随着浓烟灰飞烟灭——而从前这些其实足以维持威特山前方圆数英里的油田。直到财富消失、油泵停转的时候，这些小人物们才意识到，他们用现在这种成本生产出的石油在全国没有谁买得起。接着，华盛顿的家伙们就为石油的经营者提供补贴，然而，并不是每个做石油的人都在华盛顿有朋友，随后出现的情形，大家已经懒得再去盯着和议论了。

安德鲁·斯托克顿的境况一直被大家所羡慕。煤炭的热潮使他的肩膀如同挑上了黄金担：赶在下一个冬季的严寒到来之前，他让自己的工厂连轴转，铸造出燃煤锅炉的部件。值得信赖的铸造厂现在剩下的不多了，他成为支撑起全国的地窖和厨房的主要栋梁。这根顶梁柱在毫无预警的情况下坍塌了。安德鲁·斯托克顿宣布了他退休的消息，把工厂一关便没了踪影。关于今后工厂如何处理，以及他的亲属是否有权重开这家厂，他只字未提。

这个国家的路上还有汽车在跑，但它们就像沙漠中的行者，走过充满警告意味、被太阳晒得惨白的马匹的骨架：它们遇到的是外出办事坏掉、被遗弃在路旁沟里的车辆。人们再也不买车了，汽车厂接连倒闭。不过，还是有人能搞到油，靠的是大家心里都明白的朋友关系。这些人买车根本不计较价钱。科罗拉多的山崖被一家工厂巨大玻璃窗里的灯光照得通明，成批的卡车和轿车从劳伦斯·哈蒙德的流水线蜂拥到了塔格特泛陆运输的铁路副线上。劳伦斯·哈蒙德退休的消息完全出人预料，像是在凝重的静寂中敲出的一记钟声，简短而猝然。当地人组成的委员会正在通过广播传达他们的呼吁，请求劳伦斯·哈蒙德无论在哪里都要准许他们重新让他的工厂开工。没有回音。

艾利斯·威特离去的时候，她曾经大喊；安德鲁·斯托克顿退休的时候，她曾经惊得喘不过气来；听说劳伦斯·哈蒙德离开的时候，她却面无表情地问："下一个是谁？"

"不，塔格特小姐，我没法给你解释，"她在两个月前去科罗拉多时，安德鲁·斯托克顿的妹妹跟她说，"他一句话都没和我说，就像艾利斯·威特一样，我甚至都不清楚他现在是死是活。没有，他走之前的那天没出什么特别的事。我只记得最后一天晚上有人来见过他，我从没见过那个陌生人。他们谈得很晚——我去睡觉的时候，安德鲁书房的灯还亮着。"

科罗拉多所有城镇里的人们都沉默了。达格妮看到他们走在街上的模样，看到他们走过小药房、五金店和杂货店：似乎他们指望着不停工作就能避免看到今后的前景。她走过那些街道的时候，也尽量不抬头，免得看见那些曾经属于威特油田的烟熏的岩石和扭曲变形的钢铁。这些情景在很多城镇中都能见到；朝前面望去时，她可以远远地看到它们。

一口位于山顶的油井仍在燃烧，谁也无法扑灭。她曾在街道上望见它：一股烈焰直冲上天，似乎想要挣脱而去。她曾在一百英里开外的列车窗前，越过漆黑而清澈的原野望见它：一小团凶猛的火焰在风中摇曳。人们把它称为威特的火炬。

约翰·高尔特铁路上最长的火车有四十节车厢,最快时速是五十英里。火车的机车必须减少使用:这些烧煤的机车早就过了退役的期限。吉姆为彗星号列车组和一些长途运输用的柴油机车弄来了燃油。她唯一能够指望与之打交道的燃料来源是宾夕法尼亚州达纳格煤炭公司的肯·达纳格。

空荡荡的火车在扼守科罗拉多咽喉要道的邻近四个州之间咣咣当当地驶过,上面拉着几车皮的羊、一点玉米和瓜果,以及偶尔可见的一个在华盛顿有关系的农场主和他盛装打扮的一家人。吉姆从华盛顿为每一列运行的火车要到了补贴,这些车不是用来赚钱的,只是服务于"社会的平等"。

为了维持火车能够在需要的路段和仍在生产中的地区运行,她绞尽了脑汁。但在塔格特泛陆运输的账目表上,吉姆为那些空驶的火车要来的补贴金额却高于他们最好的货车从业务最繁忙的工业地区所带来的利润。吉姆吹嘘说这是塔格特泛陆运输有史以来最兴旺的六个月。在他给股东们提供的印刷精美的报告中,利润包括了那笔并非他赚来的空车补贴,一笔并不属于他的钱——原本应该支付塔格特泛陆运输债券利息和退休金的这笔钱,却在韦斯利·莫奇的授意下不用偿付了。他吹嘘说塔格特泛陆运输在亚利桑那州有更大的货运量——丹·康威已经关掉了凤凰 - 杜兰戈铁路在那里的最后一部分,然后就退休了;在明尼苏达州，保罗·拉尔金正在用铁路运输铁矿石，大湖区最后一艘运矿石的货轮也早就绝迹了。

"你总是把赚钱当成这么要紧的事，"吉姆怪异地带着似笑非笑的神情告诉过她，"可在我看来，我在这方面比你可强多了。"

没有人承认清楚铁路债券的冻结是怎么回事，也许是因为大家全都心知肚明。一开始，在债权人当中还出现过恐慌的迹象，整个舆论也冒出过一种可怕的愤慨的苗头。随后，韦斯利又签发了一条命令，规定申请"必备所需"的人将能够获得债券的解冻：政府一旦认为对于这种需要的解释确有说服力，就会将债券买下来。有三个问题既没有人回答，也无人问过："什么可以用来证明？""什么是需要？""必备——对谁而言？"

随后便形成了议论的坏风气：为什么有人得到了解冻的款项，另一个人却被拒绝了。如果有人问"为什么"，大家就紧闭着嘴，沉默地转身走开。人们开始去描述，而不是解释；去归纳事实，而不是去评价它们：史密斯先生被解冻了，琼斯先生没有，仅此而已。当琼斯先生自杀后，人们就议论说："哼，我不知道，如果他真的需要钱，政府就会给他，可有些人就是太贪。"

不该去议论的是，一些人被拒绝之后，将自己的债券按面值的三分之一卖给需要的人，而那些买主又神奇地把这冻结的三十三分钱变成了一整元钱；同样不该被议论的还有刚出校门的某些聪明的年轻人所从事的一种新兴职业，他们自称为"解冻者"，提供"帮助你用正确的当代术语起草申请"的服务，这些年轻人在华盛顿有关系。

在某些乡下的站台上看着塔格特泛陆运输的铁轨，她发现自己感到的不是曾经有过的无比骄傲，而是一种说不出的犯罪的耻辱感，如同肮脏的锈蚀长在了金属上，但比这还要糟：如同那锈蚀上沾染了血的气息。然而，在塔格特车站的候车大厅里，她看着内特·塔格特的塑像：这是你的铁路，你创建了它，你为之奋斗，你没有在恐惧和厌恶中止步不前——我不会把它拱手让给那些吸血和腐败之辈——而且我是唯一一个坚持保卫它的人。

她从没放弃对那个发动机的发明者的寻找，这是令她忍受其他所有工作的唯一一件事，是她目光所及、能令她的奋斗具有意义的唯一目标。她曾经怀疑自己为什么要把那台发动机重新制造出来，有什么用呢？——似乎有个声音在问她。因为我还活着，她回答道，但她的寻找依旧希望渺茫。她的两个工程师在威斯康星什么都没找到。她让他们在全国上下去找曾在二十世纪公司工作过的人，去打听那个发明者的名字，也一无所获。她派他们去翻查专利局的文件，那个发动机的专利从来没有被登记过。

在她个人亲自寻找的过程中，留下的只有那个带有美元符号的烟头。直到最近的一天晚上，在她桌子的抽屉里发现了它，她才又想起来，并把它送给了她在候车大厅里摆烟摊的朋友。那个老人很是惊讶，把烟头用两根手指小心翼翼地夹起来察看；他从没听说过这个牌子,还纳闷自己怎么会把它给漏掉。"这烟好吗,塔格特小姐?""是我抽过的最好的。"他摇了摇头,大惑不解。他保证要找到这烟的出处,然后给她弄来一条。

她尝试过找一个能想办法把发动机重新制造出来的科学家。她和几个别人推荐给她的各自领域内的拔尖人物见面谈过。第一个人在对残缺不全的发动机和手稿研究一番之后,用军训中的教官那样的嗓门宣布说,这东西无法运行,从来就没运行过,而且他会证明,这种发动机根本制造不出来。第二个人像是在回答一个无聊的问题那样,懒洋洋地说他不知道能不能做出来,而且根本就毫不关心。第三个人带着好斗的口气,傲慢地说他可以签一个十年的合同来尝试这项任务,每年的合同价值是两万五千元——"不管怎么说,塔格特小姐,如果你想靠这台发动机挣大钱的话,你就应该为我冒险搭进去的时间付钱。"第四个,也是最年轻的一个,沉默地看了她一会儿,脸上的线条哆哆嗦嗦地从茫然变成了藐视:"你知道,塔格特小姐,我认为即使有人会做,也根本不该做出这样的发动机,这实在是太超出我们目前拥有的任何东西了,这对那些稍逊一筹的科学家来说太不公平,因为这会把他们取得成果和表现才能的天地给彻底葬送。我认为强者没有权利去伤害弱者的自尊。"她命令他从她的办公室里出去。坐定之后,想到她生平听过的最恶毒的话是用一副自以为正义的腔调说出来,她感到不可思议的恐怖。

她决定跟罗伯特·斯塔德勒博士谈谈，这是她最后的一线希望。

她感到在自己的内心当中，有一个地方像被刹死的闸一般很难突破，她克服着这层阻力，强迫自己给他打了电话。她曾和自己辩论。她想：我跟吉姆和沃伦·伯伊勒这样的人都能打交道——而他的罪责比他们的要小——那我为什么不能跟他说话呢？她想不出别的答案，只是觉得有一股顽固的极不情愿的感觉，只是觉得在全世界所有人当中，她就是不能给斯塔德勒博士打电话。

她坐在桌前等候斯塔德勒博士，面前是约翰·高尔特铁路的日程表，她不明白这些年来为什么科学界没有涌现出一流的人才。看着面前的日程表上代表着九十三号列车的死尸般的黑线，她没办法去思索答案。

她想，火车具有运动和目的这两个生命中的重要标志，向来是一个具有活力的存在，可如今，它只是若干僵死的车厢和车头。别给自己时间去感觉这些，她心想，尽快去掉坏死的部分，整个系统都需要机车，宾夕法尼亚的肯·达纳格需要火车，需要的还会更多，只要——

"罗伯特·斯塔德勒博士。"她桌上的内部对讲器响了起来。

他笑着走了进来，这笑容似乎强调着他所说的话："塔格特小姐，你相不相信我再次见到你有多高兴啊？"

她没有笑，回答时的神态严肃而礼貌。"你能来这里真是太好了。"她鞠躬示意，瘦削的身体挺得笔直，只是头部缓慢而正式地点了点。

"如果我向你坦白我是找了借口才来这里的呢？你会不会感到吃惊？"

"我还是尽量别辜负了你的好意，"她没有笑，"请坐，斯塔德勒博士。"

他兴奋地环顾着周围："我还从没看到过铁路大老板的办公室。我原来不知道它会是这样……这样一个严肃的地方。这种工作的性质是不是就是这样的？"

"我想向你请教的事与你此时感兴趣的可完全不同，斯塔德勒博士。你或许对我请你来感到奇怪，请听我解释一下原因。"

"你想给我打电话，这本身就是个充足的理由。我不知道还有什么能比为你效劳更让我高兴的。"他的笑容很动人，这笑容属于世界上的这样一种人，他们不是用它来掩饰自己所说的话，而是要强调对一种诚挚情感的大胆表露。

"我这个难题是技术上的，"她以一个年轻技工在讨论复杂工作时的那种清晰、客观的口气说道，"我完全明白，在科学的领域里，你很看不上这一分支。我不指望你去解决我这个难题——这既不是你分内的工作，你也不关心。我只想把这个难题说给你听，然后只问你两个问题。我必须来求你的原因是这件事关系到一个人的心，一颗伟大的心，而且——"她用恰如其分的客观态度说道，"你是现在这个领域里面仅有的伟人。"

她看不出她的这些话为什么会击中了他，她看到他的脸色发僵，眼睛里突然现出诚恳，诚恳得像是渴望，几乎是在乞求。随即，她听到了他严肃的声音，仿佛在某些情感的压力下，这声音变得简单而卑微：

"你的难题是什么，塔格特小姐？"

她向他讲了那台发动机以及发现发动机的地点，告诉他实在是不可能打听出发明者的名字，她没有去提寻找的细节。她把发动机的照片和残存的底稿递给了他。

他一边读，她一边观察着他。一开始，她看到他的眼睛在快速的扫视中流露出内行老练的笃定，随后停了停，更加专注，然后嘴唇翕动着，如果是别人，也许就是一声口哨或是一阵气喘。她看到他停下来许久，不知道凝视着什么地方，似乎他的大脑正在无数条路上竞相飞奔，想跑遍每一条路——她看到他重新翻着稿纸，然后停下，接着又强迫自己继续往下读。他似乎是在两种渴望之间被拉来扯去，既渴望继续读下去，又渴望抓住脑子里不断闪现出的所有可能。她看到了他沉默中的兴奋，知道他已经忘掉了她的办公室，忘掉了她的存在，忘掉了一切，他的眼前只有看到的成果——看到他能够有如此的反应，她希望还有喜欢罗伯特·斯塔德勒博士的可能。

沉默了一个多小时后,他才读完,然后抬头看着她。"简直是非凡的!"他那喜悦和惊讶的语气像是在宣布一个令人意外的消息。

她多想能对此报以笑容,做分享他喜悦的同伴,但她只是点了点头,冷冷地回答道:"是的。"

"可是,塔格特小姐,这太了不起了!"

"是的。"

"你说这是一个技术上的问题吗?这比那要大得多呀。他写的关于转换器的那几页——你能看出他是以什么来做前提的。他已经具备了某种新的能源理念。他舍弃了所有我们常规的想法,要是按那些想法,他的发动机根本就不可能存在。他设立了他自己的前提,解决了把静止的能量转换为动力的难题。你知道那意味着什么吗?你是否意识到了在他能够做成这个发动机之前,得去做多么令人难以置信的纯粹抽象的科学研究?"

"谁?"她平静地问。

"你说什么?"

"斯塔德勒博士,这是我想问的两个问题中的第一个:在十年前你所知道的青年科学家里面,你能否想起有谁可能做成这件事?"

他愣住了,他还没时间去想这个问题。"没有,"他眉头紧锁,慢慢地说道,"没有,我想不起有什么人……真是怪了……像这样的能力在哪儿也不可能默默无闻啊……他这么一个人，总会有人告诉我的……他们总是把年轻有为的物理学家推荐给我……你说你是在一个普通的商业发动机厂的实验室里发现它的？"

"是的。"

"那就奇怪了。他在那种地方干什么？"

"设计发动机。"

"我说的就是这个。一个具备了伟大科学家天赋的人，选择去当一个商业发明家？我觉得这太离谱了。他想搞个发动机出来，他无声无息地进行了一场能源科学的重大变革，就为了混口饭吃，并且懒得把他的发现向世人公布，而是继续摆弄着他的发动机。他为什么要把他的智慧浪费在实际的产品上面？"

"或许是因为他喜欢在地球上生活。"她下意识地回答。

"你说什么？"

"不，我……对不起，斯塔德勒博士，我不是有意要说什么……不相关的事。"

他移开视线，沉浸在他自己的思路里："他为什么没来我这里？他为什么没有在他应该去的那些著名的科学机构里？如果他有头脑把这个做成，他就应该懂得他所做的事情的重要性。他为什么不把他对能源的定义发表出来？我能看出他大致的方向，可他真是该死！——没有最关键的部分，结论不在这里！他周围肯定有人了解足够的情况，完全可以把他的工作向整个科学界宣布出来。他们为什么没这样做？他们怎么把这种东西丢弃，就这么丢弃了？"

"我找不出答案的正是这些问题。"

"还有，从纯粹实用的方面来看，那台发动机为什么被丢弃在垃圾堆里？你本来会觉得，任何一个像企业家那样贪得无厌的傻子都会把它拿去赚大钱，不需要任何智力就能看出它的商业价值。"

她头一回露出了笑容——一个带着苦涩的惨笑；她什么也没说。

"你发现不可能找到发明者？"他问。

"完全不可能——到目前为止。"

"你认为他还活着吗？"

"我有理由相信，但我不能确定。"

"假如我替他做做宣传呢？"

"别，不要。"

"可是，假如我在科学刊物上登广告，并且让费雷斯博士——"他停住了，发现他们都飞快地看了对方一眼。她什么都没说，却迎上了他的目光。他转开视线，把那句话冷冰冰地，然而又坚决地说完，"并且让费雷斯博士通过广播说我希望见他，他会拒绝来吗？"

"没错，斯塔德勒博士，我想他会拒绝的。"

他没有去看她。她看到他脸部的肌肉微微绷紧，而与此同时，他脸上的皱纹中像是有什么东西瘫软了下来；她既说不清楚是什么样的光芒在他的身体内黯淡了下去，也不知道她怎么就会想到了死亡的光芒。

他的手腕随意、轻蔑地一抖，把底稿甩在桌上。"那些为了眼前利益而毫不在意地出卖自己智慧的人，应该多知道一些这个眼前利益的现实情况。"

他略带一丝挑衅地看着她，似乎准备好了等待一个恼怒的回答。但她的回答比恼怒更可怕：她依旧不动声色，似乎已经不再在意他的断言究竟正确与否。她礼貌地说道："我想问的第二个问题是，能否请你告诉我在你认识的物理学家中，根据你的判断，谁有水平能试着重新制造这个发动机？"

他看着她，哑然失笑，这是一个痛苦的声音："塔格特小姐，你是不是也一直被这个问题折磨着，在哪儿都找不到能干的人？"

"我见了一些别人极力推荐的物理学家，发现他们简直不可救药。"

他急切地凑近。"塔格特小姐，"他问道，"你请我来，是不是因为你信得过我在科学判断方面的人品？"这个问题是一个赤裸裸的请求。

"是的，"她不偏不倚地回答，"我相信你在科学判断方面的人品。"

他把身体靠了回去，看上去某些隐藏的笑意正在把他脸上的紧张化开。"真希望我能帮上你,"他像是在对伙伴说话一样,"我无比自私地希望我能帮上你的忙,因为,你知道,这一直是让我最头疼的问题——尽量为我自己搜罗有天赋的人才。天赋,鬼话!哪怕是有点希望的影子我就知足了——他们推荐的那些人,说句实话,有没有做出色的修理工的潜力都不好说。我不知道是因为我年龄越来越大,越来越挑剔,还是人类正在退化,但我年轻的时候,似乎没有过这样的人才贫瘠。现在,如果你看到我要去面试的那些人,你就会——"

他戛然止住,似乎猛然间想起了什么;他沉默不语,像是在考虑着什么他知道的事情,却不想告诉她。当他用掩饰逃避的憎恨的口吻把话题草草结束时,她对此就变得很肯定了。"不,我不知道有什么值得向你推荐的人。"

"我要向你问的就是这些了,斯塔德勒博士,"她说道,"谢谢你抽时间来这里。"

他无言地呆坐了半晌,似乎还不想走。

"塔格特小姐,"他问,"你能让我亲眼看看那台发动机吗?"

她惊讶地瞧着他:"当然了,如果你希望的话。不过它在我们下面车站隧道的地下室。"

"如果你不介意带我去,我是不会在意的。我没有特别的用意,只是我个人对此很好奇,想看看——就是这样。"

当他们站在花岗岩的地下室里,看到脚下那个装着残缺的金属块的玻璃柜时，他不由自主地缓缓摘下了他的帽子——她说不清这是他想到和女士同在一个房间后的习惯性动作，还是面对棺材所做的脱帽示意。

他们无声地站着，脸上映着玻璃反射过来的唯一一盏灯的灯光。火车的车轮声在远处响起，有时候看上去，一阵突然的剧烈震荡似乎会唤醒玻璃柜里的尸体。

"真是奇妙极了。"斯塔德勒博士声音低沉地说，"看到一个不属于我的伟大、新鲜而重要的创意，真是太奇妙了！"

她看着他，但愿她能确信自己没有把他给想错。他以热切的真诚说着这番话，抛弃了世俗，抛弃了是否该让她听到自己对痛苦的承认的顾虑，眼前什么都没有，只有一个能够懂他的女人。

"塔格特小姐，你知道那些不入流的人的共性吗？那就是对别人的成果的憎恨。那些神经兮兮的平庸之才坐在那儿发抖，生怕人家的成就比他们的更大——他们体会不了到达巅峰之后的那种寂寞。寂寞地盼着同样的高手——盼着值得尊敬的心灵和值得崇敬的成就。他们从老鼠洞里钻出来向你龇着牙，觉得你用自己的光芒令他们黯淡无光，并以此为乐——而你得花上一年才能看到他们的灵光一现。他们嫉妒成就，梦想着一个所有人都对他们俯首称臣的世界。他们不知道，这样的梦想就是对平庸最准确无误的证明，因为那种世界正是创造者难以忍受的。他们根本不可能了解被不如自己的人围着会是什么感受——恨吗？不，不是恨，而是无聊——可怕、无望、枯竭、麻木的无聊。赞美和阿谀来自你所看不起的人，又能说明什么呢？你是否感到过渴望能够有个人去崇拜，能够有什么让你不向下看，而是去仰望？"

"我一辈子都能感觉到。"她说，她不能拒绝回答他。

"我知道。"他说——他的声音中有一种无情的温柔之美。"我第一次和你说话的时候就知道了。这就是我今天来这里的原因——"他略停了片刻，但她对这恳求没有回应。他用同样安静温柔的语气把话说完，"嗯，这就是我想看看发动机的原因。"

"我懂。"她柔声说道，她只能用她的语气来表达对他的谢意。

"塔格特小姐，"他说着眼睛一垂，看向下面的玻璃柜，"我认识一个人，或许能担起重新制造发动机的任务。他不肯为我工作——因此他可能是你想要的人。"

但他抬起头，还没看到她的眼里充满他所祈求的崇敬和原谅之情，便用客厅里那种讽刺的声音击碎了他只有片刻的赎罪感："显然，那个年轻人不想为社会和科学的利益出力。他告诉我他不会为政府工作。我猜他是想从私人雇主那里拿到他所希望的更高的工资。"

他转过头，不去看她脸上渐渐消失的神情，不想知道它的含义。"是的，"她的声音很强硬，"他可能是我想要的那种人。"

"他是犹他理工学院的一个年轻物理学家，"他冷冷地说，"他叫昆廷·丹尼尔斯。我的一个朋友几个月前把他介绍给了我。

他来见了我，却不接受我给他的工作。我想让他做我手下的研究人员。他有科学家的头脑。我不知道他是否能搞成你的发动机，但至少他有这个水平去试一试。我想你还能在犹他理工学院找到他。我不清楚他目前在那里做什么——他们在一年前关掉了那家学院。"

"谢谢你，斯塔德勒博士，我会和他联系的。"

"如果……如果你愿意的话，我很乐意帮他搞原理这部分。我打算根据底稿提供的线索，自己做些研究。我愿意找出作者发现的能源的核心秘密。我们要找出来的是他的基本原理，如果我们成功的话，丹尼尔斯先生就能制造出你的发动机。"

"我非常感谢你愿意提供的任何帮助，斯塔德勒博士。"

他们踏着一串蓝灯下锈蚀铁轨的枕木，默默地穿过车站里这条死寂的隧道，向站台远方的光亮处走去。

在隧道口，他们看见一个人正跪在轨道上，不明所以而恼火地胡乱敲打着道岔，另一个人不耐烦地站在旁边看着他。

"哎，这破东西是怎么回事？"那个看着的人问。

"不知道。"

"你都折腾了一小时了。"

"是啊。"

"这要干多久？"

"谁是约翰·高尔特？"

斯塔德勒博士退到一旁。从他们身边走过之后，他开口道："我不喜欢那种说法。"

"我也一样。"她回答说。

"这话是从哪儿来的？"

"谁都不知道。"

他们沉默了，随后他说："我曾经认识一个约翰·高尔特，只是他早就死了。"

"他是谁？"

"我曾经想过他还活着，不过现在我确信他一定是已经死了。以他那样的头脑，如果他还活着的话，现在整个世界都会在谈论他。"

"可整个世界是在谈论他呀。"

他猛地停住。"是啊……"他凝视着这个从未想到过的念头，缓缓地说道，"是的……为什么？"话音沉重，带着恐惧。

"他是谁，斯塔德勒博士？"

"我们谈他干什么？"

"他是谁？"

他不寒而栗地摇了摇头，厉声说道："这只是巧合而已，那个名字一点也不少见，这是个毫无意义的巧合，和我认识的那个人没一点关系，那个人已经死了。"

他随后又补上一句话，这句话的真正含义，他不愿去想：

"他非死不可。"

放在他桌上的订单标着"绝密……紧急……优先……经首席协调官办公室验明批准的必要需求……从 X 计划的账户"——要求他向国家科学院出售一万吨里尔登合金。

里尔登读罢,抬眼看了看一动不动地站在他面前的工厂主管。那位主管进来后一言不发地把订单放到了他的桌上。

"我觉得你应该看看。"他回答着里尔登的目光。

里尔登按了下按钮,把伊芙小姐叫了进来。他把订单交给她,吩咐道:"把这个退回原处。告诉他们,我不会把里尔登合金卖给国家科学院。"

格雯·伊芙和主管看着他,对视了一眼,然后又扭头看着他。他从他们的眼睛里看到了祝贺。

"好的,里尔登先生。"格雯·伊芙很正式地说道,像拿其他公文一样把那张纸片拿起来,鞠躬离开了办公室。主管跟着她走了出去。

里尔登淡淡地一笑,算是回应他们的祝贺,根本没再想那张纸和它可能带来的后果。

六个月之前,他就像拔掉插头一样切断情感的来源,在心里斩钉截铁地告诉自己:先行动起来,维持工厂的运转,然后再去感觉——这令他能够静观《公平分配法》的实施。

谁也不知道应该怎么去遵守这项法案。一开始，他被告知，他的里尔登合金的产量不能超过沃伦·伯伊勒最好的特种合金的产量，更不用说钢材的产量了。可沃伦·伯伊勒最好的特种合金不过是差劲的杂烩，没人愿意要。随后他被告知，里尔登合金可以按照估算的沃伦·伯伊勒的生产能力进行生产。没人明白这该如何操作。华盛顿的什么人公布了一个每年的钢产量数字，没给出任何解释。大家就都按此执行。

他不知道如何能让每一个要求合金的客户都得到平等的一份。尽管他被允许开足马力生产，但现有的订货在三年内都不可能全部生产出来。每天都会有新的订单，它们再也不是过去那种值得去遵守的贸易概念，它们全都是要求。法案还规定，任何一个没有得到里尔登合金的公平份额的客户，都可以起诉他。

谁也不知道如何决定什么才是公平的份额。随后，一个大学刚毕业的聪明年轻人被华盛顿指派过来，担任他的分配副主任。在和首都之间举行了多次电话会议之后，那个小伙子宣布按申请日期的先后次序，每个顾客可得到五百吨合金。没人对这个数字表示争议——根本就争不起来，无论一磅还是一百万吨都是合理的。那个小伙子在里尔登的厂里设了办公室，有四个女孩子在那里受理对里尔登合金份额的申请。根据工厂现有的生产能力，这些申请已经排到了下个世纪。

五百吨的里尔登合金不够塔格特泛陆运输铺设三英里的铁

轨，不够肯·达纳格的一个煤矿建支架。规模最大的企业，里尔登最好的客户，都被禁止使用里尔登合金，但市场上突然出现了用里尔登合金做成的高尔夫球杆，还有咖啡壶，花园工具，以及浴室的水龙头。肯·达纳格早看出了这合金的价值，并且敢于顶着舆论的暴怒下单订购，却被禁止得到里尔登合金。他的订单被搁置在一边，被这项新的法案毫无预警地砍掉了。那个在最危险的关头背叛了塔格特泛陆运输的莫文先生，则正在用里尔登合金生产转换器，然后再把它们卖给南大西洋公司。里尔登看着这些，感情已被抽空。

当有人跟他提到那些众所周知的、凭借里尔登合金迅速发财的事情时，他一言不发地转身就走。"噢，不，"人们在客厅里谈论着，"这不能叫黑市，因为它并不是。没人在非法出售合金，他们只是在出售他们的合金拥有权。不能算是卖，而是把它们合并到一起。"他不想知道那些肮脏而错综复杂的、将"份额"出卖及合并的交易，不想知道一个弗吉尼亚的制造商是如何在两个月之内生产出了五千吨里尔登合金铸成品，也不想知道那个制造商在华盛顿私底下的合作者是谁。他知道他们在一吨里尔登合金上赚取的利润是他自己的五倍。他什么都没说。除了他自己之外，谁都有权利要这个合金。

那个从华盛顿来的年轻人被炼钢工人噱称为"奶妈"，他在里尔登身边晃荡着，毫无掩饰的惊讶和好奇居然也成为一种崇拜的形式。里尔登看着他,感到既恶心又好笑。这个年轻人一点修养也没有,是大学把他培养成了这副样子,这使得他身上有一种奇怪的坦率,像野人的无知一样,既愚昧又愤世嫉俗。

"你瞧不起我,里尔登先生,"他有一次突然而又不带任何怨恨地开口说,"这很不实际。"

"为什么不实际?"里尔登问他。

这个小伙子看上去很是困惑,不知如何回答。他从不知道怎么回答"为什么"的问题。他说话向来是平白的肯定腔调。谈到人的时候,他会说,"他很落伍","他无法被重塑","他改不了",既不犹豫,也不会解释。因为毕业自铸造专业,他也会说,"我想,炼铁似乎需要高温"。提到物质的自然特性,他只会说些模棱两可的话;提到人,他就只会说得再绝对不过。

"里尔登先生,"有一次他说,"如果你想给你的朋友们更多的合金——我是说,更大的批量——你知道,这是可以安排的。我们干吗不用非常急需当理由,去申请一个特别许可呢?我在华盛顿有些朋友,你的朋友们都是很重要的大生意人,所以这个重要需求想办法应该不难得到。当然了,会有些花费,华盛顿方面的事,你知道是怎么回事,事情总是要有些花费的。"

"什么事情?"

"你明白我的意思。"

"不,"里尔登说,"我不明白。你干吗不给我解释一下呢?"

那小伙子犹疑地看着他，心里掂量了一下，然后说了句："这样的心态很不好。"

"什么心态？"

"你知道，里尔登先生，像这种话没必要说出来。"

"像哪种话？"

"话都是相对的，只是符号而已。如果我们不使用丑陋的符号，就不会有任何的丑陋了。我已经把话的一面都说了，你为什么还要我去说出另一面呢？"

"那么我想让你说的是哪一面呢？"

"你为什么想让我说？"

"因为你说不出口的那个理由。"

那小伙子沉默了一会儿，然后说："你知道，里尔登先生，世上没有绝对的标准。我们不能抱着僵硬的原则不放，必须得灵活一些，必须得根据现实不断调整，因时制宜。"

"去吧，小子，那你就别用僵硬的原则，因时制宜地炼出一吨钢来试试。"

一种奇怪的、近乎风格的感觉使得里尔登对那个年轻人十分蔑视，却并不憎恨。那年轻人似乎和周围的一切很合拍，他们像是被拖回了若干世纪以前——那曾经是那个年轻人的时代，里尔登却与其格格不入。里尔登心想，新的炼钢炉没有建成，他现在的所有努力除了维持旧炉的运转，将一无所获；他无法开始对里尔登合金的应用进行新的探索、新的研究和实验，而是花费全部精力去寻找铁矿石资源：就像铁器时代即将到来时的人那样——他想——希望却更加渺茫。

他尽量不去想这些，不得不对自己的感受保持着警觉——就像他身体的一部分变成了一个陌生者，必须被控制在麻木状态，而他的意志则只好被用来做不断监控的麻醉剂。他不清楚这一部分是什么，只知道万万不能去找出它的根源，万万不能让它说出话来。他已经走过了一个危险的时刻，绝不能再回去。

那是在一个冬天的晚上，他正独自在办公室，呆呆地看着摊在他桌上的报纸头版那长长的一条通栏规定，这时，他从广播里听到了艾利斯·威特的油田着火的消息。在他想到今后之前，在灾难、震惊、恐惧和反抗的感觉到来之前，他做出的第一个反应是放声大笑。他在胜利和如获大赦的狂喜中纵情地欢笑——他心里感受到而没有说出的话是：无论你是在做什么，愿上帝保佑你，艾利斯！

品出笑声后面的含义后，他明白他现在已经一刻也不能放松对自己的警惕了。他像一个幸免于心脏病打击的病人，知道这是一个警告，知道他身上随时会爆发危险。

那之后，他把它放了下来，一直让自己内心的脚步保持着均匀、小心、有节奏的步伐，但没过多久，它便再次向他逼近。当他看到桌上那份国家科学院的订单时，他觉得在纸上移动的光亮不是来自于外面的炼钢炉，而是来自于油田上正在燃烧着的火焰。

"里尔登先生，""奶妈"听说订单被退回之后，对他说，"你不该那么做。"

"为什么不？"

"会有麻烦的。"

"什么麻烦？"

"这是政府的订货，你不能拒绝。"

"我为什么不能？"

"这是一个非常急需的项目，而且是保密的，非常重要。"

"是什么项目？"

"我不清楚，它是保密的。"

"那么你怎么知道它很重要？"

"就是这么说的。"

"谁说的？"

"你不能连这种事情都怀疑，里尔登先生！"

"我为什么不能？"

"你就是不能。"

"如果我不能的话，它就变得绝对了，而你说过，绝对是根本不存在的。"

"那不一样。"

"怎么不一样？"

"这是政府。"

"你是说除了政府以外,就不存在任何绝对了?"

"我是说,如果他们说是重要的,那就是重要的。"

"为什么?"

"我不希望你有麻烦,里尔登先生,可是你躲也躲不掉了。你问了太多的为什么,你为什么要这么做?"

里尔登瞟了他一眼,扑哧一声笑了。那年轻人注意到了自己刚才说的话,怯怯地咧嘴一笑。但他看上去并不高兴。

一个星期之后来见里尔登的,是一个略为年轻、个子瘦高的人,不过,他还嫌自己不够年轻,不够瘦高。他身穿便服和交通警察用的皮绑腿,里尔登吃不准他是来自国家科学院还是华盛顿。

"我知道你拒绝向国家科学院出售合金,里尔登先生。"他用和缓、机密的腔调开口道。

"不错。"里尔登说。

"这难道不是构成了对法律的明知故犯吗?"

"那是你的理解。"

"我能问问你的理由吗?"

"你对我的理由不感兴趣。"

"噢,当然感兴趣!我们不是你的敌人,里尔登先生。我们想公平地对待你。你不用因为自己是一个大企业家而感到害怕,我们不会以此来反对你。其实我们想把你像最下层的劳动者一样公平地对待。我们想知道你的理由。"

"把我拒绝的决定登报，任何一个读者都会告诉你我的理由。它大约一年前就上过所有的报纸了。"

"噢，不，不，不！提报纸干吗？难道我们不能把这当成一件友好的私人事情来解决吗？"

"那要看你了。"

"我们不想登报。"

"不想吗？"

"不。我们不想伤害你。"

里尔登看了他一眼，问道："国家科学院为什么会需要一万吨合金？X计划是什么？"

"哦，那个吗？那是一个非常重要的科研项目，有着很高的社会价值，会给大众带来不可估量的利益。但遗憾的是，根据最高政策的规定，我不能向你透露更多的细节。"

"你知道，"里尔登说，"我可以这样跟你说我的理由，我不想把我的合金卖给那些对我保守用途秘密的人。我生产出了合金，我有道义上的责任去知道经我同意使用的合金被拿去做了什么。"

"哦，可你对此不必担心呀，里尔登先生！我们可以免除你对此承担的责任。"

"假如我不希望免除呢？"

"可……可这是一种过于陈旧而且……纯粹理论上的态度。"

"我说过,我可以以此为理由。但我不会的——因为在这件事上,我还有一个概括了一切的理由。无论是什么用途,是好是坏,公开还是保密,我都不会将里尔登合金出售给国家科学院。"

"可这是为什么?"

"听着,"里尔登缓缓地说道,"在野蛮社会,一个人认为敌人随时会来杀他,所以要最大限度地保护自己,这说得过去。但在任何一个社会,让一个人为杀害他自己的凶手去制造武器,是无论如何都解释不通的。"

"我觉得这么说不太恰当,里尔登先生。我认为这么想问题是不现实的。不管怎样,政府不能在执行覆盖面很广的国家政策时,还考虑到你和某些机构的个人恩怨。"

"那就不要考虑了。"

"什么意思?"

"别来问我理由了。"

"可是里尔登先生,我们不可能对拒绝遵守法律的行为视而不见。你打算让我们怎么做?"

"随你们的便吧。"

"这可绝对是前所未有的,还从来没有人拒绝过把重要的物资出售给政府。事实上,法律不允许你拒绝对任何一个客户出售你的合金,何况是政府。"

"哦,那你干吗不逮捕我?"

"里尔登先生，这是在善意地讨论，为什么要说逮捕这样的话？"

"这难道不就是你最后的招数吗？"

"干吗要提这个？"

"这意思在你说的每句话里不是已经隐含着了吗？"

"为什么要说破？"

"为什么不呢？"没有回答。"如果不是因为你的这张王牌，我都不会让你进我的办公室，这个事实你是不是不想说出来？"

"可我没有说逮捕啊。"

"是我在说。"

"我不理解你，里尔登先生。"

"我不想帮你把这假装成什么善意的谈话。现在你请便吧。"

那人的脸上现出奇怪的神情：面对眼前的对抗，困惑得没有概念，也没有恐惧，仿佛他一直就生活在它的笼罩之下，完全明白它意味着什么。

里尔登感到了一种奇特的兴奋，觉得他快要抓到某种他从来不明白的东西了，仿佛他正走在一条小路上，虽然距离太远，他还无法知道会发现什么，但那要比他以前所见过的一切都更加意义重大。

"里尔登先生，"那人说道，"政府需要你的合金，你必须把它卖给我们，因为你肯定能意识到，政府的计划不会因为你是否同意而被耽搁。"

"销售，"里尔登不慌不忙地说，"需要得到卖方的同意。"他站起来走到窗前，"我告诉你该怎么办吧。"他指着正被装进铁轨货车的里尔登合金坯块，"里尔登合金就在这里，你可以像其他的掠夺者一样，开上卡车过来，不过你不用冒他们那样的风险，因为我不会向你开枪的——你也知道我不能，然后想装多少就装多少，拉走就是了。别想办法付给我钱，我不会要的。别给我写支票过来，那是不会兑现的。想要合金的话，你们手里是有枪的。那就来吧。"

"我的天！里尔登先生，舆论会怎么想？"

这是一声本能的、不由自主的喊叫。里尔登的脸上淡淡地现出了一个无声的笑。他们两个都明白这声喊叫的含义。里尔登带着严肃而毫不紧张的结束口气一字一句地说道："你想让我帮你，使这看起来像一次销售，一桩安全、公平、道德的交易。我不会帮你的。"

那人没有分辨，起身打算离开，只说了句："你会后悔你的立场的，里尔登先生。"

"我不这么想。"里尔登回答。

他知道这事还没完，也知道X计划的保密性并不是这些人害怕将其公之于众的主要原因。他知道他感觉到了一种少有的、快活轻松的自信。他知道在他窥见的那条小路上，他就应该这样走下去。

达格妮闭着眼睛，把身体伸展开，躺在她客厅的椅子里。今天累了一天，但她知道今晚会见到里尔登。这念头像一根杠杆，将过去几小时毫无意义的丑恶的压迫从她身上卸了下去。

她躺在那里一动不动，心满意足地休息着，只是静等钥匙在门锁里的声响。他没有给她打过电话，但她听说他今天在纽约和生产铜的厂家们开会，而他总是要到第二天上午才离开城里——在纽约过夜时，他总是和她在一起。她喜欢为他等候，她需要一段时间，能够像桥一样联结她的白天和夜晚。

她想着，即将到来的这几个小时就像她和他共度的所有夜晚一样，要被加入一个人生命当中的储蓄账户里，那里面存着曾经生活过的一段段自豪的时间。唯一让她对工作日感到自豪的并不是它已经过去了，而是它又被坚持下来了。这是错误的，她想，如果一个人被迫对生命中的任何一小时做出这样的评价，那这就是极端错误的。但她现在想不起它了。她在想着他，想着她所看到的他们过去几个月来经历过的挣扎，他为交货所做的挣扎；她知道她可以帮他打赢这场仗，但对他的帮助决不能只在口头上说说。

她想起了去年冬天的那个晚上，他走进来，从衣袋里拿出一个小包，向她递过来，说："我想给你这个。"她打开它，一块梨形红宝石做成的一个项链坠在首饰盒的白色锦缎上闪烁着耀眼的火红，她困惑地瞪着眼睛，感到难以置信。它是一种名贵的宝石，全世界不过有十几个人买得起，他并不是其中一个。

"汉克……为什么？"

"也没什么特别的理由，就是想看你戴上它。"

"噢，不，这样一种东西！干吗要浪费它呢？我很少去必须盛装打扮的场合。我什么时候才能戴呀？"

他看着她，眼睛从她的腿慢慢移到她的脸上。"我来告诉你。"他说道。

他带她进了卧室，一言不发地脱下了她的衣服，那样子就像一个主人脱去别人的衣服而不需要征得同意。他把项链坠挂在她的胸前，她赤裸着站在那里，宝石在她的双乳之间，如同一滴闪亮的血。

"你觉得男人给他的女人珠宝，除了让他自己愉悦以外，还会有别的目的吗？"他问，"我就是想让你这么戴着它，只为我一个人。我喜欢看着它，美极了。"

她笑了起来；是柔软的、低低的、喘不上气来的声音。她说不出话来，也动弹不得，只是无言地点着头，表示接受与遵从；她点头的时候，头发随脑袋大幅度的摇摆而甩动着，然后，她把头向他深深地弓下去，便垂在那儿一动不动了。

她跌倒在床上，慵懒地张开身子，头向后仰去，胳膊在身体两旁,手掌用力按住粗糙的床幔,一条腿弯曲,另一条长腿的线条伸展在深蓝色的亚麻床幔上,宝石像伤口一样在黑暗里发着光,在她皮肤的映衬下,射出一道道星星一般的光芒。

带着捉弄和知道正在被欣赏的那种胜利的陶醉,她的眼睛半睁半闭,她的嘴巴却在难以控制、乞求不已的期冀中微微张开。他站在屋子中央看着她,看着她平坦的小腹随着呼气深深地凹了下去,看着她会说话似的敏感的身体。他开口了,声音低低的,专注而又奇异地安静:

"达格妮,如果有画家把你现在的样子画下来,人们就会来看这幅画,体会他们自己的生命所无法给予的瞬间。他们会把它称作伟大的艺术。他们不会明白他们感受到的真谛,但这幅画把一切都展示给了他们——哪怕你不是什么古典的维纳斯,而是一个铁路公司的副总裁,但这就是它的一部分——哪怕是我,因为那也是它的一部分。达格妮,他们会感觉到,他们在离开后会和碰到的第一个酒吧女上床——而且他们永远不会试着去找他们曾经感受过的一切。我可不想从画里去找,我想得到真实的。在这无望的渴求之中,我不会有自尊,不会去坚持早已死去的梦想。我想拥有它,创造它,同它生活在一起。你明白吗?"

"噢,当然,汉克,我明白!"她说,"那么你呢,我亲爱的?——你完全明白它吗?"——她心想,却没有大声说出来。

在一个暴风雪的夜晚,她回到家,发现客厅被雪花吹打得黑漆漆的玻璃窗前，摆放了无数的热带鲜花。它们是一株株带茎的夏威夷火炬姜花，有三英尺高，花瓣构成的硕大的球形花头有柔软的皮革质感，颜色血红。"我在一家花店橱窗看见了它们，"那天晚上她进来的时候他说，"我喜欢在暴风雪中看着它们，但实在没有比把东西放在公共橱窗里更浪费的了。"

她开始在她的公寓里不定期地见到鲜花。送来的花中没有附卡片，有的只是送花者的签名，鲜花奇妙多姿的形态，鲜艳瑰丽的色彩，以及昂贵的价格。他带给她一条金项链，许多方形的小金片串在一起，像一片纯金的骑士铠甲，贴护着她的脖颈和肩膀——"配黑色的裙子。"他命令道。他带给她一副用切割得方方正正的细长水晶柱做成的眼镜——那出自一位著名珠宝商。给他端上饮料的时候，她看着他举起一个镜片——似乎他手指所触摸的质地、饮料的味道，以及视野里她的面孔，形成了一个不可分离的快乐瞬间。"我过去见过我喜欢的东西，"他说，"但我从来不买，好像没什么意义，现在总算是有了。"

在一个冬天的上午，他给她办公室打去电话，说话的口气不是邀请，而是在下达最高指令："我们今晚一起吃晚饭。我想让你穿正式的晚装。你有没有什么蓝色的晚礼裙？就穿那个。"

她穿的是一件贴身的砂蓝色束腰长裙，令她看上去娇弱得惹人怜爱，如同夏日阳光下花园的蓝色阴影里的一座塑像。他拿来放到她肩头的是一袭蓝色的狐狸披肩，从下巴一直裹到脚面。

"汉克，这太荒诞了，"——她大笑起来——"这不适合我！""不适合吗？"他把她拉到镜子前面，问道。

在巨大的绒毛毯下，她看上去像是在风雪中裹得严严实实的小孩，华丽的皮毛将裹在里面淳朴的天真衬托成一种倔强的、对比鲜明的典雅，看上去格外性感。皮毛柔软的黄棕色被一层蓝色的气息冲淡，这层蓝色无法看到，只能像笼罩的雾气一般被感觉，像是一种色彩的暗示，是要用手而不是眼睛去捕捉，像是不需触摸就可以体会到把手埋入柔软的皮毛里的感觉。披肩把她遮了个严严实实，露出来的只有她棕色的头发，蓝灰色的眼睛，还有她的嘴巴。

她转向他，带着亦惊亦狂的笑容："我……我居然不知道会是这样的！"

"我知道。"

他开车驶过城市黑暗的街道，她坐在他的身旁。经过街角的路灯时，网一样洒落的雪便时而闪过眼前。她没有问他们要去哪里，身体蜷在座椅上，仰头看着雪花。毛皮披肩紧紧地裹着她，里面穿的裙子感觉轻得像是睡袍，而这披肩的感觉则如同怀抱。

她望着在雪幕中逐渐升高、斜斜排列的灯光——然后瞧了他一眼，看着他戴了手套握紧方向盘的手，看着在黑色外衣和白色围巾里面这个严峻、挑剔的优雅的身影——她想，他属于一座伟大的城市，他的身边是闪闪发光的人行道和雕刻过的石头。

车子驶入一条隧道,扎进河底下,从回音不绝的瓷砖通道里飞驰而出,在开阔的夜空之下,沿着向上环绕的高速公路攀升。现在,灯光已经在他们的脚下,铺洒在方圆数英里的那些蓝荧荧的窗户、烟囱、吊车的斜臂和红红的火堆上,以及长长的、微弱的光线的映衬下,一个扭曲晃动的工业区上。她想到她曾经有一次看见他在厂里,额头沾着脏污的煤烟,一袭酸蚀斑斑的工作外罩;他穿着它们,跟穿着正式服装一样自然得体。她俯瞰着下方的新泽西州平原,想到和那些吊车、火焰和哗哗滚动的齿轮一样,他也属于这里。

他们来到开阔的乡间,飞速行驶在一条黑暗的路上,雪花漫卷着从车灯前一闪而过——此时,她想起了夏天他们一起度假时他的样子:穿了长裤,在一条僻静的溪谷里躺在地上,草压在他的身下,阳光照在他裸露的手臂上。他属于乡村,她想——他属于每一个地方——他是地球之子。随即,她想起了更确切的说法:他是拥有地球的那个人,在地球上随心所欲,掌控一切。那么——她纳闷地想——他为什么要默默地承受着悲惨的重负,而且接受得如此彻底,以至于他几乎都忘记了自己是在承受?她知道部分原因,她感觉似乎正在接近完整的答案,而且在不久的某一天就会抓到。但她现在不想去思考这些,因为他们正远离重负而去,因为他们拥有在飞驰的汽车内所凝结的彻底的幸福。她的头不自觉地靠了过去,在他的肩膀上靠了一会儿。

车子离开了高速路，驶向远处雪地上方光秃秃的纵横交错的树枝后面那一片片亮灯的玻璃窗。接着，他们在面向黑夜和树木的窗前桌旁坐下。这家小店建在林间的小山丘上，耗费不菲，十分隐秘，不凡的品位显示出它并没有被那些追求奢侈和注意的人们发现。她几乎没意识到有餐厅：它与一种极致的舒适感无形地融为一体，唯一令她注意到的装饰是窗外寒冰裹挟下的亮晶晶的树枝。

她坐下向外看着，蓝色的毛披肩半滑半掩着她裸露的手臂和肩膀。他眯起眼睛端详着她，带着一副男人打量自己作品的满意神色。

"我喜欢送东西给你，"他说，"因为你不需要它们。"

"不需要吗？"

"我并不是想让你得到它们，我是想让你从我这里得到它们。"

"那正是我需要它们的方式，汉克，从你那里。"

"你明白吗？从我这方面来说，这纯粹是恶毒的自我放纵。我不是为了博你的高兴才这样做，而是为了我。"

"汉克！"这完全是不自觉的一声喊叫，带着开心、绝望、愤慨和怜悯，"如果你只是为了我高兴才送那些东西给我，而不是为了你自己的话，我早就把它们扔回到你脸上去了。"

"是……是啊，那样的话你会的——而且应该。"

"你把这叫作你恶毒的自我放纵吗?"

"那是他们的叫法。"

"噢,是了!那是他们的叫法,那么你管这叫什么,汉克?"

"我不知道,"他无所谓地说,接着继续专心致志起来,"我只知道,如果这是恶毒的话,就让我去受诅咒吧,可它是我在这世界上最想做的。"

她没有回答,坐在那里带着淡淡的微笑看着他,像是让他去听听他自己说的话。

"我一直很想享受我的财富,"他说,"我不知道该怎么做,甚至没时间去了解我究竟有多想这样去做。不过,我知道我炼出炉的所有钢水都会变成流动的金子回到我这里来,金子就该凝结成我希望的任何形状,而我才是必须去享受这一切的人。只不过我不能,我找不出那么做有任何目的。现在我找到了。是我创造了财富,而且是我要让它替我买回我想要的每一种快活——包括看到我付得起多少钱——包括把你变成一个奢侈品的荒谬行为。"

"可我是一个你早已经买下来的奢侈品。"她说着,并没有笑。

"我是怎么买的?"

"和你买下工厂时所用的方法一样。"

对于她用语言所表达的这个想法的明显而完整的含义,她不知道他是否明白;但她知道他在那一时刻所感受到的是理解:

她看到他眼里隐含的笑意以及背后的轻松。

"我从不鄙视奢华，"他说，"但我向来鄙视那些享受它们的人。我看着被他们称之为享受的东西，在我对工厂有了感受之后，那些东西对我似乎毫无意义。过去我看着钢水出炉，成吨的钢水按照我的命令，流向我指定的地方。后来我去宴会，看到人们在那些金盘子和绣花台布面前吓得发抖，好像他们吃饭的房间成了主人，他们只是来伺候的东西，是被他们的钻石衣扣和项链所创造的东西，而不是相反。然后我会跑到我能找到的第一个矿渣堆去——而他们会说我不知道如何享受生活，因为我只关心生意。"

他看着这个黯淡的、精雕细琢的漂亮房间，看着坐在桌旁的人们。他们带着炫耀之意坐在那里，像是他们衣服的昂贵造价和无比精心的打扮本应该熔化在这一派富丽显赫之中，却没有。他们的脸上是咬牙切齿的焦急。

"达格妮，看看这些人。他们按理说是花花公子，找乐子的人和追求奢华的人。他们坐在那儿，等着这地方给他们带来意义，而不是反过来。但他们总是向我们展示他们是物质乐趣的享受者——而我们所受的教诲却是追求物质享受是一种邪恶。享受？他们是在享受吗？我们所受的教诲中有没有某种曲解，某种阴险而要紧的谬误呢？"

"是的，汉克——非常阴险，而且非常非常要紧。"

"他们是纨绔子弟，而我们，你和我只是商人。你能意识到吗?我们在这个地方所能享受到的,远比他们希望得到的还要多。"

"是啊。"

他以一种引经据典的语气缓缓说道:"我们为什么要把它全都给那些傻瓜?它本来就是我们的。"她吃惊地看着他,他笑了。"我记得你在那个聚会上对我说的每一句话。我当时没有回答你,因为我唯一的回答,你的话唯一触动我的,我觉得会让你恨我。那就是我想要你。"他看着她,"达格妮,你当时是无意的,但你当时说的就是你想和我上床,对不对?"

"是啊,汉克,当然了。"

他迎着她的目光,然后看向别处。他们久久地沉默不语。他瞧了瞧他们周围昏暗的光线,又看着他们桌上那两只亮闪闪的酒杯:"达格妮,我年轻的时候,在明尼苏达的铁矿厂干活时,曾想着有这样的一个夜晚。不,我当时干活不是为了这个,而且我也没经常想这些。但每过一段时间,在冬天的夜晚,星星都出来了,天很冷,我因为干了两个班而疲惫不堪,只想原地躺在矿层上好好睡一觉——我就想,有那么一天我会坐在像现在的这个地方,喝一杯酒的钱比我一天的工资还多,我会把这里的每一分钟、每一滴酒和桌上的每朵花都挣出来,而我会坐在这里,不为别的,只是为了自己开心。"

她笑着问:"和你的情人一起?"

她发现痛苦闪现在他的眼里,顿时恨不得没说出这句话。

"和……一个女人。"他回答。她知道那个他没有吐出来的词。他继续说下去,声音柔和而坚定,"我富有之后,看到富人开心时干的那些事,觉得我想象过的那个地方是不存在的。我甚至都没有把它想象得很清晰,不知道它会是什么样子,只知道我会有的感觉。我在多年以前就不再对此抱有期望了。但是——今晚我感觉到了。"

他举起他的酒杯,看着她。

"汉克,除了做一个……一个让你开心的奢侈品,我可以把我生活中其他的一切都丢掉。"

他看到她端酒杯的手在颤抖。他平静地说:"我知道,我最亲爱的。"

她惊呆了,坐着一动不动:他以前从没说出过那个词。他把头向后一扬,脸上露出她从没见过的灿烂的笑容。

"你第一次露出弱点了,达格妮。"他说。

她大笑着,摇着脑袋。他从桌上伸过手去,搂住她裸露的肩膀,像是要扶住她。她轻柔地笑着,像是不经意般用嘴摩挲着他的手指,那一瞬间,她把头低下了,而他看到了她眼里的泪光。

当她抬头看向他的时候,她的笑容和他的一样灿烂——随后的这个夜晚便是他们的庆祝——为了他从矿山上的夜晚一路走过的这些年,为了她从第一场舞会那晚起一路经过的这些年,当时，她在满目荒芜中向往着毫无羁绊的快活，幻想着灯光和鲜花会让人们焕发出光彩。

"难道……在我们所受的教诲里……没有某种阴险而紧要的谬误吗？"在一个凄沉的春夜，她躺在她客厅的椅子里想着他的话，等着他的到来……再往前一点点，我亲爱的——她想——再看得远一点，你就可以挣脱这个谬误，以及所有你从来就不该承受的无用的痛苦……但是，她觉得她也没有完全看清前途，不知道前方还有什么在等待着她去发现……

走在去她公寓的黑暗的街道上，里尔登将双手揣在上衣兜里，夹紧了两臂，因为他不想碰上任何东西，或者蹭到任何人。他还从没有过这样的体会——这种剧烈的厌恶感找不到具体原因，却似乎波及了他身边的一切，淹没了整座城市。他可以理解对任何一件事的讨厌，而且可以抱着它一定长不了的健康的愤慨心态去和它搏斗；但这种全世界都令他恶心得不愿停驻的感觉却是前所未有的。

他和铜生产商们开了个会，他们在一系列的法令封杀之下，即将又销声匿迹一年。他没有什么建议和解决的办法可以给他们，他那出了名的总能使生产柳暗花明的智慧也无法挽救他们。他们都知道根本毫无办法可想；智慧是头脑的优点之一，而在他们遇到的情况面前，头脑早就被当作不相干的东西扔到了一边。"这是华盛顿那帮人和铜矿进口商之间的一笔交易，"他们当中的一个人说道，"主要是德安孔尼亚铜业公司。"

这只是一个小小的、无关紧要的刺痛罢了，他想，这是一种失望的感觉，但他本来也不应该抱任何希望才是；他应该料到这才是弗兰西斯科·德安孔尼亚那样的人会干的事——他生气地想，自己为什么会觉得有一团明亮而短暂的火苗湮灭在了一个漆黑的世界里。

他不清楚究竟是无法逢场作戏令他产生了这种极不情愿的感觉，还是这种极其的不情愿使他不想去演戏。两种都有，他想；欲望觉得行动会将它实现，行动会觉得欲望值得去实现。假如唯一可能的出路只是在别人的枪口下活一天算一天，那么无论行动还是欲望便都不复存在了。

那么生活呢？他漠然地问着自己。生活，他想，是被定义为运动的。人的生命是有目的的运动；一旦目的和运动被剥夺，一个人在锁链的禁锢下，只能在喘息中眼睁睁地看着所有他本来可以实现的宏伟可能，只能去呼喊"为什么"，然后看到一管枪口作为仅有的解释，这样的话，他会是一种什么样的状态呢？他耸耸肩，继续走着；连答案也不屑去找了。

他漠然审视着自己的漠然所带来的破坏。无论过去曾经多么艰难，他从未到过放弃行动的意志这一最恶劣的地步。受罪的时候，他从未让痛苦占上风：他从未因它而失去自己追求欢乐的欲望。他从未对这世界的本质、对作为它的推动力和核心的人的伟大有过任何怀疑。几年前,他曾经对历史上那些黑暗时期出现在人们中的狂热教派表示轻蔑和感到不可理解,那些教派相信,人只是为了受折磨而活在邪恶统治下的恶毒宇宙当中。今晚,他明白了他们对世界的看法和他们曾经有过的感受。假如他眼下所见到的就是他所生存的世界,那么他一点也不想去碰它,也不想去反抗。他置身世外,毫无所求,并不关心能否活得更长久。

达格妮以及他想见到她的愿望是他心里剩下的唯一的例外。这愿望还在,可他突然吃惊地发现,今晚,他没有和她一起睡觉的欲望。那无时无刻不在的欲望——那靠着自我的满足而生长,而存活的欲望,被抹掉了。这是一种奇怪的衰萎,既非他的内心,也非他的身体。他一如既往地能感受到它的激情,她是世界上最好的女人;但它带来的只是想得到她的欲望,一种想要去感觉的愿望,而不是一种感觉。这样的麻木似乎与人无关,似乎根源并不在他或她身上;似乎它是他已离开的某个范围的性活动。

"别起来——待在那儿——你显然是一直在等我,你的每个样子我都想再多看看。"

他在她的门厅里说道。他看见她躺在椅子里;看见她迫不及待地一哆嗦,肩膀向前一抬,准备起身;他笑了。

他注意到——他的某一部分似乎正在以游离体外的好奇注视着他的反应——他的笑和他突然感到的快活是真切的。他有了一种他一直体会着,却无法辨别的感受,因为它总是那样的决绝和不假思索：这是一种禁止他用痛苦去面对她的感觉。它远远强烈于要掩饰他在受苦的那种傲气：这是一种在她面前绝不能承认自己在受苦的感觉，他们对对方的任何要求都不可以出自于痛苦，不能以获得同情为目的。他给这里带来的，或者想在这里寻找的，不是痛苦。

"你还需不需要我总是在等待着你的证明了？"她问着，听话地靠回到椅子里；她的声音既不娇柔，也不含乞求，只有欢快和一些捉弄。

"达格妮，为什么大多数女人都不会承认这一点，而你却会？"

"因为她们从来不能肯定她们是被需要的，而我很肯定。"

"我的确对自信很欣赏。"

"自信只是我话里的一部分，汉克。"

"那完整的意思又是什么呢？"

"对我的——还有你的价值观的信心。"他像是突然想到了什么似的瞧了她一眼，她又笑着说道，"比如吧，我对吸引沃伦·伯伊勒这样的人就不会有把握，他根本不会要我，而你会。"

"你是说，"他缓慢地说道，"在你发现我需要你的时候，你会更加看重我？"

"当然了。"

"这可不是大多数人会做出的反应。"

"的确不是。"

"大多数人在发现别人需要他们的时候，只会更加看重他们自己。"

"我觉得如果别人需要我，他们就会变得与我旗鼓相当。你也是这么想的，汉克——不管你承认不承认。"

这可不是第一天早晨我对你说过的话——他低下头看着她，心里想道。她懒洋洋地伸着四肢躺在那里，脸色平静，眼睛却明亮而带有嘲弄的意味。他知道，他们俩的心思已经被彼此猜透。他笑了，没再说别的。

他半坐半躺在沙发上，看着她在房间里走过，感到心绪安宁——如同升起了一道临时的墙，隔在他和他来时的感受之间。他跟她讲了遇到国家科学院那个人的经过，这是因为虽然他知道这件事存在危险，但心中依然有一种奇怪而兴奋的满足感。

他看着她愤慨的样子，不禁笑出声来。"为他们犯不着生气，"他说，"这还能比他们每天都在干的事更糟？"

"汉克，你想不想让我跟斯塔德勒博士说说这件事？"

"当然不！"

"他应该阻止它，至少他能做到这些。"

"我宁愿进监狱。斯塔德勒博士？你不会和他有什么关系吧？"

"我在几天之前见过他。"

"为什么？"

"是有关那台发动机的事。"

"那台发动机？"他喃喃地说道，那样子像是关于发动机的念头突然把他从已经彻底忘掉的一个世界带了回来。"达格妮……发明那台发动机的人……他的确还在，对不对？"

"怎么……当然了。你什么意思？"

"我只是说那……那真让人高兴，不是吗？就算他现在死了，毕竟他曾经活过，活得那么好，把那台发动机设计了出来……"

"你这是怎么了，汉克？"

"没什么，跟我说说发动机的事。"

她跟他讲了与斯塔德勒博士的会谈。她站了起来，边讲边在屋里走来走去；她无法安静地躺着，一提到发动机的话题，她总是感到一种希望和急着要去行动的冲动。

他首先注意到的是窗外城市的灯光：他感到它们像是一盏接一盏地被点亮，组成了他所喜欢的宏伟的天际线；他感受到了，尽管他知道那些灯是一直在那里的。接着他便明白了，那正在归来的东西是在他的身体里：那一滴接着一滴回归的是他对这座城市的热爱。然后他知道，它之所以归来，是因为在他望向这城市的视域里，有一个挺立而窈窕的女人的身影，她扬着头，像是急切地在向远方眺望，她的脚步永远在飞奔不停。他看她的时候，像是在看着一个陌生人，几乎没有意识到她是一个女人，但眼前的这一切凝聚成了一种感受，用言语表达出来就是：这就是世界，就是世界的核心，正是这一切造就了这座城市——它们是不可分割的，建筑上分明的棱角和只剩下目标的脸庞上面那瘦削的线条——高耸的钢铁阶梯和一个全神贯注于目标的人的脚步——这才是他们的本来面目，所有那些在生命中发明了电灯、钢铁、熔炉、发动机的人们——他们就是世界，他们，而不是那些蜷缩于阴暗一隅的人，那些半是乞讨半是威胁的人，夸耀地展示着他们的创口，以此向生命和美德进行索取——既然他知道还存在着一个具有创新勇气的人，他还能把这世界拱手让给其他人吗？既然他可以发现一幕能让他重新崇拜的景象，他还能相信这世界是属于伤痛、呻吟和枪口的吗？发明发动机的人的确存在，他绝不会怀疑他们的真实，是他对他们的想象，令反差变得难以忍受，因此就连厌恶，都是他在以他的忠诚对他们，对那个既属于他们也属于他的世界致敬。

"亲爱的……"他说道，"亲爱的……"注意到她已经停下来不说话的时候，他便如从梦中惊醒一般。

"怎么了，汉克？"她轻声问道。

"没事……只是你不应该去找斯塔德勒。"他的脸上充满了明亮的信心，声音听起来是高兴、忠诚和温柔的；除此以外，她瞧不出其他什么。他看上去和往常一样，只是流露出来的温柔显得奇怪，那是以前没有过的。

"我总觉得不应该,"她说,"可我不知道为什么。"

"我告诉你吧,"他身子向前凑了凑,"他想从你那里得到一种认可,认可他依旧是本应该是的那个斯塔德勒博士。但他已经不是了,这他很清楚。尽管他做出了那些行径,但与之矛盾的是,他还是想得到你对他的尊敬。他想把你当作他的障眼法,这样他的英名便能够得以保全,而国家科学院则会被人遗忘——这些,只有你才能替他做到。"

"为什么是我呢?"

"因为你是受害者。"

她惊愕地看着他。他全神贯注地讲着;他突然觉得感知异常明晰,像是一股能量涌进了视野,将所有含混不清的都融进了一个形状和方向。

"达格妮,他们正在做一些我们永远也不明白的事情。他们知道一些我们不了解,但应该去发现的事。我还看不出它的全貌,但开始看到了其中的某些部分。在我拒绝帮他装成一个来采购我的合金的诚实买家之后,那个国家科学院的掠夺者害怕了。他非常害怕,怕什么呢?我不清楚——舆论只不过是他的名头,但这不是全部。他为什么要害怕呢?他手里有枪,有监狱,有法律——如果愿意,他可以把我的整个工厂没收,没人会出来保护我,这些他都知道——那么,他为什么还要在意我怎么想呢?可他真的很在意。必须是我来告诉他,他不是掠夺者,而是我的客户和朋友，这就是他想从我这里得到的，而这就是斯塔德勒博士想从你那里得到的——你得假装他是个伟人，从没想去毁掉你的铁路和我的合金。我不知道他们觉得这样做能得到些什么——可他们是想让我们装得像他们那样，假装看见了这世上的一切。他们需要得到我们的某种认可，我不清楚究竟是什么认可——但是，达格妮，我知道的是，如果我们看重自己的生活，就一定不能把它给他们。即便他们把你放上了刑架，也不要给他们。让他们把你的铁路和我的工厂都毁掉吧，但不要给他们。因为我非常清楚：我清楚那是我们唯一的生机。"

她一动不动地站在他的面前，入神地盯着她也在极力捕捉的一些模糊的轮廓。

"是的……"她说，"是的，我知道你从他们身上看见了什么……我也感觉到了——可它只是像擦身而过的什么东西，在我还没意识到看见它的时候，就已经不见了，像是团冷空气一样，然后我总是觉得应该把它截住……我知道你是对的。我理解不了他们玩的游戏，但至少这些是对的：我们不能像他们希望的那样去看周围的一切。这是一个骗局，非常古老而庞大——打破它的关键在于：对他们教我们的每一个前提进行检查，去质疑每一个感知的对象，去——"

一个突如其来的想法让她把身体急转向他，但与此同时，她刹住了这个动作和正在说的话：下面要说的话可是她不想对他讲的。她站在那里,带着渐渐变得欢快的好奇的笑容看着他。

在心里的某个地方,他清楚她不会说出的那个想法,但只是知道雏形,目前还没法把它说得很清楚。此刻,他没有停下来去琢磨它——因为在他感觉到的潮水般的思绪中,另一个念头,也是这个念头的前身,正在渐渐清晰,而且已经占据了他的脑子好几分钟。他站起来向她走去,伸手抱住了她。

他将她的整个身子紧紧压向自己,就如他们的身体是两股共同向上喷涌的激流,每一股都向着一个地方奔去,每一股都携带着他们全部的意识,去迎接嘴唇的会合。

在这一瞬间,她的所有感受中有一部分是难以名状的,他们站立在高居城市灯火之上的屋子中央,她感觉他抱住她的姿势是如此优美。

他从今晚的发现之中,明白了他重新获得的对存在的热爱并不是随着他对她的欲望回归而一起回来的——但在他重新获得了他的世界、爱情、价值以及世界观之后,欲望便回来了——这欲望并不是对她的身体的响应,而是对他自己和他生活下去的愿望的庆祝。

他对此并不知晓,他不去想这些,他已经不需要言语,只是在感受着她的身体的回应,同时他还感觉到了那尚未得到承认的认知:那曾经被他称作她的堕落的东西,正是她最高尚的美德——像他一样,有能力感受到存在的欢乐。

靠关系的贵族

the **Aristocracy** of **Pull**

9

在她的办公室窗外，立在空中的日历显示着：九月二日。达格妮疲倦地倚着桌子。每到黄昏降临，第一个亮起的总是射向日历的那束光线；这张泛着光的白纸在楼顶一出现，就加快了黑暗的到来，使得这城市一片模糊。

过去几个月来，她每天晚上都在望着远处的这张纸。你没几天了，它似乎在说——它似乎是在朝着它知道的某种东西推进，并不断做着标记，而她却不知道那是什么。过去，它曾经记录下了她修建约翰·高尔特铁路时的争分夺秒；现在，它在记录着她和一个不知名的毁灭者之间的较量。

在科罗拉多州建设新城镇的人们，已经一个接一个地离去，消失在了某种无人知道的沉寂里，从此杳无音讯，再不回来。他们离去后，身后留下的城镇渐渐衰亡。他们所盖的工厂，一些依然没有主人，铁锁高挂；其余的落在了当地政府的手中；无论是哪种情况，机器设备都静悄悄的，从未被开动。

她曾感到，似乎有一张科罗拉多州的黑暗的地图像交通控制台一样摆在她面前，有几处灯光散落在它的崇山峻岭之间。灯光一个接一个地灭掉了，人一个接一个地消失了。这中间有某种规律，她感觉得到，但说不清楚；她已经能非常确定地预测出谁会是下一个，却不能抓住那个"为什么"。

曾经在威特枢纽站的站台上迎接她走下机车的那些人，只剩下了泰德·尼尔森，他还在经营着尼尔森发动机厂。"泰德，你不会是下一个离开的吧？"他最近来纽约的时候，她曾经问过他；她问的时候，竭力面带笑容。他冷酷地回答："我希望不会。""你什么意思，你希望？你难道不确定吗？"他缓慢而沉重地说道："达格妮，我一直觉得就是去死也不能停下工作。可那些走了的人也是这么想的。撤退对我来说简直不可能。但一年前，这在他们看来也不可能。那些人是我的朋友，他们清楚他们的离去对我们这些求生的人来说意味着什么。除非有至关重要的原因，否则他们不会一声不吭地就那样离开，给我们平添一分难以解释的恐惧。一个月前，马什电气厂的罗杰·马什告诉我，他会把自己用铁链绑在桌子上，这样的话，无论他受到什么样惊人的诱惑，他都走不掉。他被那些走了的人气得暴跳如雷，向我发誓绝不会那样去做。'假如是什么我不能抗拒的，'他说，'我发誓会保持足够的理智给你留下封信，让你能有点头绪，你就不会像咱俩现在这样，因为恐惧而去绞尽脑汁。'这就是他发的誓。两周后，他走了，没给我留信……达格妮，无论他们在离开的时候究竟看见了什么,我没法告诉你当我看见它的时候我会怎样去做。"

她觉得似乎某个毁灭者正无声地行进在大地上,灯光一经他的接触,便应手而熄——她痛苦地想,是有人逆转了出自二十世纪发动机公司的原理,正在把动能改回为静态。

那才是我要与之较量的敌人——她坐在暮色降临的办公室桌前,心里想道。昆廷·丹尼尔斯的月度报告正在她的桌上放着,她目前还不能肯定丹尼尔斯会解开那部发动机的秘密;但这个毁灭者,她想,正快速而坚定地行动,步子越来越快;她怀疑,当她把发动机重新制造出来的时候,这残存的世界里会不会已经没有它的用武之处了。

从昆廷·丹尼尔斯进入她的办公室和她见第一面起,她就喜欢上了他。他三十出头,身材颀长,棱角分明的面孔很亲切,笑容迷人。他时刻给人一种微笑的感觉,特别是在他聆听的时候;那是一种善意的开心的神情,似乎他正在快速而耐心地把听到的言语中不相干的部分剔除,赶在说话人之前已经直奔了主题。

"你为什么拒绝在斯塔德勒博士手下工作?"她问道。

他的笑意开始生硬,不那么轻松了;他的情感正流露出来,这情感是气愤。但他不慌不忙地稳稳回答:"你知道,斯塔德勒博士曾经说过,'自由的科学研究'这句话里的第一个词是多余的,他似乎已经把这忘记了。而我要说的是,'政府进行的科学研究'这话本身就是矛盾的。"

她问他在犹他理工学院担任什么职务。"值夜班的。"他回答。"什么？"她大吃了一惊。"值夜班的。"他礼貌地重复了一遍，就像是她没听清楚，就像是这没什么值得大惊小怪的。

在她的询问下，他解释了他并不喜欢现存的任何一家科学机构，他本来是会愿意在某个大企业的科研部门里工作的——"可如今，它们当中有谁愿意去负担长期的研究项目？而且，它们为什么要负担呢？"——因此，当犹他理工学院因资金不足而关闭之后，他便在那里值夜班，成了唯一留下的人；工资足够他的日常所需——而学院的实验室原封不动，可以供他自己不受干扰地使用。

"那么，你是在自己做研究了？"

"不错。"

"是为了什么呢？"

"为我自己高兴而已。"

"假如你有了具有重大科学意义或商业价值的发现，你打算怎么办？你打算把它放到公共用途上吗？"

"不知道，我想不会。"

"难道你没有任何为全人类服务的想法？"

"我从来不说这样的话，塔格特小姐。我觉得你也不会。"

她笑了起来："我觉得你和我，咱们能处得不错。"

"我们会的。"

她将发动机的事告诉了他。他仔细看了那份底稿之后,没有讲什么,只是说无论她提出任何条件,他都会去做这个工作。

她让他自己开条件。她对他所提出的极低的月薪感到惊讶,并表示反对。"塔格特小姐,"他说,"如果有什么事情是我不能接受的,那就是毫无意义的事情。我不知道你得付多长时间的报酬给我,还有你从中是否能得到任何回报。我是在用自己的心血去冒这个险,不会让别人参与进来。我不为了意愿而收取报酬,但绝对会为我交出的成果而收钱。如果我成功了,到时候我就会活剥你一层皮,因为那个时候我要的是提成,而且会很高,不过那对你来说是很值的。"

他说出自己希望的提成数字之后,她大笑着说:"这可真是要剥我的皮呀!不过很值得,好吧。"

他们达成了协议,这是她个人的项目,他是她的私人雇员;他们谁都不希望受到塔格特研究部门的干预。他要求留在犹他州,继续值他的班,那里有他所需要的全部实验设备和私人空间。在他取得成功之前,这个项目的秘密限于他们俩之间。

"塔格特小姐,"他用结束的口气说道,"就算能解决的话,我也不知道得用多少年。但我知道,如果我把自己的后半生都花在它上面,并且取得成功,我将死而无憾。"他又补充道,"让我比解决这个问题更想做的只有一件事:就是见到已经解决过它的那个人。"

他回到犹他州之后,她每月给他寄去一张支票,而他每月送来一份工作进展报告。现在抱希望还为时过早,不过在她办公室里每天混沌的雾气之中,他的报告是唯一的亮点。

她读完他的报告后,抬起头来,远处的日历上显示着:九月二日。在它下面,城市的灯火正在蔓延和闪动。她想到了里尔登,他要是在城里就好了,她今晚很想见到他。

接着,她注意到了这个日期,突然想起她得赶紧回家穿戴整齐,因为她今晚要去参加吉姆的婚礼。除了在公司里,她已经有一年多没见过吉姆了。她还从未见过他的未婚妻,不过从报纸上已经看到了够多的有关订婚的报道。她从桌旁站起来,感到极其厌烦:参加婚礼似乎比不厌其烦地解释她为什么随后就离开要容易得多。

正当她急匆匆地走过车站的候车大厅时,一个声音带着急切和勉强奇怪地叫道:"塔格特小姐!"它一下子让她停住了脚步;过了几秒钟,她才发觉叫喊声来自那个摆烟摊的老人。

"我等着见你都等了好几天了,塔格特小姐,我一直急着想要和你说话。"他脸上神色古怪,是竭力装作不害怕的样子。

"对不起,"她笑着说,"我这一星期都是来去匆匆的,没时间停下来。"

他没有笑:"塔格特小姐,几个月前你给我的那支带美元符号的烟——你是从哪儿得来的?"

她站在那里愣了一会儿。"这恐怕说来话长。"她回答道。

"你和那个给你香烟的人能联系上吗?"

"应该能吧——虽然我不很肯定。怎么?"

"他会不会跟你讲他的烟是从哪儿来的呢?"

"我不知道,你为什么怀疑他不会讲呢?"

他犹豫了一下,随后问:"塔格特小姐,要是你不得不跟人家说一件绝无可能的事,你会怎么办?"

她扑哧一笑:"给我烟的那个人说,如果是这样的话,就一定要对前提进行检查。"

"他这么说过?是关于烟吗?"

"呃,不是,不完全是。不过这是怎么回事?你究竟想告诉我什么?"

"塔格特小姐,我满世界去打听过了,查了烟草业所有的信息来源。我对那个烟头做了化学分析,没有任何一家厂生产这种烟纸。我在任何一种烟草混合物里都找不出它用的香料。那种烟是机器做的,却不是出自我所知道的任何一家厂——它们我可都认识。塔格特小姐,就我所知,那种烟不是在这个地球上做出来的。"

里尔登站在一旁,心不在焉地瞧着服务员把餐车推出他住的酒店房间。肯·达纳格已经走了，房间里半明半暗。他们在用晚餐的时候，心照不宣地将灯光调暗了，这样，达纳格的面孔就不会被服务员注意到或者认出来。

他们只能像无法见人的罪犯那样偷偷摸摸地会面。他们不能在他们的办公室或者家里见面，只能在人来人往、大家互不相识的城市里，在他的韦恩·福克兰酒店套间里碰头。一旦他同意向达纳格提供四千吨里尔登合金结构件的消息走漏出去，他们会分别受到一万美元的罚款和十年监禁。

吃饭时，他们对那些法案，以及他们的动机和风险都没有谈及。他们只是在谈生意。达纳格以他开会时素有的清晰冷静的口吻，解释了只有推迟对矿架的修建，推迟对他三个星期前买下的破产的联盟煤矿公司进行修缮，他原本订货量的一半才够用来修好即将塌方的矿道。"这家矿很棒，就是太破旧了，他们上个月出了起大事故，塌方和煤气爆炸导致了四十人死亡。"他换了一副背诵干巴巴的统计报表般机械的语气补充道，"报纸正在嚷嚷着说煤炭目前是国家最重要的物资，还说煤炭业者趁着石油短缺的机会大赚暴利。华盛顿有一帮人叫嚣着说我扩张得太厉害了，正在形成垄断，因此应该采取措施来阻止我。华盛顿的另一伙人则叫嚣说我扩张得还不够，应该采取措施让政府将我的矿没收，因为我是在贪婪地捞钱，而不想去满足社会对燃料的需求。根据我目前的利润率，我在这家联盟煤矿公司上的投入要四十七年后才收得回来。我没有孩子，买下它是因为一个客户，我不愿意看到燃料短缺在其身上出现，我说的就是塔格特泛陆运输。我总是在想，一旦铁路瘫痪，会出现什么样的后果。"他停了一下，然后又说，"我不知道我干吗还要操这份心，但我就是这样。华盛顿的那些人看来还不清楚那会是什么后果，可我清楚。"里尔登说："我会把合金给你的。你什么时候需要另外那一半订货，跟我说一声，我也会交货的。"

晚饭吃完的时候，达纳格用同样不动声色但清楚自己所说的每个字的语气，说："假如你我的下属当中有谁发现了这事，并想私下勒索的话，我会在合理的范围内付这笔钱。但是，如果他在华盛顿有朋友，那我就不付。这样的事要是发生了，那我就去坐牢。""那咱们就一起去。"里尔登说。

独自站在这半暗的房间里，里尔登感到自己对于要去蹲监狱毫不在乎。他记得十四岁的时候，他饿得头晕也不去偷路边摊上的水果。现在，如果这顿晚餐成为罪状，他会觉得被送进监狱和被卡车撞上没什么区别：只是一起客观的、没有任何道德价值的事故而已。

他想到，他被迫像隐藏不可告人的罪行一般，把他一年来唯一觉得开心的这桩生意隐藏起来——想到他正在被迫像隐藏不可告人的罪行一般，把他和达格妮共同度过的唯一令他感到还活着的夜晚隐藏起来。他觉得这两种隐藏之间有着某种联系，某种他必须找出来的重要联系。他对此还无法确定，他找不到言语来形容它，但他觉得一旦到了他发现它的那天，他生活中的一切问题便都将迎刃而解。

他靠墙而立，头向后仰着，闭上眼睛，想起了达格妮，这时，他觉得他什么都可以不在乎了。他想到今晚会见到她，几乎是恨恨地，因为明天早晨看来是如此的迫近，到时他将不得不离开她——他不知道他明天是否该留在城里，还是不去见她，现在就离开，这样他就能够等待，这样它就总是会在他的前面：在那一时刻，他的双手揽着她的肩膀，低头看着她的脸庞。你真是疯了，他想道——但他明白，即使她时刻在他身旁，他依然会是这样，永远不会觉得足够，为了能承受住它，他非得给自己发明出一种丧失意识的折磨方法不可——他知道他今晚会去见她，没有见到她就离开的念头让这快感变得更加强烈，让一瞬间的折磨更衬托出他对随后这段时光的坚信。他会让她客厅的灯一直开着，他想，在床上抱着她，眼前只有一条灯光的曲线从她的腰际流淌到她的脚踝，只有一根线在黑暗中勾勒出她瘦长的全身，然后，他要把她的头拉到灯光下，去看她的脸，看着它毫不反抗地向后垂下，她的头发盖住了他的手臂，眼睛闭着，脸上带着疼痛一般的表情，嘴向他张开。

他站在墙边，等待着，让这天所发生的一切从他身上退去，好去感受自由，去知道下一段时间是属于他的。

当他的房门毫无预兆地被一下子推开时,他似乎没听见,也无法相信。他看见一个女人的剪影,接着是一个行李生放下一只行李箱,然后离开了。他听到莉莉安的声音:"怎么了,亨利?就这么黑乎乎的一个人?"

她按了一下门边的电灯开关。她站在那里,打扮得一丝不苟,一身黯淡的米色旅行装令她看起来像是一路上被包在了玻璃盒里一样;她面带笑容,如同到家一般正在摘着手套。

"亲爱的,你是回来过夜呢?"她问道,"还是正打算出去?"

他不知道自己过了多久才回答道:"你来这里干什么?"

"怎么,你难道不记得吉姆·塔格特邀请我们去参加他的婚礼吗?是今天晚上。"

"我没打算去他的婚礼。"

"噢,可是我打算去!"

"我今天早晨走之前你为什么不告诉我?"

"让你大吃一惊啊,亲爱的。"她快活地大笑起来,"想把你拉到任何一个社交场合去简直都是不可能的,不过我想,也许在心血来潮的时候你是会去的,就是出去开心一下,结了婚的夫妻都是这样的。我想你不会在意的——你在纽约过夜已经是家常便饭了!"

他看到不经意的目光顺着她时髦的斜帽檐瞟了上来。他没说话。

"当然了，我是在冒险，"她说，"你或许和谁出去吃晚饭了。"他没说话。"或者你也许打算今晚回去？"

"不。"

"你今晚有安排了？"

"没有。"

"好吧，"她指了指她的行李箱，"我带来了晚上要穿的衣服。我能比你穿戴打扮得更快，想不想打赌送我一个兰花胸饰啊？"

他想，达格妮今晚会去参加她哥哥的婚礼；这晚对他已经无所谓了。"如果你想的话，我可以带你出去，"他说，"但不是去这个婚礼。"

"噢，可我就是想去那儿呀！这是当今最荒谬的一件事，我所有的朋友都已经等了好几个星期。我说什么也不能错过。城里没有比这更好玩——或者更轰动的节目了。这场婚礼实在是荒唐透顶，也就吉姆·塔格特做得出来。"

她像是要熟悉一个陌生的地方一样，在房间里东张西望地随意走来走去。"我都好几年没来纽约了，"她说，"是没和你一起，没来参加过任何正式的场合。"

他留意到她漫无目的的眼神有一个停顿，在装满烟头的烟灰缸那儿短暂地定了定，接着又移开了。他突然感到一阵厌恶。

她注意到了他的脸色，开心地笑了起来："噢，可是亲爱的，我可没觉得轻松！我是失望。我本来是想找到几个带口红的烟头来着。"

他知道，尽管用了玩笑来掩饰，但她的确承认了自己是在窥探。不过她显而易见的直率举动令他搞不懂她是不是真的在开玩笑；在短暂的一瞬间，他感到她说的是实话。他略过了这个印象，因为他觉得这根本不可能。

"我想你永远做不了凡人，"她说，"所以我相信我没有情敌。而且就算有的话——我很怀疑，亲爱的——我觉得也没什么好担心的。因为如果有谁可以招之即来，不用预约——那么，大家都知道那是怎么样的一类人。"

他觉得他得谨慎些；他几乎就要扇她的耳光了。"莉莉安，我想你知道，"他说，"这种幽默超过了我能忍受的范围。"

"哦，你这么当真啊！"她大笑道，"我总是忘记，你对所有的事情都那么当真——特别是对你自己。"

随即，她突然转到他的面前，笑容不见了。她带着一副奇怪和恳求的神色，这表情他曾偶尔在她的脸上看到过，似乎构成它的是诚恳和勇气。

"你想认真吗，亨利？好吧，你想让我在你生活的最底层待多久？想把我变得多孤独？我什么都没求过你，让你想怎么样就怎么样。你难道一个晚上都不能给我吗？哦，我知道你讨厌聚会，会很无聊。可这对我来说意味着很多。你可以把这叫作空洞的交际虚荣心——我是想，哪怕有一回，能和我的丈夫一起露露面。我觉得你从来不会这样去想，但你是个重要人物，被人羡慕、包围、尊敬和害怕，是一个能够让女人拿出去炫耀的丈夫。你可以说这是女性虚荣心的一种低级表现，可这就是每一个女人快乐的表现形式。你不是按照这种标准生活，可我是。你难道不能用几个小时的无聊，把这些给我吗？你难道不能再坚强些，来实践你的义务，履行一个丈夫的职责吗？你难道不能不为自己，不因为你想才去，而是为我，是因为我想去而去吗？"

达格妮——他绝望地想着——达格妮，她从没对他的家庭生活说过一个字，从没提出过任何要求，发出过一声责备，或问过一个问题——他没法和他的妻子一起出现在她的面前，没法让她看见他被人家作为丈夫骄傲地拿出来炫耀——此刻，在他答应去做这一切之前，他简直想去死——因为他知道他会答应的。

因为他已经把这秘密当成了罪过，并且向他自己发了誓去承受它带来的后果——因为他已经承认权利是在莉莉安手里，他可以忍受任何诅咒，却不能拒绝她对他主张的权利——因为他知道，他拒绝去的理由正是令他无权拒绝的理由——因为他听到了他心里乞求的叫喊："噢，天啊，莉莉安，只要不去那个聚会，去哪儿都行！"而他不能容许自己去乞求同情——他平静地说，声音死气沉沉而坚决：

"好吧，莉莉安，我去。"

在出租房的卧室里，带着玫瑰色小圆点花边的婚纱被地上的什么小东西挂住了，雪莉·布鲁克斯小心地把它拎起来，迈着步子，从墙上歪挂着的一面镜子里瞧着自己。她在这里拍了一整天照片，在过去的两个月里，她已经拍过许多次了。媒体想为她拍照时，她依然带着难以置信的感谢笑容，但她希望他们不要太频繁了。

当雪莉几个星期前第一次面对绞肉机一般的媒体访问时，一个上了年纪、一脸苦相的姐姐就开始负责照看她了。这位姐姐撰写赚人眼泪的爱情小专栏，在生活中则有着女警官一样的痛苦而辛酸的智慧。今天，这位一脸苦相的姐姐把记者们都轰了出去，嘴里呵斥着："好啦好啦，滚吧！"对于邻居们，她就冲着他们劈头盖脸地把雪莉的房门猛地关上，然后帮她穿戴起来。她要开车把雪莉送到婚礼上去，她发现没有别人会来做这些事。

婚纱、白色的人造丝长裙、精巧的拖鞋，以及她脖子上的那串珍珠，这几样东西的价钱比雪莉屋子里的全部家当还要贵上几百倍。屋子的大部分面积都被一张床所占据，其余的部分则被一个橱柜、一把椅子和挂在一道褪色的帘子后面的几件衣服挤得满满当当。她走动的时候，礼服上面宽大的裙箍蹭着墙壁，她那长袖紧身胸衣里的瘦小身体在裙箍上方摇晃着，反差强烈；这件礼服出自城里最有名的设计师之手。

"你看，我找到那份廉价店的工作后，本来可以搬到好一些的房间里去，"她抱歉地对一脸苦相的姐姐说，"不过我觉得晚上在哪里睡并不要紧，所以我就把钱攒下来了，因为今后在更重要的地方还用得着——"她停住，笑了，拼命地摇晃着脑袋，"我原以为我会需要的。"她说。

"你瞧上去挺不错了，"一脸苦相的姐姐说，"你从那个破镜子里看不出来什么，不过你没问题了。"

"发生的这一切，我……我自己都来不及想明白。可你看，吉姆太好了。我只是个在廉价店里卖东西的，住在这样的地方，可他不在乎，不因为这而对我不好。"

"哦哦。"一脸苦相的姐姐应着，表情冷漠。

雪莉想起了吉姆·塔格特第一次来这里时的惊奇。在他们第一次见面后的一个月，她已经对再见到他不抱指望了，有一天晚上，他没打招呼就来了。她窘迫至极，感到她像是把太阳装在了小泥坑里——吉姆却笑了，坐在她仅有的一把椅子上，瞧着她涨红的脸，环视着她的房间。然后他叫她穿上外套，带她去了城里最贵的餐馆吃晚饭。他笑着看她的无措，看她的尴尬，看她拿错叉子时吓坏的样子，看她眼里的迷惑。她并不知道他在想什么，不过，他知道她是被吓晕了，并不是被这种地方，而是因为他带了她来这里；他知道她几乎没怎么动那昂贵的饭菜，知道她不像其他女孩子那样，把这顿晚餐当成从阔佬那里白捡的便宜，而是把它当作了她从没想过会得到的闪光的奖赏。

两个星期后，他又来找她，从那以后，他们的约会逐渐频繁了起来。他会在廉价店快关门的时候开车过去，她则看着其他那些售货的女孩子目瞪口呆地瞧着她，瞧着他的轿车，瞧着穿了一身制服的专职司机为她开车门。他会带她去最好的夜总会，向朋友介绍她时，他会说，"布鲁克斯小姐在麦迪逊广场的廉价店里工作。"她会看到他们脸上那奇怪的表情，还有吉姆在看着他们时眼里的那一丝嘲讽。她感激地想着，他是不想让她感到有假装的必要或是难堪。她崇拜地想，他有诚实的勇气，而不在乎别人是否会赞成他。但有天晚上，她听到隔壁桌上一个在知识圈里的政论杂志工作的女人对同伴说，"吉姆可真大方啊！"她感到了一股从未有过的、怪异的灼痛。

如果他想的话，她会把自己唯一能回报他的东西给他。令她感激的是，他没有提出过。但她感觉他们的关系是一笔巨大的债务，除了默默的崇拜，她再没有什么可以用来偿还了。她想，他并不需要她的崇拜。

有些晚上，他来带她出去，却留在她的房间里和她说起话来，而她则无声地听着。一切发生得总是特别突然而出人意料，似乎他并非有意这样做，而是有什么在他的身体里发作，令他不吐不快。然后他就一屁股坐在她的床上，完全意识不到周围的一切和她的存在，但不时地朝她的脸上扫一眼，像是要确定有一个活着的东西在听他说话。

"……那不是为了我自己,根本不是为了我自己——他们那些人为什么不相信我?我必须得同意工会减少火车数量的要求——而且我能做的只有延期偿付债券,所以韦斯利才会让我这么做,是为了工人,不是为了我自己。报纸都在说我是所有商人的效仿榜样——是一个有社会责任心的商人。他们就是这么说的,是真的,对不对……对不对?延期偿付怎么了?我们要是省去一些技术上的环节呢?用意是好的。大家都认为只要不是为了自己,你做的一切都是好的……可她不认为我的用意是好的,除了她自己,她觉得谁都没用。我妹妹是一个残忍自负的婊子,只会一意孤行……她和里尔登还有所有那些人,他们干吗总那样看着我?他们怎么那么肯定他们就对呢?……如果我承认他们在物质方面是优秀的,他们为什么不在精神方面承认我呢?他们有脑子,可我有良心。他们有创造财富的能力,可我有爱的能力。我的能力难道不是更伟大的吗?它难道不是在整个人类历史上都被认为是最伟大的吗?他们为什么不认可呢?……他们为什么那么肯定他们就是伟大的呢?……况且,假如他们是伟大的,而我不是的话,那他们不恰恰应该因为我并不伟大而向我弯腰致敬么?那不才是真正人道的行为吗?去尊敬一个值得尊敬的人不需要有好心肠——那只是他应该得到的。把并非应得的尊敬给予出去,才是仁慈的最大的善意……可他们没有慈善的能力。他们不属于人类。他们不关心任何人的需要或软弱……漠不关心……毫无怜悯……"

这些她并不太懂,但她明白的是他不开心,有人伤害了他。他看到她脸上温柔痛惜的神色,看到她对他敌人的痛恨,看到那种对英雄才会有的目光被她给予了他,在目光的后面,她能够体会到那种感情。

她不清楚他怎么会觉得她是唯一一个能让他吐苦水的人。她把这当作特别的荣幸,当作又一件礼物。

配得上他的唯一办法,她想,就是什么都不去问他。他给过她一次钱,但她拒绝了,她眼中突然表现出了如此鲜明而痛心的愤怒,令他不敢再做那样的尝试。她气的是她自己:她怀疑她会不会是做了什么事情,让他觉得她是那种人。不过,她不想对他的关心毫不领情,也不想因为她的一贫如洗而令他难堪;她想让他看到她渴望向上,而且对他的帮助能有所回报;因此她告诉他,假如他愿意的话,可以帮她找一份更好的工作。他没有回答。随后的几个星期,她一直等待着,但他对这事闭口不提。她责备了自己:她觉得这是把他给得罪了,他把这当成了企图利用他。

当他给了她一个翡翠手镯时,她吃惊得难以理解。她千方百计地想着如何别去伤害他,恳求他说自己不能收下它。"为什么不能?"他问,"这又不是像你是个坏女人那样要为此付出寻常所说的代价。你是担心我会向你提什么要求吗?难道你信不过我？"他看到她结结巴巴的窘样，大笑了起来。他们晚上去了一家夜总会，她戴上了手镯，配着她那件破旧的黑裙子，他整个晚上都带着一种怪异而满足的笑容。一天晚上，他带她去了科内柳斯·波普夫人举办的一个盛大的招待会，又让她戴上了那只手镯。如果他觉得她还不错，能够带到他的朋友家里，她想——那些大名鼎鼎的朋友，他们的名字会出现在她看来高不可攀的报纸的社会栏目里——她就不能穿这么寒碜的衣服去丢他的人。她把一年的积蓄拿出来买了一件鲜绿色的低领口纺绸晚礼裙，一条黄玫瑰的腰带和一个人造钻石的带扣。走进那座森严的住宅，看到灿烂而冰冷的灯光和从高楼房顶伸展出去的露台时，她说不清为什么觉得自己这身装束穿错了场合。但她挺直身体，保持着高傲的样子，像一只鼓足了信赖勇气的小猫看到伸出来逗弄的手那样微笑着：聚在一起开心的人们是不会伤害谁的，她想。

过了将近一小时，她微笑的努力已经变成了绝望而困惑的哀求。随后，在她看到周围的人时，她的笑容便消失了。她看见那些仪容光鲜、自信的女孩儿们和吉姆说话时是那么一副让人恶心的倨傲态度，她们似乎并不尊重他，而且从来就没尊重过他。特别是其中一个叫贝蒂·波普的，她是女主人的女儿，总是对他说些雪莉不明白的话，因为她无法相信她们会说出这样的话来。

一开始，除了对她的裙子投来的几瞥惊讶的目光外，没人注意到她。过了一阵儿，她发现他们在看她。她听到一个上了年纪的女人用像是因为错过了结识显赫家族而着急的口气问吉姆："你是说麦迪逊广场的布鲁克斯小姐？"她看到吉姆在用异常清晰的声音回答时，脸上露出一种怪异的笑容，"是的——洛丽五分一角店的化妆品柜台。"接着她发现有些人对她格外地礼貌起来，其余的则刻薄地走开，大部分则都在一阵困惑之中不由自主地尴尬起来，而吉姆则默默地带着那怪异的笑在一旁看着。

她试图走开，躲开他们的注意。在她沿着房间的一边溜走时，她听到一个人耸耸肩膀说道："呃，吉姆·塔格特目前可是华盛顿最有势力的人当中的一个。"他并不是带着尊重说出这句话的。

在外面的露台上，光线暗了些。她听到两个人在交谈，不知道为什么，她觉得他们肯定是在谈论她。其中一个说："塔格特有能力这么干，假如他愿意的话。"另一个则讲起了一个叫作卡利古拉的罗马皇帝的马的事情。

她看着远处塔格特大楼顶上那孤零零的笔直向上的尖杆——然后她觉得她明白了：这些人恨吉姆，是因为他们嫉妒他。无论他们是谁，她想，无论他们的名望和钱财如何，他们都没有能够和他相提并论的成就，他们都没和整个国家顶着干，去修建一条所有人都认为不可能建成的铁路。她头一次看到她是有一些东西能够给吉姆的：这些人就和她逃出来的布法罗那里的人一样恶毒和卑微；他和她一样孤独，她的诚恳是他唯一能找到的认同。

然后,她走回聚会大厅,径自从人群中穿过。她在后面黑暗的露台上就竭力忍住的泪水,此刻只剩下了双眼中那强烈闪烁的光芒。尽管她只是个商店卖货的女孩,但是如果他希望和她公开地站到一起,如果他希望以此炫耀,如果他带她来面对他朋友们的愤懑——那么这就是一个有勇气的人对他们的看法进行挑战的姿态,而她愿意去配合他的勇气,在这种场合下成为他的旗帜。

但当这一切结束了,当她坐在他的车里,坐在他身旁,在黑暗中驶回家的时候,她感到很高兴。她有一种苍凉的轻松感。她对抗的蔑视衰退成了一种奇怪的、荒凉的感觉;她努力克制着它。吉姆没怎么说话。他坐在那儿脸色阴沉地望着车窗外面,她在纳闷自己是不是有什么地方令他失望了。

在她租住的房子前,她凄凉地说道:"如果我让你失望了,很抱歉……"

他半晌没回答,然后问道:"如果我想让你嫁给我,你愿意吗?"

她看了看他,看了看他们四周——有一张脏兮兮的床垫子在一户人家的窗台上搭着,街对面是一家当铺,他们身边的坡上是一只垃圾桶——是不会有人在这种地方提出这样的问题的,她不明白这是什么意思。她回答说:"我想我……我不太会开玩笑。"

"这是在求婚,我亲爱的。"

他们就是这样第一次接吻了——眼泪滑下她的脸颊,这眼泪在聚会时没有流下来,这眼泪是震惊和幸福,是想到这就应该是幸福了,是听到了一个低沉而阴郁的声音在跟她说,这不是她希望的那样。

在吉姆叫她去他的公寓那天之前,她从没想过上报纸。她发现那里挤满了手持记录本、照相机和闪光灯的人。当她有生第一次看到她的照片上了报纸时——那是一张他们的合影,吉姆的手揽着她——她快活地咯咯笑了起来,自豪地想着是不是城里的每个人都看见了它。过了一阵,快活消失了。

他们在一角钱商店的柜台,在地铁里,在出租房的小门廊上,在她简陋的房间里,不断地对她拍照。她本来应该拿着吉姆的钱跑开,在他们订婚的这几个星期躲到一个偏僻的旅馆里——但他没有给过她,他似乎想让她待在她原先待的地方。他们把吉姆的照片印出来摆在他的桌子上,放到塔格特车站的候车大厅里,放在他私人车厢的台阶旁,放在华盛顿的一场正式宴会上。报纸整版的篇幅,杂志上的文章,收音机里的声音,以及新闻影片,全都众口一词地叫喊着"灰姑娘"和"平民商人"。

在她心神不安的时候,她告诉自己不要怀疑;当她感觉受到伤害的时候,她告诉自己不要知恩不报。这情形只是极其偶尔才会出现,在半夜惊醒之后,她便在她房间的一片寂静之中躺着,难以入睡。她知道,她需要几年的时间才能恢复过来,才能释然和理解。她像中暑一般浑浑噩噩地过着日子,眼前只有在吉姆获得成功的那天晚上,她第一次见到他时的那个影子。

"听着,孩子,"当她最后一次站在她的房间里时,婚纱的花边像水晶泡沫般从她的头发一直垂到斑痕累累的木地板上,那位一脸苦相的姐姐对她说,"你觉得人是由于自身的罪孽才会在生活中受苦——总的来说是这样,但是,会有人用从你身上发现的善良来想方设法地伤害你——他们知道那是善良,想要得到它,并且因此而惩罚你。不要因为看到了这些而自暴自弃。"

"我想我不害怕,"她说。她目不转睛地盯着前方,目光里的真挚融化在了笑容的光彩之中,"我没有权利去害怕什么,我是太幸福了。你看,我一直认为人们所说的生活只是受苦是毫无道理的,我不会跪倒在它面前并且放弃。我觉得事情可以变得美好和奇妙。我从没指望过它能在我身上发生——这么多,这么快。但我会尽力不去辜负它。"

"金钱是万恶之源,"詹姆斯·塔格特说道,"金钱买不来幸福,爱会战胜一切阻碍,跨越一切社会距离。伙计们,这也许是个俗套的说法,但我就是这样的感觉。"

在婚礼结束时,他站在韦恩·福克兰酒店宴会厅的灯光下,身边是一圈围上来的记者。他听到来宾们的喧闹声不时如潮水一般从圈子外面传来。雪莉站在他身旁,戴了白手套的手拉着他的黑色衣袖。她依然竭力地回想着在婚礼上听到的那些话，感到无法相信。

"你感想如何，塔格特夫人？"

她听到从环绕着的记者群里提出的这个问题，像是猛然间恢复了知觉一般：两个字眼让这一切变得真实了。她笑了，窒息一般地低声说道："我……我非常幸福……"

大厅的另一端，在一身礼服下显得过于胖硕的沃伦·伯伊勒和显得过于干瘦的伯川·斯库德正在来宾的人群中忙着调查，他们的想法是一样的，尽管他们谁也不会承认。沃伦·伯伊勒隐约地告诉自己，他是在寻找朋友的面孔，而伯川·斯库德则在提醒自己，他是在为一篇文章搜集资料。尽管他们互不相识，却都在脑子里把他们看到的面孔画成了图表，将人们分成两类：如果起个名字的话，就是"支持"和"害怕"。有些人的到场表明了对詹姆斯·塔格特的一种特别的保护，有些则等于是在承认希望能化解他的敌意——有些人代表着一只伸下来拉他上去的手，有些则代表了一个让他去爬的拱起的后背。这一天所有人都心照不宣的是，除了代表非此即彼的动机以外，他们所收到和接受的邀请，并非单单来自一个出名的公众人物。属于第一类的人大部分很年轻，来自华盛顿。第二类人则年长些，是生意人。

沃伦·伯伊勒和伯川·斯库德这样的人是把言辞作为公共工具来使用的，避免它们在别人私密的内心当中出现。言辞是一种承诺，里面承载着他们不愿去面对的含义。他们不需要把语言加到他们的图表中去；分类是通过具体动作来完成的：他们眉毛恭敬地动一动，就等于冲着第一类说出一句带有情绪的"原来如此"——他们嘴唇嘲讽地动一动，就等于对第二类说出带有情绪的"噢，哇"。有一张面孔使他们顺畅的计算进程遭到了片刻的破坏：他们看见了汉克·里尔登那冷冷的蓝眼睛和金色的头发，他们做着第二类的登记时，较劲的肌肉等于是在说，"噢，瞧瞧吧"。图表的汇总便是对詹姆斯·塔格特的能量的一个估计，加在一起，总量十分惊人。

看到詹姆斯·塔格特在他的来宾之间穿梭时，他们明白他对此是心里有数的。他步履轻快，像莫尔斯电码般急走和稍停，略微有些不耐烦，似乎意识到了他并不喜欢的人的数量，而这令他担心了。他脸上的笑意有些幸灾乐祸的味道——仿佛他知道前来祝贺他的举动本身就令来的人蒙受耻辱；仿佛他知道这些，而且乐在其中。

一群人像尾巴一样，如影随形地跟在他身后，仿佛只是为了让他享受到不理不睬的快感。莫文先生曾在这个尾巴里出现过，还有普利切特博士和巴夫·尤班克。最执着的一个要算保罗·拉尔金。他不断地绕塔格特画着圈，露出渴望的笑脸，只求能被注意到，像是为了晒黑而拼命在争取每一缕不经意洒下的阳光。

塔格特的眼睛像小偷手里的手电筒一样，不时飞快地偷扫过人群；根据沃伦·伯伊勒能够明显看出的身体速记语言，这表示塔格特正在寻找什么人，但又不想被别人发现。这通搜索在尤金·洛森走上来和塔格特握手讲话时停止了。尤金湿湿的下嘴唇不停地哆嗦着，像是一块将吐气减弱的缓冲垫："莫奇先生不能来了，吉姆，莫奇先生非常抱歉，他特意租好了一架飞机，但马上要走的时候出了事情，你知道，是全国性的严重问题。"塔格特一动不动地站着，没有回答，皱起了眉头。

　　沃伦·伯伊勒突然爆笑起来，塔格特猝然向他转过身去。尤金不等塔格特发话便走开了。

　　"你干吗呢？"塔格特厉声喝道。

　　"开心，吉米，就是开心啊，"伯伊勒说道，"韦斯利是你的人，不对吗？"

　　"我知道有个人算是我的人，可他最好别忘了这一点。"

　　"谁？拉尔金？哦，不，我觉得你说的不是拉尔金。假如你不是在说拉尔金，我怎么觉得你在使用那些带有从属含义的代名词时，应该谨慎一些呢？我不在乎年龄的区分，我知道，我看上去比我的岁数要年轻。可我就是对那些代名词过敏。"

　　"够聪明的，可你别有一天聪明过头了。"

　　"假如那样的话，你随便怎么样都行，吉米，是假如。"

　　"做事过火的人最大的麻烦就在于他们的记性太差了。你还是想想吧，是谁为了你把里尔登合金从市场上给压下去了。"

"当然了，我记得是谁保证过来着。在那次聚会上，又是谁想尽了一切办法去阻止发布那项命令，因为他盘算着他今后会需要里尔登合金的铁轨。"

"因为你花了一万美金给你指望的那些人灌迷魂汤，想去阻止债券延期偿付法令的颁布！"

"没错，我是这么做了。我的一些朋友有铁路债券，另外，我在华盛顿也有朋友，吉米。哼，你的朋友在延期偿付上占了上风，可我的朋友在里尔登合金上压过了你的——这我可没忘。可这又怎么样呢？我都无所谓，做事情就是这样，不过你别想糊弄我，吉米，把这些戏留着让那些小孩看吧。"

"如果你不相信我一直是尽了最大的努力在帮你——"

"当然，你是这么做了。考虑到全局，这已经是最好的结果了。只要我手里还有你用得着的人，你就会继续干下去——但绝对不会多干一分钟。所以我只是想提醒你，我在华盛顿有自己的朋友，就和你的那些一样，是金钱买不走的，吉米。"

"你明白自己在说什么吗？"

"说的就是你正在想的。你收买的那些人一文不值，因为总会有人给他们更多的好处，所以任何人都可以来玩，这就又变成老式的竞争了。但如果你抓住了一个人的心，他就是你的了，就不存在什么出价更高的人，而你就可以充分信赖他的友谊。嗯，你有朋友，我也有，你有我用得着的朋友，反过来也一样。这我都觉得没什么——管他呢！一个人总得交换点什么吧。如果我们不用钱来交换——金钱的时代已经过去了——那就用人来交换。"

"你到底想说什么？"

"怎么？我只是在说一些你应该记住的事情。现在就说韦斯利吧，在通过《机会平衡法案》期间，你许诺给他国家计划局助理的位置，让他背叛里尔登。你有关系可以办到，而那就是我请求你做的——作为交换，我有关系可以把《反同业相残条例》搞定。因此韦斯利做了他该做的事，而你负责把这些都落到了纸面上——哦，肯定的，他为了促使那项法案通过而做的交易，还有用里尔登的钱去反对，从而麻痹里尔登，这些事我知道你都有白纸黑字的证据。这些交易都见不得人。如果向舆论曝光的话，莫奇先生的麻烦就大了。因此你遵守了承诺，给他弄到了那份差事，因为你觉得你攥住他了，的确如此，而他的回报也不赖嘛，对吧？不过它也只能管这么久。过一阵子，韦斯利·莫奇先生也许势力就大了，那个丑闻也年代已久，没人关心他是如何发迹的或者背叛了谁。没有永远的东西。韦斯利曾是里尔登的人，然后成了你的人，明天他说不定就会成为别人的人。"

"你是在暗示我吗？"

"哦，不，我只是给你一个善意的警告而已。我们是老朋友了，吉米，而且我觉得应该这样保持下去。我想，如果你不对友谊产生什么错误理解的话，那么你和我，我们对彼此都很有用处。对我来说——我是相信力量均衡的。"

"是你让莫奇今晚别来这里的吗？"

"呃，也许是我，也许不是。我还是让你去操这份心吧。如果我这么做了，对我是有好处的——没做的话好处就更大了。"

雪莉的视线随着塔格特穿过人群，不断在她周围变换和聚集的面孔似乎是如此友善，他们的声音是如此渴望的热情，她感到房间里肯定没有任何恶意。令她不解的是，为什么有些人会跟她说起华盛顿，他们带着一种满怀希望和保密的神态，吞吞吐吐，语带暗示，似乎有些事想得到她的帮助，而这些事她是应该明白的。她不知道该说些什么，但她微笑着，还是尽量回答了。她不能流露出一丝惊恐，玷污了"塔格特夫人"的名声。

随即，她发现了敌人。那个人高高的个子，身材苗条，穿着灰色的晚礼裙，现在已经是她的小姑了。

吉姆受尽折磨的声音在雪莉心中积压成了抑制不住的怒火，她感到有一个始终牵动着她的任务还没有完成：她的目光不断地转回到敌人身上，全神贯注地打量起她。达格妮·塔格特登在报纸上的照片里是一个穿长裤的人，或者是一张在斜斜的帽檐和竖起的衣领之间的面孔。眼下，她穿了一条灰色的晚礼裙，似乎难登大雅之堂，因为它看上去过于朴素，朴素得会从人们的注意力中消失，只会让人过多地注意到它假意遮盖下的苗条的身体。灰布料里泛着一股蓝蓝的色调，与她眼睛的铁灰色相配。她没戴首饰，只是手腕上有一条手链，是一串铸成蓝绿色的沉重的金属链。

雪莉等待着，直到看见达格妮独自站在一边，才毅然径直穿过房间，向前冲了过去。她近看那双铁灰色的眼睛，冰冷和热烈似乎都在里面。那双眼睛带着一种礼貌而冷静的好奇直视着她。

"有些事我想让你知道，"雪莉说道，她的嗓音紧张而严厉，"这样就不用再装什么了。我是不会去演亲人和睦这出戏的。我知道你对吉姆都干了些什么，以及你是怎样让他一直痛苦不堪的。我要保护他不再受你伤害，我要让你明白你的位置。我是塔格特夫人，现在我是这个家里的女主人。"

"那很好啊。"达格妮说，"而男主人是我。"

雪莉看着她走开，觉得吉姆是对的：他的这个妹妹是个冷血恶魔，对人不理不睬，毫无表情，只是稍有一丝看来像是吃惊而又无所谓的开心罢了。

里尔登站在莉莉安的旁边，随着她机械地移动着脚步。她想让人家看到他们在一起，他则在照办。他不知道是否有人在看他；他对周围所有人都视若无睹，心里只想着他绝对不能见到的那个人。

当他和莉莉安走进这个房间，看见达格妮正望着他们的时候，那幕景象一直留在他的意识里。他直直地看着她，准备去接受来自她眼睛的任何打击。此时此地，无论对莉莉安有什么后果，他都宁愿当众承认他的通奸，而不是逃避达格妮的眼睛，去像懦夫一样让面孔毫无表情，去向她假装他并不是有意这么做的。

但是，打击并没有出现。他熟悉达格妮脸上的每一处细微的情感变化；他知道她并没有感到吃惊；他看见的只是丝毫不为所动的沉静。她的目光移向了他，似乎在宣示着此次见面的全部意味，但她看着他的样子就像她看着其他任何地方一样，就像她在他的办公室里或她的卧室里看着他一样。他觉得她站在他们的几步之外，就如同那灰色的晚礼裙展现出她的身体一般，简简单单、毫不掩饰地把自己展现在他们面前。

她彬彬有礼地向他们两人颔首示意，他回了礼，看到莉莉安将头轻轻一点，随后他看到莉莉安走开了，才意识到他的头在那里低了很久很久。

他不清楚莉莉安的朋友们和他说了些什么，而他又是如何回答的。就像一个人只是一步一步地在走，尽量不去想这条毫无指望的路会有多长，他只是在挨时间，脑子里不去装任何事情。他听到了莉莉安传来的一阵愉快的笑声，她的声音里有一种满足感。

过了一会儿,他注意到了身旁的女人们。她们全都和莉莉安一样,有着同样呆板的打扮,细细的眉毛呆板地高挑着,眼神凝固成呆板的开心神情。他发现她们正和他打情骂俏,而莉莉安在一旁瞧着,对她们这些徒劳的企图似乎感到很是惬意。他心想,这就是她乞求他给予的令女性虚荣的快乐了,这些并不是他的生活准则,却不得不照顾到。他转身逃了出来,向一群男人走过去。

从这些男人的交谈中,他连一句直截了当的话都听不到;他们好像正说着什么,但那话题从来就不是他们真正在谈论的。他像一个外国人那样,听懂了一些词,却不能把它们连成句。一个看上去像酒鬼般傲慢的年轻人摇晃着走过来,呵呵地笑着,大声说道:"记住教训了吗,里尔登?"他不明白这个小无赖话里的意思,但其他人似乎都明白,他们看上去都大吃了一惊,却都在暗暗地高兴。

莉莉安从他身边走开,似乎想让他明白,她不勉强他去做这种表面上的陪同。他退到房间的一个角落,在这里,没人会注意到他或是发现他的目光。然后,他开始向达格妮望去。

他望着她行走时那条灰色长裙的柔软面料在不停移动,在静止的瞬间布料所呈现出的身体曲线,以及暗影和光线。他看到它像一缕蓝灰色的轻烟,时而化成长而弯曲的一线,随着她的膝盖前倾,然后再回到她足下的鞋尖。拨开这层烟雾,他知道那里在光线之下会浮现出的每一寸。

他感到一阵阴沉的绞痛：那是在嫉妒着每一个跟她说话的男人。他从未有过这样的感觉；但在这里，除他以外的每个人都可以走近她，他便感受到了。

随即，他的脑子像是遭到了一记突如其来的猛击，一时间他的观察发生了变化，他对自己在这里所做的一切感到无比惊愕。在这一瞬间，他把他过去所有的日子以及他的信条统统忘记了，他的概念，他的问题，他的疼痛全都不见了；他只是从一个遥远而清朗的地方获知，人是为了实现欲望而生存，他奇怪他为什么会站在这里，他奇怪的是，当他唯一的欲望就是抓住灰衣下这个苗条的身体，并用尽他一生的时间去抱住她不放时，谁有权利要求他把生命中不可替代的每一小时都浪费掉。

紧接着，他便感到心智恢复后的战栗。他感到他的嘴唇在绷紧和轻蔑的动作中紧紧地闭上，代表了他对自己的叫喊：你答应了这个合约，现在要继续下去！随即，他突然想起在商业交易中，对于一方没有给另一方带来任何价值的合同，法庭是不予承认的。他纳闷他怎么会想起这个。这个念头似乎毫不相干，他没再多想。

就在詹姆斯·塔格特碰巧一个人站在一盆棕榈树和窗户之间的黯淡角落时，他看见莉莉安·里尔登有意无意地朝他走了过来。他停在那儿等着她。他猜不出她的来意，但看她的这副样子,他明白他最好还是听听她要说的话。

"你喜欢我送的结婚礼物吗,吉姆?"她问道,然后看他那副尴尬的样子便笑了起来,"不,不,别去回想你公寓里那些东西的清单,琢磨究竟是哪一个了。它不在你的公寓,就在这儿,而且不是一个具体的东西,亲爱的。"

他看到她脸上露出一个半带暗示的笑容,他的朋友们都明白,这样子就是在说她已经成功地瞒过了他;不是想法更胜谁一筹,而是一副比谁更聪明的样子。他带着放心和愉快的笑容,小心翼翼地回答:"你的光临就是你给我的最好礼物。"

"我的光临,吉姆?"

一时间,他脸上的纹路惊愕地绽开,他知道了她的意思,但没想到她指的会是这个。

她无所顾忌地笑着:"我们两个都清楚今晚谁来是对你最有价值的——没料到的那个。你难道不认为我有功吗?你让我吃惊了。我还以为你在对于潜在的朋友的识别上是很有天赋的呢。"

他不能暴露自己;他保持着谨慎中立的声音:"对你的友谊,我难道没有领情吗,莉莉安?"

"行了行了,亲爱的,你知道我在说什么。你没想到他会来,你不会真的认为他害怕你,对吧?但能让其他人这么认为——这个好处就真的难以估量了,对不对?"

"我……我觉得很意外,莉莉安。"

"你难道不该说'感动'吗?你的这些来宾们可是印象非常深刻呀。我简直能听到他们在整个房间里都在想什么。大多数人在想:'假如他想和詹姆斯·塔格特打交道的话,我们最好还是站过来。'有些人在想:'如果他害怕的话,我们捞到的就会更多。'当然,这是你所希望的——我没想过把你的胜利给搅了——但只有你和我明白,这不是你一个人就做得到的。"

他没有笑;他面无表情,声音平稳,但带有一种谨慎衡量过的严厉意味:"你用意何在?"

她大笑起来,"本质上——和你一样啊,吉姆。不过说实在的——根本就没有任何用意。不过是我帮了你个忙,而且用不着你还我。别担心,我不是因为有什么特别的兴趣而在这里游说你,我没非要从莫奇先生那儿搞个什么特别的命令出来,我甚至没想从你这里得到什么钻石桂冠。当然了,除非是一个非物质的桂冠,比如说你的感谢。"

他第一次正视着她,眯起眼睛,面孔松弛得和她一样半带笑容,暗示出他们两个所想到的,彼此亲密无间:那是一种满足的表示。"你知道我一直是敬慕你的,莉莉安,把你当作一个真正高尚的女人。"

"我知道。"她流畅的语气像是涂了一层虫胶清漆,弥漫着细微的难以觉察的嘲弄。

他肆无忌惮地打量着她。"我想朋友之间是允许有些好奇的,对这一点请你务必原谅。"他的口气中没有半点抱歉的意思,"我是在想,对于会给你个人利益造成影响的某种经济负担——或者损失的可能性,你是从什么角度来考虑的。"

她一耸肩膀:"从一个女骑师的角度,亲爱的。如果你有世界上最快的马,就应该把它的步伐控制在让你感到舒服的程度,尽管这意味着对它最大能力的牺牲,尽管看不到它全速的奔跑,尽管它的力量会被浪费掉,你还是会这样做——因为一旦你任它全力飞奔,它就会立刻把你掀下去……不过,经济方面并不是我主要的考虑——也不是你的,吉姆。"

"我的确是低估了你。"他缓缓说道。

"哦,这个错误我愿意帮你纠正过来。我知道他给你出的那些难题,知道你为什么怕他,因为你的害怕完全有理由。但是……呃,你既经商又懂政治,我就尽量用你的话来说吧。商人会说他能交出货,政客的帮手会说他能交出选票,是不是?那么,我想让你知道的是,我随时能把他交出来。你就可以看着办了。"

根据他朋友们的说法,暴露自己的任何一部分就等于送给敌人一样武器——但他认可了她的坦白,并跟着说:"但愿我对我妹妹也能有这样的本事。"

她毫不惊讶地看着他,并没觉得这话毫不相干。"是啊,她是挺难对付的,"她说,"她就没有脆弱的地方?没有弱点?"

"没有。"

"没有谈恋爱？"

"别开玩笑了，没有！"

她耸耸肩，示意要换个话题，她根本不想为达格妮·塔格特这个人费什么脑子。"我看还是让你走吧，这样你还能和巴夫·尤班克聊聊。"她说，"他看上去有些担心，因为你一晚上都没看他一眼，他在想文学是不是在议会里连一个朋友都找不到了。"

"莉莉安，你真了不起！"他脱口而出。

她笑道："亲爱的，这就是我想要的非物质的桂冠。"

穿过人群时，她的笑容仍留在脸上，她把这舒畅的笑容淡淡地送给了她周围每一张紧张和无聊的面孔。她漫无目的地走着，享受着人们的目光，蛋黄色的丝裙随着她高挑身材的走动，像厚厚的奶油般闪闪发亮。

吸引她注意的是一道蓝绿色的光芒：在灯光下，它在一只纤细裸露的手腕上闪了一闪。随后，她看到了那个苗条的身体，灰色的裙子，还有袒露的孱弱肩膀。她停下来，看着那条手链，皱起了眉头。

达格妮见她走上来，便转过身来。在令莉莉安讨厌的许多东西里，她最厌恶的就是达格妮脸上这种冷淡的礼貌。

"你觉得你哥哥的婚礼怎么样，塔格特小姐？"她笑着随意地问了一句。

"我对此没有任何看法。"

"你是说这根本不值得去想吗?"

"如果你想具体一点的话——对,我就是这个意思。"

"哦,可你没看出这里有人性的意义吗?"

"没有。"

"你不觉得像你哥哥新娘这样的人应该得到些关注吗?"

"哦,不觉得。"

"我羡慕你,塔格特小姐。我羡慕你这样高傲的超然。我想,这就是为什么那些凡人永远不会有希望在生意上达到你这样的成就的秘密。他们让自己的注意力分散了——至少是分散到了在其他方面获得成就的程度。"

"我们在说的是什么成就?"

"你难道对所有女人在征服中所达到的不寻常的高度一点也不认可吗?不是在工业领域,而是在人类的范畴。"

"我觉得在人类的范畴中根本就不存在像'征服'这样的词。"

"哦,可你想想,比如说,假如其他女人除了工作就别无选择,那么她们要工作得多辛苦才能获得这个女孩通过你哥哥就能得到的一切。"

"我不认为她明白她究竟得到了些什么。"

里尔登看见她们在一起,便走了过去。他觉得不管有什么后果,他一定要听听。他静静地在她们身边停住。他不知道莉莉安是否看到他来了；他知道达格妮看到了。

"对她还是大度些吧，塔格特小姐，"莉莉安说，"至少关心关心她，对那些没有你那样的聪明才智，但发挥着她们自己才能的女人，你不能看不起。大自然总是平等施恩并给予补偿——你难道不这么认为吗？"

"我不明白你在说什么。"

"哦，我相信你肯定不愿意听我讲得更加直白。"

"为什么？我愿意啊。"

莉莉安气得耸了耸肩。如果是她的那些女性朋友，她早就会被理解，停下来不用说了，但她从未碰到过这样的对手——一个拒绝受伤害的女人。她并不介意再说得明白些，但她看见里尔登正看着她。她笑着说："那么，想一想你的嫂子吧，塔格特小姐，她在这个世界有什么出头的机会吗？根据你的标准——没有。她不可能在生意场获得职业上的成功，她没有像你那样非比寻常的头脑。此外，男人们会使得这一切对她来说毫无希望。他们会觉得她很诱人，可惜啊，男人们没有像你那么高的标准，而她就会利用这个事实。她会凭借的天赋我想是你所瞧不起的。你从来不屑于和我们这些普通女人在我们野心的唯一战场上去竞争——得到征服男人的力量。"

"假如你把这叫作力量的话，里尔登夫人——那么不，我没有。"

她转身要走，但莉莉安的声音拦住了她："我很愿意相信你是始终如一的，塔格特小姐，而且全然没有人们所有的缺陷。我很愿意相信你从来不想去奉承——或者去得罪——任何人，但我看得出，你是在等着亨利和我今晚到这里来。"

"什么？不，我觉得我没有，我没看过我哥哥的来宾名单。"

"那你为什么戴着那条手链？"

达格妮故意盯着她的眼睛："我一直戴着它。"

"你难道不觉得这是把一个玩笑开大了吗？"

"这根本就不是玩笑，里尔登夫人。"

"那么，如果我说我希望你把那条手链还给我的话，你应该是会理解我的。"

"我理解你，但我不会把它还给你。"

莉莉安沉默了一会儿，似乎是在让她们两个都认识到她们沉默的含义。这一次，她看着达格妮的眼睛时没有笑："你希望我怎么想，塔格特小姐？"

"随你的便。"

"你用意何在？"

"你当初给我手链的时候就知道我的用意了。"

莉莉安瞧了一眼里尔登。他面无表情，她看不到反应，看不到有想来帮她或阻止她的意思，只是一副专注的样子，这让她觉得她仿佛是站在了聚光灯下。

她的笑容像保护层一样又回来了,是一种觉得好玩、施恩于人的笑容,想把这个话题转回为客厅里的聊天:"塔格特小姐,我肯定你意识到了这有多不妥当。"

"没有。"

"但你肯定知道你冒的这个风险是很危险、很难看的。"

"不。"

"难道你不考虑被……误会的可能吗?"

"不。"

莉莉安在微笑的责备中摇了摇头:"塔格特小姐,难道你不认为在这件事上面,人承受不起沉溺在抽象的理论当中,而必须要考虑实际的现实吗?"

达格妮是不会笑的:"我从来就不明白这种话究竟是什么意思。"

"我是说,你的态度或许是高度理想化的——我肯定它是这样的——但是很可惜,大多数人并不理解你这么高傲的思想,而且会以你最难以忍受的一种方式误解你的行为。"

"那这责任和风险就是他们的,不是我的。"

"我敬仰你的……不,我不能说'天真',但能否说是'纯洁'呢?我可以肯定,你从没想过这些,但生活不是像……像铁轨一样笔直而有逻辑。很可惜,但是很可能的是,你的崇高目的会导致人们怀疑到……呃,我想你一定明白,一个卑鄙的、可耻的方面上去。"

达格妮正视着她:"我不明白。"

"可你不能忽略那种可能吧?"

"我的确忽略了。"达格妮转身欲走。

"哦,但是假如你没有什么好隐藏的话,干吗要避开这个话题呢?"达格妮停住了。"而且,假如你不凡的——或者鲁莽的——勇气允许你拿你的名声去冒险,你就该忽视给里尔登先生带来的危险吗?"

达格妮缓缓地问道:"对里尔登先生有什么危险?"

"我相信你明白我的意思。"

"我不明白。"

"噢,可这绝对没必要更直接了吧?"

"有必要——如果你希望继续谈下去的话。"

莉莉安看着里尔登的脸,想找出什么信号来帮她决定是继续下去还是就此为止。他不会帮她的。

"塔格特小姐,"她说,"谈到哲学,我不是你的对手,我只是个普通的妻子。如果你不希望我去想我可能会想到的,以及你不愿意让我说出来的那些话——请把那条手链给我。"

"里尔登夫人,你是选择这样的方式和场合来暗示我在和你的丈夫睡觉吗?"

"当然不是!"这喊声夺口而出,听上去惊慌失措,像是小偷的手被当场抓住后拼命挣脱一般的条件反射。她带着恼羞成怒的干笑补充了一句，语调中的讽刺和恳切不情愿地承认了她的实际想法，"这是我能想到的最极端的可能了。"

"那么就请你向塔格特小姐道歉。"里尔登说道。

达格妮的呼吸骤然停住，只剩下微弱的喘息声。她们都转向了他。莉莉安从他的脸上看不出任何表情，达格妮看见了折磨。

"没有必要，汉克。"她说。

"这是——为我。"他没有看她，冷冷地回答。他看着莉莉安，似乎这命令是不可抗拒的。

莉莉安略微有些吃惊地打量着他的面孔，却没有焦虑或怒气，就像一个人遇到了一道无足轻重的谜题一样。"当然了，"她柔顺地说道，声音又恢复了流畅和信心，"假如我的话令你感到我是在怀疑——怀疑有一种对你不太可能以及——凭我对他的了解——对我丈夫绝不可能的关系存在的话，请接受我的道歉，塔格特小姐。"

她转过身，毫不在乎地走开了，把他们一起留在那里，似乎是故意为她所说过的话作证。

达格妮静立不动，闭上双眼；她想起了莉莉安给她手链的那个晚上，他当时是站在了他妻子的一边；现在，他和她站在一起了。在他们三个人中，只有她彻底了解其中的含义。

"你想对我说再难听的话都行。"

听到他的话,她便睁开了眼睛。他正冷冷地看着她,脸色严峻,不带一丁点希望得到原谅的痛苦或者抱歉的表情。

"最亲爱的,别这么折磨你自己,"她说,"我知道你是结了婚的人,我从没逃避过这个事实,今晚我没有因此而不快。"

他感觉到了接踵而至的重击,其中最具威力的是她吐出的第一个词:这个词她以前从未说过,她从未让他听到过那样温柔的语调。他们独自在一起的时候,她从没说起过他的婚姻——然而,她却在这里举重若轻地将它说了出来。

她看见了他脸上的怒气——那是在抗拒着怜悯——是在轻蔑地告诉她,他并未掩饰过什么折磨,也不需要什么帮助——然后他便意识到了他们对彼此的表情都了如指掌——他闭上眼睛,头微微一低,非常安静地说了句:"谢谢你。"

她笑了,转身从他身旁走开。

詹姆斯·塔格特手里拿着空的香槟酒杯,注意到了巴夫·尤班克向经过的侍者招手时的急不可耐,仿佛那个侍者犯了个不可饶恕的过错。随后,尤班克接着将没讲完的话说下去:

"然而你,塔格特先生,能够了解到人在高处是无法被理解或感念的。想在商人统治的世界里争取对文学的支持——这样的挣扎真是毫无希望。他们只不过是些自以为是的中产阶级暴发户,或者是像里尔登那样的争食的野人。"

"吉姆,"伯川·斯库德拍了拍他的肩膀,"我对你最高的褒奖就是你不是一个真正的商人。"

"你是个文化人，吉姆，"普利切特博士说，"你不像里尔登那样就会挖矿。我不必和你解释华盛顿对高等教育的帮助是多么至关重要。"

"你真的喜欢我的上一部小说吗，塔格特先生？"巴夫·尤班克不住地问，"你真的喜欢？"

沃伦·伯伊勒在房间里走过，瞟了一眼这群人，但并没有停下来。这一眼足以让他看出这群人的兴趣所在。这倒是挺公平的，他心想，人总得做点交易。他清楚正在交易的是什么，却不屑点明。

"我们是在迎接一个新时代的到来，"詹姆斯·塔格特举着香槟酒杯说道，"我们正在挣脱经济势力的邪恶暴政，将会把人们从金钱的统治下解救出来。我们要摆脱我们的精神追求对于物质财富占有者的依赖，要解放被逐利者所束缚的文化。我们将建设一个致力于更高理想的社会，要把金钱的贵族变成——"

"关系的贵族。"一个声音从人群外面传来。

他们回过头去，站在那儿面对着他们的是弗兰西斯科·德安孔尼亚。

他的脸被太阳晒成了棕褐色，眼睛的颜色正如同他晒太阳时的天空一样。他的笑容令人想起夏日的清晨，他的一身正式穿着令其他人看上去都像是穿了借来的化装舞会的道具。

"怎么了？"他在他们的静默中问道，"我说了什么这里有谁不知道的话吗？"

"你是怎么来的？"这是詹姆斯·塔格特能够想起的第一句话。

"坐飞机到纽瓦克，从那里乘出租车，然后从你头上的第五十三层我的套间坐电梯下来。"

"我不是说……就是，我的意思是——"

"别那么吃惊，詹姆斯。如果我人到了纽约，听说正有个聚会的话，我是不会错过的，是吧？你不也一直说我只是个聚会狂嘛。"

人群正在观望着他们。

"见到你我当然很高兴了，"塔格特小心地说道，然后为了找回点平衡，又气势汹汹地加了一句，"但是，如果你想要——"

弗兰西斯科不为威胁所动。他让塔格特的这句话滑到半空停住，然后客气地问："如果我想要怎样？"

"你很明白我的意思。"

"是啊，我的确明白。要不要我告诉你我想要怎样？"

"这个时候可不太合适——"

"我想你应该向我介绍一下你的新娘，詹姆斯。礼貌在你身上从来就粘不牢靠——一遇到紧急情况你就把它丢到一边了，而那是人最需要它的时候。"

塔格特转身陪他走向雪莉的时候,听到伯川·斯库德发出一丝轻微的声响,是憋着的偷乐。塔格特知道,那些刚才还在他脚下爬着的人,那些对弗兰西斯科·德安孔尼亚恐怕比他更恨的人,还是愿意看这个热闹,其中的含义他都懒得讲出来。

弗兰西斯科向雪莉躬身施礼,并表达了他最美好的祝福,仿佛她是皇家子孙的新娘一样。站在一旁紧张地看着的塔格特长长地出了一口气,并且感到有一点说不出的厌恶,因为一旦说出来,其实他是希望这样的场合能够有弗兰西斯科在这短暂的一刻所带来的庄重的感觉。

他害怕待在弗兰西斯科的身边,又害怕让他一个人跑到来宾的人群里去。他试着朝后退了几步,但弗兰西斯科笑着跟了上来。

"作为我童年时的朋友和最好的股东,你不会觉得我会错过你的婚礼吧,詹姆斯?"

"什么?"塔格特差点透不过气来,随即懊悔了:这声音实在是太惊惶了。

弗兰西斯科像是没注意到,用快活而单纯的声音说道:"噢,我当然应该知道了,我知道在德安孔尼亚铜业公司的股东名单上每一个名字后面的小丑。令人惊奇的是,有这么多叫史密斯和戈麦斯的人,钱多得足以拥有一大堆这个世界上最有钱的公司——所以,如果我很想知道在少数的股东里都有哪些名人的话,你可怪不得我。看到这份包括了如此之多世界各地政要人物的惊人名单，我发现自己很受欢迎啊——有些居然来自你根本不会想到那里还有什么钱的国家。"

塔格特皱起眉头，冷冷地说："有许多原因——是商业上的原因——能说明有些时候为什么最好不要直接去投资。"

"一个原因是人不想露富。另一个则是他不想让人们知道他是怎么富起来的。"

"我不知道你这是什么意思，以及你为什么要反对。"

"噢，我一点也不反对。我对此很欣赏。太多的投资者——老式的那种——在圣塞巴斯蒂安矿事件之后放弃了我，他们吓跑了。但新派的投资人对我更有信心，表现得一如既往——凭着信心。我无法表达我的感激之情。"

塔格特真希望弗兰西斯科不要讲这么大声，他希望人们不要围拢过来。"你干得非常好。"他用商界里夸奖的稳妥语气说道。

"对啊，难道不是吗？德安孔尼亚公司的股票在去年一年内的攀升简直太棒了，但我觉得对此还是不应该太骄傲——这世界上已经没什么竞争了，假如有谁偶尔暴富的话，没什么地方能去投资。而德安孔尼亚铜业公司是这个世界上历史最悠久的公司，几百年以来，一直是最稳妥的选择。你就想想它这么多年是如何成功地生存了下来。因此，如果你们认为它是你们藏匿钱财的最佳之地，认为它垮不了，认为只有最不寻常的人才能摧毁德安孔尼亚公司的话，那你们就算是选对了。"

"那么，我听说你已经开始认真负责起来，终于要踏实下来做生意了。他们说你工作得很努力。"

"哦，有人注意到了吗？老式的投资者才会总盯着公司的总裁在干些什么。新派的投资者并不觉得这有什么必要。我不觉得他们曾过问过我的活动。"

塔格特笑了："他们看的是股票交易所里的价格表，那才是完全真实的，对不对？"

"是啊，是啊，从长远来说是这样的。"

"我得说，对你去年没怎么吃喝玩乐，我感到很高兴。从你的工作上就能看出结果。"

"能吗？呃，不，还看不太出来呢。"

"那么我想，"塔格特拐弯抹角地谨慎说道，"你能来这个聚会，我应该感到荣幸才是。"

"哦，可我必须要来，我以为你知道我会来呢。"

"不，我没有……那是，我是说——"

"你应该知道我会来，詹姆斯。这是个盛大而正式的清点人数的活动，受害者前来，是为了表明把他们毁掉有多安全，而毁灭者们在持续了三个月的永恒友谊下结为联盟。我不清楚我究竟属于哪一伙，可我必须得来参加清点，对吧？"

"你知道你自己究竟在说些什么吗？"塔格特看到周围那些表情紧张的面孔，便怒吼了起来。

"留神些,詹姆斯,如果你要假装听不懂我的话,我会把它讲得更明白些。"

"假如你觉得合适说这样的——"

"我觉得很可笑。过去,人们害怕有人把他们的一些秘密暴露给不知情的同伙。如今,他们害怕有人把众所周知的事情说出来。你们这些现实的人是否想过,只要有人把你们的所作所为原原本本地讲出来,你们用法律和枪杆子支撑的庞大复杂的体系就会土崩瓦解?"

"如果你认为来婚礼这样的庆典上侮辱主人这种行为合适的话——"

"怎么了?詹姆斯,我来这里是为了感谢你的。"

"感谢我?"

"当然了。你帮了我一个大忙——是你和你在华盛顿的那些人,还有圣地亚哥的那些人。我只是纳闷你们怎么谁都没费劲告诉我一声。某些人几个月前在这里签署的那些命令扼杀了这个国家的整个铜矿业,结果就是国家突然要进口更大批量的铜。除了德安孔尼亚公司,究竟在哪儿还会有铜呢?因此你看,我绝对应该非常感谢。"

"我向你保证此事与我无关,"塔格特忙说,"再说,这个国家如此重大的经济政策不会取决于像你所说的这些因素——"

"我知道它们是怎么定下来的,吉姆,我知道这笔交易是圣地亚哥的那帮人起的头，因为他们几个世纪以来一直都从德安孔尼亚这里拿工资——哼，说工资是好听的，更确切地说，是德安孔尼亚公司几个世纪以来一直在向他们交保护费，这不就是你们这群歹徒的叫法吗？我们在圣地亚哥的那些人把这个叫作上税。德安孔尼亚公司每卖出一吨铜，他们就能分到一份钱。因此，我的铜卖得越多，就越符合他们的利益。但世界上正出现越来越多的公有国家，只有这里的人还没惨到要靠挖树根来度日——因此这里是地球上仅存的市场。圣地亚哥的人想占领这个市场。我不知道他们给了华盛顿的人什么好处，或者是谁和谁做了什么交易——但我知道你从某个地方参与进来了，因为你手里的确攥着一大笔德安孔尼亚公司的股票。我肯定，四个月前的那天上午，这些命令发布的第二天，你看到德安孔尼亚公司的股票在交易所里那样狂涨，是不会不高兴的，因为它简直是从行情表上蹦到了你的脸上。"

"是谁让你编出这种离谱的故事来的？"

"谁都没有。我对此一无所知，只是在那天上午看到了行情表一直往上蹿。一切不就都很清楚了吗，是不是？另外，圣地亚哥的人在接下来的第二个星期就对铜新加了一道税，而且对我说我的股票突然猛涨，我就不应该在乎这些了。他们说他们是替我着想。他们这样说，我干吗要去管呢——这两件事加在一起，我就比以前更有钱了。这的确不假。"

"你干吗跟我说这些？"

"你为什么不愿意承认这里有你的功劳呢，詹姆斯？这可不像你，不像你这么精明的人做事的一贯策略。在这样一种要靠帮忙，而不是凭自己能力才能生存的年代，人不会去拒绝感谢的人，而是会想办法把尽可能多的人引到感激的陷阱里去。难道你不想让我做一个感激你的人吗？"

"我不知道你在说些什么。"

"想想看，我什么都没做就收到了这么一份礼。事先没人和我商量，没人告诉我，没人想起过我，没有我，一切就全都安排好了——我现在只要把铜生产出来就万事大吉。这真是一份大礼啊，詹姆斯——你要相信，对此我是会报答的。"

弗兰西斯科不等他回答，便猛地转身走开了。塔格特没有跟上去。他站在原地，这谈话哪怕再多一分钟他都不愿意。

走到达格妮面前时，弗兰西斯科停了下来。他没有和她打招呼，只是默默地看了她片刻，脸上的笑容表示着她是他进来后看到的第一个人，而她则是第一个看见他走进来的人。

尽管她心中存在各种各样的疑虑和警告，感受到的却只有快乐的信心；令人费解的是，她感到在这片人群之中，他的身影是一个打不垮的安全点。然而，她看见他之后的欣喜刚刚在笑容中绽放出来，他却问道："约翰·高尔特铁路获得了多么辉煌的成功啊，难道你不想跟我说说吗？"

她感到她在回答时，嘴唇不住地颤抖，同时又咬得紧紧的："假如我看来还是容易被伤害的话，我很抱歉。你已经到了对任何成就都瞧不起的地步，我是不应该觉得吃惊的。"

"我确实如此，对不对？我确实很瞧不起那条铁路，简直不想看到它走到这一步。"

他观察到她突然全神贯注起来了，像是一股心思沿着通往新方向的决口冲了出去。他凝视了她一阵子，似乎知道她在这条路上将要走的每一步，然后笑着说："难道你现在不想问我：谁是约翰·高尔特？"

"我干吗要想，而且为什么是现在？"

"难道你不记得你当初竟敢叫他来接管你的铁路吗？那好吧，现在他接管了。"

他继续朝前走去，并没有等着去看她眼里流露出的神情——那神情里包含了气愤、困惑，还有第一次隐约闪现出来的问号。

里尔登从自己脸上的肌肉中意识到了他对弗兰西斯科的到来的真实反应：他突然注意到自己是在笑，他的面孔松弛了下来，一直在惬意地微笑，注视着弗兰西斯科·德安孔尼亚走入了人群。

他第一次对自己承认了每当想起弗兰西斯科·德安孔尼亚时，他就会有欲罢不能的感受。他每每要把这些念头奋力推开，不愿去想自己是多么希望再见到他。在他坐在桌旁，炉火渐渐熄灭的黄昏时分，在他突然觉得筋疲力尽的时候——在他孤独地在空旷的原野上步行回家的黑暗途中——在彻夜难眠的静寂之中——他发现他想到了那个似乎曾说出他心声的唯一的人。他曾把这些记忆推到一旁，告诉自己：那个人可是比其他人都更坏啊！——同时又觉得这肯定不对，却说不出他为什么有这样肯定的感觉。他曾经在报上翻找，想看看弗兰西斯科·德安孔尼亚是否回纽约了——他曾经把报纸一扔，生气地问自己：他要是回来了呢？你会去那些夜总会和鸡尾酒会找他吗？——你究竟想从他那里要什么呢？

他微笑地瞧着弗兰西斯科在人群之中，心想，这就是他想要的——就是这种包含了好奇、开心和希望的奇特的期待感。

弗兰西斯科看来没有注意到他。里尔登克制着走过去的欲望，等待着。有了上一次的交谈，现在不能过去，他心想——过去干什么？我跟他说什么呢？但接着，他带着同样的笑容和轻松愉快的感觉，坚信自己应该这样去做。他穿过大厅，向围着弗兰西斯科·德安孔尼亚的人群走去。

他看着人们，想不明白他们为什么都涌向弗兰西斯科，为什么他们的笑脸下面明明是厌恶，还要去把他围在人群当中。他们的脸上流露出并非恐惧，而是懦弱的表情：一种羞愧而愤怒的表情。弗兰西斯科靠着大理石楼梯的一边站住，半倚半坐在台阶上，随意的姿势配上他正式的装束，使他具有了一种无比优雅的气质。只有他的脸上才是这个欢庆的聚会所应该有的无忧无虑的表情和灿烂的笑容，但他的眼睛却像是在有意地不流露出任何神情，没有一点快活的痕迹，只是像报警信号一样，显示着他的高高在上。

里尔登不被注意地站在人群的边缘，他听到一个戴着巨大的钻石耳环、脸上肌肉松弛、表情不安的女人正紧张地问道："德安孔尼亚先生，你觉得这世界将要发生什么？"

"就是它该得的那些报应。"

"噢，多残忍呀！"

"你难道不相信道义法则吗，夫人？"弗兰西斯科严肃地问道，"我相信。"

里尔登听到人群外面的伯川·斯库德对一个气哼哼的女孩说："别被他扰乱了你的心情，你知道，金钱是万恶之源——而他就是典型的金钱的产物。"

里尔登觉得弗兰西斯科应该听不见，却看到弗兰西斯科带着庄重而礼貌的微笑朝他们转了过去。

"原来你认为金钱是万恶之源？"弗兰西斯科·德安孔尼亚说道，"你问过金钱的根源又是什么吗？金钱是交换的工具，如果没有生产出来的商品和生产出商品的人，它就无法存在。人们如果希望彼此打交道，就必须用贸易的方式，用价值换取价值，金钱不过是体现这个原则的物质形式罢了。金钱不是凭眼泪来向你索取产品的乞丐的工具，也不是巧取豪夺的抢夺者的工具。只有那些生产者才使金钱的存在成为可能。这就是你所认为的罪恶？

"当你为你的付出接受金钱作为报酬的时候，你这么做完全是基于你相信会用它换回其他人的劳动成果。赋予金钱价值的不是乞丐和掠夺者。无论是海一样多的眼泪还是全世界所有的枪炮，都不会把你皮夹子里的那些纸变成明天你要赖以度日的面包。那些原本应该是金子的纸，是你对生产者们的劳动表示尊敬的一种象征。你的皮夹子就表明了你希望在你身边的这个世界上，还有人不会违背这个道义上的准则，它就是金钱的根。这就是你所认为的罪恶？

"你知道物质产品的根在哪里吗？看一看发电机，你敢说这是那些没脑子的畜生凭着傻力气就能创造出来的？没有那些最早的发现者留给你的知识，你种一粒麦子出来试试。不依靠任何东西，试试单凭你的身体去把食物弄来——你会发现人的头脑才是地球上所生产的一切产品和存在的一切财富的根源。

"可你说金钱是强者牺牲弱者才创造出来的？你所指的强者的力量是什么？那不是枪炮和肌肉的力量，财富的创造是因为人能思考。那么，金钱是不是发动机的发明者牺牲了那些没发明它的人创造出来的？金钱是不是智者牺牲了傻瓜创造出来的？是有能力的人牺牲了无能的人？是有野心的牺牲了懒惰的？在金钱被掠夺和乞讨之前，它是每一个诚实的人竭尽了自己所能才创造出来的。一个诚实的人知道他做了多少才能用多少。

"用金钱作为手段来进行贸易是诚实者的信条。金钱所依赖的准则就是每个人都有自己的头脑和努力。金钱不允许任何力量将你的努力强行定价，只是让人自愿选择用他的劳动和你的去交换。金钱允许你把你的成果和劳动给购买它的人，并获得应得的，而不是多于它的报酬。除了贸易双方自主决定彼此获得的利益之外，金钱不允许其他的任何交易。金钱要求你们承认，人必须为自己的利益去工作，而不是要让自己受伤害，是为了得到，而不是失去——人不是负重的畜生，天生该去承受你沉重的不幸——你必须要给他们价值，而不是创伤——人与人之间共同的纽带不是对彼此所受折磨的交换，而是商品的交换。金钱要求你不要因为人们的愚昧而暴露你的缺点，而是在他们的理智中显示你的才华；它要求你不是去买他们所给的最差的东西，而是用你的钱买所能买到的最好的。当人们都以自由贸易为原则时——把理智而不是暴力当成他们的最终裁判时，获胜的是最好的产品、最佳的表现、最有头脑和最有能力的人——一个人创造力的大小决定了他回报的大小。这就是以金钱作为尺度和象征的生存法典。这就是你所认为的罪恶？

"然而，金钱只是一种工具，它可以让你去想去的地方，但不会代替你司机的位置。它会带来可以满足你欲望的手段，但它不会为你提供欲望。有些人企图将因果倒置——试图掌握头脑创造的产物并用它来代替头脑——金钱对于他们就是灾难。

"那些不知道自己想要什么的人，是无法用金钱买来幸福的；如果他不知道应该珍惜什么，金钱不会带给他对价值的诠释；如果他不知道该追求什么，金钱不会向他指出一个目标。蠢人用金钱买不来智慧，胆小鬼用金钱买不到钦佩，无能的人用金钱买不到尊重。企图用钱来帮他做判断，想收买优秀的头脑留为己用的人，最后只能成为他自身拙劣的受害者。智者将他抛弃，欺骗和诡诈却来和他为伍，这是因为有一条他没有发现的定律：有多大本事，就值多少钱。这就是你称它为罪恶的原因？

"只有不需要财富的人才会继承财富——他无论从哪儿开始，都会积累属于自己的财富。如果继承人配得上他继承的钱财，钱就能为他派上用场，否则，钱就会毁了他。但你在一旁看着，并且叫喊着是金钱毁了他。是这样吗？还是他把他的钱毁掉了呢？别嫉妒那些无能的后人，他的财富不属于你，你有了它也不见得会更好。不要去想你们都应该分得一杯羹，把这世界上的一条寄生虫变成五十条，也不能让逝去的美德复活。金钱是有生命的力量，没有了根，它就会死去。金钱不会听命于配不上它的头脑。这就是你称它为罪恶的原因？

"金钱是你生存的手段。你所宣称的谋生的来源，也就是你生活的来源。如果这来源毁掉了，你就诅咒了你自己的存在。你挣钱是靠欺骗吗？是靠利用他人的罪恶或愚蠢？是靠讨好傻瓜从而希望得到你力所不及的东西吗？靠降低你的标准？靠替你所不屑的买主干你所鄙视的事情？果真如此的话，你的钱将不会带给你丝毫快乐。而你所买的一切都不会成为对你的奖赏，而是会成为耻辱；不会成为成就，而是会时刻提醒着你的羞耻。那样，你就会叫喊着金钱是邪恶。邪恶，就因为它代替不了你的自尊？邪恶，就因为它让你无法享受你的堕落？这是否就是你仇恨金钱的根源？

"金钱会永远只是作为一个结果，而不会代替你成为原因。金钱是美德的产物，但它不会给你美德，不会补偿你的恶行。无论是物质还是精神，金钱都不会让你不劳而获。这是否就是你仇恨金钱的根源？

"或许你是说对金钱的爱戴是一切罪恶的根源？爱一样东西就是了解和爱它的本质。对金钱的爱戴就是了解和爱这样一个事实，金钱是你尽己所能创造出来的，是你用你的努力同他人最大的努力进行交换的钥匙。把痛恨金钱叫得最响的人才会为了一毛钱就将他的心灵出卖——他倒是很有理由去仇恨它。爱金钱的人愿意为了得到它而去工作。他们知道他们配得上它。

"我给你透露一点看透人性的秘诀吧：诅咒金钱的人靠不义手段得到金钱；尊崇金钱的人则自己靠本事去把它挣来。

"如果谁告诉你金钱就是邪恶，赶快离开他逃生吧。这句话是麻风病人在强盗逼近时发出的警告。只要人们一起在地球上生活,并且需要彼此交往的手段——那么如果他们放弃了金钱,唯一的替代品就是枪杆子。

"但如果你们希望去挣到和留住金钱的话,它会要求你们拿出高尚的品德来。那些没有勇气、自信、自尊的人,对他们拥有金钱的权利没有道德感,而且不愿像捍卫他们的生命一样去保护它的人,对富有表示自责的人——将不会富有很久。对于几百年来待在石头下面那成群的强盗来说,这些人就是天然的诱饵。一旦那些强盗闻到因为拥有财富而感到罪恶、请求原谅的人的气味,就会爬出来。他们会很快解除他的负罪感——以及他的生命,这是他自找的。

"那时你就会看到持有双重标准的人开始抬头——这些人靠武力为生,但又依赖于那些靠贸易为生的人,好为他们掠夺来的金钱创造价值——这些人正是假借了美德的名义。在一个道德的社会,这些人就是罪犯,而法律是保护你不受他们的伤害的。但当社会变成犯罪有理,掠夺合法时——人们用武力去侵吞解除了武装的受害者的财产——金钱就开始为它的创造者们复仇了。这些掠夺者相信,一旦通过法律解除了人们的武装,就可以高枕无忧地去洗劫那些无力反抗的人。但他们的掠夺成了吸引其他掠夺者的磁铁,他们会遭到同样的掠夺。这个竞赛就这样进行下去,获胜的不是最有能力的生产者,而是最残酷无情的人。当武力成为准则，杀人就会胜过小偷小摸。然后，社会就会在一片废墟和杀戮中消亡。

"你想知道这一天是否会到来吗？注意去看金钱，金钱是社会品质的晴雨表。当你看到贸易不是在自愿同意的基础上，而是被强迫着进行——当你看到你为了能够生产，必须从什么都不生产的人那里得到许可——当你看到金钱正流向那些用好处而不是用货物做交易的人——当你看到那些不是靠工作，而是靠贪污和关系的人变得富有，而你的法律不是保护你，却是在保护他们——当你看到腐败得到奖励，而正直成了一种牺牲——这个时候，你就知道这个社会已经注定要灭亡了。金钱这样的介质太过高贵了，它不会和枪去争夺，不会和残忍去做交易。它不会允许一个一半靠权贵、另一半靠掠夺的国家继续存在下去。

"当毁灭者出现在人们当中时，他们首先会摧毁金钱，因为金钱是人们的护身符和道德存在的基础。毁灭者夺走黄金，留给主人一堆废纸。这就扼杀了一切客观的标准，把人们置于恣意摆布价值而形成的武断统治之下。黄金是一个客观的价值，与被创造的财富价值相符。纸币是根本不存在的财富的抵押物，枪在它的后面撑腰，指向那些要去生产财富的人。纸币是那些合法的强盗们从不属于他们的账户开出的支票：支取的是受害者的美德。注意看，总有一天它会被退回来，上面写着：'账户透支'。

"当你用邪恶作为生存的手段时，别指望人们还会继续善良下去。别指望他们还保持着道德，好用他们的生命来养活那些不道德的人。当创造遭受惩罚，掠夺得到奖励，别指望他们还去创造。不要去问'是谁毁灭了这个世界'，就是你。

"你置身于最伟大的创造性文明所创造出的最辉煌的成就当中，一边诅咒着维持它生命的血液——金钱，一边惶惑着看到它在你四周崩溃。你像从前的野人一样去看金钱，还纳闷原始的丛林法则怎么会蔓延到了你居住的城市边缘。在人类的历史上，金钱总是被各种各样的强盗所霸占，他们的名称变来变去，但方法都是一样的：用武力占有财富，对创造者进行束缚、榨取、诽谤，并剥夺他们的名誉。从你嘴里貌似正义但毫不负责地说出的那句金钱罪恶的话，是出自一个财富由奴隶所创造的年代——有人发现了一种生产方式之后，奴隶们便对此进行着几百年的重复劳动。只要产品被武力所控制，财富可以像战利品一样得到，就没有什么不可以靠武力征服了。然而在千百年的窒息和饥饿当中，人们把强盗吹捧为佩剑的贵族，天生的贵族，政府贵族，而把创造者鄙视为奴隶、商人、店主，还有企业家。

"为了人类的荣耀，历史上出现了绝无仅有的金钱之国——我对于美国的敬意和虔诚实在是难以表达，因为它代表了一个充满了理智、正义、自由、创造和成就的国家。人们的精神和金钱有史以来第一次获得了自由，没有征服得来的财富，只有劳动得来的财富，代替了武士和奴隶的，是真正的财富的创造者，是最伟大的工人，最高阶段的人——是自我实现的人类——是美国的企业家。

"假如你让我说出美国人最值得骄傲的特质，我会选择这样一个事实——因为它包含了其他的一切——是他们发明了'创造金钱'这句话。在此之前，没有哪个语言或者国家曾经用过这样的说法。人们一直认为财富的数量是静止不变的——从而去占有，去乞讨，去继承，去分享，去掠夺，或者当成特权一样得到。美国人第一个理解到财富是要创造出来的。'创造金钱'这句话抓住了人类道德的精髓。

"然而，这句话使美国人遭到了强盗横行的大陆上的陈腐文化的谴责。现在，强盗的信条让你们把你们最值得骄傲的成就看成了耻辱的标志，把你们的繁荣当成罪责，把你们最伟大的企业家当作无赖，把你们壮观的工厂当成仅仅是劳力们用双手制造出来的产品和财产，就像被皮鞭驱赶着的奴隶们建成的埃及金字塔一样。我相信，傻笑着说他看不出金钱和皮鞭的力量有任何区别的无赖，应该自己去尝尝皮鞭的滋味，这样他就能认识到这里的区别了。

"在你认识到金钱是一切美好的根源之前，你是在自我毁灭。当金钱不再是人们交往的工具时，人们就成了他人的工具。鲜血、皮鞭和枪炮——还是金钱，你选择吧——除此再没有别的——而你的时间也已经不多了。"

弗兰西斯科讲话时没有向里尔登瞧一眼,但讲完后,他的目光直接投向了里尔登的脸。里尔登一动不动地站着,除了站在晃动的身影和气愤的声音对面的弗兰西斯科·德安孔尼亚,他的眼里空无一物。

有些人刚刚在听,现在则急急地走开。有些人则说,"这太可恶了!"——"这不是真的!"——"简直是恶毒和自私!"——他们既大声又颇有戒心地说着,似乎希望他们身边的人能听到,但又不想被弗兰西斯科听了去。

"德安孔尼亚先生,"戴着耳环的妇人声明说,"我不同意你说的!"

"假如你能驳倒我所说的哪怕一句话,夫人,我都会洗耳恭听的。"

"噢,我不能回答你。我没有答案,我的心里可不是那么想问题的,但我不觉得你对,所以我知道你是错的。"

"你是怎么知道的呢?"

"凭感觉,我不是用脑子,而是用我的心。你的逻辑也许没错,但你没有心。"

"夫人,当我们看到身边有人饿死的时候,你的心肠对挽救他们毫无用处。而且,我还会没有心肠地说,当你喊着'但是我不知道啊!'时——你是不会被宽恕的。"

那妇人把头扭开,一阵颤抖掠过她的脸颊,和她声音中气愤的战栗混在一起:"哼,在聚会上这么讲话简直是太滑稽了!"

一个目光闪烁不定的胖男人大声发话了,他强装出来的开心口气想要告诉人们,他唯一关心的是不要把事情弄得不愉快:"先生,如果你对金钱是这种看法,那我对我能拥有德安孔尼亚公司一笔数量可观的股票就感到非常高兴了。"

弗兰西斯科严肃地说:"我劝你三思,先生。"

里尔登朝他挤了过去——弗兰西斯科似乎并没向他看,却立刻旁若无人一般迎了过去。

"你好。"里尔登像是对一个自幼相识的朋友那样简单而轻松地招呼了一声。他在微笑着。

弗兰西斯科从里尔登的脸上看到了自己的笑容:"你好。"

"我想和你谈谈。"

"你觉得我刚才这十五分钟是在和谁说话?"

里尔登忍不住笑出声来,承认对手这一招很奏效:"我以为你没注意到我。"

"我注意到了,我一进来,这屋子里只有两个人高兴见到我,你是其中之一。"

"你这岂不是有点冒失吗?"

"不——是感激。"

"另一个高兴见到你的是谁?"

弗兰西斯科一耸肩膀,随随便便地说道:"一个女人。"

里尔登注意到，弗兰西斯科已经巧妙而自然地把他带到了远离人群的地方，他和其他人都没有觉得这是有意的。

"我没想到在这里见到你，"弗兰西斯科说，"你本来是不该来这里的。"

"为什么不呢？"

"我能问问你为什么来吗？"

"我妻子很想接受这个邀请。"

"请原谅我这么说，不过要是她让你带她去逛逛妓院的话，会更合适，也不那么危险。"

"你说的危险是什么？"

"里尔登先生，你不了解这些人做生意的方式，以及他们对你在此出现是怎么想的。按照你而不是他们的原则，接受一个人的盛情是一种善意的表示，是在显示你和你的主人都温文有礼。不要让他们有这样的感觉。"

"那你为什么来这里呢？"

弗兰西斯科快活地耸了耸肩膀："哦，我——我干什么是无所谓的，我就是个聚会狂而已。"

"你来这个聚会上做什么？"

"只是想找些战利品罢了。"

"找到了什么吗？"

弗兰西斯科的脸色突然认真起来，他严肃并且几乎是郑重地答道:"是的——是我认为最好和最伟大的。"

里尔登情不自禁地恼怒了,他的叫喊声里没有责备,只有绝望:"你怎么能如此荒废你自己?"

弗兰西斯科的眼中浮现出一丝笑意,像是远方升起的一点亮光,他问道:"你是否愿意承认你对此很在乎呢?"

"如果你想的话,还会听到更多的承认。见到你之前,我不明白你怎么会把你那么多的财富都浪费了。现在更糟糕了,因为我尽管想,却做不到像以前那样去鄙视你,但问题更可怕:你怎么能把你这样的头脑荒废呢?"

"我不觉得我现在是在荒废它。"

"我不知道是否还有什么是对你有意义的——但我要告诉你我从未对任何人说过的话。我上次见你的时候,你还记不记得你想对我表示感激?"

弗兰西斯科的眼里已经没有了开玩笑的迹象,里尔登还从未面对过如此尊敬而庄重的神情。"是的,里尔登先生。"他静静地说。

"我告诉你我不需要这个,并为此羞辱了你。好吧,你赢了。你今晚的讲话——就是你想要给我的,对不对?"

"是的,里尔登先生。"

"这超过了感激,而我需要感激;这胜于敬仰,而我也同样需要;这胜过了我能找到的任何言语,我要用好多天才能想清楚它所给我的一切——但有一件事我是清楚的：我需要它。我从来没这样承认过，因为我从没向任何人寻求过帮助。假如你猜到我很高兴看见你，并且这让你觉得有趣的话，那么要是你愿意，现在你就可以大笑一番了。"

"或许那要花上几年的时间，不过我会证明给你看，我对这些是从不玩笑的。"

"现在就证明——回答一个问题就行：你为什么不去实践你所说的？"

"你确定我没有吗？"

"如果你说的都是对的，如果你有这么伟大的认识，你如今应该已经是世界上首屈一指的企业家了。"

弗兰西斯科严肃地说，就像他对那个胖男人说话时一样，只是声音中多了一分奇怪的柔和："我建议你再好好想想，里尔登先生。"

"我对你已经想得够多了，我找不到答案。"

"我来提示你一下：如果我说得对，那么今晚在这个房间里，谁的罪过最大？"

"我想是——詹姆斯·塔格特？"

"不，里尔登先生，不是詹姆斯·塔格特。不过你必须定义好什么是罪过，然后自己把那个人找出来。"

"几年前，我会说就是你。我现在仍然在想这才是我应该说的。但我几乎跟那个与你讲话的女人一样：我所明白的所有道理都告诉我你是有罪的——可我感觉不到。"

"你是和那个女人犯了一样的错误，里尔登先生，尽管表现得要更高尚些。"

"你指什么？"

"我指的不仅是你对我的论断。那个女人和所有像她那样的人是在不断回避他们心里明白是好的东西；你一直是在把你认为的邪恶念头从你的脑子里推出去。他们那么做是因为他们不愿去付出努力；你这么做是因为你不允许自己去找任何原谅的借口。他们不惜一切地沉溺于他们的情感之中；你在解决任何问题时，都会首先牺牲掉情感。他们情愿什么都不承受；你宁愿承受一切。他们不断逃避责任；你总是去承担。不过你难道看不出最本质的错误都是一样的吗？一切对现实的拒不承认，无论有什么原因，后果都是灾难性的。罪恶的念头只有一个：拒绝思考。不要漠视你自己的欲望，里尔登先生。不要把它们牺牲掉。审视它们的缘由，你应该承受的一切有一个限度。"

"你怎么知道我是这样的？"

"我曾经犯过同样的错误，不过时间不长。"

"我希望——"里尔登话已出口，又猛然止住了。

弗兰西斯科笑了："害怕去希望，里尔登先生？"

"我希望能允许自己由着性子去喜欢你。"

"我会给——"弗兰西斯科停了下来。令人费解的是，里尔登看到了一种他难以说清的神情，但很确定地感觉到那是疼痛。他看到弗兰西斯科头一次踌躇了一会儿，"里尔登先生，你持有德安孔尼亚公司的任何一种股票吗？"

里尔登迷惑地看着他："没有。"

"有一天，你会知道我现在正在做什么大逆不道的事，不过……不要去买德安孔尼亚公司的任何股票，不要和德安孔尼亚公司有任何关系。"

"为什么？"

"当你了解全部原因之后，你就会知道没有任何事——或者任何人——对我还能有一点意义，你会知道他们对我来说意味着什么。"

里尔登皱起眉，想起了什么："我不会和你的公司打交道的。你不是把他们叫作有双重标准的人吗？你难道不是其中的一个强盗，现在靠着法律的手段发达了吗？"

奇怪的是，这些话并未对弗兰西斯科造成任何羞辱性的打击，却使他的面孔恢复了坚定的神情："你认为是我哄骗那些替强盗做计划的人出台了那些条令吗？"

"如果不是，那会是谁？"

"想从我身上捞好处的人。"

"没经过你的同意？"

"没告诉过我。"

"我真不愿意承认我是多么想相信你的话——但现在你没法证明。"

"没有吗？我十五分钟之内就能证明给你看。"

"怎么证明？事实还是你从那些法令中捞得最多。"

"的确如此。我赚的比莫奇先生和他的同伙们想象的还要多。我经营多年之后，他们正好给了我想要的机会。"

"你是在吹牛吧？"

"当然！"里尔登简直不敢相信弗兰西斯科的眼里竟然出现了一种剧烈、明亮的目光，这目光说明他绝不是一个聚会狂，而是一个实干家。"里尔登先生，你知道大多数新贵把他们的钱藏到哪里去了吗？你知道大多数叫嚷着公平份额的秃鹰们把他们在里尔登合金上赚来的利润投到哪里去了吗？"

"不，可是——"

"是在德安孔尼亚公司的股票里。安全地转移，离开了这个国家。德安孔尼亚公司——一家历史悠久、无懈可击的公司，富足得能经受住再来三代人的掠夺，被一个颓废得什么都不在乎的花花公子所管理，任他们随心所欲地利用他的资产，只是为他们去自动赚钱——就像他的祖辈一样。对于掠夺者们，这难道不是一个绝妙的安排吗，里尔登先生？只是——他们唯独忽略的一点是什么呢？"

里尔登瞪着他:"你想干什么?"

弗兰西斯科突然大笑起来:"这对那些从里尔登合金上榨取油水的人来说真是太糟糕了。里尔登先生,你不想把你替他们赚的钱都损失掉,对吧?但这世上的确是会发生意外的——你知道他们怎么说,人只是一个无助的任凭自然灾难摆布的玩物。比方说吧,明天上午德安孔尼亚公司在瓦尔帕莱索的矿石码头发生了火灾,一场大火把码头连同一半的港口建筑烧成了平地。现在几点了,里尔登先生?哦,我是不是把时态搞混了?明天下午,德安孔尼亚公司在奥拉诺的矿山会发生滑坡——没有死伤,只是矿井本身完了。事后发现那些矿井是废掉了,因为几个月来一直是在错误的位置开采——对一个花花公子的管理,你还能指望什么呢?大量的铜矿石将会被埋在山底下,就算是塞巴斯蒂安·德安孔尼亚也无法在三年之内将它们回收上来,至于国家,则永远无法将其回收了。当股东们开始调查时,他们会发现我们在坎波斯、圣菲利克斯、拉斯海拉斯的矿井使用的是同样的开采方式,一年多来一直是在赔钱生产,只不过那个花花公子在账簿上面做了点手脚,才没有引起报界的注意。要不要我告诉你在德安孔尼亚铸造公司的管理上他们又会有什么样的发现?或者是德安孔尼亚的矿石船队?不过所有这些发现都不会给股东带来任何好处了,因为德安孔尼亚铜业公司的股票明天上午就会像灯泡摔到水泥墙上一样,跌得粉碎,跌得像是一部特快电梯,把那些搭车占便宜的人都甩到水沟里去！"

在弗兰西斯科胜利般昂扬的话音中，汇入了一个同样的声音：里尔登在开怀地大笑着。

里尔登不知道那一刻过了多久，弄不清他感觉到了什么，他像是被猛然带到了另外一个世界的意识当中，然后又猛地回到了他自己的意识——从麻醉中苏醒之后，留给他的只有现实里从未感受过的无与伦比的自由。他心想，这又和威特的那把火一样，这就是他那个危险的秘密。

他发现自己正一步步从弗兰西斯科·德安孔尼亚面前向后退去。弗兰西斯科站在原地仔细观察着他，仿佛在那段不知多久的时间里一直在看着他。

"并没有什么邪恶的念头，里尔登先生，"弗兰西斯科柔和地说道，"除了一种：就是拒绝思考。"

"不，"里尔登说。这几乎是一声喃喃的低语，他必须压低他的嗓门，唯恐听到自己的尖叫，"不……假如这就是你的办法，不，不要指望我会为你欢呼……你没有勇气同他们战斗……你选择了最容易、最毒辣的办法……处心积虑的毁灭……毁灭你还没有创造的和难以企及的成就……"

"这可不是你明天将在报纸上看到的。到时候不会有故意毁坏的证据，发生的一切都是由于明显的无能，十分常见和显然，很好解释。在如今，无能是不应该受到惩罚的，对不对？布宜诺斯艾利斯和圣地亚哥的那些人很可能会通过慰问和酬谢的方式给我一笔补助金。德安孔尼亚铜业公司的一部分还是保留下来了，尽管它的很大一部分已经彻底毁了。谁都不会说我是故意这么干的，你怎么想是你的事。"

"我认为在这个屋子里，罪大恶极的那个人就是你，"里尔登安静而又厌倦地说。甚至他的怒火都已经平息了下去，他感到的只是一个巨大的希望破灭后的空虚。"我认为你比我所能想到的任何东西都更恶劣……"

弗兰西斯科看着他，脸上半带着一种奇怪的沉静的笑容，那是战胜疼痛后的沉静。他没有回答。

在沉默之中，他们听到了几步之外两个人说话的声音，便转身去看。

那个矮胖的上年纪的人显然是一个认真谨慎并不张扬的生意人，他的西装质地考究，款式却是二十年前流行的，衣缝处泛着极淡的绿色调；他很少有机会穿它。他的衬衣纽扣实在是大得夸张，像家传的繁复老式手工品一样，和他的生意相仿，似乎都是经过了四代人才传到他的手里。他脸上的神情在这些日子里看起来便是一个诚实的人的标志：困惑。他正看着对方，认真地、无助地、绝望地竭力去理解。

和他交谈的人年轻一些，身材更加矮小，皮肤粗糙，胸脯前挺，稀疏的胡子尖向上翘起。他用一副强忍厌倦的语气说道：

"嗯，我不知道。你们都在嚷嚷着成本的上涨，这看来成了如今最多的抱怨了，这是利润缩水的人常发的牢骚。我不知道，得再看看，我们得考虑考虑是不是要让你挣到钱。"

里尔登瞥了一眼弗兰西斯科——看到的是一张他完全无法理解的没有丝毫杂念的面孔：这是一个人所能见到的最冷酷的面孔。他一直觉得自己很无情，但他知道他到不了这个地步，这种赤裸裸的固执的神情，除了公正，已不能被任何感情所打动。不管他别的如何——里尔登心想——能有如此感觉的人就是个巨人。

只过了一会儿，弗兰西斯科向他转过身来，脸色如常，非常平静地说："我改变主意了，里尔登先生。很高兴你能来这个聚会，我想让你看看这个。"

随即，弗兰西斯科像一个毫不负责的人那样，突然提高了嗓门，用快活、松弛和刺耳的声音说道："你不贷给我那笔款吗，里尔登先生？那我可惨了。我必须弄到钱——我必须今晚就弄到——我必须在明天上午证券交易所开门前搞到钱，否则的话——"

他用不着再说下去了，因为那个留着胡子的小个子男人一把抓住了他的胳膊。

里尔登从不相信一个人的身体可以眼睁睁地变形，但他看到这个人的体重、姿态和外形都在萎缩，像是他肺里的空气都被抽空了一样，曾经不可一世的统治者突然变成了一个废物，不再能威胁到任何人。

"有……有什么不对吗，德安孔尼亚先生？我是说，在……在证券交易所那里？"

弗兰西斯科猛地把手指伸到他的嘴唇边上，惊恐地看了一眼。"小点声，"他低声道，"天啊，小点声！"

那个人哆嗦着："出……事了？"

"你不会正好也有德安孔尼亚铜业公司的股票吧？"那人点点头，说不出话来。"噢，天啊，这真是糟透了！听着，如果你发誓不对任何人讲的话，我可以告诉你，你不想引起混乱吧。"

"发誓……"那人喘息着说。

"你最好去找你的经纪人，把股票尽快抛出——因为德安孔尼亚公司的情况一直不好，我一直在设法筹钱，但是如果不成功的话，你的每一块钱里面明天上午能拿回一毛就算你走运了——噢，我的天！我忘了，你在明天上午之前是没法和经纪人联系上的——唉，实在是糟透了，可——"

那个人跑着冲过房间，像鱼雷一样扎进人群，把挡着他的人推向两旁。

"瞧着吧。"弗兰西斯科转向里尔登，冷峻地说。

那个人隐没在了人群之中，他们看不见他，搞不清楚他正把这秘密告诉给谁，也不知道他是否还剩得下一些狡猾，去和那些能帮上忙的人做做交易——不过，他们看到他所经过的地方正在苏醒，并波及了整个房间，切口猛然分开人群，像是墙上最初的几道裂缝，随后便如同加速开裂的大口子，令整面墙壁摇摇欲坠，那些空洞的缝隙裂开了，并不是由于人的触碰，而是由于恐怖那非人的呼吸。

伴随而来的是交谈戛然而止，死水般的寂静，接着便爆发出各种各样的声音：重复问着毫无用处的问题的那些越来越高而歇斯底里的腔调，不自然的窃窃私语，一个女人的尖叫声，还有努力装作什么都没发生的一些人偶尔强挤出来的几声傻笑。

有几处淤滞像是不断扩散的麻痹的斑块一样，开始在人群的蠕动中出现；突然，像发动机被断了电一样，一切静止了下来；随即，便如什么东西在重力的作用和岩石的碰撞下从山坡上滚落一般，出现了一阵狂乱，惊悸、漫无目的、全无方向的躁动。人们向外跑去，奔向电话，互相撞在一起，把身边的人胡乱地扯来推去。这些在全国最有权有势的人，手中握有无可匹敌的权力，能够决定每一个人的生计和一辈子的幸福。在惶恐的风暴里，他们变成了一堆瑟瑟作响的瓦砾，一座建筑的顶梁柱被砍断后残留下来的瓦砾。

詹姆斯·塔格特再也无法掩饰人们千百年来早已学会隐藏的丑恶嘴脸，他冲到弗兰西斯科面前尖叫道："这是真的？"

"怎么了，詹姆斯，"弗兰西斯科笑着说，"出什么事了？你怎么看上去那么烦？金钱是万恶之源——所以我只不过是再也不想作恶了。"

塔格特跑向出口，冲沃伦·伯伊勒喊着什么。伯伊勒不断地点着头，仿佛是一个没干好活儿的仆人一般诚惶诚恐和羞愧，然后便朝另一个方向飞奔而去。雪莉跟在塔格特的身后跑着，头上的婚纱像水晶般的云彩一样飘向半空，在门口追上了他："吉姆，出什么事了？"他一把将她推开，她撞在了保罗·拉尔金的肚子上，塔格特冲了出去。

有三个人屹立未动，像分布在房间里的三根柱子，他们的目光扫过这一片狼藉：达格妮看着弗兰西斯科——弗兰西斯科和里尔登则彼此相望。

赤裸裸的勒索

White Blackmail

3

"几点了？"

时间不多了，里尔登心想——但他还是回答道，"我不知道，还不到午夜，"然后想起了他的手表，补充了一句，"还有二十分钟。"

"我要坐火车回家。"莉莉安说。

他听到了这句话，但他的意识已经被挤得满满当当。他站在那儿心不在焉地望着他套间的客厅，这里到聚会的地方坐电梯只要几分钟。过了一阵，他下意识地回答道，"这么晚吗？"

"还早，还有很多车呢。"

"你完全可以留在这里。"

"不了，我还是愿意回家。"他没再说什么。"你呢，亨利？你今晚打算回家吗？"

"不，"他又加上一句，"我明天在这里约好了谈生意。"

"随你吧。"

她一缩肩膀，褪下了晚装的围巾，拿在手上，走向他卧室的门，却又停住了。

"我恨弗兰西斯科·德安孔尼亚，"她紧张地说，"他干吗非得来这个聚会呢？难道他就不懂得闭上他的嘴，至少等到明天上午再说？"他没有回答。"太恐怖了——他居然能允许自己的公司出这样的事。当然，他不过是个被宠坏的纨绔子弟——可那种规模的财产终究是一种责任啊，人允许自己玩忽职守应该有个限度！"他瞟了一眼她的脸：它带着一种怪异的紧张，五官锐利，令她看上去显得老了些，"他对股东是有一定的责任的，对不对？……对不对，亨利？"

"我们能不能不谈这个？"

她嘴唇一抿，如同耸了耸肩膀似的朝旁边撇了撇，走进了卧室。

他站在窗前，望着下面一串串移动的车顶，让他的眼睛停留在某样东西上面，视线却已经断开了。他的思绪还是聚集在楼下宴会厅的人群，以及人群里的两个人影上。但正如他的客厅始终在他的视野边缘一样，在他意识的边缘总感觉到要干点什么。他思考了一会儿——是得脱掉他的晚礼服了，但在意识深处，他觉得不愿意在他的卧室里当着一个陌生女人的面脱去衣服，紧接着，他就把这事忘在了一边。

莉莉安走了出来，像她初到的时候那样收拾得一丝不苟，米色的旅行服合体地衬托出她的线条，头上斜戴着帽子，露出一半的波浪卷发。她提着行李箱，将它摇晃了一下，似乎表示她拎得动。

他机械地伸过手去，从她手中拿过行李箱。

"你干什么？"她问。

"我送你去车站。"

"就这样吗？你还没换衣服呢。"

"没关系。"

"你不用非得陪我去。我自己去没问题。如果你明天有生意上的约会，最好还是去睡觉吧。"

他没吭声，但走到门前，替她开了门，跟着她向电梯走去。

他们在前往车站的出租车里沉默无语。她在他身旁的时候，他注意到她总是坐得笔直，几乎是在炫耀着她姿势的完美；她似乎非常警醒和满足，如同一大早出发，踏上早就准备就绪的旅程。

出租车停在了塔格特火车站的入口。明亮的灯光洋溢在高大的玻璃通道里，把已晚的时间转变成了一种活跃而无时不在的安全感。莉莉安轻快地跳下车，说道："不，不，你不用非得下来，接着开回去吧。你明天回家吃晚饭吗——还是下个月？"

"我会给你去电话。"他说。

她冲他挥了挥戴着手套的手，消失在入口里的灯光之中。出租车一开动，他便把达格妮公寓的地址告诉了司机。

他进来的时候，公寓里一片黑暗，但她卧室的门虚掩着，他听到她在说，"你好，汉克。"

他走了进去，问道："睡着了吗？"

"没有。"

他拧亮了灯。她躺在床上，脑袋靠着枕头，头发柔顺地披在肩膀上。她像是半天没动地方，但脸上是一副无忧的样子。她看上去像个女学生，淡蓝睡衣特制的衣领从喉咙开始就严厉地高高立起；睡衣的前襟与这种严厉形成鲜明对比，是一片看起来极其成熟和女性化的淡蓝色刺绣。

他坐在床边——她笑了，注意到他一身笔挺的正装使得他的举动带有极其自然的亲切。他笑着作为回答。他来是准备好了退回她在聚会时给予他的原谅，这就像是拒绝一个太过慷慨的对手的帮忙。此刻，他却突然伸出手，保护一般放在她的前额上，顺着她的头发温柔地抚摸着，突然感到她像孩子一样娇弱，这个生下来就是为了不断挑战他的勇气的对手，应该得到他的保护。

"你的压力太大了，"他说道，"而且是我让你的日子更不好过了……"

"不，汉克，你没有，而且你也知道这些。"

"我知道你有力量不让它伤害到你，而我没有权利去要求这样的力量。可我这样做了，我拿不出什么解决的办法和补偿给你。我只能承认我明白这一切，而且绝不能要求你原谅我。"

"没有什么要原谅的。"

"我没有权利把她带到你面前。"

"那并没有伤害我,只是……"

"什么?"

"……只是看到你受苦的样子……实在看不下去。"

"我不认为受苦就可以弥补任何东西,但无论我感到了什么,我所受的苦都还不够。假如有一件事让我恶心的话,就是说起我自己所受的苦——那应该除了我以外,和任何人无关。不过假如你想知道,其实你已经知道了——不错,这对我来说就是地狱,而且我希望它能更加痛苦。至少我不会放过我自己。"

他在严厉地说着,丝毫没有感情,像是一纸对他自己的冷冰冰的判决。她笑了,感到一种好笑的伤悲,她拿起他的手,把它放到她的唇边,把她的脸藏到了他的手里面,摇着脑袋不想去听这个判决。

"什么意思?"他柔声问道。

"没什么……"接着她抬起头来,坚决地说,"汉克,我知道你结婚了,我知道我在做什么,我选择了这样去做。你什么都不欠我的,你不用考虑任何责任。"

他慢慢地摇着头表示反对。

"汉克,除了你想给我的,我对你一无所求。还记得你曾经把我叫作商人吗?我希望你来我里,除了你自己的享受,别的什么都不去寻找。无论出于什么原因,只要你希望保持婚姻,我就没有权利去憎恨它。我的经商之道就是用你从我这里得到的快乐来偿还你给予我的快乐——而不是用你或者我所受的痛苦。我不接受牺牲,而且我不会做出牺牲。假如你的要求超出了你对我的意义,我就会拒绝。假如你要求我放弃铁路,我就会离开你。假如一个人的快乐必须用另一个人的痛苦才能买来,那还是别做这笔买卖了。一个赢一个输的买卖就是欺骗。你在生意场上没有这样做,汉克,不要在你的生活中这样去做。"

像是在她声音下面的另一个微弱的音轨,他听到了莉莉安对他说过的话;他看到了这两者间的距离,看到了她们对他、对生活提出的截然不同的要求。

"达格妮,你对我的婚姻怎么看?"

"这我没权利去想。"

"你一定对此有过不理解。"

"我是有过……是在我去艾利斯·威特家之前。之后就没了。"

"你从没就此问过我任何问题。"

"而且以后也不会。"

他沉默了片刻,然后盯着她,有意强调着他并不接受她对他的隐私的回避,说道:"我想让你知道一件事:自从……去艾利斯·威特家之后,我再也没碰过她。"

"我很高兴。"

"你是不是想过我会?"

"我从不允许自己去琢磨这事。"

"达格妮,你是说假如我那样做了,你……你也能接受?"

"是的。"

"你不恨?"

"我的恨将难以言喻。但假如那是你的选择,我会接受。我要的是你,汉克。"

他把她的手抬到他的唇边,她感觉到了他身体里的挣扎,突然,他几乎是崩溃一般地倒下,嘴贴在了她的肩头。接着,他用力把她那淡蓝色睡袍里的身体拉了过来,在他的膝盖前面放倒,沉着脸死死地抓住。他像是恨透了她所说的话,而那又像是他最渴望听到的。

他俯下身子,和她脸贴着脸。她又一次听到了他们在过去一年中夜夜出现的问话,总是被他极不情愿地挤出来,总是把他不断遭受的无人知晓的煎熬显露无遗:"你的第一个男人是谁?"

她使劲地向后仰,拼命想从他的手里挣脱出来,但被他抓住了。"不,汉克。"她说道,脸色沉了下来。

他笑着,嘴唇微微绷了绷:"我知道你不会回答,但我会一直问下去——因为那是我永远不会接受的。"

"你问问你自己为什么不会接受。"

他的手缓缓地从她的乳房抚摸到她的膝盖，像是在强调他对她的占有，又对这样的占有非常厌恶。他回答说："是因为……你同意我做的那些事……我觉得你永远不会，就算是为了我也不会同意……可你做到了，而且做得更多。你对另一个男人也曾同意过，也曾要他如此，曾……"

"你明不明白你在说什么？你从没接受过我对你的需要——就像不接受我曾经会需要他一样，你从来就没接受过我是应该需要你的。"

他低声说道："是这样。"

她猛地把身体一扭，从他那里挣脱开，站了起来，却带着淡淡的微笑低头看着他，柔声说道："你知道你唯一真正的罪过是什么吗？你应该是最懂得享受的，却从来没有做到。你总是早早地就把自己的快乐拒之门外，一直甘愿承担太多的重负。"

"他也是这么说的。"

"谁？"

"弗兰西斯科·德安孔尼亚。"

他搞不清自己为什么有种感觉，这个名字让她一怔，并且迟了一下才答话："他和你说了这些？"

"我们谈的是另一个话题。"

过了一会儿，她平静地说："我看到你和他在讲话。这次你们俩是谁在羞辱对方？"

"我们没有，达格妮，你觉得他怎么样？"

"我觉得我们明天会看到的崩盘——是他故意那样做的。"

"这我知道，但是，你觉得他这个人怎么样？"

"我不知道。我应该觉得他是我所见过的最堕落的人。"

"你应该？但是你不这么认为？"

"不。这我还说不好。"

他笑了。"这就是他的奇怪之处。我知道他是个骗子，游手好闲，浪荡纨绔，是我所能想象出来的最狠毒和最不负责任的败类。但当我看着他的时候，我感觉假如有人能让我以生命相托的话，那个人就是他。"

她大吃一惊："汉克，你是说你喜欢他？"

"我是说我不知道这意味着什么——喜欢一个人，见到他后我才明白我多想如此。"

"老天爷，汉克，你是被他迷住了！"

"是啊——我想是这样的。"他笑笑，"你为什么对此这么害怕？"

"因为……因为我认为他会把你害惨的……你对他越了解，就越难以承受……要用很久才能走出来，就算能走出来的话……我觉得我应该警告你，可是我不能——因为我对他一点也说不准，甚至连他究竟是世界上最高尚的还是最低级的人都说不准。"

"我也对他一点都说不准——我只知道我很喜欢他。"

"但想想他做的那些事,他伤害的不是吉姆和伯伊勒,是你、我、肯·达纳格和所有我们这样的人,因为吉姆那伙人只会把它转嫁到我们头上——这就像威特的那场大火一样,又将是一场灾难。"

"是啊……是的,就像威特的那场大火。但是你知道,我对此并不是太担心。再来一次灾难又怎么样?一切都会毁灭的,只不过是早晚的事,我们能做到的就是尽量让船漂得越久越好,然后和它一起沉没。"

"这就是他给他自己找的借口?他让你有了这样的感觉?"

"不,哦,不!这种感觉在我和他说话的时候就一点都没有了。真正奇怪的是他让我产生的那种感觉。"

"什么?"

"希望。"

她茫然而沮丧地点了点头,心里明白她也有同样的感受。

"我不知道为什么,"他说,"可我看到人们的时候,他们似乎只有痛苦。他不是。你不是。那种笼罩在我们周围的可怕的绝望,他一出现就让我感觉不到了。还有就是这里。再没有其他地方了。"

她走回到他身边,坐在他的脚前,把脸埋到他的膝盖上。"汉克,我们的未来还有很多要去做的,而且现在有这么多事情要做……"

他看着自己黑衣服前拥着的这片淡蓝色的丝绸——俯下身子，用低低的嗓音说："达格妮……我那天早晨在艾利斯·威特家跟你说的话……我觉得是在自欺欺人。"

"我知道。"

透过灰色的蒙蒙雨幕，楼顶上方的日历显示着：九月三日。另一个楼顶上的大钟指向十点四十分。里尔登此刻正坐车返回韦恩·福克兰酒店。出租车收音机里传出的略带惊慌的声音正在广播着德安孔尼亚铜业公司崩溃的消息。

里尔登无聊地靠在车座上：这个灾难似乎不过是旧闻而已。他一点感觉都没有，只是觉得自己一大早穿着晚礼服在大街上有些别扭。他实在不愿意从他刚刚离开的那个地方回到出租车窗外的这个细雨纷纷的世界。

他转动钥匙，打开他在酒店套间的房门，一心想尽快回到桌前，把身旁的一切都抛开。

他被眼前的一切惊呆了：早餐桌；通向他卧室的门开着，看得出床上有人睡过；以及莉莉安的声音："早上好，亨利。"

她坐在一张椅子里，身上是她昨天穿过的衣服，只是没有外套和帽子；她的白衬衣看上去亮丽如新。桌上有吃剩下的早餐。她正吸着烟，一副等了很久的耐心的样子。

在他呆立的时候，她不慌不忙地把两腿一搭，安置得更舒服之后，问道："难道不想说点什么吗，亨利？"

他像一个在正式场合穿了一身军装的人，脸上没有半点表情："应该是你说。"

"你不打算为自己解释一下？"

"不。"

"难道你不打算开始向我求情？"

"你没有什么理由可以原谅我。我没什么可多说的。你知道真相，现在你看着办吧。"

她笑了起来，伸展了一下身体，把肩胛骨在椅子背上蹭了蹭。"你难道没想到早晚都会被发现吗？"她问，"假如你这样的人像和尚一样待上一年多，难道你不觉得我会开始起疑心吗？不过可笑的是，你那么出名的脑子没能避免自己这么简单地就被逮住了。"她向房间里面和早餐桌把手一挥，"我就感觉你昨晚不会回这里。今天早上，从酒店的人那里既不费劲，也不用多少钱就知道了：你过去一年从没在这些房间里住过一晚上。"

他什么都没说。

"这个像不锈钢一样的人，"她笑道，"这个满载着成就和荣誉，比我们都强得多的人！她是在合唱团跳舞呢，还是在富翁们捧场的高级美容院里修指甲？"

他依然沉默。

"她是谁，亨利？"

"我不会回答的。"

"我想知道。"

"你不会知道的。"

"你不觉得这很荒唐吗？是想从现在起扮演一个保护女士名声的绅士，还是其他什么类型的绅士？她是谁？"

"我说过了我不会回答的。"

她耸了耸肩膀："不过你说不说都一样，也就只有那么一种人而已。我就知道你表面像一个苦行僧，其实只是一个粗俗的色鬼，在女人身上，你只是想发泄兽欲，我为自己没有成全你而感到骄傲。我就知道你那种自我吹嘘的荣耀感总有一天会垮掉，和其他那些不忠的丈夫们一样，你会热衷于最下贱最廉价的女人。"她一下子笑出了声，"那个对你无比崇拜的达格妮·塔格特小姐，只因为我流露出她心目中的英雄并不像他那抗锈蚀的铁轨一样纯净，就对我大怒。她居然天真地以为我会怀疑她是那种可以吸引男人跟她发生关系的类型——他们要找的是最没脑子的。我了解你的真实面目和想法，对吧？"他一言不发。"你知道我现在怎么想你吗？"

"你想怎么诅咒我都可以。"

她大笑道："这个这么了不起的人，对生意上靠边站和倒在路旁的弱者都那么看不起，因为他们配不上他那坚强的性格和坚定的目标！现在你有何感受？"

"我的感受不需要你操心。你有权决定要我怎样去做，你的一切要求我都答应，只是有一条：别想让我放弃。"

"噢，我才不会叫你放弃呢！我没指望你能变个样。一个单凭天资从下层矿山里发迹，用上了洗手池和白领结的人，在你自己编织的工业骑士的堂皇表象下面，才是你真实的档次。上午十一点回家！那个白领结你戴着还合适吗？你一直都没从矿山里出来——你们所有这些自封的挣钱王子们——也就是周末晚上在小酒吧里，与出差的推销员和舞厅小姐们待在一起，那才是你该待的地方！"

"你想和我离婚吗？"

"噢，这样你就太满意了！这笔买卖真是划算啊！难道我不知道从我们结婚的第一个月起，你就想离婚吗？"

"你要是这么想的话，为什么和我待在一起？"

她厉声回答："这个问题你已经没有权利再问了。"

"不错。"他说道，心想只有一个理由，她对他的爱，才能解释她的回答。

"不，我不打算和你离婚。你觉得我会让你和那个浪女的罗曼史把我的家庭、我的名声、我的社会地位给剥夺掉吗？就算是建立在你不忠诚的虚假基础上，我也要尽可能保全我生活中的这些东西。你听清楚了：不管你愿不愿意，我永远不会和你离婚，你是结了婚的，就一直要这样下去。"

"如果你希望如此,那我会的。"

"还有,我不会考虑——对了,你干吗不坐下?"

他站着没有动:"要说什么就请说吧。"

"我不会考虑任何非正式的离婚,比如分居。你还可以继续你那只属于地铁和地下室的爱情田园生活,但在全世界面前,我希望你记住,我是亨利·里尔登夫人。你说自己热爱公正,总是说得那么言过其实——现在让我看着你被罚去过原本就属于你的伪君子的生活吧。我希望你能继续住在家里,这个家现在是你的,但将来就是我的了。"

"如果你想要的话。"

她懒洋洋地向后松弛地一靠,两腿张开,两只胳膊搭在椅子的扶手上,完全平行——就像法官一样,放任自己的邋遢。

"离婚?"她冷笑一声,说道,"你觉得你能这么简单就脱身吗?你觉得从你的百万家产中扔点赡养费出来就完事了?你太习惯于只是简单地用钱把你想要的东西买到手,无法理解那些不是商业化的、没什么可商量的、无法用任何交易来解决的事情。你没有办法相信存在对钱毫不关心的人。你没法想象那意味着什么。哼,我想你会慢慢懂得的。噢,对了,从现在开始,你当然会答应我的任何条件了。我想让你在你觉得那么骄傲的办公室里坐着,待在你的宝贝工厂里面,做个一天工作十八小时的英雄,做个让全国不停转的工业巨人,做个天才,高居在一群普通的,不住地哀叫、撒谎和欺骗的人类之上。然后我想让你回到家里来面对一个人,只有她知道你是谁,知道你讲的话、你的信用、你的正直、你自以为是的自尊究竟有什么价值。我想让你在你自己的家里,面对这样一个鄙视你,并且有权利鄙视你的人。无论什么时候你又建了一座高炉,或是又炼出了打破纪录的一炉钢,或是听到了掌声和崇拜,无论什么时候你为你自己感到骄傲,感到清白,陶醉于自己的伟大,我想让你看着我。无论什么时候你听说了某桩可耻的行为,或者因人类的堕落而愤怒,因某人的恶行而感到轻蔑,或者成为政府又一次敲诈下的受害者,我想让你看着我——让你看看,并且知道你其实也一样,并不比任何人高,你没有资格对任何事进行谴责。我想让你看着我,明白那个想去盖通天塔,或是插上蜡翅膀去追太阳的人,或是你——一个想让自己完美的人,会有什么样的下场!"

他仿佛不是在用自己的大脑思考,而是在他身体以外的某个地方注意到,她想要他承受惩罚的图谋里除了规矩和大道理,存在着某种缺陷,有一种不能自圆其说的东西,这个致命的失误一旦被找出来,她的这番话就会被彻底推翻。他没有尝试去寻找,这个想法如同在冰冷的好奇里所做的一段记录,要留待遥远的将来再看。此刻,他的身体里感觉不到一点兴趣或反应。

他的脑子已经麻木,勉强抓住最后的一点正义感去抵抗如潮水般汹涌而来的剧烈反应,这来势是如此的凶猛,将莉莉安冲得没了人形，将他克制自己不要有这种感觉的努力彻底淹没。如果她是勉强的，他想，也是他令她如此的；这是她对付痛苦的办法——谁都不能规定一个人应该如何去忍受折磨——不管怎样，谁都不能对此责备，何况是他造成了这一切。但是，他从她的举止当中看不出痛苦。他心想，或许这种丑陋是她唯一能用来加以掩饰的。他也只有这样继续忍受这股强烈的厌恶。

她的话停下来后，他问："你说完了吗？"

"是的，我想我说完了。"

"那你最好还是现在就坐火车回家吧。"

当他终于动手脱下晚礼服时，他发现身体的感觉如同干了漫长的一天累活儿，浆过的衬衣被汗水浸得软塌塌的。他的脑子里和心里都空空如也，除了残留的一个感觉，就是庆祝他要求自己所取得的最大的胜利：莉莉安活着从酒店的套间走了出去。

弗洛伊德·费雷斯博士走进里尔登的办公室，对此行充满了信心，脸上甚至挂着慈祥的笑容。他以流畅、欢快的笃定口气说着，里尔登觉得他的那种把握就像一个打牌作弊的人那样，花了很大力气记住了牌型每一种可能的变化，对每张牌都熟稔于心，便胸有成竹了。

"啊，里尔登先生，"他招呼道，"想不到像我这样久经沙场，见过无数名人的人，见到一个大名鼎鼎的人物还是如此激动，不管你信不信，我此时就是如此。"

"你好。"里尔登说。

费雷斯博士坐定后，聊了几句他沿途看到的十月秋色，他此次是专程从华盛顿长途开车来面见里尔登的。里尔登没有说话。费雷斯博士向窗外看去，对里尔登工厂令人振奋的景象感慨了一番，说这里是全国最有价值的高产企业之一。

"你一年半前对我的产品可不是这么评价的。"里尔登说。

费雷斯博士轻轻蹙了蹙眉头，仿佛漏掉了牌型的一个点，几乎葬送了全局，随即一笑，像是抓回了它。"那是一年半以前，里尔登先生，"他轻松地说，"时代在变化，人也会随着时代而改变——聪明的人是这样的。智慧就是知道应该何时记住、何时忘记。坚持不是一种与生俱来的习惯，它是一种智慧，一种人类期望竞争的本能，需要不断地训练。"

接下来，他开始谈到在这个世界根本就没有任何贯穿始终的东西，除了彼此妥协让步的原则之外，没有什么是绝对的。他说得很诚恳，但神态又非常轻松随意，似乎他们两个都明白这并不是他们此次会面的主要话题；但奇怪的是，他说话的口气不像是开场白，而像是说完之后的补充，似乎主要的话题早已谈妥了一般。

等到他终于说出"难道你不这么认为吗"时，里尔登马上便回答道："请说说你此次约会要讲的急事吧。"

一时间，费雷斯博士显出惊异和茫然的样子，随即，他像是记起一件无关紧要、可以随意抛在一边的事情一样，轻快地说道："哦，那件事啊，是有关要发到国家科学院的里尔登合金的交货日期的事。我们希望头一批五千吨能够在十二月一日前到货，剩下的我们大致同意可以在新年之后运到。"

里尔登一言不发，坐在那里久久地看着对方。这沉默的每一秒钟都令仍在房间上空回荡的费雷斯博士那轻快的话语显得更加愚蠢。当费雷斯博士开始担心他根本不想回答时，里尔登开口了："难道你派来的那个穿了皮绑腿的交警没有向你汇报他和我之间的谈话吗？"

"噢，当然了，里尔登先生，不过——"

"除此以外，你还打算听到些什么呢？"

"可那是五个月之前了，里尔登先生。那之后发生的某件事让我相信你已经改变了想法，就像我们不会给你找麻烦一样，你也不会给我们找麻烦。"

"发生的什么事？"

"这事儿你远比我知道得更多——不过，你看，尽管你并不希望如此，我还是知道了。"

"什么事？"

"既然这是你的秘密，里尔登先生，还是保守这个秘密不好吗？如今谁没有秘密呢？比如说，X计划是一个秘密。你当然明白，我们本来是可以通过不同的政府部门小批量地购买里尔登合金，然后再转到我们手里——而你对此无能为力。但这样一来，我们就得增加许多繁文缛节，"费雷斯博士和蔼而坦诚地笑道，"是啊，和你们私人一样，我们彼此之间也不喜欢打交道——这会让很多其他的官僚接触到X计划的机密，在目前，我们很不愿意这样。假如我们因你拒绝执行政府的命令而把你告上法庭的话，新闻界也会对此计划曝光，我们同样很不愿意。但是，假如你因为另一项更严重的指控而走上法庭，这跟X计划和国家科学院无关，牵扯不出其他任何大事，也引不起公众的同情——那对我们就毫无妨碍了，但它对你的危害可就比你能想到的要大得多。因此，你实际上唯一能做的就是帮我们保守机密，这样，我们也会保守你的秘密——而且，我想你也清楚，只要我们愿意，我们完全能够扫清你道路上的任何麻烦。"

"究竟是什么事？什么秘密？什么道路？"

"噢，行了，里尔登先生，别太天真了！当然是指你发给肯·达纳格的四千吨合金了。"费雷斯博士轻描淡写地说。

里尔登没有回答。

"原则的东西实在是很讨厌，"费雷斯博士笑着说，"而且对所有人都是浪费时间。你现在愿意去做一个原则的牺牲品吗——除了你和我之外，没有谁知道你是怎么回事——对于原则，你连一个字都说不出来——你在公众的眼里，将不会是一个英雄和出色的合金创造者，不能和行为令你不齿的敌人去真正地抗衡——你当不了英雄，只能是个罪犯和贪婪的企业主——只是为了赚钱而去犯法，在黑市上敲诈钱财，破坏保障大众利益的国家制度——一个失去了荣耀和人心的英雄，最后得到的仅仅是报纸第五版上的半栏报道而已——现在你还愿意去作这种牺牲品吗？因为事情是明摆着的：你要不就把合金给我们，要不就和你的朋友达纳格一起去蹲十年监狱。"

作为生物学家，费雷斯博士一直沉迷于动物可以嗅出危险的能力，他曾尝试着让自己也具备相似的能力。他观察着里尔登，认为此人早已决定退让了——因为他看不出丝毫的恐惧迹象。

"是谁给你通风报信的？"里尔登问。

"是你的一个朋友，里尔登先生。是亚利桑那州的一个铜矿主，他告诉我们，你上个月买进的铜超过了法律所规定的里尔登合金产量的每月用铜指标。铜是里尔登合金的成分之一，对吧？这消息对我们来说就足够了。余下的很容易就能查出来。你不能过分责备那个矿主，你知道，铜的生产商们现在日子很不好过，那个人必须提供点有价值的东西才能得到一些好处，以'紧急需要'的名义取消对他的一些规定，让他能有喘息之机。和他做交易的那个人知道这消息在哪里才最值钱，因此把它给了我，以此换取了他需要的好处。所以，一切必要的证据以及你今后的十年生活都掌握在我的手里——我是想和你做个交易。我肯定你是不会反对的，因为做交易是你的专长。这个形式或许和你年轻的时候有所不同——不过你是个聪明的商人，一向懂得如何见机行事，这些就是我们目前的情况，对你来说，认清你的利益所在并依此行事应该不难。"

里尔登镇静地说："我年轻的时候，这就叫作勒索。"

费雷斯博士咧嘴一笑："正是这样，里尔登先生。我们已经进入一个更现实的年代了。"

但里尔登想，一个赤裸裸的勒索者与费雷斯博士的表现存在着一种特殊的区别。一个勒索者会对受害人所犯的罪过幸灾乐祸，他会暗示一种对受害人的威胁，以及对两个人都有的危险感。费雷斯博士则全然不是这样。他表现得正常自如，暗示出一种安全感，他的腔调中没有谴责，而是一种战友般的情谊，一种以自责为主的战友情谊。里尔登急切而专心致志地向前俯过身子，突然感到在他那模糊的小路上，他又能找到下一步了。

费雷斯博士看到里尔登感兴趣的样子，笑着庆幸自己抓住了要害。对他来说，这场游戏现在很清楚了，一切都按算计好的模式发生着。他想，有的人为了防止把事情说出来可以不惜一切，这个人却想把一切说得明明白白，这是他预期的最难对付的现实主义者。

"你是个现实的人，里尔登先生，"费雷斯博士亲切地说，"我没法理解你为什么想落在时代的后面，你干吗不调整一下自己,好好干一场呢?你比他们大多数人都聪明,你很有价值,我们早就很需要你了,在我听说你要和吉姆·塔格特合作的时候,我就知道我们可以得到你。别在吉姆·塔格特身上费劲了,他不值一提,不过是引诱些跳蚤罢了。来干点大事吧,我们可以利用彼此的力量。想让我们替你压一压沃伦·伯伊勒吗?他把你整得够惨的,想不想让我们收拾一下他?这没问题。还是想让我们继续支持肯·达纳格?你瞧瞧你对此一直是多么不切实际啊!我知道你为什么给他合金——是因为你需要他提供煤炭,因此你只是为了让肯·达纳格继续对你有用,就冒了坐牢和被罚一大笔钱的风险。这就是你所认为的好买卖吗?现在咱们可以达成协议,只是让肯·达纳格明白,假如他不入伙的话,他会进监狱,但你不会。因为你有的朋友他可没有——从此你就再也不用发愁你的煤炭供应了。这才是现代的经营之道。问问你自己哪条路更实际一些。不论别人怎么说你,谁也否认不了你是一个成功的生意人,一个固执的现实主义者。"

"我本来就是这样。"里尔登说。

"我正是这么想的,"费雷斯博士说,"你在一个大多数人破产的年代发迹,你总能冲破阻碍,让你的工厂运行和挣钱——这就是你成名的原因——那么现在你不会不讲实际,对吧?图什么呢?只要能挣钱,你还有什么好在乎的?把理论和理想留给伯川·斯库德和巴夫·尤班克那样的人吧——你就是你,回到现实中来。你不是那种会让感情影响事业的人。"

"不，"里尔登缓缓地说，"我不会的，任何感情都不可能。"

费雷斯博士笑了。"难道你认为我们不知道吗？"他用向犯罪同伙显示他技高一筹的语气说道，"我们等着抓你的把柄很久了。你们这些正人君子实在很成问题，很让人伤脑筋。但我们知道你迟早会露出破绽——这正是我们所希望的。"

"你看来对此很高兴。"

"我难道没有理由高兴吗？"

"可是，不管怎样，我的确是触犯了你们的法律。"

"哦，你觉得它们是用来干什么的？"

费雷斯博士没有留意到里尔登脸上突然出现的神情，那是一个人看到他所期待的东西第一次出现后才有的震撼。费雷斯博士已经顾不上再看什么，他正一心一意地向落入圈套的猎物发出最后的猛击。

"你真的认为我们是想要大家去遵守这些法律吗？"费雷斯博士说，"我们是希望有人去触犯它们。你最好搞清楚，你要对付的不是一帮童子军，这样的话你就明白这不是做个样子就完了的。我们要的是权力，而且绝不开玩笑。你们这些人都是胆小的投机者，我们才知道这里真正的奥妙，而你们最好放聪明一点。对没有过错的人是无法管理的。任何一个政府手里唯一的权力就是镇压罪犯的权力。那么，如果罪犯不够的话，就把他们制造出来。一个政府把这么多的东西都宣布为犯罪，人们就不可能从不违法地生活下去。有谁想要自己国家的公民全都遵纪守法？这样的国家对大家能有什么好处？不过，只要通过一些既不能被遵守被执行，又不能被客观解释的法律，这个国家就立刻到处都是罪犯了——然后，你就可以坐收犯罪之利。这就是制度，里尔登先生，这就是游戏，一旦你明白了，对付起来就容易多了。"

里尔登瞧着看着自己的费雷斯博士，突然看到了一种惊慌来临之前的不安的抽搐，仿佛落在桌上的一张牌是费雷斯博士从来没见过的。里尔登脸上的明朗和宁静是由于他突然得到了一个古老而阴暗的问题的答案，他的神情既放松又专注；里尔登的眼睛里闪着年轻的清澈，嘴角挂着一丝极其细微的嘲讽。不论这意味着什么——费雷斯博士都无法破译出来——他唯一能够确定的是：这张面孔上毫无负罪的愧疚。

"你的制度里有一个缺陷，费雷斯博士。"里尔登几乎是轻松地平静说道，"等你因为我将四千吨里尔登合金卖给肯·达纳格而对我进行审判的时候，就会发现有一个很实际的缺陷。"

用了足足二十秒——里尔登能够感觉到时间在一点点地过去——费雷斯博士才相信他确实听到了里尔登的最后决定。

"你认为我们是在吓唬人吗？"费雷斯博士喝道，他的声音里顿时充满了他研究过多年的动物的味道：听上去他是在咬牙切齿。

"我不知道，"里尔登说，"是不是我都无所谓。"

"你就这样不现实吗?"

"评价某种行为是否'现实',费雷斯博士,那得看一个人想要干什么了。"

"你不是一直把你的个人利益看得高于一切吗?"

"这正是我现在所做的。"

"假如你认为我们会放过你——"

"请你现在从这里出去。"

"你觉得你是在耍谁?"费雷斯博士几乎是在尖叫,"封建的工业时代已经过去了!你手里有东西,可我们也有你的东西,你要是不按我们的规矩办事的话,就会——"

里尔登按了一下按钮;伊芙小姐走进了办公室。

"费雷斯博士有点迷糊,找不着路了,伊芙小姐,"里尔登说,"请你送他出去,好吗?"他转向费雷斯,"伊芙小姐是一个女人,她体重大约一百磅,除了聪颖过人之外,她不具备任何有实际意义的资格。她没法在沙龙里成为佼佼者,只能在一个像工厂这样不实际的地方干活才行。"

伊芙小姐的神情看起来与她记录一串发货单据时没有任何区别,她面无表情、规规矩矩地笔直站好,将门打开。等费雷斯博士穿过房间后,她带头走了出去,费雷斯博士跟在她后面。

几分钟后,她回来了,难以抑制的喜悦令她笑个不停。

"里尔登先生,"她在笑她对他的畏惧,笑他们所处的危险，笑所有的一切，却独独没有笑他们此时的胜利，"你究竟在干什么？"

他用一种他从不允许自己做出的姿势坐在那里，那是他所厌恶的商人最粗俗的标志——靠在椅子里，脚跷在办公桌上——而在她看来，这姿势别有一番高贵，不像是一个自以为是的老板，而是一个年轻的战士。

"我以为我发现了一片新大陆，格雯，"他快活地回答道，"那应该是和美洲一起被发现的大陆，但是并没有。"

"我非得和你说说不可，"艾迪·威勒斯看着桌子对面的工人说道，"我不知道这为什么对我管用，但只要知道你在听，就的确管用。"

时候已经不早了，地下餐厅里的灯光很暗，但艾迪·威勒斯能够看到那个工人的眼睛正聚精会神地望着他。

"我觉得好像……好像这个世界上已经没有人，也没有人能说的语言了，"艾迪·威勒斯说，"我觉得如果我在大街上叫喊，都不会有人听见……不，这还不完全是我的感觉，应该是这样：我觉得是有人在大街上尖叫，但人们只是经过，没有声音能进入他们的耳朵——喊叫的不是汉克·里尔登、肯·达纳格或者我，但又好像是我们三个一起在叫喊……难道你没看出应该有人站出来为他们辩护，却没有人、也不会有人这么做吗？里尔登和达纳格今天上午被起诉了——是因为一起里尔登合金的非法买卖，下个月就要开庭审理。宣读起诉书的时候我就在费城的法院里。里尔登非常镇静——我总觉得他在笑，可他没有。达纳格比镇静更可怕，他一个字都没说，只是像站在空屋子里一样……报纸上说他们两个都应该进监狱……不……不，我没发抖，我挺好，我过一会儿就好了……所以我什么都没跟她说，我怕我会发作，而且我不想让她更难过了，我知道她的感受……哦，对了，她和我说起了这件事，而且她没有发抖，可这更糟——你知道，就是似乎浑然没有任何感觉的那种僵硬，而且……听着，我跟你说过我挺喜欢你的吗？我非常喜欢你——就是因为你现在这个样子，你听得见我们，你理解……她说了什么？挺奇怪的：她担心的不是汉克·里尔登，而是肯·达纳格。她说里尔登有勇气承受这些，但达纳格是不行的。并不是说他没这个勇气，而是他拒绝承受这一切。她……她觉得达纳格肯定是下一个要走的，就像艾利斯·威特和其他那些人一样走掉，把一切放弃，然后消失……为什么？嗯，她认为这和一种类似转移压力的事情有关——来自经济和个人方面的压力。一旦所有的压力都落到了某一个人的肩膀上——他就会像被砍倒的柱子一样消失。一年前，全国发生的最坏的事情就是失去了艾利斯·威特。我们失去的是他。从那时起，她就说，这就像重心在船失去控制下沉的时候疯狂摇摆一般——传给了一行又一行、一个又一个。

1　我们失去一个人之后，就更迫切地需要另一个人——而我们下一个失去的就是他。哼，现在全国的煤炭供应都被像伯伊勒和拉尔金那样的人控制着，还有什么灾难能比这更严重？煤炭行业里现在除了肯·达纳格，别人的产量都不行。因此她觉得他就好像是已经被划定了，他现在就如同是被聚光灯罩住，等着被砍倒一样……你笑什么？这听上去也许是很荒唐，但我认为的确是这样的……什么？……哦，没错，她绝对是个聪明的女人！……她说，这还与另外一样东西有关。一个人只有在精神上达到了某种程度——不是气愤或者绝望，要比这两者都大得多——才会被砍倒。她说不好那是什么，但她知道，早在大火之前，艾利斯·威特就已经到了那种程度，他一定会出事。她今天在法院看到肯·达纳格以后，说他对毁灭者已经严阵以待了……是啊，她就是这么说的：他对毁灭者严阵以待。你看，她不觉得这是偶然或者是意外，她认为这背后有一套制度，有预谋，有那么一个人。这个国家里存在着一个毁灭者，他把支撑的墙壁接二连三地砍倒，让整个建筑向我们的头上倒塌下来。他是一个怀有某种无法想象的意念的残忍的东西……她说她不会让他在肯·达纳格身上得逞，她不断地说她必须拦住达纳格——她想去和他说，去乞求，去辩解，去把他失去的一切找回来，在毁灭者到来之前，把他武装好。她不顾一切地想要头一个去见达纳格。他谢绝见任何人，已经回到了他在匹兹堡的煤矿。但她今天很晚的时候还是通过电话找到了他，约好了明天下午去见他一面……是啊，她明天要去匹兹堡……是啊，她担心达纳格，非常非常担心……不，她对毁灭者一无所知，一点不了解他的身份，除了破坏的迹象外并没有他存在的证据。但她对他的存在非常肯定……不，她猜不出他的目的，她说这世界上没有任何东西可以去解释他。有时候她觉得她在这个世界上最想找到的就是他，甚至超过了那个发动机的发明者。她说要是发现了毁灭者的话，她当场就会开枪把他打死——如果能亲手除掉他的话，她宁愿连自己的性命都不要……因为他是至今存在过的最邪恶的东西，把世界上一切的头脑和智慧都吸干了……我想，即使像她这样的人，这压力有时候也实在太大了。我觉得她根本不允许她自己去感觉她有多累。那天早晨，我很早就来上班，发现她在她办公室的沙发上睡着了，桌上的灯还亮着。她一宿都在那儿，我就站在那里看着她，就算是整条铁路都塌了我也不会把她叫醒……她睡着的时候吗？她看上去就像一个小姑娘一样，似乎非常相信她醒来的时候这世界上没有谁会去伤害她，似乎她没有什么可隐藏和害怕的。惨就惨在这里——她的脸纯净无邪，身体还是像当初倒下的时候那样，累得扭曲成一团。她看上去——你干吗要问我她睡着的样子？……对，你说得没错，我干吗要说这些？我不应该说，我不知道我怎么就想起这些来了……别理我，我明天就没事了。我猜我是在法院受刺激了，总在想：如果像里尔登和达纳格那样的人要被送进监狱的话，那我们究竟是在一个什么样的世界里工作，又是为了什么呢？地球上还有没有正义了？我太傻了，在离开法院的时候还和一个记者说这样的话——而他只是哈哈一笑，说：'谁是约翰·高尔特？'……告诉我，我们这是怎么了？难道就没有一个有正义感的人了吗？难道就没有人去为他们辩护？噢，你听见没有？难道就没有人去为他们辩护？"

"达纳格先生一会儿就有空了，塔格特小姐，现在有人在他的办公室，请原谅。"秘书说道。

在前来匹兹堡的两小时飞行中，达格妮浑身紧张，既说不清为什么会如此焦虑，又没法将它抛开；尽管不是在一分一秒地抢时间，她却茫然地只想尽快赶到。一迈进肯·达纳格的办公室，她的焦虑就消失了：她见到他了，这中间没有什么阻碍，她感到了安全，也有了信心，如释重负。

秘书的话粉碎了这一切。你成了一个胆小鬼——达格妮心想，她对言语所能表达的一切意义感觉到一种毫无来由的恐惧。

"我非常抱歉，塔格特小姐，"她听到秘书毕恭毕敬的热情的声音，才意识到她一直站着没有回答。"达纳格先生马上就会见你，请坐下好吗？"这声音里流露出不该让她等候的不安。

达格妮笑笑："哦，没关系。"

她坐在一张木扶手椅上，面朝秘书台的栏杆。她取出一支烟，又停住，在想是否有时间把它抽完，最好还是没这个时间，随即，她便一下子把它点燃了。

庞大的达纳格煤炭公司总部是一幢老式结构的大楼。窗外山坡上的某个地方便是肯·达纳格做矿工时曾经干过活的窑坑，他从没让自己的办公室离开过煤田。

她可以看见深入山坡里面的煤矿入口，小小的金属框架一直延伸进了一个庞大的地下王国。它们似乎很简陋，毫不起眼地被山上怒放的橙黄色彩淹没了……在湛蓝的天空和十月下旬的阳光里，林海看起来像是一片火海……仿佛正一波又一波地汹涌而来，吞噬着煤矿通道脆弱的支柱。她浑身一哆嗦，把头扭开了：她想起了在去斯坦尼斯村的路上，威斯康星州那漫山遍野燃烧的树叶。

她留意到自己的手指间只剩下了烟蒂，便又点燃了一支。

向接待室墙上的挂钟望去时，她发现那位秘书也在朝它看。她约的时间是三点钟，而挂钟白色的指针此刻指向了三点十二分。

"请原谅，塔格特小姐，"秘书说道，"达纳格先生马上就会好了。达纳格先生对约好的事特别守时，请相信我，这还从来没有过。"

"我知道。"她知道肯·达纳格对他日程的刻板程度丝毫不亚于列车时刻表，人们都知道他曾经因为一个来访者晚到了五分钟而取消会面的事。

这位秘书是个独身的老女人，不苟言笑：彬彬有礼、举止淡然，似乎不为任何事所动，就像她在充满了煤灰的空气中穿着的那件雪白的上衣一样一尘不染。达格妮觉得有些奇怪，像她这样铁石心肠、训练有素的女人居然显得有些紧张：她不主动谈什么，坐在那里一动不动地俯身看着她桌上的几页纸。达格妮的半支烟燃光了，她依旧盯着同一页纸在看。

她抬头瞧了一眼挂钟：三点三十分。"我知道这无法令人原谅，塔格特小姐。"此刻她的语气中明显有了担心的成分，"我也不明白。"

"你能否告诉达纳格先生我已经来了？"

"不行！"这几乎是一声大叫。她看见了达格妮惊异的目光，觉得有必要解释一下，"达纳格先生通过内部对讲机告诉我说，无论是在什么样的情况下，无论有什么原因，都不能打搅他。"

"他是什么时候说的？"

瞬间的停顿像是给回答做了个小小的铺垫："两个小时之前。"

达格妮看了看达纳格办公室紧闭的大门，她能听到门里传来的说话声，但声音小得让她分不出是一个人还是两个人，她听不出说的话以及说话的口气：那声音只是低低地传来，似乎很正常，也没有提高嗓门的叫声。

"达纳格先生的会开了多久了?"她问。

"从一点钟就开始了,"秘书严谨地说,随后抱歉地加了一句,"这不是日程里安排好的,否则达纳格先生是不会允许这样的事发生的。"

门没有锁,达格妮想。她感到一股毫无原因的欲望,想一把推开它走进去——它不过是几片木板和一个铜把手,她的手稍一用力就行了——但她移开了目光,她明白做事的规矩,也明白肯·达纳格的权力是一道比任何锁都更加不可逾越的屏障。

她发觉自己正盯着她留在身边烟灰缸里的烟蒂,不知道为什么这使她有了一种过敏似的忧惧感。随即,她意识到她是想起了休·阿克斯顿:她给他写过信,寄到了他在怀俄明州的饭馆,请他告诉她那支带着美元符号的香烟的来历。但她的信被退了回来,邮局的附签上说他已经迁走,没有留下转寄地址。

她恼火地告诉自己这和眼下的情况没有任何联系,而且她必须压住火气。她的手却猛地按下烟灰缸上的按钮,让那个烟蒂消失在了架子里面。

她抬起头,眼睛和盯着她的秘书碰个正着。"我很抱歉,塔格特小姐,我真不知道该怎么办才好。"这分明是在绝望地恳求,"我不敢去打搅。"

达格妮像下命令一般,藐视着办公室内应有的礼仪,缓缓问道:"谁和达纳格先生在一起?"

"我不知道，塔格特小姐。那位先生我从没见过。"她注意到了达格妮的眼睛，突然定住，又说，"我想是达纳格先生小时候的一位朋友。"

"哦！"达格妮长吁了一口气。

"他没有预约就进来了，要见达纳格先生，还说这次见面是达纳格先生和他四十年前就约好的。"

"达纳格先生多大了？"

"五十二岁，"秘书说，她反应过来，用随意的口吻补充道，"达纳格先生十二岁就开始工作了。"她又沉默一会儿，然后说，"奇怪的是，那个人看起来连四十岁还不到，他像个三十多岁的人。"

"他告诉你名字了吗？"

"没有。"

"他长什么样子？"

秘书突然活泼地笑了，似乎要说出一番热情的赞美之词，但这笑容猛然间又不见了。"我不知道，"她不自在地说，"他很难形容，脸长得很奇怪。"

她们沉默了许久。指针移向三点五十分的时候，秘书桌上的信号器响了起来——这是来自达纳格办公室的铃声，表示可以进去了。

她们两个噌地站了起来，秘书跑上前去，安慰似的笑着赶快将门打开。

达格妮走进达纳格办公室的时候,看到她前面的来访者出去时用的那扇小门正在关上,她听到了门和侧壁碰出的响声,以及玻璃发出的轻微嗡嗡声。

她从肯·达纳格的脸上看到了那个走了的人。这不是当初在法院的那张面孔,不是那张她多年来已经熟悉了的有着一成不变、刻板冷漠的表情的面孔——这是一张二十多岁的年轻人可望而不可即的面孔,在这张脸上,所有紧张的痕迹全都不见了,布满皱纹的脸颊和额头,以及灰白的头发,像是被一个新的主题重新安排过,组成了一种充满希望、迫切和清白无辜的沉静:这个主题便是得救。

他在她进来的时候并没有起身——他好像还没回到此刻的现实中来,忘记了常规的礼数——但他对她笑得是如此和善,使她也不自觉地露出了笑容。她发现自己在想,每个人其实都应该这样打招呼。她丢掉了焦虑,忽然踏实地感到一切都很好,所有的恐惧都无法存在。

"你好,塔格特小姐,"他说道,"原谅我,我想我让你久等了。请坐。"他指了指桌前的椅子。

"我等没有关系,"她说,"很感谢你让我来见你。我急着和你说一件十分紧急和重要的事。"

他从桌子那边探过身来,正如平时听到工作上有一件重要的事情那样，是一副专注的神情；她却不是在和一个她认识的人说话，这是一个陌生人。她停下来，不知是否应该把她准备好的话说出来。

他默默地看着她，然后说："塔格特小姐，今天天气多好啊——或许是今年最后一个这样的好天了。有件事我一直想做，但一直没有时间。咱们一起回纽约去吧，坐一趟环绕曼哈顿岛的游览船，最后看一眼这座世界上最伟大的城市。"

她一动不动地坐着，竭力定住她的眼睛，好让眼前的办公室不再摇摆。这就是那个肯·达纳格。他从来没有过私人朋友，从来没结过婚，从来没看过戏和电影，除了工作以外，从来不允许任何人去侵占他的时间。

"达纳格先生，我来这里想和你说的，是攸关你我今后业务的紧要大事，我来和你谈的是对你的起诉。"

"哦，那件事啊？别为它担心了，没关系。我要退休了。"

她坐着没有动，脑子一片空白，木然地想：在一个人听到他所害怕但又一直不太相信的死刑判决时，是不是就是这种感觉？

她的第一个动作是猛地将头转向出口的那扇门。她嗓音低沉，嘴仇恨地扭曲着，问道："他是谁？"

达纳格大笑起来："如果你猜到了这些，你就应该猜到我是不会回答这个问题的。"

"噢，上帝呀，肯·达纳格！"她哀叹着。他的话令她意识到,在他们之间,已经竖起了一道绝望、死寂、没有答案的篱笆;仇恨只是一道细细的绳子,暂时缚住了她,她奋力挣脱出来,大喊道,"噢,天啊!"

"你错了,孩子,"他温柔地说,"我知道你的感觉,但你错了。"然后他似乎是想起了该有的礼节,似乎依然在两种现实中调整着自己一般,用更为正式的语气补充道,"抱歉,塔格特小姐,你来得太巧了。"

"我来得太晚了,"她说,"我正是为了防止它发生才来的。我知道这会发生的。"

"为什么?"

"不管他是谁,我可以肯定你就是他的下一个目标。"

"你感觉到了?真有意思,我可没有。"

"我是想来警告你的,想……想让你对他做好防备。"

他笑了:"相信我说的话,塔格特小姐,这样你就不会因为时间不凑巧而后悔得折磨你自己了:那是不可能的。"

她感到随着时间的流逝,他正在离开,隐入远方,令她再难以企及,不过,他们之间现在还剩了窄窄的小桥,她必须抓紧时间。她将身子向前探了探,非常平静地开了口,紧张的情绪化成了她声音中异常的沉稳:"你是否还记得三个小时前你的想法和感觉,你当时是什么样子?你还记得你的煤矿对你有什么意义吗?你还记得塔格特泛陆运输或者里尔登钢铁公司吗?你能不能想着这些来回答我？你能不能告诉我是怎么回事？"

"我想回答什么就回答什么。"

"你已经决定退休，放弃你的事业吗？"

"是的。"

"它现在对于你没有任何意义了？"

"它现在对于我远比以往任何时候都更加意义重大。"

"可你打算舍弃它了。"

"是的。"

"为什么？"

"这个，我不会回答。"

"你是那么热爱你的工作，尊重的只有工作，对一切漫无目标、被动，以及放弃的行为向来都看不起——你是否放弃了你所热爱的那种生活？"

"不，我是刚刚才发现我对它是多么热爱。"

"可你打算既不工作，又没有任何目标地生活下去。"

"你这是从何说起？"

"你打算在其他的地方干煤矿吗？"

"不，不是煤矿。"

"那你计划做什么呢？"

"我还没决定。"

"你要去哪里？"

"这我不会回答。"

她停下来，鼓了鼓勇气，告诫着她自己：不要去感觉，别让他看出来你有什么感觉，别让它把这小桥遮住和毁掉——然后，她用着同样平静而沉着的声音说："你意识到了你的退休对汉克·里尔登，对我，对我们所有留下的人会带来什么影响吗？"

"是的，我的认识比你此刻所想到的还要全面。"

"可这对你没有任何意义？"

"它的意义比你所能相信的要大得多。"

"那你为什么要抛弃我们？"

"你是不会相信的，我也不会去解释，但我没有抛弃你们。"

"我们要在这里承受更大的压力，而你明知道自己会眼睁睁地看着我们被掠夺者毁掉，却无动于衷。"

"别太肯定了。"

"肯定什么？是你的无动于衷还是我们的毁灭？"

"都不是。"

"可你知道，你今天上午还知道，这是一场事关生死的战斗，而且是我们——你也是其中一个——去对付那些掠夺者。"

"假如我告诉你我对此很清楚，而你并不明白的话——你会认为我说的话一点意义都没有。所以你怎么想都行，这就是我的回答。"

"你能把这意义告诉我吗？"

"不能，这得你自己去发现。"

"你是情愿把全世界拱手让给掠夺者，而我们不是。"

"别对这两者都那么肯定。"

她无可奈何地沉默了。他言谈间的怪异之处就是它的简洁：他说话的样子似乎完全是自然而然的，而且——贯穿在没有回答的问题和悲惨的神秘之间——他给人留下的印象是再也没有什么秘密，而且任何神秘都没有存在的必要了。

但就在她观察着他的时候，她发现他快乐的平静下面第一次发生了些许变化：她看到某种念头让他苦苦挣扎着。他犹豫了一下，鼓起勇气说道："至于汉克·里尔登……你能帮我个忙吗？"

"当然。"

"能否请你告诉他，我……你看，我对人从来就不在乎，但他是我向来尊敬的一个人，可我今天才知道我的这种感情是……他是我唯一爱过的人……就告诉他这个，还有，我但愿能够——不，我想我能跟他说的就是这些了……他或许会因为我的离去而诅咒我……但也许他不会。"

"我会告诉他的。"

听到他话音里那黯淡和隐藏着的苦痛，她感觉和他靠得那样近，他简直不可能带给她这样的打击——她做了最后一次努力。

"达纳格先生，假如我跪下来求你，假如还有什么我能说的——会不会……有没有任何机会能留住你？"

"没有。"

过了片刻，她淡淡地问："你什么时候走？"

"今晚。"

"你打算"——她指了指窗外的山丘——"把达纳格煤炭公司怎么处理？准备把它留给谁？"

"我不知道——也不在乎。谁也不给，或者谁都给，谁想要就要吧。"

"你不打算处置一下，或者指定由谁来接替？"

"不，为什么要这样呢？"

"把它交到好人的手里。难道你都不去自己指定一个继承人吗？"

"我没有任何选择，对我来讲没有任何区别，要不要我把它留给你？"他抓过一张纸，"如果你想的话，我现在就可以写信指定你为唯一的继承人。"

她不禁恐惧地摇着头："我可不是来抢东西的！"

他乐了，把纸往旁边一推："你看？不管你知不知道，你的回答都是对的。不用替达纳格煤炭公司担心。无论我指定的是全世界最优秀的继任人，还是最烂的，或者谁都不指定，都无所谓。交给人也好，任其荒芜也好，无论现在谁来接管，结果都一样。"

"可就这么离开和遗弃……就这么遗弃……一个实实在在的企业，似乎我们还处在没有土地的游牧部落时代，在丛林里流浪的原始人时代！"

"我们难道不是这样吗？"他冲她笑着，那笑容里半是捉弄，半是同情，"我为什么偏得留下一个契约或是嘱咐呢？我不想帮着那些掠夺者假装这份私人财产还存在。我完全是在依照他们建立的制度做事。他们不需要我，他们说，他们只需要我的煤炭。那就让他们拿去吧。"

"那么，你对他们的制度是接受了？"

"我是吗？"

她瞧着出口的那扇门，悲伤地叹息着："他究竟对你做了什么呀？"

"他告诉我，我有存在的权利。"

"难以相信，有谁可以在三个小时之内就让一个人彻底背离他五十二年的生活？"

"假如你认为这就是他做的事，或者你认为他告诉了我一些无法想象的事情，那我可以理解这对你来说会有多困惑。但他没有。他只是说出了我所赖以生存的东西，每一个人赖以生存的东西——还有人不能把时间用来毁灭自己。"

她知道这些问题没有什么效果。她对他已经无话可说了。

他看着她低垂的头，柔声说道："你很勇敢，塔格特小姐，我明白你现在所做的一切和你所付出的代价。不要折磨你自己了，让我走吧。"

她站起身来，正要开口说话——但他突然发现她的眼睛盯着下面，上前一步，抓过了桌边的烟灰缸。

烟灰缸里有一个印着美元符号的烟头。

"怎么了，塔格特小姐？"

"这是他……是他抽的吗？"

"谁？"

"来见你的那个人——这烟是他抽的吗？"

"怎么了？我不知道……我想是吧……对，我觉得是看见他抽过一支烟……我看看……这不是我抽的牌子，那肯定就是他的了。"

"今天办公室还有其他人来过吗？"

"没有，可是为什么，塔格特小姐？出什么事了？"

"我能拿走这个吗？"

"什么？这个烟头吗？"他茫然不解地瞪着她。

"是的。"

"哦，当然可以——可这是因为什么呢？"

她像看着一件珠宝般低头看着手掌里的烟头。"我不知道……我不知道这对我有什么用，但它是一个线索"——她苦涩地笑笑——"能够揭开一个秘密。"

她站在那里，不愿离去，她瞧着肯·达纳格的神色就像是最后一次瞧着一个即将启程前往另外一个世界的人，而他将有去无归。

他猜了出来,笑着伸出手。"我不说再见了,"他说,"因为我很快就会见到你。"

"哦,"她从桌子上方紧紧握住他的手,殷切地说道,"你打算回来吗?"

"不,你也会来。"

在建筑上空的黑暗中,只能隐约见到一道红色的气息,工厂像是在沉睡,但火炉均匀的呼吸和远处传送带的脉动依然显示着它的活力。里尔登站在办公室的窗前,两手撑着窗框,远远望去,他的手挡住了半英里的建筑,像是想要把它们抓住。

他看着长长的一排竖带状物体,那是焦炭炉的电瓶。一道窄窄的炉门伴随着火焰短暂的喘息滑开,一层烧红的焦炭像是巨大的烤箱架上的一片面包,顺畅地滑了出来。静待片刻之后,它便轰然破裂,碎片纷纷掉进了停在下方铁轨上的货车车皮。

达纳格煤炭,他心想。他的脑子里只有这几个字,余下的是一种孤独感,这感觉是如此浩大,甚至连它本身的疼痛都被这巨大的空虚吞噬了。

昨天,达格妮把她徒劳的努力和达纳格的口信都告诉了他。今天上午,他听到了达纳格消失的新闻。在无眠的夜里和紧张工作的白天,他对这口信的回答在不断敲击着他的心,这答复他将永远没有机会说出口了。

"我唯一爱过的人。"这话出自肯·达纳格，而他平时最亲热的表达也不过是"看这儿，里尔登"。他想：我们为什么放过了它？我们为什么只要一离开工作，就被流放到乏味的陌生人中间，而正是他们让我们放弃了休息、建立友谊和倾听人类声音的欲望？我现在能把听我弟弟菲利普说话的一小时要回来，给肯·达纳格吗？是谁把接受变成了我们的职责，当成我们工作的唯一回报，让我们忍受着阴郁的折磨，假装去爱那些在我们清醒时只能去蔑视的人？我们这些人为了实现目标，能够去熔石化铁，可对于我们想从人们那里得到的，为什么从来没有去追求过？

他努力把他想说的话塞到他的脑子里，他知道现在去想这些是徒劳的。但这些话留在原地，仿佛是对死者所说的一样：不，我不怪你离开——假如你把这个问题和痛苦一起带走。你为什么不给我个机会去告诉你……什么？我同意那样做？……不，但是，我既不会责备你，也不会学你的样子。

他闭上双眼，让自己在片刻之间体会着假如他也放弃一切离开，将会感受到的无比轻松。在对自己的迷失的震惊下面，他又感觉到了一丝微微的妒意。不管他们是谁，为什么不也来找我，把那个难以拒绝的理由给我，让我走呢？但紧接着，他从自己气愤已极的颤抖当中明白，他会把这个企图接近他的人杀死，在听到那些会令他离开工厂的神秘话语之前,他就会把他杀死。

天色已晚,他的雇员们都走了,可他想起回家的那条路以及等待着他的空虚的夜晚就感到可怕。他感觉那个除掉了肯·达纳格的敌人正在工厂火光之外的阴暗里等着他。他不再刀枪不入了,但他想到,无论那是什么,无论他从哪儿出来,他在这里都是安全的,就像待在他身边划的一个火圈里,可以将恶魔挡住。

他望着远处一幢建筑漆黑的窗户上闪耀的白光,它们就像阳光映在水面上静止的波纹。这是从他上面的楼顶霓虹灯射过去的光亮:里尔登钢铁。他想到了那天晚上,他曾经希望在他过往的生活上方也点亮一块牌子:里尔登生命。他为什么希望如此?想让谁看到?

在酸楚的惊愕当中,他第一次想到,他曾经有过的快乐的自豪感来自于他对人们的尊敬。他已不再有这种尊敬。他想,他再也不希望让任何人看到这块牌子了。

他猛地从窗前转身离开,用粗暴的手势一把抓起外套,想以此把自己拉回行动的约束中。他呼的一下把双层外套披在身上,紧了紧皮带,然后在走出办公室的时候,飞快地用手将灯匆匆关上。

他把门拉开——然后停住了。在昏暗的外间的角落里,还亮着一盏台灯。那个坐在桌沿上、不经意而又耐心地等着他的人,正是弗兰西斯科·德安孔尼亚。

里尔登怔在那里。弗兰西斯科没有动，露出一丝感到有趣的笑意。里尔登顿时感到这像是两个密谋者在面对彼此心照不宣的秘密时所交换的眼色。这只是一眨眼的工夫，快得不容多想，因为他觉得弗兰西斯科其实是一见到他进来就站起了身，动作礼貌而恭敬。这动作极其郑重其事，没有丝毫的放肆——但又强调着一种亲密感——他并未开口打招呼或解释什么。

里尔登声音严厉地问："你在这里干什么？"

"我想你今晚可能想见我，里尔登先生。"

"为什么？"

"和你在办公室待这么晚的原因是一样的。你不是在工作。"

"你在这里坐了多久？"

"一两个小时吧。"

"你怎么不敲我的门？"

"你会允许我进去吗？"

"现在问这个问题已经太晚了。"

"要让我走吗，里尔登先生？"

里尔登一指他办公室的门："进来。"

里尔登打开办公室的灯，控制着自己不要着急。他想他不能感情用事，却感到生活的色彩在一种他说不出的紧张而安静的焦急中回到了他的身体里。他清醒地告诫着自己：小心。

他坐在桌沿上，抱起胳膊，看着依然恭敬地站在他面前的弗兰西斯科,然后带着一股冷冷的笑意问:"你来这里干什么?"

"我的回答你可能不爱听,里尔登先生,你不会向我或向你自己承认你今晚感到多么孤独。你不必问我,也不必去否认它。不管怎么样,你既然清楚,就还是接受它吧:我了解这些。"

里尔登像是被拉紧的弹簧,一边是对于鲁莽无理的恼怒,另一边则是对于坦率的欣赏。他回答说:"如果你希望的话,我会承认。你了解这些跟我有什么关系?"

"因为我了解,并且关心,里尔登先生。在你周围的人里面,只有我这样。"

"你凭什么关心?我为什么今晚会需要你的帮助呢?"

"因为责备一个对你最有意义的人是很不容易做到的。"

"如果你离我远点的话,我是不会责备你的。"

弗兰西斯科微微睁大眼睛,然后咧嘴一笑,说:"我讲的是达纳格先生。"

一时间,里尔登简直像是要抽自己的脸,随即,他轻声笑了笑,说:"好吧,坐。"

现在,他等着看弗兰西斯科会怎么来利用这个机会,但弗兰西斯科无声地听从了他的安排,脸上的笑容居然像孩子一样:是胜利和感激交织在一起的神情。

"我不责备肯·达纳格。"里尔登说。

"你不?"这两个字似乎是带着一个重音落下的,说得非常轻,几乎是小心翼翼,弗兰西斯科脸上的笑容不见了。

"不,我不去规定一个人应该承受多少。假如他崩溃了的话,也用不着我去品头论足。"

"如果他崩溃?"

"是啊,难道他没有?"

弗兰西斯科把身子向后一靠,笑容又回到了脸上,却并不快乐。"他的消失会使你怎么样?"

"我就是得更辛苦一点了。"

弗兰西斯科望着窗外在红色的蒸汽映衬下黑烟缭绕的钢架天桥,用手一指,说:"每一根这样的横梁都有承载的极限,你的是什么?"

里尔登笑道:"这就是你害怕的吗?你就是为这个来的?你是害怕我会崩溃?你要像达格妮·塔格特去挽救肯·达纳格一样来挽救我?她想及时赶到他那里,却没能做到。"

"她去了?这我可不知道。塔格特小姐和我有许多分歧。"

"别担心,我不会消失的。就让他们全都放弃,全都不工作吧。我不会。我不知道我的极限,而且我也不在乎。我只知道没有什么能阻止我。"

"任何人都是可以被阻止的,里尔登先生。"

"怎么阻止?"

"只要知道人的原动力就可以了。"

"那是什么呢?"

"这你应该知道,里尔登先生。你是这世上剩下的最后一批有良心的人中的一个。"

里尔登苦涩地一笑:"怎么称呼我的都有,唯独没有这一个。而且你错了,你都不知道错得多离谱。"

"你确定吗?"

"我应该知道。良心?你凭什么这么说?"

弗兰西斯科一指窗外的工厂:"凭这个。"

里尔登一动不动地凝视了他许久,然后只是问了句:"什么意思?"

"如果你想通过物质的形式来看一个抽象的原则,比如道德行为——这个就是了。看看它,里尔登先生,每一根横梁、每一根管子、线路和阀门都是在精心的安排下回答着这个问题:正确还是错误?你必须要做出选择,而且必须是你所知道的最佳选择——是实现你炼钢目标的最佳选择——然后继续下去,扩展你的知识,更加精益求精,你的目标就成为你的价值标准。你必须根据自己的决定去行动,必须有判断力,对头脑做出的决定有坚持的勇气,以及对做对、做好、做到尽善尽美的准则的最纯粹和最无情的奉献。没有任何事可以让你违反你的决定,而且,无论是谁告诉你,对炉子加热的最好办法是用冰把它填满的话,你都会把它当成错误和罪恶来拒绝。数百上千万的人,整个国家都不能阻止你生产出里尔登合金——因为你知道它无上的价值，知道这种知识带来的力量。但里尔登先生，我感到奇怪的是，为什么你和自然打交道时用一种准则，而在和人打交道时用的又是另外一种准则呢？"

里尔登目不转睛地看着他，极其缓慢地问出一个问题，好像吐出这句话都会分散他的注意力一般："什么意思？"

"你对工厂的目标坚持得那样明确而不动摇，但对你生活的目标为什么不能做到同样的坚持呢？"

"你是什么意思？"

"你会判断这里的每一块砖对炼钢这个目的具有多大的价值，你是否同样严格地审查过你的工作和你的钢铁对它们所要达到的目标有多大的价值呢？你倾尽一生去炼钢是为了什么？比方说，你为什么要用整整十年的精力去生产里尔登合金？"

里尔登转开了视线，肩头微微地垂落，像是一声放松和失望的叹息。"如果你一定要问这个的话，那你就不会明白了。"

"假如我告诉你我明白，你却不懂——你会把我轰出去吗？"

"反正我也应该把你轰出去——说吧，说说你是什么意思。"

"你对约翰·高尔特铁路感到自豪吗？"

"对。"

"为什么？"

"因为它是迄今为止最好的一条铁路。"

"你为什么要建它?"

"为了赚钱。"

"赚钱有许多容易的方式,你为什么要选择最艰难的?"

"这你在塔格特的婚礼上已经说过了:为了用我最好的劳动成果去交换其他人最好的劳动成果。"

"如果这就是你的目的,你达到了吗?"

沉默瞬间降临。"没有。"里尔登说。

"你赚到钱了吗?"

"没有。"

"在你竭尽所能去创造最好的结果时,你是希望因此得到奖赏还是惩罚?"里尔登没有回答。"从你所了解的正派、正直、公正的任何一个标准来看——你是不是认为你应该因此得到奖赏?"

"是的。"里尔登声音低低地说。

"如果你反而受到了惩罚——那么你所接受的又是什么样的标准?"

里尔登没有回答。

"通常人们都认为,"弗兰西斯科说,"生活在人类社会中要比一个人在荒岛上单独与自然搏斗容易和安全。现在,无论在哪里,有人需要或者使用金属的时候,里尔登合金都让他的生活更加轻松了。它让你的生活更加轻松了吗？"

"没有。"里尔登低声回答。

"它是让你的生活还和生产合金之前一样吗？"

"不——"这个字从里尔登的嘴里脱口而出，但他似乎又把话咽了回去。

弗兰西斯科的声音突然像鞭子一样向他抽来，命令般地："说！"

"它让我的生活更加艰难。"里尔登闷声说道。

"在你为约翰·高尔特铁路的轨道感到自豪的时候，"弗兰西斯科的声音里带着张弛有度的节奏，令他所说的话异常清晰，"你想起了哪种人？你是否希望看到使用这条铁路的是和你一样的人——是那些具有伟大创造力的人，比如艾利斯·威特，铁路可以助他们一臂之力，让他们获得越来越高的成就？"

"是啊。"里尔登渴望地说。

"你是否希望看到使用这条铁路的人虽然头脑不及你，但和你有一样的道德操守——比如艾迪·威勒斯那样的人——他们不会发明你那种合金，但会尽其所能，和你一样辛勤工作，凭本事吃饭，乘坐在你的铁轨上行驶的列车，对你为他们带来的他们无法予以同样回报的一切，会默默地表示感谢？"

"是啊。"里尔登温柔地说。

"你希望看到使用这条铁路的是那些只会哀求的无赖吗？他

们从不付出任何努力，还不如一个负责把文件归档的职员，却要求有公司总裁那样的收入。他们什么都干不成，还指望你替他们买单，认为他们的空想和你的实干同样重要，而他们的需要比你的努力更应该得到回报。他们命令你为他们服务，要求你生活的目标就是为他们服务，要求你在他们的无能面前，去做一个没有声音、没有权利、没有薪水、没有酬劳的奴隶。他们宣称，你所具有的天才注定了你生来就是奴隶，而他们的无能让他们生来就是统治者，你有的只能是付出，而他们有的只能是索取，你有的只能是生产，而他们有的是消费。你不会得到报酬，无论是物质上的还是精神上的，无论是以财富或认可的方式，还是以尊重或感谢的方式——这样一来，他们就可以坐在你铁轨上的列车里，对你进行讥笑和谩骂，因为他们什么都不欠你的，甚至连摘下头上你付账买的帽子都不干。这是你想要的吗？你会为此感到自豪吗？"

"我会头一个去把铁轨炸掉！"里尔登说道，他的嘴唇惨白。

"那你为什么不去做呢，里尔登先生？在我所讲的这三类人当中，哪一类被毁掉了，而哪一类今天正用着你的铁轨？"

在长长的沉默当中，他们听到远处工厂传来的金属的心跳声。

"我说的最后一类，"弗兰西斯科说，"是任何一个把别人劳动得来的每一分钱都占为己有的人。"

里尔登没有回答，他正望着远方黑黑的窗口里映出的霓虹灯标志。

"你对你从不局限自己的忍耐力感到骄傲，里尔登先生，因为你认为你做的是对的。可万一你不是呢？万一你把你的美德用于为邪恶服务，并且让它成为一种工具，毁灭你所热爱、尊敬和崇尚的一切呢？你在人群之中，为什么不坚持你在炼钢炉中所坚持的你自己的价值准则？你不能容忍合金里存在百分之一的杂质——那么在你自己的道德准则里，你能容忍的又是什么？"

里尔登呆坐不动；他脑中的话像是从他一直寻找的小路上传来的脚步声；这些话是受害者的认可。

"你从不向大自然的困苦屈服，而是去征服它，并因此感到快乐和安慰——在落到人们的手里以后，大家又怎么看你呢？你从工作当中明白，人只有犯错才应该接受惩罚——你总是情愿去承受的又是什么，又因为什么呢？你这辈子总是听到你自己被谴责，不是因为你的缺点，而是因为你崇高的美德。你一直被嫉恨，不是因为你犯的错误，而是因为你取得的成就。你最引以为傲的性格里的那些品质遭到蔑视。你因为有勇气按你自己的想法做事，并只对你自己的生命负责，就被称为自私。你独立的思想被称为傲慢。你绝不妥协的正直被称为残酷。你因为有着探索和发现的远见而被称为反社会。你追求理想的力量和自我约束被称为无情。你具有的创造财富的巨大力量被称为贪婪。你付出了难以想象的能量,却被称为寄生虫。你在一片只有荒漠和绝望饥饿的人的土地上创造了富有,却被称为强盗。你使他们得以生存,却被称为剥削者。你这个在他们当中最纯洁、最有良心的人,被讥讽为'庸俗的物质主义者'。你是否停下来问过他们:你们凭的是什么权利?凭的是什么准则?凭的是什么标准?没有,你把这一切都默默忍受下来了。你向他们的规范弯下了腰,从没有坚持过你自己。你清楚制造一颗金属钉子需要什么样的品行,却听任他们给你打上不道德的标签。你清楚人和大自然打交道时需要有最严格的价值规范,却认为和人打交道时可以不需要这样的规范。你就这样毫不怀疑、糊里糊涂地把最致命的武器留到了敌人手上。他们的道德规范就是他们的武器。问问你自己,你对它的接受已经是多么深入,又有着多少令人害怕的方式;问问你自己,道德价值的规范对于人的生命意味着什么,人活着为什么离不开它,假如他把邪恶就是良善这样的错误准则接受下来,他将会如何。要不要我告诉你,为什么你虽然认为应该诅咒我,却还是被我吸引了过来?因为是我第一个给了你全世界亏欠你的东西,给了你在和所有人打交道前就该争取的东西:一个道德上的认可。"

里尔登猛地转向他,然后像惊呆了似的一动也不动。弗兰西斯科像是在危险的飞行中要去着陆一样,把身体俯向前方;他的眼睛很沉着,但目光中闪烁着紧张。

"你犯了大罪，里尔登先生，这罪行比他们已经告诉你的还要深重，但不是他们所鼓吹的那种。最大的罪行就是承认本不属于你的罪行——这就是你一生都在做的事情。你为勒索支付赎金，不是由于你的恶行，而是由于你的美德。你一直愿意承担本不该由你承担的重负——你的善行做得越多，它就膨胀得越沉重。但是，支持人们生存的是你的美德。你自己的道德规范——你从未阐明、宣布，或者保卫的生活准则——就是维护人们生存的准则。如果你因此而受惩罚，那么惩罚你的人本性又如何呢？既然你奉行的是生命的准则，那么他们奉行的又是什么呢？它的价值标准归根结底是什么？它最终的目的又是什么？你认为你所面对的只是一桩要侵占你财产的阴谋吗？你既然清楚财富是怎么来的，就该明白它比那更严重，更邪恶。你是让我指出什么是人的原动力吗？人的原动力就是他的道德准则。扪心自问，他们的准则是要把你引向哪里，又会为你的目标带来些什么？比杀一个人更卑鄙的罪行就是让他把自杀当成美德来接受。比把一个人投入牺牲的火炉更卑鄙的罪行就是要他自动跳进他亲手做好的炉子。按照他们的说法，是他们需要你，而且不会给你任何回报。按照他们的说法，你必须养活他们，因为他们离开你就活不下去。把他们的无能和需要——是他们对你的需要——当作你受折磨的理由，想想这是多么无耻。你愿意接受它吗？你愿意付出你无比的坚忍和巨大的痛苦，去让毁灭你的人心满意足吗？"

"不！"

"里尔登先生，"弗兰西斯科的声音郑重而平静，"假如你看到阿特拉斯神用肩膀扛起了地球，假如你看到他站立着，胸前淌着鲜血，膝盖正在弯曲，双臂颤抖，但还在竭尽最后的气力高举起地球，他越努力，地球就越沉重地向他的肩膀压下来——你会告诉他该怎么办？"

"我……不知道。他……能怎么样？你会告诉他什么？"

"耸耸肩。"

金属的撞击声变得参差不齐，听不出节奏，不像是机械在运作，倒像是某种有意识的脉动在伴随每一次突然而强烈的响音，渐渐升高，然后戛然坍落，在齿轮微弱的呻吟声中慢慢散尽；窗户的玻璃不时叮叮地振鸣。

弗兰西斯科的眼睛关注着里尔登，如同是在研究弹痕累累的靶子上的子弹轨迹。这轨迹并不明显：桌子旁边的瘦削身体昂首挺立，冷冷的蓝眼睛什么都不表露，凝视着远方，只是那不屈的嘴角露出了一丝痛苦。

"接着说，"里尔登努力支撑着自己，"继续吧，你不是还没说完吗？"

"我不过是刚开始。"弗兰西斯科话音凌厉。

"你……想说什么？"

"这一点你在我说完之前就会明白。但首先，我想让你回答一个问题：假如你明白自己为什么受到压迫，你怎么会……"

尖厉的警报声骤然响起，仿佛是一枚火箭带着长长细细的尾烟腾空而去。警报声持续了一小会儿便降低下来，随后，声音高低交错地起伏着，似乎被吓得喘不过气，拼命想叫喊得更大声些。这是工厂极度痛苦的尖鸣和求救的呼喊，就像一个受了伤，还勉力护持着灵魂的身体的哭喊。

里尔登觉得他一听到警报就跃向了门口，但发现他还是晚了一刻，因为弗兰西斯科冲在了他的前面。弗兰西斯科在一阵同样惊悸的反应下，飞奔向大厅，拍了一下电梯的按钮，却片刻也不等，便从楼梯冲了下去。里尔登跟在他的身后，看着电梯的指示灯，他们和电梯同时下到了大楼的一半。这个铁笼子在一层刚刚停止了抖动，弗兰西斯科已经一头扎了出来，向呼救的地方奔去。里尔登自认为跑得很快，但他无法跟上这个在红光与黑暗间飞奔而过的迅疾身影，无法跟上这个他讨厌而又仰慕不已的公子哥。

从鼓风炉侧面低处的孔里涌出的液体并没有发出火红的颜色，而是像日光般白炽耀眼。它沿着地面流动，任意地胡乱蔓延；它亮闪闪地流过一片潮湿的水汽，让人想起了清晨。这是一道铁水，它的泄漏引发了警报。

装料已经停止，泄漏崩开了出渣口，鼓风炉的工头被击倒在地，昏迷不醒，白色的铁流向外喷发，渐渐把出口撕大。人们正拼命用沙子、水枪和耐火黏土挡住放着火光、肆意扩散的铁流，一切挡住它去路的障碍都被它化为了呛人的烟雾。

就在观察事故形势的片刻，里尔登发现一个人影突然出现在了高炉脚下，那身影在身后红色火焰的映衬下，仿佛是站在激流之中；他看到穿着白衬衣的手臂举起，把一团黑色的物体掷进喷涌铁水的出口。这个身影正是弗兰西斯科·德安孔尼亚。他的动作让里尔登简直难以相信，现在居然还有人会这种技术。

很久以前，里尔登曾在明尼苏达州的一个小型炼钢厂工作，他当时做的就是在鼓风炉漏出铁水时，徒手把耐火黏土扔进去，封住出口。这种方法异常危险，许多人因此丧命，自从多年前发明了消防水枪之后，便不再使用了，但有些条件不好的工厂，还是在苦苦挣扎着使用过时的设备和方法。里尔登干过这种活儿，但从那以后，他就再没见过谁还能干这个。此刻，在蒸汽四处喷射、正在崩溃的高炉前，他看见这个瘦瘦高高的公子哥正娴熟地做着这一切。

里尔登立即扒掉外衣，从眼前的一个工人那里夺过护镜，和弗兰西斯科一起站到了炉前。刻不容缓，来不及说话、感觉和犹豫。弗兰西斯科朝他望了一眼——里尔登看到的是满是脏污的面孔、黑黑的护镜和咧着嘴的笑容。

他们站在一个被烘烤得黏滑的泥堆上，脚旁便是流淌着的白色铁水和喷涌的炉口，向扭曲得如同在煮着金属的火舌里投掷着黏土。里尔登能感觉到的，便是弯腰、举起、瞄准，然后向下扔出去，在它从眼前消失前，弯腰再来下一次。他脑子里只想着要盯住胳膊的方向，要救下这座高炉，同时，要留神双脚的危险姿势，保护好他自己。除此以外，他什么都觉察不到，只是对行动，对他自己的能力，对他身体的得心应手感到欣喜。同时，虽然没有时间去看，但他的直觉跨越了他心灵的禁忌，让他看见了一个黑色的身影，通红的火光从那身影的肩膀、臂弯和带有棱角的曲线后方照射过来，这火光像长长的聚光灯束，透过蒸汽，跟随在一个敏捷、熟练、自信的人左右，在此之前，他只在宴会厅的灯光和晚礼服下见过这个人。

尽管时间来不及让他找出词语去想和解释，但他知道这才是真正的弗兰西斯科·德安孔尼亚，这才是他第一次见到并爱着的那个人——这样的词并未让他震惊，因为他的心中没有言语，只有快乐的感觉，像一股能量，和他自己交汇在了一起。

伴随着身体的节奏，感觉着脸上的炙烤和肩胛处的冬夜寒意，他忽然发现这就是他生命中最单纯的本质：本能地拒绝屈服于灾难，不可抗拒地要和它斗争，以及凭着自己的力量能够获胜的感觉。他可以肯定，弗兰西斯科也有同样的感觉，是被同样的冲动所驱使，也正该有这样的感觉，他们就应该是他们现在这样——他瞧见了一张汗流满面、全心在干活儿的面孔，而这是他所见到过的最开心的面孔。

被管子和蒸汽缠绕着的黑压压的高炉耸立在他们上方。它似乎在喘息,呼出的红色气体笼罩在工厂上空——而他们则正在拼命地不让它因失血而死。铁水里的火花在他们的脚旁四下飞溅,在无声无息地落在他们的衣服和手上后熄灭。铁水从已经高于他们视线的堤坝上方的缺口处向外流得渐渐慢了。

这一切发生得太快,里尔登尚未完全明白过来就已经结束了——他知道两个瞬间:第一个是他看到弗兰西斯科的身体猛地向前一倾,将土块继续码放到缺口上,然后他看到突然向后的动作没有成功,拼命摇晃着不向前跌倒,一个身影大张着手,失去了平衡。他想,要是从这样湿滑和摇摇欲坠的泥堆上跳过去,就意味着他们两个人全都丧命;在第二个瞬间,他跳落在弗兰西斯科的身旁,抓住了他的胳膊,也开始在泥堆上摇摆不定,脚下便是白色的水洼。里尔登随后站稳了脚跟,把弗兰西斯科拉了回来,并且紧紧地抱着他的身体待了一会儿,就像抱着自己唯一的儿子一样。他的爱、他的恐惧和放心都在这一句话里了:

"小心,你这个傻瓜!"

弗兰西斯科抓起一块黏土,继续干着。

在干完了活,缺口封住之后,里尔登觉得他胳膊和腿上的肌肉酸疼,连动一动的力气都没了——尽管如此,他仍感觉像是早晨刚进办公室一样，迫不及待地要去解决十个新问题。他看了看弗兰西斯科，第一次注意到他们的衣服上布满了烧黑的窟窿，他们的手上流着血，弗兰西斯科的太阳穴破了一块皮，一缕红线顺着脸颊淌下来。弗兰西斯科推开眼前的护镜，冲他笑着：这笑容便是黎明。

一个一脸苦相而又粗鲁无礼的年轻人跑到他面前，大叫着说："我没办法呀，里尔登先生！"随后便喋喋不休地开始解释起来。里尔登二话不说，转身便把他甩在了脑后。这个年轻人负责协助测量高炉的压力，刚刚从大学毕业。

在里尔登的印象中，这种性质的事故近来发生得越来越多，原因在于他使用的矿石，但他现在能搞到矿石就不错了，已无从选择。他想到他的老工人总是能避免事故的发生。他们中的任何一个都会从停料中看出问题，并知道如何去防止，但他们剩下的已经不多了，他只能有什么样的人就雇什么样的人。透过身旁一缕缕缭绕的蒸汽，他看到从工厂的四面八方赶来扑堵泄漏的都是那些老工人，他们现在正排队接受医务人员的处置。他搞不懂这个国家的年轻人都怎么了。不过，让他把疑虑咽回到肚子里的，是眼前这个他实在不愿多看的大学生的面孔，是一股轻蔑和无言的想法，假如这就是敌人，他就没什么可害怕的了。所有这些念头向他涌来，接着便消失在外面的黑暗之中，将它们抹去的是眼前的弗兰西斯科·德安孔尼亚。

他看到弗兰西斯科正给他周围的人下着命令。人们不知道他是谁,从哪里来,却都在听着:他们知道他是个行家。看见里尔登走过来听,弗兰西斯科话说了半截便停住了,然后大笑着说:"噢,请原谅我!"里尔登回答:"接着说吧,到目前为止,你说的都对。"

在黑暗当中走回办公室的路上,他们彼此没有讲话。里尔登感到心中荡漾着一阵欢乐的笑,他想有个机会也像一个同犯那样,朝弗兰西斯科挤个眼,表示他知道了一个弗兰西斯科不会承认的秘密。他不时向弗兰西斯科的脸上瞧一眼,弗兰西斯科却不看他。

过了一阵儿,弗兰西斯科说:"你救了我。"而那句"谢谢"则尽在不言中了。

里尔登扑哧一笑:"你救了我的炉子。"

他们再度恢复了沉默。里尔登觉得每走一步,脚下便愈加轻快。在寒冷的空气里,他仰起脸,看到了宁静的夜空,看到一颗孤星高挂在烟囱之上,那里竖直排列着几个大字:里尔登钢铁。他由衷地感到了生活的快乐。

他没有料到的是,在办公室的灯光下面,弗兰西斯科脸上的表情变了。他在高炉旁的火光里看到的东西已经荡然无存。他原以为会看到一副得胜的样子,看到弗兰西斯科对于从他那里听到的侮辱的话流露出嘲讽,看到要求他道歉的神情,而他会喜不自胜地马上满足他。然而，他看到的是一张被莫名其妙的沮丧弄得死气沉沉的面孔。

"你受伤了？"

"不……没有，一点也没有。"

"过来。"里尔登将他卫生间的门打开，命令说。

"你看看你自己。"

"别管，你过来。"

里尔登头一次感到自己是一个长者，很高兴这样对弗兰西斯科发号施令。他感觉到一种自信、好笑和父亲一般的关爱。他洗掉弗兰西斯科脸上的污垢，给他的太阳穴、手和烧伤的胳膊肘抹上消毒水，贴上创可贴。弗兰西斯科默默不语地听从着他的摆布。

里尔登带着无比的敬重问道："你是从哪儿学的这一手？"

弗兰西斯科耸了耸肩膀。"我就是在各种各样的炼钢炉旁边长大的。"他漠然地回答。

里尔登猜不透他脸上的表情：那是非常特别的一种沉静，仿佛有一幕只有他自己知道的神秘景象牢牢地锁住了他的眼睛，并且让他抿紧了嘴，流露出一股凄凉、酸楚和痛苦的自嘲。

直到返回办公室他们才再次开口说话。

"你知道，"里尔登说，"你在这里所说的一切都是对的，但那只不过是一部分而已。另外的那部分就是我们今晚所干的事，难道你看不出来？我们可以行动起来，他们不能。所以从长远来看，无论他们把我们怎么样，我们都会赢。"

弗兰西斯科没有回答。

"听着，"里尔登说，"我知道你的问题出在哪儿。你这辈子从来就不想真正地干一天活儿。我过去觉得你是太自负了，但我现在明白，你根本不知道你有多么出色。暂时别去想你的那些财产了，来我这里干吧。我可以随时让你从一个工头干起。也许你不知道这会为你带来什么，但几年后，你就会珍惜并管理好德安孔尼亚公司了。"

他本以为会听到爆发出的一阵大笑，并且准备好了去争论一番，然而，他看见弗兰西斯科的头慢慢地摇着，似乎不能信任他的声音，似乎在担心自己会忍不住同意。半响，他说道："里尔登先生……我想，要是能给你做一年的高炉工头，这后半辈子不要了我都愿意。但是我不能。"

"为什么不能？"

"不要问了，这是……一件私事。"

在里尔登心目中，弗兰西斯科的形象曾经非常可憎，但又有抵挡不住的诱惑力，光彩夺目，不知愁为何物。此刻他从弗兰西斯科的眼睛里看到的，是一种平静的、牢牢控制一切的目光，在忍耐着他所承受的折磨。

弗兰西斯科默默地伸手去取他的外套。

"你不是要走吧?"里尔登问道。

"我是要走。"

"你不打算把要跟我说的话说完吗?"

"今晚就不说了。"

"你想让我回答一个问题的,是什么?"

弗兰西斯科摇了摇头。

"你本来正问我我怎么会……我怎么会——什么?"

弗兰西斯科的笑容像是痛苦的呻吟一般,这是他唯一的一次呻吟。"我不问了,里尔登先生。我知道答案。"

受害者的认可

the Sanction of the Victim

4

烤火鸡花了三十元，香槟二十五元，绣花台布，蜡烛光里的网状的葡萄和藤叶彩光效果花了两千元，晚餐服务，加上把一位艺术家的设计用蓝金两色烤印在半透明的瓷器上面，花费两千五百元，银餐具上面印有皇家月桂花环，中间是 LR 字样的姓氏缩写，花费三千五百元。然而据说，只想到钱和钱所代表的东西便不是高雅了。

一只农夫的木鞋，镀了金边，立在桌子的一角，里面装了金盏草、葡萄和胡萝卜。蜡烛插在被掏空后刻出笑脸图案的南瓜上，桌布上面堆着葡萄干、干果和糖。

这是感恩节的晚餐，与里尔登共坐一桌的是他的妻子、妈妈和弟弟。

"今晚，要感谢主对我们的赐福，"里尔登的妈妈说，"上帝一直恩待我们，今晚，在全国的很多地方，有些人家里还吃不上饭，有些人甚至连家都没有，他们当中，每天有越来越多的人失业。在这个城里转一转，我就已经心惊肉跳了。我上个星期撞见的除了露茜·贾德森还能有谁——亨利，你记得露茜·贾德森吗？过去在明尼苏达的时候住在我们隔壁，那时候你十二岁，她有个儿子和你差不多大。他们搬到纽约后我就和露茜断了联系，算来怎么也有二十年了。唉，我看到她现在的样子真是吓坏了——就是个牙全掉光的丑老太婆，裹着一件男人的外套，在街边乞讨。我就想：如果没有上帝的恩典，我又何尝不会如此？"

"那，假如要依次感谢的话，"莉莉安快活地说，"我觉得我们不应该忘了新来的厨师吉尔特鲁德，她简直是个大师。"

"我么，我就是老一套，"菲利普说，"我只想感谢全世界最善良的妈妈。"

"噢，说到这个，"里尔登的妈妈说，"我们有这顿晚餐应该感谢莉莉安，她花了很多心思才把它搞得这么好。她费了好几个小时布置桌子，这一切真的是很新颖别致。"

"出效果的是那只木鞋，"菲利普侧过头来仔细地欣赏着，"很有味道。只要用钱，谁都可以弄到蜡烛、银餐具这些玩意——但这只鞋，可是得有想法才行。"

里尔登什么都没说，烛光在他静止的脸庞上闪烁，仿佛是照着一幅画像；这画像流露出一种习惯性的礼貌神情。

"你还没碰过你的酒呢，"他的妈妈看着他说道，"我想你应该祝酒，感谢这个国家的人民给予了你那么多。"

"妈妈，亨利可没这个心情，"莉莉安说，"我想，感恩节恐怕只对那些心中无愧的人来说才算是节日。"她举起酒杯，但还没到嘴边就停下来问道，"你在明天的审判上不会再坚持什么吧，亨利？"

"我会的。"

她放下酒杯："你要干什么？"

"明天你就看到了。"

"你别梦想还能逃过去！"

"我不知道你所说的我所要逃离的是什么东西。"

"你知道不知道对你提出的指控是极其严重的？"

"我知道。"

"你承认了你把合金卖给了肯·达纳格？"

"我承认了。"

"他们可能会判你去坐十年大牢的。"

"我认为他们是不会的，但的确有这种可能。"

"你看没看过报纸，亨利？"菲利普怪异地笑着问。

"没有。"

"噢，你应该看看！"

"我应该吗？为什么？"

"你应该看看他们把你叫成什么！"

"有意思。"里尔登说。他是指菲利普笑得很享受。

"我不明白，"他妈妈说，"监狱？你是说监狱吗，莉莉安？

亨利，你要去蹲监狱？"

"或许吧。"

"这太荒唐了！想想办法呀。"

"什么办法？"

"我不知道，这我一点都不懂。体面人是不能进监狱的。想想办法，你做事向来是很有主意的。"

"但不是这种事。"

"我简直无法相信，"她的声音像是一个被吓坏的娇惯的小孩，"你这么说可就太恶劣了。"

"他是在充英雄，妈妈，"莉莉安说道。她冷笑着转向里尔登，"难道你不认为你这种态度没有任何意义吗？"

"不认为。"

"你知道，像这样的案子……从来就不是非得要到审理这一步，是有办法避免，有办法把事情圆满解决的——前提是找对了人。"

"我不认识这样的人。"

"瞧瞧沃伦·伯伊勒，你在黑市上的那点小动作和他相比，真是小巫见大巫，但他就够聪明，从来都不会上法庭。"

"那么我就是不够聪明了。"

"难道你还不认为现在你应该根据时代的形势来调整你自己吗？"

"不。"

"好吧，既然如此，我觉得你是没办法假装成某种受害者的样子了。如果你坐牢的话，就是你咎由自取。"

"你所说的假装是指什么，莉莉安？"

"哦，我明白，你认为你是在捍卫某种原则——但其实那只是你毫不现实的空想而已。你这么做唯一的缘由就是你自以为是。"

"你认为他们是正确的吗？"

她一耸肩膀："我说的就是这种自负——这种对谁是谁非很看重的想法。总在坚持自己正确，这是最让人难以忍受的一种虚荣。你怎么知道什么是正确？有谁会知道？那不过是一种自我陶醉的幻觉。你这么喜欢炫耀自己比别人都高，会伤害到其他人的。"

他认真地看着她，流露出极大的兴趣："如果那只是幻觉的话，为什么会伤害到其他人呢？"

"你的这件案子只有伪善，这还用得着我指出来吗？正因为这样，我才觉得你的态度很荒唐。正确与否的问题和人类的生存没有丝毫关系，而你就是个不折不扣的人——对不对，亨利？你并不比你明天会见到的那些人强。我认为你应该记住，不要去坚持任何原则。也许在这个麻烦里你是受害者，也许他们是和你要了花招，可这又怎么样？他们这么做是因为他们是弱者；他们抵挡不住诱惑，拿走你的合金，强占你的利润，因为他们没有其他的致富途径。你为什么要责怪他们？这只是压力不一样而已，是人就都是这块料，很快就顶不住了。钱诱惑不了你，是因为你赚钱太容易了，但你经不住别的压力，而且会一样可耻地堕落，是不是？所以，你没有权利对他们有任何的义愤和不平。你没有任何道德上的优越感可以去说或者是捍卫。那么如果你没有的话，去进行这样一场必输无疑的较量又有什么意义呢？我觉得，如果有人无可指责的话，或许还觉得当一名烈士有些满足感。但是你——你第一个该指责的是谁呢？"

她停顿了一下，观察有什么效果。除了他那种认真的兴趣更浓了一些，别的什么都没有。他如同是被一种客观而科学的好奇心给抓住，在听着她说话。这可不是她预料中的反应。

"我相信你明白我的话。"她说。

"不，"他安静地回答，"我不明白。"

"我认为你应该放弃你自身完美的幻想，你非常清楚这是一种幻想。我认为你应该学着和别人和睦相处。英雄的日子已经一去不复返了，现在是人性的社会，比你所想象的要深刻得多。人类已经不指望有人再去当圣人，或者有人因为罪过而受到惩罚。没有谁对或是错，我们和这些人是一个整体，我们都是人——而人是不完美的。你明天去证明他们是错的，但你得不到任何东西。你应该有大将风度地做出让步，因为这样做才现实。正因为是他们不对，你才应该缄口不言，他们会感激你的。自己活的同时也给人活路，给予的同时也索取，退让的同时也进一步，这就是我们这个时代的策略——而且现在你要去接受它。别跟我说什么你比这要好得多。你知道你并非如此，你知道我对此很清楚。"

他全神贯注地盯着空中的某个地方，对她说的话全无反应；他是在回答着一个人曾对他说过的话："你认为你所面对的只是一桩要侵占你财产的阴谋吗？你既然清楚财富是怎么来的，就该明白它比那更严重，更邪恶。"

他转头看着莉莉安，眼里所见的是她在自己的无动于衷之下彻底的失败。她喋喋不绝的侮辱就像是远方一台兴奋的机器发出的声响，远而无力，不能触动他内心的一丝一毫。过去三个月以来，在家中度过的每个夜晚，他都会听到她对他罪行的精心提醒，但他的心中毫无罪恶感。她想把耻辱当成折磨来惩罚他，而她真正施加给他的折磨则是乏味。

他想起了在韦恩·福克兰酒店的那天上午，他曾在一瞬间发现了她的惩罚计划的漏洞，只是没去细想。此刻，他头一次告诉自己，她想把不名誉的痛苦强加给他——他的名誉感才是她手里唯一的利器；她想迫使他承认自己道德沦丧——但只有他自己的正直才会令这样的判决真正有意义；她想用她的蔑视去刺痛他——但如果他不拿她的话当回事，就根本不会有任何感觉；她想用他给她造成的痛苦对他进行惩罚，并把她的这种痛苦当成瞄准他的一把枪，似乎想趁机把他的同情放大成无比的痛苦，但她唯一可以利用的，只是他的善良，他对她的关切，以及他的同情心。她唯一能利用的是他自己品德的力量，那么一旦他把它抽走，又会如何呢？

有无罪恶感，要看他是否认可给他判罪所依据的法律准则。他对此并不认可，也从来没有认可过。为了惩罚他，她需要他的美德，而这一切美都来源于另一套准则，建立在另一种标准之上。他感到自己没有罪责，没有耻辱，没有悔恨，没有什么不光彩，对她强加给他的判决，他一点都不在乎：他对她的判断力早就不再尊重了。唯一束缚着他的只不过是最后剩下的一点同情而已。

但她所奉行的又是什么样的准则？是什么样的准则把惩罚建立在受害者自己的美德之上？他想，这种准则所摧毁的只是遵守它的人；这种惩罚只有正直的人才会遭受，而不诚实的人则会安然无恙。把美德降低到苦难的程度，把美德而不是恶行当成受难的根源和动力，还有谁能想出比这更可耻的吗？假如他的确是她拼命让他自责的那种坏蛋，那么他的荣誉和道德也就无从谈起；如果他不是的话，那么她究竟想干什么呢？

依赖并利用他的美德作为折磨的工具，把受害者的宽厚当作唯一的敲诈手段去进行勒索，接受一个人的良好愿望，却把它变成毁灭对方的工具……他静坐不动，思索着这邪恶至极的法则，感到难以置信。他静坐不动，被一个疑问不断地敲打着：莉莉安是否了解她这个计划的真实面目？这是否是一个完全清醒的阴谋？他颤抖了；他还没有恨她恨到这种地步。

他看了看她。她此时正专心地切着她面前一个大盘子上摆放的蓝色李子布丁，脸庞和含笑的嘴角神采飞扬——她将银质水果刀插入那团蓝色的火焰之中，手臂的动作熟练而得体。她穿的黑丝绒长袍的一侧肩膀上缀着带有红、金、褐三种秋天色彩的金属亮片，在烛光下熠熠闪亮。

这三个月来，她并未像他估计的那样带着绝望对他进行报复，这使他始终难以释怀——令他难以相信的是，她很喜欢这样。从她的举止中，他看不出一点痛苦的样子。她获得了一种崭新的信心，似乎在家里终于有了一种如鱼得水的感觉。尽管家中的一切都是依她的口味和选择所布置的，她却始终像一个聪明、勤快、带着怨气的高级酒店经理那样，总是对她低主人一头的地位报以苦涩而好笑的笑容。好笑依然还在，然而已经不见了苦涩。她的体重没有增加，但她的容貌在隐约柔和的心满意足之中没有了那种细微的锋利，甚至连她的嗓音都似乎变得丰满了。

他没有听到她在说些什么。她在那团蓝色火焰的最后一晃中笑了起来，而他则坐在那里反复考虑着一个问题：她是否了解？他感到肯定的是，他所发现的秘密远远超出了他的婚姻问题，他窥见的这一切绝对比他此刻所能想到的还要远，在四处泛滥成灾，但一旦认定谁在这样做，就将是无可挽回的灾难，他知道，只要他尚存疑虑，就不会相信有人真会如此。

不——他带着自己最后的一点宽容看着莉莉安，心想——他不会相信她是这样的。就凭她身上所具有的哪怕一点点优雅和傲气——就凭他此时在她脸上所看见的快活的笑容，笑得是如此鲜活——就凭他曾经对她产生过的短暂的爱的影子——他不会宣布她是纯粹的邪恶。

厨师长将一盘李子布丁推到他的面前，他听到莉莉安在说，"在这五分钟里，还是在整个上世纪，你的心思都跑哪儿去啦？你还没回答我呢，连我说的一个字都没听见。"

"我听见了，"他静静地答道，"我不知道你究竟想表达什么意思。"

"这算什么问题呀？"他妈妈说，"这还像个男人吗？她是想从地狱里把你解救出来——这就是她的意思。"

可能是这样，他想，出于自然而然而幼稚的胆怯，他们如此怨恨的目的是想要保护他，想要迫使他妥协，从而得到安全。这有可能，他想——但他明白他根本就不相信。

"你总是不被人喜欢，"莉莉安说，"这不单单是因为某一个问题，还因为你死活不肯让步的态度。想在你身上努力的人清楚你的想法，所以才对你采取严厉的手段，而放过其他人。"

"哦，不，我不认为他们清楚我在想些什么，我明天会让他们知道的。"

"除非你让他们知道你愿意让步和配合,否则你是没什么机会的。你实在是太难打交道了。"

"不,我一向是太迁就了。"

"可他们一旦把你送进监狱,"他妈妈说,"你的这个家会怎么样?你想过没有?"

"没有。"

"你想没想过你会让我们丢多大的脸?"

"妈妈,你明白这里面的问题吗?"

"不,我不明白,也不想明白。都是些肮脏的交易和肮脏的政治。所有的生意都只不过是肮脏的政治,政治也只不过是肮脏的生意。对此,我从来就没想去明白什么。我不管谁对谁错,但我认为一个男人首先要想到的是他的家庭。难道你不清楚这会给我们带来什么吗?"

"不,妈妈,我不清楚,也不在乎。"

他的妈妈看着他,目瞪口呆。

"哎,我看你们的态度都太狭隘了,"菲利普突然说道,"你们好像没人关心这件案子更广泛的社会意义。莉莉安,我不同意你所说的。我不明白你为什么说是他们在对亨利耍花招,而他却做得对。我认为他罪孽深重。妈妈,我可以简单地跟你解释清楚这个问题,没什么特别的,法庭里这样的案子太多了。商人借国难的机会捞钱,他们为了一己之私而违反保护大众利益的规定,在极度短缺的时候，他们骗取了穷人应有的那一份，在黑市上捞油水发财。他们只是凭着赤裸裸的自私和贪婪，而追求一种残忍的、强取豪夺的反社会的做法。对此进行伪装是毫无用处的，我们都知道这一点——而且我认为这令人鄙视。"

他用一种随随便便的即兴态度讲着这番话，似乎是在向一群青少年解释着什么显而易见的问题一样；他的口气异常坚决，显示出他的道德出发点的标准完全毋庸置疑。

里尔登坐在那里看着他，似乎是在打量着头一次发现的什么东西。一个人的声音在里尔登的内心深处坚定、亲切、毅然地回响着：你们凭的是什么权利？凭的是什么准则？凭的是什么标准？

"菲利普，"他没有提高嗓门，说道，"要是再说一遍这样的话，你现在就穿着你这身衣服，揣着兜里这点钱，站到外面的大街上去。"

没有回答，没有声音，没有动静。他发现面前这三个人呆愣着，并没有惊愕的表情。他们脸上的惊诧不是炸弹突然的爆炸所引起的，而是一直在玩点燃的导火索的人脸上那种表情。没有尖叫，没有抗议，没有质疑；他们知道他是认真的，也知道它所意味的一切。一个隐隐加重的感觉告诉他，他们早在他明白之前就知道这些了。

"你……你总不会把你自己的弟弟扔到外面的大街上吧？"

他妈妈终于开了口,那不是命令,而是恳求。

"我会的。"

"可他是你的弟弟……难道这对你没有任何意义吗?"

"没有。"

"也许他有时候是有些过头,可这只是随便说说,只是闲聊而已,他并不知道自己在说些什么。"

"那就让他知道知道。"

"别对他那么狠……他比你年轻,而且……而且弱小。他……亨利,别这么看着我!我从没见过你这副样子……你不应该吓着他。你知道他是需要你的。"

"他知道吗?"

"你不能对需要你的人那么狠心,这会让你的灵魂今后一辈子都不安的。"

"不会的。"

"你必须宽厚点,亨利。"

"我没必要。"

"你必须有点同情心。"

"我没有。"

"一个好人懂得如何去原谅别人。"

"我不懂。"

"你不是想让我认为你是自私的吧。"

"我就是这么想。"

菲利普的眼睛在他们两人之间看来看去，还以为踏在坚实的花岗岩上，却突然发现那不过是一层薄冰——此刻正在他四周裂开。

"可我……"他试了试，又停下来，他的声音像是试探着冰面的脚步，"可我难道没有任何言论自由吗？"

"在你自己家里可以，在我这里不行。"

"我难道没有坚持自己想法的权利吗？"

"那你就要去承担后果，而不是我。"

"你难道不能容纳不同的意见？"

"不能，因为这一切都是在花我的钱。"

"难道除了钱就没有别的了？"

"有啊，那就是这是我的钱这一事实。"

"难道你不考虑任何……"他本想说"更高的"，却改口为——"任何其他的层面吗？"

"不。"

"可我不是你的奴隶。"

"我是你的吗？"

"我不知道你是什么意思——"他停住了口，他知道那是什么意思。

"对，"里尔登说，"你不是我的奴隶，你想什么时候离开这里都行。"

"我……我不是这个意思。"

"我是。"

"我不明白……"

"是吗?"

"你向来清楚我的……我的政治观点。你以前从未反对过。"

"没错,"里尔登庄重地说,"假如因此让你产生了误解,我应该向你解释一下。我一直尽力不让你感到你是在我的施舍下生活。我认为这是你该记得的事。我觉得任何一个接受了他人帮助的人,都知道善心是施恩者唯一的动机,也是他应该做出的回报。可我发现我错了。你不劳而食,并且认为感情也可以不劳而得。恰恰因为我抓住了你的喉咙,你就认为在这个世界上,你怎么向我吐唾沫都没事。你认为我不想跟你提这些,我会因为不愿意伤害你的感情而捆住自己的手脚。好吧,咱们还是说穿了吧:你生活在施舍之下,早就信用无存了。我曾经对你有过的任何感情现在都已不复存在。对于你,对于你的命运和未来,我毫无兴趣。我没有任何养活你的理由。如果你离开我的家,你挨饿与否,对我来说没有任何区别。这就是你在这里的位置,而且如果你想在这里待下去的话,我希望你记住这一点。否则,就出去。"

但菲利普把他的脑袋稍微向肩膀里缩了缩,没有丝毫反应。"别觉得我多喜欢待在这里,"他说,声音死气沉沉而刺耳,"如果你觉得我快活的话,你就错了。我会不顾一切地离开这里。"这话说得颇有挑衅的味道,但语音却有些奇怪的谨慎。"如果你这么觉得,那我最好还是走吧。"这句话是一次宣言,但说话的声音却在结尾处加上了一个问号,并等待着。没有回答。"你用不着担心我的将来,我不必靠任何人,我可以自己过得好好的。"这些话是冲着里尔登说的,眼睛却看着他的妈妈;她没有说话;她不敢动一下。"我一直想独立,我一直想去纽约生活,可以靠近我所有的朋友们。"这声音慢了下来,有了一种不带感情色彩的反思的意味,似乎并非对着任何人在说,"当然,我会在保持一定的社会地位方面碰到问题……如果我因为自己的姓氏同一个百万富翁有关而遭到耻笑,那不是我的错……我需要钱,让我能坚持个一两年……把自己发展成能符合我的——"

"你是不会从我这里拿到钱的。"

"我没有开口向你要,对吗?如果我想的话,别以为我就不能从其他地方得到!别以为我离不开这里!如果我只是替自己着想的话,马上就会走。但妈妈需要我,一旦我抛下她的话——"

"别狡辩。"

"另外,你误解了我,亨利。我没有说任何侮辱你的话,我不是针对任何人说的。我不过是从一个抽象的社会学角度去讨论普遍的政治现象——"

"别辩解了。"里尔登说道。他正看着菲利普的脸,那张脸半垂着,眼睛向上瞧着他。那双眼睛生气全无,像是从没看到过任何东西;它们里面没有兴奋的火花,没有个人的情感;既没有轻蔑也没有惭愧,既没有羞耻也没有煎熬;它们是一对薄薄的椭圆片,对现实毫无反应,并不试图去理解,去思忖,去得出某种公正的结论——那椭圆片里面除了阴暗、呆滞、没有思想的仇恨之外,便空洞无物。"别辩解了,闭上你的嘴。"

里尔登扭过脸不再看他,心里突然涌上一股怜悯。在一瞬间,他想抓住他弟弟的肩膀,使劲摇晃他,大声喊叫:你怎么能这样对待你自己?你怎么能落到除了这些便一无所有的地步?你为什么放手让你自己美好而真实的存在溜走?……他看着别处,知道这是徒劳的。

在厌倦的轻蔑中,他注意到桌旁的三个人都沉默不语。在过去的日子里,他对他们的牵挂带给他的只是他们恶意而理直气壮的谴责。他们的这种理直气壮现在到哪儿去了?如果他们的原则里存在着哪怕一点点正义,那现在便是他们捍卫他们正义的原则的时候。在他接受他生活中无休止的吵嚷时,他们为什么不向他甩出那些关于他残酷和自私的指责?是什么让他们一直那样做?他知道他在心中听到的话就是答案:受害者的认可。

"咱们别吵了,"他妈妈说,她的声音里没有愉快,含混不清,"今天是感恩节。"

当他向莉莉安望去的时候,他从她的眼神中断定她已经盯着他看了很久：那眼神慌乱无措。

他站起身来。"现在请原谅我。"他冲着整张桌子说。

"你要去哪里？"莉莉安厉声问道。

他站着，有意看了她一会儿，像是确认她将从他的回答里听出他的意思一样："去纽约。"

她跳了起来："今晚吗？"

"现在。"

"你今晚不能去纽约！"她的声音并不大，却带着尖叫的急迫和绝望，"你现在不能这样做。我是说，你不能抛下你的家人。你应该好好想想洗手不干了。现在你不能纵容自己去做任何你心里清楚的堕落的事。"

凭什么准则？里尔登心想——凭什么标准？

"你为什么今晚想去纽约？"

"我想，莉莉安，就是为了你想阻止我的那个原因。"

"明天是你开庭的日子。"

"我就是这个意思。"

他转身欲走，她提高了嗓门："我不想让你去！"他笑了。这是过去三个月来他第一次对她笑；这并不是她想看到的那种笑容。"我禁止你今晚离开我们！"

他转身离开了房间。

坐在汽车的方向盘后面，看着光滑冰冻的道路以六十英里的时速迎面扑来，然后钻入车轮之下，他不去想他家里的那些事——他们面孔的画面也随着路旁光秃秃的树和零落的建筑一起，被吞噬进了速度的深渊。路上车辆稀少，远方的城镇灯火寥落；死气沉沉的空旷便是节日的唯一标志。每隔很远才会透过雾气看到工厂房顶上空的一团隐约闪亮的烟雾。冷风呼啸着穿过车身的接缝，抽打着金属车架上的帆布篷。

他脑子里对家人的想法渐渐隐去，形成对照并取而代之的是他想起了他和华盛顿派驻到他厂里、绰号叫作"奶妈"的那个年轻人的见面。

在他受到起诉的时候，他发现这个人了解他和达纳格之间的交易，却没有透露给任何人。"你为什么不把我的事向你那帮朋友告发？"他曾经问道。

那人看都没看他一眼，率直地回答："不想说。"

"留意这种事不恰恰是你分内的工作吗？"

"是啊。"

"而且，你的朋友们听到这样的事会很高兴的。"

"我知道。"

"难道你不知道这消息有多值钱吗？而且你可以跟你以前向我推荐过的那些华盛顿的朋友做一笔巨大的交易——还记得吗——朋友们不是总要有些'额外花销'的吗？"那个年轻人没答话。"这能让你平步青云，别跟我说你不清楚这一点。"

"我清楚。"

"那你为什么不利用它？"

"我不想。"

"为什么？"

"不知道。"

年轻人闷闷不乐地站在那里，像是在躲避他内心当中的某种不解一样，回避着里尔登的目光。里尔登笑了起来："听着，从不绝对先生，你是在玩火，趁着这个阻止你变成告密者的原因还没缠上你，赶紧去杀人吧——否则它会毁了你的仕途。"

年轻人没有答话。

那天上午，尽管办公楼的其他地方都关了，但里尔登依旧照常去了他的办公室。午饭的时候，他来到轧钢车间，惊讶地发现"奶妈"正一个人孤零零地站在角落里瞧着工作的进行，脸上带着孩子般的陶醉。

"你今天来这里干吗？"里尔登问他，"你不知道今天放假吗？"

"哦，我让那些女孩们都走了，我来就是把一些事情做完。"

"什么事？"

"哦，几封信，还有……哦，嗨，我签了三封信，削好了我的铅笔，我知道没必要今天做这些事，可我在家没事干，而且……我离开这里就会觉得孤单。"

"你难道没有家人吗？"

"没有……说不上。你呢，里尔登先生？难道你没有家人？"

"我想是——说不上吧。"

"我喜欢这里，我喜欢待在这儿……你知道，里尔登先生，我以前学的专业就是冶金。"

走开的时候，里尔登回头瞧了一眼，发现"奶妈"像一个小孩看着他童年最喜欢的历险故事里的主人公那样，正在望着自己的背影。上帝帮帮这个可怜的小混蛋吧——他想。

上帝帮帮所有的人吧——他驶过一个小镇黑暗的街道，带着蔑视的怜悯，借用了他们相信，但他从不愿说的一句话。他看到铁架子上贴的报纸用头版醒目的黑体字冲着空荡荡的街角尖叫着："铁路大灾难。"那天下午，他从收音机里听到了新闻：塔格特泛陆运输的一条主干线在怀俄明州的洛克兰附近出了事故，断裂的铁轨使一列货车越过了一座山谷的边缘。发生在塔格特主干线上的事故正在日益增加——铁轨磨损报废了——就在不到十八个月之前，达格妮还在计划重建这条铁轨，允诺让他在自己生产的铁轨上横跨大陆。

她用了一年的时间，从各地搁弃的铁路上找了些旧钢轨，修补主干线的轨道。她花了几个月的时间去说服吉姆的董事会成员们，他们坚持说全国的紧急情况只是暂时的，用了十年的铁轨再坚持一个冬天，到春季应该没问题，到时候，情况就会像韦斯利·莫奇先生所说的那样好转了。三个星期前,她说服他们授权采购了六万吨新铁轨,这区区的一点只够在全国情况最严重的几个地区修修补补,但已经是她能从他们那里争取到的极限。她不得不把钱从那些被吓呆了的人们手里抢下来:运输的收入急剧下降,董事会的成员们愣愣地面对着吉姆所说的塔格特历史上最繁荣的一年,已经开始哆嗦了。她不得已订购了普通钢轨,弄到批准购买里尔登合金的"紧急需求"是指望不上了,也根本来不及再去求爷爷告奶奶。

里尔登把视线从报纸的大标题移向了天边的亮光,那里便是远处的纽约城。他方向盘上的手握得更紧了一些。

到了市里已经是九点半。他用钥匙打开达格妮公寓的房门走进去的时候,里面黑着灯。他抄起电话打到了她的办公室,她的声音回答道:"塔格特泛陆运输。"

"难道你不知道今天过节吗?"他问。

"嗨,汉克,铁路上可不过节。你从哪儿打过来的?"

"从你这儿。"

"我再过半个小时就忙完了。"

"没事,待在那儿,我过去找你。"

他走进她办公室接待间的时候,里面一片黑暗,只有艾迪·威勒斯的玻璃隔板里的灯亮着。艾迪正收拾着桌子准备离开,他疑惑而惊讶地看着里尔登。

"晚上好,艾迪。你们怎么这么忙啊——是因为洛克兰的事故吗？"

艾迪叹了口气："是啊,里尔登先生。"

"我来找达格妮正是为了这件事——和你们的钢轨有关。"

"她还在呢。"

他向她的门口走去,艾迪在他身后迟疑地叫道："里尔登先生……"

他停了下来："怎么？"

"我是想说……因为明天你要开庭了……而且无论他们对你怎么样,都会打着全体人民的名义……我只想说我……那并不是我的意愿……尽管除了告诉你这个,我帮不上什么忙……尽管我知道这也没什么意义。"

"这意义比你想到的要大得多,或许比我们任何一个人想到的都要大。谢谢,艾迪。"

里尔登走进办公室的时候,达格妮从桌上抬起头来。他看到她注视着他一步步走近,看到她眼中的疲惫不见了。他坐到办公桌边沿上,她向后一仰,拂去垂在脸上的一绺头发,肩膀在薄薄的白上衣里面放松了下来。

"达格妮,关于你订购的钢轨,我有些事要告诉你,我想今晚就让你知道。"

她认真地注视着他,脸上的表情也跟随着他一道安静和严肃下来。

"我应该在二月十五日向塔格特泛陆运输交付六万吨的钢轨，这够你铺设三百英里的铁路。在这笔货款不变的情况下，你会收到八万吨钢轨，够你铺设五百英里用。你知道比钢更便宜更轻的材料是什么。你的铁轨要用里尔登合金，而不是钢的。不要和我争，说反对还是同意就行了。我并不是在征求你的批准。你本来是不应该批准或者知道这件事的。这件事是我做的，由我一个人来承担后果。咱们要计划一下，让你手下知道你订购钢材的人不知道你收到的是里尔登合金，让那些知道你收到里尔登合金的人不知道你没有准购许可。咱们得在账目上做做文章，这样的话，一旦事情败露，除了查到我，抓不住任何人的把柄。他们也许会怀疑我贿赂了你的人，也许会怀疑你也参与了，但他们无法证实。我希望你向我保证，无论发生什么事，你都绝不承认。这是我的合金，如果有什么风险的话，应该由我去冒这个险。我从接到你订单的那天就在筹划这件事，我已经从一个绝不会出卖我的地方订购了生产所需的铜。我本来打算晚些时候再告诉你，但我改主意了。我想让你今晚就知道——因为明天我就要因为同样的罪状去上法庭了。"

听的时候，她一动也不动。他说完最后一句话时，看到她的脸颊和嘴唇抽动了一下。那并不完全是在笑，却是她对他全部的回答：痛苦、敬仰、理解。

随即，他看到她的目光变得更柔弱，更痛苦，更有了几分危险的活力——他抓过她的手腕，似乎在用他紧握的手指和他严厉的目光把她所需要的支持传递过去——他严肃地说："不要谢我——这不是什么恩惠——我这么做是为了让我自己能接着工作下去，否则我就会像肯·达纳格一样崩溃。"

她轻声地说："好吧，汉克，我就不谢你了。"她的语调和眼神却明明传达了另一个意思。

他笑了："照我说的保证。"

她把头一点："我向你保证。"他松开了她的手腕。她依旧低着头，又补充道，"我唯一要说的就是，如果他们明天判你入狱，我就不干了——用不着等任何毁灭者来提醒我。"

"你不会的。而且我认为他们不会判我的刑，我想他们会从轻发落我，对此，我有一种假设——等我验证以后再跟你说吧。"

"什么假设？"

"谁是约翰·高尔特？"他笑着站了起来，"就这样，今晚我们不再谈关于我开庭的事了。你办公室里是不是没有什么东西可喝呀？"

"没有，不过我想我的交通部门经理在他文件柜的一层布置了个小酒吧。"

"要是他没上锁，能不能帮我偷点喝的出来？"

"我试试。"

他站在办公室里,看着墙上内特·塔格特的肖像——是一个高昂着头的年轻人。这时,她带着一瓶白兰地和两只酒杯走了回来。他默默地将杯子倒满。

"你知道,达格妮,感恩节是创造者为庆祝他们工作成功而设立的。"

他端起酒杯,将手臂举向那幅肖像,举向她,举向他自己,再举向窗外城市的建筑。

挤满法庭的人群早在一个月前就从报纸上得知,他们要看见的这个人是一个贪婪成性的社会公敌,但他们此刻看到的是里尔登合金的发明者。

他听从法官的命令站了起来。他身着一套灰西装,他有着淡蓝色的眼睛和金黄色的头发;令他看上去冰冷执拗的并不是这些色彩,而是他的西装散发出的这年头少见的华贵简约的气息,是在阔绰公司森严豪华的办公室里才能见到的气派,是他这副文明时代的举止同他周围环境的格格不入。

人们从报纸上了解到,他代表着冷酷富有的魔鬼;就像他们一边赞美着纯洁的情操,然后蜂拥着去看用半裸女人作海报的电影一样——他们来这里看他;至少魔鬼不会有谁都不相信,但又谁都不敢质疑的庸俗陈腐的绝望。看着他的时候,他们已经没有了敬仰——敬仰是他们很久以前就已丧失的感情;他们在好奇地围观，并对那个劝说他们应该去仇恨他的那个人感到隐隐的不屑。

几年前，他们会嘲笑他这副自信满满的阔绰表情。但今天，法庭的窗外是石板一般灰暗的天空，预示着一个漫长难熬的冬季的第一场雪即将来临；全国的最后一点石油就要用光了，在对冬季供应的疯狂抢夺之下，煤矿已经力不从心。法庭里的人们还记得，就是因为这个案子，他们已经失去了肯·达纳格。有传言说，达纳格煤炭公司的产量在一个月之内即显著下降；报纸上说，这只不过是在调整，达纳格的表弟正在重组他所接管的公司。上星期，头版报道了正在建设中的一个房屋项目所发生的灾难：劣质的钢梁倒塌，造成了四名工人的死亡；报纸上没有提，但人们知道，那些钢梁是沃伦·伯伊勒的联合钢铁公司制造的。

他们坐在法庭里，在压抑的静寂之中看着这个高大的灰色身影，他们没有抱希望——他们渐渐地不会希望什么了——只是冷冷地旁观，心里揣着模模糊糊的疑问，这疑问针对的是他们这些年来听到的所有动听的口号。

报纸叫嚣说，国家所面临的问题，原因正像这件案子所表明的，是富有企业主自私的贪欲；食品短缺，温度下降，屋顶裂缝，这都是因为有了像里尔登这样的人；要不是因为他们破坏制度，阻碍了政府计划的实行，早就已经实现繁荣了；里尔登这样的人纯粹是在逐利。这最后一条不带任何解释和修辞，似乎"逐利"这样的字眼就是终极罪恶最明显的标签。

人们还记得,同样是这些报纸,在不到两年前曾经叫嚷着要禁止生产里尔登合金,因为它的生产者只顾满足自己的贪念,将会危及人民的生活;他们还记得这个穿灰衣的人曾经坐着第一列火车在他自己生产的铁轨上行驶;眼下,曾因向大众市场推出合金而被认为犯下贪婪罪行的他,因为向大众隐瞒并保留了一部分合金,又以贪婪的罪状被告上了法庭。

按照规定的程序,裁决这种类型案件的不是陪审团,而是经济计划及国家资源局指定的三名法官;规定宣称,该程序将是非正式的和民主的。为此,费城的老法院撤掉了法官席,在木头审判台上放了一张桌子来代替,这使得屋子里有了一种主持人居高临下面对大脑迟钝的人们的气氛。

作为代理起诉人的一名法官宣读了起诉书。"现在,你可以提出你的申辩请求。"他宣布道。

汉克·里尔登面向审判台,声音平稳、异常清晰地回答:

"我没有申辩。"

"你——"法官一时张口结舌,他没想到事情会这样简单,"你是想任凭本法庭发落了吗?"

"我不认为这个法庭有权审理我。"

"什么?"

"我不认为这个法庭有权审理我。"

"但是,里尔登先生,这个法庭是被专门指派来审理这种类型的犯罪的。"

"我不认为我的行为是犯罪。"

"但你已经承认你违反了我们针对你的合金销售所制订的管理法规。"

"我不认为你们有权管理我的合金销售。"

"我是否应该向你指出,这里并不需要知道你是怎样认为的?"

"不用了,我对此完全明白,而且是在遵守。"

他注意到了屋子里的沉寂。根据人们为了各自利益而表现出的假惺惺的做法,他们应该认为他这样做是完全不可理解的愚蠢,应该会出现惊讶的骚动和嘲笑,但是没有。他们静静地坐着,他们心里明白。

"你的意思是说你拒绝服从法律?"那个法官问。

"不,我是一丝不苟地在遵守法律。你的法律规定,我的生命、我的工作,以及我的财产,都可以不经我的同意就被处置。很好,你现在可以不经过我就处置我了。我不会为自己辩护,一切申辩都是徒劳的,而且我不会装出是在和正义的法庭交涉的假象。"

"可是,里尔登先生,法律明确规定了要给你机会去表达你的意见,并为自己申辩。"

"被带到法庭上的囚犯之所以能够为自己辩护,是因为他的法官认可一种客观的正义原则的存在,这个支持着他的权利的原则不能被他们所侵犯,而他则可以施行。你们用来审判我的法律认为原则根本就不存在,认为我没有任何权利,你们对我可以为所欲为,那么好,来吧。"

"里尔登先生,你所诋毁的法律是建立在最高原则之上的——就是大众权益的原则。"

"谁是大众?它所掌握的权益是什么?人们曾经相信,'权益'要通过道德的价值规范来定义,任何人都没有权利去损人利己。假如现在大家相信为了他们自己的利益可以把我随意牺牲掉的话,假如他们相信他们只是因为想要我的财产就可以动手夺走的话——哼,这就和强盗们想的一样了。唯一的区别在于:强盗要做什么是不会来问我的。"

法庭的一边特意为从纽约赶来旁听庭审的要人们预留了一些座位。达格妮纹丝不动地坐在那里,脸上一副严肃认真的神情。她仔细地听着,心里明白他所说的话将会决定她的生活道路。艾迪·威勒斯坐在她旁边,詹姆斯·塔格特没有来。保罗·拉尔金向前弯着身体坐着,因恐惧而发尖的脸像动物的鼻吻一样努出去,那上面现在充满了歹毒的憎恨。他身边的莫文先生则傻乎乎的还不大明白。他的害怕简单得多。他在困惑和愤慨当中听着,对拉尔金耳语道:"老天爷,他现在居然这么干!现在他可是让全国都认为所有的商人都是大众权益的敌人了！"

"是否可以这样认为，"那位法官问，"你把你自身的利益放在了大众利益之上？"

"我认为这种问题只在食人族的社会才会有。"

"什么……什么意思？"

"我认为在一个没有不劳而获和相互倾轧的人群里是不存在利益冲突的。"

"是否可以这样认为，假如大众觉得有必要削减你的利润，你不认为他们有这样做的权利？"

"他们当然有了。大众随时都可以削减我的利润——拒绝买我的产品就行了。"

"我们是在说……其他的方式。"

"其他任何削减利润的方式都是掠夺者的方式——我就是这样看的。"

"里尔登先生，可没有这样为自己申辩的呀。"

"我说过了我不会为自己申辩的。"

"可这简直是闻所未闻！你是否意识到了对你的指控有多严重？"

"那些我根本不在乎。"

"你是否意识到了你这种态度可能导致的后果？"

"完全意识到了。"

"本法庭认为,控方陈述的事实似乎没有回旋宽大的余地,本法庭有权对你做出极其严厉的处罚。"

"请吧。"

"你再说一遍?"

"宣判吧。"

三名法官面面相觑,随后他们的发言人转向了里尔登。"这前所未见。"他说。

"完全是乱来,"第二个法官说,"法律要求你提交申辩。除此之外,你唯一的选择就是正式声明你完全听从法庭的判决。"

"我不会的。"

"可你必须如此。"

"你的意思是,你希望我做出的,是某种主动的行为?"

"对。"

"我不主动做任何事。"

"可法律规定辩护一方的意见必须记录在案。"

"你是说你需要我来帮着把这个程序合法化?"

"呃,不是……是……是完成手续。"

"我不会帮你的。"

第三个法官,也是控方最年轻的法官,不耐烦地喝道:"这太荒唐,太不公平了!你是不是想让人觉得像你这样的名人就可以走个过场,而不必——"他收住了他的话。坐在法庭后面的一个人打了一声长长的口哨。

"我是想,"里尔登庄严地说,"让这个程序显现它的本来面目。如果你要我帮忙去掩盖——我不会帮你。"

"可我们是在给你一个机会去为自己辩护——是你拒绝了这个机会。"

"我不会假装我还有机会,从而帮你们的忙,我不会在权利没有得到认可的情况下,帮你们维持一种公正的样子,我不会在最终要靠武力来说话的时候和你们辩论什么,帮你们维持一种讲道理的形象,我不会帮你们假装在主持正义。"

"但法律是在强迫你必须主动提出申辩!"

法庭的后面传出了笑声。

"那就是你们的理论中的漏洞了,先生们,"里尔登庄重地说,"我不会帮你们从里面摆脱出来。你们可以选择使用强制的手段和人打交道。但你们会发现,在更多的情况下,你们要依靠被你们迫害的人的主动配合。而你们的受害者将会认识到,正是你们所强求不到的属于他们自己的意志,才让你们得逞。我的立场始终如一,而且我会服从你们的要求。无论你们希望我怎样,我都会在武力的胁迫下去做。假如你们判我进监狱,那你们必须全副武装地把我押解进去——我是不会主动进去的。假如你们要罚我的钱,就得先没收我的财产才能拿到罚款——我是不会主动上缴的。假如你们相信你们有权对我进行强制——就光明正大地亮出你们的武器来。我不会帮着去掩盖你们行为的本来面目。"

最年长的那位法官把上身从桌子那边探过来，声音里带着温和的嘲讽："你这么说，好像是在坚持某种原则，里尔登先生，但实际上，你所捍卫的只是你的财产，对不对？"

"是的，那当然。我是在捍卫我的财产。你知道那代表着一种什么样的原则吗？"

"你装出一副自由斗士的样子，但那自由不过是让你去追逐钱财。"

"是的，那当然。我想要的就是赚钱的自由。你知道这种自由意味着什么吗？"

"当然，里尔登先生，你不会希望你的态度被人误解吧？人们普遍认为你没有社会良知，毫不关心下属的利益，只是为了自己的利益在工作，你不想再为此火上浇油吧？"

"我就是为了自己的利益在工作，这是我挣来的。"

他身后的人群一片哗然，却不是愤慨，而是惊叹。他所面对的法官们哑口无言。他继续平静地说下去：

"不，我不希望我的态度被人误解。我很乐于把它正式公布出来。我对报纸上关于我的一切事实的报道完全同意——我同意的是事实，而不是评价。我就是为了自己的利益在工作——为了这个目的，我把产品卖给愿意买，并且可以买的人。我不是为了他们的利益而花自己的钱去生产，他们也不是为了我的利益而花自己的钱来买我的产品；我们彼此都不会为了对方去牺牲自己的利益；我们做的是双方同意和互惠的公平交易——我对用这种方式所挣的每一分钱都感到自豪。我很富有，对我拥有的每一分钱都很自豪。我挣钱是通过自己的努力，是通过和我做交易的每个人自愿同意下的自由交换——我刚刚工作时我的雇主的自愿同意，现在为我工作的人的自愿同意，我的买主的自愿同意。我想把你们不敢问我的那些问题在此公开地回答一下。我是否想付给我的工人们比他们为我带来的价值更高的报酬？我不想。我是否想以低于我的顾客们愿意出的价格卖出产品？我不想。我是否想赔本卖出我的产品，或者白送？我不想。假如这就是罪恶，你们可以按照你们手里的任何标准，随意处置我好了。这些都是属于我的，我像每一个正直的人所必须做的那样，是在凭我自己的本事生活。对于我的存在，以及我必须为养活自己而工作这样的事实，我拒绝认为是一种罪恶。对于我有能力做到这一点，并且能做得很好这样的事实，我拒绝认为这是一种罪恶。对于我能够做得比大多数人更出色这样的事实——实际上我的劳动比我邻居的更有价值，更多的人愿意付钱给我——我拒绝认为这是一种罪恶。我拒绝因为我的能力而道歉——我拒绝因为我的成功而道歉——我拒绝因为我有钱而道歉。假如这是罪恶，那就随便吧。假如大众发现这损害了他们的利益，就让大众来消灭我吧。这就是我的准则——其他的我概不接受。我本来可以告诉你们，我为大家所做的一切，你们连想都不敢想——但我不会这样说，因为我不想把别人的福祉作为我可以生存的通行证，也不认为他们的利益是可以霸占我的财产或毁掉我的生活的理由。我不会说其他人的利益就是我的工作目标——我自己的利益才是我的目的，而且我鄙视那些放弃自己利益的人。我可以告诉你们，你们没有权利得到大众的利益——任何人都不能用牺牲他人的方式谋求自己的利益——一旦侵犯了一个人的权利，你们就侵犯了所有人的，一群权利无存的生灵注定会走向灭亡。我可以告诉你们，除了毁灭世界之外，你们不会，也不能达到任何目的——这是一切掠夺者在无人可抢之后的必然下场。这些我可以说，但我不会。我要挑战的并不是你们的某项政策，而是你们的道义的前提。假如人真的可以通过将其他一些人变成牺牲的动物，从而获得自己的利益；假如为了某些要靠我的血才能生存下来的东西而要求我去牺牲，要求我服务于一个远在我之外、凌驾我之上、违背我利益的社会——我会断然拒绝。我会把它当成最卑鄙的恶魔去抵制，尽我全部的力量同它抗争。哪怕在我被杀死之前只剩下一分钟，我也要和全人类对抗到底，我会带着自己斗争的信念，带着生命有权利生存的信念去抗争。一定不要对我有任何误解，假如大家称自己为公众，相信需要有人去作牺牲品，那我就要说：见公众利益的鬼去吧，我和它没有丝毫关系！"

人群中爆发出一片喝彩声。

里尔登环顾四周，比法官们还要吃惊。他看到了极度兴奋中的笑脸，看到了渴求帮助的面孔；他看到了他们静寂的绝望终于爆发出来；他看到了同他一样的怒火和愤慨在藐视的欢呼声中得以宣泄；他看到了满怀敬仰和希望的神情。那里也有耷拉着嘴巴的年轻人和不怀好意、邋邋龌龊的女人，也就是只要在新闻影片里看到有商人的镜头出现就带头起哄的那种人；对眼前的这种阵势，他们没有试图去反驳；他们鸦雀无声。

在他望向人群的时候，人们从他的脸上看到了法官的威胁都无法唤起的东西：他流露出的第一丝感情。

过了一阵儿，他们听到了槌子在桌上恼怒的敲打声和一个法官声嘶力竭的喊叫：

"——否则我将把所有人从法庭里肃清出去！"

转身面向审判桌的时候，里尔登的眼睛扫过了旁听者的席位。他的视线在达格妮那里略停了一下，这停留只有她感觉得出来，似乎他是在说：干成了。她本应该很镇静的，只是她的眼睛已经瞪大得似乎面孔都承受不住了。艾迪·威勒斯在笑，这笑容便是一个男人泪水的夺眶而出。莫文先生一脸惊骇。保罗·拉尔金愣愣地盯着地板。伯川·斯库德的脸上表情木然——莉莉安也是如此。她跷着腿坐在一排座位的尽头，一条貂皮披肩从她的右肩膀耷拉到了左胯；她看着里尔登，没有动。

在感觉到的一片纷乱之中，他还是能察觉出一丝惆怅和盼望：有一张面孔他一直希望能够看见，他从一开始就在找，在他周围的所有面孔之中，他更希望它的出现。但是，弗兰西斯科·德安孔尼亚没有来。

"里尔登先生，"年纪最大的那位法官充满了慈祥和责备，笑着张开手臂，"非常遗憾，你完全误解了我们的意思。问题就在这里——生意人拒绝以一种信任和友好的态度和我们接近。他们似乎把我们想象成了他们的敌人。你怎么会说起什么人的牺牲？是什么令你如此极端？我们从没想过要夺取你的财产或是毁灭你的生命。我们没有想要伤害到你的利益。对你的卓越成就，我们完全了解。我们唯一的目的就是平衡一下社会压力，为所有的人主持公道。这次听证会其实并不打算作为庭审，只是为了达成双方的谅解和合作而进行的一次友好的谈话。"

"我在枪口下是不会合作的。"

"谈枪做什么？这件事还没严重到那个地步嘛。我们完全清楚，本案主要的责任者是挑头触犯法律的肯·达纳格先生，他把压力都推给了你，他为了逃避审判而消失就是对罪行的承认。"

"不对，我们是在平等、互惠、自愿的协议下做的这件事。"

"里尔登先生，"第二个法官开口说，"你可能不同意我们的一些想法，但是总而言之，我们都是在为同样的目的而努力，是为了人民的利益。我们知道，你是鉴于煤矿的紧急情况和燃油对于大众利益的重要性，才忽略了法律上的技术环节。"

"不对。我是出于我个人的赢利和我的个人利益。它对于煤矿和公众利益所起到的影响是你们要去估量的。那不是我的动机。"

莫文先生茫然地看看四周，悄声对保罗·拉尔金说："这简直是疯了。"

"噢，闭嘴！"拉尔金厉声说。

"我相信，里尔登先生，"岁数最大的法官说，"你并不是真的认为——大家也同样不是——我们希望把你当作牺牲品来对待。假如有谁一直因为这样的误解而难受的话，我们非常希望证明事情并非如此。"法官们退了席去讨论他们的判决。时间不长，他们便回到了在不安的寂静中等待着的法庭，并且宣布对里尔登罚款五千元，但处罚暂缓执行。

一阵阵哄笑夹杂在将法庭淹没的掌声之中。这掌声是冲着里尔登去的，哄笑则给了法官们。

里尔登站着不动，他没有转向人群，几乎没听到掌声。他站立着在看那几个法官，脸上没有胜利，没有得意扬扬，只有在蔑视着眼前这情景时所显露出的沉寂的紧张，他这痛苦的困惑几乎就像是恐惧。他看到用极恶的暴行摧毁世界的敌人竟是如此渺小。他感到这就像经过长年跋涉，穿过一片片灾难后的大地，走过规模浩大的工厂的废墟、威力无比的发动机的残骸和天下无敌的人们的尸体后，他来到了掠夺者的面前，以为会发现一个巨人——却发现了一只刚听到人的脚步声就慌忙逃窜躲避的老鼠。假如就是它吃掉了我们，他想，那就是我们的罪过了。

突然间，他被身边挤过来的人群拉回了法庭里。他微笑着面对他们的笑脸，面对他们疯狂的、在悲惨之中热切盼望着的面孔；他的笑中有一丝悲伤。

"上帝保佑你，里尔登先生！"一个上了岁数、头上裹着破旧围巾的女人说，"难道你不能救救我们吗，里尔登先生？他们把我们给活活地吞掉了，还说什么他们只是冲着有钱人去的，这根本骗不了人——你知不知道我们究竟出了什么事？"

"你听听，里尔登先生，"一个像是工人模样的人说，"是有钱人出卖了我们，告诉那些急着把什么都扔掉的有钱的混蛋们，他们把自己的宫殿扔掉的时候，就是在扒掉我们的皮。"

"我知道。"里尔登说。

是我们的罪过，他想。假如我们作为人类的推动者、生产者和恩人，情愿让邪恶的烙印盖在我们身上，并且无声无息地为我们的美德承受着惩罚——我们还能指望这个世界有什么"好"呢？

他看着围在身旁的人群，他们今天为他欢呼了；他们曾经也在约翰·高尔特铁路旁为他欢呼过。但明天他们会向韦斯利·莫奇呼吁发布新的规定，会在沃伦·伯伊勒的钢梁砸倒在他们的头上后，还向伯伊勒要求得到一个免费的住房项目。他们会这么做的，因为他们会被告知，要把他们为汉克·里尔登欢呼这回事当作罪恶给忘掉。

他们为什么会把他们一生中最清醒的时刻诋毁为罪恶？他们为什么愿意背叛他们最美好的东西？是什么使他们相信这个世界是个罪恶的王国，绝望才是他们自然而然的命运？他说不清理由，但他知道这理由必须搞清楚。他觉得它像是法庭里一个巨大的问号，而他有责任去回答它。

他想，找出在人们质朴的头脑中，究竟是什么简单的想法使得人类接受了导致自己灭亡的学说，这是施加在他身上的真正的判决。

"汉克，我不会觉得绝望了，永远也不会了。"达格妮在庭审后的那天晚上说，"我再也不会有放弃的念头。你证实了正义总是行得通，总是能获得胜利——"她停住了，然后又说，"当然还要有人知道什么是正义。"

莉莉安在第二天晚餐的时候对他说："你胜利了，对不对？"她的声音很随便，没有再说别的。她如同是在研究一个谜一般观察着他。

"奶妈"在厂子里问他："里尔登先生，什么是道德的前提？""就是会让你有很多麻烦的东西。"这个小伙子皱了皱眉，一耸肩膀，笑着说道："老天呀，那场演出太精彩了！你可是把他们痛打了一顿,里尔登先生!我坐在收音机旁边,简直是在狂笑。""你怎么知道这是顿痛打?""呃,就是呀,难道不对吗?""你能肯定?""我当然肯定了。""让你肯定的就是道德的前提。"

报界一片沉默。在对这个案件给予了过分的渲染之后,他们表现得像是这次开庭根本不值得关注一样。他们在不起眼的报纸上刊登了简短的报道,措辞温暾,让读者根本看不出这起争议事件的丝毫痕迹。

他在生意场上接触到的人们看起来想要回避他出庭这件事。有些人绝口不提此事,而是转过头去,脸上努力地显露出无所谓的样子,用以掩饰一种特别的憎恨。他们似乎在害怕,只要有看他一眼的动作就会被理解为表明了一种立场。另外一些人则大着胆子表示道:"在我看来,里尔登,你这是极其的不明智……我觉得现在绝不是树敌的时候……我们不能再引起反感了。"

"谁的反感?"他问。

"我不认为政府会喜欢那样。"

"你看见了那样的后果。"

"呃,我不知道……公众不会买账的,肯定会愤愤不平。"

"你看见大家对这事的态度了。"

"呃,我不知道……我们一直避免给那些对于自私贪婪的指责提供把柄——而你是给敌人送去了弹药。"

"对敌人所说的你对自己的利润和财产都没有权利,你宁愿去赞同吗?"

"噢,不,不,当然不是了——可为什么要那么极端呢?总是有中间立场的嘛。"

"一个你和谋害你的人之间的中间立场?"

"干吗要这么说?"

"我在法庭上讲的是不是事实?"

"那是会被错误地引用和理解的。"

"是不是事实?"

"大众太愚钝了,抓不住这种事情的要害。"

"是不是事实?"

"在公众挨饿的时候,最好不要去大肆宣扬自己多么有钱。这会刺激他们把所有的东西都抢光。"

"可是告诉他们你的财产权不在你的手上,而是属于他们的——就会阻止他们吗?"

"呃,我不知道……"

"我不欣赏你在法庭上所讲的那番话,"另一个人说,"我的意见完全和你不一样。从个人角度来说,我对能够坚信自己是在为公众利益工作,而不仅仅是为我个人工作而感到骄傲。我愿意认为我有一些更高的目标,而不仅仅只是在挣一天的三顿饭和我的那辆哈蒙德轿车。"

"对于那个关于无规定和无控制的想法我不能苟同,"另一个说,"我同意,他们的确有些疯狂和过头,但——完全没有控制?这我没法同意。我认为还是应该有些控制,还是应该保护大众的利益。"

"对不起,先生们,"里尔登说,"我很抱歉不得不去抢救你们和我的脑袋。"

以莫文先生为首的一批商人没有就审判发表任何看法。但一周后,他们以惊人的高曝光度宣布,他们要为失业者的孩子修建一个游乐场。

伯川·斯库德在他的专栏里没有提及审判一事,但十天后,他在一篇杂谈专栏的文章中写道:"里尔登先生对公共价值观的一些看法可能是有感于这样一个事实,在所有的社会团体中,他在他自己的那个生意圈子里似乎是最不受欢迎的。他那种老套的残忍,即使对于那些掠夺利润成性的爵爷们来说似乎也太过分了。"

十二月的一天晚上,里尔登房间窗外的街道被圣诞前夕的车流和人流挤满,汽车喇叭声像是从堵住的嗓子眼里发出的一阵阵咳嗽——他坐在韦恩·福克兰酒店的客房里,正在同一个比厌倦或恐惧更可怕的敌人做着斗争;和人交往让他感到极度厌恶。

他如同被锁在椅子上和房间里,一点也不想到城里的街上走一走，一动也不想动，只是坐着。几个小时以来，他一直在努力让自己忘掉那种思乡般的牵挂：他知道，他唯一想去见的那个人就在这里，就在这家酒店，就在高出他几层的房间里。

他发现自己在过去的几周内，无论是进入还是离开这家酒店，总是徒劳地在大厅的邮件柜台或报架前徘徊，望着匆匆的人流，希望能从中发现弗兰西斯科·德安孔尼亚。他发现自己在韦恩·福克兰酒店的餐厅独自吃着晚餐，眼睛一直盯着入口处的帘子。此刻，他发现自己坐在房间内，脑子里想着他们之间只有几层楼的距离。

他站了起来，发出愤然自嘲的嗤笑。他想，他正在扮演的就像是一个等电话的女人，强忍着不首先采取行动，从而结束这种煎熬。他心想，如果他就是要去见弗兰西斯科·德安孔尼亚的话，没有任何理由不去。但当他告诉自己要去的时候，他从自己强烈的解脱之中感觉到了某种危险的元素——他是在投降。

他向电话走了过去，想给弗兰西斯科的套间打电话，但又停了下来。这不是他想做的，他想不打招呼，就这么走进去，如同弗兰西斯科走进他的办公室一样，似乎这样才能显示出他们给予彼此的尽在不言中的特权。

走向电梯的时候，他想，他不会在的，或者如果他在的话，也许是和什么流莺正在调情，那你就是活该了。但这念头似乎难以令人相信，他无法把它与自己亲眼见到的站在炉口的那个人联系起来——他信心十足地站在电梯里,抬头向上望着——他信心十足地走在走廊里,感觉他的苦楚化成了欢快——他敲响了房门。

弗兰西斯科叫道:"进来!"听上去显得草率而漫不经心。

里尔登打开门,呆立在了门口。地板中央摆放着一盏酒店里最昂贵的人造丝灯罩台灯,它投射出的一圈光亮照在周围一片宽幅的草稿纸上。弗兰西斯科·德安孔尼亚的袖子高高挽起,脸上垂着一缕头发,他支着胳膊肘趴在地上,嘴里咬着一根铅笔,正入神地琢磨着眼前百思不得其解的难题。他没有抬头,似乎忘记了敲门这回事。里尔登仔细地看了看图纸:它看上去像是熔炉的某一部分。在吃惊的好奇当中,他站住端详起来。如果他能够把他对弗兰西斯科·德安孔尼亚的印象还原到现实当中的话,这就是他所见到的情景:一个目的性十足的年轻工人专心做着艰巨的工作。

过了一阵儿,弗兰西斯科抬了抬头,顿时,他猛地抬起身体,变成了跪着的姿势,脸上露出了难以置信的笑容,看着里尔登。随即,他一把抓过图纸,低下头,忙不迭地把它们扔到一旁。

"我打搅你什么了吗?"里尔登问。

"没什么,进来吧。"他高兴地咧开嘴笑了。里尔登突然确定地感到,弗兰西斯科也在等待,而且对等来的这个胜利原本并没有抱什么希望。

"你在干什么呢？"里尔登问。

"只是消遣罢了。"

"让我看看。"

"不。"他站起来将图纸踹到了一边。

里尔登注意到，如果说他曾经讨厌过弗兰西斯科在他办公室里那副反客为主的样子，此时他自己应该感到同样的惭愧——因为他没有表明来意，而是像到了家一样，走过房间，随随便便地就在一张椅子里坐了下来。

"你为什么不继续做你没做完的事？"他问。

"没有我的帮助，你已经继续做得很出色了。"

"你是指我出庭那件事？"

"我指的就是你出庭的事。"

"你怎么知道的？你又不在那儿。"

弗兰西斯科笑了，因为这句话等于承认：我当时在找你。"难道你不觉得我能从广播里听到它的全过程吗？"

"你听了？那你听到我把你的原话从广播里讲出来，感觉如何？"

"你没有，里尔登先生，那不是我的原话。那些难道不是你生活中一贯的信念吗？"

"是的。"

"我只是希望你看到，你应该为生活中能有这样的信念而自豪。"

"你能听到它，我非常高兴。"

"讲得太好了，里尔登先生——只是大约晚了三代人。"

"什么意思？"

"假如当时哪怕一个商人能有这样的勇气，说出他只是为了自己的利益在工作——并且是自豪地说出来——他就会把整个世界挽救回来。"

"我还没觉得这个世界到了不可救药的地步。"

"它没有，也永远不会。可是上帝啊！它本来可以更好的！"

"嗯，我看，我们无论生在什么时代，都必须奋斗。"

"是啊……你知道，里尔登先生，我建议你去弄一份你出庭时的讲话记录，然后看一看你是否在始终完全地贯彻它。"

"你是说我没有？"

"你自己看吧。"

"我知道，我们在工厂被打断的那天晚上，你有很多话要对我说。你为什么不把要说的话说完呢？"

"不，时候还太早。"

弗兰西斯科的举止像是并不觉得这次登门拜访有什么不寻常的地方，似乎安之若素——一如他在里尔登面前所表现出的样子。但里尔登注意到，他像是并不希望自己这样平静；他在房间里来回走着，似乎将他不愿坦白的一种情绪释放了出来；他忘记了那盏灯，它是房间里唯一的光亮，依旧摆放在地上。

"你在通向发现的道路上承受了非常大的打击，是不是？"弗兰西斯科说，"你对那些商人同行们的表现有何感想？"

"我觉得那是意料之中的。"

弗兰西斯科的声音中充满了愤慨："十二年了，我还是不能对此视若无睹！"这句话听上去极不情愿，仿佛他是在压抑着感情，从嘴里挤出了这几个字。

"十二年——自从什么时候？"里尔登问。

在片刻的停顿后，弗兰西斯科平静地回答道："自从我明白那些人做的都是些什么，"他又添了一句，"我知道你此时的处境……以及今后将会出现的情况。"

"谢谢。"里尔登说。

"谢什么？"

"谢谢你这么沉得住气。不过别为我担心，我还经受得住……你知道，我来这儿不是为了谈论我自己，甚至不是为了谈开庭。"

"只要能让你来这里，你说什么我都会同意的。"他带着礼貌的玩笑语气说，但这语气掩饰不住，他说的是心里话。"你想谈的是什么？"

"你。"

弗兰西斯科怔住了。他看了里尔登一会儿，轻声回答说：

"好吧。"

假如里尔登的感受能够摆脱他内心的抑制,直接转化成言语,他就会大叫出来:别让我失望——我需要你——我是在和他们所有的人抗争,我已经奋斗到了极限,而且注定还要奋斗下去——我需要这个我唯一能够信任、尊敬和钦佩的人,他的头脑是我仅有的武器。

但他说得平静而极其简单——这番直率而并不单纯出自理性的话显得十分真诚,以至于听者也显得同样诚恳,这样的语气便是他们二人的私人纽带的唯一标记——"你知道,我认为一个人对他人所犯的真正的道德罪行,是用他的言语或行动去制造一种矛盾的、不可能的、非理性的印象,从而动摇被他所伤害的人的理性观念。"

"不错。"

"如果说,你正是让我陷入了这样一种困境当中,你能否通过回答一个私人的问题来帮助我?"

"我试试看吧。"

"我都没必要和你说了——我认为你是知道这个问题的——你是我遇到过的智商最高的人。我开始接受这样一个虽然不对,但至少可能的事实,那就是你不愿意把你伟大的才华在当今这个世界上施展出来。但一个人出于绝望所做的事情并不一定能反映他的性格。我一直认为人的性格只有在他追求快乐的时候才能真正表现出来。而这就是我百思不解的地方：无论你放弃过什么，只要你还想活着，你怎么会热衷于把你如此有价值的生命浪费在拈花惹草和愚蠢的享乐上？"

弗兰西斯科看着他，神情中露出一丝好笑，仿佛在说：不对吧？你不是不想谈论你自己吗？现在你不是正在承认，自己已经孤独得将我的性格当成了头等重要的问题吗？

这神情融化在善意的轻声一笑之中，似乎这个问题对他来说算不了什么，触及不到什么痛苦的隐秘。"有个办法可以去解决每一个那样的困境，里尔登先生。审查你的前提。"他在地上坐了下来，高兴而不拘礼节地准备进行一场饶有趣味的对话，"是你自己认为我有很高的智商吗？"

"是的。"

"是你自己亲眼看见我把时间都花在追女人上面吗？"

"你对此从没否认过。"

"否认？我费了好大的劲才给人造成这样一种印象。"

"你是说这不是真的？"

"我在你眼里是那种可怜巴巴的下作之徒吗？"

"我的天啊，绝对不是！"

"只有那种人才会把一辈子都用来追女人。"

"什么意思？"

"你还记得我就金钱和试图颠倒因果定律的人说的那番话

吗？就是企图用思想的成果来取代思想的那些人？哼，看不起自己的人会企图从性刺激上寻求自尊——这是办不到的，因为性不是原因，而是后果，是人对于自身价值感的表达。"

"这你得解释一下。"

"你想没想过，这是一回事？那些认为财富来源于物质，因而没有智慧或意义的人，同样认为性是生理上的能力，独立于人的思想、选择或价值标准之外。他们认为是你的身体产生了一股欲望，并替你做出了选择，就像铁矿石可以自己把自己转化为铁轨一样。他们说，爱是盲目的，性没有道理可讲，任何思想家在它面前都无能为力。但实际上，男人对于性的选择是一种结果，集合了他最基本的理念。跟我说一个人感到什么对他有性的吸引力，我就会告诉你他生活的全部哲学。让我看看跟他睡在一起的女人，我就会告诉你他对自己的评价。无论他接受过怎样拙劣的无私的美德的教育，性在所有行为当中，依然是最最自私的，这种行为唯一的目的就是让自己得到享受——你试想一下，以无私的慈善精神做这件事会如何！这种行为不可能贬低自我，只会提升自我，只在充满欲望、尊重欲望的心灵之中才会有。正是这种行为促使他裸露了他的灵魂和躯体，接受他真实的自我作为他的价值标准。他总是会迷恋可以让他看到最真切的自己的女人，这样的女人对他的依顺能够令他体会到——或者意会到一种自尊的感受。对自己的价值抱有骄傲的肯定的男人会想着去努力得到最极致的女人，是那种他所倾慕的、最坚强、最难征服的女人——因为只有拥有这样的绝代女子，而不是什么没脑子的下贱货色，才能给他成就感。他不是要……怎么了？"他看到里尔登脸上显露的凝重绝非仅是对一场泛泛而论的谈话感兴趣而已，便问。

"说下去。"里尔登紧张地说。

"他不是要获取他的价值，他是要把它表现出来。他心目中的标准和他的身体欲望并不冲突。但一个自认无用的人则会被一个他所鄙视的女人吸引过去——因为她会反射出他自身的隐秘，她会把他从客观现实里的欺骗角色中解脱出来，她会给他短暂的拥有自身价值的幻觉，让他暂时逃离谴责他的道德规范。看看大多数人的性生活都过得一塌糊涂——看看他们所坚持的、作为他们道德哲学的混乱冲突，一个接一个。爱是我们对我们最高价值的回应——而不是其他任何东西。让一个人破坏掉他的价值和他对于存在的看法，让他去声称，爱不是自我享受，而是自我否定；构成道德的不是自尊，而是怜悯、痛苦、软弱或者牺牲；最高贵的爱不是出自仰慕，而是出自怜悯；回应的不是价值，而是缺陷——他就会把自己一分两半。他的身体不会顺从他，它将毫无反应，令他在他声称爱着的女人面前疲软无力，并把他引向他能发现的最低级的妓女。他的身体总是要服从他内心最深处信念的逻辑；如果他相信缺陷就是价值，他就是把存在诅咒为恶魔，并只能被恶魔所吸引。他已经诅咒了他自己，并且会感觉他只配去享受堕落。他已经把美德等同于痛苦，并且会感觉邪恶成了他唯一的享乐。然后他就会痛苦地叫喊着他的身体中有了他的头脑不能战胜的邪恶欲望，叫喊着性就是罪恶，真爱只不过是一种纯粹的精神上的情感。然后他就会困惑，为什么爱只是让他感到厌烦，而性只是让他感到羞辱。"

里尔登失神地望着某个地方，没有意识到他把自己所想到的说了出来："至少……我从没有接受过这另外一种信条……我从没有觉得赚钱是有罪的。"

弗兰西斯科没有领会他所说的头两个字的含义。他笑了笑，热切地说："你的确看到它们是一回事了？不，你永远也不会接受他们恶毒的信条。你无法把它强加在自己身上。如果你试图去把性诅咒为邪恶，你仍然会违背自己的意愿，以正确的道德前提为行动准则。你会被遇到的人品最高尚的女人所吸引，总是想找个女中豪杰。你做不到自轻自贱，不相信存在就是邪恶，不相信你是绝望宇宙之中一个无助的生命。你会终此一生根据自己的想法去改变事物，你知道，如同没有转变成实际行动的想法是应该遭到鄙视的空想一样，纯精神的爱恋也是如此——如同没有思想的行动是傻瓜的自欺欺人一样，性一旦脱离了人的价值准则也是如此。这是一回事，你能明白这一点，你的神圣的自尊感能明白这一点。你对自己瞧不起的女人产生不了欲望，只有那些把没有欲望的爱吹捧为纯洁的人才能产生没有爱的欲望。但看一看，大多数的人都是被切作了两半的生命，不断地在二者之间摇摆。其中的一半鄙视金钱、工厂、摩天大楼和他自己的身体，他把自己对于无法想象的东西的模糊情感奉为生活的意义和他所宣称的美德。他绝望地叫喊，因为他对于自己尊敬的女人没有感觉，却发现他对下三烂的女人有着难以抗拒的感情。他被人们称为理想主义者。人的另一半被称为现实，他藐视原理、虚无缥缈、艺术、哲学，以及他自己的心灵，把获取物质的东西当成存在的唯一目标——他才不去考虑它们原本是怎么回事，他希望它们能给他带来快感——而且他纳闷为什么得到的越多，就越觉得太少。他是那种把时间花在追女人上面的人。看看他对他自己所犯的三重罪。他不会宣称自己需要自尊，因为他对道德价值这样的概念嗤之以鼻，但他对自己极其贬低，因为他认为他只是一堆行尸走肉。他不会宣称，却知道性是证明个人价值的实际表现。因此他竭力想通过实际行动获知性的根源到底为何物。他试图从依附他的女人那里得到一种他自身的价值——而他忘了，他选择的女人既没有个性和判断力，又没有价值标准。他告诉自己他要的只是生理上的快感——但要看到，只不过一周，或一晚，他就对他的女人没了兴趣，他看不上职业的妓女，喜欢想象自己能够勾引到贞洁的女孩子，她为了迁就他而做出巨大的让步。他永远求而不得的是成就感。征服一个没有心灵的身躯能有多光彩？

这就是你所说的花花公子，这些形容符不符合我？"

"天啊，绝对不符合。"

"那么你用不着问我，自己就可以判断我这辈子做了多少勾引女人的事。"

"可是，在过去的十二年，对吧，瞧瞧你在报纸的封面上都干了些什么！"

"我为我能想到的最俗不可耐的浮华聚会花了很多钱，用了难以计数的大量时间让人们看到我和那类女人在一起。至于其他的——"他顿了顿，随后说道，"我有些朋友知道这一点，但你是头一个让我把这事儿破例透露出来的人：我从来没和那些女人上过床，碰都没碰过她们。"

"真是怪了，我居然相信你说的这些。"

弗兰西斯科把身体向前倾了倾，放在他身边地上的台灯在他的脸上投射出细碎的光亮；他的脸上是一副清白和饶有趣味的神情。"如果你愿意瞧瞧那些封面，就会发现我向来一句话都没有说过。是那些女人迫不及待地想上新闻，觉得让人家看见和我在一起是多么浪漫的事情。除了像花花公子那样，从被自己征服的男人的多少和名气来获得她们自身的价值之外，你觉得她们还能追求别的什么吗？只是，它还要更虚假一些，因为她们所追求的价值连事实都不是，不过是其他女人的印象和嫉妒而已。我就把她们想要的给了她们，但我给的只是她们表面提出来的，没有她们所预想的做作，这种做作使她们看不到自己真正想要什么。你觉得她们是想和我，或者随便什么人上床吗？她们不可能有这样真切诚实的欲望。她们想填满自己的虚荣——我就满足她们，让她们能有机会在她们的朋友面前吹嘘，能在报纸的丑闻版面上看到自己扮演着引诱的角色。可你知不知道，这和你在法庭上所达到的效果完全一样。如果你想粉碎任何一类恶毒的欺诈——就不折不扣地照它说的办，不要用你自己的东西掩盖它的真实面目。那些女人明白这一点，她们知道自己是否能从别人对她们壮举的羡慕中得到任何满足。她们和我的浪漫史的公开，给她们带去的不是自尊，而是自卑：她们每个人都明白，自己是白忙了一场。假如把我拉上床就是她公开的价值标准，那她明白她是没法依照它来生活的。我认为那些女人比地球上的其他任何人都恨我。不过，我的这个秘密很安全——因为她们每个人都觉得失败的只是她自己，而别人都得手了，于是她就对我们的浪漫史更加信誓旦旦，并且永远不会对任何人说出真相。"

"可你的名声又怎么样了呢？"

弗兰西斯科耸了耸肩膀。"我敬重的那些人早晚都会知道真相。其他的人嘛"——他的脸色严峻了起来——"其他的人认为我真实的一面才是邪恶的，还是让他们把我看成封面上的那副样子吧。"

"可这一切是为什么？你为什么要这么做？就是为了教训教

训他们？"

"我才不是呢！我想让大家都把我当成花花公子。"

"为什么？"

"花花公子就是花钱如流水的那种人。"

"你为什么想扮演这种丑陋的角色？"

"伪装。"

"为什么？"

"为了我自己的目的。"

"什么目的？"

弗兰西斯科摇了摇头："这我还是别跟你说了。我已经和你说了一些不该说的话，剩下的部分，反正你很快就会明白的。"

"如果是不该说的话，你为什么要告诉我呢？"

"因为……你让我这么多年来第一次有点性急了。"他的声音里又出现了竭力抑制的情绪，"因为我从不想把我的真相告诉任何人，却很想让你知道。因为我知道，你和我一样对花花公子这种人是最鄙视的。花花公子？我这辈子只爱过一个女人，现在依然如此，而且永远都会爱她！"他情不自禁地喊道，随即，他声音低低地补充了一句，"这件事我从没向任何人承认过……向她都没有承认过。"

"你失去她了吗？"

弗兰西斯科坐在那儿，凝视着空中。过了一阵儿，他用呆板的声音回答:"我希望没有。"

台灯的光线从下方射向他的面孔,里尔登看不见他的眼睛,只看到他的嘴巴坚忍地抿紧了,同时有一种奇怪的庄重的放弃。里尔登明白,这个伤口不能再去碰了。

弗兰西斯科旋即改变了心情,说道:"噢,好吧,再有一阵子就行了!"然后笑着站了起来。

"既然你信任我,"里尔登说,"那么作为交换,我也想把我的一个秘密告诉你。我想让你知道的是,我在来这里之前就已经对你非常信任了,并且我以后可能还需要你的帮助。"

"你是这里我唯一愿意帮助的人。"

"我对你有很多的不理解,但我可以肯定一点:你并不是在和那些掠夺者狼狈为奸。"

"我不是。"弗兰西斯科的脸上似乎是含蓄地露出一丝自嘲的笑容。

"正因为这样,如果我告诉你,只要有可能,我就还会继续按照我的计划,把里尔登合金出售给我所选择的客户的话,就不担心你出卖我了。眼下,我正准备生产一批订单,相当于他们审判我的那批货量的二十倍。"

弗兰西斯科坐在几步开外的椅子里,向前俯了俯身子,眉头紧锁,默默地看了他许久。"你认为你这样做就是跟他们斗争了吗?"他问。

"那，你管这叫什么？合作吗？"

"你过去为了他们而生产里尔登合金，情愿丢掉自己的利润，失去自己的朋友，喂肥了那些仗着关系来洗劫你的混蛋，并且遭受他们的虐待，只是为了养活他们。现在，你宁愿当罪犯，冒着随时坐牢的危险——就是为了维持这个靠着被它迫害的人、靠着知法犯法才能生存下来的制度。"

"这不是为了他们的制度，而是为了那些客户，我不能眼睁睁地看着他们落到这个制度的手里——我想去战胜它——无论他们怎么折磨我，我都不会被他们所阻拦——就算最后只有我一个人，我也不想把这个世界拱手让给他们。目前对我来说，那个非法的订单比整个厂子都重要。"

弗兰西斯科缓缓地摇着头，没有答话。随后他问："这次你打算让你的哪一位铜矿的朋友有幸去告发你啊？"

里尔登笑了："这次不会了。这一次和我打交道的人，我信得过。"

"真的吗？是谁？"

"你。"

弗兰西斯科一下坐正了："什么？"他的声音低得几乎成功地掩饰了他的惊讶。

里尔登笑眯眯的："你难道不知道我现在是你的客户了吗？这是靠了一两个帮手和化名办成的——不过我需要你的帮助，

不要让你手下的人太多过问此事。我需要铜，需要它按时到货——只要能干成这次，我不在乎今后被他们抓起来。我明白你已经对你的公司、你的财产和你的事业都漠不关心了，因为你不愿意跟塔格特和伯伊勒这样的强盗打交道。但是，假如你对于你教导我的一切都是认真的，假如我是最后一个能让你尊敬的人，你就会帮我闯过去，打败他们。我从不求人，我是在求你帮忙，我需要你，信任你。你总是声称你很敬佩我，好吧，如果你想要的话，我的小命现在就在你的手里了。一批德安孔尼亚的铜此刻正在发运的途中，是十二月十五号离开的圣胡安。"

"什么？"这是一声彻彻底底的惊叫。弗兰西斯科跳了起来，已经顾不上再掩饰什么。"十二月十五号？"

"是啊。"里尔登蒙了。

弗兰西斯科蹿向了电话。"我告诉过你，不要和德安孔尼亚铜业公司做生意！"这声绝望的喊叫一半是呻吟，一半是暴怒。

他的手朝电话伸了过去，又突然缩了回来。他紧紧抓着桌子的一边，像是要阻止自己去抓起话筒。他垂首而立。他和里尔登都不知道他就这样站着过了多久。里尔登看到一个男人僵立着苦闷挣扎的情景，呆住了。他不知道这挣扎究竟是怎么回事，只知道弗兰西斯科完全能够避免它发生，却不会那样去做。

弗兰西斯科抬起头来的时候，里尔登看到了一张脸被折磨得扭曲着，几乎可以听得到它痛苦的哭喊，更可怕的是，这张脸上有了一股决绝的神情，仿佛做了一个决定，而这就是决定的代价。

"弗兰西斯科……怎么了？"

"汉克，我……"他摇着头，停住了话，然后站直了身体，"里尔登先生，"他的声音中带着勇气、绝望，以及明知无望却仍然在恳求的特殊的尊严，"就算你会咒骂我，会怀疑我说的每一个字……我向你发誓——以我所爱的女人的名义——我是你的朋友。"

三天后，里尔登在令他眩晕的失望与仇恨的震惊之中，回想起了弗兰西斯科当时那张面孔——尽管他站在办公室的收音机旁，想到他现在必须离韦恩·福克兰酒店远远的，否则他会当场杀了弗兰西斯科·德安孔尼亚，但他还是忘不了这件事——通过他听到的字句，它一再地回到他的脑海中——他听到，三艘德安孔尼亚公司从圣胡安开往纽约的货船遭到了拉格纳·丹尼斯约德的袭击，沉入了海底——它一再地回到他的脑海中，尽管他知道，对他来说，有比铜贵重得多的东西随着那些船一起沉了下去。

透支的账户

Account Overdrawn

5

里尔登钢铁公司自成立以来第一次失信，订单头一回没有按照承诺交货。但到了二月十五日塔格特铁轨交货的日子，这一切对任何人都已经无关紧要了。

冬天在十一月的最后几天就早早地到来了。人们说这个冬天是创纪录的严寒。这是由于大雪造成的异常严酷的自然环境，因此谁也不能怪。对于以前，他们不愿意去记起。那个时候的暴雪可不像现在这样不受任何抵抗地肆虐，扫荡没有灯光的道路，吹垮没有供暖的屋子，也没有阻断火车的运行，没有冻死数以百计的人。

达纳格煤炭公司对塔格特泛陆运输的燃煤输送第一次晚了，直到十二月的最后一个星期才姗姗来迟，达纳格的表弟对此的解释是他也无能为力。他不得不把每天的工作时间减少到六个小时，才能提起工人们的士气，他们可不像他表哥肯尼斯在的时候那样卖力了。他说，工人们正变得越来越无精打采和糊弄，因为他们被以前那种严格的管理给累垮了。如果一些在公司工作了十年到二十年的主管和工头无缘无故地请辞走人，他也束手无策。尽管他新雇的管理人员比以前那些只知道奴役工人的老家伙们更加开明，但工人和他们之间看来还是有些摩擦，他又能有什么办法。他说，这不过是需要再做些调整罢了。如果计划给塔格特泛陆运输的货物在发货的前夜被全球救济署调运给了英国，他也没办法，这是紧急状况，英国所有的国有工厂都关张了，人民正在挨饿——而塔格特小姐简直不可理喻，不过是晚交货一天而已。

只是晚了一天，就造成装有五十九节车皮的生菜和橙子、从加州开往纽约的386号货车晚发了三天，它不得不在装煤车站的副线上等候着迟迟未到的燃煤。火车一到纽约，便只好把生菜和橙子倒进东河：因为条令规定货车装载不能多于六十节车皮，这些果菜在加州的货仓里耽搁的时间太久了。加州的三家柑橘种植园主和帝国山谷的两家生菜农场主破了产，而这些只有他们的朋友和同行才知道；没人注意到代理纽约一家铅业公司的经纪行的倒闭，这家经纪行欠了向铅业公司供货的铅管批发商的货款。报纸上讲，当人们挨饿的时候，用不着理会商业公司的倒闭，那些只不过是为私人赢利的私人企业。

全球救济署远渡大西洋运送的煤没能到英国：拉格纳·丹尼斯约德把它截获了。

一月中，达纳格煤炭公司对塔格特泛陆运输的燃煤输送第二次晚到了。达纳格的表弟在电话中咆哮着,说他可管不了这么多:由于缺少机械润滑油,他的煤矿已经停工三天了,对塔格特泛陆运输的煤炭供应也晚了四天。

从康涅狄格州迁到科罗拉多的昆氏滚珠轴承公司的昆先生等了一个星期,运送他订购的里尔登合金的货车到达时,昆氏滚珠轴承公司的工厂已经关张了。

没人留意到密歇根州一家发动机厂的倒闭,它等待一批滚珠轴承到货的期间,机器闲置,工人照拿工资;俄勒冈州的一家锯木机器厂因为等待缺少的新发动机而倒闭了;衣阿华州的一家伐木场因为断了机器供应倒闭了;伊利诺伊州的一家住宅承包公司因为得不到木材而破产,合同被终止,它的房屋买主们徘徊在大雪弥漫的路上,寻觅着哪里都再也无法找到的新家。

一月底的大雪封住了通往落基山的路口,塔格特泛陆运输的主干线上堆起了三十英尺高的皑皑冰雪。试图清理铁道的人们干了几个小时就放弃了:旋转铲雪机一个接一个地坏掉;铲雪机在已经超过了使用期限的过去两年内,维修一直很不稳定。新的铲雪机还没送到,生产商从沃伦·伯伊勒那里得不到所需的钢材,干脆不干了。

三列西行的火车困在了高高坐落在落基山上的温斯顿车站的副线上,塔格特泛陆运输的主干线便是在这里穿越科罗拉多的西北角。它们连续五天得不到任何援助。火车无法穿过暴风雪接近它们,劳伦斯·哈蒙德制造的最后一辆卡车在山间高速公路冻硬的上坡上抛了锚。怀特·桑德斯制造的曾经性能最优越的飞机被派了出去,但永远飞不到温斯顿车站,它们已经年久失修,无力对付风暴。

困在车上的旅客们透过密密垂落的雪网,望着外面温斯顿那些简陋小屋里的灯光。第二天晚上,灯光便熄灭了。到了第三天晚上,列车上的照明、供暖和食品已经消耗殆尽。在风雪的短暂间歇之中,密密的白网不见了,在它的身后,没有灯光的大地和没有星光的天空混合成了漆黑一片的空旷——旅客们能够看到,在遥远的南面,有一团小小的火舌正在风中晃动,那就是威特的火炬。

到了第六天上午,火车能够开动了,顺着犹他、内华达、加州的山路下行,车上的人们看到了没有烟火的烟囱和道边小工厂关闭的大门,它们奄奄一息,行将倒闭。

"风暴是上帝之作,"伯川·斯库德写道,"对于气候,没有人可以负什么社会责任。"

韦斯利·莫奇宣布要控制用煤,允许每家每天供暖三小时。没有木柴可烧,没有钢铁可用于造新的炉子,没有可用来打穿墙壁安装新设备的工具。教授们把他们的藏书扔进用砖头和油罐做成的临时替代品里焚烧,种果树的人则拿他们果园里的树来烧。"贫困会磨炼人的精神,"伯川·斯库德写道,"并且铸就了社会约束力的良好结构。牺牲就是水泥,把人的砖石凝聚为社会的宏伟大厦。"

"这个曾经坚信伟大要通过生产创造去实现的国家,现在被灌输的是要通过贫穷去实现。"弗兰西斯科在一次记者访问中谈道,但报纸对这句话只字未提。

那年冬天唯一兴隆的生意要算是娱乐业。人们从紧巴巴的食品费和取暖费中抠出钱来,空着肚子挤进电影院,用几个小时去忘记自己沦落到了和动物一样的可怕处境,顾及的只是最基本的生存需要。在一月份,韦斯利·莫奇下令,为节省燃料,所有影剧院、夜总会和保龄球馆一律关门。"享乐并非生存的必需。"伯川·斯库德写着。

"你一定要学着采取一种哲学的态度。"西蒙·普利切特博士在讲课中间,对一个突然失声痛哭不止的年轻女学生说道。她刚刚参加完苏必利尔湖畔一个安居点的志愿者救援考察,目睹了一位母亲抱着已经长大、却死于饥饿的儿子的尸体。"没有绝对,"普利切特博士说,"现实只是一个假象,那个女人怎么知道她的儿子死了?她怎么知道他曾经存在过?"

眼含乞求、面带绝望的人们涌进帐篷,里面的福音传播者带着得意的满足在叫喊着人类无法对付大自然,人类的科学是欺骗,人类的思想一无是处,因为人类所犯下的骄傲的罪恶,因为他相信自己的智慧,人类受到了惩罚——只有对冥冥之中神秘力量的信仰才能保佑轨道不会裂缝，保佑他仅有的一辆卡车的最后一只轮胎不会爆掉。通向这一神秘的钥匙就是爱，就是为了他人的需要所付出的爱和无私的牺牲。

沃伦·伯伊勒为他人的需要做出了一个无私的牺牲。他把计划向南大西洋铁路公司提供的一万吨结构钢件卖给了全球救济署，发往德国。"做出这个决定很不容易，"他带着一种感伤而犹豫不决，但又充满正义的表情，对惊恐万状的南大西洋公司总裁说，"但在我的权衡之下，你们是家富有的公司，而德国正处于一种苦不堪言的悲惨状态之中，因此我根据优先解决需要的原则做出了决定。在有疑问的情况下，必须要考虑的是弱者，而不是强者。"南大西洋公司的总裁听说，沃伦·伯伊勒在华盛顿最有影响力的朋友有一个德国供应部的朋友。但这究竟是不是伯伊勒当初的动机或者牺牲的原则，就谁都说不清楚，也已经无关大局了：假如伯伊勒是一个利他主义的虔诚信徒，这件事他也会原封不动地照做的。这使得南大西洋公司的总裁哑口无言；他没有胆量承认他对自己的铁路比对德国的人民更关心；他没有胆量在牺牲的原则面前去争辩。

整个一月份，密西西比河的水在风暴的袭击下不断上涨，大风把河水变成不息的流动碾磨，冲击着挡在它道路上的一切东西。刚刚进入二月份的第一个星期，在一个雨雪交加的夜晚，南大西洋铁路横跨密西西比河的大桥在一列客车通过的时候发生了坍塌。机车和前五节卧铺车厢随着断裂的桥梁一起，从八十英尺的高度坠入黑暗和翻卷的河流之中，列车的其余部分停在了大桥残存下来的前三个桥拱上。

"事情不可能两全其美。"弗兰西斯科·德安孔尼亚说。代表着大众声音的媒体对他谴责的怒吼顿时超过了他们对河上惨状的关注。

人们在私底下谈论说，南大西洋铁路公司的总工程师对于迟迟得不到加固大桥需要的钢材感到失望已极，六个月前就辞了工作，并告诉公司那座大桥不安全。他曾致信纽约最大的报社，向公众发出过警告，但这封信没有被刊登出来。有传言说，大桥的前三个桥拱没有塌是因为它们用里尔登合金的钢件加固过，但在《公平分配法案》的限制下，铁路只能搞到五百吨合金。

官方调查的唯一结果是，密西西比河上两座属于两家更小的铁路公司的大桥被停止使用。其中一家铁路公司因此倒闭；另外那家停下了一条支线，将轨道扒掉，在塔格特泛陆运输的密西西比河大桥上铺了一条铁轨；南大西洋铁路公司也是如此。

塔格特泛陆运输在伊利诺伊州贝德福特市的那座雄伟的大桥还是内特奈尔·塔格特建造的。他曾经和政府争执了数年之久，因为法庭根据河道运输者的诉讼，判定铁路是运输行业中的破坏性竞争，因此就是对公共利益的威胁，认为横跨密西西比河的铁路桥是一种物体障碍，应予禁止；法庭曾命令内特奈尔·塔格特拆掉他的大桥，用船把他的乘客运过河去。他在最高法院获得了多数的支持，打赢了那场官司。今天，他的大桥成了连通两岸的唯一主要途径。他现今的后代立下了严格的规矩，其他都可以不管，但要让塔格特大桥始终保持完好的状态。

全球救济署经过大西洋运去的钢材没能到达德国，它在途中被拉格纳·丹尼斯约德截获了——但这个消息除了署里的人，外人并不知晓，因为报纸对拉格纳·丹尼斯约德的活动早已不再提及。

直到开始注意到短缺的日益严重，并且像电熨斗、烤箱、洗衣机这类电器产品全都在市场上销声匿迹之后，人们才开始纷纷质疑，并且听到了传言。他们听说，德安孔尼亚公司的运铜船没有一艘到得了美国的港口，它过不了拉格纳·丹尼斯约德这一关。

在雾气重重的冬夜，水手们在码头上低声谈论着拉格纳·丹尼斯约德总是抢劫运送救济的船只，对铜则碰都不碰：他用船上的货物把船凿沉，放船员们乘救生艇逃生，但那些铜就沉入了海底。他们一提起这事，就像是在谈论无人能够解释的黑暗传说一般，谁都不明白丹尼斯约德为什么不把铜拿走。

在二月份的第二个星期，为了节省铜缆和电力，一纸法令规定二十五层以上禁止使用电梯。建筑的高层不得不腾空，还未粉刷的办公隔板在楼梯间里立了起来。通过特别许可，一些破例的允许——在"必要需求"的名义下——还是给了几家更大型的企业和更高级的酒店。城市的上半截被砍掉了。

纽约的居民们过去从来不会注意天气。雨雪天气只是会讨厌地延缓交通，在灯火通明的商店门口留下些泥水而已。人们穿着雨衣、皮衣和晚间活动的拖鞋，逆风而行，觉得风暴是城市里的闯入者。现在，面对横行在狭窄街道上的阵阵风雪，人们感到了隐隐的恐惧，仿佛他们自己是临时闯了进来的客人，风才是真正的主人。

"现在对我们来说反正都一样，别想它了，汉克，没关系。"当里尔登把无法交付铁轨的消息告诉她时，达格妮说道。他一直无法解决铜的供应。"算了吧，汉克。"他没有回答她。里尔登钢铁公司的首次失败令他难以释怀。

二月十五日夜里，在距离科罗拉多州温斯顿市半英里的铁路交接处，一块断裂的钢板导致机车脱了轨，而这一段本来是应该铺设新铁轨的。温斯顿车站的代理人叹了口气，叫来了吊车。在他的路段，这不过是隔三岔五就会发生的小事故而已，他对此都快习惯了。

那天晚上，里尔登高竖着大衣领子，帽子低低地斜压在眼睛上方，踩着没膝的积雪，跋涉在宾夕法尼亚州被人遗忘的角落里一座废弃露天煤矿的矿坑周围，指挥着他派来的卡车偷偷装煤。这个矿不属于任何人，也没有人承受得了在此采掘的成本。

但一个声音粗鲁、长着一双愤怒的乌黑眼睛的年轻人从一个填不饱肚子的定居点来到这里，组织起一伙失业者，和里尔登谈妥了运煤的条件。他们夜间开采，把煤藏在暗沟里。他们接受现金作为酬劳，彼此不多问任何问题。他们和里尔登带着活下去的强烈愿望，像野人一样做着非法的交易。他们没有权利、称呼、合同或者保障，靠的只是相互间的理解和对承诺的绝对恪守。里尔登甚至不知道这个领头的年轻人的名字。看着他往卡车上装煤，里尔登在想，这个小伙子如果早生一个年代，一定会成为一个了不起的企业家，而如今，可能再过几年他就会像不折不扣的罪犯一样，结束他短暂的一生。

那天晚上，达格妮在应付塔格特泛陆运输董事会召开的会议。

在一间堂皇考究但供暖不足的高层会议室里，他们围着一张精美的桌子坐下。这些人在几十年的职场生涯中，素来要仰仗空洞的面孔、含混的言辞和毫无瑕疵的衣着来保护自己，现在则全都走了样，套头衫裹着他们的肚皮，脖子上裹着围巾，咳嗽声像突突的机关枪一样此起彼伏，不时打断谈话。

她注意到，吉姆失去了他平素表现出的从容。他缩着头坐在那里，眼睛飞快地在人们的脸上转来转去。

从华盛顿来的一个人和他们一起坐在桌前，谁都不清楚他的确切工作和职务，但这无关紧要：他们知道他是从华盛顿来的。他是威泽比先生。他两鬓花白，面孔瘦长，嘴巴看上去似乎要靠脸部肌肉的用力拉扯才能合上，这使得他的面孔除了呆板以外，再也看不出别的表情。董事们不清楚他究竟是以来宾、顾问，还是主持的身份出席会议，他们认为还是不知道为好。

"我看，"会议主席说道，"我们首先要考虑的问题是，我们主干线的轨道出现了即使不说是危急，也很恶劣的状况——"他顿了顿，谨慎地附上一句，"而我们现有的唯一一条优质铁路是约翰·高尔特——我是说——里约诺特铁路。"

另一个人等了等，看是否有别人打算接过他的话说下去，然后用同样小心翼翼的语气说："如果我们考虑到设备的严重短缺，而且考虑到我们是在把它作为一条支线来亏损运营，从而继续损耗的话——"他停了下来，没有把考虑到这些之后将会发生的后果说出来。

"要我看，"一个身材单薄、面色苍白、留着一撮端正的小胡子的人说，"里约诺特铁路看来已经成了公司难以支持的财政负担——就是说，除非采取某种调整措施，就是——"他没有说完，而是看了一眼威泽比先生。对此，威泽比先生看上去似乎并没有留意到。

"吉姆，"主席说道，"我想你可以把情况向威泽比先生解释一下。"

塔格特的声音依旧保持着刻意的从容，但这种从容已经是在破裂的玻璃物体上绷紧的一块布，时而可以看见锋利的边缘从上面穿出来。"我想，普遍认为的是，影响到全国每家铁路的主要因素是企业里反常的破产率。而我们都意识到了，当然了，这只是暂时的，只是目前而已，它使铁路的情况接近了一种完全可以被称作危急的地步。特别是塔格特泛陆运输系统范围内倒闭的工厂数量之多，已经对我们的整个财务结构造成了破坏。一直为我们带来稳定收入的地区和分支系统现在呈现出实际的业务亏损。为大批量运输所制订的火车计划连三家货主都无法维持住，过去可一直都是七家。至少，我们不能给他们提供同样的服务，这就我们目前的费率来看……是不可能的。"他瞟了一眼威泽比先生，但威泽比先生似乎没有看到。"在我看来，"塔格特说，本来就尖锐的话在他的嗓音里变得更尖利了，"我们货主采取的立场是不公平的，他们大多数人一向对他们的竞争者有怨言，并且在当地通过各种各样的措施清除了他们特有领域内的竞争。目前，他们中的大部分实际上都独自占有各自的市场，但他们不肯认识到，铁路公司不能把建立在整个地区产品基础上的运输费率给单独一家工厂。我们是为了他们在亏损运营，他们却反对任何……任何费率的上涨。"

"反对任何上涨？"威泽比先生温和地说，装出一副很惊讶的样子，"这可不是他们采取的立场。"

"假如我不想相信的某些传言是真——"主席的话还没说

完,声音就已经明显惊恐万分了。

"吉姆,"威泽比先生愉快地说,"我觉得我们最好还是不要再提涨费率的事。"

"我现在并没有建议实际上涨。"塔格特忙说,"我提到它,只是为了说明情况。"

"可是,吉姆,"一个老者颤巍巍地说,"我以为你的影响力——我是说,你和莫奇先生的交情——会保证……"

他止住了话,因为其他人都在严厉地看着他,谴责他违背了一条不成文的戒律:不能提及这样的失利,不能谈论吉姆强有力的友谊的神通,或者它们为什么没有管用。

"事实是,"威泽比先生轻松地说道,"莫奇先生派我来这里,是要讨论一下铁路工会涨工资的要求,以及货主们降低运费的要求。"

他的语调随意而坚决;他知道这些人对此都很清楚,这些要求已经在报纸上讨论了数月之久;他知道这些人心里害怕的不是这件事实,而是他把它讲了出来——似乎事实并不存在,但他的话却有力量让它存在;他知道他们一直在等着看他是否会把这力量使出来;他想让他们知道一下他是会这样做的。

这种情形足以令他们爆发出一片反对之声,然而没有,没人回答他。随后,塔格特开口了,他那充满刺痛和不安的语调本想表达出气愤,却只是承认了他的犹疑不定。"我不想对全国货主理事会的布兹·瓦特的重要性夸大其词，他一直在华盛顿大造舆论，不惜重金延请了很多人，但我建议还是别把这太当回事。"

"噢，我不知道。"威泽比先生说。

"听着，克莱蒙，我确切地知道韦斯利上个星期没有答应见他。"

"没错，韦斯利是个大忙人。"

"而且我知道尤金·洛森十天前举办大型聚会的时候，基本上所有的人都到了，但布兹·瓦特没有被邀请。"

"这样啊。"威泽比先生的口气温和了。

"因此我不会把宝押在布兹·瓦特身上，克莱蒙，并且不会为他担什么心。"

"韦斯利为人公正，"威泽比先生说，"他一心想的都是公共职责。只有他不偏不倚地去考虑问题，才符合国家的整体利益。"塔格特坐直了身体，这句话是他所了解的最糟糕的一个危险信号。"不可否认的是，吉姆，韦斯利对你评价很高，他把你当成进步的商人、重要的顾问和他最亲密的私人朋友之一。"塔格特迅速瞟了他一眼：这简直更糟糕了。"然而一旦涉及公众的权益，韦斯利会毫不犹豫地牺牲掉他个人的感情和交情。"

塔格特的面孔一片茫然，他的恐惧从不诉诸言语或表情。从与自己向来不承认的一个念头的搏斗中，他感到了恐惧：很久以来，在很多各种各样的事情中，他自己一直就是"公众"，他明白，一旦这个没人敢去反对的神奇圣洁的头衔连同它所有的"福利"一起被转交给布兹·瓦特的话，会意味着什么。

但他急匆匆地张口去问的却是："你不是在暗示我把个人的利益置于大众权益之上吧？"

"不，当然不是，"威泽比先生几乎像是在笑一样地说道，"肯定不是，不是指你，吉姆。你具有的公众意识态度——以及领悟——已经众所周知了。正因如此，韦斯利希望你能全面地看问题。"

"是，那当然。"塔格特困惑地说。

"那么，就替工会想一想吧。也许你没钱给他们涨工资，但生活费用如此之高，他们还怎么生存呢？他们得吃饭吧，对不对？不管有没有铁路，这都是头等大事。"威泽比先生的口气里透出一种沉着的正义感，似乎他正在背诵一条要表达另外的意思、同时他们也都知道的公式。他直视着塔格特，特意强调着话外之音，"铁路工会几乎有一百万名会员，算上家人、佣人，还有穷亲戚——现在这日子谁还能没有些穷亲戚？就是差不多五百万张选票，我说的是人。对此，韦斯利必须要考虑。他必须要想着他们的心理状况，然后去考虑大众。你目前征收的运费是在大家都赚钱的时候制订的，但依眼下的情形来看，运输的成本已经变成了谁都负担不起的压力，全国各地的人对此都怨声载道。"他正视着塔格特。他只是看着他，但目光却像是在使眼色，

"人实在是太多了，让他们不满意的事情实在是太多了。许多人会感激政府把铁路的运费降低的。"

回答他的是一阵沉默，寂静得仿佛一个幽幽的深洞，东西掉下去便再无声息。塔格特和他们所有人一样，非常清楚莫奇先生将会怎样无私地随时牺牲掉他个人的友谊。

对于这样的沉默和事实，达格妮原本并不想说什么，她来这里是想解决问题而不是空谈。但她终于忍无可忍，因此，她的声音听上去响亮而严厉：

"得到你们这些年来想要的了，先生们？"

这突如其来的声音顿时吸引了他们的目光，令他们不由自主地一齐向她看去。但是，明白了这声音的意味后，他们便迅速把视线转开——低头看着桌子底下，看着墙，只是不要看到她。

在接下来的沉寂中，她感到他们的仇恨正像糨糊一样令屋里的空气显得凝结而沉重，她知道这仇恨并不是冲着威泽比先生，而是冲着她来的。如果他们仅仅是不理睬她的问话，她还可以承受，但令她感到气愤的是他们的表里不一：既假装不在乎她，又用他们自己的冷漠来回击她。

主席不去看她，声音明显不置可否，但又故意说道："本来没事，本来一切都可以得到很好的解决，但偏偏出了像布兹·瓦特和齐克·莫里森这种窃得高位的人。"

"哦，我不担心齐克·莫里森，"一脸苍白、留着小胡子的人说，"其实他在上层没什么关系。最坏的要算丁其·霍洛威。"

"我不认为这局面就没希望了，"一个裹着绿围巾的胖子说，"周·邓菲和巴德·黑泽顿跟韦斯利的关系极其密切，如果他们的影响能占上风的话，我们就没事了。但是，基普·查莫斯和丁其·霍洛威很危险。"

"我能搞定基普·查莫斯。"塔格特说。

这个房间里，只有威泽比先生不介意看到达格妮，但他无论什么时候将目光停留在她身上，都发现不了任何东西。她是这个房间里他唯一看不透的人。

"我在想，"威泽比先生看着塔格特，随意说道，"你或许能帮韦斯利一个忙。"

"韦斯利知道我向来是靠得住的。"

"嗯，我的想法是，如果你能答应工会的加薪要求——我们或许可以暂时把降低运费的问题先放一放。"

"我做不到！"这简直带着哭腔，"反对加薪是全国铁路联盟采取的一致立场，它要求每一名成员都回绝这样的要求。"

"我正是这个意思，"威泽比先生温和地说，"韦斯利需要一个打破这个联盟的切入点，如果像塔格特这样的铁路公司让步的话，其他人就都好办了。你这是在帮韦斯利一个很大的忙：他会对此表示感谢的。"

"可是，老天爷啊，克莱蒙！根据联盟的规定，我这样是会上法庭的！"

威泽比先生笑笑："什么法庭？这就交给韦斯利去办好了。"

"可是，克莱蒙，你清楚——你和我一样很清楚——我们对此无力负担呀！"

威泽比先生一耸肩："那是你要解决的问题。"

"这能怎么解决？"

"我不知道，这是你的事，和我们无关。你不会是想让政府开始告诉你怎么去经营铁路吧？"

"不，当然不是！可是——"

"我们的职责只是保障人们得到合理的报酬和良好的交通运输。这需要你来实现。不过，当然了，假如你说你干不了，那为什么——"

"我从来没说过！"塔格特急忙嚷道，"我根本就没说过！"

"很好，"威泽比先生愉快地说，"我们知道你一定能找出办法来。"

他看着塔格特，塔格特则正在瞧着达格妮。

"好吧，这只是个想法而已，"威泽比先生说着向椅子里一仰，摆出一副谦虚的要退出的样子，"只是个让你去仔细研究一下的想法，我只是这里的客人，不想打断你们。我想，这次会议主要是讨论……支线的情况？"

"是啊，"主席叹了口气，说道，"是的，现在，是不是有谁要提出什么建设性的建议——"他等了等，没人搭腔，"我相信我们对局面都很清楚了。"他等了等，"看来大家都认为我们不能继续负担某些支线的运营了……特别是里约诺特铁路……并且，因此，似乎要采取某种行动……"

"我认为，"一脸苍白、留小胡子的男人带着出奇自信的声音说，"我们现在应该听一听塔格特小姐的意见了。"他的身子向前倾了倾，露出一副满怀希望的狡猾神情。达格妮只是转向他，并未答话。他问："塔格特小姐，你有何见解？"

"没有。"

"对不起，你再说一次？"

"我想说的都在吉姆已经向你们宣读过的报告里。"她平静地说，声音清晰而平稳。

"但你没有给出任何建议呀。"

"我没有建议。"

"可是，不管怎样，作为业务副总裁，你对这家铁路的政策有着举足轻重的影响。"

"我对于这家铁路的政策没有发言权。"

"噢，可我们迫切地想听听你的看法。"

"我没有看法。"

"塔格特小姐，"他用流畅而正式的命令口吻说，"你不能认识不到我们的支线正在以灾难般的赤字运行——而且我们希望你能够让它们赢利。"

"怎么赢利？"

"我不知道，这是你的工作，不是我们的。"

"我在报告里指明了现在回天无力的原因。假如我忽略了什么事实的话，请说出来。"

"哦，这我不会知道。我们是希望你能找出办法来。我们的职责只是确保股东们得到合理的利润。这需要你去完成。你不会是想让我们认为这工作你干不了吧，并且——"

"这我干不了。"

那个人张口结舌。他困惑不解地看着她，不明白他这一套怎么就失灵了。

"塔格特小姐，"裹着绿围巾的人说，"你在报告中是不是暗示了里约诺特铁路的情况很严重？"

"我清楚地写了它已经没希望了。"

"那么你建议采取什么措施？"

"我没有建议。"

"你是在逃避责任吗？"

"你们觉得你们现在是在干什么？"她面向他们所有的人，冷静地说，"你们想指望着我说你们没有责任，说不是你们的狗屁政策让我们走到今天这个地步的？我现在就说了。"

"塔格特小姐，塔格特小姐，"主席责备的语气里隐含着请求,"我们之间不应该有什么不愉快的感觉,现在埋怨谁又有什么用呢?我们不要再为过去的错误争吵了,必须团结成一个整体,使我们的铁路度过这个危机。"

一个头发花白、风度高贵的人自始至终没有说话,他冷眼看着这场于事无补的闹剧,绝望地瞧了一眼达格妮。他压抑着内心的愤怒,然而一开口说话,嗓门依然不由自主地提高了:"主席先生,假如我们要考虑切实可行的对策,那么我提议,我们应该商榷一下对火车长度和速度的限制。在所有的措施当中,它所带来的危害最为严重。废除这项限制虽然不会解决所有的问题,但可以起到极大的缓解作用。在机车严重不足和燃油极度短缺的情况下,能挂一百节车皮、三天即可跑完全程的列车只能挂上六十节车皮,要用四天才能到,这简直是在犯罪。我建议去计算一下,我们运输的过失、不足和拖延毁了多少客户和地区,然后我们——"

"想都别想,"威泽比先生厉声打断了他的话,"别做梦能废除任何限制,对此我们是不会考虑的,我们对这样的话题连听都不会听。"

"主席先生,"花白头发的人平静地问道,"我能接着说下去吗?"

主席把手一摊,露出无可奈何的笑容。"这是不可行的。"他回答。

"我认为我们还是把讨论集中到里约诺特铁路上来吧。"塔格特大声说。

长时间的沉默。

裹着绿围巾的人转向了达格妮。"塔格特小姐,"他一脸悲苦、小心翼翼地问,"你是否认为——这只是个假想的问题——假如我们能有像里约诺特铁路那样的材料设备,就会解决主干线的运输需求?"

"会有帮助。"

"里约诺特铁路的铁轨,"面色苍白、留着小胡子的人说,"全国没有任何一个地方可以相比,目前根本买不到。这条铁路的轨道有三百英里长,这就等于是超过四百英里的里尔登合金铁轨。塔格特小姐,你是不是觉得,我们不能再把这么好的铁轨浪费在没有什么运输业务的支线上了?"

"这要由你们来决定。"

"我这么说吧,如果我们急需整修的主干线能有这样的铁轨,是不是有意义?"

"会有帮助。"

"塔格特小姐,"那个说话声音颤抖的人问道,"你觉得里约诺特铁路现在是否还剩下什么重要的客户?"

"有尼尔森发动机厂的泰德·尼尔森,别的没有了。"

"你是否认为里约诺特铁路的营运费用可以用来缓解系统其

他部分的财政紧张状况？"

"会有帮助。"

"那么，作为业务副总裁……"他停住了。她望着他，等待着。他说，"怎么样？"

"你的问题是什么？"

"我想说的是……就是，呃，作为我们的业务副总裁，难道你得不出任何结论吗？"

她站了起来，看着桌旁的一张张面孔。"先生们，"她开口说，"我不知道你们怎么会如此自欺欺人，认为如果是我把你们想做的决定讲出来，承担责任的人就会是我。也许你们相信，假如是我说出这最后搞砸了的决定，我就成了凶手——因为你们知道这是一场拖了很久的谋杀的最后一击。我实在想不出你们觉得如此装聋作哑最后能得到些什么，但我不会让它发生。就像其他那些一样，这最后的打击将要由你们去完成。"

她转身就走。主席忙欠起身，绝望地问："可是，塔格特小姐——"

"别站起来，请继续商议——然后进行我不会表态的投票，我弃权。假如你们希望的话，我可以在一边看着，但仅仅是以雇员的身份，我不会假装自己是别的什么人。"

她再次转身欲走，但花白头发的人的声音让她止住了脚步："塔格特小姐，这不算是正式的提问，只是我个人好奇而已，你能否告诉我你对塔格特泛陆运输今后的前景是怎么看的?"

她理解地看着他,声音缓和了一些,回答说:"关于未来或者铁路系统,我已经停止去想了。我的打算是,只要还有可能,我就会继续让火车开下去。我觉得这样的日子已经不长了。"

她离开了桌子,走到窗前,站在一旁,让他们没有她的加入继续进行。

她望着这城市。吉姆得到了许可,塔格特大楼一直到顶楼都可以用电。从高高的房间望去,城市宛如一片平坦的遗迹,只有依稀的几处玻璃窗还亮着灯,高耸在黑漆漆的夜空之中。

她没有听身后那些人在说些什么,不知道他们时断时续的争执在她身旁持续了多久——他们推来搡去,竭力缩回来,把某人推出去——争执的不是要如何表明自己的意愿,而是要从不情愿的受害者那里挤出一点主张——争执着要让失败者而不是胜利者去宣布这个决定:

"我看……我认为,这是……在我看来,它必须……如果我们应该……我只是在表示……我不是在暗示,但……如果我们考虑双方……我看,这是毫无疑问的……在我看来这是确凿的……"

她不知道这是谁的声音,但她听到了这声音在说:

"……因此,我建议关闭约翰·高尔特铁路。"

她想,不知道是什么让他叫起了这条铁路的正确名字。

你在多少代以前，也不得不忍受这些——并且对你是一样艰难，一样恶劣，但你没有被它阻挡——那个时候真的像现在这样糟，这样丑陋吗？算了吧，表现的方式不一样，但都只是痛苦，可无论你承受的是哪一种痛苦，你都没有被它压倒——你没有屈服——你没有向它妥协——你面对了它，而这些就是我必须去面对的——你斗争了，而我也要去斗争——你战胜了它——我会努力的……在自己的内心，她听到了平静而强烈的献词——直到片刻之后，她才意识到，她是在和内特·塔格特说话。

随后，她听到了威泽比先生的声音："伙计们，停一下，你们是否想到过，在关闭铁路的一条支线以前，你们需要得到批准？"

"我的天啊，克莱蒙！"塔格特完全是在惊恐万状地叫嚷了，"这肯定不会有任何麻烦的——"

"这我可不敢肯定，不要忘了，你是公共服务行业，不管挣不挣钱，都应该提供交通服务。"

"可你明知道这是不可能的！"

"那么，如果你关了那条铁路，你是没事了，你的问题解决了——可对我们会怎么样？让一个像科罗拉多这样的州彻底没有交通运输？这会引起公众什么样的情绪？不过，当然了，假如你能给韦斯利一些回报来平衡一下的话，假如你允许工会加薪——"

"我不能！我已经向国家联盟承诺了！"

"你的承诺吗？好吧，你看着办。我们不想给联盟施加压力，更愿意让事情自然而然地发生。但这段日子很艰难，说不准会发生什么事。人人都在破产，税收骤减，我们或许会——事实是，我们拥有百分之五十以上的塔格特债券——也许我们只好在六个月之内，就要求兑付这些铁路债券。"

"什么？！"塔格特尖叫起来。

"也许更快。"

"可你不能这么做！哦，天啊，你不能这样！当初的延迟支付规定的可是五年！这是合同，是契约！我们还指望它呢！"

"契约？你这不是太落伍了吗，吉姆？除了眼前的需要，根本就没有什么契约。这些债券的原始拥有者们也在指望着拿到钱呢。"

达格妮忍不住笑了起来。

她停不下来，控制不住，她实在不能放过这样一个为艾利斯·威特、安德鲁·斯托克顿、劳伦斯·哈蒙德，以及其他所有人报仇的机会。她简直要笑死了。她说："谢谢你了，威泽比先生！"

威泽比先生吃惊地看着她。"为什么？"他冷冷地问。

"我就知道我们得以某种方式来偿还这些债券，我们眼下就是在偿还。"

"塔格特小姐，"主席严厉地说，"难道你不觉得事后再来说这些一点儿用也没有吗？说这些我们如果不那样做就会如何如何的话，纯粹是理论上的猜测。我们不能沉溺在理论里，必须应付眼前的现实。"

"没错，"威泽比先生说，"你们就该这样——现实。我们现在答应和你们作交换，彼此为对方做些事情，你们给工会加薪，我们允许你关掉那条铁路。"

"好吧。"詹姆斯·塔格特哽塞地说。

她站在窗前，听着他们对决议投票。她听到他们宣布，将于六周之内，即三月三十一日前，关闭约翰·高尔特铁路。

只不过是要挨过后面的这段日子而已，她想着；把接下来的这些日子对付过去，接着是再后面的，一次对付一些，过一阵子就会容易多了；过一阵子，你就会挨过去的。

她给自己在下一个时刻的任务是穿上大衣，头一个离开这个房间。

然后的任务是坐上电梯，穿过高大而安静的塔格特大楼来到下面，接下来的任务是走过黑暗的大厅。

走到大厅一半的时候，她停住了。一个人倚墙而立，正专心等待着——他等的就是她，因为他直直地向她望了过来。她没能一下子认出他来，因为她没有想到会在此时此刻见到这张面孔。

"嗨，鼻涕虫。"他轻声叫着。

她摸索着曾经属于她的那段遥远的日子，回答道："嗨，费斯科。"

"他们是不是终于把约翰·高尔特害死了？"

她努力按时间顺序将这一时刻排列好，这个问题是现在问的，但那张严肃的面孔却来自哈德逊河畔小山上的那些日子。那个时候，无论什么问题，他都能理解，都能给她解释。

"你怎么知道他们今晚会这样做？"她问。

"这在好几个月前就已经很明显了，他们下次开会要做的下一件事就是这个。"

"你来这里干什么？"

"想看看你对此事的看法。"

"是想看笑话吗？"

"不，达格妮，我不是想对这事看笑话。"

她从他的脸上看不出任何开心的迹象。她信任地回答说："我不知道我对此是怎么想的。"

"我知道。"

"我对此已经预料到了，我知道他们要这样做，所以现在只不过是要挨过"——今晚，她本来想这么说的，却说道——"所有的工作和细节。"

他拉过她的胳膊："咱们找个地方，一起喝点什么。"

"弗兰西斯科，你怎么不嘲笑我？你一直在笑话那条铁路。"

"我会的——明天吧，等我看见你又继续那些工作和细节的时候。今晚不会。"

"为什么？"

"好啦，现在你根本没法谈这个。"

"我——"她想去反对，却说，"对，我想我现在是没法谈。"

他把她领到大街上，她发现她在默默地随着他脚步的稳健节奏走着，他握着她胳膊的手指并不使劲，但很牢固。他冲驶来的出租车打个手势，为她打开了车门。她听着他的指挥，没有问问题，却像游泳的人止住扑腾，感到了轻松。眼前这个沉稳可靠的男人是在她忘掉了希望还存在的时候抛向她的救命绳索。这股轻松并不是因为放弃了责任，而是由于看到了一个可以把它肩负起来的人。

"达格妮，"他看着出租车窗外掠过的城市景象，说，"想想第一个想到制造钢梁的人，他对他所看到、想到和他要去得到的一切都很清楚，他不会说'它在我看来'，而且他不会服从那些说什么'根据我的意见'这种话的人。"

她笑出了声，对他的准确不禁称奇：他猜到了令她厌恶至极的那种感觉的实质，就是她非得从沼泽中逃离的感觉。

"看看你的周围，"他说，"城市是人类的勇气被冻僵后的形状——是那些第一次想到用各种螺钉、铆钉和发电机把它建造出来的人们的勇气，这勇气敢于说'它是'，而不是'它在我看来'——并且敢于用生命对他的决定负责。你不是只有一个人。那样的人是存在的，他们一直都存在着。人类曾经蜷缩在山洞里，听凭瘟疫和风暴的摆布。像你们董事会的那些人能把人类领出山洞，让他们来到这里吗？"他指了指城市。

"上帝，绝对不可能！"

"那么这就证明了另外一类人确实存在。"

"是的，"她急不可待了，"是的。"

"想想他们，忘掉你的董事会吧。"

"弗兰西斯科，这另外一类人——现在他们在哪里？"

"现在没人用得着他们了。"

"我需要他们，天啊，我太需要他们了！"

"需要的时候，你就会找到他们的。"

直到他们在一个灯光昏暗的卡座里的桌旁坐下，她打量着手指间长长的酒杯脚柄，他才开始问起约翰·高尔特铁路的事，她也才说了起来。她几乎没留意是如何来到这里的，这里很安静，陈设豪华，看上去像是个秘密的隐居地；她看到手下小巧亮泽的桌子，背后圆椅上的皮垫，一面深蓝色的镜子将他俩与眼前的一切快乐和烦恼隔开，其他的一切也都隐藏在镜中了。弗兰西斯科向前俯着身，抵住桌子，正望着她。她感觉自己如同是在依靠着他那沉着而专注的目光。

他们没有谈那条铁路的事，但她低垂着眼睛，盯着杯子里的液体，突然说：

"我在想那个晚上，内特·塔格特被告知要舍弃他正建造的大桥，跨过密西西比河的大桥。他当时急需钱——因为人们害怕那座桥，他们说它是不切实际的冒险。那天上午，他被告知河上的蒸汽轮船公司已经起诉了他，认为大桥是对公共利益的破坏，要求拆除。大桥已经在河面上建好了三个桥拱。同样是那天，一群当地的暴徒袭击了已完工的建筑，在木脚手架上放起火来。他手下的工人抛下他逃了，有些是出于害怕，有些是收了蒸汽轮船公司的钱，大部分是因为他已经好几个星期发不出工资了。在那一整天里，他不断听说认购了塔格特泛陆运输股票的人撤销了认购。傍晚时分，他赖以获得支持的最后两家银行组成的委员会前来见他，去了他在河边的工地上，在他每天居住的破旧列车厢里，敞开的大门外即是烧焦的废墟，木头余烬的黑烟还在扭曲的铁架上空飘着。他和那些银行谈好了一笔贷款，但合同还没签。委员会通知他，他必须放弃那座大桥，因为他的官司注定要输，等他把桥建好的时候，拆掉大桥的命令也就会下来了。他们说，如果他愿意放弃，并像其他铁路公司那样用船把他的旅客运过河去，合同就可生效，他就可以拿到钱，继续在河对岸建他的铁路；否则，就取消贷款。他们问他对此如何回答。他一句话都没讲，一把抓起合同撕掉，然后递给他们，走了出去。他沿着修好的桥拱走到最前面的横梁跟前，跪在地上，拾起工人们扔下的工具，开始一点点地清除钢架上烧焦的残骸。他的总工程师看到他手里拿着锤子，独自一人在宽阔的河面上，在他的身后，夕阳正在西沉，他的铁路将要铺向那里。他在那里干了个通宵，到了早晨，他酝酿出了一个计划，就是如何去找合适的人，这些人要有独立的判断力——然后找到他们，说服他们，筹集起资金，继续建大桥。"

她声音低沉、语调平缓地讲述着，同时低头看着杯中的液体表面的光芒，随着她的手捻动杯柄，它闪闪发亮。她不动声色，但声音中充满祈祷者一般的虔诚：

"弗兰西斯科……如果他能挺过那天晚上，我又有什么权利去抱怨？我此时的感受又算得了什么呢？他建成了那座大桥，我必须为了他去守住。我不能让它像南大西洋公司的大桥那样倒塌。我几乎觉得他会知道，如果我听任这一切发生，他独自在河上的那天晚上就会知道……不，这太荒唐了，但这就是我的感觉：所有理解内特·塔格特那天晚上感受的人，所有现在还活着，并且能够理解它的人——如果我任其发生的话，我背叛的就是他……我不能。"

"达格妮，假如内特·塔格特现在还在，他会怎么做？"

她一下子苦笑出来，脱口道："他连一分钟也受不了！"——随即纠正着自己，"不，他能忍受，他会想出办法和他们斗的。"

"怎么斗？"

"我不知道。"

她注意到，俯向前来问话的时候，他认真地盯着她的眼神里有某种紧张和谨慎的意味。"达格妮，你们董事会的那些人根本不是内特·塔格特的对手，是不是？他们用什么方式都战胜不了他，他一点也不用害怕他们，就是把他们全加在一块，无论是思想、意志，还是力量，都不及他的万一。"

"对，当然不及。"

"那么，在人类的整个历史当中，创造世界的内特·塔格特们为什么总是能赢，又为什么总是把它输给董事会的那些人呢？"

"我……不知道。"

"连对天气都不敢表明态度的人，怎么能够和内特·塔格特较量呢？如果他决心捍卫自己的成果，他们怎么可能去霸占？达格妮，他用尽了浑身解数去和他们斗争，却没有用最重要的一招。如果我们——他和我们其余的人——把这世界拱手相让的话，他们就不可能得逞了。"

"是啊，你把它让给了他们，艾利斯·威特把它让给了他们，肯·达纳格也把它让给了他们。我不会。"

他笑了："是谁为他们建造了约翰·高尔特铁路？"

他看到的只是她嘴角轻微的抽动，但他知道，这个问题像是给了一个伤口重重的一击。然而，她平静地回答道："是我。"

"就是为了这样的结果？"

"是为了那些没有坚持、没有斗争，并且放弃了的人。"

"难道你看不出只有这一条出路吗？"

"不。"

"你还愿意去承受多少不公正的待遇？"

"直到我斗争不下去了为止。"

"你现在打算怎么办？明天呢？"

她直视着他，略带骄傲地有意显示出自己的镇定，平静地说："开始扒铁路。"

"什么？"

"就是约翰·高尔特铁路，要像我亲力亲为的那样，严格按我的要求把它完好地拆下来。先做好关闭的准备，然后把它拆掉，用拆下来的部分去加固横贯全国的主干线。要做的事有很多，我会非常忙。"她的声音有了一点细微的变化，原先滴水不漏的镇静稍稍松动了，"你知道，我一直就预料会有这一天，令我欣慰的是，我可以亲自去做这件事。也正因如此，内特·塔格特那天晚上不停地干，人只要有事情做，就还没那么糟糕。并且我知道，至少我是在挽救主干线。"

"达格妮，"他非常冷静地问——而她不知道自己为什么有一种感觉，她的回答似乎攸关着他个人的命运，"要是你不得不把主干线也拆掉呢？"

她脱口而出："那我就会让最后一台火车头从我身上轧过

去！"——但紧接着她又说，"不，这不过是自暴自弃而已，我不会那样做。"

他轻柔地说："我知道你不会的，但你希望能那么做。"

"是啊。"

他笑了，眼睛没看她；这嘲弄的笑容里饱含着痛楚，更是对他自己的讽刺。她不知道自己为什么这么肯定，但她对他的脸庞是如此熟悉，尽管再也猜不出原因，却依然能够察觉到他的感受。她想，她熟悉他的脸，就如同她对他身体的每一片肌肤都了如指掌一样，如同在这个暧昧的卡座里，她还能看见，还能忽然间感觉到他近在咫尺的衣服下面的身体一样。他把头转向她，眼睛里的变化使她清楚，他已经知道了她此时所想。他转开了视线，端起酒杯来。

"好吧——"他说道，"为内特·塔格特。"

"也为塞巴斯蒂安·德安孔尼亚？"她问道——随即懊悔不已，因为这听上去像是讽刺，也并非她的本意。

但是，她看见他的眼睛里出现了一种异常明亮的清澈，他的脸上挂着淡淡的骄傲的笑容，坚定地回答道："是的——也为塞巴斯蒂安·德安孔尼亚。"

她的手不禁一抖，几滴酒洒在了深色闪光塑料桌面上的方形花边纸台布上面。她看着他将杯中酒一饮而尽，他手上粗犷而简短的动作看起来像是在庄重地宣誓。

她猛然想到，这是他十二年来头一回主动来找她。

他仿佛是自信地掌控着局面，仿佛他的信心注入给了她，让她也把信心重拾起来。他令她根本无暇去想他们是否应该在一起。此刻，她难以解释地感觉到，他固有的矜持不见了，那不过是几个苍白的沉默瞬间，和他把头扭开时静止不动的前额、下巴和嘴部的轮廓——但她感觉到，似乎他才是在挣扎着要去找回什么东西。

她不清楚他今晚怀着什么样的企图——并且发现他的目的或许已经达到了：他支撑着她度过了最糟糕的时刻，看到一个活着的智者聆听并理解她的感受，这是他对她的绝望最有力的回击。但他为什么要这么做？在带给了她这么多年的痛苦之后，他为什么要对她的绝望表示关心？她如何对待约翰·高尔特铁路的灭亡和他有什么关系？她注意到，这就是她在塔格特大楼的大厅里没有问他的那个问题。

这就是维系在他们之间的纽带，她想，她不会在她最需要他的时候为看到他的到来感到吃惊，他总是很清楚应该在什么时候出现。危险就在这里：尽管知道这只是某种新的圈套，尽管对他向来总是背叛那些信任他的人记忆犹新，她还是会信任他。

他双臂交叉拄在桌子上，身体俯向前，凝视着前方，突然看也没看她就开口说：

"我正在想塞巴斯蒂安·德安孔尼亚为了等待他心爱的女

人所花的十五年。他不知道是否还能再找到她，她是否还在人世……她是否还会等着他。但他知道，她不能在他的战争中生活，在胜利之前，他不能迎接她回来。因此他用他的爱填补了希望失去后留下的空白，等待着。但当他抱着她跨过门槛，把她视为这个新世界里的第一位德安孔尼亚夫人时，他知道他胜利了，他们得到了自由，她已不受威胁，再不会有什么能伤害到她。"

在他们陶醉在幸福中的那些日子里，他从没暗示过会把她想成德安孔尼亚夫人。一瞬间，她弄不清自己是否知道她在他心中的位置。但这一瞬间消失在一股看不见的战栗之中：她不相信这过去的十二年能够令她刚刚听到的这些还存在什么可能。这是个新的陷阱，她想。

"弗兰西斯科，"她厉声问道，"你对汉克·里尔登都干了些什么？"

他愣了，这个时候她还会想到这个名字。"怎么？"他问。

"他曾告诉过我，你是他唯一喜欢过的人。可我上次见到他的时候，他说他只要见到你，就会把你杀了。"

"他没告诉你为什么？"

"没有。"

"他对此什么都没和你说？"

"没有。"她看到他怪异地笑了，笑容里带着伤感、感激和向往。"他告诉我你是他唯一喜欢过的人时，我警告过他，你会伤害他的。"

他像是骤然发作一般地吼道："除了一个人以外，只有他可以让我为之付出生命！"

"除了谁？"

"我已经交托出生命的那个人。"

"什么意思？"

他摇摇头，没有回答，似乎他已经说得太多。

"你对里尔登都做了什么？"

"我以后会告诉你，现在不行。"

"你是否对那些……对你很重要的人，总是如此？"

他看着她，露出了一抹显得格外无辜、痛苦而真诚的笑容。"你知道，"他轻柔地说，"我可以说，是他们总是这样对待我。"他补充道，"但我不会，这些所作所为——还有这些想法——是我的。"

他站起身来："咱们走吧？我送你回家。"

她站起来，他拿起了她的大衣。这件衣服很宽松，他用手将衣服紧紧地裹上了她的身体，她感觉到他的双手在她的肩头多停留了一刻。

她扭过头去看他，而他正奇怪地呆立着，目不转睛地向桌子看去。他们起身的时候，把带花边的纸台布碰到了一边，她在塑料桌面上看到一行刻痕。尽管曾被人试图抹掉，但痕迹犹在，如同某个不知名的醉鬼在绝望中发出的无法磨去的声音:"谁是约翰·高尔特?"

她恼火地一把将台布拉回原位,盖住了字迹,他不禁莞尔一笑。

"我可以回答这个问题,"他说,"我能告诉你谁是约翰·高尔特。"

"真的吗?好像每个人都认识他,但每个人所讲的故事都不一样。"

"关于他的故事,你所听到的都是真的。"

"那么,你的故事又是什么?他是谁?"

"约翰·高尔特是改变了想法的普罗米修斯。作为对他把神火带给人类的惩罚,他一直饱受着兀鹰啄食的折磨,数百年后,他挣脱了锁链——并且从人们手里收回了神火,直到人们撤走兀鹰为止。"

一排排枕木转过花岗岩的拐角,在科罗拉多的群山之间盘旋起伏。达格妮双手插在大衣兜里,沿枕木走着,双眼望着毫无意义的远方。只有在枕木之间迈着的熟悉的步子让她还真切地感受到铁路上才有的律动。

一团灰色棉球般的形状,既不像雾,又不像云,悬挂在天空和群山之间阴沉沉的空隙中,使得天空看上去像是一张破旧的床垫，向山的两侧撒落着填充的棉絮。地上覆盖了一层硬硬的积雪，却既不是来自冬天，也不属于春季。空气中飘浮着网一样细密的潮湿，她的脸上不时有冰冷的针扎一般的感觉，既不是雨滴，也不是雪花。天气似乎不敢明确表态，只是含混不清地在莫衷一是间晃悠着。这天气和董事会一样，她想。昏暗的光线令她难以分辨这一刻究竟是三月三十一日的下午还是晚上。但她非常确定的是，这一天是三月三十一日，这绝对不会错。

她和汉克·里尔登一起来到科罗拉多，购买倒闭的工厂里还能找到的任何设备，这就像趁着沉船还没完全没入水底，对它匆匆地进行搜查一样。这事儿本可以让手下人去做，但在并未挑明的共同目的驱使之下，他们亲自来了：他们抑制不住地想来搭乘这最后的一班列车，就如人们虽然明白这只是对自己的折磨，却还是抑制不住地想来葬礼做最后的诀别。

他们在令人生疑的卖主们所进行的并不完全合法的出售中将设备买下来，没人说得清谁才有权利处置这些完好无损的闲置设备，也没人对这样的买卖表示质疑。在被毁的尼尔森发动机厂，他们把能搬走的东西全部买了下来。泰德·尼尔森在听到铁路将被关闭的通知一周后便甩手不干，然后消失了。

她觉得自己像一个捡垃圾的，不过不断地搜找还是让她把这几天坚持了下来。当她发现在最后一班列车发车前还有三个钟头的空闲时，她便逃离了城镇里的死气沉沉，来到郊外散步。她信马由缰，独自一人走在遍布岩石和积雪的崎岖山路上，竭力用思考驱走心中起伏的情绪。她明白她必须熬过这一天，不要去想她乘坐首班列车的那个夏季。然而，她发觉自己又走回了约翰·高尔特铁路——并且知道她是有意这样做的，这正是她出来散步的目的。

这是一条已经被拆掉的丁字支轨，信号灯、转轨器、电话线统统都不见了，只有地上躺着的长长一串木头——没有铁轨的枕木像是脊椎的残骸——在一个废弃的斜坡交叉口上，立着一根柱子，这便是它孤独的守望者，柱子上写着："停，看，听。"

她来到工厂的时候，暮色夹杂着雾气已经早早地降临在了山谷里。一块亮闪闪的牌子挂在工厂正门的墙上，上面写着"罗杰·马什，电子器件"。她想起为了不离开这里，曾经要把自己绑在办公桌上的那个人。建筑完好无损，像是一具尸体，刚刚闭上眼睛，人们还等着看到它们再一次睁开。她觉得灯光随时都会从一扇扇巨大的窗户里和长长的平屋顶下亮起。然后她看到了被鲁莽的小孩子用石头敲碎的一扇窗户，看到大门口台阶上长起的一株又高又干的野草。她心中突然升起一股盲目的愤恨，恨这野草的猖狂，因为她明白这代表着一种什么样的敌人。她跑向前去，跪在地上把野草连根拔起。随后，她跪在工厂的台阶上，望着暮霭沉沉中的寂静苍山，心里想：你这是在干什么啊？

当她走完了枕木路，又回到马什维尔的时候，天几乎快黑了。马什维尔在过去几个月中一直是这条铁路的终点,开往威特枢纽站的列车早已取消,费雷斯博士的再开发计划也于这年冬季流产了。

街灯亮了,它们高悬在十字路口的半空中,顺着马什维尔空旷的街道,形成了一长串渐远渐暗的黄色亮球。所有像样一些的住宅都已空置——这些造价合适、整洁而耐用的房屋建造并维护得很好,草坪上插着褪了色的"出售"标志。但她看到廉价和俗不可耐的房屋里还亮着灯光,仅仅几年的光景,这些房子便衰败而凋落,沦为贫民窟里的小破屋;这些人家没有搬走,过着朝不保夕的日子。在一座屋顶塌陷、墙壁开裂的房子中,她看见亮着灯的房间里有一台大屏幕的电视机。她不知道他们还指望科罗拉多的电力公司存在多久。随即,她摇了摇头:那些人从来就不知道这些电力公司的存在。

马什维尔最大的街道两侧是一排又一排店铺倒闭后的黑洞洞的橱窗。所有高档的商店都撤走了——她望着店铺的标志,心里想着。随之她打了个冷战,意识到她现在所指的高档,最贫困的人也曾经伸手可及,可眼下倒真的成为奢侈场所了:干洗店——电器商店——加油站——药铺——五分一角店。剩下来的只是杂货铺子和理发店。

火车站的站台上人群熙攘,耀眼的弧光灯像是要把它从群山里剔出来,加以孤立和聚焦,如同一个小小的舞台,在深邃的夜色中，在那些看不见的观众席面前，赤裸裸地上演着一举一动。人们推着行李车，抱着孩子，在售票窗口前大肆地讨价还价，从他们让人喘不过气来的惶恐举动之中看得出，他们其实就想倒在地上，充满恐惧地尖叫。这恐惧是带有一种逃避意味的内疚：他们之所以害怕，并不是因为了解了情况，而是因为他们拒绝去了解。

最后一班车停靠在站台上，一长溜灯光通明的车窗显得格外形单影只。从火车头里重重喘出来的蒸汽在车轮的四周弥漫，没有了以往因为春天的到来而能量四溢的欢快声音；它的喘息声让人不忍多听，更不忍不听。在亮着灯的一排车窗的末端，她看到一个小红灯挂在了她的车厢上。红灯之后，只有无尽的黑暗。

列车里面满满当当，人们茫然无措、声嘶力竭地尖声叫嚷着，企图在连接处和通道找块落脚的地方。有的人并不走，只是无聊而好奇地站在周围看热闹。他们赶来，好像是知道这是社区里，甚至是他们的有生之年所能亲身经历的最后一件大事。

她尽量不主动去看任何人，匆匆地自人群中穿过。有的人知道她是谁，大多数则一无所知。她看见一个肩披破围巾、满脸风霜的老妇人，眼神里流露出的是绝望的乞求。一个胡子拉碴、戴了副金边眼镜的年轻人站在照明灯下的木箱上，冲着过往的人们大叫道："他们怎么居然说没生意！看看这趟火车！全坐满了！生意多好啊！只不过是他们不赚钱了，所以才会让你们败落下去，这些贪婪的寄生虫！"一个披头散发的女人手里挥舞着两张车票，向达格妮冲了过来，叫喊着日期搞错了。达格妮不得不竭力推开人群，向列车的尾部挤去——但一个面容憔悴的人瞪着一双凶狠而茫然的眼睛，冲上前来，喊叫着："这下你可好了，你有好大衣穿，有私人车厢，却不让我们有火车坐，你，还有所有那些自私的——"他的话戛然而止，眼睛朝她身后的什么人看去。她觉得有一只手抓住了她的手肘：原来是汉克·里尔登。他拉着她的胳膊，带她向她的车厢走去。她看着他的表情，才明白人们为什么会给他们闪开了一条路。在站台的尽头，一个面容惨白的胖男人正对一个啜泣的女人说着："世道本来就是这样的，只要还有那些富人，就没有穷人的活路。"高悬在城镇漆黑的夜空之上的，是威特的火炬，它像一个尚未冷却的星球，在风中闪耀着火焰。

里尔登走进了她的车厢，但她还停留在车门处的台阶旁，延长这最后告别的时刻。她听到"全体上车"的喊声，望着留在站台上的人们，仿佛看到一群人在目送着最后的救生艇离他们而去。

列车长站在最下方的车梯上，一手拎着信号灯，一手握着表。他瞧了一眼手里的表，便抬头看她。她闭上眼睛，无声地点了点头。转身离开的时候，她看见他的信号灯在空中挥了起来——她拉开门，走进车厢，面前出现的里尔登使她对车轮在里尔登合金轨道上启动的感觉轻松多了。

詹姆斯·塔格特从纽约给莉莉安打来了电话:"哎,没有——没有什么事,只是不知道你近来怎么样了,是不是来过城里——都好久没见到你了,我是想你下次来纽约的时候,也许咱们能一起吃个午饭。"——她明白,他心里肯定是有什么特别的理由。

她懒洋洋地回答说:"噢,我看一下——今天是什么日子了?四月二日?我看看我的记事本——啊,正巧我明天要去纽约买点东西,你帮我省了午饭的钱,我当然很高兴了。"——他清楚,她根本不是要买什么东西,促使她进城来的理由正是这次午餐。

他们会面的地点是一家显赫而豪华的餐馆,这里的名气和价位使得跑花边新闻的记者没了兴趣,并不是一向热衷于出风头的詹姆斯·塔格特习惯去赞助的那种场所,她由此认为,他是想避开人们的注意。

她带着半是会意、半是神秘的好笑神情听他聊着他们认识的朋友,剧场上演的剧目,以及天气,借此来小心翼翼地营造出一种无关紧要的气氛。她优雅地坐着,却并不端正,似乎是向后稍稍仰着,欣赏他完全多余的表演和他的这番苦心。她忍着好奇心,等着发现他的意图。

"尽管麻烦这么多,情绪还能如此振作,"她说道,"我真觉得应该鼓励鼓励你,或者给你个奖章什么的,吉姆。你不是刚刚关掉了你最好的一条支线铁路吗?"

"哦,那不过是经济上的稍许挫折罢了,仅此而已。这样的压缩总是免不了的。考虑到全国目前的形势,我们还算不错,比其他人还是要好些。"他耸耸肩,又说,"另外,里约诺特铁路是不是我们最好的支线还不能一概而论,这不过是我妹妹的想法而已,那是她最赏识的项目。"

她从他故意放慢的说话声中听出了隐含的快意,便笑着说:"明白了。"

塔格特从低垂的额头下方向上瞟着她,似乎格外希望她能理解他的意思,问道:"他对此反应如何?"

"谁?"她明知故问。

"你丈夫。"

"对什么的反应?"

"关闭那条铁路。"

她快活地笑了起来:"你的猜测和我一样,吉姆——我猜得可是很准的啊。"

"什么意思?"

"你知道你妹妹的反应,也就知道他的了。你的乌云过后,可是双倍的阳光灿烂呀,对不对?"

"他过去几天里都说了些什么？"

"他这一个多星期以来一直在科罗拉多州，所以我——"她停了下来。她本来没当回事，但注意到塔格特的问题格外明确，而语气又过于随意，便意识到他开始切入这次午餐的真正主题了。在最短的停顿后，她依然以更为轻松的口吻继续说道，"所以我不知道。不过他随时就要回来了。"

"你是不是认为他的态度还是可以算作顽固不化？"

"当然了，吉姆，这还用说嘛！"

"希望发生的这些也许能让他做事更成熟一些。"

她对他还看不清她此刻的认识感到好笑。"哦，是啊，"她无辜地说，"要是有什么事能改变他就太好了。"

"他是在给自己制造极大的困难。"

"他向来如此。"

"但是各种事情总是会让我们的心态变得更圆滑的，迟早会这样。"

"我听说过对他的性格的种种说法，不过从来没有'圆滑'这个字眼。"

"呃，事情在变化，人随着它们在改变。无论怎样，动物必须要适应它们的环境，这是一条自然法则。并且我要补充的是，现在，适应能力已经不仅仅是自然法则的迫切要求了。我们将会遭遇一个非常困难的时期，我实在不愿意看到你因为他的固执态度而受罪。作为你的朋友，我不愿意看到你陷入他所奔赴的危险之中，除非他学会合作。"

"你真是个好人，吉姆。"她悦耳地说道。

他说话的时候谨慎地放慢了速度，字斟句酌，同时又平衡着语调，力求达到一个在清晰和朦胧之间的效果。他想让她明白，但又不想让她把一切都彻底搞清楚——因为这种他驾轻就熟的语言的本质，就是从来不让包括说话者在内的任何人彻底明白。

不用说，他对威泽比先生比较了解。上次去华盛顿的时候，他恳求过威泽比先生，降低铁路运费对他将是致命的打击；涨工资的要求已经答应了，但报纸上还是在传出降低运费的声音——塔格特明白，如果莫奇先生允许这样的声音存在，这意味着什么；他明白刀还是架在他的脖子上。威泽比先生没有回应他的请求，只是用一副漫不经心的旁观者的口气说："让韦斯利棘手的问题可太多了，在钱的问题上，如果他对每个人都宽限一点，就不得不采取一些你多少也能想到的紧急措施。但你知道，这会遭到全国保守势力的多大反对。比如，像里尔登这样的人。我们可不想让他曾经干过的那种事再发生了。韦斯利会给那些能够控制里尔登的人很多好处，只是这一点我想还没人能够做到。不过，也许我是错的，你对此可能更清楚，吉姆，因为里尔登也算是你的朋友，还参加过你的聚会之类的活动。"

塔格特望着桌子对面的莉莉安，说道："我发现友谊是生活中最宝贵的东西——没有让你看到我的友谊的见证，这就是我的不对了。"

"但我对此从未怀疑过。"

他压低了嗓音，带着不祥的警告口气说："尽管事关机密，作为对朋友的帮助，我想我还是应该告诉你，你丈夫的这个态度现在正在被高层所议论——是相当有权力的高层，你一定明白我的意思。"

这就是塔格特恨莉莉安的地方，他心想，她明明知道游戏规则，却总是出人预料地玩她自己的花样。她此刻突然看着他，当着他大笑，绝对违反游戏的常理——在这副天真无辜的表现之后，她又露出什么都明白的样子，直率地说："啊，亲爱的，我当然明白你的意思了。你的意思是，这么好的一顿午饭的目的并不是你要来帮我，而是要我去帮你。你的意思是你现在很危险，可以用我帮的这个忙去和高层做交易，得到更多的好处，而且你是在提醒我以前答应过要帮你的事。"

"他在法庭上的那场表演可算不上我所认为的帮忙，"他恼火地说，"当时，我从你那里可没想到会是那样。"

"噢，当然了，那不是，"她沉着地说，"那肯定不是。不过，亲爱的，他表演了那么一出后，你觉得我会不知道高层对他非常注意吗？你还真觉得这是个秘密，值得你特意告诉我吗？"

"可这是真的，我听说了对他的议论，所以觉得应该告诉你。"

"我知道这是真的，也知道他们会去议论他，我还知道他们要是有对付他的办法，法庭审理一结束就会下手了，我的天啊，他们巴不得能下手呢！因此，我知道在你们这些人里面，这个时候只有他还算安全，我很清楚他们害怕他。我对你的意思了解得够清楚吧，亲爱的？"

"既然这样，假如你这么认为的话，那我不得不说你真是把我搞糊涂了，我不明白你这是在干些什么。"

"咳，我只是把话挑明而已——这样你就可以明白，对于你是多需要我的帮助，我心里是清楚的。现在这些已经说开了，该轮到我跟你说说事情的真相了：我并没有背叛你，只不过是我失算了。对于他在庭审时候的表现——我的思想准备一点也不比你多，甚至更少，我满以为不会那样。但事情有点不对头，我不知道哪里出了问题，正在想办法找出来。一旦找到，我是会守信用的。到那时候，你就可以把这些都算作你的功劳，告诉你那些高层的朋友们，是你解除了他的武装。"

"莉莉安，"他窘迫地说，"刚才我说很想将我的友情证明给你看，我是认真的——如果有什么事用得上我——"

她笑了起来："没有。我知道你是认真的，但你帮不上我的忙。我不需要什么好处，不做交易，我是个纯纯粹粹不带商业色彩的人，什么回报都不要。只能是碰运气，吉姆，你也只好指望我了。"

"可既然如此,你为什么想这么做?你从中能得到什么呢?"

她向后一靠,笑了:"就是这顿午饭,就是在这里看到你,知道你非得来找我不可。"

塔格特隐藏着的眼神里燃起了一股怒火,随后,他的眼皮慢慢地眯了起来,他向椅子上一靠,脸上的表情松弛下来,露出了一丝嘲讽和满足。即使从代表着他价值规范的那个从未挑明、从未说出、从未明确定义的混乱观点来看,他也还能认识到在他们之中,谁对对方更依赖,谁又是更卑鄙的。

他们在餐馆门口分手后,她去了里尔登在韦恩·福克兰酒店的套间,他不在的时候,她有时会待在那里。她悠然思考着,在房间里踱了半个小时步,然后像是随意地拿起了电话,却已经下了决心。她给里尔登的办公室打电话,问伊芙小姐他预计什么时候会回来。

"里尔登先生明天坐彗星号到纽约,里尔登夫人。"伊芙小姐用清晰、礼貌的声音说道。

"明天?太好了,伊芙小姐,能帮我个忙吗?能不能告诉我家的葛特璐别等我回去吃晚饭了?我今晚就住在纽约。"

她挂上电话,看了看手表,给韦恩·福克兰酒店的花房拨了电话。"我是亨利·里尔登夫人,"她说,"我想订两打玫瑰花,送到里尔登先生乘坐的彗星号的车厢……是的,今天,下午,等彗星号到芝加哥的时候……不,什么卡片都不要——只要花就行……太感谢了。"

她给詹姆斯·塔格特打了电话:"吉姆,能不能给我一张上你的旅客站台的票?我明天想到车站去接我丈夫。"

她在巴夫·尤班克和伯川·斯库德之间踌躇了一下,决定还是选巴夫·尤班克,给他打电话,约好今晚一起吃晚饭,然后去看音乐剧。随后,她去洗澡,放松地躺在浴缸的热水里,读起一份专门讲述政治经济方面问题的杂志。

下午很晚的时候,花房给她打来了电话。"我们的芝加哥店报告说他们没能送成花,里尔登夫人,"他说,"因为里尔登先生没有坐彗星号。"

"你确定?"她问。

"非常确定,里尔登夫人。我们的人在芝加哥车站没有发现用里尔登先生的名字订的包厢,为谨慎起见,我们和塔格特泛陆运输纽约办公室做了核对,他们说里尔登先生不在彗星号的旅客名单内。"

"我明白了……那就请把订单撤了吧……谢谢你。"

她眉头紧锁,在电话机旁坐了一会儿,然后打电话给伊芙小姐:"请原谅我有点走神了,伊芙小姐,刚才我有点着急,没有记下来,现在记不清你说的了。你是说里尔登先生明天回来,坐彗星号吗?"

"是啊,里尔登夫人。"

"你没听说他的计划有什么推迟和变动吗?"

"哦,没有。其实我一小时前刚和里尔登先生通完话。他是从芝加哥的车站打过来的,还说他得赶紧上车,因为彗星号要开了。"

"明白了,谢谢你。"

她一放下电话,就噌地站了起来。她开始在屋里兜着圈子,脚步变得凌乱而沉重。随即,一个突如其来的念头让她停了下来。只有一个原因会让一个男人用假名字预订列车的座位:他不是独自一人。

她脸上的肌肉渐渐变成一个满意的笑容:这可是一个她没有想到的机会。

在终点站的站台上,莉莉安站在靠近整列火车中间的位置,看着从彗星号上走下来的旅客。她的嘴角隐隐浮着笑意,没有生机的眼睛里闪烁着灵动;她像一个女学生那样笨拙而急切地来回转动着脑袋,视线从一张又一张面孔上扫过。她想看看里尔登带着他的情妇,看到她站在这里时,脸上会是什么表情。

她满怀希望地扫视着每一个从列车上走下来的衣着华丽的年轻女人。很难看得清:头几个人才下车不一会儿,列车便宛如伤口崩裂,一股浓浓的气流像是被吸尘器吸了出来一样,冲着一个方向喷了出来，弥漫了整个站台，她几乎辨认不出谁是谁。灯光刺眼，在尘土飞扬、油腻不堪的黑暗中射出一束光柱。她必须努力站稳，抵挡着这股无形的动力压迫。

她在人丛当中第一眼看见里尔登的时候，不禁愣了：她并没有看见他从车厢下来，但他此时正从远远的列车尾部向她这个方向走来。他独自一人，迈着他那目的明确的步伐，双手插在风衣的口袋里，身边没有女人，除了一个行李员匆匆地拎着一个她认识的皮箱以外，没有任何人伴随。

在一阵难以置信的失望所带来的暴怒之下，她疯狂地在他身后寻找着任何一个单独的女子身影，她绝对相信自己可以认出他找的那个女人。她的寻找一无所获。随后，她看到列车的最后一节车厢是私人车厢，看见一个人站在车门旁边，正和车站的官员说话——那个人穿戴的不是貂皮大衣和面罩，而是一件粗犷干练的运动上衣，在一副身为车站的主人和中心的自信举止下，衬托出她那苗条身材的无比优雅——她正是达格妮·塔格特。随即，莉莉安·里尔登明白了。

"莉莉安！出什么事了？"

她听到了里尔登的说话声，感觉到他的手抓住了她的胳膊；她发现他看着她的样子就像是一个人在看着一个突然出现的紧急情况。他看到的是一张面无人色的脸庞和失去焦点的恐怖眼神。

"出什么事了？你在这里干什么？"

"我……嗨，亨利……我就是来接你……没有特别的事……我只是想来接你。"她脸上的恐怖不见了，但她说话时，声音却变得奇怪而平淡，"我想见你，就是一阵冲动，突然的一阵冲动，我忍不住，因为——"

"可你看上去……看上去像是病了。"

"没有……没有，可能我有点头晕，这儿太挤了……我实在忍不住要来，因为这让我想起了那些你见到我就很高兴的日子……这是我给自己重新制造出的片刻幻觉……"这些话听起来像是在背书。

她知道，当她正拼命地在心里琢磨这次发现的全部含义时，嘴上必须讲话。她本来打算等他发现车厢里的玫瑰，然后看见她的时候，再来讲出这些话的。

他没有回答，站在那里看着她，蹙起了眉头。

"我想你，亨利。我知道我这是在承认什么，但我不希望它对你再有任何意义。"这些词语和那张紧绷的脸格格不入，嘴唇在费力地挤着，眼睛在不断朝他身后的站台张望。"我想……我只是想让你吃惊。"精明和心计又在她的脸上恢复了。

他拉起她的胳膊，但她立即抽了回来。

"你难道一句话都不打算和我说吗，亨利？"

"你想让我说什么？"

"你妻子到车站来接你——你难道就这么厌烦？"她向远处的站台瞟了一眼，达格妮·塔格特正朝他们走过来，而他没有看见她。

"走吧。"他说。

她不动。"你是不是？"她问。

"什么？"

"是不是很厌烦？"

"不，我不烦，我只是不明白。"

"说说你这趟旅行吧，我想你肯定很开心。"

"好了，我们可以回家去说。"

"我和你在家里有过说话的机会吗？"她怀着他所想象不出的目的，像是故意拖延时间一般慢吞吞地说着，"我曾经希望能让你注意到我——就像现在这样——从火车、业务约会，和所有那些把你的白天和黑夜都占满的重要事情中，从你那些了不起的成就中，比如……你好啊，塔格特小姐！"她响亮而高亢地尖声喊道。

里尔登腾地转过身，达格妮正从他们身边走过，但她停了下来。

"你好。"她冲莉莉安点了点头说，面无表情。

"真对不起，塔格特小姐，"莉莉安笑着说，"请你务必原谅，发生这样的事，我不知道该如何去劝慰。"她留意到达格妮和里尔登没有互相打招呼,"实际上,你是刚从你和我丈夫的孩子的葬礼上回来,对不对?"

达格妮的嘴角露出一丝惊讶和轻蔑。她低下头,走开了。

莉莉安死死地盯着里尔登的脸,似乎是在有意强调着。他不为所动地看着她,大惑不解。

她不再说话了,当他转身走开的时候,她一言不发地跟着。坐在去韦恩·福克兰酒店的出租车里,她依旧沉默,扭着脸不去看他。他看到她的嘴巴咬得紧紧的,感觉到她的内心之中一定有某种不同寻常的剧烈波动。他还从没见过她的情绪如此强烈。

一到了他的房间里,她便倏地转过头来面对着他。

"看来这就是那个人了?"

他猝不及防,看着她,几乎不敢相信他的感觉。

"达格妮·塔格特是你的情妇,对不对?"

他没有吭声。

"我偶然发现了那趟列车上没有你的车厢,这样我就知道你过去的四天晚上都是在哪儿睡的了。你是打算承认呢,还是想让我派侦探去问她火车上的员工和她家的佣人?到底是不是达格妮·塔格特?"

"是。"他平静地回答。

她的嘴巴抽搐着,难看地发出一声干笑,眼睛盯着他身后的远处:"我早就应该知道,早就应该猜到了,难怪不管用!"

他一脸困惑地问："什么不管用？"

她退后一步，似乎才想起了他的存在："你们——她来咱们家那次聚会的时候——你们是不是，那个时候就……"

"没有，是从那以后。"

"这个了不起的女商人，"她说，"无可指责，挑不出一点女性应该有的缺点，一个非凡的头脑，对肉体毫无兴趣……"她哑然一笑，"那条手链……"她目光凝滞地说着，这些话听起来像是从她激荡的内心不小心掉落了出来，"那就是她对你的意义，那就是她给你的武器。"

"假如你真的能理解你所说的话——那么就是这样。"

"你觉得我能就这么放过你吗？"

"放过……"他带着冰冷而吃惊的好奇，难以相信地看着她。

"难怪呢，在你出庭的时候——"她停住了。

"我出庭的时候怎么了？"

她哆嗦着："你当然明白，我是绝不会让它继续下去的。"

"这和我上法庭有什么关系？"

"我绝不会让你得到她，谁都可以，但不能是她。"

他等了一会儿，才平和地问道："为什么？"

"我绝不允许！你必须放弃！"他看着她的神色之中没有任何表示，但他牢牢地盯着她的那双眼睛便是他最令人害怕的回答。"你要放弃这一切，你要离开她，永远不再去见她！"

"莉莉安，假如你想商量这件事的话，就得明白一点：我是绝对不会放弃的。"

"但我要求你放弃！"

"我告诉过你，你可以提出任何要求，唯独这件事不行。"

他看到她的眼中泛起一股异样的惶恐：对眼前的一切，她并不是理解不了，而是根本就拒绝去理解——她似乎想把她发狂的情绪变成一道雾的屏障，不仅希望它让她看不到现实，更希望现实能够因此而不复存在。

"但是，我有权利要求你这么做！你的生活是我的！它是属于我的财产，这可是你保证过的。你对我的幸福发过誓，不是你的——是我的幸福！你为我做过什么？你什么都没给过我，从没作出过任何牺牲，你对一切都漠不关心，心里只有你自己——你的工作，你的工厂，你的才能，你的情妇！可我呢？我才是第一个有权索取的人，现在我要求兑现它！你是我名下的账户！"

他脸上的表情迫使她不断提高嗓门，一声比一声尖利，到了恐怖的地步。她看到的不是愤怒、痛苦，或者惭愧，而是一个大义凛然的对手：无动于衷。

"你替我想过没有？"她冲着他的面孔咆哮道，"你想没想过你这么做会把我怎么样？如果你知道你和那个女人每一次上床都是在把我推下地狱的话，你就没有权利再继续下去了！我受不了，我一想到这些就无法忍受！你是要为了自己那股动物的欲望而把我牺牲掉吗？你有那么狠毒和自私吗？你能把自己的快活建立在我的痛苦之上吗？如果这些就是我要忍受的，你还会如此吗？"

他的心中除了一种空荡荡的惊讶之外，感觉不到任何其他东西。他观察着他过去只是短暂地留意过的这个东西，现在它已经把虚无的狰狞完全展露了：它带着仇恨的咆哮，用威胁和要求，乞望得到怜悯。"莉莉安，"他非常安静地说，"就算这会要了你的命，我也还是要如此。"

她听到了，比他预想的还要清楚，比他自己听得还要真切。让他吃惊的是她并没有因此尖声叫喊，反而泄气般地平静了下来。"你没有权利……"她嘟囔着，尴尬的绝望如同一个人明白自己再说什么也没有用了。

"无论你对我有什么样的要求，"他说，"没有人能够忍受一个要毁灭自己的要求。"

"她对你就这么重要？"

"远比这还要重要。"

她又恢复了若有所思的神态，但脸上挂着几分狡黠，沉默不语。

"莉莉安，我很愿意让你知道真相，现在你可以在完全了解的前提下作出选择了。你可以和我离婚——也可以要求保持现状。这是你唯一的选择，我也只能答应你这一点。我想，你知道我想和你离婚，但我不勉强你作出牺牲。我不清楚你从我们的婚姻中能得到什么安慰，但假如你确实能得到的话，我不会要求你放弃它。我不知道你现在为什么抓住我不肯放，不知道我对你究竟还有什么意义。我不清楚你想要的是什么，你幸福的概念是什么，以及你还想从这种在我看来咱俩都无法忍受的情况里得到些什么。要是依我的标准，你早就应该和我离婚了，要是依我的标准，维持咱们的婚姻就是一场恶毒的骗局。但我和你的标准不同。我不明白你的标准，从来就没明白过，但我会接受它们。假如这就是你爱我的方式，假如我的妻子这个名头能带给你某种满足，我不会把它从你那里剥夺走。是我违背了我所说过的话，所以我会尽我最大的可能去弥补。你当然知道，我可以买通某位新式的法官，随时得到一纸离婚的裁决，但我不会那样做的。如果你希望如此的话，我可以遵守诺言，但我能帮的仅限于此。现在你来选择吧——不过，假如你决定不放我的话，你再也不能和我提起她，不能流露给她你已经知道了这件事。如果你今后遇见她，我的这部分生活绝对不允许你去碰一下。"

她一动不动地站在原地，抬头看着他，身体耷拉着，瘫软无力，仿佛这副无精打采的样子是一种不服，仿佛她端庄的仪态不是为了他而恢复的。

"达格妮·塔格特小姐……"她咯咯地笑着，"这个一般的、普通的妻子不会怀疑到的女强人,这个除了生意什么都不关心,和男人们打起交道来像男人一样的女人,这个精神强大,只是为了你的天赋、你的工厂和你的合金就对你产生柏拉图式爱慕的女人!"她嗤笑道,"我早该知道她不过是个婊子,她想得到你的方式是和所有那些婊子们一样的——因为如果让我来评判,那你床上的功夫和你在办公桌前的能力都是一流的。不过她对此可比我要欣赏多了,因为她崇拜任何一种高超的技艺,因为也许她每得到一段铁轨,都会被放倒一回!"

她停下不说了,因为她有生以来第一次看到了一个可以去杀人的人会是什么样子。但他并没有在看她,他究竟看没看过她,或听没听见她的话,她无法确定。

他听到的是他自己的声音,在艾利斯·威特家中阳光斑驳的屋子里说着她说的话。他看到的是他度过那些夜晚以后,他的身体和达格妮分开时她的脸庞。她静静地躺着,脸上焕发着比笑容还要灿烂的光芒,那神情如此青春,如同清晨一般,由衷地感激着生命的存在。而且他看到了曾经在他床上的莉莉安的面孔,毫无生气,带着逃避的眼神,嘴角挂着微微的嘲弄,如同是怀着猥亵的罪恶一般的神情。他看到了是谁正在控诉,又是谁在被控诉——他看到了淫秽把瘫软无能奉为纯洁,同时把生命的力量诅咒为罪恶。在猛然的惊悸之中,他分明清楚地看到了这种可怕的丑陋——那是他曾经相信过的。

这只是一瞬间的事，是一个不需要言语的信念，是一个在他大脑中没有封住的感知。这惊悸把他拉了回来，让他看到了眼前的莉莉安，听到了她说话的声音。对他来说，她突然间只是某种毫无意义的存在，眼下需要打发而已。

"莉莉安，"他的语气平淡至极，甚至对她没有一点恼怒，"你不能在我面前提到她。如果你再这样的话，我对你的回答就和对强盗的没有两样了：我会把你痛打一顿。无论是你还是其他人，都不能去议论她。"

她看了他一眼。"真的？"她说，声音显得轻松而不可思议——似乎她把话随手一扔，剩下一副钩子还挂在心里。突然间，她像是在打着自己的什么算盘。

他带着厌倦的惊讶，平静地说："我还以为你愿意把事情弄清楚，我以为，你出于对我的爱也好，尊敬也好，总还是想知道我对你的背叛并不是随随便便，不是为了什么卖唱的女孩子，而是为了我生命中最纯洁、最认真的感情。"

她不由自主猛地冲他转过身来，脸上的怨毒再也无法掩饰："啊，你这个蠢货！"

他一言不发。

她再一次保持着镇静，带着隐隐的神秘而愚弄的笑意。"我猜，你是在等我的回答？"她说，"不，我不会和你离婚的，这你就别指望了。我们保持现状——假如这就是你所答应的，而且你认为可以继续的话。我倒要看看你能不能蔑视一切道德的原则，而且逃脱得了！"

她伸手去拿大衣，对他说她要回家的时候，他没有去听。他几乎没注意到她出去后门关上的声音。他呆呆地站着，浑身笼罩在一种从未有过的感觉里。他知道，他随后必须好好想想，把头绪理清，但此刻，他什么都不想做，一心要好好感受一下他那奇怪的感觉。

那是一种自由的感觉,仿佛他一个人置身于无边无际的清纯空气之中,只是记得有某些负担从他的肩头卸了下去。那是一种妙不可言的被释放的感觉,他意识到无论莉莉安有什么想法,她的痛苦和一切都对他毫无影响,不仅如此,他更加清醒而无愧地意识到,他本来就没必要受它的影响。

神奇合金

Miracle Metal

6

"可我们这么干能行吗？"韦斯利·莫奇问道。发怒使他提高了嗓门，而害怕又使他的嗓门变细了。

没人吱声。詹姆斯·塔格特坐在椅子沿上没动，从额头下方抬眼看着他。沃伦·伯伊勒恶狠狠地朝烟灰缸里弹了弹雪茄上的烟灰。弗洛伊德·费雷斯博士笑着。威泽比先生的嘴唇和双手都叠在了一起。美国劳工联合会的弗雷德·基南停止了在办公室内的踱步，两手交叉，坐在了窗台上。正俯身坐着的尤金·洛森心不在焉地摆弄着玻璃矮桌上的插花，愤愤地抬起身体，向上瞧了瞧。莫奇坐在他的桌后，拳头下面是一张纸。

尤金·洛森回答了："在我看来这么做不行。我们不能让固有的困难动摇我们的信念，这项宏伟的计划完全是为了公共的福利，是为人民着想的，人民需要它，需要是第一位的，因此我们没必要考虑其他的事情。"

没人反对或者搭腔。他们的这副样子倒像是洛森使得讨论更难进行下去了。然而，有一个身材瘦小的人，他坐着屋子里最好的扶手椅，和众人分开，并不显山露水，很满意大家都未注意他，同时十分清楚，他们谁都不可能忽视他的存在。他看了看洛森，又瞧了瞧莫奇，然后带着欢快的语调说道："就这么说，韦斯利，把它的调子放低一些，再润润色，然后让你的新闻界去造舆论——你用不着担心。"

"好的，汤普森先生。"韦斯利闷闷不乐地说。

作为一国首脑的汤普森先生从不引人注目。和任何三个以上的人在一起，他就普通得难以辨认，而他一个人的时候，似乎身边能聚集起无数他所代表的同样的人。全国的人都说不太清楚他的模样：他的照片在杂志封面上的曝光率和他前任的一样，但人们向来说不准哪些是他的照片，哪些又是报道普通人的文章登出来的"邮局职工"或者"白领职员"的照片——只不过汤普森先生的衣服领子通常蔫蔫地打着卷。他肩膀宽阔，身材瘦小，长着细线般的头发和宽宽的嘴巴，年龄看上去跨度很大，既像是忧心忡忡的四十多岁，又如同精力充沛的六十岁。尽管已经大权在握，他还是在不断有计划地扩充着权力，因为那些把他推到这个座位上的人希望他这样做。他有着并不聪明的人所具备的狡猾和懒人发疯后的能量。他走上自己生涯顶峰的唯一秘诀就是机会，这一点他很明白，对于其他的东西他不抱任何指望。

"很显然是要采取一些措施，果断的措施，"詹姆斯·塔格特说，他并不是对着汤普森先生，而是冲着韦斯利·莫奇说，

"我们不能让事态再这样发展下去了。"他颤抖的声音很不服气。

"放松点,吉姆。"沃伦·伯伊勒说。

"必须要做点什么,而且要快!"

"别看我,"韦斯利·莫奇大声说,"我无能为力,如果人们不合作的话,我也没办法。我现在放不开手脚,需要有更大的权力才行。"

莫奇以朋友和他的个人顾问的名义把他们都召集到了华盛顿,针对全国的危机开了这个私下的非正式会议。不过,瞧他的这副样子,他们吃不准他是在给他们施加压力,还是在向他们发牢骚,是在威胁他们,还是在求他们帮忙。

"实际情况是这样的,"威泽比先生用数据一般干巴巴的声音拘谨地说道,"截至今年第一天的过去十二个月当中,企业的破产率与之前的十二个月相比翻了一番;从今年的头一天开始至今,破产率已经上升了三倍。"

"一定要让他们相信错在他们自己身上。"费雷斯博士轻描淡写地说。

"哦?"韦斯利·莫奇的目光投向了费雷斯博士。

"无论你做什么,就是不能道歉,"费雷斯博士说,"要让他们自己感到惭愧。"

"我不想去道歉!"莫奇喊道,"我不想去指责谁,我需要更多的权力。"

"但这的确是他们自己的错，"尤金·洛森颇有挑战意味地对费雷斯博士说，"是他们缺乏社会意识，他们不肯承认生产并非是由个人决定的，而是一种公共责任。无论出现什么情况，他们都没有权利失败。他们必须继续生产下去，这是一个社会的使命。一个人的工作不是他个人的事，而是社会的事。根本就不存在什么个人的事情——或者个人的生活。这才是我们必须迫使他们明白的。"

"金明白了我的意思，"费雷斯博士笑了一下，说，"尽管他还没有意识到这一点。"

"你认为你是什么意思？"洛森提高了嗓门问。

"好了。"韦斯利·莫奇喝令道。

"我不在乎你打算怎么做，韦斯利，"汤普森先生说，"我也不在乎商人们是不是会对此大发牢骚。只是你一定要控制住媒体，一定要注意这一点。"

"我已经控制住了。"莫奇说。

"一个编辑不合时宜地胡说八道，比十个不满的百万富翁给我们造成的危害还要大。"

"没错，汤普森先生，"费雷斯博士说，"不过，你能说出有哪个编辑知情吗？"

"我想是没有了。"汤普森先生说。听上去他感到很满意。

"无论我们要去依赖谁，为谁做出规划，"费雷斯博士说，"有一句过时的话我们完全可以不必去顾虑：就是说什么要依赖那些智慧和诚实的人。我们不必考虑他们，他们已经过时了。"

詹姆斯·塔格特向窗外看了一眼。在华盛顿宽阔的街道上方，四月中旬的天空露出了几块淡淡的蓝色，几道阳光射透了云层。远处，一座挺立的纪念碑在阳光的照耀下泛出光亮：那是一座高大的白色石塔，正是它所纪念的人说过费雷斯博士刚才引用的话，这座城市便是以他的名字命名的。詹姆斯·塔格特移开了视线。

"我不欣赏教授所讲的话。"洛森阴沉着脸，高声说道。

"冷静点，"韦斯利·莫奇说，"费雷斯博士谈的可不是理论，而是实际。"

"哦，说到实际，"弗雷德·基南说，"那我要告诉你，这种时候我们不能去管商人，我们必须考虑的是就业，给人们更多的工作机会。在我的工会里面，每个工作的人要养活五个没工作的，这还没算上他那群饿肚子的亲戚。如果想听我建议的话——哦，我知道你不会这么干的，这只是一个想法而已——发布一条命令，强制全国的每一家发薪机构再多雇三分之一的人。"

"老天爷！"塔格特叫了出来，"你疯了吗？我们连现在的工资都快发不出来了！我们现有的人手已经开工不足！再多三分之一？他们根本就没活儿可干！"

"谁在乎你有没有活儿让他们干？"弗雷德·基南说，"他们需要工作，首先要考虑的是——需要——对不对？而不是你的利润。"

"这不是利润的事！"塔格特急忙叫嚷着，"我从来没说过什么利润，你没有任何理由来诬蔑我。问题只是在于，我们有一半的火车都是在空跑，要运的货连一辆有轨电车都装不满，我们究竟从哪里才能弄到钱给你们那些人发工资。"他忽然想起了什么，小心地放慢了语速，"不过，我们确实理解工人的困难，并且——这只是个想法——假如允许我们把运费上涨一倍的话，或许我们可以增加一定的人手——"

"你疯了吧？"沃伦·伯伊勒叫道，"你现在的运费已经快让我破产了。每次货车从工厂里进出，我都浑身发抖，我的血都被它们榨干了，我已经负担不起了——你还要再翻倍？"

"你能否负担起并不要紧，"塔格特冷冷地说，"你必须做好牺牲的准备，公众需要铁路，需要是第一位的——比你的利润更重要。"

"什么利润？"沃伦·伯伊勒叫嚷着，"我什么时候又有过利润？谁也不能指责我是在赢利！瞧瞧我的财务报表就行了——然后再看看我的那个竞争对手的，他独占了所有的客户和原材料，占尽了技术上的便宜，垄断着秘密的配方——然后再跟我说谁是赢利的人！……不过当然了，公众的确需要铁路，也许我能克服一定的运费上涨，只要我能——这只是个想法——只要我能得到一笔补贴，帮我把今后这一两年挺过去，等到我调整过来，就——"

"什么？你还要？"威泽比先生顾不上再一本正经，脱口叫了出来，"你从我们这里已经弄了多少贷款，又延期、停付和缓付了多少回了？你连一分钱都没有还过——你们这些人都在破产，税收受了这么大的冲击，你从哪儿再指望我们给你弄来钱做补贴？"

"还有人没破产嘛，"伯伊勒慢吞吞地说，"只要还有人没破产，你们就没有道理让这样的需求和惨状蔓延到全国各地。"

"我是爱莫能助！"韦斯利·莫奇嚷道，"对此我一点办法也没有！我需要更多的权力！"

他们不清楚汤普森先生怎么会想到来参加这次会议。他言语不多，却一直很注意地听着。此时，他看来已经了解得差不多了，站起身来，愉快地笑着。

"干吧，韦斯利，"他说，"执行10-289号命令，你是不会有任何麻烦的。"

他们全都沉着脸，不情愿地跟着站了起来。韦斯利·莫奇低头瞧了一眼他的那张纸，生气地说："假如你想让我这么干的话，你就得宣布全国进入紧急状态。"

"只要你准备好了，我随时可以宣布。"

"这有一定的困难，是——"

"这我就交给你了，你想怎么处理都可以，这是你的职责。明后天把草案拿给我看看，但我不想看什么细节。半个小时后我还得做一个广播讲话。"

"最主要的困难是，我不敢肯定10-289号命令的某些条款是得到了法律授权的。我担心会遭到反对。"

"哦，行了吧，我们已经颁布了这么多紧急法案，如果你从中仔细找一找，肯定能找出支持它的东西。"

汤普森先生带着亲切的笑容转向其他人。"余下的细节我就让你们去商量了，"他说，"很感谢你们来华盛顿帮我们解决这些问题。很高兴见到你们。"

他们等着他走出去，门关上之后才重新就座，谁都不去看谁。

他们没有听说过10-289号命令的具体条文，但他们知道其中包含的内容。他们早就知道有这么一个命令，却以他们特有的方式，无声而意会地保守着秘密。此刻，他们还是希望不要亲耳听到这项命令的具体条文。他们内心的复杂机关就是为了避免这样的时刻到来而设计的。

他们希望这项命令能够实施，希望它既能够实施，又不必明说出来，这样他们对自己的所作所为就可以装作不知道。谁都没有公开宣称过10-289号命令便是他的终极目标，但通过过去几代人的努力，它已经成为可能，而在过去的几个月里，无数的讲话、文章、说教和评论已经为它每一款细则的实施做好了准备，只要有谁说出了他们的目的，就会招致目的性十足的恼怒叫嚣。

"现在形势是这样的，"韦斯利·莫奇说，"国家的经济状况前年好于去年，去年好于今年。显然，照这么发展下去，我们是没法再坚持一年的。因此，我们现在唯一的目标就是挺住，坚持到我们能调整过来，达到彻底的稳定。自由已经被证明是失败的，因此，有必要采取更多严厉的控制。既然人们不能，也不愿意主动地解决他们的问题，就必须强迫他们这样去做。"他顿了顿，拿起了那页纸，用稍微放松一些的口气补充道，"见鬼，现在居然成了只能维持现状，却动弹不得了！所以我们一定要停下来！我们一定要停下来，一定要让那些混蛋停下来！"

他的脑袋缩进了肩膀，他看着他们，一脸怒气，仿佛宣布国家面临的问题就是对他个人的侮辱。那么多想从他这里捞到好处的人都怕他，而此刻，他表现得仿佛他的怒气是一切问题的解决之道，仿佛他的怒气可以所向披靡，仿佛他只要发怒就可以了。然而，围坐在他桌前的人们搞不明白的是，房间里的这股怒气究竟是他们自己的情绪，还是这个耸肩弓腰站在桌子后面的人发出的被困老鼠一样的恐慌。

韦斯利·莫奇长了一张长方脸，梳理过的头发使扁平的头顶更加明显，他的下嘴唇阴沉地鼓起，灰暗的褐色眼球像蛋黄一样蒙在浑浊的眼白当中。他脸上的肌肉突然抖动了起来，随即候然而止，没有流露出丝毫表情。从来没有人看见他笑过。

韦斯利·莫奇出身的家庭世代以来都说不上是穷还是富，毫无特色；不过，它一直有着自己的传统：就是一直受着正统的大学教育，因此对经商者一向很瞧不起。家里的墙上总是挂着毕业证书，表现出对这个世界的不满，因为这些证书并没有自动带来与它们被证明了的精神价值对等的物质回报。在众多亲戚里，有一个富有的叔叔。他一生与钱为伴，在孤单的晚年，他从一大群的侄子侄女中唯独看中了韦斯利，因为韦斯利是这一大群人中间最不起眼的一个，因此被朱利叶斯叔叔认为是最可靠的。朱利叶斯叔叔不喜欢聪慧的人，也对打理自己的钱财不胜其烦，所以他就把这个活儿交给了韦斯利。等到韦斯利从大学毕业的时候，已经无财可理了。朱利叶斯叔叔把这些归咎于韦斯利的狡诈，捶胸大叫着韦斯利这个管家实在太不会计划。实际上，从来就没有过任何计划；韦斯利根本说不出钱都到哪里去了。在高中的时候，韦斯利是成绩最糟糕的学生之一，一直特别嫉妒那些成绩好的学生。大学则教会了他根本不必去嫉妒他们。毕业后，他就职于一家生产劣质脚鸡眼治疗药物公司的广告部门。药物很畅销，他升任了部门的头头。他不再做这个产品，转而去做生发剂的广告业务，然后又做获得专利的乳罩，再以后是新型的肥皂、饮料——随后，他当上了一家汽车企业的广告部副总。他沿用推销鸡眼药物的方法去推销汽车，结果卖不出去。他抱怨自己的广告费用不够。公司的总裁建议他去找里尔登，是里尔登介绍他去了华盛顿——里尔登对他派到华盛顿的人应该如何工作一点也不懂。是詹姆斯·塔格特把他安排进了经济计划和国家资源局——条件是他舍弃里尔登，转而帮助沃伦·伯伊勒去整垮丹·康威。从那时起，人们就开始扶持韦斯利·莫奇步步高升，和朱利叶斯叔叔当初所想的一样：他们相信庸才才是可靠的。坐在他桌前的这些人所接受的理论是因果规律是一种迷信，人在面对现状时无须追根溯源。根据目前的形势，他们认为韦斯利·莫奇的手腕异常高超和巧妙，因为无数的人都向往得到权力，而只有他得到了。他们根本想象不到的是，韦斯利·莫奇只不过是各种势力互相倾轧之下的一个平衡点。

"这只是一份10-289号命令的草稿，"韦斯利·莫奇说，"尤金、克莱蒙和我先把它赶出来，好让你们有个大致的概念。我们想听听你们的意见和建议——因为你们代表着劳工、企业、运输和各界的专业人士。"

弗雷德·基南离开窗台，坐在了椅子的一只扶手上。沃伦·伯伊勒把他的雪茄吐了出来。詹姆斯·塔格特低下头瞧着自己的手，似乎只有费雷斯博士还很自在。

"从大众利益出发，"韦斯利·莫奇念道，"为了保障人民的利益安全，实现完全的公正和彻底的稳定，特规定在国家紧急状态期间——"

"第一点，所有工人、领取薪水的人，以及一切雇员，从即日起应继续工作，不得离开、被解雇或变换工作，违者将被处以刑罚。刑罚的处决由联合理事会做出，理事会由经济计划和国家资源局的指定人选组成。所有年满二十一岁者应向联合理事会报到，并根据理事会的意见，被分配到最符合国家利益和需要的地方。

"第二点，所有的工业、贸易、制造及一切商业机构从即日起保持营业，以上机构的所有人不得退出、离开、退休，不得关闭、出售、转让他们的企业，违反的企业及他们的一切财产将一律收归国有。

"第三点，与一切设备、发明、配方、程序和工艺相关的任何专利及版权，将作为爱国的紧急赠礼，由专利和版权的所有者自愿签署礼券，交给国家。联合理事会将本着公正和无歧视的原则，批准申请者使用上述专利和版权，以此消除垄断行为，杜绝废弃产品，使其最大限度地满足全国的需求。一律不得使用任何商标、品牌及版权名称。所有以前的专利产品必须标以新的名称，所有制造商在出售时均使用相同的名称，该名称由联合理事会选定。一切私人的商标和品牌自此作废。

"第四点，自命令发布之日起，不得生产、发明、制造和销售目前尚未上市的设备、发明、产品及一切物品。专利和版权局自此取消。

"第五点，涉及任何生产行为的一切设施、机构、公司及个人从即日起应严格按照基本年份的产量生产同等数量的产品。该基本年份，或者称为标准年份的年度截止日期为本命令的发布日期。超额或不足的生产将受到处罚，该处罚由联合理事会决定。

"第六点，任何人，不分年龄、性别、出身和收入，从即日起将每年购买物品的花费严格控制在与基本年份的购买额相等的水平上。过度和过少的购买将受到处罚，该处罚由联合理事会决定。

"第七点，所有薪水、价格、工资、红利、利润、利率及一切收入，于命令发布之日冻结在目前的水平上。

"第八点，所有因本命令而起的纠纷，以及本命令未涉及的规定，由联合理事会审理和裁决，该裁决将为最终裁决。"

即使是这四个正在听的人，也还残留着一些人的自尊，这自尊使得他们呆若木鸡，感觉痛苦难耐。

詹姆斯·塔格特首先说话了。他的嗓音很低，但带着不由自主的号叫般的剧烈颤抖："好啊，当然可以了，如果我们没有的话，他们凭什么就应该有？他们怎么就该站在我们头上？假如我们完蛋的话，那就一定要让他们一起完蛋。我们一定不要给他们任何活下去的机会！"

"对这样一个造福所有人的实用计划，这么说也太可笑了吧。"沃伦·伯伊勒面带惊恐地看着塔格特，刺耳地说。

费雷斯博士哑然失笑。

塔格特的眼睛似乎有了神,他提高了说话的嗓门:"当然了,这计划很实用,很及时,而且很公正。它会解决所有人的问题的,会给所有人都带来安全感,带来休整的机会。"

"它会使人们安全,"尤金·洛森说,咧开嘴笑着,"安全——这才是人们需要的。如果他们需要的话,他们为什么不应该得到呢?就因为有几个阔佬反对吗?"

"要反对的不是那些富人,"费雷斯博士懒洋洋地说,"富人可比谁都更希望有安全感——难道你们没发现吗?"

"那好,谁会反对呢?"洛森不耐烦地说。

费雷斯博士挖苦地笑了笑,没有回答。

洛森把视线一转:"让他们见鬼去吧!我们干吗要担心他们?我们一定要为小人物撑腰。正是因为太聪明才给人类带来了所有这些麻烦。人的思想是一切罪恶的根源。现在是心灵做主的时候了。我们必须关心的只能是那些软弱、温顺、生病和憨厚的人。"他的下嘴唇柔软而挑逗般地抽动着,"那些大家伙们就是要为小人物们服务的,如果他们不肯尽他们的道德义务,我们就必须迫使他们就范。曾经出现过一个理智的时代,但我们已经超越了它,现在是爱的时代。"

"闭嘴!"詹姆斯·塔格特喊道。

他们全都瞪着他。"上帝呀,吉姆,你怎么了?"沃伦·伯伊勒哆嗦着说。

"没什么,"塔格特说,"没什么……韦斯利,能不能让他安静点?"

莫奇不太情愿地说:"可我没看出——"

"你让他安静点就是了,我们又没必要听他的,对吧?"

"是啊,可是——"

"那好,咱们接着说。"

"这算什么?"洛森抗议道,"我很讨厌这样,我绝对——"然而,他从周围的脸上没看到有谁表示支持,便停住了,他的嘴巴垂了下去,显得恨恨不平。

"咱们继续吧。"塔格特来了劲儿。

"你是怎么回事?"沃伦·伯伊勒竭力忘掉自己为什么会害怕,掩饰地问。

"天才是一种迷信,吉姆,"费雷斯博士带着一种特别强调的口吻,慢悠悠地说着,好像知道他说出了他们心里未曾说出的话一样,"智力这东西压根儿就没有。人的大脑是社会的产物,汇集了他从周围的人那里得到的影响。没有谁能发明任何东西,他只是把飘荡在社会空气中的东西体现出来而已。天才只是一个聪明的捡破烂的人,把原本就属于社会的主意和想法贪婪地囤为己有,一切想法都是偷来的。如果我们能消灭私有财产,财富的分配就会更公平,如果消灭天才,想法的分配就会更公平。"

"我们在这里是谈正事,还是互相取乐?"弗雷德·基南问。

他们转向了他。他肌肉结实,五官粗犷,但他脸上令人称奇的细微线条使他的嘴角向上翘起,看上去总是有一丝聪明、嘲讽的笑意。他两手插兜,跨坐在椅子的扶手上,带着警察盯小偷的冷酷笑容看着莫奇。

"我唯一要说的就是你最好把我的人安排到联合会里,"他说,"伙计,你最好把这事办妥——否则,我就让你的那个第一点彻底完蛋。"

"我当然想让工会有个代表进入联合理事会,"莫奇冷淡地说,"就像代表着工业、各个职业,以及各个交叉部分的——"

"没有交叉部分,"弗雷德·基南稳稳地说道,"只有工会的代表,就这样。"

"什么!"沃伦·伯伊勒嚷了起来,"那不全成了你们的人吗?"

"没错。"弗雷德·基南说。

"可如此一来,全国的所有企业就都受你的控制了!"

"那你认为我是想要什么?"

"这不公平!"伯伊勒叫道,"我是绝不支持的!你没有权利!你——"

"权利?"基南显出一副不懂的样子,说,"我们讨论的是权利吗?"

"可是,我是说,不管怎样,总还是有些最基本的所有权吧——"

"听着,伙计,你想得到第三点,对不对?"

"这个,我——"

"那你现在就最好别玩这套所有权的把戏,把它收起来。"

"基南先生,"费雷斯博士说,"你不能犯这种过于一概而论的错误吧,我们的政策必须灵活,没有绝对的原则能——"

"还是留着这些和吉姆·塔格特讲吧,博士,"弗雷德·基南说,"我很清楚我说的话,这是因为我从来没上过大学。"

"我反对,"伯伊勒说,"你这种独裁的方式——"

基南给了他一个后脑勺,说:"听着,韦斯利,我的人是不会欣赏那个第一点的,如果让我来管的话,我就可以叫他们忍着,如果不让的话,没门。你就自己拿主意吧。"

"这——"莫奇哽住了。

"看在上帝的分上,韦斯利,那我们怎么办?"塔格特叫道。

"如果想说通理事会的话,"基南说,"你就来找我,但我要控制这个理事会,只有我和韦斯利。"

"你觉得全国的人会答应吗?"塔格特吼道。

"你别拿自己开玩笑了,"基南说,"全国的人?如果一切准则都不再存在的话——我觉得博士说得对,因为如果这个游戏根本就没有规矩,纯粹是互相掠夺的话,肯定就没有准则了——那么就是把你们全算上，我的支持者也比你们的要多，雇员总是比雇主多，这你们可别忘了！"

"这个态度可太荒唐了，"塔格特傲慢地说，"不管怎么说，这项措施都不是为了工人或雇主的私利，而是为了大众的普遍利益。"

"好吧，"基南笑道，"那咱们就按你的话来说。谁是大众？如果你说的是质量——那你不是，吉姆，沃利·伯伊勒也不是[1]。如果你说的是数量——那绝对就是我，因为我有的就是数量。"他收敛了笑容，突然带着一副厌烦的痛苦表情补充道，"只不过，我不会说什么我是为了我的大众的利益在工作，因为我知道我不是。我知道我是在压榨那些穷光蛋，说穿了就是这么回事。他们心里也明白。但他们知道，假如我想坐稳的话，就必须经常让他们尝到些甜头，但换成你们这些人，他们可是连半点机会都得不到。所以，假如非得被鞭子赶着的话，他们宁愿是我来举着它，而不是你们——你们这些只会淌着口水、骗取同情、唯唯诺诺地说什么大众利益的混账东西！你们是觉得外面有群傻子可以让你们这些从大学出来的精英们随意糊弄吗？我是在敲诈钱财——但我知道这一点，我的人也都知道，而且他们清楚我早晚有一天会还清这笔债。并不是说我的心地有多善良，我一分钱都不会少拿，但至少他们还能有指望。不错，这让我时常觉得

---

[1] 沃利是对沃伦的昵称。——译注

恶心，我现在就对此很厌恶，但把现实弄成这个样子的并不是我——是你们——所以我就按照你们设计好的规则来玩这场游戏，而且会奉陪到底——反正咱们谁也玩不了多久了！"

他站了起来。没有人搭腔，他的目光从每人的脸上逐个扫视过去，停在了韦斯利·莫奇的身上。

"理事会给不给我？韦斯利？"他轻松地问。

"圈定具体人选只不过是技术问题，"莫奇愉快地说，"咱们能不能随后再谈，只是你和我？"

屋子里的人都明白，这实际等于答应了。

"好吧，伙计。"基南说。他走回窗前，坐在窗台上，点了根烟。

剩下的人不约而同地看着费雷斯博士，似乎是想得到一些指点。

"不要受这番祷告的影响，"费雷斯博士流利地说，"基南先生是个很不错的演说家，但对现实的状况一点考虑都没有，他无法辩证地去看问题。"

又一阵沉默后，詹姆斯·塔格特突然开了口："我不管，这无所谓，他必须把局势稳住，一切都要保持现状，和现在一样。谁都无权改动任何事，不过——"他猛地转向了韦斯利·莫奇，"韦斯利，根据第四点，我们必须关闭所有的研究部门、实验室、科技基金，以及类似的机构，它们都是非法的。"

"对,是这样,"莫奇说,"这我倒是还没想到,得把这些内容加上。"他找出一支铅笔,在那页纸的空白处飞快地写了几笔。

"这样可以避免带有浪费性质的竞争,"詹姆斯·塔格特说,"我们就不必为了一些还不知道的东西而彼此争斗,用不着担心新发明会给市场造成恐慌,用不着只是为了追上野心太大的竞争对手而把钱扔到没用的实验里去。"

"对,"沃伦·伯伊勒附和着,"在保证大家都有了充足的旧东西之前,不允许任何人浪费钱搞新的。把该死的实验室都关掉,越早越好。"

"是的,"韦斯利·莫奇说,"我们会关掉它们,全都关掉。"

"国家科学院也要关吗?"弗雷德·基南问。

"哦,不!"莫奇说,"那不一样,那是政府部门。再说,它是个非营利机构,而且所有的科学研究有了它就完全够了。"

"足够了。"费雷斯博士说。

"你把所有的实验室都关掉以后,那些工程师和教授这样的人怎么办?"弗雷德·基南问,"所有其他的工作和企业都冻结了,他们靠什么生活?"

"哦,"韦斯利·莫奇挠了挠头,转向了威泽比先生,"是不是让他们去领救济,克莱蒙?"

"不行,"威泽比先生回答,"为什么要这样?他们这么点人,掀不起什么大浪,用不着操心。"

"我想,"莫奇转向了费雷斯博士,"你们应该可以吸收他们的一部分人,弗洛伊德?"

"是一部分,"费雷斯博士慢条斯理地说道,似乎在玩味着他的答话的每一个音节,"就是那些可以合作的人。"

"其他人呢?"弗雷德·基南问。

"他们就只能等着了,直到联合理事会能给他们找出点事情去做。"韦斯利·莫奇说。

"他们在等待的过程中吃什么呀?"

莫奇耸了下肩膀:"在国家处于紧急状态的时候,总有些人会成为受害者。这是没有办法的事。"

"我们有权这么做!"塔格特突然喊叫起来,打破了屋里沉闷的气氛,"我们需要这样做,难道不对吗?"没有人应声。"我们有权保障我们的生计!"没有人表示反对,但他继续用颤抖和恳求的语气说道,"几百年来,我们头一次能够这样高枕无忧。人人都清楚他和别人的位置和工作——并且我们不会受制于任何一个会冒出新主意的人。谁都不能把我们从生意场上赶出去,偷走我们的市场,靠低价排挤和挤垮我们。没人会再来兜售什么可恶的新玩意,让我们决定的时候进退两难:把它买下来就会倾家荡产,但如果我们不买,而是被别人买走了,还是会倾家荡产!我们不用再去做决定,任何人都无权决定任何事。决定只有这么一回,一切就这样了。"他带着乞求的目光,逐个望着眼前的一张张面孔。"现有的发明已经够多的了——已经可以让每个人都满意了——为什么还允许他们继续发明？我们为什么允许他们让我们总是不得安宁？我们为什么总是生活在永远的动荡不安里？难道就因为有那么一些不老实的、野心勃勃的冒险者吗？我们应不应该因为几个不安分的人的贪婪而牺牲掉全人类已有的满足？我们不需要他们，根本就不需要他们。但愿我们能丢掉那种对英雄的崇拜！英雄？他们从古至今做的只是破坏，驱赶人们去疯狂地角逐，没有喘息，不得安生，无法放松，失去安全，跑着去赶上他们……总是如此，没有尽头……我们刚刚赶上，他们又领先好多年了……一点机会都不给我们……从来就不给我们任何机会……"他的眼珠不停地乱转，他瞧了一眼窗外，但马上便转移了视线：他不愿意看到远处那座白色的尖塔。"我们不用再和他们纠缠，我们胜利了。这是我们的时代，我们的世界。几百年来的头一次——我们将要有保障了——这是自从工业革命以来的第一次！"

"呃，我认为这个嘛，"弗雷德·基南说，"是和工业革命唱反调的。"

"你怎么居然敢说出这种话？！"韦斯利·莫奇厉声说道，"我们绝对不能对公众这样说。"

"别担心，兄弟，我对外不会这么说的。"

"这纯粹是谬论，"费雷斯博士说，"是无知的说法。所有的专家早就认为，一个计划下的经济可以达到最大限度的生产效率，集权制度会带来超级的工业化。"

"集权会驱散垄断的阴影。"伯伊勒说。

"它是怎么做到的呢？"基南一副懒洋洋的样子。

伯伊勒没有觉察到话里的讥讽，认真地回答道："它会驱散垄断的阴影，带来工业的民主。让所有人都能丰衣足食。就拿现在来说，铁矿石这么紧缺，既然有更好的金属可以生产，我把钱、人力和国家的资源浪费在生产老式钢材上还有意义吗？这种金属人人求之不得，但谁都得不到。那么这算得上良性的经济、完美的社会效益，或者民主的法制吗？为什么不允许我生产这种金属，为什么人们需要的时候就不该得到它呢？难道仅仅就因为一个人自私的垄断？难道我们应该在他的个人利益面前牺牲我们的权利吗？"

"算了吧，兄弟，"弗雷德·基南说，"我在同一份报纸上早就读过你讲的这些了。"

"你这种态度我很不喜欢。"伯伊勒突然以一种正义的口吻说，他此时的眼神如果是在酒吧里，就预示着一场拳脚之争。此刻，报纸泛黄页面上的段落在他大脑里清晰可见，并让他坐正了身体：

　　在公众迫切需要之际，我们是否要把来自于社会的努力浪费在生产毫无用处的产品上面？我们是否允许很多人继续生活在贫困之中，而同时却允许极少数人独占更好的产品与服务？对于专利权的迷信是否应该令我们止步不前？

私人企业无法应对当前的经济危机，这难道还不明显吗？比如说，对于里尔登合金的尴尬的短缺局面，我们还能忍受多久？里尔登已经难以满足公众高涨的需求。

我们打算何时才停止经济上的不公正待遇和特权？为什么只允许里尔登一个人生产里尔登合金？

"我不喜欢你的态度，"沃伦·伯伊勒说，"只要我们尊重工人的权益，我们就希望你也尊重企业家们的权益。"

"是哪一位企业家的什么权益呀？"基南慢条斯理地问。

"我更认为，"费雷斯博士急忙说道，"第二点或许是唯一的当务之急。我们必须遏制企业界人士退休和消失的罕见现象，一定要阻止他们，这对我们的整个经济造成了严重的破坏。"

"他们为什么这么做？"塔格特忐忑不安地问，"他们都到哪儿去了？"

"没人知道，"费雷斯博士说，"我们始终找不到一点消息或解释。但这一定要停止。在危急时刻，为国家提供经济上的服务就和服兵役同等重要，任何放弃它的人都应被视为逃兵。我已经建议对那些人处以死刑，但韦斯利不同意。"

"放松点，伙计。"弗雷德·基南用怪异而缓慢的声音说道。他突然抱着两臂，一动不动地坐定，盯着费雷斯的那股神情令全屋的人忽然意识到了，费雷斯是在建议谋杀。"别让我再听见你说什么企业里要有死刑这样的话。"

费雷斯博士无奈地耸耸肩膀。

"我们没必要走极端，"莫奇匆匆说道，"我们不要吓唬人，我们是想让他们站到我们这边来。我们的首要问题是，他们……他们是否能接受它？"

"他们会的。"费雷斯博士说。

"我有点担心，"尤金·洛森说道，"是关于第三和第四点。控制专利没问题，没人会替企业家抱不平。但我担心对版权的控制。这会引起知识分子的反感。这很危险，涉及的是精神的层面。第四条的意思是不是说从现在起就禁止写作和出版新书了？"

"对，"莫奇答道，"是这个意思，但我们不能对图书出版业破例，它和其他行业是一样的。如果我们说了'禁止新产品'，就必须做到'禁止新产品'。"

"可这事关精神领域呀。"洛森说。他的声音里并非理智的尊敬，而是流露出一种迷信般的敬畏。

"我们不是在影响任何人的情绪，但是只要把书印到了纸上，它就成了物质商品——而我们一旦为一种商品破了例，就没法控制其他的，就什么都管不住了。"

"是的，的确如此，不过——"

"别傻了，尤金，"费雷斯博士说，"你不想让顽抗分子借机发表长篇大论，把我们的整个计划给毁掉吧？如果你现在说出'审查制度'这样的字眼，他们就会狂呼说这是残忍的谋杀。他们现在还没转过弯来。但你如果闭口不谈精神，只把它看成一个简单的物质范畴——和思想无关，只涉及纸、墨和印刷出版——你就能更加顺利地达到目的。你只要确保危险的东西不被印刷和传播——没人会计较物质上的事情。"

"对，可是……可是我觉得写作的人是不会赞成的。"

"你有把握吗？"韦斯利·莫奇问，几乎是笑着瞟了他一眼，"不要忘了，根据第五点，出版业必须按基本年份的产量出版同等数量的书。既然没有新书，他们就得再版重印，老百姓就得买些老书。有很多值得一看的书还一直没得到公平的机会呢。"

"噢，"洛森应道。他想起自己两个星期前曾见到莫奇和巴夫·尤班克一起吃午餐。然后他摇了摇头，皱起了眉头，"不过，我还是担心。知识分子是我们的朋友，我们千万不能失去他们，他们可是很能制造麻烦的。"

"他们不会，"弗雷德·基南说，"你们那类知识分子只会没事的时候瞎嚷嚷——一有风吹草动就老实了。多少年来，他们始终唾弃那些养活他们的人——却对扇他们嘴巴的人舔指乞怜。不就是他们，像现在这里发生的一样，把欧洲的国家一个接一个地拱手交给了一群蠢货吗？不就是他们拼命嚷嚷着取消警报，打开门锁，放那些暴徒进来吗？从那以后，你听他们再吭过一声吗？不就是他们嚷嚷着说自己是劳工的朋友吗？而对于欧洲国家的铁链党、奴役营地、十四小时的工作日，以及死于败血症的人，你听他们提高嗓门说过什么没有？没有，可是你却能听到他们对那些忍受皮鞭之苦的人说什么饥饿就是繁荣，奴役就是自由，受刑室就是兄弟的友爱，而且，假如那些可怜的人对此无法理解，那就是他们咎由自取，要怨就怨那些监狱地牢里血肉模糊的尸体，而不是仁慈的领袖！知识分子？你也许会担心任何一种人，但绝不用担心现在的知识分子；他们什么都咽得下去。码头工会里最差劲的搬运工都没法让我放心：他能突然想起他还是个人——然后我就管不住他了。可知识分子呢？他们早就把这忘得一干二净了。我想，他们所受的一切教育的目的都是为了让他们把它忘掉。对知识分子你可以为所欲为，他们会忍的。"

"终于有一次，"费雷斯博士说，"我与基南先生的意见可以一致了。就算我不赞成他的感受，但至少同意他所讲的事实。你用不着对知识分子担什么心，韦斯利。你就让他们中的一些人领着政府的工资，然后派他们出去把基南先生刚才所提到的原原本本地去宣传宣传；也就是说，受害者只能怪自己。给他们的工资够用就行，头衔一定要响亮——这样他们就会把版权的事扔到脑后，干起活来，效果能超过一整队的执法人员。"

"是啊,"莫奇说,"我明白。"

"我所担心的危险来自另外一个地方,"费雷斯博士沉思着说,"你的那个'自愿礼券'的做法可能会给你造成很多麻烦,韦斯利。"

"我知道,"莫奇沉着脸说道,"我原本是想让汤普森先生就这一点来帮帮我们,但我估计他不行。我们其实没有没收专利的合法权力。哦,可以勉强变通一下用来支持它的法律条文倒是不少,但都不够确切。只要有哪个企业大亨想试试的话,我们就很可能不是对手。况且,我们必须保持表面上的合法性——否则大众是不会买账的。"

"说得很对,"费雷斯博士应道,"最关键的是要让那些专利自愿地交到我们的手上。即使有法律允许我们实行完全的国有化,也还是把它们当成礼物收过来更好。我们要让人们感觉他们还是拥有私有产权的。大多数人是会就范的。他们会在礼券上签字。只需要大肆渲染这是爱国的职责,不肯签字的人便是贪婪至极,他们便会签字。不过——"他停住了。

"我知道,"莫奇说。他显然愈发地不安起来,"我想,总会有一些死脑筋的混账家伙不肯签字——可他们不是主流,影响不够,没人会听他们的,他们自己的社会圈子和朋友会因为他们的自私而背弃他们,因此这不会给我们带来任何麻烦。再怎么说,我们只要掌握这些专利就行了——而那些人既没胆子,也没钱去尝试和我们打官司：但是——"他停住了。

詹姆斯·塔格特往椅子上一靠，望着他们。他开始感到这番对话很有意思。

"是啊，"费雷斯博士说，"我也在想这个问题。我想起了某个能把我们炸成碎片的大亨。我们是否能把碎片再找回来都不好说。在目前这种疯狂的时候，情况如此错综微妙，谁知道会出什么样的事情？什么都可能会被掀翻，让一切努力全都泡汤。假如有谁想这么干的话，那就是他了。他既想这么做，也能做得到。他知道事情的关键在哪里，清楚什么是不能说的——并且他不怕把这些说出来。他知道有一件危险的、致命的危险武器。他是我们的死敌。"

"谁？"洛森问。

费雷斯犹豫了一下，耸耸肩膀回答说："清白无辜的人。"

洛森茫然地瞪大了眼睛："你是什么意思？你说的是谁呀？"

詹姆斯·塔格特笑了。

"我的意思就是，让人投降的办法只有一个，"费雷斯博士说，"就是让他感到罪恶，是用他已经承认了是罪恶的东西。如果谁曾经偷过一毛钱，你把对抢银行的惩罚方式加在他身上他也会认。他会忍受任何形式的不幸，不会指望得到什么更好的结果。如果世界上的罪恶太少的话，我们就必须造一些出来。如果我们灌输给一个人，看春天的花儿是罪恶的，而且他相信我们，可还是那样做了——我们就可以随便整治他了。他不会为自己申辩，不会觉得申辩对他有什么用处，不会顽抗。不过，咱们还是别惹我行我素、问心无愧的人，这样的人我们斗不过。"

"你说的是亨利·里尔登吗？"塔格特问，他的声音异常清亮。

这个他们一直不愿说出口的名字顿时使他们陷入了片刻的沉默。

"如果我说的是他呢？"费雷斯博士小心翼翼地问。

"哦，没事，"塔格特回答，"只不过，如果你说的是他，我就可以告诉你，把里尔登交给我好了，他会签字的。"

他们用不着说什么，全都明白了——从他的语气来看——他不是在瞎吹。

"天啊，吉姆！不会吧！"韦斯利·莫奇大吃了一惊。

"没错，"塔格特说，"当我知道了——我所了解到的事情后，我也惊呆了。我没想到，无论如何没想到是这样。"

"听到这个我感到很高兴。"莫奇谨慎地说，"这个消息很有积极的意义，事实上，它可能非常有价值。"

"有价值——对，"塔格特愉快地说，"你打算什么时候实施这项命令？"

"哦，我们得抓紧行动，不能走漏一点风声。我希望你们都严守机密。我想，再过一两个星期我们就可以向他们公布了。"

"你难道不认为在所有价格被冻结之前，可以考虑调整一下铁路的费率吗？我一直想着上调，一个很小，但是最急需的上调。"

"你和我，咱们再商量一下这件事，"莫奇和气地说，"这可以解决。"他转向了其他人；伯伊勒的脸色阴沉着。"还有许多细节要敲定，但我可以肯定的是，我们这项计划不会遇到任何重大的困难。"他拿出了演讲的声调和姿态；声音听上去很活跃，甚至是兴高采烈，"总会碰到些问题，假如一件事行不通，我们就试着去做另一件事。尝试和出错是行动的唯一实用准则。我们会不断地尝试。如果出现了什么困难的话，要记住它是暂时的，只是在国家紧急状态期间。"

"那么，"基南说，"如果一切都停滞了，要如何去结束紧急状态呢？"

"别太较真了，"莫奇不耐烦地说，"我们必须得对付眼前的情况，只要我们政策大的框架是清楚的，就别纠缠细节了。我们会有这个能力，我们将能够解决一切困难，解答所有的问题。"

弗雷德·基南嗤笑道："谁是约翰·高尔特？"

"不许说这个！"塔格特喊叫起来。

"我对第七点有个问题，"基南说，"它规定自命令之日起，所有的薪水、价格、工资、分红、利润等等都要冻结。税收也一样吗？"

"哦，不！"莫奇喊道，"我们怎么知道今后在哪里要用钱呢？"基南像是在笑。"所以呢？"莫奇不耐烦了，"怎么了？"

"没什么，"基南说，"我刚才已经问过了。"

莫奇往椅子上一靠。"我要跟大家说的是，我很感谢你们来这里把你们的意见告诉了我们，这很有帮助。"他向前俯身，趴在桌上，一边摆弄着铅笔，一边盯着桌上的日历看了好一会儿。随即，他手里的铅笔落下，戳在一个日子上，画了个圆圈。"10-289号命令将于五月一日正式生效。"

所有人都点头表示同意，谁都不看身边的人。

詹姆斯·塔格特站起身，走到窗前，放下百叶窗帘，挡住了外面的白色尖塔。

达格妮刚一醒来，就吃惊地发现眼前灰白的蓝天下面是和以往不一样的高楼尖顶。接着，她看见了自己腿上卷边的薄丝袜，感到腰扭得很难受。她意识到她正躺在办公室的沙发上。桌上的表指向六点十五分，曙光给窗外的高楼镀上了一道银亮的轮廓线。她能想起来的最后一件事便是当窗户一片漆黑，表走到三点半的时候，她倒在了沙发上，当时是想小憩十分钟。

她挣扎着爬起来，感到异常疲倦。桌上台灯的微亮在晨光下淡得很不起眼，依旧照着她尚未处理完的一堆堆索然无味的文件。她要过几分钟再去想这些工作。此时，她拖着疲惫的身躯，走过办公桌,进了她的洗手间,把冰凉的水泼在了脸上。

走回办公室的时候,她的疲劳已经一扫而光。无论前一个晚上如何,她在清晨总能感觉到一种静悄悄的兴奋,这使得她的身体有了绷紧的能量,心中充满了跃跃欲试的渴望——因为这是一天的开始,是她生命中的一天。她俯瞰着城市,街道上依然很清静,这令它们显得宽敞了许多。在春天明亮清新的空气中,它们仿佛期待着已经承诺要在它们身上发生的轰轰烈烈的事情的到来。远处的日历显示着:五月一日。

她坐在桌前,面对枯燥的工作,不屑地笑了。她讨厌这些必须去读完的报告,但这是她的工作,这是她的铁路,而现在是清晨。她点了一支烟,想着在早餐之前能够把这些处理完;她关上台灯,拿起了文件。

这里有来自塔格特系统四个地区总经理的报告,他们因为设备故障而发出的绝望哭诉,经由打字机的键盘,跃然纸上。有一份报告是关于科罗拉多州温斯顿附近的事故的。有一份业务部门的新预算报告,是在吉姆上个星期获得增加运费的批准后重新修订的。她强忍着绝望的愤怒,慢慢地检查着预算列出的数字:所有的计算依据都是运输量保持不变,而上涨的运费则会在年底前带来更多收入;她知道货运量会缩减,提高运费只是杯水车薪,到年底,他们的亏损将是前所未有的巨大。

从公文中抬起头来的时候,她发觉表已经指到了九点二十五分，不觉微微吃惊。她一直能隐约听到外间的雇员们早晨来上班时发出的走动和说话声，她感到不解的是，怎么会没有一个人进她的办公室，而她的电话也一直没响过，通常，这段时间可是最忙的时候。她看了看自己的日历，上面记着，今天上午九点钟，芝加哥的麦克尼尔车厢铸造厂会给她打电话，讨论塔格特泛陆运输已经等了六个月的新货车车皮的事情。

她啪的一声打开了内部对讲机，叫她的秘书。那个姑娘猛然一惊，回答说："塔格特小姐！你是在你的办公室里吗？"

"我昨天又是在这儿睡的，虽然没想，可还是睡这儿了。有没有麦克尼尔车厢铸造厂给我打来的电话？"

"没有，塔格特小姐。"

"他们一来电话，马上给我接过来。"

"好的，塔格特小姐。"

她关掉对讲机，搞不清楚究竟是她多心，还是那姑娘的声音里确实有什么不对：听上去不自然地紧张。

她感到有些饿得头脑发晕，觉得应该下去弄杯咖啡，但还有一份总工程师的报告没看完，于是她又点上了一支烟。

总工程师此时正在出差，检查用从约翰·高尔特铁路上拆下的里尔登合金重修主干线的进展；她选择的是最急需整修的路段。翻读着他的报告，她感到有一股难以相信的怒火——他把科罗拉多州温斯顿山区路段的工程停了下来，建议修改计划。他提出，把用于温斯顿的铁轨调去整修华盛顿到迈阿密的支线,并列举了他的理由:上周,那条支线发生了脱轨事故,正在旅行中的华盛顿的丁其·霍洛威先生和他的一群朋友延误了三个小时;总工程师得到报告说,霍洛威先生对此表示了极其的不满。总工程师的报告写道,虽然从纯技术的角度来看,迈阿密的支线路况要好于温斯顿路段,但不要忘了,从社会的角度出发,迈阿密支线所运载的显然是更重要的旅客。因此,总工程师建议让温斯顿再多等一些时候,为了这条"会产生塔格特泛陆运输难以承受的负面印象"的支线,他建议把不为人知的山区轨道给牺牲掉。

她边看边怒不可遏地在纸的空白处用铅笔做着批注,心里想着,她今天要干的头一件事就是把这种顽劣的疯狂行为遏制住。

电话响了起来。

"喂?"她抓过话筒问道,"麦克尼尔车厢铸造厂吗?"

"不是,"她秘书的声音传了过来,"是弗兰西斯科·德安孔尼亚先生。"

她看着话筒,怔了怔:"好吧,接过来。"

她随即听到了弗兰西斯科的声音。"看来你还和平时一样待在办公室里。"他说道,声音显得狡黠,刺耳,并且紧张。

"那你认为我应该在哪儿?"

"对新出台的这个禁令,你有何感想?"

"什么禁令?"

"对大脑的封锁。"

"你这是说什么呢？"

"难道你没看今天的报纸吗？"

"没有。"

一阵静默之后，他换了副口气，低沉地缓缓说道："最好去看看，达格妮。"

"好吧。"

"那我过一阵再给你打电话吧。"

她挂上电话，按了下桌上的通话器。"给我份报纸。"她对秘书吩咐道。

"好的，塔格特小姐。"秘书答应的声音很勉强。

艾迪·威勒斯走了进来，把报纸放在了她的桌上。他脸上的表情和她从弗兰西斯科的声音中捕捉到的一模一样：预示着某种难以想象的灾难。

"我们谁都不想第一个把这事告诉你。"他静静地说完，便走了出去。

等到过了一阵儿，她从桌后站起来的时候，她感到身体还听使唤，却意识不到自己身体的存在。她感觉到自己是在用双脚站立着，但又似乎是全身笔直地浮在半空。屋里的每一样东西都格外清晰，她却对周围一概视而不见，但她知道如果有必要的话，她会看得清蜘蛛网的丝线，就如同她会像梦游者那样，稳步行走在屋檐之上。她所不知道的是，此时她打量起屋子来，就像是一个已经失去了怀疑的能力和概念的人，留在身体里面的只有简简单单的一种知觉和一个目的。她不知道如此强烈，感觉起来却像是身体里一种凝固而陌生的平静的这个东西，其实便是她能够彻底肯定的力量——这股令她身体发抖的愤怒，令她无论是去杀人还是去死都一样无动于衷的愤怒，便是她对公正的挚爱，是她这一生中唯一得到的挚爱。

她手里攥着报纸，出了办公室，向大厅走去。她穿过外间的时候，知道她的员工们全都把脸转向了她，但他们看来是如此遥远。

她步履轻快地走过大厅，依然是脚不沾地的感觉。她搞不清自己在来到吉姆的办公室之前走过了多少个房间，或者是不是经过了什么人。她沿着自己该走的方向，把门推开，不打招呼就径直走向了他的办公桌。

站在他面前的时候，她手里的报纸已经攥成了一个卷。她把它朝他的脸上甩了过去。它击中他的下巴，落在了地毯上。

"这是我的辞呈，吉姆，"她说道，"我不会像奴隶一样工作，也不会去奴役别人。"

她没有听到他吃惊的喘息声。它被淹没在了她转身离去时身后关门的声音里。

她回到了她的办公室，经过外间的时候，示意艾迪跟她进来。

她声音平静而清晰地说:"我已经辞职了。"

他无声地点了点头。

"现在我还不知道我今后要干什么,我要离开这里,好好想一想再做决定。如果你想跟我一起走的话,可以去伍德斯托克的木屋找我。"那是位于伯克希尔山区的一座很老的狩猎木屋,她从父亲的手里把它继承了下来,已经很久没去过了。

"我想跟你走,"他喃喃地说道,"我想不干了,嗯……可我不能。我不能允许自己这么做。"

"那能不能帮我个忙?"

"当然。"

"以后别跟我提铁路的事,我不想听。除了汉克·里尔登以外,不要告诉任何人我在哪里,如果他问的话,就把木屋和去的路线告诉他。但不许告诉其他人。我谁都不想见。"

"好吧。"

"你保证?"

"当然了。"

"我一旦决定今后怎么办,就会告诉你的。"

"我等着。"

"就这样吧,艾迪。"

他明白,这里说的每个字都是经过了斟酌的,此时,他们之间能说的也只有这些了。他将所有未尽的话语都凝聚在微微的颔首之中，然后走出了办公室。

她看见总工程师的报告还摊开在她的办公桌上，想到她必须马上命令他恢复对温斯顿路段的施工，然后又想起这些事已经再也用不着她去操心了。她感觉不到痛楚。她知道，痛楚随后将会到来，并且将会是撕裂般的剧痛，而此刻的麻木是让她在痛苦降临之前，而不是之后，能够歇息一下，做好去承受的准备。不过这没有关系，如果必须如此的话，那我就去承受这一切——她心里想。

她坐在办公桌前，拨通了里尔登在宾夕法尼亚州工厂的电话。

"嗨，我最亲爱的。"他简单而清晰地问候着，似乎觉得这才是真切和正确的话，而他需要面对现实并坚持正直的理念。

"汉克，我辞职不干了。"

"我知道。"他像是早有预料地说道。

"没有谁来说服我，没有毁灭者，也许其实根本就没有什么毁灭者。我不知道下一步该怎么办，可我必须躲开，这样我才能有段时间用不着去看见他们。然后我会决定以后该怎么做。我知道你现在没法和我一起离开。"

"现在不行，他们限我两个星期之内签署他们的礼券。我想在这里等着两个星期的时限过去。"

"这两个星期——你需不需要我留下来?"

"不,你的情况比我更糟,你手里没有能和他们抗衡的武器,可我有。我想他们这么做也好,可以直截了当地决斗了。不用替我担心,好好去休息,首先把这些都抛开。"

"好的。"

"你要去哪里?"

"去乡下,我在伯克希尔拥有一座木屋。如果你想见我,艾迪·威勒斯会把去那里的路线告诉你。我两个星期之内赶回来。"

"能不能答应我一件事?"

"好啊。"

"在我去找你之前不要回来。"

"可当这一切发生的时候,我想在这里。"

"把它都交给我好了。"

"无论他们要怎样对付你,我想受到和你一样的对待。"

"把它交给我,最亲爱的,你还不明白吗?我想,我现在最想做的事情和你一样,就是对他们一概不见。但我还要留下来再待一阵儿,因此,知道他们至少对你无能为力,我就会感到宽慰。我想在心里保留一个纯净的地方用来依靠。用不了多久我就会去找你的,明白吗?"

"明白,我亲爱的,再见了。"

走出办公室,穿过塔格特泛陆运输长长的大厅,是如此轻松。她看着前方,迈着均匀而不慌不忙的坚定步伐向前走去。她表情平静,但因自己平和地接受这一切而露出了一丝惊讶。

她走过车站的候车大厅,看见了内特内尔·塔格特的雕像,但她没有从它上面感到一丝痛苦和耻辱,只是感受到了她心中的爱正渐渐地充盈着,只是感到她将要与他会合,并不是去迎接死亡,而是汇入他曾有的生活。

第一个从里尔登的工厂退出的是汤姆·科比。他是轧钢车间的工头,也是里尔登公司工会的负责人。十年来,他一直备受来自全国各地的谴责,因为他那个工会是"公司的联盟",他从没有参与过和管理层的任何剧烈冲突。事情的确如此,本来就没有冲突的必要:为了达到他的要求,里尔登支付的工资要高于全国任何一家工会制订的工资水准,因此,他手下这支工人队伍的素质之优,也是独一无二的。

汤姆·科比告诉他自己要辞职之后,里尔登点了点头,什么也没说,什么也没问。

"我不会在这种条件下工作,我自己,"科比平静地补充说,"也不会让手下的人这么工作。他们信任我,我这只领头羊不会去做犹大,把他们领入重重包围。"

"你以后打算靠什么生活?"里尔登问。

"我的积蓄能让我撑上一年。"

"那以后呢？"

科比耸了耸肩膀。

里尔登想起了那个眼里带着愤怒、在夜晚如同罪犯般挖煤的年轻人。他想起了全国各地漆黑一片的道路、小巷和院落。最优秀的人们正是在那里凭借最原始的交换，冒着风险，用不为人知的方式来满足彼此的需要。他想到了路的尽头。

汤姆·科比似乎明白他在想些什么。"你的那条路和我的结果是一样的，里尔登先生，"他说，"你打算把你的心血让给他们吗？"

"不。"

"那么然后呢？"

里尔登耸了耸肩。

科比被炉火烤得黝黑的脸上布满了煤烟刻下的皱纹，他用那双黯淡而精明的眼睛打量了他一会儿。"多少年来，他们总是跟我们说是你在和我作对，里尔登先生。其实并非如此，和你我作对的是沃伦·伯伊勒和弗雷德·基南。"

"我知道。"

"奶妈"从没进过里尔登的办公室，仿佛感觉那个地方他没有权利进入。他一直在等里尔登到外面来的机会。这项命令使他成了工厂超产或低产的正式监督人。几天之后，他在一排排平炉之间的通道上叫住了里尔登，他的脸上带着一种奇怪的激烈情绪。

"里尔登先生，"他说，"我想告诉你的是，假如你要以十倍于限额的产量去生产里尔登合金、钢材、生铁，或者其他任何东西，私下以任何价钱把它们卖给任何地方的任何人——你尽管放手去干好了，我来善后。我可以在数据上做手脚，伪造报表，找假证人，编造口供，我来作伪证——这样你就用不着担心，不会有任何麻烦！"

"你为什么要这么做？"里尔登笑着问，但他一听到年轻人诚恳的回答，脸上的笑便不见了。

"因为我想做一回有良心的事。"

"这可不是有良心的做法。"里尔登刚一开口，便止住不说了。他意识到了这正是应有的做法，也是唯一的做法，意识到了这个年轻人要战胜精神上的多少重磨难才能有这个重大发现。

"看来这词用得不对，"年轻人怯声说道，"我知道这是陈词滥调：我不是这个意思。我的意思是——"一声绝望的令人难以置信的愤怒吼叫猛然响起，"里尔登先生，他们没有权利这么做！"

"做什么？"

"从你手里抢走里尔登合金。"

里尔登笑了笑，感到了一种绝望的同情，说："别想它了，不存在什么绝对。不存在什么权利。"

"我知道不存在，可我是说……我是说他们不能这么做。"

"为什么不能?"他忍不住笑了。

"里尔登先生,不要签这个礼券!为了原则,不要去签。"

"我不会签的。不过,根本就不存在什么原则。"

"我知道不存在。"他像一个认真的学生那样诚实,极其恳切地重复道,"我知道一切都是相对的,没有人能无所不知,理性是一种假象,而现实根本就不存在。可我说的是里尔登合金。不要签字,里尔登先生,不管什么良心不良心,原则不原则,只是别去签这个字——因为这不对!"

没有别人当着里尔登的面提起这道命令,沉默成了工厂里一道新的景象。当他出现在车间的时候,人们不和他交谈,他发现,他们彼此之间也默默无语。人事部门没有接到正式的辞呈,但每天早晨都会有一两个人不见,并从此不再露面,当向他们的家人询问时,便发现他们已经搬家而去。人事部门没有依照命令上报他们逃跑,然而,里尔登发现工人中间开始出现陌生的、在长期的失业下扭曲而疲惫不堪的面孔,并且听到人们称呼他们时使用的是那些离开的人的姓名。对此,他没有过问。

全国上下一片沉默。他不清楚有多少企业家在五月一日和二日放弃了工厂,从此离去和消失。他自己的客户当中就有十个,其中包括芝加哥麦克尼尔车厢铸造厂的麦克尼尔。他无法了解别人的情况,报纸上没有相关的报道。突然之间,有关春天的洪水、交通事故、学校野餐和金婚庆典的报道充斥着报纸的头版。

他自己的家里沉寂无声。莉莉安于四月中到佛罗里达度假去了,这一古怪的做法令他感到惊异:自从结婚以来,这还是她头一次单独出门旅行。菲利普在躲着他,看上去有些惊慌失措。他妈妈带着一脸的责备和困惑对他怒目而视。她什么都不说,却总是在他面前涕泪横流,似乎是在提醒他,无论她预感到有什么样的灾难即将降临,她的眼泪才是他首先要考虑的因素。

五月十五日这天上午,他坐在了办公桌后面,眼前的厂区一览无遗。他望着五颜六色的烟尘在晴朗蔚蓝的天空中升腾。某些透明无色的烟尘如同热浪一般,虽然看不见,却使得它们后面的建筑物微微颤动;空中是一道道红色的烟雾,缓慢腾曳的黄色烟柱,轻飘飘的螺旋状蓝色烟雾——以及正浓烈喷吐着的圆圈,看上去如同卷起来的丝绸一样的螺栓,在夏日的照耀下,散发着珍珠牡蛎般的粉红光泽。

他桌上的蜂鸣器响了起来,传出了伊芙小姐的声音:"弗洛伊德·费雷斯博士要见你,他没有预约,里尔登先生。"尽管她的语气仍旧严谨庄重,却像是在问:我是不是要把他轰出去?

里尔登无动于衷的脸上微微有一丝惊讶:没想到来者居然是他。他淡淡地回答说:"让他进来吧。"

费雷斯博士向里尔登的办公桌走来时脸上没有一点笑容,但他的神情似乎是在表示,他此刻足可以笑着进来,里尔登也完全清楚这一点，因此他就用不着做得那么明显了。

他不等别人请，便一屁股坐在了桌前的椅子上，把随身携带的公文包放到了膝盖上面。他的举止仿佛意味着再去说什么已经纯属多余，因为他在这间办公室里的再一次出现已经说明了一切。

里尔登坐在原地，在耐心的沉默之中打量着他。

"因为过了今天午夜，签署国家礼券的期限就将过期，"费雷斯博士如同给了顾客好大面子的销售员一样说道，"所以我是来这里拿你的签字的，里尔登先生。"

他顿了顿，表示按理说现在应该听到回答了。

"接着讲，"里尔登说，"我听着呢。"

"是啊，我想我应该解释一下，"费雷斯博士说，"我们想今天早一些得到你的签字，这样就可以在全国的新闻广播里公布这件事了。尽管礼券的计划进行得很顺利，但还是有几个顽固分子没有签字——其实他们都是些小货色，手里的专利没有什么价值，不过我们不能让他们逍遥法外。你能理解，这是个原则问题。我们相信，他们是在等着看你下一步怎么走，你的号召力很强啊，里尔登先生，远远超出了你所怀疑或能够加以利用的范畴。因此，你签署的声明将打破他们顽抗的最后一线希望，并且会在午夜之前带来最后一批签字，从而使计划如期完成。"

里尔登明白，假如费雷斯博士不是胸有成竹的话，是绝不会说出这番话来的。

"接着讲，"里尔登淡淡地说，"你还没说完呢。"

"你知道——正如你在出庭时所表现出来的那样——让受害者主动把财产交给我们是多么重要，原因也很清楚。"费雷斯博士打开了他的公文包，"这是礼券，里尔登先生。我们已经把它填好了，只需要你在下面签上名字。"

他放在里尔登面前的这张纸看上去像是小一号的大学毕业证，里面的内容用老式的花体印刷，然后用打字机敲好了细目。这东西上面写着，亨利·里尔登将有关"里尔登合金"的全部权利特此上交给国家，该合金从此可由任何人生产，并根据人民代表的建议，改名为"神奇合金"。里尔登瞧着这张纸，搞不懂这究竟是对规矩的有意讽刺还是低估了他们这些受害者的智商，设计者竟然在这份文件的背景底色上淡淡地勾勒出了一幅自由女神像。

他的目光慢慢地移到了费雷斯博士的脸上。"按理你是不会来的，"他说，"除非你手里有对付我的什么王牌，是什么？"

"当然，"费雷斯博士说，"我料到你能想到这一点，所以就不必多费口舌了。"他打开公文包，"你想见识一下我的王牌吗？我这里有几件样品。"

就像打牌作弊的老手可以啪的一声单手挥出一长串牌一样，他在里尔登面前摆下了一排照片。这些照片是从酒店和停车场的登记簿上直接翻拍的，是里尔登的笔迹，登记着史密斯夫妇的名字。

"你当然清楚这件事,"费雷斯博士轻声说道,"不过,你也许还想看看我们是不是知道这个史密斯夫人就是达格妮·塔格特小姐。"

他从里尔登的脸上看不出任何表情。里尔登并没有趋前俯下身子去瞧那些照片,而是脸色凝重地坐在那里低头看着,似乎离得远些就能从中发现一些他所不知道的东西。

"我们还掌握了其他的大量证据,"费雷斯博士说,然后把一张珠宝商的账单照片甩到了桌上,是那个红宝石项链坠。"你应该不需要再看公寓门童和夜班员的证词了吧——除了会告诉你有多少证人知道你过去两年来是在纽约的什么地方过夜,对你来说没什么新鲜的。你可不能过于责怪他们。像我们这种时代的一个有意思的特点是,人们开始不敢去说他们想说的话了——而一旦被问到,对他们本不愿说的违心的话又不敢不说。这是意料之中的事。不过,如果你知道是谁最先把线索告诉了我们的话,一定会大吃一惊的。"

"我知道是谁。"里尔登说,他的声音平淡无奇。对他来说,出门去佛罗里达旅行这件事已经不再费解了。

"我的这张王牌对你个人构不成任何伤害,"费雷斯博士说,"我们清楚,你不会在任何一种个人伤害面前让步。所以,我坦率地告诉你,这件事一点也伤不着你,它只会伤害塔格特小姐。"

里尔登现在正直直地看着他,但不知为什么,费雷斯博士总觉得这张安详而不露痕迹的面孔是在朝着一个遥远的地方凝望着。

"如果你们这件绯闻传遍全国的话,"费雷斯博士说,"就算伯川·斯库德这样的诬蔑老手,也不可能对你的名声造成什么实质上的损害。顶多是在更加热闹的交际场合会有人好奇地多看你一眼,吃惊地瞪瞪眼睛罢了,你完全可以轻松过关。这样的事对男人来说算不得稀奇,事实上,这反而会提高你的声望,会在女人和男人中间为你增添一分浪漫的魅力,在人们羡慕艳遇的本性驱使下,它会给你带来某种威望。但对于塔格特小姐来说——她的名声向来清白,从不涉足丑闻,在男性化十足的商界里占有了女人特殊的一席之地——会给她造成什么样的后果,会让每一个见到她的人怎么想她,会听到与之打交道的每个男人怎么说——这些,我还是让你自己去想象和考虑吧。"

除了极其镇定和清醒,里尔登已经浑然无觉。仿佛有个声音正在严厉地对他说着:到时候了——舞台的灯打开了——看看吧。他赤身裸体地站在强烈的灯光之下,看起来平静而庄重;他身上所有的恐惧、痛苦和幻想都不复存在,只剩下求索的渴望。

听到他缓缓地开口说话,费雷斯博士感到很是吃惊。他的语气十分冷静,语句简单得不像是在与他的听众对话:"不过,你们之所以有这样的算计,都是因为塔格特小姐是一个贞洁的女人,而不是你们所说的荡妇。"

"是的，当然了。"费雷斯博士说。

"再有就是，我绝不是随便玩玩而已。"

"没错。"

"如果她和我是你们所说的下三烂，你的王牌就不起作用了。"

"对，完全没作用。"

"如果我们的关系是你们所说的堕落，你就伤不着我们的一根毫毛。"

"对。"

"那我们就在你们的势力范围之外了。"

"的确——是这样的。"

里尔登并不是在与费雷斯博士交谈，他眼前是自柏拉图那个年代以来出现的一长串人，他们的子孙后代和最终的产物便是一个软弱无能的小教授，长着一副吃软饭的小白脸，怀着一颗宗教凶手的心肝。

"我曾经给过你机会，让你加入我们，"费雷斯博士说，"你拒绝了。现在你看到后果了吧。我想象不出，你这么聪明的一个人居然认为可以如此简单地获得胜利。"

"可是，假如我加入了你们，"里尔登依然心不在焉，仿佛说的和他自己无关，"我又能从沃伦·伯伊勒身上找到什么值得抢的东西呢？"

"哦，咳，这世上可以被剥削的傻瓜多得是。"

"是像塔格特小姐，像肯·达纳格、艾利斯·威特，还有我这样的？"

"是所有不现实的人。"

"你是说生活在地球上就是不现实的？"

他不知道费雷斯博士是不是回答了他的话，他再也不去听了。他的眼前浮现出沃伦·伯伊勒晃晃悠悠的嘴脸和那上面像猪一般眯缝的小眼睛，出现了莫文先生像面团一样的脸，对于任何一个说话者或者事实，他的眼睛总是在闪避——从大猩猩凭借力气学会模仿的不连贯的重复动作里，他看到他们正同样地比画着制造里尔登合金，根本不知道，也不可能知道里尔登钢铁公司的实验室在十年当中经过了怎样不懈而痛苦的努力。他们现在把它称作"神奇合金"倒是恰如其分——对于那十年，以及孕育了里尔登合金的才华，神奇是他们所能想出的唯一的名字——这种合金在他们的眼里只能用神奇来概括，这种合金的由来不被知晓，也无法知晓。它不过是自然存在的一样东西，用不着去解释，只是像一块石头或一根野草那样被占有，成为他们的就可以了——"我们是否允许很多人继续生活在贫困之中，而同时却允许极少数人独占更好的产品与服务？"

假如我不懂得生命是要依靠我的思想和努力的话——面对着排列在数百年间的一长串的人，他无声地说道——假如我不是把尽自己最大努力和最大限度地发掘自己的头脑当成我的最高理想的话，你们从我的身上就找不到任何可以掠夺，任何可以维持你们自己生存的东西：你们用来迫害我的不是我的罪过，而是我的良心——是你们亲口承认的我的良心，因为你们自己的生命要依赖于它，因为你们需要它，因为你们并不想毁掉我的成就，而是要占有它。

他记起了那个科学的寄生虫对他说过的话："我们追求的是权势，就是这样。你们这些人都是胆小鬼，而我们知道真正的诀窍。"我们并不追求权势——他对寄生虫精神的继承者们说道——而且我们不靠我们所唾弃的手段去生活。我们把生产创造力奉为美德——并且根据一个人的道德水准去衡量他应得的回报。我们不会利用罪恶来牟取利益——不会因为要开银行而要求有银行抢劫犯，或者因为想有自己的家就去要求有强盗，为了保护我们的生命就去要求有杀人的凶手。而你们明明需要人的聪明智慧所创造出的产品——却宣称生产创造力是自私的罪恶，根据一个人生产创造力的大小来决定他该蒙受多大的损失。我们靠的是我们所坚信的善，惩罚的是我们所认为的恶。你们靠的是你们口口声声谴责的恶，惩罚的是你们心里明白的善。

他想起了莉莉安试图用在他身上的惩罚模式，他曾经不相信会有如此狠毒的方法——然而现在，他看到它作为一种思想体系和一种生活方式，已经是无所不在地彻底运行了起来。原来如此：这种惩罚需要利用受害者自己的美德作为支持它运转的动力——他发明的里尔登合金被用来当作压榨他的理由——达格妮的正直人品以及他们之间的亲密关系被用来当作勒索的工具，如此的勒索对无耻之徒则全然不起作用——在欧洲，用来束缚成百上千万人的正是他们求生的欲望，正是他们在奴役之下被耗尽的力气，是他们可以养活主人的能力，是把他们对孩子、妻子和朋友的爱扣下来作为抵押的制度——将他们的爱心、能力和快乐变成威胁的弹药和勒索的诱饵，把爱和恐惧、能力和惩罚、雄心和霸占紧紧连在了一起，讹诈成了法律，一切的努力和成就带来的回报根本谈不上是在追求快乐，只是为了挣脱苦难——利用人们具有的求生的力量和在生命中寻找到的一切欢乐来奴役他们。这就是全世界都接受的规范，这个规范的关键在于：把人们对生存的热爱与备受折磨的工作绑在一起，如此一来，只有无所贡献的人才会无所畏惧，为生命带来活力的美德和为生命赋予意义的价值便成了毁灭生命的代理人，如此一来，人的专长成了折磨人的工具，而人生活在地球上就变得极不现实了。

"你奉行的是生命的准则，"他无法忘记一个人的声音，"那么他们奉行的又是什么呢？"

这个世界为什么会接受它？他心里在想。受害者怎么会认可这样一部宣判他们的存在有罪的法典呢？……随即，一些景象猛然间出现在他的眼前，带给他内心的剧烈震荡令他彻底地呆坐不动了：他过去难道不也是这样做的吗？对于诅咒自我的法典，他过去不也是认可的吗？达格妮——他想着——还有他们对彼此的深情……这种对无耻之徒不起作用的讹诈……他不也曾经称它是下流无耻的吗？这些人中的败类此时正威胁着要在大庭广众面前对她进行的侮辱，他不也曾经第一个向她甩去过吗？他过去不是把他发现的最大的幸福当成罪过吗？

"你不能容忍金属合金里存在百分之一的杂质，"那个难以忘怀的声音在对他说，"那么在你自己的道德准则里，你能容忍的又是什么？"

"怎么样，里尔登先生？"费雷斯博士的声音传了过来，"现在你明白我的意思了吗？是把合金给我们呢，还是把塔格特小姐的卧房公开展示给大家看？"

他对费雷斯博士视而不见，眼前无比清晰，仿佛一道探照灯为他揭开了所有的谜团，他看到的是与达格妮初次相遇的那一天。

那是她担任塔格特泛陆运输副总裁的数月之后，他听说铁路是由吉姆·塔格特的妹妹在掌管，对这个传闻将信将疑。那年夏天，对于塔格特为一条新铁路所下的铁轨订单的一再拖延和前后矛盾，他感到很恼火，塔格特对这个订单总是一会儿要下，一会儿要改动，一会儿又要取消。有人告诉他，假如他想弄清楚塔格特泛陆运输的事，最好还是去和吉姆的妹妹谈。他给她的办公室打了预约电话，坚持要在当天下午就去。她的秘书告诉他，塔格特小姐那天下午正在位于纽约和费城之间的米尔福特站的新线路工地上，如果他愿意的话，她很想在那里见他。他愤愤地前去赴约。他对自己以前遇到过的商界女人很反感，并且觉得铁路可不是让一个女人来玩的。他料想她是个继承了家业，骄纵无比，凭着她的名声和女人的姿色作资本，眉毛拔得光秃秃的浓妆艳抹的女人，就像是百货商场的女主管那样。

他从一列长长的火车的最后一节车厢里下来，离米尔福特站的站台还有很远一段距离。在他的周围，铁道副线、货车车皮、吊车，以及不断喷出的蒸汽，从主轨道沿着山谷的山坡一直延伸下去，人们正在那里铺设新线路的路基。他顺着副线向车站走去，然后停住了脚步。

只见一个女孩站在一节平底货车装载的一堆机器设备上面，抬头向山谷望去，缕缕头发在风中四下飞舞。她那身朴素的灰色套装像是一层薄薄的金属，包裹着她站在洒满阳光的蓝天之下的苗条身躯。她姿态轻盈，于不经意间将她高傲纯粹的自信表露无遗。她在观察着施工的情况，眼神专注而执着，充满了对自己明察秋毫的能力的欣赏。看上去，此时此地乃至整个世界都仿佛为她所拥有，仿佛陶醉和享受便是她的天性。她的脸是活跃而有生命力的智慧的生动体现，这张年轻姑娘的脸上有着一个成熟女人的嘴巴。她似乎对自己的身体毫无意识，只是把它当作一件绷紧的工具，随时依照她的意愿为她服务。

假如他片刻之前问过自己，他心目中是否有过他所希望看到的女人的形象，他一定会说没有。然而看见她之后，他知道这便是他心目中的形象，并且已经在他心中埋藏了许多年。但他看她的目光并不是像看一个女人那样的。他全然忘记了自己置身何地和来此的目的，顿时陷入了孩子一样的喜悦里，陷入这出乎意料的发现所带来的兴奋之中。令他感到惊讶的是，他意识到对于自己所看见的东西，他难得这般真心地喜欢，喜欢得如此彻底而毫无保留。他带着浅浅的笑容，如同在看一座雕像和一幅风景画那般，仰起头望着她。他感受到的只是眼前的愉悦，是他从未体会过的最具美感的愉悦。

他看见一个扳道工走了过来，于是用手一指，问道："她是谁？"

"达格妮·塔格特。"那人答了一句，继续往前走着。

里尔登觉得这几个字似乎击中了他的喉咙。他感到一股气流先是让他窒息，过了一阵儿，才缓缓地涌入他的身体，带来一种沉甸甸的，把一切都吸得干干净净的重量，让他动弹不得。他异常清醒地知道自己在什么地方，知道这个女人的名字以及它所代表的全部意义，但这一切像潮水一样向四周退落，并形成一股压力，把他作为这个圆圈的意义和本质，独自留在了中央——对他来说，唯一真实的是想要得到这个女人的欲望，就在此时此地，就在阳光普照着的那节货车的车厢顶上——二话不说地就去占有她，以此作为他们见面的第一个行动，因为它已包含了所有要说的话，因为他们早该如此了。

她转过头，慢慢地环顾四周，直到看见他的眼神，便停了下来。他肯定她是瞧出了他眼里的欲望，并被它紧紧抓住了，然而，她没有对自己流露出这一点。她的眼睛接着便移开了，他看到她向一个站在车厢边上、手里正拿着本子作记录的人交代着什么。

有两样东西令他感到震惊：他回到了他正常的现实之中，随之而来的还有负疚感所带来的巨大冲击。一时间，他觉得自己接近的是一种没有人能在彻底体会后还安然无恙的感受：那就是憎恨自己——更糟糕的是，他的某一部分对此并不愿意接受，这就让他的罪恶感更强烈了。它不是能够用语言逐步表达出来的，而是情绪在一瞬间作出的判断，告诉他：这就是他的本性，这就是他的下流——他一直难以抑制的可耻欲望，在他所发现的唯一的美好面前，向他袭来。他从没想到它的来势会是如此凶猛，他现在能做的只是把它隐藏起来，并且鄙视自己，但是，只要他和这个女人还活在这个世上，它便无法摆脱。

他不清楚自己在那里站了多久，或者这段时间对他的内心造成了多么大的破坏。他还能守住的唯一意志便是决心一定不能让她知道他的想法。

他一直等到她下到地面上,那个手拿记录本的人离开之后,才向她走去,冷冷地说:

"是塔格特小姐吧?我是亨利·里尔登。"

"噢!"只是稍稍的一个停顿,然后他听到了平静自如的"你好,里尔登先生"。

尽管不对自己承认,但他知道这个停顿是出自和他一样的感觉:她欣喜于这张她喜欢的脸庞属于一个她可以敬仰的人。他和她一说起公事来,态度比跟任何一个男性客户交往时更加严厉和粗暴。

此时,他的目光从记忆当中那个车厢顶上的姑娘回到了放在办公桌上的礼券,他感到这两者撞击在了一起,把他在它们之间曾经有过的一切疑问和日子都熔化一空,凭借着爆发出的耀眼光亮,他看清了最终的结果,找到了对他的所有问题的解答。

他在想:我是有罪的?这罪比我知道的要大,远远超出了我曾经想到的,我的罪行便是将我一生中最美好的东西咒骂为罪恶,我所咒骂的是自己的身心合一、身体在与心灵呼应这样一个事实。快乐是存在的核心,是每一个生命的动力,正像它是人的精神目标一样,它也是人身体的需要,我的身体不是一堆僵肉,而是一架机器,能让我体会到无上的欢乐——可以把灵魂和肉体结合在一起,可我曾经诅咒这样的事实。正是被我诅咒为可耻的那种能力,使我对荡妇毫不动心,却给了我欲望,让我对一个了不起的女人作出回答。那个被我诅咒为下流的欲望，并非是因为看到了她的身体，而是因为我知道我所看到的这个可爱的外表，体现了我所看到的精神——我想要的不是她的身体，而是她这个人——我必须拥有的不是那个穿着灰衣服的女孩，而是那个掌管铁路的女人。

可我却对自己的身体能够表达心中的感受加以诅咒，把我能够献给她的最好礼物贬低成了对她的侮辱，这正如他们所贬低的我有把心里的想法转化为里尔登合金的能力一样，正如他们所诋毁的我有让一切为我所用的力量一样。我遵照他们的授意，接受了他们的准则，并且相信人的精神价值必须保持为一种无力的幻想，而不靠行动去体现，不转化为现实，与此同时，人的身体必须愚蠢而可耻地生活在苦难之中，那些试图享受它的人则一定要被看成低等的动物。

我破坏了他们的法典，却落入了他们设下的圈套，那法典是设计好要被破坏的。我没有因自己的反抗而感到自豪，我把它当作了罪责；我没有去诅咒他们，我诅咒的是自己；我没有诅咒他们的准则，我是在诅咒存在——而且我把自己的快乐当作可耻的秘密隐藏起来。我应该光明正大地生活，我们有权利这样生活——或者让她能够名副其实地成为我的妻子。可我把我的幸福看作罪恶，让她蒙受了耻辱。他们现在想对她做的那些事情，我已经先做了，是我成全了他们。

在那样去做的时候,我怀着的是对最下贱的女人才有的可怜之心。这也是他们的准则,而我接受了它。我曾经相信一个人对另一个人负有无须偿还的义务,对于一个什么都无法给我,悖逆了我的一切生活追求,要把她的幸福建立在我的痛苦之上的女人,我还相信过我有责任去爱她。我曾经相信爱是一种不会改变的礼物,一旦得到了,就无须再去努力——正如他们相信对财富的拥有是一成不变的,只要抢到手,就不用再费什么劲了。我把爱当作赏赐,而不是努力的回报——正如他们相信他们有权不劳而获地去占有财富。他们相信只要他们想要,就可以占有我的能量,与此相同的是,我曾经相信,因为她没有得到幸福,所以我就应该把一生全都给她。我忍受了十年的自我折磨,为的不是公正,而是怜悯。我把怜悯放到了我自己的良心之上,这就是我所犯下的罪的核心。这一罪行在我对她说这番话的时候就已经犯下了:"要是依我的标准,维持咱们的婚姻就是一场恶毒的骗局。但我和你的标准不同。我不明白你的标准,从来就没明白过,但我会接受它们。"

此刻,那些我曾经糊里糊涂地接受的标准就躺在我的桌子上,这就是她爱我的方式,我对这样的爱从不相信,却企图去忍耐。这就是不劳而获的最终产物。我曾经以为只要受苦的只有我一个,那么不公正也没什么不对,但实际上,没有任何理由可以为不公正开脱。这就是接受自我牺牲这个可怕的恶魔之后所受到的惩罚。我以为只有我是受害者，其实我是把最高尚的女人牺牲给了最卑鄙的东西。当一个人违背了公正，靠着怜悯去行事的时候，他就是在为邪恶而惩罚善良；当一个人把罪犯从苦难中拯救出来，他就是在逼迫无辜的人去受苦。什么都逃不脱公正，无论是物质还是精神，普天之下没有不付代价就能得到的东西——如果有罪的人不去付，那就得由无辜的人去付。

打倒我的不是那些小小的财富掠夺者——而是我自己。他们没有卸下我的武器——是我把自己的武器给扔掉了。我只能赤手空拳地去进行一场难以取胜的较量——因为敌人唯一的力量来自于人们良心中的愧疚——而我所接受的准则使我把自己双手的力量看成一种罪恶和污点。

"给不给我们合金啊，里尔登先生？"

他的眼睛离开了桌上的礼券，向那个记忆当中货车上的女孩看去。他扪心自问，能不能把当时看见的那个光彩夺目的人交给那些思想的掠夺者和媒体的杀手们？他能够让无辜的人继续承受惩罚吗？他能让她站到那个原本是他该站上去的审判台吗？在她，而不是自己，将要蒙受耻辱的时候——在所有的污秽都将朝她，而不是朝自己泼过来的时候——在她不得不去抗争，而他却会幸免的时候——他能对敌人的规则发起挑战吗？他能将她的生活投进这个只有她独自去忍受的地狱吗？

他坐在那里，一动不动地望着她。我爱你，他对那个货车上的姑娘默默地说出了四年前那个时候就想表达的心意，尽管他的第一次表白是出现在这样的情况下，他依旧从这几个字当中体会出了庄严的幸福。

　　他看了看眼前的礼券。达格妮，他在想，如果你知道的话，一定不会让我这样去做，你听说后一定会因此而恨我——但我不能让你去替我还债。错是我犯的，我不能把自己要受的惩罚推给你。即使我现在别的什么都没有，至少还有这些：我看清了真相，不再被他们的罪责困扰，我现在可以在自己的眼前堂堂正正地站起来，我生平第一次彻底地清楚了，我没有错——我会永远忠实于我从未违背过的准则：做一个自食其力的人。

我爱你，他对货车上的姑娘说，似乎感到那年夏天的阳光照到了他的额头上，似乎觉得他也站在辽阔的天空下，面对着平坦无垠的土地，抛开了自己以外的一切。

"怎么样，里尔登先生？你打算签字吗？"费雷斯博士问。

里尔登的眼睛转向了他。他忘记了费雷斯还在这里，不知道费雷斯刚才是在说话，争辩，还是在无声地等候。

"哦，这个啊？"里尔登说。

他拿起一支笔，再不多看，像百万富翁签支票一般，自如地将自己的名字签在了自由女神像的脚下，然后一把将捐赠礼券从桌面上推了过去。

大脑停转

the Moratorium on Brains

7

"你最近跑到哪儿去了？"艾迪·威勒斯在地下餐厅问那个工人，然后又接着说，"哦，我知道，是我自己好几个星期都没来了。"他的笑容里已经带着恳求、抱歉，以及承认自己的绝望的神情。他笑得很勉强，如同是变成残疾的小孩，试图去做一个再也不能完成的动作。"我的确来过一次，大约是两个星期前吧，可你那天晚上没在这里，我还在担心你是走掉了……这么多的人一声招呼都不打就消失了。我听说有成百上千的人在全国飘忽不定，警察因为他们擅离职守而一直在进行搜捕——人们称他们为逃亡者——但他们的人数实在太多，监狱也养不起，所以——后来就谁都不管了。我听说逃亡的人们只是在四处流浪，干着零碎的杂活，有的甚至更惨——这阵子，谁又能有什么零活让他们去做呢？……我们失去的是最棒的人手，都是在公司干了二十年以上的人。为什么一定要把他们拴在工作上呢？那些人根本就没打算过要离开——可如今，他们稍不满意就走人，不分白天还是夜晚，随时把手里的工具一扔就走了，把各种各样的烂摊子甩给了我们——那些人在过去只要是铁路有需要，就会跳下床跑着赶过来……你应该瞧瞧我们现在为填补空缺而招来的那些废物。有些人心眼还算不错，却胆小怕事。剩下的都是些我都没想过还会存在的渣滓——他们把工作搞到手之后，知道一旦进来了，我们就不可能开除他们，因此就明目张胆地表现出他们根本不打算为了工资而工作，并且就没这么打算过。他们是那种喜欢现状的人——就愿意是现在这样子。你想象得到居然还会有人喜欢这样吗？可是，就是有……你知道，我觉得我简直没法相信——看看这些日子发生在我们身上的这些事。就这样发生了，可我不相信。我总在想，疯狂的状态指的是人分辨不出什么是现实，现在倒好，现实就是疯狂——如果我承认它是真的，我不就精神错乱了吗？……我继续去工作，不断对自己说，这里是塔格特泛陆运输。我一直在等着她——等着她回来——等着门随时被打开——哦，老天，我不该这么说！……什么？你知道？你知道她已经走了？……他们把这事当成秘密，但我想人人都知道了，只是谁都不敢去说而已。他们跟人家说她是请了假，她的职位仍然是主管业务的副总裁。我想，只有吉姆和我知道她是彻底辞职了。吉姆生怕她辞职的事一旦传开，他在华盛顿的那些朋友会为此怪罪他。地位显赫的人物如果辞职的话，对公众的信心会有灾难性的影响，吉姆可不想让他们知道，他自己的家里就出了一个逃亡者……可是光这些还不算，吉姆害怕的是股东、雇员，以及和我们有生意来往的人。一旦知道她走了，他们就会失去对塔格特泛陆运输的最后一点信心。信心！你会觉得这已经无足轻重了，因为他们谁都对此束手无策。但吉姆明白，我们必须得撑起一些塔格特泛陆运输曾经有过的辉煌的门面。他也清楚这最后的一点辉煌已经随她远去了……不，他们不知道她在哪里……对，我知道，但我不会告诉他们。只有我一个人知道……哦，对了，他们也一直想知道，绞尽了脑汁让我开口，但是这没用。我不会告诉任何人……你该去瞧一瞧坐在她位置上的那个管事的人——我们的新任副总裁。哦，当然了，我们是有一个——也就是说，我们有，同时又没有。这就和他们现在干的事情一样——似是而非。他叫克里夫顿·洛西——是吉姆的亲信之一，四十七岁，聪明稳妥，还是吉姆的朋友。他只是临时代替她，但他坐在她的办公室里，我们就都知道他是新的业务副总裁。他发布命令——其实他不想让人看到他的确是在下达命令，他尽力避免去做任何决定，这样就没什么事情能怪到他的头上了。你看，他不是想要管理铁路，而只是为了能有一份工作。他不愿意去管火车——他是想讨好吉姆。他才不管火车是否还在运行，一心想的只是给吉姆和华盛顿的那帮人留下个好印象。到目前为止，克里夫顿·洛西先生已经陷害了两个人：一个是名年轻的第三助理，因为他没有把洛西先生从未下达的命令给传达出去——还有一个货运经理，因为他签署了一个确实是洛西先生下达的命令，只不过没法去证明这一点。他们两个都被联合理事会正式下令开除了……在风平浪静的时候——这种时刻从来不会超过半小时——洛西先生就会提醒我们：'现在可不是塔格特小姐在的那个时候了。'一有风吹草动，他就把我叫到办公室里问——有意无意地像是在扯闲话一般——塔格特小姐过去在这样的紧急情况下是怎么做的，我就会尽我所能地告诉他。我对自己说，这是塔格特泛陆运输，而且……而且我们的决定关系着几十列火车上的成千上万条性命。在风波的间隙里，洛西先生就对我变得极其无礼——因此我想他是用不着我了。他已经表明，对于一切无关紧要的事情，他要改变她过去的做法，但对于要紧的事，他小心翼翼地一点也不敢改动。唯一麻烦的是，这两者他总是不能分得很清楚……进她办公室的头一天，他告诉我说把内特·塔格特的画像挂在墙上不太好——'内特·塔格特，'他说，'属于黑暗的过去，属于那个自私贪婪的年代，确切地说，他算不上我们当代的、进步政策的标志，所以这会让人产生很坏的印象，把我和他混为一谈。''不，他们不会。'我说——但我把画像从墙上摘了下来……什么？……不，她一点都不知道这件事，我没和她联系过，一次都没有。她让我不要联系她……上个星期，我几乎想要辞职，是因为齐克专车的事情。华盛顿的齐克·莫里森先生，谁知道他是干什么的，要到全国做巡回演讲——宣传这项法令，以巩固人们的信心，因为各地的情形都很糟。他提出给自己和随从配备一趟专列——要有一节卧铺车厢、一节会客车厢和带有酒吧和休息室的餐车。联合理事会批准他的火车速度可以达到每小时一百英里——准许令上写着，这是鉴于该旅行是非营利的。哼，这倒不假。走这么一趟，不过是为了劝人们继续拼了命地挣出钱来养活他们这群高高在上、还有理由白吃饭的家伙。这下好了，在克里夫顿·洛西先生命令为他的专列配上柴油发动机车的时候，麻烦就来了，我们没有机车可以给他。我们的每台机车都在用着，拉的是彗星号和横跨全国的货车，整个系统里，连一台也腾不出来，除非是——哼，有关例外的话，我可不想跟克里夫顿·洛西先生去提。洛西先生大发雷霆，冲我们咆哮着说齐克·莫里森先生的要求是不能拒绝的。我不知道是哪个蠢货最终跟他说了，我们在科罗拉多的温斯顿还有一台多余的柴油机车，就停在隧道口上。你现在知道我们这些柴油机车是怎么坏的，它们都是坚持到了最后一口气——这样你就明白那台多余的柴油机车为什么要停在隧道口了。我把这个情况向洛西先生作了解释，跟他好话坏话都说了，我告诉他，塔格特小姐严格规定，在任何时候，温斯顿车站都要有一台备用的柴油机车。他要我记住他不是塔格特小姐——好像生怕我忘了似的！还说这项规定太荒唐，这么多年来一直没出过事，因此一两个月里温斯顿应该没问题，他不会为了某种今后会发生的理论上的灾难而去闯齐克先生眼下就会对我们发怒这样实实在在的大祸。好吧，齐克的专列弄到了柴油机车。科罗拉多分公司的主管辞职了。洛西先生把这个差事给了他的一个朋友。我想过辞职，我还从来没那样想辞职过。可我没有……不是，我没听到她的消息，从她走后，我就没听到过她的半点消息。你干吗总问我她的事？别想了，她是不会回来的……我不清楚我是在指望什么，也许什么都没有吧。我只是过一天算一天，尽量不去想以后的事。一开始，我还指望能有人救救我们，我以为这个人是汉克·里尔登。但他妥协了。我不清楚他们是怎么迫使他签的字，但那一定非常可怕。大家全都这么想，都在议论纷纷，不知道对他施加的压力究竟有多大……不，谁都不清楚。他没有公开讲话，任何人一概不见……不过，你听着，我想告诉你现在大家都在传的另一件事。你能不能靠近一点？我可不想说那么大声。他们说沃伦·伯伊勒好像很早以前就知道那项法令了，应该是几个星期或是几个月之前，因为他根据生产里尔登合金的需要，已经开始在他的一家小型钢厂里秘密改造高炉了，那是在缅因州沿海一带的一个十分偏僻的地方。他做好了合金生产的一切准备，只等里尔登在那封敲诈信上面——我是说那张礼券上面——签字了。不过——你听着啊——在伯伊勒准备开工的前一天晚上，他的工人们正在海岸边的厂里预热炉子，这时，他们听到了一个声音。谁也不知道这声音究竟是从飞机、收音机，还是某种大喇叭里传出来的，但那是一个人说话的声音,说限他们十分钟之内离开这里。他们便撤出了工厂,一路都不敢停下来——因为那个声音自称是拉格纳·丹尼斯约德。半小时之后,伯伊勒的工厂被夷为平地,被毁得连一块完整的砖头都没了。他们说,那一定是从大西洋深处发射过来的远程海炮。谁都没看见丹尼斯约德的船……人们都在私下里议论此事,报纸对此只字不提。华盛顿的人说这不过是吓破了胆子的商人们在以讹传讹……我不知道这是真是假,我想它应该是真的,我希望这是真的……你知道,在我十五岁的时候,我还想不明白为什么有人会成为罪犯,根本就不能理解。现在——现在我为拉格纳·丹尼斯约德轰掉那座工厂感到高兴。愿上帝保佑他,无论他是谁,在什么地方,但愿他们永远找不到他!……是啊,这就是我的感觉,那么,他们认为人应该能承受多少呢?……白天对我来说还不算太糟糕,因为我可以一直忙碌着不去想这些事,可晚上我就躲不过去了,我在床上躺着,几个小时都难以入睡……是啊!你如果非要问——不错,因为我是在担心她!生怕她出什么事。伍德斯托克是个荒无人烟的小地方,而塔格特的木屋还要沿着蜿蜒的小路向荒僻的森林里再走二十英里。现在,全国各地,像伯克希尔这样荒凉的地方,晚上都会有一帮一帮的人在四处游荡,我怎么知道她一个人在那里会出什么事呢?……我知道我不该想这些,我知道她能照顾好她自己。我只是希望能有她的一点消息,希望我能到那里去,可她不让我去,我跟她说我会等的……你知道,你今晚在这里让我觉得很欣慰,和你聊聊……哪怕只是看见你在这儿,对我都是帮助。你不会像其他人那样消失不见吧……什么?下个星期?……哦,是休假。多长时间?……一个月的假期又怎么能用钱来计算呢?……我但愿自己也能这样——自己花钱请一个月的假。可他们不让……真的吗?我太羡慕你了……几年前我还不会羡慕你,但现在——现在我就想走得远远的,现在我真的是羡慕——你在过去十二年,每年夏天都能有一个月的休假。"

道路漆黑一片,却通往新的方向。里尔登走出工厂,没有回家,而是向着费城的方向走去。这段距离走起来十分漫长,可是今晚,他希望像过去一个星期的每一天那样把它走完。空旷黑暗的乡间令他感到安宁,除了他身旁黑暗的树影,没有其他东西,除了他的身体和风中摆动的树枝,没有任何动静,除了在篱笆间幽幽闪烁的萤火虫,没有一丝光亮。从工厂到城市间这两小时的距离,便是他的休憩。

他从家里搬了出来,住进了费城的一所公寓。他没有给母亲和菲利普任何解释,只是告诉他们,如果他们愿意,可以继续在那座房子里住,伊芙小姐会负责处理他们的账单。他让他们转告莉莉安,让她回来后不要去找他。他们被吓坏了,只能呆呆地瞪着他。

他给自己的律师签了一张空白支票,对他说:"帮我办离婚,用什么样的理由和代价都可以。我不管你用什么手段,收买多少他们的审判员,甚至设计圈套让的我妻子上当,怎么干都行。但是,绝不能产生赡养费和财产分割的问题。"律师脸上挂着心领神会和悲哀的笑容,似乎这件事他早有预料。他说:"好吧,汉克,这事没问题,不过需要些时间。""越快越好。"

谁都没有对他在礼券上签字提出任何疑问。但他注意到了厂里的人们看他的时候用的是一种好奇的审视目光,简直就像他们想在他的身体上找到某种受过折磨的伤疤一样。

他没有任何感觉——只是体会到了一种均匀、宁静的黄昏时的感受,如同散布在熔化的金属表面的一层渣滓,慢慢地变硬,吞噬着它下面最后迸发出的那一点灿烂所闪耀的白色光芒。想到那些掠夺者们将要去生产里尔登合金,他已经没有了感觉。他曾一心想要守住他的权利,自豪地成为合金独一无二的生产者,并以此作为他对手下工人们的敬意,作为对自己和他们以诚相交的信念的敬意。这样的信念、尊敬和想法已经不复存在了。人们在生产和销售些什么,他们从哪里买到他的合金,甚至他们是否知道那曾经是他的合金,他对这些已经不再关心了。在城市的街道上,从他身边经过的那些人影成为毫无意义的现实物体。而在乡村——黑暗洗去了人类活动的一切痕迹,剩下的只是一片他曾经能够去面对的大地——这才是真实的。

他听从巡街警察的建议,在兜里揣了一把手枪;他们警告过他,现在只要天一黑,没有一条道路是安全的。他怀着一丝抑郁,觉得有点好笑,其实这把枪应该是在工厂里派上用场,而不是在这样平和安全孤独的夜晚;和那些自称是在保护他的人抢走的东西相比,饥饿的流浪汉又能抢走他什么呢?

他轻快地走着,这样自在的行走让他感到很放松。他想,这段时间是他面对孤单的锻炼;他得学会在生活中不去意识到别人,这样的意识现在令他感到十分厌恶。他过去白手起家,创造了自己的财富;现在,他必须用一无所有的灵魂去重建他的生活。

他会留给自己一小段时间用来锻炼,他心想,然后他就要去索取仍然留在他心中的那份什么都比不上的宝物,那个一直纯洁而完整的欲望:他要去见达格妮。他的心里形成了两个信条;一个是一份责任,另一个是一种激动的愿望。第一个是永远不让她知道他向掠夺者屈服的原因;第二个就是把他第一次见到她时就该明白,在艾利斯·威特家的走廊上就该对她说的话说出来。

在他走着的时候,只有夏夜明亮的星光能给他指引方向,不过,他认得出高速公路,还有前方乡间十字路口处石头围墙的断垣。这道围墙已经没什么要守护的了,那里只有一片杂草,一株垂向道旁的柳树,以及远处一座残破的农舍,星光从屋顶漏了进去。

他一边走一边想,即使是眼前的这幅景象,也依然保留着价值的力量：它让他相信，很多地方还没有受到人类的侵袭。

路上突然闪出了一个人，他肯定是从柳树后面出来的，但动作之快，倒像是从高速公路的中间冒出来的。里尔登的手摸向口袋里的枪，但随即便停住了：那个站在空旷之中的傲然身形，那在星光灿烂的夜空衬托下的笔直肩膀，让他明白此人不是强盗。那人一开口，他便知道他也不是乞丐。

"我想和你谈谈，里尔登先生。"

这声音听上去坚定而清晰，并有一种习惯发号施令的人才有的特殊礼仪。

"请吧，"里尔登说道，"只要你不是打算让我帮忙或者要钱。"

那人的外套很旧，但还是非常整洁。他穿着深色的长裤，一件深色的风衣紧紧地扣在喉咙处，令他瘦高的身躯显得更加颀长。他戴了一顶深蓝色的帽子，在夜晚里，看得见的只有他的双手、脸庞和额头上一缕金黄色的头发。他的手上没有武器，只是捧着一个裹着麻布的小方块，大小和一盒香烟相仿。

"不，里尔登先生，"他说，"我不是来向你要钱的，而是要把它还给你。"

"还钱？"

"是的。"

"什么钱？"

"是很大一笔欠债中的一小部分还款。"

"是你欠的?"

"不,不是我,这只是象征性的付款罢了,但我希望你能把它作为一个证明接受下来,如果你和我寿命够长的话,那笔欠债就会分文不少地还给你。"

"是什么债?"

"就是从你手里夺走的那笔钱。"

他把麻布打开,将小方块递给了里尔登。里尔登发现,星光像火焰一般,沿着它镜子般光滑的表面不断地闪动着。从分量和质地上,他知道此时手里拿着的是一根金条。

他的目光从金条转向那人的面孔,但那张面孔似乎比金属的表面更加坚硬和不露声色。

"你是谁?"里尔登问。

"孤独者的朋友。"

"你来这里就是想给我这个吗?"

"是的。"

"你是说你大晚上的在一条没人的路上跟着我,不是要抢我,而是要给我一根金条?"

"对。"

"为什么?"

"一旦抢劫像如今这样凭借着法律的授意在光天化日下进行,所有正直的行为和赔偿就不得不隐藏在地下了。"

"你凭什么认为我会接受这样一份礼物？"

"这不是礼物，里尔登先生，这是你自己的钱。不过，我要求你帮个忙。这是个要求，不是条件，因为根本就不存在什么带附加条件的财产。金子是你的，随便你怎么用。但我今晚是冒着生命危险把它给你送来了，所以我请求你，就算是帮个忙，请把它留作后用，或者是花在你自己身上，只为你自己的快乐和享受才去把它花掉。不要把它送人，最重要的是，不要把它用在你的生意上。"

"为什么？"

"因为除你以外，我不想让任何人得到它的好处，否则，我就会违背很久以前所发过的誓——这就好比今晚我和你讲话，已经把我给自己立下的所有规矩都给破了。"

"你在说什么？"

"我花了很长时间为你收集这笔钱，但我当初并没打算见你，跟你讲这件事，或者把它交给你，后来才改了主意。"

"那你为什么要来呢？"

"因为我实在忍不下去了。"

"忍什么？"

"我原以为我什么都见过，不会有任何事让我看不下去。但是，当他们从你手中夺走里尔登合金的时候，对我来说，这实在是太过分了。我知道你眼下并不需要这块金子，你需要的是它所代表的正义，以及知道天底下还有在乎正义的人。"

里尔登竭力压制住从自己的惊愕中涌上来的一股情感，把所有的疑虑扔到一边，试图从那人脸上找到一些能帮他理解这一切的线索。可是，那张脸上毫无表情，在说话的时候没有丝毫变化，那人看来像是早就失去了感觉的能力，留在他脸上的似乎只是固执和已经死去的面容。里尔登浑身一颤，想到这张脸并不属于人类，而是属于一个复仇的天使。

"你为什么要操这个心？"里尔登问，"我对你又有什么意义呢？"

"这意义比你此刻的怀疑理由还要多得多。而且我有个朋友，你是不会知道你对他来说多么重要的，本来他今天会不顾一切地来到你的身边，可是他不能来。所以我替他来了。"

"哪个朋友？"

"我最好还是别说他的名字。"

"你刚才是不是说你花了很长时间为我收集这笔钱？"

"我收集的远比这多得多，"他指了指那金子，"我是以你的名义在保管着它，时候到了，我会把它还给你的。这只是个样本而已，是作为它存在的证明。等你发现自己的最后一笔财产也被抢掠一空的时候，我希望你记住你还有一个存了巨额存款的银行账户。"

"什么账户？"

"假如你好好想一想所有从你手中被抢走的那些钱，你就明白你的账户里面的总数是多么可观了。"

"你是怎么收集的？这金子是从哪儿来的？"

"是从抢劫你的那些人手里拿来的。"

"是谁去拿的？"

"我。"

"你是谁？"

"拉格纳·丹尼斯约德。"

里尔登呆呆地注视了他许久，随后，金条从他的手上掉了下去。

丹尼斯约德对掉落的金条瞧也不瞧，眼神没有丝毫的变化，一直紧盯着里尔登。"你难道希望我是个守法的公民吗，里尔登先生？如果是这样的话，我应该遵守的是哪一条法律呢？是10-289号命令吗？"

"拉格纳·丹尼斯约德……"里尔登喃喃道，仿佛过去的整整十年历历在目，仿佛他正看着凝聚在这个名字里的这十年间的滔天罪行。

"再看清楚些，里尔登先生。现在，我们只有两种生活状态：要么做一个去抢劫手无寸铁的受害者的掠夺者，要么就做一个受害者，为掠夺他的人干活。我没有选择去做任何一种人。"

"你的选择和他们那些人一样，是靠武力生活。"

"不错——坦率地说是这样，如果你觉得这是实话也未尝不可。我没有抢劫那些被捆住手脚、快要窒息的人，我没有要求我的受害者帮助我，我没有对他们说我的所作所为是为他们的利益着想。我每次遇到他们时都冒着生命的危险，而他们也有机会用他们的武器和头脑同我进行公平的战斗。这公平不公平？我是在对抗着一个有组织的力量，对抗着五大洲的枪炮、飞机和军舰。假如你想做的是一个道义上的裁决，里尔登先生，那么在我和韦斯利·莫奇之间，谁更有良心？"

"我给不了你答案。"里尔登嗓音低低地说。

"你为什么觉得震惊呢，里尔登先生？我只不过是遵从了他们建立起来的制度而已。如果他们相信武力是彼此交往的正确方式，那我做的正是他们所要求的。假如他们确信我的生活目的就是为他们服务，那就让他们强制执行他们的信条试试看。假如他们相信我的头脑是他们的财产——那就让他们来拿吧。"

"可你选择的是怎样一种生活？你给予自己头脑的是什么样的目标？"

"是为了我所热爱的东西。"

"那是什么？"

"正义。"

"要靠当海盗来履行吗？"

"是在为了有一天我可以不做海盗而努力。"

"这一天是什么时候?"

"就是你可以自由地靠里尔登合金赚钱的时候。"

"噢,上帝呀!"里尔登绝望地大笑着,"这就是你的野心?"

丹尼斯约德的脸色丝毫未变:"是的。"

"你是打算在有生之年看到那一天的到来吗?"

"不错,难道你不这么想吗?"

"不。"

"那你所希望的又是什么呢,里尔登先生?"

"什么都没有。"

"你是在为什么工作?"

里尔登斜了他一眼:"你为什么问这个?"

"是想让你明白我为什么这样。"

"别指望我会对一个罪犯表示赞成。"

"我没有指望,不过我想帮你看清一些东西。"

"就算你说的都是事实,但你为什么要选择去当强盗?你为什么不直接站出来,就像——"他停住了。

"像艾利斯·威特,里尔登先生?像安德鲁·斯托克顿?像你的朋友肯·达纳格?"

"对!"

"你赞成这么去做吗?"

"我——"他被他自己所说的话惊得哽住了。

随之而来的震惊是看到丹尼斯约德的笑容：这就像是在冰山林立的荒原上看到第一眼春的绿色。里尔登忽然头一回感觉到，丹尼斯约德的脸庞岂止是漂亮，它的完美简直令人惊叹——硬朗骄傲的容貌，如古典雕像般含着蔑视的嘴角——但他没注意到，即便那张脸上死亡一般的恐怖根本就不允许对它进行无礼的审视，那笑容却依然如此灿烂而生动。

"我对此是赞成的，里尔登先生，但我选择了我自己的特殊使命。我不放过我想消灭的人，他在几百年前就死了，但在他的最后一点印迹被从人们的心里抹掉之前，我们是不会有好日子过的。"

"他是谁？"

"罗宾汉。"

里尔登一脸茫然，不解地看着他。

"他是劫富济贫的人，我呢，我是劫贫济富——或者，再确切点说，我是打劫偷窃的穷人，再把东西还给生产和创造的富人。"

"你究竟是在胡扯些什么？"

"要是你还记得报纸停止刊登我的消息之前对我所做的那些报道，你就会知道我从没抢过一艘私人的船只，从没动过任何私人的任何财产。我也没抢过一条军事船只，因为军事船队的目标是保护付钱的民众免受伤害，这也是一个政府应尽的职能。但是，我洗劫了驶过我范围内的每一条掠夺者的船只，洗劫了所有政府的救援船、补给船、借贷船、礼品船，以及发运给不劳而获者的、装载着从人们手里强抢下来的货物的船只。我把带有我所反对的主张的船只截了下来。这主张就是，要求人们崇尚神圣的需要并做出牺牲；就是我们大家都必须把我们的工作、希望、计划和努力放在屠刀之下，听凭发落；就是说人越是才能出众，就越危险，因此成功者的头被按到了绞架上，而失败者反而有权去拉绞索。这样的恐怖就是罗宾汉会生生不息的一种正义的理想。据说他是在反抗横征暴敛的统治者，然后把抢走的财物归还给被掠夺的人，然而延续至今的并非这个传说的原意。在人们的记忆中，他代表的并不是财富，而是需要，他不是被抢的受害者的卫士，而是贫穷的救济者。他拿并非自己所有的财产去行善，拿并非自己生产的东西去送人，强迫别人来为他的慷慨怜悯付账，以此成了头一个戴上道义光环的人。他代表着一种观念，那就是权利取决于需要，而不是成就，我们用不着去创造，只要坐想就可以，我们接受的不是凭本事吃饭的劳动者，而是什么都不做的人。每一个平庸之辈都以他当作借口，这些人自己养活不了自己，却要求有权去处置远比他们强的人的财产，他们不过是宣称自己情愿把生命贡献给比他们更下作的人，而那些比他们更优秀的人则会因此付出横遭抢夺的代价。正是这群最肮脏的东西——这些欺贫诈富的两面寄生虫——被人们当作道德的理想，这使得在我们这个世界里，人生产创造的越多，他自己的权利就丧失得越多，直到有一天，假如他有足够才能的话，他就会变成连半点权利都没有、被所有的索取者分食的牺牲品——而与此同时，人要是想凌驾于权利、准则和道德之上，想要为所欲为，甚至掠夺和杀人，他只要提出要求就可以了。我们身边的这个世界正在分崩离析，对此你是否感到很奇怪？这就是我正在搏斗和抗争的东西，里尔登先生。在人们能够了解代表人类的一切象征和意义之前，罗宾汉是最不道德、最卑鄙的象征，地球上将不会有正义，人类将难以生存。"

里尔登听着的时候感到浑身僵硬，不过，在僵硬的下面，他觉得像是有粒种子正在破土而出，令他体会到一种难以言传，但似曾相识的心情，这心情是如此遥远，仿佛是他许久以前曾经体味并放弃的某种东西。

"里尔登先生，我其实是一名警察，保护人民不受罪犯的危害正是一名警察的职责——罪犯就是那些强行去霸占财产的人。警察应该找回被盗的财物，并把它还给主人。可是，一旦抢劫变成了法律的目的，警察的职责不再是保护，而变成了对财物的掠夺——那么此时罪犯就成了警察。我一直在把自己得来的货物卖给这个国家里一些我的特殊顾客，他们是用黄金支付的。同时，我也把这些货物卖给欧洲一些走私和黑市的贩子。你了解不了解那些国家的现状？由于生产和贸易——而不是暴力——被定为犯罪,欧洲最优秀的人才在走投无路之下只好去当罪犯。在那些国家中,奴役人民的家伙们手里还掌着权,依靠的就是像这里这样还没被榨干的国家的掠夺者给他们送去的救济。我不让这些救济到达他们的手里。我把货物以最高的价格卖给欧洲的违法者,让他们付给我黄金。黄金是客观的价值,是保存一个人的财富和未来的手段。在欧洲,任何人都被禁止拥有黄金,但那些满口博爱、为虎作伥的人却例外,他们口口声声地说是为了受他们迫害的人的利益才去花那些金子。这些金子就是被我那些搞走私的客户弄来支付我的。怎么弄来的呢?和我得到货物的手段一样。然后,我把黄金还给自己的货物被盗走的那些人们——还给你,里尔登先生,以及像你这样的人。"

里尔登想起了他已经忘记的那种心情。那是在他十四岁领到他生平第一份薪水的时候——是在他二十四岁当上矿山主管的时候——是在他拥有矿山后,用他自己的名义向当时最好的二十世纪发动机公司发出第一张设备订单的时候所体会到的心情——那是一种庄重而欢欣的兴奋,是感觉到他在自己所尊崇的世界里赢得了一席之地,获得了他所仰慕的人们的首肯。在那之后的将近二十年里,那种心情已经被埋葬在了山一般的废墟之下,岁月将他灰暗的蔑视、愤慨和挣扎一层又一层地加在上面。他挣扎着强迫自己不去理会周围,不去瞧跟他打交道的人,不再对人抱任何希望。他但愿能像他独自面对办公室的四壁一样,保留对这个他曾经盼望与之共同成长的世界的感觉。然而此刻,他觉得自己的兴致穿透了废墟,渐渐浮了上来,他忍不住想要听一听这充满了理性光芒的声音。这声音可以让人与之交流和相处,并结伴一生。但这是一个海盗的声音,他讲述的是暴力,并试图以此来代替那个理性而正义的世界。对此,他无法接受;他无法丢掉依然保留在心中的那幕残缺不全的景象。他希望自己在听这些话的时候可以逃走,但他明白,他是连一个字都不会漏掉的。

"我把黄金存在了一家银行——一家有着黄金一般高标准的银行,里尔登先生——放到了有权拥有它的主人们的账号下。这些主人们才华非凡,凭借着自己的努力,是在自由贸易里,而不是靠着强迫和政府的帮忙,积累起了他们的财富。他们是卓越的受害者,贡献的最多,受到了最不公正的折磨。他们的名字都记在了我的偿还簿上。我把带回来的每一批黄金都在他们之间作了分配,然后存到他们的账户里。"

"他们都是谁?"

"你是其中的一个,里尔登先生。在隐藏的税收和种种规定里面,在浪费的时间和努力下面,在为克服人为的障碍所花费的精力之中,我计算不出有多少钱财从你的身上被掠走,我难以算出总数,但假如你愿意看看这个数字有多么庞大的话——就看看你的周围吧。这种惨状波及了曾经一片繁荣的整个国度,它的影响程度就是你所忍受的不公正对待的程度。假如人们不愿意偿还欠你的债，那么这就是他们所要偿还的方式。不过，其中有一部分债务是经过了计算，并且有据可查的。我正是对这一部分进行了收集，并把它归还给你。"

"哪一部分？"

"你的个人所得税，里尔登先生。"

"什么？"

"你在过去十二年所缴纳的个人所得税。"

"你是打算把它退还给我吗？"

"一分不少，并且是黄金，里尔登先生。"

里尔登忍不住纵声大笑起来；他笑得像一个小男孩，感到实在是滑稽，欣喜得难以置信。"我的天啊！你既是警察，又是国税局收税的？"

"不错。"丹尼斯约德一脸肃穆地说。

"你说这些不是当真的吧？"

"我像是在开玩笑吗？"

"可这简直太荒谬了！"

"比10-289号法令还要荒谬吗？"

"这不是真的，绝不可能！"

"只有邪恶才是真的，才有可能吗？"

"可是——"

"里尔登先生，你是不是在想只有死亡和缴税才是我们无法改变的事实呢？好吧，我对第一个的确爱莫能助，但如果我把第二个的负担减轻，也许人们就会发现这二者之间的关联，就会发现他们能够活得更长寿，更快乐。他们或许就会把生命和创造——而不是死亡和缴税——作为他们的绝对真理和道德规范的基础。"

里尔登凝视着他，不再笑了。在风衣的衬托下，这个瘦瘦高高的身形显得那样训练有素，孔武敏捷，活脱脱便是一个强盗；大理石般冷峻的面孔如同一位法官；冷漠而清晰的声音则如同一位办事利落的记账员。

"不光是掠夺者们在保留着你的记录，里尔登先生，我也一样。我的文件中有你过去十二年间的完税证明复印件，同时也有我所有的其他客户的。我在你料想不到的地方有些朋友，为我搞到了我需要的复印件。我是按照这些客户被抢走的金钱的比例，把钱分配到了他们的账户上。大多数账户上的钱已经付给了它们的主人，你这个是需要处理的最大的一笔。等你决定领取的时候——也就是当我清楚它的一分一厘都不会再用于支持那些掠夺者的时候——我会把你的账户交给你。在那之前嘛——"他低头瞧了一眼地上的金条，"把它捡起来，里尔登先生。它不是偷来的，是你的。"

里尔登一动不动，一声不响，没有去低头看。

"还有比这更多的正在银行里躺着呢，是在你的名下。"

"哪家银行？"

"你记得芝加哥的麦达斯·穆利根吗？"

"当然记得。"

"我所有的账户都存在了穆利根银行。"

"芝加哥现在根本没有穆利根银行。"

"不是在芝加哥。"

里尔登稍稍停了停："在哪里？"

"我想你过不了多久就会知道了，里尔登先生，但我现在还不能告诉你。"他又补充道，"但是，我必须告诉你，对此事负责的只有我一个人，这是我个人的使命。除了我和我的船员，没有任何人和这件事有牵连，就连我的银行，也只是替我存钱而已，别的一概不知情。我的许多朋友并不赞同我选择的这种方式，但对于同样的战斗，我们所选择的方式都不同——这就是我的方式。"

里尔登嘲讽地一笑："你不也是一个混账的利他主义者，把全部时间都用于非营利事业，冒着生命的危险，只不过是为了伺候别人吗？"

"不，里尔登先生。我是把我的时间投资在了我自己的未来当中。当我们获得自由，需要从废墟上重建的时候，我希望能看到这个世界尽快地复生。如果那时候能有一些资金掌握在应该掌握它的人手里——掌握在我们最出色、最有创造力的人们手里——就会替我们其他人省出许多年的时间,也就会为国家的历史省出几百年。你不是问过你对我来说究竟意味着什么吗?意味的就是我所崇拜的一切,就是当地球恢复自由生机的时候,我所希望成为的一切,就是我愿意去与之相处的一切——即使目前我只能这样对你,只能为你效劳至此。"

"为什么?"里尔登轻声问道。

"因为我唯一所爱的,唯一愿意为之生活下去的价值——人的才能,从来不被这个世界所爱,从来没有得到过认可,没有朋友和捍卫者。这就是我为之效力的爱——假如我应该献出生命,还有比这更好的理由吗?"

这个人是失去了感觉吗?里尔登心想,他知道在这顽石般冷酷的面孔下面,是约束极严的异常敏锐的感知力。那个平淡的声音在继续毫无感情地说着:

"我希望你知道这些,我希望你现在就知道,此刻你一定觉得你是被抛进了深渊,周围都是人类中仅存下来的半人半兽。我希望你知道,在你最无助的时刻,救赎日的到来远比你所认为的还要快。我之所以必须和你讲这些话,并且提前告诉你我的秘密,是因为一个特别的原因。你听说过沃伦·伯伊勒在缅因州海岸的钢厂出的事吗?"

"听说了,"里尔登说——并且吃惊地听到他内心忽然急不可待地抛出的那句话,"我不知道是真是假。"

"一点不假，是我干的。伯伊勒先生不能在缅因州的海岸生产里尔登合金，他在哪儿都不能生产。其他所有认为仗着法令就可以霸占你的智慧的吸血鬼们也不能去生产。无论谁想生产这个合金，他都会发现炉子起火，设备被炸，发运的货失事，工厂被烧——对于企图一试的人来说，是会出许多事情的。人们就会说它遭了诅咒，用不了多久，全国就找不出工人还愿意进生产里尔登合金的工厂大门。假如伯伊勒之流觉得他们只需要用武力就可以去掠夺比他们更强的人——就让他们看看，一旦一个比他们强的人选择了诉诸武力的话，会怎么样。我想让你知道，里尔登先生，他们谁也别想生产你的合金，谁也别想从它身上赚到一个子儿。"

因为感到内心欢跃得想要放声大笑——这和他听说威特的那把大火和德安孔尼亚铜业公司垮台的消息时想放声大笑一样——并且知道一旦笑出来，令他害怕的那个东西就会抓住他，而且这次不会再放过他，而他就再也见不到他的工厂了——里尔登便收敛着，将嘴巴闭紧了好一会儿，以免出声。等这阵子过去了，他用死一样的声音，带着坚决安静地说："拿上你的金子，从这里滚开，我不会接受罪犯的帮助。"

丹尼斯约德的脸上毫无反应："我不能强迫你接受这黄金，里尔登先生，但我不会把它拿回来。如果你愿意的话，就把它留在地上吧。"

"我不想要你的帮助，也无意保护你。假如我能找到电话，我就会叫警察，如果你再试图来找我的话，我就会这么做。为了保护我自己——我会这么做。"

"我完全明白你的意思。"

"你知道——我本应该唾骂你，但因为我听了你所讲的话，因为你也看到了我想听这些话，我没有那样去做。我不能唾骂你或者任何一个人。人们赖以生存的准则已经没有了，因此，对于他们现在的作为，或者他们是用什么样的方式来挺过这无法忍受的一切，我不想评论。如果这就是你的方式，那我就让你自己进地狱吧，但我不想沾这个边，我既不想鼓励你，也不愿意作你的同谋。哪怕你的银行账户真的存在，也永远别指望我会接受。还是用它给你自己多买些盔甲吧——因为我要向警察报告，把我知道的线索都告诉他们，让他们可以抓到你。"

丹尼斯约德既没有动也没有回答。一列货车在远处的黑暗中轰隆隆地驶过，他们看不见，但能够听到车轮的撞击声填满了寂静的空间。这列火车似乎离他们很近，像是被拆得只剩下了一串声音，在黑夜里经过了他们。

"你想在我最绝望的时候来帮我？"里尔登说，"假如我落到自己唯一的保卫者是一个海盗的地步，那我也就不再需要保卫了。你说的还算是人话，就冲这一点，我要告诉你，我现在已不抱任何希望，但我心里清楚，等到末日降临的时候，我就会用我最后的日子去恪守我自己的准则,哪怕恪守这些准则的只有我一个人。我在这个我成长的世界里生活过了,我要和它一起消亡。我想你不会理解我,可——"

一束强烈的灯光猛地射到了他们身上。火车的铿锵盖过了汽车发动机的声音,他们没听见有一辆汽车从农舍后面的岔路上闪了出来,驶向他们。他们并没有挡住汽车的路,然而,随着刺耳的刹车声,那辆车一下子停住了。里尔登情不自禁地向后一跳,随即惊讶地看了看那个和他在一起的人:身手敏捷的丹尼斯约德定在原地,纹丝未动。

停在他们旁边的是一辆警车。

司机探出了身子。"哦,原来是你呀,里尔登先生!"他说着,把手抬起来向帽檐上一碰,"晚上好,先生。"

"你好。"里尔登强自控制着他声音中不自然的突兀。

车的前排坐着两名巡警,他们脸色严峻,全然不见平时停下车来闲聊的善意。

"里尔登先生,你从厂里出来的时候,走的是不是艾奇伍德路,而且经过了布莱克史密斯湾?"

"对呀,怎么了?"

"你在这一带看没看见一个走路很慌张的陌生人?"

"在哪儿?"

"他不是走路就是坐了一辆外表破破烂烂的车,可那辆车的发动机却价值上百万元。"

"是什么人？"

"是个高个子，金黄色的头发。"

"他是谁？"

"我告诉你你也不会相信的，里尔登先生。你见过他吗？"

里尔登根本没意识到自己在问些什么，只能感觉到他是在费力地从嗓子里挤出些声音来。他直视着面前的警察，却似乎觉得自己是在盯着旁边，看得最清楚的是丹尼斯约德注视着他的面孔，那上面全无表情，不见丝毫反应。他看到丹尼斯约德的手臂自然地垂在身体两旁，双手放松，看不出有要拿武器的意思，他那高大挺拔的身躯毫不戒备，从容坦然——仿佛是在坦然地面对着行刑队。在灯光下，他发现那张脸比他想象的要年轻，那双眼睛像天空一样湛蓝。他觉得把目光直直地转向丹尼斯约德很危险——于是便把目光聚集在那个警察身上，盯着那件蓝警服上的铜扣子，但不断涌入他意识的却是丹尼斯约德的身体，远比一个眼前看得见的东西更强有力，这具在衣服包裹下的赤裸躯体，将会不复存在。他听不见自己说的是什么，因为他心里不断地听到一句话，他觉得这句话没头没脑，却是他唯一在乎的："假如我应该献出生命，还有比这更好的理由吗？"

"你见过他吗，里尔登先生？"

"没有，"里尔登回答，"我没见过。"

那警察失望地耸了耸肩膀，双手回到了方向盘上："你没发现什么可疑的人吗？"

"没有。"

"也没有陌生的汽车从你身边经过？"

"没有。"

那警察伸手去拧车的点火器："他们得到消息，今晚有人看见他在这一带的岸上活动，他们在五个县都布了搜查网。我们不能说出他的名字，是不想吓着大家，不过，全球悬赏了三百万元要他的脑袋。"

他拧动了点火开关，发动机"咔"的一声响亮地转了起来，这时，另一个警察向前探了探身子。他一直在盯着丹尼斯约德帽子下面金黄色的头发看。

"他是谁，里尔登先生，"他问道。

"我的新保镖。"里尔登回答。

"哦……真是个明智的措施，里尔登先生，尤其是在这种时候。"

"晚安，先生。"

车子向前开去，红色的尾灯在远处的路上慢慢消失。丹尼斯约德望着它离去之后，有意地看了看里尔登的右手。里尔登发现，自己面向警察站着的时候，手一直攥着口袋里的枪，随时准备用上它。

他急忙松开手指，把手抽了出来。丹尼斯约德笑了，笑容里闪烁着开心的光芒，这颗纯净、年轻的心用无声的笑容迎接着能够生活下去的美好。这笑容让里尔登想起了弗兰西斯科·德安孔尼亚，尽管他们两人并无相像之处。

"你没有撒谎，"拉格纳·丹尼斯约德说，"我就是你的保镖，我会在你目前还不知道的许多方面做个称职的保镖。谢谢了，里尔登先生，再见吧——我们的再次见面会比我预想的还要快。"

不等里尔登回答，他就不见了，像来的时候一样突然和悄无声息，消失在石头围墙的后面。等里尔登转过身再去看那片田野的时候，夜色中已经没有了他的踪影以及任何走动的迹象。

里尔登站在空荡荡的路边，孤独的感觉比以前更加强烈。随后，他看到了脚边用麻布包着的一样东西，露出的一角在月色下熠熠闪光，这光芒和海盗头发的颜色是一样的。他弯下腰，把它捡起来，继续走下去。

火车剧烈地摇晃着，基普·查莫斯的鸡尾酒洒了一桌，他猛地俯向前方，胳膊肘架在水淋淋的桌子上，破口大骂起来：

"老天该去惩罚这些铁路公司的人！他们这些铁轨究竟是怎么搞的？只要他们肯把赚到的钱吐出一点，我们也不至于像坐在干草车上的农夫一样颠个不停！"

他的三个同伴都懒得吱声。夜已经深了，他们待在休息室里消磨着最后一丝精力，然后才会回到自己的车厢睡觉。休息室的灯光在充满酒气的烟雾缭绕下如同舷窗一样惨淡。这是查莫斯为了自己的出行特意要来的一节私人包厢，它被挂在了彗星号的最后一节，当彗星号在山岭间穿梭起伏的时候，它像一只惶恐不安的动物的尾巴一样摆个不停。

"我要为铁路的国有化去做宣传，"基普·查莫斯边说边不服气地瞪着一个头发灰白的小个子，那人正兴味索然地望着他，"那将是我的纲领，我必须得有一个纲领。我不喜欢詹姆斯·塔格特，他就像没煮透的蛤蜊一样。让铁路公司都见鬼去吧！该是我们接管的时候了。"

"假如你想在明天这场大活动中还有点人样，"那人说道，"就睡觉去。"

"你认为我们能干成吗？"

"你必须把它干成。"

"我知道我必须做好，不过我觉得我们不可能按时到达。这趟该死的像蜗牛一样爬的超级专列已经晚点好几个小时了。"

"你必须到达那里，基普。"那人带着固执而毫无变化的语气阴森森地说，他的脑子里只想着目的，根本不考虑如何才能做到。

"你去死吧，难道你认为我不明白这一点吗？"

基普·查莫斯长了一头金色的卷发和一张难看的嘴。他出身的家庭只是略有些钱和名气，但他对于金钱和名望的鄙视，却显示着只有最高贵的名门望族才会有的愤世嫉俗和漠然置之。他所毕业的大学擅长培养这样的贵族。学校让他懂得，思想就是为了愚弄那些愚蠢的思考者。他进入华盛顿就像飞檐走壁的盗贼那样身手从容，如同顺着摇摇欲坠的大楼边沿层层直上，他从一个部门爬到了另一个部门。他的职位并未到顶，那副气派却令不明就里的人们觉得他和韦斯利·莫奇没什么两样。

基普·查莫斯根据他自己的策略，决心投身政坛，竞选成为加州的议员，除了听说过电影业和海滩俱乐部外，他对这个州一无所知。他的竞选经理替他做好了前期准备，现在，查莫斯正在赶往旧金山的途中，准备于明晚参加一场人员爆满的集会，和他未来的选民们见面。他的经理曾经要他早一天动身，但查莫斯还是待在华盛顿参加了一个酒会，然后乘上了最晚的一趟火车。直到这天晚上发现彗星号晚点了六个小时之后，他才头一回对这次活动操心起来。

他的三个同伴可不管他的情绪如何：他们喜欢的是他的酒。他的竞选经理莱斯特·塔克个头不高，上了些年纪，脸像是被谁一拳打得陷了下去，而且再也没有反弹回来。他是个律师，如果在早些年，他辩护的对象会是商店的小偷以及在有钱的大公司地盘上故意制造事故的人，如今，他发现给基普·查莫斯这样的人做代表更加合算。

罗拉·布莱德福特是查莫斯现在的情妇。他喜欢她的原因是，他的前任是韦斯利·莫奇。她是个电影演员，能够从演技出众的群众演员拼命成为蹩脚的明星，靠的不是去和制片大亨们上床，而是抄了捷径，去和官僚们上床。在接受媒体采访时，她完全是三流小报那种义正词严的好斗模样，闭口不提时尚，而是大谈经济问题，她所谈论的经济中离不开"我们必须要帮助穷人"。

吉尔伯特·济斯-沃森是查莫斯邀请的客人，至于原因他们两个却谁都说不出来。他是享誉全球的英国小说家，曾于三十年前风靡一时，但从那以后，就没人再有兴趣看他写的东西了。不过，大家都把他当作一位活着的古典大师。他曾被认为思想十分深刻，能够说出这样的话："自由？咱们还是不要说什么自由了，自由是不可能的。人永远摆脱不了饥饿、寒冷、疾病，以及身体上的意外。人永远无法在大自然的严酷下获得自由。既然如此，为什么要反对政治上的独裁暴政呢？"当全欧洲施行起他所鼓吹过的思想后，他移居到了美国生活。这些年来，他的写作风格和身体状况日趋疲软。在七十岁的时候，他已经成了一个头发要进行整饬的肥胖老人，举止愤世嫉俗，总爱引用瑜伽修行者们关于人类所有的努力都会成空的说法。基普·查莫斯邀请他来是想显得更有面子，吉尔伯特·济斯-沃森应邀前来是因为他也没什么地方好去。

"该死的铁路公司的人！"基普·查莫斯说着，"他们是故意这样干的，想把我的竞选活动给搅黄了，我不能错过这次集会！

我的天啊，莱斯特，想想办法呀！"

"我试过了。"莱斯特·塔克说。火车到达上一站的时候，他试着打过长途电话，想用飞机来完成他们的行程，可是这两天都没有民用航班。

"如果他们不能把我准时送到的话，我就会剥了他们的头皮，占了他们的铁路！就不能让列车长快点吗？"

"你已经告诉他三遍了。"

"我要把他开除。他除了搬出一大堆讨厌的技术问题搪塞我以外，什么都给不了我。我要的是交通，不是托词。他们不能把我当成一个普通车厢的乘客，我是要他们随时把我送到我想去的地方。难道他们不知道我在这趟列车上吗？"

"他们现在已经知道了，"罗拉·布莱德福特说，"闭上嘴吧，基普，你让我烦透了。"

查莫斯把他的酒杯倒满。列车的颠簸令吧台架子上的玻璃杯盘叮当作响。繁星密布的夜空里，投在车窗上的光影在不停地晃动，星星仿佛正向彼此眨着眼睛。从车厢后方的观察窗口望出去，他们看不见草坡的后面还有些什么，只能看见标志着列车车尾的红绿尾灯发出的小小光晕，和一小段飞快地向后退着、延伸到黑暗中的铁轨。一片岩壁在和列车赛跑。他们上方高高的科罗拉多山巅的缺口处，时而闪现出星星。

"高山……"吉尔伯特·济斯-沃森十分满足地说道，"正是这样的奇观令人感觉到了人的微小。用那些粗笨材料如此得意地建成的不知天高地厚的小小铁轨，如何比得了这永恒的雄伟？只不过是女裁缝在大自然的外衣边上缀出的几个针脚而已。假如那些巍峨的巨石有一块想要倒下的话，它就会葬送掉这列火车。"

"它干吗想要倒下？"罗拉·布莱德福特漫不经心地问。

"我觉得这趟该死的火车越走越慢了，"基普·查莫斯说，"尽管我已经告诉他们了，这群混蛋还是在慢下来！"

"这……这是因为山，你知道……"莱斯特·塔克说。

"该死的山！莱斯特，今天几号了？该死的时差，让我分不清……"

"五月二十七日。"莱斯特·塔克叹了口气。

"五月二十八日，"吉尔伯特·济斯-沃森看了一眼手表，说道，"现在已经过了午夜十二点了。"

"我的天！"查莫斯惊叫起来，"这么说那个集会就是在今天？"

"没错。"莱斯特·塔克应道。

"我们来不及了！我们——"

火车剧烈地一晃，他的酒杯一下子脱了手。它在地上摔裂发出的脆响和车轮边缘在急转弯的铁轨上摩擦的尖啸交织在了一起。

"我说，"吉尔伯特·济斯-沃森不安地问，"你的铁路安全吗？"

"那还用问，当然了！"基普·查莫斯说，"我们有这么多的规定、制度，那些混蛋敢让它不安全！……莱斯特，我们还有多远？下一站是哪里？"

"在到盐湖城之前，火车是不会停的。"

"我是说，下一个车站是哪儿？"

莱斯特·塔克拿出了一张皱巴巴的地图，自从天黑下来之后，他每隔几分钟就会看一看。"温斯顿，"他说，"科罗拉多州的温斯顿。"

基普·查莫斯又伸手拿过一只酒杯。

"丁其·霍洛威说韦斯利说过，如果这次竞选不能获胜的话，你就完了。"罗拉·布莱德福特说。她懒散地躺在椅子里，目光越过查莫斯，对着休息室墙上的一面镜子端详着自己的脸。她实在无聊，而刺激他干发脾气让她觉得很好玩。

"哦，他是这么说的吗？"

"嗯，韦斯利不想让——他叫什么名字——就是你的竞选对手——进入议会。假如你没获胜，韦斯利就痛苦死了，丁其说。"

"该死的混账东西！他最好还是看好他自己的脑袋吧！"

"哦，这我可不清楚，韦斯利对他很是欣赏。"她又补充说，"丁其·霍洛威是不会允许什么破火车让他错过重要会议的，他们可不敢误他的事。"

基普·查莫斯坐在那儿，直愣愣地盯着酒杯。"我要让政府把所有的铁路统统没收。"他低低地说道。

"真的,"吉尔伯特·济斯－沃森说,"我就不明白你为什么不早这么做,全世界目前只有这个国家还落后到允许私人拥有铁路。"

"嗯,我们正在向你看齐。"基普·查莫斯回答。

"你们国家简直太天真了,实在不合潮流。你们所说的那些自由和人权——我从我高祖父那一辈起就再没听说过了,那只是富人才会津津乐道的东西。穷人的生活无论是被企业家还是政客支配,对他们来说没有任何区别。"

"企业家的时代已经结束了,现在是——"

他们觉得车厢一晃,仿佛空气猛地把他们向前推了出去,脚下的地板却丝毫没动。基普·查莫斯跌倒在地毯上,吉尔伯特·济斯－沃森从桌子上面摔了过去,打翻了灯。玻璃杯从架子上面纷纷掉落下来。车厢四面的钢板嘎吱作响,像是要被掀开,远处的一声巨响仿佛是一阵痉挛,顺着列车的车轮传了过来。查莫斯把头抬起来,发现车厢一动不动地停住了;他听到了同伴们的呻吟和罗拉·布莱德福特发出的第一声歇斯底里的惊叫。他沿着地板爬到门口,一把将门扭开,跌跌撞撞地下了火车。他看到远远的前方拐弯处有不停晃动的手电和一团红光,而火车头已经不见了。他在黑暗中蹒跚着走了过去,不时撞见一些还来不及穿好衣服的人在徒劳地挥着手中划燃的火柴。他看见道边有一个拿着手电筒的人,便过去一把抓住了他的胳膊。这人是列车长。

"出什么事了?"查莫斯喘息道。

"铁轨分岔,"列车长冷冷地回答说,"火车头出了轨。"

"出……"

"侧翻了。"

"有人……死吗?"

"没有,司机都没事,司炉工受伤了。"

"铁轨分岔?你说的铁轨分岔是什么意思?"

列车长的脸上浮现出一种奇特的神情,那是冷酷、谴责和漠然。"铁轨被磨坏了,查莫斯先生,"他用一种奇怪的加重语气回答道,"特别是在拐弯的地方。"

"你们难道不清楚铁轨已经磨损了吗?"

"我们清楚。"

"那你们为什么不换新的?"

"本来要换,但洛西先生把这个计划取消了。"

"这个洛西先生是谁?"

"就是我们现在的业务副总裁。"

查莫斯有点纳闷,为什么列车长那样看着他,仿佛这场事故和他犯的错有关似的。"那……那你们不打算把火车头重新弄上轨道吗?"

"那个火车头看上去彻底不能再上轨道了。"

"可是……它得拉我们走啊！"

"它已经不行了。"

透过几点晃动的光亮和低低的叫喊声，查莫斯突然觉得再也不想看这片黑黝黝的高山，这方圆数百里荒无人烟的死寂，以及凸出在峭壁和深渊之间的岩层。他把拉住列车长胳膊的手攥得更紧了。

"可是……我们该怎么办？"

"司机已经去给温斯顿打电话了。"

"打电话？怎么打？"

"沿铁路下去再走一两英里的地方有部电话。"

"他们会把我们从这里弄出去吗？"

"他们会的。"

"可是……"他想到了过去和今后，终于扯开嗓子叫了出来，"我们要等多久？"

"我不知道。"列车长说。他挣开查莫斯的手，走开了。

温斯顿车站的夜班调度员接完电话，扔下话筒就冲上了楼，把站长从床上摇醒。这个游手好闲的站长体形壮硕，脾气暴躁，是分公司的新主管十天前才任命的。他迷迷糊糊地坐起来，但一听调度员说的话，脑子便立刻清醒了过来。

"什么？"他惊叫着，"天啊！彗星号？……好了，别站着哆嗦了！给银泉站打电话！"

银泉站的分公司总部调度员听到消息后便打电话通知科罗拉多分公司的新任主管戴维·米察姆。

"彗星号？"米察姆倒吸了一口气。他用手把听筒紧紧地按在耳朵上，一下子便翻身下了床，"火车头报废了？是那台柴油发动机吗？"

"是的，先生。"

"哎呀，上帝！万能的上帝呀！我们可如何是好啊？"他随即记起了自己的身份，便继续说道，"好吧，把那列快不行的火车派出去吧。"

"我已经派了。"

"通知舍伍德的调度员把所有列车都停下来。"

"我已经通知了。"

"你的运行表上都有哪些车？"

"西去的军队货运专列，不过晚点了，四个小时以后才会到。"

"我马上下来……等等，听着，叫上比尔、森蒂和克拉伦斯，必须和我一起到。这回可有好戏看了！"

戴维·米察姆总是抱怨不公，因为他说总是赶上他倒霉。在对此做解释的时候，他就恶狠狠地说这都是那些大人物的阴谋，他们从不给他一点机会，然而，他却没有解释他所说的"大人物"究竟是什么人。资格老是他抱怨时最爱提到的一个话题，也是他看事情的唯一标准，他在铁路工作的年头比许多升到他头上的人都长，他说，这就是社会体系不公正的证据——尽管他从没解释过他所说的"社会体系"是指什么。他在许多铁路公司都干过，但没有在任何一家久待过。他的雇主们并没有他的什么特别的把柄，但最后就是不要他了，因为他常把"没人让我这么做"挂在嘴边。他并不知道他现在的这个职位是詹姆斯·塔格特和韦斯利·莫奇所做的一笔交易的结果：塔格特把他妹妹私生活的秘密告诉了莫奇，以此换回了运费上涨。按照他们讨价还价时一定要榨干对方的习惯，韦斯利让他再答应帮一个忙，就是解决戴维·米察姆的工作。戴维·米察姆是全球发展盟友组织的主席克劳德·斯拉根霍普的妹夫，莫奇认为这个组织对公众的意见可以起到积极的影响。詹姆斯·塔格特把给米察姆找工作这个责任推给了克里夫顿·洛西。洛西则在科罗拉多分公司的主管辞职后，立刻就将米察姆推了上去。前任主管辞职就是因为温斯顿车站备用的柴油机车被派给了齐克·莫里森的专列。

"这可如何是好？"衣冠不整的戴维·米察姆一边叫着，一边带着睡意晕头转向地冲进了办公室。列车总调度、铁路段段长和铁路的机车主管已经等在那里了。

这三个人都没有出声。他们都是在铁路上干了多年的中年人。一个月前，不管出现什么紧急情况，他们都会主动进言，但现在已经开始意识到情况变了，多说话有危险。

"我们究竟应该怎么办？"

"有一件事是肯定的，"总调度比尔·布兰特说，"我们不能让烧煤的火车头钻山洞。"

戴维·米察姆的眼睛阴沉了下来，他清楚这是他们三个人的一致看法，他但愿布兰特没把它讲出来。

"那，去哪儿弄柴油机车？"他恼怒地问。

"我们弄不到。"机车主管说。

"可是我们绝不能让彗星号在副线上等一晚上！"

"看来也只能如此了，"铁路段段长说，"说这个还有什么用，戴维？你知道全分公司上下都找不出一台柴油机车了。"

"万能的主啊，他们怎么会让我们没有发动机呢？"

"塔格特小姐没这么做，"机车主管说，"是洛西先生。"

"比尔，"米察姆带着求救的口气问，"难道今晚进站的长途列车就没有一趟是用柴油发动机的吗？"

"第一个到站的，"比尔·布兰特恨恨地说，"是236号车，是从旧金山开来的最快的货车，到达温斯顿的时间是早晨七点十八分。"他又补充道，"这是离我们最近的一台柴油机车，我已经查过了。"

"那么军队的专列呢？"

"最好别想，戴维，根据军队的命令，它有铁路上最高的优先权，彗星号也比不上。它晚点了——是因为轴箱两次失火。

它运送的是给西海岸军火库的军需品。你还是盼着你的地段上别出什么事让它停下来吧。你觉得我们延误彗星号就是大祸临头，但这和让那趟专列停下来相比算不上什么。"

他们陷入了沉默。夏天的晚上，窗户都开着，他们能听到楼下调度室的电话正在响。信号灯在空荡荡的院子上空一闪一闪，那里曾经是分公司最繁忙的一个地方。

米察姆望着下面的火车头库房，在微弱的光线下，隐约可见几台蒸汽机车黑沉沉的身影。

"山洞——"他张了张嘴，又停了下来。

"——有八英里长。"铁路段段长的声音显得特别刺耳。

"我只是想想。"米察姆不耐烦地说。

"最好还是别想了。"布兰特轻声说。

"我什么都没说呀！"

"你在迪克·霍顿辞职之前和他谈了什么？"机车主管故作不懂地问，好像这是个完全无关的话题，"你们是不是在谈那个快不行的隧道通风系统？难道他没说那条隧道现在连柴油机进去都不安全吗？"

"你提这个干吗？"米察姆打断了他，"我什么都没说！"迪克·霍顿是分公司的总工程师，在米察姆到任三天后就辞职不干了。

"我只是提一提。"机车主管一脸无辜状。

"戴维，"比尔·布兰特知道米察姆就是再耗一个钟头也拿不出什么主意，便说道，"你知道，能做的只有一件事：让彗星号坚持到早晨，等236号车一到，就用它的柴油机机车把彗星号拖出隧道，然后从另一头给它挂上我们现有的最好的燃煤机车，好让它接着走完全程。"

"可是这会让它延误多久？"

布兰特一耸肩膀："十二个小时——也许十八个小时——谁知道？"

"十八个小时——彗星号？天啊，这还从来没发生过！"

"现在出的这些事都是以前从来没发生过的，"布兰特说这话的时候，机敏干练的声音中流露出一丝令人吃惊的厌倦。

"可纽约那些人会怪罪我们！他们会把全部责任都推到我们头上！"

布兰特耸了耸肩膀。换成一个月前，他会觉得这么不公平的事情是难以想象的，但现在，他明白了许多。

"我想……"米察姆哭丧着脸说，"我想没有更好的办法了。"

"没有，戴维。"

"哦，上帝呀！这事干吗要发生在我们身上？"

"谁是约翰·高尔特？"

两点半的时候，彗星号在一辆老式调车机车的牵引下，停靠在了温斯顿车站的一条副线上。基普·查莫斯难以置信，恼怒地望着窗外荒山脚下几幢孤零零的房子，以及破旧的车站小屋。

"现在又要干吗？他们为什么要停在这里？"他大声喊着，按铃叫列车长过来。

看到一切又动了起来，重新感觉安全之后，他的恐惧变成了怒气。他几乎感觉自己像是被骗了，才会平白无故地受到如此的惊吓。他的同伴们还都聚在休息室的桌旁，浑身哆嗦着，无法入睡。

"多久？"列车长在答话时冷淡地说，"要到早晨，查莫斯先生。"

查莫斯吃惊地瞪着他："我们要在这里停到早晨？"

"是的，查莫斯先生。"

"在这里？"

"对。"

"可我晚上要去参加旧金山的聚会！"

列车长没有答话。

"为什么？我们为什么非得停在这儿？究竟为什么？出了什么事？"

列车长耐着性子，轻蔑而不失礼貌地把现在的情况向他慢慢地如实讲了一遍。但是早在许多年前，从小学、中学，一直到大学，基普·查莫斯所学的都是人不会，也没有必要按道理去生活。

"让你们的隧道见鬼去吧！"他尖叫着，"你觉得我会因为什么破隧道就让你们把我滞留在这里吗？就为了一条隧道你就想让国家的重要计划泡汤吗？告诉你们的火车司机，我今晚必须赶到旧金山，他必须把我送到那里！"

"怎么送？"

"那是你们的事，我管不着。"

"没有办法。"

"那就找出办法来，你这个该死的！"

列车长没有答话。

"你觉得我会让你们这些糟糕的技术毛病妨碍重要的社会问题吗？你知道我是谁吗？让那个司机赶紧的，除非他不想干了！"

"司机有命令。"

"去他的命令吧！现在我才是下命令的！让他立即开车！"

"这你可能要和站长谈，查莫斯先生。即使我想，也没有权力来回答你。"列车长说完便走了出去。

查莫斯一下子跳起来。"哎，基普……"莱斯特·塔克不安地说，"也许是真的……也许他们不能那样做。"

"他们非做不可！"查莫斯厉声喝道，不顾一切地走向车门。

多年前在大学的时候，他学会了迫使人们行动的唯一管用的方法，就是让他们感到害怕。

在破旧不堪的温斯顿车站办公室里，他所面对的人一个睡眼惺忪、面孔疲惫而懈怠，另一个则坐在调度员的桌子后面，已经被吓坏了。他们一言不发，呆呆地听着闻所未闻的污言秽语向他们劈头盖脸而来。

"——我可管不着你们怎么把火车弄过隧道去，那是你们的事！"查莫斯最后说道，"但是假如你们不给我找出发动机来开动这趟火车，你们的饭碗、工作许可证，还有这一整条该死的铁路就会全都完蛋。"

站长并不知道基普·查莫斯这个人以及他的职位，但他知道，眼下正是这些从没听说过，也说不清是干什么的人掌握生杀大权的时候。

"这我们也做不了主呀，查莫斯先生，"他哀求道，"我们下不了这个命令，命令是从银泉方面来的，你应该给米察姆先生打电话，然后——"

"米察姆先生是谁？"

"他是银泉的分公司主管，你应该告诉他去——"

"我和一个分公司主管啰唆什么！我要去找詹姆斯·塔格特——这才是我要做的！"

他不等站长有时间解释，便一转身冲那个年轻人命令道："你——把我的话记下来，马上发出去！"

要是在一个月前，站长绝不会答应任何乘客发出这样的消息，因为这是规定所禁止的，可他现在不敢肯定还有没有什么规定存在。

纽约市的詹姆斯·塔格特先生，由于你的手下人无能并拒绝提供发动机，我在科罗拉多的温斯顿被困在彗星号上。今晚将在旧金山参加重要国务会议，若不立即发动我的列车，请自斟后果。

基普·查莫斯

等年轻人将文字变成电码，通过一根根像卫士一般守护着塔格特铁路的电线杆发出之后——等基普·查莫斯回到他的车厢去等回音之后——站长给他的好朋友戴维·米察姆打了电话，给他读了这条电报的内容。他听到米察姆发出了呻吟般的叹息声。

"我觉得应该告诉你，戴维，我以前从没听说过这个人，但他可能是个什么重要人物。"

"我不知道！"米察姆叹道，"基普·查莫斯？你一天到晚都能在报纸上看到他的名字和那些头面人物出现在一起。我不知道他是干什么的，不过他要是从华盛顿来的，我们就一点也大意不得。老天呀，这可如何是好？"

我们可不能大意——塔格特泛陆运输的纽约接线员心里想，然后给塔格特家打电话，把电报的内容转述了一遍。此时的纽约将近早晨六点，一晚上没睡好的塔格特被叫醒了。他听着电话，脸便耷拉了下来。他和温斯顿的站长出于同样的原因，也感到了害怕。

他给克里夫顿·洛西打电话，把无法向基普·查莫斯发泄的怒火全都倾泻到了电话另一头的克里夫顿·洛西身上。"想办法出来！"塔格特叫着，"我才不管你怎么办，这是你的责任，不是我的，一定要让火车开出来！究竟是怎么搞的？我还从没听说彗星号停下来过！你就是这么管理你的部门吗？列车上的重要乘客把消息发到我这里来可就非同寻常了！至少我妹妹管事的时候我没因为衣阿华州的一颗钉子坏了就被人在半夜叫醒——噢，我是说科罗拉多。"

"我很抱歉，吉姆，"克里夫顿·洛西老练地回答道，语气中既有道歉和保证，也带着恰到好处的信心。"这不过是场误会，是某些人做的傻事。别担心，我会解决的。我本来还在床上，但我马上就去处理。"

克里夫顿·洛西并没在睡觉，而是刚刚在一个年轻女郎的陪伴下从夜总会转了一圈回来。他让她等着，然后赶到了塔格特泛陆运输的办公室。他的夜班员工谁都说不清他怎么会亲自来，可是也不能说没必要。他在好几间办公室里匆忙地进进出出，让很多人都看得见他，给人一种相当忙碌的感觉。忙了半天的结果就是用电报给科罗拉多分公司的主管戴维·米察姆发出了一道命令：

"立即给查莫斯先生派出一台机车，让彗星号安全启程，不得有任何不必要的拖延。如果你无法履行你的职责，我将在联合理事会面前要你承担一切后果。克里夫顿·洛西。"

随后，他打电话叫他的那个女朋友和他一起开车去了一家公路边上的旅馆——确保后面的这几个小时没人会找到他。

银泉的调度被他转达给戴维·米察姆的这道命令搞糊涂了，然而戴维·米察姆心里很明白。他知道，铁路上的命令从来不会说出要把机车给一位乘客这样的话，他清楚整件事就是在演戏，并猜想着这究竟是怎样一出戏，刚一意识到谁会成为这出戏的替罪羊，他便感到浑身冒出了冷汗。

"怎么了，戴维？"铁路段段长问。

米察姆没有应声。他抓起电话。在他恳求着要接通纽约的塔格特泛陆运输的接线员时，他的手抖个不停。他看上去像是一头掉进陷阱的野兽。

他求纽约的接线员替他接通克里夫顿·洛西家里的电话，接线员试了，没有人接听。他请求接线员接着试，给每一个有可能找到洛西先生的地方打电话。接线员答应了他，米察姆才放下话筒，但他知道干等着或是找洛西先生部门里的其他人都没用。

"出了什么事，戴维？"

米察姆把命令递了过去——从铁路段段长的脸色上，他看出这个陷阱正像他所怀疑的那样非常不妙。

他给位于内布拉斯加州奥马哈市的塔格特地区总部打电话，

请求和地区总经理谈一谈。电话线上沉寂了片刻后，奥马哈的接线员告诉他，总经理已经于三天前辞职并消失了——"是因为和洛西先生的一点小矛盾。"电话中的声音又补充说。

他请求和分管他这个地区的总经理助理通话，但那位助理周末出城去了，现在联系不上。

"给我找其他人！"米察姆喊了起来，"任何一个，管哪个地区的都行！天啊，找个人来告诉我该怎么办吧！"

那头接过电话的人是分管衣阿华至明尼苏达地区的总经理助理。

"什么？"他刚刚听米察姆说了几个字就叫道，"是科罗拉多州的温斯顿？那你找我干什么？……不，别跟我说出了什么事，我不想听！……不，我说过了！不！你别想把我扯进去，无论这是怎么回事，无论我管还是不管，我以后都得去解释当初为什么要那么做。这不关我的事！……和地区的头儿去讲吧，别找上我，我和科罗拉多有什么关系？……哦，算了吧，我不知道，把总工程师找来，去和他谈！"

负责中部地区的总工程师不耐烦地回答说："是吗？什么？你在说什么？"米察姆慌忙解释了一遍。当总工程师听说没有柴油发动机的时候，便一下子打断了他，"那当然就要停住火车了！"听说关于查莫斯先生的事情后，他忽然克制起自己的声音，"嗯……基普·查莫斯？从华盛顿来的？……这个，我不知道。这事就要由洛西先生来决定了。"米察姆说,"洛西先生命令我解决这件事,可——"总工程师如释重负地将他的话打断,"那就照洛西的话去办吧。"随即挂了电话。

戴维·米察姆小心翼翼地放下了电话。他再也不叫了,而是像在偷看一样,蹑手蹑脚地走到椅子前坐好,对着洛西先生的命令看了很久。

随后,他迅速抬头看了看屋里面。调度正忙着讲电话,铁路段段长和机车主管还在那儿,却装出一副并非在等候命令的样子。他希望总调度比尔·布兰特能回家去;比尔·布兰特正站在角落里看着他。

布兰特个子不高,瘦瘦的身体有着一副宽肩膀;四十岁的他看上去却很年轻;那张和坐办公室的人同样苍白的脸上,有着牛仔一样硬朗和清癯的特征。他是整个系统里最优秀的调度员。

米察姆攥着洛西的命令,突然站起身,上楼去了他的办公室。

戴维·米察姆对于理解工程和交通方面的问题并不在行,但他了解像克里夫顿·洛西这样的人,他了解纽约的头头们玩的这种把戏,了解他们现在要对他怎么样。这个命令没有说明让他给查莫斯先生一台燃煤发动机——只是说"一台发动机"。在今后应对责难的时候,洛西先生难道不会愤怒而震惊地说他以为分公司的主管应该懂得命令里指的只能是柴油发动机吗?命令中说，他必须要让彗星号"安全地"启程——难道分公司的主管还不清楚安全的含义吗？——"不得有任何不必要的拖延"。什么才是"不必要"的拖延？假如有可能出重大事故，那么一个星期或是一个月的延误不就应该被看作必要的吗？

纽约的高官们才不在乎这些呢，米察姆心想，他们不在乎查莫斯先生是不是能按时赶去开会，铁路上是不是发生了空前的大事故——无论出现哪一种情形，他们关心的只是一定不能让自己受到怪罪。如果他扣住列车不放，他们会把他作为让查莫斯先生息怒的替罪羊；假如他让火车开走，而它没能到达隧道的西头，他们就会责怪他不称职——无论他怎样做，他们都会宣称他违反了他们的命令。他又能证明什么？又能向谁证明呢？面对一个政策不清、程序混乱、缺乏关于证据的规定，缺乏有约束力的原则的法庭，一个人什么也证明不了——联合理事会就是这样的法庭，它没有任何界定犯罪与无辜的标准，是否有罪全凭它随意定夺。

戴维·米察姆对于法律的原理一窍不通，但他知道，一旦法庭不受任何规矩的约束，它也就不会接受任何事实，法庭的听证便会失去正义，而成为个人的决定，决定你命运的不是你所做的事，而是你所认识的人。他在问自己，在这样一个听证会上，当他面对詹姆斯·塔格特先生，克里夫顿·洛西先生，基普·查莫斯先生，以及他们那些有权有势的朋友时，他能有几分胜算。

戴维·米察姆这辈子都尽量避开去作决定，他过去向来是等着接受命令，从来不对任何事持肯定态度。此时，他脑子里都是对于不公所发出的愤愤不平的抱怨。他想，命运如此不公平，单单让他遇上这么多倒霉的事：在这个他所干过的最好的差事上，他正在被他的上司设计陷害。他永远无法理解的是，他能得到这份工作以及他所受的这个陷害，都是一个整体里难以分割的部分。

看着洛西命令的时候，他曾想过留下彗星号，只用火车头挂着查莫斯先生的车厢，让它独自开进隧道。但刚一这样想，他便摇了摇头：他清楚，这会迫使查莫斯先生意识到所面临的是什么样的危险，他是不会同意的，他会继续提出要一辆安全可靠的并不存在的机车。这还不算，这样一来，他米察姆就会承担责任，就要承认他知道危险，就会失去所有的保护，要去说明事情的真实情况——这种行为正是他的上司们在制定策略时所要竭力避免去做的，这正是他们游戏的关键。

戴维·米察姆不是那种敢于和自己的以前决裂，或者质疑当权者的道德准则的人。他选择的不是去挑衅上司的政策，而是去听从。比尔·布兰特能够在任何有关技术方面的比赛中战胜他，但在这样的一种较量中，他可以不费吹灰之力地战胜比尔·布兰特。曾经有过一段时间，人们要想生存就需要比尔·布兰特这样的才能，而现在，他们需要的是戴维·米察姆这样的才能。

戴维·米察姆坐在他秘书的打字机前，用两根手指小心谨慎地敲出了两份命令,分别下达给铁路段段长和机车主管。第一份命令是要铁路段段长立即召集起一班车组人员,但仅仅将原因描述为"紧急情况";第二份是要机车主管"将现有最好的机车送到温斯顿,随时待命"。

他把命令的复写件放进自己的口袋,然后打开门,将夜班调度叫了上来,递给他那两份要交给楼下那两个人的命令。夜班调度是个认真负责的年轻人,他信任自己的上司,并且知道纪律是铁路上的首要规矩。他虽然惊讶于米察姆只隔着一层楼板还要用写好的命令,却没有多问。

米察姆紧张地等待着。过了一阵儿,他看到机车主管的身影穿过了院子,向机车库房走去。他感到一阵轻松:这两个人没有上楼来对他当面质疑,他们已经明白了,而且会像他那样来玩这个游戏。

机车主管低头望着脚下的地面,走过了院子,他心里想的是他的妻子、两个孩子,还有他花了一生的心血挣下的房子。他清楚他的上司们想要干什么,并且在考虑他是不是应该回绝。他从不害怕丢掉自己的工作;出于对自己能力的自信,他知道假如和一个雇主发生争执的话,他总能找到另外的雇主。而现在,他担心起来,他无权辞职或是另找工作,假如招惹了雇主,他就会被递交到一个毫不负责的理事会手里,如果理事会裁决他的话,就意味着他被宣判去忍受饥饿带来的漫长死刑:这会让他再也不能得到雇用。他知道理事会会对他进行裁决，他知道解开理事会做出反复无常的决定这一黑暗奥秘的钥匙，就是人际关系的神秘力量。他和查莫斯先生作对，能有希望吗？过去，他的雇主出于对其自身利益的考虑要求他使出全部的才能，现在，再也不需要才能了。过去要求他尽其所能，并因此得到奖励。现在，如果他想凭良心的话，就只能受到惩罚。过去，他需要去思考。现在，他们不希望他思考，只要他顺从。他们不希望他再有良知。那他干吗还要站出来说话？这样做又是为了谁呢？他想到了彗星号上的三百名旅客，想到了他的孩子们。他有个上高中的儿子，还有一个芳龄十九，令他感到万分骄傲的女儿，因为她被公认为城里最漂亮的女孩。目睹了那些失业者的家人居住在饱受动荡冲击的地区，居住在关门的工厂附近的安置区和废弃的铁路沿线，他在问自己是不是要让孩子们也落到失业者的孩子那样的命运。他惊惧地发现，他现在不得不在他孩子的性命和彗星号旅客的性命之间作选择。如此棘手的矛盾在以前是从来不可能出现的。正是由于过去对旅客安全的维护，他才得以保障了自己孩子的安全；做好一件事，另外的事情也就得到了解决，不会发生利益上的冲突，不会必须有人受害。而现在，如果他要去挽救旅客，就必须以他孩子的生命作为代价。他隐约想起了曾经听说过的宣传，崇尚自我牺牲，为了他人而舍弃自己最心爱的一切。他不懂那些道德哲学，使他突然明白的并不是语言，而是他感受到的黑暗、愤怒而野蛮的切肤之痛——如果这就是美德,他宁愿一点儿也不要。

他走进机车库房,命令一辆庞大而陈旧的燃煤机车做好开往温斯顿的准备。

铁路段段长伸手去拿调度室的电话,打算按照命令召集车组人员,但他的手抓在话筒上停住了。他忽然意识到自己是在找人去送死,单子上列出的二十个人中,有两个人的性命将是被他挑选断送的。他只觉得浑身发冷,除此再无知觉;他并没觉得担心,只是有一丝困惑而漠然的惊诧。他从没干过叫人去送死的事,从来都是叫人去挣钱养家的。这真奇怪,他心想,而且奇怪的是他的手停了下来,迫使它停下来的那种感受仿佛是二十年前就有的——不对,他想,那只不过是一个月前的事情,而不是更早。

他四十八岁,没有成家,没有朋友,孑然一身。与其他人随意地将热情投入各种地方不同,他把全部的爱都给了比他小二十五岁、由他一手带大的弟弟。他送弟弟上了一所技术学院,跟所有老师一样,他知道这孩子冷酷而年轻的脸上长了一个刻有天才标志的脑门。与他哥哥的全心全意如出一辙的是,这个孩子对于运动、聚会和女孩子这类事一概不关心,只对学习和他发明家的梦想感兴趣。他毕业后离开了这里,进入了马萨诸塞州一家有名的电子企业的研究部门,挣着在他这个年龄很少有的高薪。

今天是五月二十八日，铁路段段长想到。10-289号法令是五月一日颁布的，就是在五月一日的晚上，他得到消息，他的弟弟自杀了。

铁路段段长听人们说这项法令对于挽救国家很有必要。他不知道事实是不是如此，他无法知道什么才是挽救这个国家所必需的。但在某种他说不出来的感情的驱使下，他曾经跨进当地报纸编辑的办公室，要求他们把他弟弟的死讯公之于众。对此，他能给出的全部理由只有"人们一定要知道这件事"。他难以表达的其实是他内心中备受创伤的情感所做出的无言决定：如果这件事是出自人们的意愿，那么人们就必须知道它，他不相信如果他们知道会这样的话，还能这样去做。编辑拒绝了这个要求，他说这会打击全国人民的情绪。

铁路段段长对政治哲学一窍不通，但他知道，从那时开始，他便对任何人乃至国家的生死都彻底不关心了。

他握着话筒，想到也许应该警告一下他要通知的人。他们信任他，绝不会想到他会故意让他们去送死。但他摇了摇头：这么想已经过时了，这是他去年的想法，是他也同样信任他们的那个时候残留下来的想法。现在已经无所谓了。他的脑子在缓慢地思考着，仿佛他正在把思想拉进真空里，那里没有任何感情去驱策它们。他想到，如果警告他们的话就会带来麻烦，就会引起某种争斗，而他只有鼓足了勇气才能开始这场争斗。他已经想不起来有什么是值得去争斗的,是真理、正义,还是手足之情?他不想费这个劲,他很累。如果他警告名单上所有的人,就没有人会去开那辆机车,这样,他就可以挽救这两个人和彗星号上那三百人的生命。然而,他的内心对这些数字全无反应,"生命"只是一个词,没有丝毫意义。

他提起话筒,拨了两个号码,叫一名司机和一名司炉工立即前来报到。

戴维·米察姆下楼来的时候,306号机车已经开往了温斯顿。"给我准备一辆轨道动力车,"他命令道,"我要去费尔蒙特。"费尔蒙特是沿铁道向东二十英里处的一个小站。人们点了点头,没有问任何问题。比尔·布兰特不在他们之中。米察姆走进布兰特的办公室。布兰特在那里,正静静地坐在椅子上,似乎是在等待着。

"我要去费尔蒙特,"米察姆说。他的语调显得过于随便,像是在暗示着不用回答。"他们那里一两个星期前来过一辆柴油机车……知道吧,是紧急修理什么的……我要过去看看我们能不能用。"

他停下来,但布兰特什么也没说。

"看这情形,"米察姆不去瞧他,径自说着,"我们不能让那趟列车一直停到早晨,不管怎样都得去试一试。我现在觉得这辆柴油机车或许可以,但这是我们能试的最后一辆了。所以,如果半小时过去你还没听到我的消息，就签署命令让306号去拉彗星号。"

无论布兰特曾经怎样想过，他都无法相信自己所听到的这些话。他没有马上答话，随后十分平静地开口说："不。"

"不？你什么意思？"

"我不干。"

"你不干是什么意思？这是命令！"

"我不干。"布兰特的口气坚决得没有丝毫感情色彩。

"你是在拒绝执行命令吗？"

"没错。"

"可你没有权利拒绝！我也不会就这一点进行什么争论。这是我决定的事，是我的责任，而且我不是在征求你的意见。你的任务就是接受我的命令。"

"你会给我一份书面的命令吗？"

"怎么？你这该死的，你是说你不相信我？你是不是……"

"你干吗一定要去费尔蒙特，戴维？如果你认为他们有柴油机车，为什么不打电话去问？"

"我怎么工作用不着你来管！用不着你坐在那里质问我！收起你那套把戏，按我吩咐的去做，否则我会给你机会讲话的——让你去跟联合理事会说！"

从布兰特那张牛仔一样的脸上很难察觉出他的情绪，但米察姆看见了一种令他难以置信的恐怖神情，只是这恐怖并非出于对他所说的话，而是出于他看见的某种东西，它并不是害怕，绝非米察姆所希望的那样。

布兰特知道，到明天早上，这件事就会变成他和米察姆的是非之争，米察姆会否认下达过这个命令，米察姆会给大家看他写好的证据，证明306号机车只是被派去"待命"，还会找出证人来证明他去了费尔蒙特找柴油机车。米察姆会宣称这个致命的命令是总调度比尔·布兰特签发的，他要负全部责任。这件事本来算不上什么，根本经不起仔细的推敲，但这对于联合理事会已经足矣，他们唯一不变的政策就是不允许对任何事情去仔细推敲。布兰特知道他完全可以如法炮制，把这事栽赃给另一个受害者，他知道自己的脑筋够用——但是他宁愿去死也不会那样做。

令他在恐怖中呆坐不动的并非眼前的米察姆，而是他意识到了他找不出任何人去揭露和制止这件事——沿着科罗拉多到奥马哈直至纽约，他找不出一个合适的上司。他们全都有份，做的都是同样的事，他们给米察姆提供了榜样和方法。此时和这家铁路公司穿一条裤子的是戴维·米察姆，不是他比尔·布兰特。

就像仅仅对单子上的几个数字瞥上一眼就能对全分公司的系统了然于心一样——比尔·布兰特现在能够看见他整个的人生以及他正在作出的决定的全部代价。他直到过了自己的青年时期才开始恋爱；三十六岁的时候才找到了自己想要的女人。他已经和她订婚四年；他不得不等下去，因为他要抚养他的母亲和带着三个孩子的离婚的姐姐。他从没怕过负担，因为他清楚他有能力承担它们，而且对于自己办不到的事，他从不会承诺。他一直在等，为此攒着钱，现在终于到了他认为能够自由地享受幸福的时候。再有几个星期，到六月份他就要结婚了。他坐在桌旁看着米察姆的时候便想起了这些，但这想法没有使他产生丝毫的犹豫，只是有点遗憾和淡淡的伤感——之所以那样平淡，是因为他不愿意让它靠近现在这个时刻。

比尔·布兰特对于认识论一无所知，但他懂得，人必须依靠理智认识生活，不能和它对着干，不能逃跑，也不能找出任何东西去替代它——他懂得这是他生活的唯一选择。

他站了起来。"不错，只要我还干这份工作，我就不能违背你的命令，"他说，"但如果我不干了，我就可以。因此我现在就不干了。"

"你现在要怎样？"

"从现在起，我不干了。"

"但你没有权利不干，你这个该死的无赖！难道你不知道吗？难道你不清楚我可以就因为这个而把你送进监狱吗？"

"如果你想让警察早晨去抓我，我会在家里。我不会逃跑，也没有什么地方可去。"

戴维·米察姆身高六英尺二英寸，有着拳击手一样的体格，但他站在比尔·布兰特那脆弱的身躯面前，却又气又怕地浑身颤抖。"你不能走！这是被法律禁止的！我有法律！你不能从我这里走开！我不会放你出去的！我今晚不会让你离开这座建筑！"

布兰特走向房门："你能当着大家的面把你给我的命令再说一遍吗？你不说？那我会去说。"

就在他拉开房门时，米察姆朝他迎面便是一拳，把他击倒在地。

屋门开处，站着的正是铁路段段长和机车主管。

"他不干了！"米察姆喊着，"这个混蛋这个时候不干了！他是个以身试法的胆小鬼！"

比尔·布兰特慢慢地从地上抬起身子，从流到眼里的一片模糊的鲜血之中，他看着那两个人。他看出他们明白了眼前发生的一切，却神情冷漠，并不愿意卷入其中，甚至怨恨他将他们置于这个要公正表态的境地。他便什么都不说了，站起来走了出去。

米察姆的眼睛回避去看其他人。"嗨，你！"他叫着，向正从房间里走过的夜班调度晃了晃脑袋，"过来，你得马上接这一摊儿。"

关上门后，他把对比尔·布兰特讲述的费尔蒙特有柴油机车的故事又对那个人讲了一遍，同样说如果半小时后没有听到他的消息，就下令用306号机车把彗星号拉走。那人头脑一片空白，张口结舌，已经什么都想不明白了：他眼前不断出现他一直崇拜的比尔·布兰特那淌满鲜血的脸。"是，先生。"他木然地答应道。

戴维·米察姆动身去了费尔蒙特。在登上轨道动力车前，他把要去为彗星号找柴油机车的事，嚷嚷得让他所看见的每一个车场职工、扳道工和清洁工都知道了。

夜班调度坐在桌前盯着表和电话，心里祷告着电话响起来，让他听到米察姆先生的消息。但半个小时无声无息地过去了，到了只剩三分钟的时候，他感到了一种说不出的恐惧，但他知道，这个命令是他无论如何也不愿意去下达的。

他转身看着铁路段段长和机车主管，犹豫不决地问："米察姆先生走之前给我下了命令，可我不知道应不应该把它下达出去，因为我……我觉得这样不对。他说——"

铁路段段长把头转开了。他没有感觉到同情：这个年轻人和他弟弟年龄一样大。

机车主管喝断了他的话："就按米察姆先生的吩咐去做，你胡思乱想什么。"说完便从屋里走了出去。

詹姆斯·塔格特和克里夫顿·洛西逃避掉的这个责任此时落在了一个惶惶不安的年轻人肩上。他迟疑不决，接着又觉得不应该对铁路高层主管们的诚信和能力产生怀疑，并以此来给自己打气。他并不知道，他对铁路和高层们的看法已经是上个世纪的事了。

半小时一到，他便以一个铁路人应有的认真守时的态度，在通知彗星号用306号机车作牵引的命令上签下了自己的名字，并把命令传给了温斯顿车站。

车站站长看到命令的时候浑身战栗，但他是不会对上司进行质疑的。他对自己说，或许隧道并不像他所想的那么危险。他告诉自己，目前最好的做法就是不要去想。

他把命令的复件递给了彗星号的列车长和司机。列车长把屋子里每一个人的面孔都慢慢地扫视了一遍，折好那张纸，放进自己的衣袋，一言不发地走了出去。

司机站着看了一会儿那张纸，便把它一丢，说："这我是不会干的。如果铁路当局居然能下这样的命令，我也不会为它干下去了。就当我已经退出不干了吧。"

"但你不能不干！"站长叫嚷着，"他们会因此逮捕你的！"

"要是他们能找到我的话。"司机说，随即走出车站，消失在了山区夜晚的茫茫黑暗之中。

从银泉将306号机车运送过来的司机此时正坐在屋子的一个角落里，他哑然一笑，说道："他害怕了。"

站长转向了他："你愿意去吗，乔？你愿意上彗星号吗？"

乔·司各特此时醉醺醺的。过去，铁路员工上岗时如果有一丝的酒气，就会被看得像是染上天花的医生还给人看病一样。

但司各特身份特殊。三个月前，他因违反安全规则并导致一场重大事故而被开除；两星期前，联合理事会下令恢复了他的工作。他是弗雷德·基南的朋友；他在工会里为了保护基南的利益，和会员而非雇主作对。

"当然，"乔·司各特说，"我可以上彗星号，如果我开得够快，可以让它通过。"

306号机车的司炉工一直待在他的机车厢内没出来。他惴惴不安地看着他们过来把机车换到了彗星号的车头，抬头向远在二十英里山路以外隧道口上挂着的红绿信号灯望去。但他性格沉稳而随和，是个优秀的司炉工，从不指望自己能升作火车司机，他一身健壮的肌肉便是他的所有资本。他觉得他的上司们肯定心中有数，所以也就不冒失地问什么问题了。

列车长站在彗星号的车尾。他看了看隧道处的灯光，然后看着彗星号那一长串的车窗。有几扇窗户亮着灯，但大部分是从低垂的百叶帘边缘透射出的幽暗的蓝色夜灯。他想他应该将乘客们叫醒，对他们发出些警告。他曾经把乘客的安全看得比自己的生命还重要，那并不是因为他爱这些人，而是因为那是他所接受并为之自豪的这份工作的责任。现在，他感到了悻悻然的冷漠，一点也不想去搭救他们。他们要求并且接受了10-289号法令，他心想，他们继续过着他们的日子，对于联合理事会针对毫无反抗的受害者通过的决议，他们装聋作哑——他现在为什么不该对他们也视而不见呢？如果他救了他们，联合理事会因为他违反命令，制造混乱，误了查莫斯先生的事而处罚他的时候，他们谁都不会为他辩解。他可不想为了让人们可以安全地沉溺在他们自己毫不负责的罪恶行径之中，而去牺牲自己。

时间一到，他举起信号灯，示意发动列车。

"看见了吧？"当脚下的车轮一颤，向前滚动时，基普·查莫斯得意地对莱斯特·塔克说，"恐惧是对付人的唯一管用的方式。"

列车长跨上了最后一节车厢，谁也没有发现他从另外一侧的踏板跳下了火车，消失在了黑暗的群山之中。

一个扳道工站在道边，做好了把彗星号从副线切换到主轨道的准备。他看着彗星号慢慢地朝他驶来。它看上去只是个耀眼的白色亮球，射出的一道光束高高地越过他的头顶，令他脚下的铁轨在闷雷般的隆隆声中颤动。他清楚他不该去切换轨道，他想起了十年前的那个夜晚，他曾经在洪水中不顾性命地救下了一列火车，使之免受灭顶之灾。然而，他知道已经今非昔比了。在他扳动了转换开关，看见车头的大灯猛地朝旁边一晃时，他心里明白，他余生都会憎恨自己的这个工作。

彗星号在副线上伸直，驶上一条狭长笔直的铁轨，向山里驶去。车头大灯的光束如同伸出的手臂，指引着方向。车尾休息室观察窗口的灯光渐渐地消失了。

彗星号上的一些旅客已经醒了。当列车开始盘旋爬升时，他们在车窗外黑暗的下方看到了温斯顿车站的一簇簇细小的灯光，接着依然是黑暗，但窗户的上方出现了隧道口的红绿信号灯。温斯顿的灯光越来越小，隧道的洞口越来越大。窗外不时飘过一阵阵黑烟，将灯光遮挡得更加昏暗：这浓烟是燃煤机车散发出来的。

接近隧道的时候，他们看到南面远远的天边，有一团火焰在看不见的山峰之上随风舞动。他们不知道那是什么，也懒得搭理它。

据说灾难的发生纯属意外，有些人会说彗星号上的旅客们对于发生的事情完全是无辜的、没有责任的。

一号车厢Ａ卧间里的是一位社会学教授，他所教导的理念是个人的能力微不足道，个人的努力徒劳无功，个人的良心是无用的奢侈品，个人的智慧、性格或成就根本就不存在，一切都是集体的成绩，真正管用的是大众，而不是个人。

二号车厢七号小间里的是一位记者，他曾经写过，"出于善良的原因"而使用强制手段是恰当并且道德的，他相信他有权对别人施暴——为了他自己认为的出于"一个善良的原因"所产生的想法——就可以去毁灭生命、扼杀雄心、窒息欲望、违背信念，去拘禁、掠夺、谋杀，甚至连想法都不必有，因为他从未定义过他自己所认定的善良是什么，并且声明了他只是遵从着"一种感觉"——一种不受任何知识羁绊的感觉,因为他认为感性要高于知识,他只信赖于自己"良好的愿望"和枪杆子的力量。

三号车厢十号小间里的妇女是名上了年纪的教师,她的这一辈子把一批又一批无依无靠的学生变成了可怜的胆小鬼,她教导他们说,大多数人的意志是分别善与恶的唯一标准,大多数人可以为所欲为,他们绝不能有自己的主张,必须跟随大多数人。

四号车厢B休息室里的是一位报纸出版人,他相信人性本恶,不适合享有自由;如果对人不加约束,那他们的基本兴趣就是撒谎、抢劫和互相杀戮——因此,为了强迫人们去工作,教导他们有道德,并使他们遵守法律和秩序,就必须用同样的谎言、抢劫和凶杀的手段来让人就范,并使这些手段成为统治者所掌握的特权。

五号车厢H卧间里的商人是在《机会平衡法案》的帮助下,靠着政府的贷款开始了他的矿厂生意。

六号车厢A休息室里的是一位金融家,他是靠着买下"被冻结"的铁路债券,然后通过华盛顿的关系再去"化冻"而发的家。

坐在七号车厢五号座位上的那位工人相信,无论他的雇主是否想要他,他都有"权利"工作。

八号车厢六号小间里的妇女是个演说家,她相信的是,无论铁路公司是否愿意提供交通服务,作为消费者,她都有"权利"享用。

九号车厢二号小间里的经济学教授鼓吹对私人财产进行废除。他解释说人的智慧在工业化的生产中没有一席之地，人的思想有赖于物质工具的帮助，只要有了机器设备，经营工厂和铁路是任何人都可以做到的事情。

十号车厢D卧间里的是一位母亲，她把两个孩子放到头顶的床上睡觉，小心翼翼地给他们掖好被子，使他们不受风和晃动的惊扰。她的丈夫在政府部门负责推进法令的实施，对此，她辩解道："我不在乎，他们打击的只是那些富人。再怎么样，我都必须为我的孩子们着想。"

十一号车厢三号小间里的人不时神经兮兮地啜泣着，他在他写的那些廉价的小剧本当中，加入了一些卑劣的下流作料，以此达到将商人一律刻画成恶棍的社会效果。

十二号车厢九号小间里的是一位家庭主妇，她相信自己有权选出一些她毫不了解的政客，让他们对她一无所知的庞大工业去进行控制。

十三号车厢F卧间内的是个律师，他曾经说过："我吗？我在任何一种政治制度下都能找出适应的办法。"

十四号车厢A卧间里的是一位哲学教授，他所教导的是思想并不存在——你怎么知道隧道是危险的呢？——现实并不存在——你如何能证明那隧道的存在？——逻辑并不存在——你为什么声称列车没有动力就无法穿过隧道？——原则并不存在——你为什么应该被因果定律所束缚呢？——权利并不存在——你为什么不应该把人们强行绑到他们的工作上？——道德并不存在——管理铁路有什么道德可言吗？——绝对并不存在——生与死对你来说究竟又能有多大的区别呢？他所教导的是我们一无所知——干吗去违抗上司的命令？——我们对什么都不能确定——你怎么知道你就是对的？——我们必须权宜行事——你不是要冒着丢掉工作的风险吧？

十五号车厢B休息室里的是个继承了遗产的人，他总是重复着一句话："凭什么只允许里尔登一个人生产里尔登合金？"

十六号车厢A卧间里的是个人道主义者，他曾经说过："有能力的人？我才不管他们是不是痛苦，为什么痛苦。为了支持弱者，就必须惩罚他们。坦率地说，我不在乎这是不是公平。在去可怜那些有需要的人时，令我感到骄傲的就是，我不关心能干的人是否得到公正的对待。"

这些乘客醒着；他们的观点多多少少被火车上的所有人所赞同。当列车驶入隧道的时候，威特的火炬便成了他们在地球上看到的最后一样东西。

以我们的爱

by **Our Love**

8

阳光跃上了山坡上的树梢，在蓝天的映衬下，树冠显出蓝蓝的亮银色。达格妮站在小木屋的门口，额头上映着第一缕晨曦，脚下是绵延数里的森林。树叶飘落，落到小路上的树影里，从银色、碧绿，变幻成了雾蓝色。光线从枝叶间洒落，一触到地上的一丛丛苔藓，便骤然反射向上，那苔藓便宛如一座泛着绿光的喷泉。看着阳光在一片静寂之中的律动，她感到十分惬意。

同每天一样，她在钉在墙壁上的一张纸上记下了日子。如同放逐在荒岛上的囚犯所做的记录一般，日子在纸上的推移便是她凝固的生活之中唯一的变化。这天早晨的日期是五月二十八日。

她本想利用这些日子得到个结果，但她不知道自己是否达到了目的。来这里的时候，她给自己下了如同三道命令一般的任务：休息；学着去过没有铁路的生活；摆脱痛苦——她说过，是要把它摆脱掉。她觉得像是和一个负伤的陌生人拴在了一起，他随时会发起进攻，将她淹死在他的喊叫声中。她对这个陌生人没有怜悯，只有一些轻蔑的不耐烦；她不得不和他搏斗，把他消灭,这样才能扫清她的道路,去决定她想做的事情;只是,这个陌生人并不好对付。

休息的任务则容易一些,她发现她喜欢自己独处的日子。早晨醒来的时候,她感到爱心充盈,觉得可以勇往直前,什么都能够去面对。在城市里,她一直生活在无休止的压力之下,要去承受恼怒、气愤、厌恶和鄙视带来的冲击。而这里对她唯一的威胁只有一些身体上的不适,相形之下简单和容易多了。

这间木屋人迹罕至,仍旧保持着她父亲留下的风貌。她从山边拾来木头,用点木柴的炉子烧饭。她打扫了墙脚的灰尘,翻修了房顶,将门和窗框粉刷一新。雨水、野草和尘土令木屋通向山上的一条石阶小径模糊难辨。她把石阶清理干净,重新码上石头,用大圆石头将松软的泥土路两侧围起来,重新修好了小径。她兴致盎然地用废铁和绳子做成复杂的杠杆和滑轮结构,然后搬起远非她力量所及的山石。她撒了些金莲花和牵牛花的种子,看着它们在地上慢慢地蔓延成了一片,爬上了树干,看着它们成长,看着这点滴的变化和生机。

劳作给了她所需要的平静;她没有注意到她是怎样开始、如何开始的;一切都是在不知不觉之间,但她看得到它在她的双手下滋长,拉着她向前,带给她一种愈合的安宁。这时她便明白,无论大小和形式如何,她需要的是有目的的行动,是经过一段时间逐步到达设定目标的行动。做饭这样的事如同封闭的圆圈，做完便罢，不会再怎么样，但修理小路却要一点一点去做。每一天的工作都有意义，所有前面的工作都是下一天的起点，并在不断到来的下一天之中获得永生。她想，对于客观自然来说，做圆圈运动并无不妥。他们说，环绕着我们的静止宇宙中只有圆周运动，但人的标志是直线，是建成公路、铁道和桥梁的几何学中抽象的直线，是穿过大自然弯曲的漫无目的，从起点笔直奔向终点的直线。她想，做饭如同给火车头里添煤，为的是让它跑得飞快，但假如它没法跑，还去给它添煤，会给它带来一种怎样愚蠢的折磨呢？她想，人的生活不该是一个圆圈，或者是如同零一样留在身后的一串圆圈——人的生活必须和一条笔直运动的直线一样，从一个目标到达下一个目标，不断向前，到达逐渐累积的终点，就好比走在铁轨上面，从一站到下一站，再到——唉，别去想了！

别去想了——她默默地对自己严厉地说道，将那负伤的陌生人发出的叫喊声压了下去——别去想这些，别想那么多，专心修你的小路就是了，别去看山脚以外的东西。

她开车到过几次二十英里外的伍德斯托克，去店里买些日用品和食物。这座于数十年前被人们怀着某种原因和希望建起来的小城，现今已经被人遗忘，一片败落凋敝。这里没有铁路运输，没有电力，只有一条县级高速公路，也是一年荒过一年。

唯一的一家店铺是间小茅屋，墙角布满了蜘蛛网，地板中央的一块木板已经被从屋顶漏下的雨水浸得朽烂。店主是个身材肥胖、面色苍白的女人，虽然走动起来很是吃力，却不以为意。这里的食品包括一些满是灰尘、贴纸已经褪色的罐头，一点大米，以及门外陈旧的柜子上摆放的几棵正在腐烂的蔬菜。"你干吗不把蔬菜从太阳底下搬回来？"达格妮曾问她。那个女人一脸茫然地望着她，似乎不明白怎么会有这样的问题。"它们一直就是放在那儿的。"她无动于衷地答道。

开车回木屋的路上，达格妮抬起头，看着一条山涧顺着一片花岗岩重重地跌落，悬挂的水花在阳光下宛如一片雾气蒙蒙的彩虹。她想到可以建一座水电站，只要能给她的小木屋和伍德斯托克提供电力就够了——伍德斯托克可以生产出更多的东西——她在山坡上发现数量罕见的大片野苹果树，都是过去的果园留下的——假如有人再把它搞起来，然后建一条通向最近的铁道的山路——唉，别去想了！

"今天没有煤油了，"她再一次去伍德斯托克的时候，店主告诉她，"星期四晚上下了雨，一下雨，路就被淹，卡车就没法从费尔福德大坝上过来，运煤油的卡车直到下个月才会再来这里。""如果你们知道每次下雨路都会被淹，为什么不去修一修？"那个女人回答道："那条路一直就是那样的。"

在回去的路上，达格妮在山头停住，俯瞰着脚下连绵起伏的田野。她看见县级公路在费尔福德水库附近低于河面的沼泽地上蜿蜒穿行，陷在了两座山之间的裂缝中无路可走。绕过这些山其实很简单，她想，可以在河对面修一条路——伍德斯托克的人们无所事事，她可以教他们——建一条直通西南方向的路，这样就近了许多，然后在货运仓库那里接上州级高速公路——唉，别去想了！

天黑之后，她把煤油灯放到一边，坐在烛光照亮的木屋里，听着从一个小小的手提收音机中传出来的音乐。她想找交响乐听，只要听到新闻广播那刺耳的声音，她就飞快地拧过去；她不想听到城里的任何事情。

不要去想塔格特泛陆运输了——她来到木屋的第一天晚上就对自己说过——除非你听到它的名字时，能够像听到"南大西洋公司"或者"联合钢铁公司"一样。但几个星期过去，伤口仍迟迟不肯结疤。

她像是在跟自己脑子里那无法预料的残酷做斗争。她会躺在床上，昏昏沉沉地入睡——然后发现自己忽然想起印第安纳州柳弯输煤站的传送带已经破损，是她上次去那里的时候隔着车窗看见的，她必须告诉他们进行更换，否则他们就——随即，她就会从床上坐起来叫喊着，别去想了！接着她便不再去想，却彻夜难眠。

日落时分，她会坐在木屋的门口，看着晃动的树叶在黄昏里渐渐安静下来——随后，她会看到从草地里升起的萤火虫的亮光，在每一个黑暗的角落里明灭闪动，闪得很慢，仿佛是在发出短暂的警告——它们像是夜晚在铁路上闪烁的信号灯——别去想了！

让她感到害怕的是那些停不下来的时候，她如同身体疼痛一般站不起来，这样的疼痛连着她的心——她会倒在木屋或树林里的地上，把脸埋在椅子或者石头上，一动不动地静坐，挣扎着不让自己喊出声来，这样的时刻如同情人的身体，忽然间如此靠近，如此真切：是两条铁轨在远处相交到了一点，是火车头带着TT这两个字母破空而至，是她车厢地板下面发出的带有沉重节奏的车轮滚动声，是候车大厅里的内特·塔格特塑像。她拼命不去想它们，不去感觉到它们，她的身子僵直，只有脸还埋在胳膊里不停地滚动，她要用尽存留在她意识中的全部力气，无声而单调地去重复这几个字：忘掉它。

当她能够像思考工程中的难题那样冷静而清晰地面对她的问题时，她便能保持长时间的平静。她知道，只要她说服自己，她对于铁路这种疯狂的思念是全无道理的或者是不对的，这情绪就会消失。但这思念是因为她坚信真理和权利是属于她的——敌人是不合理的、不真实的——当完全属于她的成就不是输给了超强的力量，而是输给了那些在软弱和无能控制之下的令人作呕的邪恶之徒时，她便无法再去为自己树立另一个目标，并且为了实现它而激发她的热情。

她可以放弃铁路，她想；她可以在这片森林中得到满足；但就算她可以修好这条小径，然后走到下面的路上，然后重修那条路——接着一直走到伍德斯托克的那个店主面前，那也就到头了，那张木然而冷漠地面对着这个世界的空洞苍白的面孔，便是她努力的极限。为什么？她听到了自己的呐喊。没有回答。

她想，那么你就待在这里，直到找出答案为止。你无处可去，你不能动，你不能就这样开始去铺路，除非……除非你可以清楚地选好一个终点。

在漫长寂静的夜晚，她在想念里尔登的孤独之中，静静地端坐，望着南面隐约的光线之外遥不可及的那片夜空。她希望看到他那张决不退缩的面孔，那张含着笑意、充满信心地看着她的面孔。但她知道，在取得胜利之前是不能去见他的。她必须无愧于他的笑容，这笑容是留给一个可以拿勇气和他交换的对手的，而不是让一个满是痛苦的可怜虫去从中寻找安慰，那样就失去了他的本意。他能帮她活下去，但他无法帮她选择活下去的目的。

自从那天早晨在自己的日历上记下了五月十五日，她便有一股隐隐的焦虑感。她强迫自己偶尔去听一听新闻广播，但没有听见他的名字被提起。她与这个城市间的最后一丝联系便是她对他的担心，这使得她不断地将目光投向南面的天空和山脚之下。她发觉自己是在等着他的到来，发觉自己是在倾听汽车的声响，但时而让她空欢喜一场的，只有一些大鸟突然穿过树林冲向天空时拍打翅膀的声音。

还有一个与过去相关的联系，依然像一个没有得到解答的问题：那就是昆廷·丹尼尔斯，以及他试图重新制造的发动机。到六月一日，她就应该给他寄去每月一张的支票了。她该不该告诉他她已经退出不干了，那台发动机她再也不需要，也没人会再需要了？她该不该告诉他停下来，把那台发动机的残骸扔到像她当初发现它的那样一堆垃圾里，任它消失？这件事她做不到，这比让她离开铁路还要困难。她在想，那台发动机并不是连接着过去：那是她与未来的最后一丝联系。毁掉它似乎不是杀害，而是自杀：她如果下令停止的话，就是签字认可前方不再有可以继续寻找的终点。

但不会这样——五月二十八日这天的上午，她站在木屋门口心想——人类智慧的完美成就不会被未来所不容，永远都不会这样。无论有什么困扰，她一直毫不动摇地坚信邪恶是反常而暂时的。这天早晨，她的这种感觉比以往更清晰：她坚信，那些城里人的拙劣和她所忍受的痛苦是短暂的巧合——而看到阳光尽染的森林时，她感到了带着笑容的希望，那种前途无限的感觉，才是永久和真实的。

她站在门边抽着烟。身后卧室的收音机里传出了她祖父时代的一支交响曲。她没有留心去听，只是觉得那流淌着的音符似乎是应和着袅袅盘绕的烟雾，应和着她的手臂时而将香烟送到嘴边所划出的弧线。她闭上眼睛，静静地站着，感觉着阳光照在身上。这就是成就，她心想——去享受这一刻，不让创痛的记忆麻痹她此刻的感知；只要还能保留这样的感觉，她就有前进的动力。

她几乎没有察觉出伴随着音乐而来的微弱噪音，这声音像是老唱片转动时发出的摩擦。她突然意识到自己的手猛地将香烟挥到了一旁，与此同时，她意识到这越来越响的噪音是汽车的发动机声。这时她才发觉她是多么盼望听到这个声音，多么期待汉克·里尔登的到来。她听见自己压低了声音的傻笑，仿佛不愿去打断金属不停转动所发出的这个嗡嗡声，毫无疑问，这声音来自一辆沿着山路开上来的汽车。

她看不到山路——她的视野里只有位于山脚树冠下面的一小段而已——但她通过发动机在爬坡时愈加响亮的紧张而迫切的声音，以及轮胎转弯时发出的尖叫，看到了这辆车开上山来。

汽车在树下停住。她不认识这辆车——不是那辆黑色的哈蒙德，而是一辆长长的灰色敞篷车。她看见了走下来的开车人：她做梦也想不到是他。来人是弗兰西斯科·德安孔尼亚。

令她震惊的并不是失望，更像是一种与失望毫不相干的感情。这份迫切令她奇怪地肃立在原地，她突然间确信，一定是发生了什么她所不知道的极其重大的事情。

弗兰西斯科快步向山上走来。他抬头向上张望，看见她正站在木屋门口，便停下了脚步。她看不清他脸上的表情。他伫立良久，朝她仰起脸，然后继续走了上来。

几乎就像是她期待过的那样，她感觉他们回到了童年的情景中。他向她走来，不是跑着，而是带着胜利而自信的渴望向上走着。不，她心想，这不是他们的童年——这是她在将来像等待挣脱牢笼一样地等待着他的时候会看到的情景。如果她所希望的生活可以实现，如果他们两个走过的路正如她所一直确信的那样，此刻便是他们今后将会拥有的一个早晨。她被好奇心紧紧地抓住，一动不动地站着望向他，在她看来，此时并非现在，而是对过去的致意。

当他走得近些，令她能够看清他的表情时，她发现他肃穆的表情下洋溢着抑制不住的欢乐，显示出心底纯净的人才会有的无比轻松。他一边笑一边吹着口哨，旋律悠扬，如同他大步向上迈出的轻快脚步。这旋律听上去有些耳熟，让她觉得很适合此时的情境，但她又觉得这中间有些奇怪，一定有什么重要的东西，只是此刻她想不起来。

"嗨，鼻涕虫！"

"嗨，费斯科！"

她知道——他打量她的眼神，他眼睑那一瞬间的闭合，他迅速努力向后仰起的头，他的嘴唇流露出的无奈而轻松的淡淡笑意,他抓住她的时候突然用力的手臂——这一切都是不由自主的,绝非刻意,对他们俩来说,没有比这更恰当的了。

他抱紧她,他的嘴压在她的嘴上令她感到疼痛,他的身体向她快乐地敞开,这绝不是一时的冲动——她知道,身体上的饥渴不可能令一个男人如此疯狂——她知道,此刻她听到了他从未说过的那句话,这是一个男人对于爱情所能做出的最大表白。不管他是如何毁掉了他的生活,他还是那个能让她骄傲地献身的弗兰西斯科·德安孔尼亚——不管她在这世间遇到过什么样的背叛,她对生活的理念依然未变,而其中坚不可摧的某些部分依然存在于他的身体之中——想到这些,她的身体便有了反应,她的胳膊紧紧地拥抱着他,嘴唇亲吻着他,袒露了她的欲望,袒露了她早就给了他,并永远会给他的感情。

接着,他后面的这些日子回到了她的记忆当中,他越是出类拔萃,所作出的自我毁灭就越是罪恶深重,想到这儿,她感到被深深地刺痛了。她从他的怀里挣脱出来,摇着头,同时对自己和他说"不"。

他站在那里,带着坦然的微笑看着她:"是还没到时候,你首先要原谅我很多事情才行。但现在我可以把一切都告诉你。"

她从未在他的声音里听到过如此低沉和令人压抑的绝望。他努力控制着自己,笑容里几乎带有一丝像小孩请求原谅一般的歉意,但同时也有一股成年人的自嘲,如同是在大笑声中表明他无须掩饰自己的挣扎，因为正和他扭打在一起的是幸福，而不是痛楚。

她从他的身旁向后退了几步；她似乎觉得感情冲在了她自己的意识前面，疑问现在才追赶上她，摸索着适当的词语。

"达格妮，过去一个月来你在这里受的那种折磨……你一定要诚实地回答我……你认为你十二年前承受得住吗？"

"不能。"她回答。他笑了。"你问这个干吗？"

"补偿我十二年的生命，对此我不必后悔。"

"你在说什么？而且，"——她心中的疑问终于涌了出来——"而且你怎么知道我在这里受折磨？"

"达格妮，你还没发现我对此一清二楚吗？"

"你怎么……弗兰西斯科！你上山时嘴里的口哨吹的是什么？"

"哦，我在吹吗？我不知道。"

"你吹的是理查德·哈利的《第五协奏曲》，对不对？"

"噢！"他吃了一惊，自我解嘲地笑了笑，接着便严肃地说，"这我以后会告诉你。"

"你怎么找到我这里来的？"

"这我也会告诉你的。"

"是你逼艾迪说的。"

"我都一年多没见过艾迪了。"

"只有他知道我在这里。"

"告诉我的那个人不是艾迪。"

"我不想让任何人找到我。"

他慢慢地打量着四周,她发现,他的眼睛在她铺砌的石径、栽种的花和整饬一新的屋顶上停留了片刻。他哑然一笑,似乎理解了,又似乎受了伤害。"你不该跑到这里来待了一个月,"他说,"天啊,你怎么会这样?!这是我头一次在不想失算的时候失算了。我没想到你准备好退出了,要是知道的话,我就会成天盯着你。"

"真的?为什么?"

"就不会让你——"他一指她干的这些活儿,"去干这些了。"

"弗兰西斯科,"她嗓音低沉地说,"如果你关心我所受到的折磨,难道你不明白我不想听你提起这些,就因为——"她顿住了。这些年来,她从没在他面前抱怨过什么。于是她只冷冷地说了句,"——就因为我不想听吗?"

"是因为这世界上只有我没有权利说这些?达格妮,假如你认为我不知道我对你的伤害有多深的话,我可以告诉你我这些年来……不过这都过去了,噢,亲爱的,都过去了!"

"是吗?"

"原谅我,我还不能这么说,这要等你来说。"他极力控制着他的声音,但欢乐的神情却溢于言表。

"你是不是因为我失去了一生为之奋斗的一切才这样高兴？好吧，如果你来就是想听这个的话，那我说。我最先失去的就是你——现在你看到我失去了其他的一切，是不是就觉得开心了？"

他直勾勾地盯着她，眯起的眼睛里带着如此强烈的渴望。这目光几乎是一种威胁，而她明白，无论这些年对他意味着什么，"开心"可不是她应该讲的。

"你真这么认为？"他问。

她低声说道："不。"

"达格妮，我们永远不会失去我们所追求的东西。如果我们犯过错误的话，有时候也许就要改变一下它们的形式，但我们可以采取任何方式，目标还是一样的。"

"这就是我这一个月来对自己所说的，但是，通向目标的所有道路都已经不存在了。"

他没有应声。他坐在木屋门边的一块石头上望着她，仿佛不想放过她脸上一丝一毫的反应。"你现在对那些离开并消失的人怎么看？"他问。

她耸了耸肩膀，淡淡的笑容里有一点无可奈何的伤感，坐在了他身边的地上。"你知道，"她说，"我曾经以为是什么毁灭者不肯放过他们，逼得他们放弃。但看来并没有。在过去的这一个月，我有时几乎希望他也会来找我，却没有人来。"

"没有吗?"

"没有。我曾经以为他给了他们一些想象不到的理由,使他们背叛了自己钟爱的一切。可这没有必要。我知道他们的感受。我再也不能责怪他们了。我不知道的是,在那之后,假如他们当中还有人活着的话,是如何活下来的。"

"你觉得你背叛了塔格特泛陆运输吗?"

"不,我……我觉得如果继续在那里工作的话才会背叛它。"

"你会的。"

"假如我同意为掠夺者效劳,那……那我送到他们手里的就是内特·塔格特。我不能,我不能最终把他和我的成果葬送在掠夺者们的手里。"

"对,你不能这样做。你认为这是冷漠无情吗?你是不是觉得你不如一个月前那样热爱铁路了呢?"

"我想,为了能在铁路上再干一年,我可以献出自己的一生……但我不能再回到那里去了。"

"那你就明白他们的感受了,你就明白所有放弃的人所放弃的是怎样的一种爱了。"

"弗兰西斯科,"她垂着头,没有看他,问道,"你为什么要问我十二年前是否会放弃它呢?"

"难道你不知道此刻我心里想着的是哪一个晚上吗?就像你一样?"

"我知道……"她低声说着。

"就是我放弃了德安孔尼亚铜业公司的那天晚上。"

她慢慢地将头艰难地抬起来看着他。他的脸上是她在十二年前的那个次日清晨所看到过的表情：是他严峻的脸上看起来却在微笑的表情，是胜利压倒痛苦之后的平静表情，是他为自己付出代价，并且认为值得付出因而感到自豪的表情。

"但你没有放弃它，"她说，"你没有离开，你依然是德安孔尼亚铜业公司的总裁，只不过它现在对你全无意义罢了。"

"它现在对我的意义和那天晚上同样重要。"

"那你怎么会让它四分五裂呢？"

"达格妮，你比我幸运得多。塔格特泛陆运输是一部精密而准确的机器，没有你的话它就坚持不了多久，它不可能由被奴役的苦力来管理。他们会替你把它仁慈地毁掉，而你不会看着它去为掠夺者们服务。但铜矿是个简单的活儿，德安孔尼亚铜业公司可以在掠夺者和奴隶们的手里存在几十年，尽管那是残忍、悲惨和愚蠢的——但它会持续下去，并且会帮助他们继续存活。我必须亲手把它毁掉。"

"你——什么？"

"我是在有意识地、故意地、通过计划和我自己的双手毁灭德安孔尼亚铜业公司。我必须像创造财富一样慎重计划和努力工作——就是为了不让他们发觉和阻止我，为了不让铜矿在彻底被毁之前落到他们的手里。我付出了曾经希望倾注在德安孔尼亚公司上的全部心血，只是……只是为了不让它成长。我要把这个喂养着掠夺者的公司的最后一块，我的财富的最后一分钱和每一盎司的铜都毁掉。我不会把我发现的一切留下来——我要把它原原本本地还给塞巴斯蒂安·德安孔尼亚——要让他们再也没法依赖他和我，自己去生存！"

"弗兰西斯科！"她惊叫道，"你怎么能这样做？"

"是凭着我和你同样拥有的爱，"他安静地回答，"是我对德安孔尼亚公司，对曾经塑造了它的精神的爱。它曾经被塑造成那样——将来有一天，它还会变成那样。"

她呆坐无语，用已经被震惊得麻木的大脑竭力去理解着这一切。收音机里的交响曲在寂静里继续演奏着，音乐像是迈着缓慢而庄严的脚步向她走来，她努力去看，眼前立刻浮现出了这十二年来的日日夜夜：那个痛苦地伏在她的胸前求救的小伙子——那个坐在客厅的地上，边玩弹珠边对大企业纷纷被摧毁表示嘲笑的男人——那个一边喊着"亲爱的，我不能"，一边拒绝了帮助她的男人——那个在阴暗的酒吧间里，为了塞巴斯蒂安·德安孔尼亚曾经苦苦等待的那些年而举杯痛饮的男人……

"弗兰西斯科……我对你做出过种种猜测……我从没想到……我从没想到你是那些放弃的人中的一个……"

"我是最先放弃的那一个。"

"我以为他们总是消失……"

"嗯,我不就是如此吗?我让你看到了一个俗气的花花公子,而不是你所熟悉的弗兰西斯科·德安孔尼亚,这难道不是我对你做过的最恶劣的事情吗?"

"是的……"她轻声说,"但最糟糕的是我不相信……我从来就没信过……每次遇见你,我看到的依然是弗兰西斯科·德安孔尼亚……"

"我知道,我知道这会让你受到怎样的打击。我试过帮着你去理解,但当时告诉你还太早。达格妮,在那天晚上,或者在你因为圣塞巴斯蒂安矿来谴责我的那天——假如我告诉你我不是个胸无志向、游手好闲的人,我是要让德安孔尼亚公司、塔格特公司、威特石油公司、里尔登钢铁公司,以及我们视为神圣的一切加速灭亡——你会觉得更容易接受吗?"

"会更难,"她低声说,"即使是现在,我对你和我各自的放弃都不一定能接受……可是,弗兰西斯科"——她突然抬起头看着他——"如果这就是你的秘密,那么在被你伤害的一切当中,我是……"

"对对,我亲爱的,对,你才是受伤最深的!"这绝望的叫喊声伴随着欢笑和轻松,表明他想把所有的痛苦都一扫而光。他抓起她的手,把他的嘴贴了上去,然后将脸埋在上面,不让她看出他这些年所有的感受。"如果这无法作为补偿……无论我做了什么伤害你的事情，这就是我为之付出的代价……我清楚那会令你受到什么样的伤害，并且不得不那样去做……然后就是等待，等待着……但这都过去了。"

他抬起头，露出了笑容，从他脸上流露的温柔关爱里，她明白自己的绝望被他看到了。

"达格妮，别想它了。我不会用我所受的痛苦当借口。不管我当初为什么要那样做，我清楚我所做的那些事，清楚我深深地伤害了你。我会用许多年来弥补这些。忘掉"——她明白他指的是他刚才在拥抱中所表露出来的——"忘掉我还没有说出来的话吧。在我要和你讲的所有话里面，我要把它留到最后去说。"然而，他的眼睛，他的笑容，他攥住她手腕的手指却在不听话地诉说着。"你已经承受了太多的苦难，为了去掉那些本不该由你去承受的伤疤，你必须去了解和弄清楚许多事情。现在最关键的是你可以自由地去恢复了，我们两个都自由了，再不用担心那些掠夺者，他们已经威胁不到我们了。"

她开了口，声音平静而悲凉："这正是我来这里的目的——想把事情想明白。但我做不到。把这个世界拱手让给掠夺者，在他们的统治下生活，这实在是太可怕了。我既不能放弃也不能回去，既不能无所事事地活着，也不能像个服苦役的奴隶。我过去总以为只要不放弃，怎样去斗争都是对的。现在我觉得在应该去和他们抗争的时候，我们两个的离开也不一定是对的。但是没有办法去和他们斗。我们离开是投降，留下来也是投降。我已经再也分不清什么是对的了。"

"检查一下你的前提，达格妮，矛盾是不存在的。"

"可我无法找到答案，我不能诅咒你所做的一切，但我感觉到的是恐怖——佩服和恐怖。你作为德安孔尼亚的子孙，完全能够超越你那些神奇的先辈，却把无与伦比的才能用于毁灭。而我呢——横跨全国的铁路系统正在一群趋炎附势的小人手里垮掉，我却在玩石头和修房顶。你和我是能够决定世界命运的人，如果我们任其这样下去，就一定是我们自己的罪过。可是，我看不出我们做错了什么。"

"是啊，达格妮，那曾经是我们自己的罪过。"

"是因为我们做得还不够？"

"是因为我们做得太多——索要的太少。"

"什么？"

"我们从来没索要过这个世界欠我们的那笔债——我们让这笔最丰厚的报酬落入了人群中的败类手里。这个错误在几百年前便已铸成，犯错的便是塞巴斯蒂安·德安孔尼亚、内特·塔格特，以及每一个供养着全人类，却得不到一声感谢的人。你还不知道什么是对的吗？达格妮，这不是一场物质利益之战，它是有史以来最严重的，也是最后的一场道德危机。罪恶在我们这个时代到达了顶峰，我们必须彻底结束它，否则灭亡的就是我们——有头脑的人。这曾经是我们自己的罪过,我们创造了这个世界的财富——却让我们的敌人书写着它的道德准则。"

"可是我们从来就没有承认过他们的准则,我们是按照我们自己的标准在生活。"

"对——并且为此付出赎金!这赎金包括了物质和精神两个方面——要说金钱,我们的敌人不该得到却得到了;要说荣誉,我们应该得到却没有得到。我们情愿去付出,那就是我们的罪过。我们养活着人类,却允许人们鄙视我们,而去崇拜毁灭我们的人。我们允许他们去崇拜无能和残暴,崇拜不劳而获和肆意挥霍的人。由于我们接受了对我们的美德而非罪恶所做的惩罚,我们便背弃了我们的准则,而让他们有了可乘之机。达格妮,他们的那一套是绑架者的道德,他们把我们对美德的热爱当作人质。他们知道,你为了能工作和创造,愿意去忍受一切,因为你把成就当作人的最高道德追求,离开它就无法生存,你热爱美德就是在热爱你的生命。他们就希望你去承受这些重负,他们就希望你觉得,为了爱所做的努力是永远不够的。达格妮,你的敌人借助了你自己的力量来把你打垮。你的大度和忍耐是他们仅有的武器。你不求回报的正直是他们唯一能利用的工具。他们了解这一点,而你并不了解,他们最害怕的就是有一天你会发现它。你一定要学着去了解他们,不做到这一点,你就逃不出他们的手心。而一旦做到了,你就会理直气壮地愤怒,乃至把塔格特泛陆运输的每一根铁轨都炸光,不让它为他们服务。"

"但是把它留给他们!"她哽咽了,"扔掉它……扔掉塔格特泛陆运输……它是……它简直就是一个活生生的人……"

"它过去的确是,现在不再是了。给他们留下吧,它对他们一点用处都没有。放开它吧,我们用不着它。我们可以重新修一个,他们不行。我们可以不靠它生活,他们活不下去。"

"可我们却落到了放弃和退缩的地步!"

"达格妮,只有我们这些被人类灵魂的刽子手们称作'物质至上者'的人,才明白那样的物质的价值和意义是多么微不足道,因为正是我们创造了它们的价值和意义。为了换回更珍贵的东西,我们可以短暂地舍弃它们。我们是灵魂,而铁路、铜矿、钢厂和油井就是身体——只要它们不离开我们,只要它们一直作为成就的表达、奖赏和财产而存在,它们就会像我们的心一样鲜活,每时每刻都在搏动,庄严地支撑着人的生命。离开了我们,它们便是一堆死尸,生产的不是财富和粮食,而是会将人瓦解成一群群吃腐肉的游民的毒药。达格妮,看清你自身力量的本质,你就能解开你身边的那些矛盾。不是你一定要依赖于任何物质,而是它们要依赖你。你创造了它们,你拥有这仅有的一件创造工具。无论走到哪里,你总是能够去创造。但那些掠夺者们——按他们自己所说的理论——则一辈子都摆脱不了他们先天就有的需要,只能听任物质的摆布。你为什么不相信他们的话？他们需要铁路、工厂、矿山和发动机，但他们既造不出来，也不会管理。离开你，你的铁路对他们又有什么用？是谁能让它运转起来，是谁能让它有活力？是谁一次又一次地挽救了它？是你哥哥詹姆斯吗？是谁在养着他？谁在养着那些掠夺者们？谁为他们制造了武器？谁把奴役你的工具给了他们？让人不可思议的是，天才创造出来的一切却掌控在无能的小人们手里——是谁促使了它的发生？是谁支持了你的敌人，打造了捆绑你的锁链，毁灭了你的成果？"

她像是被无声的呐喊刺激得一下挺直了身体，他则像弹簧一般腾地站了起来，声音依旧得胜般冷酷无情：

"你现在开始意识到了，对不对？达格妮！给他们那些已经死掉的铁路，给他们那些生锈的铁轨、腐烂的枕木和报废的发动机——但不要把你的头脑留给他们！不要把你的头脑留给他们！它关系到今后这个世界的命运！"

"女士们，先生们，"收音机中的交响曲被广播员惊慌失措的声音打断了，"现在我们中断此次广播，带给你们一条特别消息。今天凌晨，在位于科罗拉多州温斯顿市的塔格特泛陆运输的主干道上，发生了铁路史上最严重的事故，著名的塔格特隧道遭到了彻底的毁坏！"

她的惊叫简直就像是在最后一刻从隧道的黑暗之中发出来的一样，这声音一直在他的耳边回响。他们冲进木屋，呆呆地站在收音机前,她的眼睛愣愣地盯着收音机,他的眼睛则一直盯着她的脸。

"事故的详情从卢克·比尔那里获悉,他是塔格特泛陆运输主干线豪华列车彗星号上的司炉工,于今早在隧道的西端被发现时,已经昏迷不醒,看来他是这场灾难中唯一的幸存者。据初步分析,向西开往旧金山的彗星号令人吃惊地违反了安全规章,在燃煤蒸汽机车的牵引下驶入了隧道。塔格特隧道全长八英里,由内特内尔·塔格特的孙子在使用柴油电力机车的无烟时代所修建,它贯穿落基山的山峰,被认为是当今工程史上一项无与伦比的伟大成就。隧道通风系统的设计并不适合烟气排放量很大的燃煤机车——而该地区的每一位铁路员工都知道,列车用这样的机车牵引进入隧道,将会导致车上所有的人窒息丧生。尽管如此,彗星号仍然接到了这样的命令。根据司炉工比尔所说,列车进入隧道三英里后,便已经感觉到了煤烟的影响。司机乔·司各特将节气阀彻底打开,拼命想提高车速,但很长的车身带来的自重以及上坡行驶令年久老化的机车力不从心。司机和司炉工只能勉强维持这台渗漏的蒸汽机车以四十英里的时速穿过不断加重的浓烟——此时,某位已经毫无疑问地感觉出呼吸困难的乘客拉下了紧急制动闸。突如其来的刹车显然折断了机车的进气管,因为列车无法再次启动。车厢里传出人们的惊叫声,乘客们纷纷将车窗砸碎。司机司各特发疯一般地拼命想要启动发动机,但终因吸入煤气过多，倒在了节气阀前。司炉工比尔从机车上跳下逃跑。当已经可以看见隧道的西口时，他听到了爆炸的巨响，马上就昏了过去。我们从温斯顿车站的铁路员工那里了解到了事件的进一步发展：一列向西行驶、满载着爆炸物的军队货运专列没有得到彗星号就在前方的警告信号。这两趟列车都已经晚点。据称，由于隧道的信号系统出了故障，货运专列接到了在行进时可不必理睬信号的命令。据称，尽管有限速的规定，并且明知通风系统会经常出现故障，但所有的火车司机在经过隧道时仍旧会心照不宣地全速行驶。根据掌握的现有情况来看，彗星号正好停在了隧道急转弯的前方。据信，车上的乘客那时都已死亡。很难相信货运专列的司机在以八十英里的时速转弯时能够及时发现彗星号尾部的观察窗，该窗口的照明在离开温斯顿车站时非常醒目。现在知道的情况是，货运专列撞上了彗星号的尾部。专列上货物的爆炸震碎了五英里之外的农舍窗户玻璃，并使得隧道上方的岩石大量塌落，救援人员现在只能前进到距离任何一趟列车三英里的地方。没人指望发现幸存者，塔格特隧道也不可能再次重建。"

她呆呆地站着，似乎眼前看到的不是身边的房间，而是科罗拉多的现场。突然，她浑身痉挛般一颤，像梦游似的四处转身找她的手提包，仿佛那是现在唯一剩下的东西。她抓过它，旋风一样冲到门口，跑了出去。

"达格妮！"他拼命叫着，"不要回去！"

这喊声仿佛是从远远的科罗拉多山脉另外一边发出来的，她根本就听不见。

他从后面追了上来，一把将她的两只胳膊同时拽住，喊叫道："不要回去！达格妮！为了你认为的神圣的一切，不要回去！"

她像是根本不认识他。如果单比力气，拧断她的手臂对他来说简直易如反掌，但她像是只拼死求生的动物一样，猛地从他的手里挣脱，同时把他闪了个趔趄。等他站稳脚跟时，她已经向山下跑去——像他当初听到里尔登厂里的警报声那样，直奔停在下面路上的汽车。

他的辞职信就放在他身前的桌子上——詹姆斯·塔格特躬身坐在那里，咬牙切齿地盯着它。他似乎觉得他的敌人不是上面的这些话，而是将言语呈现出来的这张纸和墨水。他一向认为思想和言语起不了什么决定作用，但一个实实在在的东西是他这辈子都在竭力逃避的：那就是承诺。

他还没有下决心辞职——还没有完全决定，他想；他写这封信的目的对他来说是"以防万一"。他觉得这封信是一种防范；但他还没在上面签名，这是他对这种防范所采取的防范措施。让他切齿痛恨的是那些使他无法继续这样下去的事情。

他今天上午八点得知这场灾难,中午的时候,他来到了办公室。尽管他实在不愿承认理智带给他的直觉,但直觉还是告诉他,这次他必须到场。

在这样一场他熟知的牌局里,被他当成王牌的那些人都不见了。克里夫顿·洛西凭借医生的诊断证明躲了起来。医生说,洛西先生由于心脏状况不佳,现在不能受到打扰。塔格特的一个高级助理据说头一天晚上就去了波士顿,另一个出人意料地被一家说不出名字的医院叫去,看护他那个凭空冒出来的父亲。总工程师家里的电话无人接听,负责公关的副总裁人也不见了。

在来办公室的路上,塔格特看见了街上特大新闻的黑体字。走在塔格特泛陆运输的楼道里,他听见了从某人办公室的收音机喇叭里传出的说话声,通常在暗无灯光的街角才会听到这样的声音:它在高喊着要将铁路收归国有。

他穿过走廊的时候,脚步声很响,为的是让人看见他,同时又很急,因为不想被谁拦住问问题。他锁上了办公室的门,吩咐秘书他不见任何人,不接任何电话,并告诉所有来人,塔格特先生正忙着。

然后,他怀着苍白的恐惧,独自坐在桌前。他感觉自己被困在地下室里,锁上的锁再也无法被打开了;又觉得他是被绑在陈列架上,全城的人都在下面看着他,便盼着那把锁能永远不被打开。他不得不来到办公室,这是对他的要求,他不得不无聊地坐在这里等着——等待他所不知道的事情降临在他身上并且决定他的行动——他既害怕有人来找他，又害怕这个无人到来的事实，没人告诉他该怎么办。

外间办公室响起的电话铃声听起来像是在求援。他看了看大门，恶毒而得意地想着那些声音都被他秘书和善的身躯挡在了外面，那个年轻人唯一擅长的就是逃避，干这个的时候一点也不脸红。这些声音，塔格特心想，来自科罗拉多，来自塔格特系统的各个中心，来自这座楼里的每一间办公室。只要不用去听，他就还算安全。

他的想法已经在身体里凝结得如同一个凝固、结实、不透明的球，对此，管理塔格特系统的人谁都无法参透，他们只是一群需要被哄骗的对手而已。令他更加害怕的是董事会的那些人，但他的辞职信可以令他从火中逃生，而让他们在火里纠缠。令他最害怕的是想到华盛顿的那些人。如果他们打来电话，他就不得不接——他那个善于见风使舵的秘书能听出谁的声音可以不受他命令的约束。但华盛顿方面没有打电话来。

恐惧在他的体内一阵阵发作着，令他口干舌燥。他不知道他怕的是什么。他知道威胁并非来自收音机里那个说话的人。他从那个咆哮的声音里体会到的更像是一种他已经预感到的恐惧，如同他会穿剪裁合体的礼服，会去发表午餐讲演一样，那是他的位置带来的职责上的恐惧。但在这恐惧的下面，他感到有一丝微弱的希望，偷偷摸摸，像是蟑螂飞快而隐蔽的爬行一般：假如这恐惧真的出现，一切就都解决了，他就不用去做任何决定，不用去签辞职信……他不会再是塔格特泛陆运输的总裁，可别人也不会……别人也不会……

他坐在那里盯着办公桌，把眼睛和脑子的注意力分散开来，如同沉浸在一团迷雾之中，拼命不想让它显出任何形状。对于能够辨认的东西，他可以拒绝去辨认，从而对它视而不见。

他没有分析科罗拉多发生的事情，没有试图弄清事情的起因，没有考虑事情的后果。他不思考。情感结成的球如同他胸腔内一块沉甸甸的东西，填充着他的意识，使他能够放下思考的责任。这个球是仇恨——仇恨便是他仅有的答案，便是唯一的现实。没有对象，没有原因，没有开始和结束的仇恨，仇恨便是他对宇宙的要求。仇恨就是正义、权利，就是绝对。

电话在寂静之中叫了起来。他知道，这并不是在向他求助，而是在向被他窃取了外形的一个实体求助。这个实体正在被求救声从他身上拽走；他感到铃声仿佛不再是声音，而是变成了不断的击打，向他的脑壳上砍来。仇恨的对象似乎在铃声的召唤下开始成形，结实的圆球在他的体内炸开，把他摔得像一只无头苍蝇。

他冲出办公室，对周围的人一脸不屑，一直跑到走廊另一头的业务部，进了业务副总裁办公室的外间。

办公室的门开着：越过空荡荡的桌子，他看到了巨大的玻璃窗外的天空。随后，他看到身边的外间工作人员，以及艾迪·威勒斯从玻璃隔间里露出的金黄色的头顶。他直奔艾迪·威勒斯而去，一把将玻璃门拽开，站在门口，当着全屋人的面，喊叫道：

"她在哪儿？"

艾迪·威勒斯缓缓地站了起来，用一种奇怪的顺从眼神看着塔格特，仿佛在所有他见过的奇迹当中，这又是一个值得他好好看看的。他没有回答。

"她在哪儿？"

"我不能告诉你。"

"听着，你这个死硬的小混蛋，现在还没到庆祝的时候呢！如果你想让我觉得你是不知道她在哪里的话，我根本就不信！你知道，并且必须告诉我，否则我会把你告到联合理事会去！我会向他们发誓你知道——到了那个时候，你再证明你不知道试试看！"

艾迪回答的声音里带着隐隐的惊讶："我可从没想表示我不知道她在哪里。我知道，但我不会告诉你。"

塔格特因为失算，嗓门一下子高得刺耳而有气无力："你清不清楚你在说些什么？"

"怎么了，当然清楚。"

"你要重复一遍吗，"他朝屋子里把手一挥，"当着这些证人的面？"

艾迪略微提了提嗓门，声音没有加大多少，但更加准确而清晰："我知道她在哪里，但我不会告诉你。"

"你承认你是个帮助了逃跑者的同谋？"

"那是你要这么说。"

"可这是犯罪！这是对国家的犯罪。难道你不明白吗？"

"不。"

"这是违法的！"

"对。"

"现在正处于全国紧急状态！你无权隐藏任何个人秘密！你是在隐瞒重要的情况！我是铁路的总裁！我命令你告诉我！你不能拒绝执行命令！这种行为是要受到惩罚的！你明白不明白？"

"明白。"

"你还要拒绝吗？"

"对。"

凭着多年的经验，塔格特能够不露痕迹地观察出身边每个人的反应。他发现周围的员工神情紧张而严峻，没有一个站在他这边。大家的脸上都带着绝望，只有艾迪不是这样。只有这个塔格特泛陆运输的"世代奴隶"似乎毫不为这场灾难所动。他万念俱灰地望着塔格特，像是一名学者遇到了一个他一直不愿面对的问题。

"你知不知道你是个叛徒？"塔格特吼着。

艾迪静静地问道："背叛的是谁？"

"是人民！包庇逃跑者就是对国家的背叛！就是对经济的背叛！养活人民才是你的首要责任，高于其他一切！所有法律都是这样规定的！难道你不清楚吗？难道你不知道他们会怎样处罚你吗？"

"难道你看不出我对此根本就无所谓吗？"

"哦，是吗？我会把你说的这些话告诉联合理事会！这些证人都可以作证你说过——"

"别为证人的事操心了，吉姆，用不着让他们抛头露面。我会写下我说过的话，并签上名，然后你可以拿着它去理事会。"

塔格特像是挨了一个嘴巴那样突然咆哮了起来："你以为你是谁，竟敢对抗政府？你一个小小的办公室里的可怜虫算得了什么，也敢对国家政策品头论足，还敢有自己的看法？你觉得国家会去理睬你的看法、你的愿望，或者你那点宝贵的良心吗？一定得教训教训你——还有所有你们这些人！——所有你们这些被惯坏的、自我放纵的、没有纪律性的、又什么都不是的小职员们，整天神气活现，就好像你们的那点权利有多重要似的！得让你们明白明白，现在可不是内特·塔格特那个时候了！"

艾迪一句话也没说。他们隔着桌子，互相对视着。塔格特的脸已经惊恐得走了形，艾迪的脸则沉着严峻如初。詹姆斯·塔格特实实在在地看到了像艾迪·威勒斯这样的人的存在；艾迪·威勒斯则难以相信这世上会存在着如詹姆斯·塔格特这样的人。

"你认为国家会在乎你和她怎么想吗？"塔格特叫喊道，"她有责任回来！她有责任去工作！我们管她想不想工作干吗？我们需要她。"

"你需要她吗，吉姆？"

出于本能的自我保护，塔格特在艾迪·威勒斯异常平静的声音面前不禁倒退了一步。但艾迪没有逼近，他依然站在桌子后面，保持着在一间办公室里应有的样子。

"你找不到她，"他说，"她是不会回来的，我为她高兴。你可以走投无路，可以关了铁路，可以把我投进监狱，可以枪毙我——那又怎么样？我不会告诉你她在哪里。就算看见整个国家都崩溃了，我也不会告诉你。你找不到她。你——"

屋门猛地开了，他们一下子转过头去，只见达格妮正站在门口。

她穿了一件起皱的棉布裙，在数小时的开车奔波之后，她的头发一片蓬乱。她在周围目光的注视下停了下来，仿佛是在重新审视这个地方，但她的目光扫过屋子，仿佛只是在飞快地清点屋里的东西，对所有的人都视若无睹。她的面容变了，令她显出几分苍老的并非皱纹，而是一派冷若冰霜、全然没了半点恻隐之情的冷酷。

人们还未来得及感到震惊和诧异，一股如释重负的气氛已经传遍了整个屋子。这气氛传染到了每个人的脸上，唯独没有传染给艾迪·威勒斯。刚才还异常镇静的他，颓然坐下，脸一下子垂到了桌子上；他没有出声，却肩膀一抖一抖地啜泣着。

她的脸上没有向任何人打招呼或问候的表示，仿佛她不可避免地要出现在这里，根本用不着再说什么。她径直向她的办公室门口走去，经过秘书的桌子时，她的嗓音不温不火，如同办公机器发出的声音："叫艾迪进来。"

詹姆斯·塔格特第一个动了起来，像是害怕她从视野里消失一样。他跟在她后面冲了进去，嚷道："我是无能为力呀！"随即，他便缓过神来，恢复了常态，叫着："都是你的错！这是你干的！要怪你！因为你走了！"

他在纳闷他的叫喊是不是他自己耳朵里的幻觉。她面无表情，但向他转过了身，看上去她似乎听到了声音，却没有听到他说的话，没有觉得他是在同她交流。一时间，他从没像现在这样真切地感觉到自己的不存在。

接着，他注意到她的神情有了些许细微的变化，那也只是表明她看到了有人出现而已。不过她的目光从他的身上越过，他转身一看，艾迪·威勒斯已经走进了办公室。

在艾迪的眼里仍然看得出泪水的痕迹，但他并没有试图去掩盖,而是挺直了身子站着,似乎他和她一样,都认为眼泪或是窘迫,乃至因此而感到的抱歉都与他们毫不相干。

她说:"给瑞恩打电话,告诉他我在这里,然后让我和他说话。"瑞恩曾是铁路中部地区的总经理。

艾迪像是警告她似的没有立即答话,然后用像她一样平稳的声音说:"瑞恩已经走了,达格妮,他上星期辞的职。"

他们如同没有留意到身边的摆设一样,对塔格特毫不理睬。她甚至连命令他离开她办公室这样的示意都不给他。他像是个中风的病人,鼓起勇气,挪着不听使唤的身子溜了出去。但他确定了现在要做的第一件事,就是跑回他的办公室,把他的辞职信撕掉。

她压根儿没注意到他的离开;她正看着艾迪。"诺兰在吗?"她问。

"不在,他走了。"

"安德鲁呢?"

"走了。"

"麦圭尔呢?"

"走了。"

接着,他平静地把近一个月来已经辞职,同时又是她此刻最需要找的那些人的名字挨个说了一遍。她听着,没有流露出丝毫惊讶,仿佛是听着战斗中全体阵亡者的名单一样,谁先倒下已经不重要了。

他说完后,她没有再说什么,却问:"今天早晨到现在,都做了什么?"

"什么也没做。"

"什么都没做?"

"达格妮,今天哪怕是个普通的办事员下一道命令,大家都会乖乖地服从的。但就算是个办事员,他的心里也清楚,今天谁先动一下,等到开始互相推诿的时候,他就要为今后、现在和过去所出的事负责了。他挽救不了整个系统,等到他救活一个分公司,他的工作便保不住了。什么都没做,一切全停了。要是有什么还在动的话,也是在瞎动——因为底下铁路上的人不知道是应该接着干还是应该停下来。部分列车被停在了站里,其余的还在走,还在等着在开到科罗拉多之前被停下来,这全凭当地调度的一句话。楼下终点站的经理已经取消了今天所有的长途车次,包括今晚的彗星号。我不知道旧金山的经理在做什么。目前,只有隧道中的营救人员还在工作。他们现在离出事地点还很远呢,我觉得他们根本到不了事故现场。"

"给楼下终点站的经理打电话,通知他立即按计划恢复所有的长途列车通行,包括今晚的彗星号,然后回这里来。"

他回来时,她正俯身于摊在桌子上的一张地图上方,随后,她一边说,他一边飞快地记录着:

"命令所有在内布拉斯加州科比市以南的西行列车绕道走通往哈斯汀的支线,接上去堪萨斯州劳力尔的西堪萨斯铁路,然后在俄克拉荷马州的贾斯珀接上南大西洋的铁路,向西走到亚利桑那州的福拉斯塔,然后向北沿福拉斯塔至侯姆戴尔的铁路到犹他州的艾金,向北到米德兰,到通往盐湖城的瓦萨其铁路向西北走。瓦萨其是一家没人要的窄轨道铁路公司,把它买下来,将轨道扩成标准宽度。要是卖主因为出售不合法而害怕的话,付他双倍的价钱,然后就开始干。堪萨斯的劳力尔到俄克拉荷马的贾斯珀之间没有铁道——是三英里,艾金到米德兰之间没有铁道——是五英里半,把铁轨铺上。命令建筑队立即开工——把当地人都雇上,给他们规定的双倍、三倍工资,答应他们的任何条件——命令三班轮换——用一个通宵把活儿干完。至于铁轨,可以把科罗拉多州温斯顿和银泉,犹他州利兹和内华达州班森的副线拆掉。要是联合理事会在当地的小喽啰们出来阻止的话,找你信得过的当地人去买通他们。这笔钱不要通过财务部,记到我的账上,我会付的。如果他们发现行不通的话,让他们告诉那些小喽啰,10-289号法令没有对地方法规作出规定,如果他们想阻拦我们的话,就得搬出当地的法规,并且得告我才行。"

"是这样的吗?"

"我怎么知道?又有谁知道呢?但等他们明白过来,决定好怎么办的时候,咱们的铁轨就已经修好了。"

"我懂了。"

"我会把单子再看一遍，然后告诉你我们在当地的负责人的名字——假如他们还在的话。等今晚的彗星号到内布拉斯加州科比市的时候，铁道就已经准备好了。这样一来，长途列车的时间会增加三十六个小时——但至少可以有一个长途车的时刻表。然后，让他们替我找出在内特·塔格特的孙子修建隧道前我们那份老的路况地图。"

"这……什么？"他虽然没有提高声音，但语气还是流露出了他尽力掩饰的情绪。

她神情依旧，只是声音里多了一分柔和而非责难的成分，对他说："是隧道建成以前的老地图。我们要从头来了，艾迪，但愿我们能够做到。不，我们不是要去重修隧道，现在根本办不到。但翻过高山的那条旧坡道还在，可以重新利用。只是在上面铺铁轨会很困难，也很难找到人。特别是人这一条。"

他早就知道她看见了他的眼泪，尽管她清晰而单调的声音和毫无变化的面孔让他感觉不出什么，但她并不是对此无动于衷。她的举止里有某种他说不出的东西，如果把他的感觉表达出来的话，就好像是她在对他说：我知道，我明白，如果我们能生动自由地去感受的话，我会感觉到真心的同情和感激，但我们不能，对不对，艾迪？我们是在像月亮一样死气沉沉的星球上，必须动着，根本不敢停下来去呼吸一下我们的感受，否则我们会发现没有空气可以让人呼吸。

"我们有今天和明天的时间可以把事情干起来，"她说，"我明天晚上去科罗拉多。"

"如果你要飞过去的话，我得给你租一架飞机，你的飞机还在修理厂里面，他们弄不到替换的部件。"

"不，我坐火车，我必须亲自看看这条铁路，我坐明天的彗星号去。"

两个小时后，在一个个长途电话的间隙，她忽然问了他头一个与铁路无关的问题："他们把汉克·里尔登怎么样了？"

艾迪发现自己稍稍将视线移开了，强迫自己重新看着她的眼睛，回答说："他让步了，在最后关头，他在礼券上签了字。"

"噢，"这声音里既没有震惊，也没有责难，只是如同一个声音的标点那样，表示接受了一个事实。"有没有昆廷·丹尼尔斯的消息？"

"没有。"

"他没给我写信或者带口信？"

"没有。"

他猜出了她的担心，同时想起了还有一件事情没说："达格妮，自从你五月一日离开之后，全系统上下出现了另外一个问题，就是冻结的列车。"

"什么？"

"我们发现一些列车被遗弃在了荒无人烟的地方，就那么停在铁道上，通常是在夜间——车组人员走得精光。他们就这样把火车扔下，然后便消失了。事先从来没有任何警告，也不是因为什么特别的原因，就像传染病一样，突然传到谁，他就走了。其他铁路公司也有同样的现象。谁都解释不清楚。但我想大家心里都明白，这是那个法令干的好事，我们的人就是用这样的方式来表示抗议。他们在尽量坚持，然后突然就再也撑不下去了。对此我们又能怎样呢？"他耸耸肩，"唉，谁是约翰·高尔特？"

她若有所思地点点头，看上去她并不吃惊。

电话响了起来，里面传来她秘书的声音："是华盛顿的韦斯利·莫奇先生，塔格特小姐。"

她像是冷不丁碰到虫子一样绷紧了嘴唇。"肯定是找我哥哥的。"她说。

"不，塔格特小姐，是找你。"

"好吧，接过来。"

"塔格特小姐，"韦斯利·莫奇说话的声音带着主持鸡尾酒会的主人那样的腔调，"听说你的身体康复，我简直太高兴了，想亲自对你的回来表示欢迎。我知道你的身体状况需要长期的休息，我很欣赏你如此爱国，在这样紧急的情况下缩短了你的假期。我想向你保证，无论你现在想采取什么样的措施，我们都会配合。我们会提供全力的配合、协助和支持。假如你有任何的……特殊和例外的要求，请放心，它们是会得到批准的。"

尽管他中间稍稍停顿了几次，想听听她的回答，她却让他继续说下去。当他再次停了很久时，她说道："如果你让我跟威泽比先生讲话的话，我将非常感激。"

"啊，当然了，塔格特小姐，随时都可以……这个……就是……你是说现在吗？"

"对，就是现在。"

他明白了，但还是说道："好的，塔格特小姐。"

威泽比先生从电话中传来的声音显得小心谨慎："塔格特小姐吗？有什么需要我为你效劳的？"

"你告诉你的上司，他清楚我是退出不干了，假如他不希望我再次退出的话，就再也不要给我打电话或是和我讲话。你们这伙人有什么要告诉我的，就让你来说。我可以和你讲话，但不会和他讲。你可以告诉他，原因就是当初他在里尔登手下的时候，都对里尔登做了些什么。即使其他人都忘记了，我可没忘。"

"我的职责就是随时协助国家的铁路工作，塔格特小姐。"听起来，威泽比先生像是不想让人知道他所听到的这些话；不过，他的声音里突然潜进了感兴趣的腔调。他带着狡猾的戒备，意味深长地缓缓问道，"我可不可以这样理解，塔格特小姐，就是说在所有的官方事务中，你只希望和我一个人打交道？我是否可以把这理解为你的原则？"

她发出了一声短促的冷笑。"接着说吧,"她说,"你可以把我当成你的独家财产,利用我和你的特殊关系,然后拿我在华盛顿到处去做交易。但我不知道这对你能有什么好处,因为我不会去玩这套把戏,我不会拿好处做交易,现在,我只不过是要开始破坏你们的法律而已——如果你觉得可以承受的话,就来逮捕我好了。"

"我相信你对法律的理解还秉持着老式的观念,塔格特小姐。干吗要提什么僵化而不能打破的法律呢?我们现代的法律是有伸缩性的,可以根据……情况来具体理解。"

"那现在就开始伸缩吧,因为我和铁路的灾难可是无法伸缩的。"

她挂了电话,然后像是在分析一件已经过去的事情那样,对艾迪说:"他们暂时不会来管我们。"

她似乎没有留意到办公室里的变化:内特·塔格特的画像不见了,洛西先生摆放的新玻璃咖啡桌,以及为来访者预备的一些著名人道博爱杂志,封面上醒目地印着文章的大标题。

她像是一部可以录音,但没有反应的机器,认真地听艾迪叙述着铁路上一个月来所发生的事情。她听了他对于这次事故的分析报告。面对慌慌张张、手忙脚乱地不断在她办公室进出的人们,她的脸上依然是一副超然的样子。他在想,她已经变得对什么都无动于衷了。然而,就在她一边踱着步子,一边向他口述着一份铺设铁轨所需的物资清单,以及可以从哪里非法地搞到这些物资时,她突然停住,低头看着办公桌上的杂志。那上面有这样一些大标题:"新的社会良知","我们对于贫困下层人民的责任","需要与贪婪"。她的胳膊猛地一挥,便将杂志从桌上扫了下去,那种凶狠是他从未在她身上看见过的。然后她继续着口述,毫不停顿地背了一串数字出来,仿佛她的大脑和她身体的剧烈动作完全是不相干的两码事。

到了下午晚些时候,她趁着办公室里没有别人,拨通了汉克·里尔登的电话。

她将自己的名字报给了他的秘书——随即,她听到他匆忙抓过话筒,同样匆忙地说道:"达格妮?"

"喂,汉克,我回来了。"

"在哪儿?"

"在我办公室。"

她从电话里的短暂沉默中听出了他没有说出来的话。随即,他说道:"看来,我得马上买通人去弄矿石,好开始给你打造铁轨。"

"对,越多越好。不一定非要用里尔登合金,可以是——"她的声音几乎令人难以觉察地停顿了一下,她是在想:不用里尔登合金做成的铁轨,难道要回到重型钢之前的时代?也许要退回到包铁皮的木头轨道时代?"可以是钢的,多重都行,给我什么都行。"

"好，达格妮，你知不知道？我已经把里尔登合金交给他们了，我签了那份礼券。"

"是的，我知道。"

"我妥协了。"

"我怎么能怪你呢？我不也一样吗？"他没有答话，她说，"汉克，我觉得他们才不在乎今后留在这世界上的是铁路还是高炉，可我们在乎。他们利用我们的热情挟制我们，然而，哪怕只剩下一个象征着人类智慧的车轮可以转动，只要还存在一线希望，我们就会继续付出下去。我们会像举着落水的孩子那样把它举过水面，一旦洪水淹过它，我们会与这最后的车轮和这最后的三段论一起沉没。我知道我们付出的是什么，然而——代价已经不再重要了。"

"我知道。"

"别为我担心。汉克，明天早晨我就会没事了。"

"我从来就不担心你，亲爱的。咱们今晚见。"

无痛无惧无疚的面孔

the Face Without Pain or Fear or Guilt

9

她的公寓如同她一个月前离开时那样原封未动，宁静如初，这令她走进客厅的时候感到既轻松又凄凉。宁静令她恍然又有了是这里主人的私密感，眼前的景物则让她想到，正如她不能令时光倒流一样，她已无法重新获得这里的一切。

窗外尚有一线天光。她实在打不起精神去处理可以拖到明天再办的事情，因此稍微提前在三点离开了办公室。她以前从没这样过——在公寓比在办公室里更觉得像回家一样自在，这感觉是她从未有过的。

她冲了个澡，长久地站在水下，什么都不想，任水从她的身体上流过，但是，当意识到她想冲掉的不是一路驾车的风尘，而是办公室里的感觉时，她便急忙走了出来。

她穿好衣服，点上一支烟，走进了客厅，站在窗前，像她今天早晨眺望乡间那样，望着这城市。

她曾说过她会再在铁路上干一年。她回来了，但现在并没有工作的喜悦，有的只是作出了一个决定之后清醒、冰冷的平静——以及沉静的、她不愿去想的痛苦。

云层遮住天空，变成雾气沉降，笼罩了下面的街道，仿佛天空正在将城市吞噬。她望见整个曼哈顿岛是一个长长的三角形，插进了看不见的大海。它看上去像一艘正在下沉的船的船首，几座高楼依然像烟囱一样耸立在上面，但其余的正消失在灰蓝色的雾霭里面，在水汽弥漫的天空里慢慢沉了下去。它们就是这么消失的——她想——亚特兰蒂斯，这座葬身海底的城市，以及其他所有消失的王国，在人类的各种语言里留下了同样的传说，同样的渴望。

此刻，她的感受就如同那个春天的夜晚，她在约翰·高尔特铁路公司摇摇欲坠的办公室里，颓坐在桌前——她感受并看到了属于她自己的一个永远无法靠近的世界……你，她想——无论你是谁，我都一直在爱着你，虽然我永远找不到。我盼着能在天边之外的铁路尽头看到你，我总是能在城市的街道上感觉到你的存在，并希望建设出一个你的世界。支持我永不停歇的正是我对你的爱、我和你在一起的渴望，以及和你面对面站在一起时，能够无愧于你的那个希望。现在我明白我永远找不到你——你不可企及，或者从不存在——但我的余生依然属于你，尽管我永远不会知道你的名字，我依然会继续以你的名义抗争，尽管我永远不可能胜利，我依然会继续为你付出，我会继续下去，只为了遇见你的那一天我配得上你，尽管这是不可能的……她从没接受过绝望,但她站在窗前,对着雾气弥漫的城市所说的,便是她对于一份得不到回应的爱的自我表白。

门铃响了。

她转过身,毫不惊讶地将门打开——看见门外的弗兰西斯科·德安孔尼亚,她知道自己早该想到他会来。她并不觉得吃惊和抗拒,而是脸色镇定,毫不动容——她抬起头面对着他,故意慢慢地动了动脑袋,似乎是在向他表明,她已经作出了决定,而且并不掩饰她的立场。

他的脸色庄重而平静,快活的神情已经不见,但那种玩世不恭的态度并没有回来。他仿佛摘掉了所有的伪装,正视着她,目光坚定而专注,就像她曾经希望的那样,看上去他对自己的一举一动都胸有成竹——他从没像现在这样魅力十足——她忽然意外地感到,他从未抛弃过她,而是被她抛弃了。

"达格妮,现在能谈谈吗?"

"要是你想谈的话,可以。进来吧。"

他简单地环顾了一下客厅,这是他头一次来她的家,接着,他的目光便回到了她的身上。他紧盯着她,似乎知道对于他来这里的目的而言,她这副从容淡定的样子是最糟糕的标志。即使那伤痛曾经像火一样,也已经被这一片沙土扑灭,再难复生。

"坐吧,弗兰西斯科。"

她依然在他面前站着,似乎有意让他看到她并不想去掩饰什么，并不在乎他看到她疲惫的模样，她今天所做的一切，以及她对此的毫不在意。

"如果你已经作出了选择，"他说，"看来我是没办法再去阻拦了，但我不会放过阻止你的任何机会。"

她缓缓地摇了摇头："没有机会。而且——为什么呢？弗兰西斯科，你已经放弃了。我是跟着铁路一起灭亡还是离开它，对你来说又有什么区别？"

"我并没有放弃将来。"

"什么将来？"

"就是掠夺者灭亡，而我们依然存在的那一天。"

"假如塔格特泛陆运输会和掠夺者一起覆灭的话，那我也就不存在了。"

他一直盯着她的脸，没有回答。

她的声音里不带一丝感情："我以为我能离开它，但我不能。我再也不会那样做了。弗兰西斯科，你是否还记得，我们当初都相信这世界上唯一的犯罪就是去干坏事？我依然相信这一点。"她的声音在颤抖中第一次流露出了感情，"我不能眼看着他们把隧道弄成那个样子，无法接受他们都在接受的事实——弗兰西斯科，把灾祸当成一个人理所当然的命运，只能忍受而不去抗争——这就是你和我曾经都认为是罪恶的东西！我不承认屈服，不承认绝望，不承认放弃。只要还有铁路在，我就会去管理它。"

"是为了去支撑这个掠夺者的世界?"

"是为了维护我的最后一丝尊严。"

"达格妮,"他缓缓说道,"我懂得人为什么热爱工作,我明白铁路这份工作对你的意义,可你是不会去开空火车的。达格妮,每当你想起行驶中的列车,你会看到些什么?"

她望着外面的城市:"我看到的是一个有才能的人的生命毁在了那场灾难之中,但是,它能逃过下一场我要去避免的灾难——他的头脑从不妥协,抱负远大,并且对他自己的生活充满了爱……这就是当初你和我的样子。你把他放弃了,我不能放弃。"

他的眼睛微微闭了一会儿,微笑浮上了抿紧的嘴角,这微笑取代了他感到理解、有趣和痛苦时所发出的呻吟。他庄重而柔和地问道:"你认为干铁路能为那样的人服务吗?"

"能。"

"好吧,达格妮,只要你还认为没有什么能够阻止你,那我就不拦你。等到有一天你发现你所做的不仅无助于那个人的生命,反而加速了他的毁灭,你就会停止。"

"弗兰西斯科!"她惊讶而绝望地叫了起来,"你真的能够理解,你知道我说的是怎样的人,你也能看见他!"

"噢,对呀!"他只是口气轻松地说着,目光凝视着屋内空间的某一点，几乎像是真的看见一个人在那里一样。他又补充说，"你这么吃惊干吗？你说过，你我曾经和他是一样的，我们还是我们，但其中有一个人已经背叛了他。"

"不错，"她厉声说道，"我们中的一个是背叛了。我们不能用放弃来帮助他。"

"我们不能用和毁灭他的人讨价还价这样的方式来帮助他。"

"我没有和他们讨价还价，他们需要我，这他们心里很清楚，我要他们接受我的条件。"

"就是和他们玩游戏，让他们得到好处，从而去伤害你自己吗？"

"我唯一希望的就是让塔格特泛陆运输维持下去。我干吗要在乎他们是不是要我为此付出代价呢？他们想怎么样就怎么样吧，我只要铁路。"

他笑了："你这么认为吗？你认为他们需要你，你就安全了？你认为你能满足他们的要求？不，看样子除非亲眼看见并且搞清了他们的真正目的，你是不会走掉的。达格妮，你知道一直以来，我们都受着神和权贵统治一切的教育。或许他们的神会答应这样，但你说的那个我们所敬奉的人——他可不答应。他不允许忠诚被割裂，不允许思想和行动分家，不允许价值和行动之间出现鸿沟，不允许向权贵进贡，他不允许有权贵存在。"

"这十二年来，"她柔声说道，"我一直认为很难想象有一天我会跪下来请求你的宽恕，现在我觉得有可能。假如我发现你是对的，我就会那样做，但在此之前绝不可能。"

"你会那样做的，只不过不是跪着。"

他望着她，尽管眼睛始终没离开她的脸，却似乎是在看着她那站在自己眼前的身体。他的目光告诉了她，他看见了今后她会有怎样一种谢罪和服输的方式。她看出他想尽量转开视线，看出他不想让她看到或洞察他的目光，在这张她再熟悉不过的脸上，几块绷紧的肌肉将他内心默默的挣扎袒露无遗。

"直到那时，达格妮，记着，我们都是对手。我不想跟你说这个，但你是头一个几乎已经迈进了天堂却又重返现实的人。你已经看见了太多的东西，因此你必须清楚这一点。我对付的是你，不是你哥哥詹姆斯或者韦斯利·莫奇，我必须要打败的是你。我马上就会把你认为最重要的东西都干掉。在你拼命要去挽救塔格特泛陆运输的同时，我会去毁掉它。别想从我这里要到钱和帮助，理由你很清楚。现在你可以恨我了——作为你来说，也理应如此。"

她微微地抬了抬头，除了意识到自己的身体以及它对于他的意义之外，她整个姿态看不出有什么变化，但她说话时却站得像个女人一样，只能从她微微强调的一字一句上感觉出不服气的意味："那会对你怎么样？"

他看着她，心里明白得很，然而，对于她想逼迫自己招认的那样东西，他却不置可否。"这是我自己的事。"他回答。

她软了下来，但话一出口，却意识到它更加残忍："我不恨你。很多年来，我曾经想过要去恨你，但我永远不会，无论我们两个谁做了什么。"

"我知道。"他压低了声音，如此一来，她便听不出话里的痛苦，但它似乎直接从他的身上反射到了她的内心。

"弗兰西斯科！"她不顾一切地叫了出来，不想让他受到自己如此的伤害，"你怎么能这样做？"

"是因为我深深地爱着"——他的眼睛在说，爱着你——而声音在说，"爱着那个没有在你的灾难中死亡的人，那个永远不会死亡的人。"

她默默无语地肃立了片刻，像是在表达着敬意。

"我真希望自己能够让你不去做那些事，"他说道。他声音里的温柔似乎在说：你要同情的那个人不是我。"但我不能那样做。我们每个人都要自己去走这条路。但这是同一条路。"

"它通向哪里？"

他笑了笑，仿佛面对着一个他不想回答的问题："通向亚特兰蒂斯。"

"什么？"她吃惊地问。

"难道你忘了？就是那个只有英雄的灵魂才能进入的已经消失的城市。"

如同一个她总也无暇细想的隐隐的焦虑,她猛然联想起了从早晨开始一直在她心里的困惑。她早知道是这么回事,但她一直以为这只是他的个性使然,是他个人的主意,也一直以为他独来独往。此时,她想起了一个更大的危险,感觉到了她所面对的那个巨大的、无影无形的对手。

"你是他们中的一个,"她缓缓说道,"对吧?"

"你说的是谁?"

"在肯·达纳格办公室的那个人是不是你?"

他笑笑,"不是。"但她注意到他并没问她这话是什么意思。

"是否——你肯定知道——这世上是否真的有一个毁灭者?"

"当然了。"

"他是谁?"

"你。"

她耸了耸肩膀,但脸色变得严峻起来:"那些走掉的人,他们究竟是活着还是死了?"

"他们死了——至少对你来讲是如此。但世界会迎来第二次复兴,我将等着它的到来。"

"不!"她这声音里突如其来的激动便是对他的回答,回答了他希望她从他的话里听到的两样东西之一。"不,不要等我!"

"我会一直等着你,无论我们两个谁做了什么。"

他们听到了钥匙在门锁里转动的声音,门一开,汉克·里尔登走了进来。

他在门口迟疑了一下,接着慢慢地走进客厅,边走边把手里的钥匙揣进裤袋。

她明白,他在看到她之前,首先看到的是弗兰西斯科。他瞟了她一眼,但目光又回到了弗兰西斯科那里,仿佛那是他此时唯一能看见的面孔。

弗兰西斯科的脸令她不敢去看。她必须聚集全身的力气,才能勉强将目光转向那移动的脚步。弗兰西斯科带着德安孔尼亚家族训练有素的礼貌,下意识地不慌不忙地站了起来。里尔登从他的脸上看不出任何表情,她却看到了比她所担心的更糟糕的东西。

"你在这里干什么?"里尔登问,口气像是逮住了一个不该出现在客厅里的仆人。

"看来我是没资格问你同样的问题了。"弗兰西斯科说道。她明白他是用了多大努力才让自己的声音保持着清晰和平静。他的目光不断地扫向里尔登的右手,似乎他仍然看得见他手指间的钥匙。

"那就回答吧。"里尔登说。

"汉克,你有什么问题的话,应该问我才是。"她说。

里尔登似乎当她不存在一样。"回答问题。"他再次说道。

"你有权得到的只有一个回答，"弗兰西斯科说，"所以我可以回答你，我并不是为那个来的。"

"你到任何一个女人家里都只能有一个原因，"里尔登说，"我指的是对你来讲的任何一个女人。你认为你以前对我所做的坦白，以及对我说的那些话，我现在还会相信吗？"

"我是给了你不能相信我的理由，但那和塔格特小姐无关。"

"别跟我说你在这儿没有机会，别说什么以前没有，今后也不会有。我明白这一套。可我早就该发现你会来这里——"

"汉克，假如你想责怪我的话——"她话没说完，里尔登便腾地朝她转过身去。

"天啊，不，达格妮，我不是这意思！可你不该和他说话，不该和他有任何关系。你不了解他，我可了解。"他转向弗兰西斯科，"你究竟要干什么？你是想把她也当成你的那种战利品，还是——"

"不！"这情不自禁的喊声听起来是如此无力，那充满感情的真挚，便是唯一的、不能被接受的证明。

"不？那么你来这里是谈公事吗？你是像当初对我那样在设圈套吗？你想对她耍什么两面三刀的把戏？"

"我来……不是……为了公事。"

"那么是为什么？"

"如果你还愿意相信我，那我只能告诉你，这件事和……背叛无关。"

"你觉得你在我面前还有资格谈背叛吗？"

"我以后会回答你，现在我不能回答。"

"你不想提起这件事，对不对？你后来一直躲着我，对不对？你没想到在这里看见我？你不想面对我？"不过，他知道弗兰西斯科面对他的那副样子现在没有其他人能做到——他看到那双眼睛迎着他的目光，那张面孔上没有表情，没有辩解和求饶，做好了承受一切的准备——他看到了坦白而毫不设防的无畏神情——这是一张他曾经爱过的人的面孔，这个人曾使他从罪责的困扰中摆脱出来——而且，他发现自己仍旧在挣扎，在所有事情之中，在他迫不及待地想见到达格妮的这一个月里，他居然忘不了这张面孔。"如果你没什么可隐瞒的，为什么不辩解？你来这里干什么？见到我进来你为什么吃惊？"

"汉克，别再说了！"达格妮大叫起来，随即又停下了，她明白此时最危险的就是火上浇油。

两个男人一起转向了她。"请让我来回答吧。"弗兰西斯科平静地说。

"我跟你说过我希望再也不会见到他，"里尔登说，"这一切发生在这里，我感到很抱歉。这与你无关，但有些事情他是逃不掉的。"

"如果这就是……你的目的，"弗兰西斯科竭力控制着自己，

"你不是已经……如愿了吗?"

"这是怎么了?"里尔登的脸冷若冰霜,嘴唇几乎动都不动,却像是在讥笑他,"你就是这样求饶的吗?"

弗兰西斯科怔了一下,用更大的毅力克制着自己。"假如你这样认为的话……就算是吧。"他回答说。

"当初我被你攥在手心里的时候,你原谅过自己吗?"

"你怎么想我都不过分,但既然这和塔格特小姐无关……现在能否允许我先告辞?"

"不行!你想像那些胆小鬼一样躲开吗?你想逃?"

"无论什么时间,什么地点,只要你要求我就会来,我只是不愿意有塔格特小姐在场。"

"干吗不呢?我就想当着她的面,因为这是个你无权进来的地方。我在你面前已经手无寸铁了,你比那些掠夺者更能抢夺,所到之处,玉石俱焚,但是,有一样东西你不能去碰。"他明白,弗兰西斯科脸上毫无表情的僵硬恰恰证明了他有感情,证明了他是用着非同寻常的努力在控制——他清楚这是一种折磨,而他自己是受着折磨的快感的盲目驱使,只不过,他现在已经说不清他折磨的是弗兰西斯科还是他自己。"你比那些掠夺者更恶毒,因为你完全明白你正在背叛的东西是什么。我不知道你的动机里有着什么样的堕落因子——但我要让你明白,有些东西是你无法达到的,也是你的梦想和恶毒所无法染指的。"

"你现在……对我已经没什么可担心的了。"

"我要让你明白，你休想去想、去看、去靠近她。在所有人当中，只有你休想出现在她的面前。"他清楚，令他像发疯一样暴怒的正是他对这个人的感情，他必须去践踏和摧毁的便是这依然存在的感情。"不管你的意图如何，我必须保护她，不让她和你有任何接触。"

"假如我向你保证——"他停住了。

里尔登冷笑着："我知道这是什么意思，你所说的保证、信念、友情，以及以你唯一爱过的女人的名义所发的誓——"他停住了，他们全都和里尔登一样，明白了这里面的意思。

他朝着弗兰西斯科跨了一步。他用手指着达格妮，嗓音低沉，奇怪得不像他自己在说话，这声音仿佛既不是来自一个活生生的人，也不是在对任何一个活生生的人问话："她就是你爱的那个女人吗？"

弗兰西斯科闭上了眼睛。

"不要问他这个！"达格妮喊了出来。

"她就是你爱的那个女人吗？"

弗兰西斯科看着她，回答道："是的。"

里尔登的手举了起来，向下一挥，重重地抽在了弗兰西斯科的脸上。

达格妮发出了一声尖叫，等她像是自己的脸上被打了一样能够再次看清楚时,她首先看见了弗兰西斯科的手。这个德安孔尼亚的后裔抵着一张桌子,身体向后仰去,他用力地抓住桌沿,并不是要支撑自己,而是为了管住自己的手。她看见他的身体僵住不动,虽然挺得笔直,但腰部稍稍不自然的弯曲和虽然僵硬却弯在身后的双臂,却使它看上去像是折断了一般——他站在那里,仿佛是在拼命克制住自己,与他身体里那股凶猛的力量对抗,仿佛他所抵抗的那股力量如同撕裂的创痛一般游遍了他全身上下的肌肉。她看见他青筋暴起的手指死死地抓着桌沿,她不敢说那块木头和这个人手上的骨头哪一个会先折断,但是她知道,里尔登的性命便悬在这一线之间。

当她的视线往上移到弗兰西斯科的面孔时,她发现那上面没有露出任何挣扎的痕迹,只能看见他绷紧的额头,脸颊凹陷得似乎比平时更深,这使他的脸庞看上去坦白、单纯、年轻。她感觉到了恐惧,因为,虽然他那干涸的眼睛炯炯有神,她却看得见他的眼里从未有过的泪水。他正看着里尔登,但看到的并不是里尔登,而仿佛是屋里出现的另一个人。他的眼神似乎在说:假如这就是你对我的要求,即使我必须忍受的这个要求是你提出来的,我也只能做到这一步了,但我还是为自己能做到这一步而骄傲。她看见了——他喉咙下的血管在随着脉搏跳动,嘴角涌出了一抹粉红色的泡沫——他为自己的奉献而喜不自禁,那神情简直就是在微笑,她知道,自己正在目睹弗兰西斯科·德安孔尼亚最辉煌的时刻。

当她感觉到自己的颤抖，听见自己说的话还在和刚才她那声尖叫的回响碰撞时——她意识到这一切都发生在如此短暂的一瞬。她的声音如同疯吼，直接扑向了里尔登：

"你还怕他伤害我？在你还没——"

"住口！"弗兰西斯科猛地朝她扭过头来，这声断喝积蓄了所有他未能发泄出的力量，她明白这个命令她必须听从。

弗兰西斯科一动不动，只是慢慢地向里尔登转过头去。她发现他的双手已经松开桌子，放松地垂在身边。现在他眼里看见的是里尔登，除了努力过后的疲惫外，弗兰西斯科的脸上一无表情，但里尔登突然明白了，这个人曾经爱他爱得多么深。

"就你所知道的情况而言，"弗兰西斯科静静地说，"你是对的。"

他既不等待，也不允许有任何回答，转身就要走。他朝达格妮一躬身，点了点头，似乎表示向里尔登告辞，似乎表示他对她的接受，然后便离开了。

里尔登站在原地，望着他的背影，他知道——无须任何理由，而绝对确定地知道——他宁愿用生命来挽回他刚才的冲动。

当他朝达格妮转过身来的时候，他的脸色看上去枯干、缓和而略带关切，似乎他不会去追问她失口喊出的那句话，而是会等着它们自己被说出来。

她的身体内涌起了一阵悲悯，令她摇头不已：她不清楚这悲悯是为了这两个男人中的哪一个，但它使她说不出话，只是一遍又一遍地摇着头，仿佛是在拼命否认这巨大、无情、令他们都备受创伤的折磨。

"如果有话要说，就说吧。"他闷声说道。

她有意地冲着他的脸叫喊了起来，声音中半是嘲笑，半带哽咽——那里面没有报复的欲望，但那不顾一切要讨回公道的感觉令她的声音里饱含着痛心的酸楚："你想知道另外那个男人是谁吗？想知道那个和我上过床的，我的第一个男人是谁吗？他就是弗兰西斯科·德安孔尼亚！"

她看到他的脸在这样的打击之下顿时一片苍白。她知道，如果她要讨回公道的话，目的已经达到了——因为这一击远比他的那一下更狠。

说出了他们三人之间不得不说的话，她忽然觉得安静了下来。一个无助受害者的绝望从她的身上离去了。她不再是一个受害者，她进入了竞争者的行列中，愿意担负起行动所带给她的责任。她站在他的面前，等待着他会给她的任何回答，认为该轮到她去尝尝他暴力的滋味了。

她不清楚他正在忍受的是一种什么样的折磨，不清楚是什么正在他的心里坍塌下来，只把他一个人留在了她的视野里。她从他的脸上看不出任何警告；他仿佛只是一个人站在屋子中央，吞咽着自己不愿吞咽的事实。接着，她发现他依旧保持着最初站立的姿势，甚至连手都还垂在身边，手指还是微微弯曲的样子，她似乎能感觉到血液停在指尖上那种沉重的麻木感——这是她唯一能发现的他正在忍受的痛苦，但这告诉了她，这种麻木已经使他无力再去感受其他，甚至感觉不到他自己身体的存在。她等待着，心中的怜悯渐渐消退，变成了尊敬。

接着，她看到他的眼睛慢慢地从她的脸顺着她的身体向下移去，她清楚他现在所选择忍受的折磨是什么，因为他无法在她面前隐藏那目光里的本性。她知道他正在看着她十七岁时的样子，看着她正和他所恨的对手在一起，看着他们在那时就如同现在这样在一起，这情景令他既无法忍受，又难以抵抗。她发现，他那层保护用的自我控制的面具正慢慢地从他的脸上褪下去，但他根本不介意把自己活生生的面孔裸露在她的眼前，因为除了一些类似仇恨的东西深埋在他的心里之外，他脸上已什么都看不出来了。

他抓住了她的肩膀，她做好了他会杀掉她，或者把她打得不省人事的准备，就在她刚刚确切地感觉出他想到了这一点的时候，便觉得她被他猛地拽了过去，他的嘴朝着她的嘴压了下来，那动作来得远比打她一顿还要粗暴。

在惊恐之中，她不停地扭动着身体反抗，在狂喜之中，她的手臂环绕着他，抱住了他。她把她嘴唇上的鲜血传到了他的嘴唇上。她知道自己从没像此时这样想得到他。

当他把她按倒在沙发上的时候，随着他身体的起伏，她明白他这么做是在表明他战胜了对手，也是在表明他对对手的征服，这表明了他的所有权被他所蔑视的那个人拉入了令人难以忍受的激烈冲突之中，表明他把那个人所熟知的那种对快感的憎恨转变成了他自己强烈的快感，他用她的身体战胜了那个人——她通过里尔登的心感觉到了弗兰西斯科的存在，似乎觉得她是把自己交给了两个男人，交给了他们两个身上共同具有的令她崇拜的东西，交给了她品格中最本质的东西，是它把她对他们每一个人的爱变成了对两个人都有的忠诚。她还知道，这是他对于他们周围的世界的反抗，反抗它对堕落的推崇，反抗那些浪费掉的日子和不见光明的挣扎所带给他的苦闷——这就是他想要表明的，以及和她单独在满眼疮痍的城市上空的晦暗之中相处时，想要抓住的最后一份属于他的财富。

激情之后，他们静静地躺在一起，他的脸伏在她的肩膀上。远处信号灯的光在她头顶的天花板上微弱地闪烁着。

他把她的手拉过来，将她的手指压在脸底下，让他的嘴贴在她的手掌里。他的动作温柔得令她几乎感觉不到他的触摸，只能感觉到他的心思。

过了一阵儿，她起身点了一根烟，然后举到他的面前，询问般地稍稍抬了抬她的手。他点点头，依旧半躺在沙发上。她将烟放到他的双唇之间,然后又给自己点燃了一根。她感觉到了他们共同享有的无比安宁,感到这些亲密的举止尽管毫不起眼,却传达了他们没有向对方说过的重要的话。一切尽在不言之中,她心想——但知道一切还是在等待着被挑明。

她看见他的眼睛不时会向门口望去,并且久久地停在那里,似乎他还在看着那个已经离去的人。

他平静地说:"他随时都可以把真相告诉我,将我击垮,他为什么没那样做?"

她耸了耸肩,在无奈的悲哀中将两手一摊,因为这答案他们两个都知道。她问道:"他对你很重要,是不是?"

"是的。"

他们烟头的两点亮光慢慢地移到了他们的手指尖上,寂静中只有偶尔闪起的亮光和渐渐掉落的烟灰。这时,门铃响了起来。他们知道,来的不是他们希望却又无法指望回来的那个人。她忽然气冲冲地皱起眉头,过去将门打开。端详了好一阵儿,她才认出这个彬彬有礼,挂着一脸标准的迎宾笑容,正向她鞠着躬的和善的人是公寓的经理助理。

"晚上好,塔格特小姐,我们很高兴看到你回来。我只是来上班,听说你回来了,就想亲自来问候你。"

"谢谢你。"她站在门口,没有移开身子让他进来。

"我这里有封一星期前寄给你的信,塔格特小姐,"他说着将手伸进了衣袋,"信看上去像是挺重要的,可上面写着'私人'的字样,显然是不想寄到你的办公室,而且,他们也不知道你的地址——因此不知道该转到哪里,我便把它保存在了保险柜里。我想我还是亲手送给你比较好。"

他递给她的信封上写着:航空挂号—特殊邮寄—私人信件,寄信人的地址是:犹他州阿夫顿市,犹他理工学院,昆廷·丹尼尔斯。

"噢……谢谢你。"

经理助理注意到她的轻叹声是在礼貌性地掩饰着惊呼,发现她在久久地低头盯着那个寄信人的名字,便在又问候了一句之后离开了。

她一边朝里尔登走去,一边打开了信封,然后便停在屋子中央读着信。信是用打字机打在纸上的,他能透过透明的信纸看到一块块的黑色段落,并且能看见她读信时的面孔。

他预感到了她一读完便会这样:她冲向了电话,他听到了疯狂的拨号声,还有她急得发抖的声音:"接线员,请接长途……帮我接通犹他州阿夫顿市的犹他理工学院!"

他走过来,问道:"怎么了?"

她把信递了过去,看也不看他一眼,双眼紧盯着电话,仿佛她能逼着它说话似的。

信里写道:

亲爱的塔格特小姐：

我已经为此斗争了三个星期，我不愿意这么做，我知道这会给你带来怎样的打击，并且知道你会如何来说服我，因为我已经用所有这些理由说服过我自己了——但在此我要告诉你，我退出了。

我无法在10-289号法令的条件下工作——尽管这并非出自它的始作俑者预想的原因。我明白，他们对一切科学研究的废除在你我眼里根本就不值一提，你希望我能够继续下去。但我必须退出，因为我再也不希望取得成功了。

我不希望在一个把我当作奴隶的世界里工作，我不希望对人有任何的价值。假如我成功地将发动机重新制造出来，我不会允许你用它来为他们服务，将我的智慧创造用于他们的享受，这是我的良知所无法接受的。

我知道一旦我们成功，他们便会急不可耐地将发动机没收。届时，你和我将不得不接受我们已成为罪犯的局面，并在他们可以随时随意地逮捕的威胁下生活。即使我可以忍受其他的一切，这却是我无法接受的：为了给那些人带去难以估量的巨大利益，我们却要成为他们的牺牲品，如果不是因为我们，这些好处他们根本就想象不到。或许其他的事情我都可以原谅，但每念至此，我就会说：

愿你们不得好死。我宁愿看着他们统统饿死，甚至连我自己也包括在内，也不会为此去原谅他们，或者允许原谅的存在！

说句真心话，我和以前一样希望成功，希望揭开这台发动机的秘密。因此，我会在自己的有生之年，完全出于自己的兴趣来继续研究它。但假如我解开了这个难题，它就会成为我个人的秘密，我不会让它用于任何商业用途。有鉴于此，我不能再拿你的钱。商业主义被认为是可耻的，因此他们所有的人都应该完全支持我的决定——给那些鄙视我的人帮忙，我对此已经厌恶透顶。

我不知道我还能活多久，或者我今后将会做些什么。就目前来看，我打算留在这所学院继续做这份工作。但是，如果有哪位理事或者校方的人物认为我现在只能去做清洁工，我就会辞职离开。

你给了我一生中最有意义的机会，现在我却给你带来了痛苦和打击，我或许该请求你的原谅。我认为你和我一样热爱着自己的工作，因此你会明白我作出这样的决定有多么艰难，可我必须如此决定。

写这封信的时候我有一种奇怪的感觉。我并不打算死，可我正在将这世界放弃，感觉这像是一封自杀前的遗书。因此我想说的是，在所有我认识的人当中，令我辞别时感到抱歉的,只有你。

昆廷·丹尼尔斯敬上

他从信纸上抬起头来,听到她仍然在对电话说着,嗓音越来越高,一次比一次绝望:

"继续拨,接线员!……请继续拨!"

"你又能和他讲什么呢?"他问,"该说的理由都说过了。"

"我连和他说话的机会都没了!他这会儿已经走了。这是一星期以前的信,他肯定走了,他们把他拉走了。"

"是谁把他拉走了?"

"对,接线员,我会等的,接着找!"

"如果他接了电话,你会和他怎么说?"

"我会求他收下我的钱,不附加任何的限制和条件,这样他才能有条件继续下去!我会向他保证,如果他成功的时候我们还生活在掠夺者的世界里,我就不会让他把发动机交给我,甚至可以不把这秘密告诉我。不过,假如那时候我们自由了——"她停住了。

"假如我们自由了……"

"我现在只是不想让他和……和其他那些人一样放弃和消失。如果还不算太晚的话,我不想让他们把他拉走——噢,天啊,我不想让他们拉走他!……对,接线员,继续拨!"

"就算他继续干下去,又对我们有什么好处呢?"

"我只求他做一件事——就是继续干下去。也许我们将来永远都没机会去用这台发动机,但我想让自己知道的是,在这世界的某个角落里,仍然有一个充满智慧的头脑在做着伟大的尝试——而且我们将来还会有希望……假如那台发动机再一次被抛弃的话,那么等着我们的就只有斯塔内斯村了。"

"是啊,我明白。"

她把听筒用力地贴在耳朵上,胳膊由于坚持着不去发抖已经变得僵硬。她等待着。他在寂静之中听到了无人接听时的嘟嘟拨号声。

"他走了,"她说,"他们带走了他,一个星期的时间对他们来说绰绰有余。我不知道他们怎么能把时间算得那么准,但这个——"她指了指那封信,"这就是他们的时间,他们是不会错过的。"

"谁?"

"代表毁灭者的人。"

"你现在开始相信他们真的存在了?"

"对。"

"真的?"

"我是认真的,我见过他们中的一个。"

"谁？"

"我以后再告诉你。我不知道他们领头的是谁，但我会在这段时间搞清楚的。我要去搞清楚，否则我就完了，要是让他们——"

她吃惊地把话止住；他发现她的脸色一变，随即便听到了远远的对方提起话筒的咔嗒声，接着从电话中传来了一个人的声音："喂？"

"丹尼尔斯！是你吗？你还活着？你还在那里？"

"对呀，是塔格特小姐吗？出什么事了？"

"我……我还以为你走了呢。"

"哦，对不起，我才听到电话响。我刚才正在后院收胡萝卜呢。"

"胡萝卜？"她如释重负，笑得上气不接下气。

"我在外面自己种了片菜地，那里过去是学院的停车场。你的电话是从纽约打来的吗，塔格特小姐？"

"是啊，我才收到你的信，刚刚收到。我……我出去了一阵子。"

"哦，"他停了片刻，平静地说，"关于那件事还真没什么可说的，塔格特小姐。"

"告诉我，你是要离开这里吗？"

"不。"

"你没打算要走？"

"没有，去哪儿？"

"你是想继续留在学院？"

"对呀。"

"留多久？永远待下去吗？"

"是啊——至少我是这么想的。"

"有人找过你没有？"

"因为什么？"

"是关于走的事情。"

"没有。他是谁？"

"听好了，丹尼尔斯，我不想在电话里和你讲这封信的事，但我必须和你谈谈。我要去见你，我会尽快去你那里的。"

"我不希望你这样做，塔格特小姐。我不希望你明知道没用还费这么大劲。"

"给我个机会吧，好不好？你不用答应我改变想法，不用对自己承诺去做任何事——只要你能听我说一说。如果我要来，我就会自己承担这个风险。有些话我要告诉你，我只请求你给我个机会，让我能把它说出来。"

"你是知道的，我永远都会给你这样的机会，塔格特小姐。"

"我马上就去犹他，今晚就走。但我要你答应我一件事，你能否答应等我？能否保证我到的时候你还在那里？"

"怎么……当然了，塔格特小姐，除非我死，或者发生一些我力所不及的事——但我觉得不会。"

"除非你死了，否则无论出什么事你都会等我吗？"

"当然。"

"你是否愿意亲口保证你会等我？"

"是的，塔格特小姐。"

"谢谢你了，晚安。"

"晚安，塔格特小姐。"

她放下电话，却不停手地马上又抓了起来，然后迅速地拨了个号码。

"艾迪？……叫他们留住彗星号，等着我……对，就是今晚的彗星号。下命令叫人把我的车厢挂上，然后马上到我这里来。"她瞧了一眼手表，"现在是八点十二分，我还有一个钟头的时间。我想应该不会让他们等太久。我一边收拾一边再和你说吧。"

她挂上电话，转向了里尔登。

"今晚？"他说道。

"我不得不如此。"

"我看也是，你不是反正也要去科罗拉多吗？"

"对，我本来打算明天晚上走，但我想艾迪能处理好我办公室的事，我还是现在就动身。路上要花三天的时间"——她想了起来——"现在要花五天才能到犹他，我必须坐火车去，在路上还要见些人——这也是不能耽搁的。"

"你要在科罗拉多待多久？"

"很难说。"

"到了那里给我来电话，好吗？如果看起来会很久的话，我就过去找你。"

他心里憋着话，一直想对她讲，一直在等待着，本想到了这里之后再说，现在，他比任何时候都想把它说出来，但他所能表达出来的仅仅如此，他知道这话今晚绝对不能讲。

从他隐隐透出了一丝庄重的语气中，她明白他已经接受了她的坦白，做出了他的让步。她问道："你从厂里走得开吗？"

"是要花几天时间去安排一下，但我可以。"

她的话一出口，他便明白她已经认可并原谅了他："汉克，你干吗不在一星期后到科罗拉多跟我会合？如果你坐你的飞机去，我们可以同时到那里，然后一起回来。"

"好啊……我最亲爱的。"

她边在卧室匆忙地收拾行装，边口述着一系列要做的事情。里尔登已经离开了这里，艾迪此时正坐在她的梳妆台上记录着。他看起来还是像往常那样注意力集中，仿佛根本就看不见什么香水瓶和粉盒，拿梳妆台当了办公桌，而把这房间不过当作办公室而已。

"我会从芝加哥、奥马哈、福拉斯塔和阿夫顿这几个地方给你打电话,"她把内衣往箱子里一扔,说道,"要是在这中间需要找我,就给沿线的车站打电话,让他们给列车发信号。"

"给彗星号发吗?"他口气缓和地问。

"没错!就是彗星号。"

"好。"

"如果有什么要紧的事,一定得告诉我。"

"好吧,不过我想应该不用非找你不可。"

"这可以办到,我们可以用长途电话联系,就像当初我们——"她止住了。

"——就像当初我们修建约翰·高尔特铁路那样?"他静静问道。他们对视了一眼,便不再说什么了。

"建筑队的进展如何?"她问。

"一切顺利。你刚离开办公室,我就得到消息,从堪萨斯的劳力尔到俄克拉荷马的贾斯珀的路基铺设已经开工,从银泉送过去的铁轨已经发运。这都没问题。最难找到的是——"

"是人?"

"对,管事的人。麻烦的是西部的艾金到米德兰这一段。咱们能指望的人都走光了,不管是从咱们的铁路上还是从别处,我都找不出人能担起这个责任。我甚至试过去找丹·康威,可——"

"丹·康威？"她停下来，问道。

"对，我是想试着找他。你还记得他在那一带曾经能以每天五英里的速度铺铁轨吗？嗯，我知道他完全有理由恨咱们入骨，可眼下那有什么关系？我找到了他——他现在住在亚利桑那州的一个农场里。我亲自和他通了电话，请求他帮帮我们，只是负责用一个晚上铺好五英里半铁轨的工作。五英里半呀，达格妮，咱们就差这么一点——而他是现存的最棒的铁道建筑工！我跟他讲，我是在求他帮忙，哪怕他觉得是在可怜我们都行。你知道，我想他理解了我的意思，他没有生气，口气听上去很同情，但他不肯干。他说不应该把人从坟墓里拉出来……然后祝我好运。我觉得他真这么想……你知道吧，我觉得他不属于被掠夺者打垮的那部分人，我觉得他是自己垮掉了。"

"是啊，我知道他的确是如此。"

艾迪发觉了她脸上的神情，急忙把身子一挺。"哦，我们最后终于找到了一个能够在艾金负责的人，"他极力让自己的声音听上去像是很有信心的样子，"别担心，铁轨在你到之前就会早早铺好的。"

她带着微微的笑意看了看他。别担心，想到她曾经也无数次对他讲过同样的话，想到他对她说出这句话时，需要付出多大的勇气。他察觉到了她的目光，回应似的笑了笑，里面有一点腼腆的歉意。

他回头看着自己的记事本,对自己有些生气,因为他感觉他违背了埋在自己心里的命令:不要让她更不好过。他想,他不该把丹·康威的事告诉她,他不该提那些让他们会感到绝望的事情。他不知道自己是怎么了:他觉得不能原谅自己仅仅因为这个房间不是办公室就松懈了对自己的要求。

她继续说下去——他把头埋在笔记本里,一边听,一边不时地记上几笔。他再也不能让自己去看她一眼了。

她打开衣橱的门,从衣架上拽下一套西装,快速地叠起来,与此同时,她所说的话有条不紊。他没有抬头去看她,只是凭着她飞快的动作所发出的声音和张弛有度的说话声感觉到她在那里。他知道他是哪里不对劲了,他心想;他不愿意让她走,在短暂的重聚之后,他不想再次失去她。但他清楚目前铁路是多么需要她到科罗拉多去,在这样的时候沉溺在任何个人的孤独情感里,是他以前从未做过的叛逆举动——他隐约感到了一种充满凄凉的内疚。

"吩咐下去,彗星号在每一个分公司站点都要停车,"她说道,"而且每个分公司主管都要给我准备一份报告,是有关——"

他抬头瞧了一眼——随即,他的目光便定住了,后面的话再也没有听见。他看见打开的衣橱门背后,挂了一件男人的睡衣，在深蓝色睡衣的胸兜处，是白色的词头缩写HR。

他想起了以前在哪里见过这件睡衣，他想起了在韦恩·福克兰酒店，坐在早餐桌对面的那个人，他想起了在感恩节的晚上，没打招呼，很晚来到她办公室的那个人——他意识到，自己早该明白这两股不同的颤动其实源自同一场地震：伴随它到来的感觉在如此疯狂地叫喊着"不"，这叫喊，而不是他眼前的情景，使他的内心彻底塌陷。这个新发现固然令他大吃一惊，但更可怕的是他在震惊之下所发现的自己。

他脑子里只有一个念头：一定不能让她看出他注意到了什么，以及因此给他带来的变化。他感到这种窘迫被放大成了肉体上的摧残，令他害怕的是这相当于侵犯了她的隐私两次：知道了她的秘密，又暴露了他自己的。他伏在笔记本上，只能先全神贯注地做好一件事：不要让铅笔发抖。

"……要修建的五十英里山路，除了我们自己的物资以外，什么都指望不上。"

"请再说一遍，"他的声音低得几乎听不到，"我刚才没听清楚你说的。"

"我说的是，我要每一个主管都准备好一份自己区域内可用的铁轨和设备报告。"

"好的。"

"我要挨个和他们谈，让他们到我在彗星号上的车厢里见我。"

"好的。"

"传话下去——不用太正式——为了补回停车耽误的时间,司机可以开到时速七十、八十,或者一百英里,怎么样都可以,而且我会……艾迪?"

"嗯,好的。"

"艾迪,你怎么了?"

他不得不抬起头来面对她,走投无路地说了平生第一句谎话:"我……我担心法律会给我们带来麻烦。"

"别管它,难道你还看不出已经没有法律了吗?只要不出事,干什么都行——眼下,是我们说了算。"

她收拾停当后,他帮她提着行李箱上了出租车,然后经过塔格特终点站的候车厅,到了她在彗星号的最后一节车厢。他站在站台上,看到列车身体晃动了一下,向前驶去,她那节车厢后的红色标志渐行渐远,隐没在了长长的出口隧道的黑暗之中。当它们消失以后,他感到了失落,那是一个人在梦想失去时才猛然发觉的失落。

他身旁的站台上人数寥寥,他们走路的时候显得格外紧张,似乎有种灾难来临的预感盘踞在铁轨和头顶的横梁上面。他冷冷地想到,经过了一个世纪风平浪静的生活后,人们又一次将列车的远去看成了一起用生死做赌注的事件。

他想起自己还没有吃晚饭，又觉得一点胃口也没有，但塔格特车站的地下餐厅远比已经被他当成公寓的那个空空的格子间更像个家——于是他走向了餐厅，因为他实在没别的地方可去。

餐厅里几乎空无一人——但他一进来就看到了一缕薄薄的青烟，那个工人手里拿着烟卷，正坐在昏暗的角落里。

艾迪胡乱拿了些吃的，端着托盘来到工人的桌旁，招呼了句"嗨"，便坐了下来，再不发一言。他瞧着面前摊开的餐具，一时想不明白它们究竟是干什么用的。他记起了叉子的用途，想试着用它吃东西，却发现已经不知如何下手了。过了会儿，他抬头一看，发现那个工人正仔细端详着他。

"不，"艾迪说，"不，我没事……噢，对了，是发生了不少事情，可现在这又能怎么样？……对，她回来了……你还想要我说什么？……你怎么知道她回来了？唉，算了，看来用不了十分钟，整个公司就都知道了……不，我不清楚她回来了我是否高兴……当然了，她会挽救铁路的——能让它再撑个一年或是一个月……你想让我说什么呢？……不，她没有。她没告诉我她指望的是什么。她没告诉我她的想法和感受……哼，你怎么知道她应该有感觉？这些对她简直糟透了——好吧，对我也一样！只不过我这种糟糕只能怪我自己……不，没什么，这我不能讲——还要讲？我连想都不能想，我必须停止去想，不去想她和——我的意思是，不去想她。"

他沉默不语，令他感到奇怪的是那个工人的眼睛——那双似乎总是能看穿他内心的眼睛——今晚怎么会让他觉得很不自在。他看了看桌上，发现工人盘子里的剩饭周围满是烟头。

"你也有麻烦吗？"艾迪问道，"哦，你今晚在这里坐了很久了，对不对？……为了我吗？你干吗想等我呢？……你知道，我一直以为你根本不在乎是否看见我或者任何人，你似乎很愿意独来独往，所以我才喜欢和你说话，因为我觉得你总是能理解，但又没什么伤得了你——你看起来像是从没受过什么伤害——这让我觉得很自在，好像……好像这世上没有痛苦……你知道你脸上的特别之处吗？看上去你好像从来就不懂什么是痛苦、恐惧或是愧疚……对不起，我今天来得太晚了。我得送她走——她刚坐彗星号走……对，今天晚上，刚刚走……是啊，她走了……对，这是突然决定的——就在一个钟头之前。她本来计划明天晚上走，但出了些意外，她必须马上动身……对，她要去科罗拉多——那是以后……她先要去犹他……因为她收到了昆廷·丹尼尔斯的信，说要退出了——她不会放弃，也放弃不了的就是发动机。你还记得吗？就是我跟你说过的，她找到的那个发动机的残骸……丹尼尔斯是谁？他是个物理学家，他在犹他理工学院为解开发动机的秘密并且重新制造一台出来，已经工作了一年……你干吗那么看着我？……不，我以前没跟你说起过他，因为这是个秘密。这是她自己的一个保密项目——

而且再怎么说，这又和你有什么关系呢？……我想我现在可以说一说了，因为他已经不干了……是的，他跟她讲了原因。他说他不愿意把他的心血留给一个把他看成奴隶的世界。他说他不会为了给人们带来巨大的利益而牺牲自己……什么——你笑什么？……别笑了，行不行？你干吗要那样笑？……全部的秘密？你什么意思？如果你是指发动机的全部秘密，他还没发现呢。不过他看来干得还行，还是很有希望的。现在希望没了，她赶去找他，想恳求和挽留他，让他继续干下去——但我觉得没用。他们一旦停了，就不会再回头，他们全都如此……不，我不在乎，再也不在乎了，我们受的损失太多，我已经开始习惯了……噢，不！我受不了的不是丹尼尔斯，是——不，还是不说这个了。别问我这个问题。全世界都四分五裂了，她还在拼命去挽救它，而我——我却坐在这里为了本来不该我知道的事去骂她……不！她没做任何该骂的事，什么都没有——而且，再说这也不关铁路的事……别拿我说的当真，不是这样的，我骂的不是她，是我自己……听着，我一直知道你和我一样热爱塔格特泛陆运输，它对你有特别的意义，成了你的一部分，所以你才愿意听我说它。可这事儿——我今天知道的这件事情——和铁路一点关系都没有，对你一点都不重要。忘了它吧……只是我以前不了解她罢了，就是这样……我是和她一起长大的。我以为我了解她，可我并不了解……我不知道我在希望什么，看来我只是觉得她没有任何私生活。对我来说,她不是一个人,而且,不是……不是个女人。她就是铁路。而且我觉得所有人都不可能把她看成别的样子……唉,我是自找的,别想了……我说过,别想它了!你为什么这么问我?这只是她的私生活,干你什么事了?……看在上帝的分上,别说了!难道你看不出来我没法讲这件事吗?……什么都没发生,我什么事都没有,我只是——唉,我为什么要撒谎呢?我没法对你说谎,你好像总是能看透一切,这比我对自己说谎还难受!……我确实对自己说了谎。我不知道我对她的感情。铁路吗?我就是个伪君子。如果她对于我只意味着铁路的话,我就不会这么吃惊,不会觉得我想要去杀了他!……你今天晚上是怎么了?干吗那么看着我?……噢,咱们这是怎么了?为什么每个人都只有不幸的事情？我们为什么要受这么多的折磨？我们不想这样。我总以为我们所有的人都想快活。我们在干什么？我们失去了什么？一年前，我不会因为她找到了她想要的而去责骂她，可我知道他们两个都难逃厄运，我也一样，每个人都一样，我只有她了……那多好啊，那么有生气，那么充满希望，我不知道我是那么爱着这一切，这就是我们的爱，属于她，属于我，也属于你——但这世界正在灭亡，我们却阻止不了。我们为什么要毁灭自己？谁能把真相告诉我们？谁会来救我们？噢，谁是约翰·高尔特？！……不，没用。现在已经没用了。我干吗要在乎她做了什么呢？我凭什么去管她和汉克·里尔登睡觉的事？……噢，天啊！——你怎么了？别走啊！你要到哪里去？"

美元的符号

the Sign of the Dollar

10

她一动不动地仰头坐在列车的车窗旁,只希望可以永远不必再动。

电线杆在窗外飞快地掠过,但列车仿佛迷失在了一片褐色的原野和阴沉厚实的灰色云层之间的真空里。黄昏笼罩着天空,苍茫之下,没有半点落日余晖的踪迹;它看上去更像是一具贫血的身躯,正在耗尽它最后的几滴血和光彩。列车正在西行,仿佛它也是被拖拽着去追随隐没的光线,无声地从地球上消失。她僵坐着,一点也不想再去挣扎了。

她希望自己听不到车轮的声响,它们发出的撞击声节奏均匀,每四次便有一声重音——在她听来,在逃命般慌乱而徒劳的奔跑之中,那加重的敲击声便是敌人无情进逼的脚步。

以前看到原野的时候,她从来没有如此忧郁的体验,从没觉得铁轨只是一根脆弱的线,被拉长在无尽的虚空里,像受伤的神经一样快要折断。她曾经认为自己是推动火车前进的力量,从没想到她此刻就像一个孩子或原始人,只会坐在这里盼着列车走，盼着它不要停，让她能按时到达那里——这种盼望不像是来自她的意志，而像是在向黑暗的茫然进行乞求。

她想到了一个月里所发生的变化，她从车站里人们的脸上看出了这一点。那些轨道工、扳道工和车场的工人们，曾经在任何地方见到她都会向她问候，会因为认识她而露出得意和高兴的笑脸——而现在，他们却小心翼翼，面色阴沉，只会面无表情地看她一眼，然后便把脸扭开。她曾经想对他们抱歉地喊叫："并不是我让你们变成了现在这个样子！"然后便想了起来，她已经接受了这样的事实，他们有权利恨她，她既被人奴役，又在奴役着别人，全国上下所有的人都是如此，人们彼此之间只有仇视。

随后的两天，列车驶过了一座座城市——工厂、桥梁、电子招牌，以及住户屋顶上竖起的广告牌——这里是拥挤、脏乱、活跃而人口密集的东部工业区。车窗外的这些景象，让她找回了一些信心。

然而城市被抛在了后面，列车现在正驶入内布拉斯加的平原，联结车厢的挂钩仿佛是因为寒冷而发出了颤抖的声响。她看到昔日的农田如今冷清空旷，只矗立着几座像是旧时农舍模样的房屋。就在几代人以前，从东部迸发出的能量曾像火花一样飞溅和流淌过这片荒芜的土地，它们有些已经不见了，但有些还在。一座小镇的灯火突然从她的窗前掠过，令她吃了一惊，那簇灯光渐渐远去，车厢内显得更加黑暗。她不想去开灯，还是坐着不动，望着窗外零星的村镇。只要有偶尔的一线光束闪过她的脸庞，她就觉得仿佛是在向她打着招呼。

她从简陋建筑的墙壁和被煤烟熏烤的房顶，从细长烟囱的下方和水塔弯曲的罐壁四周，看见了一个又一个名字：雷诺收割机、梅西水泥、君兰及琼斯苜蓿干花、克劳福德床垫之家、本杰明·威立谷物饲料，这些字眼如同在空旷的黑夜中举起的一面面旗帜，静静地展现出行动、努力、勇气和希望，在一切都将消亡的关头，记载着那些曾经能够自由创造的人们经历过的辉煌；她看见了相隔很远、互不干扰的人家，看见了小小的商店和电灯照亮的宽宽的街道，如同几道闪亮的笔触，纵横交错地分布在这片漆黑的荒野之上；她在破败的城镇之间看到了幽灵的身影，看到了工厂废墟上面摇摇欲坠的烟囱，橱窗破烂的商店残骸，歪歪斜斜、挂着几根断线的电线杆；她突然感到眼前一亮，那是很少能见到的加油站，这个浑身是玻璃和金属的雪白耀眼的小岛，出现在沉重而深邃的黑暗时空里；她看到前面的街角上方有一个霓虹灯做的冰淇淋圆锥筒，它下面停了一辆斑驳不堪的汽车，方向盘后面是个年轻的小伙子，一个姑娘从车上下来，夏天的风正轻拂着她的白裙子——她看着他们俩，不禁颤抖着，心里想：因为我知道是靠什么才换来了你们的青春，换来了这个夜晚和这辆车，以及你们马上要用二十五美分买下的这个冰淇淋，所以我不忍心这样看着你们；在一座镇子远远的另一边，她看到一幢楼里发出片片灰蓝色的闪光，那是她喜欢的工厂发出来的光亮，窗户内闪现出机器的轮廓，黑暗的房顶上竖着一块广告牌——突然之间，她的头扎进了胳膊。她浑身颤抖着坐在那里，对着这夜晚，对着她自己，对着一切还活着的人无声地哭喊着：不要失去它！……不要失去它！……

她噌地站了起来，将灯打开。她一动不动地站着，努力控制住自己，她清楚地知道，这种时候对她是最危险的。城镇的灯光不见了，此时她的窗户是一个空茫的长方形。她在寂静之中，听到了那一下又一下的第四声敲击，敌人的脚步仍在继续，既没有加快，也没有停止。

她渴望着看见一些生命和活力，便决定不把晚餐叫到自己的车厢来，而是过去吃晚饭。一个声音仿佛在强调和戏弄着她此刻的孤寂，回到了她的脑海里："可你是不会去开空火车的。"把它忘掉！她恼火地对自己说，匆忙向她车厢的门口走去。

快到她的通廊时，附近传出的一个声音令她吃了一惊。当她将门拉开的时候，她听到了一声断喝："滚下去，该死的东西！"

一个上年纪的流浪汉正在她通廊的一个角落里栖身。他坐在地上，那副样子表明他已经没有力气站起来，也顾不得会被抓了。他看着列车长，眼神敏锐而清醒，但没有丝毫反应。列车正由于轨道情况不好而放慢速度，列车长在冷风呼啸中将车门打开，向着外面飞驰而过的茫茫黑暗把手一挥，命令道："滚！怎么上来的就怎么下去，否则我一脚先把你的脑袋踢下去！"

流浪汉的脸上没有惊讶，没有反抗，没有愤怒，没有希望，似乎他对于人的一切行为，早就司空见惯，懒得去想了。他用手扶着车厢墙上的铆钉，顺从地站了起来。她发现他只是朝她扫了一眼，目光便漂移开去，仿佛她只是火车上另一个固定的部件。他似乎并没觉得她和他自己有太大的区别，他不过是在机械地服从着命令，尽管这意味着他将必死无疑。

她看了一眼列车长。他脸色漠然，流露出的只是一股盲目痛苦下的怨毒，积郁太久的怒气在碰到一个能够发泄的对象后，便不顾三七二十一地发作了。在他们两个的眼里，对方已经不再是人。

流浪汉的衣服上布满了精心缝制的补丁，破旧的布料干硬油亮，让人担心它一弯之后，便会像玻璃一般断裂。不过，她注意到了他衬衣的领口：无数次的洗涤已经将它磨白，但外形还没走样。他已经吃力地站了起来，面无表情地看着那个被打开的漆黑的洞口。那外面便是荒无人烟的旷野，不会有人听到他的声音，看见他血肉模糊的尸体。但他做出的唯一关切的举动是将一个又小又脏的包袱抓得更紧了一些，似乎这样他就不会在跳下列车时丢掉它。

正是那洗过无数次的衣领和他对自己所拥有的最后一点财

产的珍视猛地将她内心中的某种情感点燃了。"等一等。"她说。

两人朝她转过身来。

"把他交给我吧。"她对列车长说，然后为流浪汉打开了她车厢的门，命令道，"进来。"

流浪汉就像听从列车长的命令一样，随她走了进去。

他抱着包袱，站在她的车厢中间，用同样敏锐但没有反应的目光打量着周围。

"坐下。"她说。

他服从了——并且看着她，像是在等待她的下一个命令。他的举止里带有一丝尊严，毫不掩饰他的无怨无求，不闻不问，仿佛此时他不得不接受即将发生的一切，并且已经准备好了去接受。

他五十出头的样子，骨架和宽松的外衣表明了他曾经健壮结实的肌肉；那双了无生气的冷漠眼睛无法彻底掩盖它们曾经闪烁出的睿智光芒；脸上的皱纹刻画着难以名状的酸楚，却抹不去那上面特有的诚实慈祥。

"你上次吃饭是什么时候？"她问。

"昨天，"他说，然后又加了一句，"我记得是。"

她按铃叫来了侍者，吩咐让餐车把双人份的晚餐送到她的车厢来。

流浪汉默不作声地看着她，但侍者一走，他便把他唯一能说的话说了出来："夫人，我不想给你惹麻烦。"

她笑笑："什么麻烦？"

"你是不是和某个铁路大亨一起出的门？"

"不，就我自己。"

"那你是他们当中某一位的太太？"

"不是。"

"哦。"她看到他露出了几分钦佩的神情，像是在弥补他要作出的不恰当的理解。她笑了起来。

"不是，也不是那个。我想我自己就是一位大亨。我叫达格妮·塔格特，在这家铁路工作。"

"哦……我听说过你，小姐——那是在过去了。"很难说什么才是他所指的"过去"，不知道那是一个月或一年以前，还是他失业之后的那段时间。他带着一种对过去才有的兴致看着她，似乎在想在那段过去的岁月里，她会是他愿意看到的那种人。"你就是那位开铁路公司的小姐。"他说。

"对，"她说，"我就是。"

他对于她的搭救并未表现出任何诧异，似乎在经历了无数磨难之后，他已经对理解、信任和期待再不抱任何希望了。

"你是什么时候上车的？"她问。

"是在分公司的站点，小姐，你的门没有上锁。"他补充道，"我估摸着，这是节私人车厢，早晨之前应该没人会注意到我。"

"你要去哪里？"

"我不知道。"随即，他似乎觉得这听上去太有乞怜的味道，便又说，"我猜我只是想一直走下去，直到发现一个什么地方，看上去有机会找到工作。"他是想尽量把这个责任自己负起来，而不是把漫无目的的沉重扔给她去可怜——他的这种努力与他注意自己的衬衣领子，出发点完全一致。

"你想找哪种工作？"

"人们已经不挑工作了，小姐，"他淡淡地说，"他们只要能找到工作就行。"

"你打算去哪个地方？"

"哦……这个嘛……我想应该是有工厂的地方吧。"

"那你不是走错方向了吗？工厂是在东边。"

"不，"他极其肯定地说，"东部的人太多了，工厂受的限制也太多。我想，在人少规矩少的地方，机会可能多一些。"

"哦，逃跑啊？你是个逃犯？"

"不是过去所说的那种，小姐，不过看现在这个世道，我就算是吧。我是想工作。"

"什么意思？"

"东部已经什么工作都没有了，而且就算人家有工作，也不能给你——这么做他就要坐牢。有人盯着他呢。不通过联合理事会是找不到工作的。联合理事会自己就有一群熟人在等着工作呢，他们的熟人比百万富翁的亲戚还多。不过，我嘛——我两边都没人。"

"你上一个工作是在哪儿?"

"我已经在全国各地游荡了六个月了——不对,应该更长——估计快有一年了吧——我也说不清——大部分是白天的工作,多数是在农场。不过现在没什么用了。我明白农民们是怎么看你的——他们不愿意看到人挨饿,可他们自己也快要挨饿了,他们没什么工作可给你,也没有吃的,无论他们节省下什么,不是被收税的收走,就是被袭击者给抢走——你知道,就是在全国到处抢掠、被称为逃亡者的一群人。"

"你认为西部情况会好一些?"

"不,我不这么想。"

"那你为什么要去那里?"

"因为我还没去那里尝试过,也就只剩这个地方可以去试试运气了,我总不能停下来……你知道,"他突然又说,"我不觉得这有什么用,不过待在东部也只能坐着等死,我现在对死倒不是太在乎,死了反而就轻松了。但我觉得如果一点尝试都不做,只是坐着等死的话,就实在太罪过了。"

她猛然想起了现在从大学里出来的那些寄生虫们,只要提起应该如何去关心别人的陈词滥调,他们就愈发带有一种自以为是的正义感。流浪汉说的最后一句话是她所听过的最深刻的道德宣言——说者却是无心的,他只是用他那平淡而有气无力的声音，把它当成一个简单而枯燥无味的事实说了出来。

"你是哪里人？"她问。

"威斯康星。"他回答说。

侍者送来了他们的晚饭，他恭恭敬敬地将一张桌子和两把椅子摆好，对眼前这一切丝毫不以为意。

她看了看饭桌，心想，只花上几块钱，浆洗得硬挺的餐巾和装满冰块的冰桶就可以随着餐点一起上来，供旅行的人们享用，人们之所以还能有如此的闲暇和心情，就是因为到现在为止，维持人们生命的吃喝还未被当成罪行，还不必担心这会是生命中的最后一餐——然而就连这些，也会像在山沟里杂草丛生的废弃车站那样，很快便将不复存在。

她注意到这个流浪汉尽管连站起来的力气都没了，但面对摆在他面前的晚餐仍然不失风度。他并没有一头扑向食物，而是竭力将动作放慢，打开了餐巾，用哆嗦的手与她步调一致地拿起了叉子——他似乎依然清楚，无论受过怎样的侮辱，这是人应具备的礼貌举止。

"你过去做的是哪一类工作？"她等侍者离开以后问道，"是在工厂里，对吗？"

"对，小姐。"

"是什么行业？"

"熟练车床工。"

"最后一次干这个是在哪里？"

"在科罗拉多，小姐，是在哈蒙德汽车公司。"

"哦……"

"怎么了，小姐？"

"没有，没什么。在那里干了很久吗？"

"不，小姐，只做了两个星期。"

"怎么回事？"

"嗯，为了干这份工作，我在科罗拉多等了一年。哈蒙德汽车公司也是让找工作的人排队等，但他们不会照顾熟人和资格老的人，他们看的是一个人过去的记录：我的记录很好。但我才工作了两个星期，劳伦斯·哈蒙德就放弃不干了，他这一走就是彻底消失。他们就把工厂关了。后来，有个市民委员会重新让工厂开了工，我就被招了回去。但也就五天而已，他们几乎马上就论资排辈地开始裁员，所以我只能走人。我听说那个市民委员会只坚持了三个月就撑不住了，因此他们只好彻底关掉了工厂。"

"你在那之前是在什么地方工作？"

"我几乎在东部的各个州都干过，小姐。但每次都干不了一两个月，工厂就接二连三地关门停业。"

"你每次工作都遇到这种情况吗？"

他看了看她，像是知道她问话的意思。"不，小姐。"他回答说，但她第一次从他的声音里听出了几分骄傲。"我的第一份工作干了二十年，不是同一种工作，但是在同一个地方，我是说，我做到了车间的工头。那是十二年前的事了。后来那个工厂的东家死了，他的后人接管工厂以后，把它弄破产了。那时的日子可不好过，但从那之后就到处都在崩溃，而且越来越快。从那以后，好像无论我走到哪里，哪里就完蛋。一开始，我们还以为只是一两个州如此，我们中有好多人认为科罗拉多州能坚持住，但它也完了。不管你干什么或者接触什么，最后全都垮了。所有你能看到的地方，工作停了，工厂停了，机器停了——"他像是见到了令自己害怕的某种神秘的东西一样，压低声音缓缓地说，"发动机……停了。"他提高了嗓门道："哦，天啊，谁是——"然后突然停住了。

"——约翰·高尔特？"她问。

"对，"他一边说一边使劲晃着脑袋，像是要把看到的什么东西赶走一样，"只不过，我不喜欢说这句话。"

"我也一样。但愿我能知道人们为什么总是把它挂在嘴上，以及是谁开的这个头。"

"这就对了，小姐，我怕的就是这个。最先说这句话的可能就是我。"

"什么？"

"就是我和其他那六千个人，可能是从我们开始的，我觉得就是我们。但愿我们是错的。"

"你在说什么啊？"

"是这样，我工作了二十年的那个厂里曾经发生过一件事，那是在老厂主过世、他的后人接管的时候。他有两个儿子，一个女儿，他们在管理工厂的时候改用了新方案，也让我们对此投票表决，并且所有人——几乎是所有人——都表示了赞同。我们当时不懂，认为那主意还不错。不，这么说也不对，我们觉得当时必须认可那是个好主意。那个方案就是工厂让每个人根据自己的能力去干活，但领报酬的时候是根据每个人自己的需要。我们——怎么了，小姐？你的脸色怎么变成这样了？"

"那个工厂的名字叫什么？"她问道，声音细得几乎听不到。

"二十世纪发动机公司，小姐，在威斯康星州的斯塔内斯村。"

"接着说。"

"我们是在一次大会上对那个方案表决的，六千多个工厂员工当时都在场。斯塔内斯的后人们就方案长篇大论地讲了一通，说得并不是很明白，可谁也没提任何问题。我们谁都不知道那个方案是否行得通，可大家都觉得别人听懂了，只有自己不明白。假如有谁对此有怀疑，他就会惭愧得闭上嘴巴——因为他们让大家觉得，谁要是反对那个方案，谁就是像禽兽一样黑了心。他们跟我们说，这样一个方案会实现崇高的理想。哼，我们怎么知道这根本就不可能呢？我们不是一辈子都听大家在这么说吗？我们的父母、学校的老师，还有神父们这么说，我们读的每份报纸、看的每部电影、听的每个演讲也是这么说。人们不是一直在告诉我们这就是公平和正义吗？或许在那次会上我们是能找些借口出来，但不管怎样，我们还是表决通过了那个方案——我们这是自作自受啊。你知道，小姐，在我们当中，凡是在二十世纪发动机公司经历了那四年的人，全都洗不脱罪名。地狱该是个什么样子？是邪恶——是最清楚不过的、赤裸裸的、狞笑的邪恶，对不对？好啊，我们算亲眼看见了，并且是我们把它变成了那个样子——我觉得我们每个人都遭到了天谴，而且我们或许这辈子也不会被饶恕。

"你知不知道那个方案怎么进行，对人又造成了什么样的影响？你可以试着往下面安了出水管的水桶里灌水，水流出去的速度总是比你灌的速度快，你每往里加一瓢水，管子就跟着加宽一寸，你干得越多就越要多干，你一星期四十个小时就站在那里舀吧，然后就成了四十八小时，五十六小时——这一切都是为了让你邻居有晚饭吃——给他妻子做手术——给他孩子治麻疹——给他妈妈买轮椅——给他叔叔买衬衣——让他的外甥能上学——为了隔壁的婴儿——为了还未出生的孩子——为了你身边任何地方的任何一个人——从尿布到假牙，他们就该得到一切——而你就该没日没夜，月复一月，年复一年地干活，留给你的只有汗水，你看见的只是他们的享乐，一辈子不得休息，不见希望,永无休止……最能干的为最需要的去奉献……

"他们跟我们说,我们是一个大家庭,要同甘共苦。但他们可没举着焊枪每天一站就是十个钟头,也没有和我们一起忍着腹痛干活。这里面谁是能干的,又应该先解决谁的需要呢?吃大锅饭的时候,谁都没法说他究竟需要什么,对不对?如果你能说清楚自己需要些什么,他就会说他还需要一艘游艇呢——假如你只是顾及他的感受,他甚至还能给你拿出证明来。干吗不啊?既然我只有在把自己累趴下,给全世界所有的懒人和穷人都挣出一辆汽车之后,才能得到我自己的汽车,那么趁着我还没倒下去,他干吗不再向我要一艘游艇呢?你说不行?他不能这样做?那为什么在他家的客厅没有重新粉刷好之前,他甚至不允许我在咖啡里加点奶粉?……算了吧……好了,不管怎样,反正谁都无权评价自己的需要和能力。我们对此进行了表决。是的,小姐,我们在一年两次的集体会议上对此投了票,这事还能怎么解决呢?你想不想知道这种会上会发生什么事?只开了一次这样的会,我们就发现自己已经变成了乞丐——大家全都是哭哭啼啼的穷光蛋,因为谁都要不回自己应得的报酬,谁都既没有权利,也没有报酬,他干的活不算是他干的,属于整个'大家庭',而大家什么都不欠他的,他唯一能对大家要求的就是他的'需要'——因此,他不得不像一个讨厌的叫花子,当着大家的面,把他所有的麻烦和难处,甚至是要补的抽屉和老婆的头疼脑热都一一罗列出来，指望这个'大家庭'能施舍给他一些救济。他必须要强调他有多么惨，因为现在管用的不是你干的活，而是你的悲惨处境——于是就变成六千多个叫花子在互相争夺了，每个人都号称他的需要比他同伴的更急切。这事还能怎么解决呢？你想不想猜猜后来怎么样了，是哪种人害臊得始终一言不发，又是哪种人像中大奖一样满载而归？

"但这还不算，我们在那次会上还发现了其他一些东西。就在那头半年，工厂的产量下滑了百分之四十，因此我们认定某些人干活没有'出尽全力'。是谁？这你怎么说得清呢？'大家庭'对此也进行了表决。他们表决出谁是最能干的，然后就罚这些人在今后的六个月里每天晚上加班。是无偿加班——因为你的报酬不由你所干的时间和工作决定，只能取决于你的需要。

"后面的事还用我告诉你吗——还用我说如果我们以前还算是人的话，后来就慢慢变成什么了吗？我们干活时开始留一手了，开始磨磨蹭蹭，唯恐自己比身边的人干得快，干得好。既然已经知道一旦为'大家庭'尽心尽力，不仅得不到感谢和奖励，反而会受惩罚，我们还能怎么样呢？我们知道，不管是因为我们懒得去管造成的疏忽还是纯粹因为他的无能，反正只要有个笨蛋弄坏了一组发动机，让公司赔了钱，那把晚上和星期天的时间都搭进去做补偿的可就是我们了，所以我们尽量让自己无能和平庸。

"一开头，有个聪明的年轻人，他没上过学，脑子却出类拔萃,他对这个崇高的理想充满了热情。头一年,他研究的操作规程节省了我们几千个工时。他把它贡献给了'大家庭',但没有为此而要求什么,他也不可能提任何要求。不过他并不在意,他说他是为了理想。可当他发现,我们因为还没从他身上捞够油水,就把他选为最能干的人,并因此罚他通宵工作的时候,他就闭上嘴巴,不去动那个脑子了。到了第二年,你就知道他是绝对不会再提任何主张了。

"他们总是跟我们说,为了赚钱,就会产生恶意竞争,人们就会争着去超过别人。可这又怎么了?这就是恶意吗?那好,现在他们看到我们比着把活儿干糟糕是什么样子了。毁掉一个人最有效的办法就是逼他收起他最能干的一面,让他日复一日地不去把事情做好。要是毁起人来,这比让他酗酒、无所事事,甚至打劫都要快。但是,我们除了装傻充愣之外,也做不了别的了。我们只担心人家怀疑我们很能干,才能这东西就像抵押贷款一样,一辈子也还不完。那还在那里干什么?你知道,不管你干不干活,都还能拿到最基本的收入——被称为你的'住房和食物补贴'——除此之外,你就是再怎么干也得不到任何东西。你根本指望不了明年能买件新衣服——他们也许会发给你'服装补贴',也许不会,这要看是不是有人的腿骨折了,是不是有人要做手术或者生小孩。如果钱不够给每人都买一件新衣服的话,你的那件也就没了。

"有一个人向来工作勤勤恳恳，因为他一直想送他的儿子念大学。那孩子在念高中的第二年就毕业了——'大家庭'却连一点大学的'补贴'都不给孩子的父亲。他们说在有钱送所有人的儿子去上大学之前，他的儿子还不能上——而且我们首先必须保证所有的孩子都能念完高中，但现在连这钱都还拿不出来。转过年来，那个父亲在酒吧里因为和人持刀斗殴死于非命——类似的械斗开始不断地在我们这群人里发生。还有个老头，自从妻子死后他就孑然一身，有个收集唱片的嗜好。我看这就是他生活的全部内容了。过去，他常常为了买古典音乐的新唱片而省吃俭用。这下好了，他们不给他一点买唱片的'补贴'——他们说这属于'个人奢侈品'。可就在同一次大会上，有个什么人的又丑又刁的女儿，叫米莉·布什，她只有八岁，经过投票给自己的龅牙弄了一副金牙套——这算是'医疗的需要'，因为心理学大夫说过，如果她的牙得不到矫正的话，这个可怜的小女孩就会患上自卑综合征。那个喜欢音乐的老头便转而酗酒，并且一发不可收拾，再也看不见他有清醒的时候。不过，有一件事似乎让他耿耿于怀。有天晚上，他在街上蹒跚地走着，看见了米莉·布什，便挥起老拳，把她嘴里的牙打落一地，一颗都没剩。

"我们自然全都多多少少地开始喝起酒来，别问我们喝酒的钱是哪儿来的。正道不让走，就总能找到歪门邪道。平时，你不可能天一黑就去杂货店里行窃，也不会为了买古典交响乐的唱片或者渔具而偷你同事的钱包，可一旦醉得什么都不记得了——你就会这么做。渔具？猎枪？照相机？个人爱好？可是谁都得不到任何'娱乐补贴'啊，他们最先砍掉的就是娱乐。假如人家让你放弃自己的享乐，难道你好意思去反对？就连我们的'烟草补贴'也被砍得一个月只剩两包烟了——他们说这是因为必须保证婴儿喝牛奶的钱。在所有的产品中，只有婴儿的数量不仅没有减少，反而越来越多——因为人们没别的事可做；要我看，也是因为他们用不着担心，婴儿又不会拖累他们，这个包袱是'大家庭'去背的。其实，要想加薪水或者喘口气的话，'婴儿补贴'是最好的办法，要不就只能生一场大病。

"没过多久，我们就明白这是怎么回事了。实实在在的人什么都别想得到。他的乐趣都没了，烟不敢多抽五分钱的，口香糖也不敢嚼，生怕别人会更需要这五分钱。每吃一口饭，他心里都明白这饭不是自己挣的，会惭愧地想，不知道这又是谁辛苦加夜班的血汗，于是难受得恨不能是自己吃亏上当，也不愿意去坑别人，吃饭可以，但不能吸血。他不会结婚，不会帮他的亲戚回家，他不想给'大家庭'多增添负担。另外，假如他还有些责任心的话，就不能结婚生子，因为他什么都计划不了，什么都保证不了，什么都指望不上。相反，那些偷懒和不负责的人可算是如愿了。他们不顾女人遭罪，拼命生孩子，把全国各地所有没用的亲戚和未婚先孕的姊妹都叫过来住；为了弄到额外的'残疾补贴'，他们换着花样地生病，连医生也没办法，他们随便糟践自己的衣服、家具和房子——去它的吧，反正是'大家庭'来出钱！他们找到'需要'的办法咱们连想都想不到——并由此衍生成为一种特别的本领，这也是他们能够表现出的唯一本事。

"愿上帝救救我们，小姐！你明白我说的了吧？他们给我们规定了要遵守的法律，管它叫道德法律，惩罚的却是守法的人——就因为他们遵守了它。你越想遵守它，受到的摧残就越厉害；你越是进行欺骗，得到的好处就越多。你的诚实成了欺诈之人手里握着的工具，诚实的人在付出，欺诈的人在收取，诚实的人输了，欺诈的人赢了。好人生活在如此颠倒是非的法律下面又能好多久？我们这些人一开始都还不错，并没有多少骗子。我们对工作懂行，对干这个感到自豪，并且是在全国最好的工厂里工作，老斯塔内斯雇的人都是在全国挑选出来的。新政策实行了仅仅一年光景，我们当中便一个诚实的人都没有了。这才是邪恶，这才是牧师们过去用来吓唬你、而你从来都不相信能亲眼看见的地狱里的邪恶。这个政策并不是仅仅扶持了几个恶棍而已，而是把好人变成了恶棍，这就是它所做的一切——这样的主意居然还被称为高尚的！

"我们应该想要为了什么而工作呢？是为了我们的兄弟之情？那又是什么兄弟呢？是为了我们周围的那些闲人、懒汉和行乞勒索的人？也不管他们究竟是欺骗还是无能，是不愿意还是不能够——可这对我们又有什么区别？假如一辈子都无法从他们的无能之中摆脱出来，那我们继续向前的愿望还能保持多久？我们没法看出他们的能力，没法控制他们的需要——我们只知道自己像不堪重负的牲畜一样，在这个又像医院，又像畜圈的地方盲目地挣扎——这地方能产生的只有残疾、灾难和疾病——牲畜到了这里，无论什么人随便说一句谁需要什么，都只能听凭摆布。

"兄弟之情？正是在那个时候，我们才第一次知道了兄弟间的仇恨，我们开始恨他们咽下的每一口饭和拥有的每一点享受，恨人家穿新衣服，恨人家的妻子有帽子戴，恨他们全家人出去玩，恨他们重新粉刷房子——这些是从我们的手中被夺走的，是用我们的贫困、反抗以及忍饥挨饿换来的。我们开始互相监视，都想抓住别人为了骗取需要而撒谎的把柄，这样下次开会时就能分得一点'补贴'。我们开始有了通风报信的探子，他会报告说某人在某个星期天，从黑市上给家里弄了一只火鸡，钱的来路很可能是赌博。我们开始侵入彼此的生活空间，为了把某人的亲戚轰出去，我们会挑动家庭纠纷。只要看到有人开始固定和一个女孩在一起了，我们就不让他有好日子过。我们拆散了好多婚事，我们可不希望任何人结婚，再增加更多的负担了。

"在过去，谁要是有了小孩，我们会去祝贺，如果他当时正好缺钱，我们会集体凑钱帮他付医院的费用。现在，小孩一生出来，我们可以好几个星期都不去理睬孩子的父母。婴儿在我们的眼里，已经成了农夫眼里的蝗虫。过去，如果谁家里有人患了重病的话，我们会去帮忙。现在——我只给你举一个例子吧。有个人的母亲已经和我们在一起十五年了，她是个善良的老太太，人很乐观，脑子也聪明，叫得出我们每个人的名字，大家都挺喜欢她——过去我们都挺喜欢她。有一天她在地下室的台阶上滑倒，把屁股摔骨折了。我们都很清楚在她那个年纪，这种意外会意味着什么。厂里的大夫说她必须到城里的医院去接受昂贵的长期治疗。在进城的头一天晚上，老太太死了。死因一直没有公布。不，我不知道她是不是被害死的，谁也没么说，大家都不愿意说这件事。我知道的就是——这我忘不掉——我发现我也希望她去死。愿上帝保佑我们吧——这就是新方案带给我们的兄弟之情、生活保障和丰衣足食！

"有人对这么恐怖的东西备加推崇，这其中会有什么道理吗？有没有人从中谋利呢？有，这就是斯塔内斯的后代们。但愿你不会说他们是牺牲了一大笔财富，把工厂送给了我们。我们也被这给迷惑住了。不错，他们是舍弃了工厂，但是小姐，谋利与否就要看你图什么了。钱可买不来斯塔内斯的后人们想得到的东西，在它面前，钱实在是太纯洁了。

"他们中年龄最小的那个艾瑞克·斯塔内斯是个软骨头，什么都不敢做。他想法儿让自己当上了公共关系部门的主任。这个部门什么事都不干，他为了不用天天来上班，就找了个人来，无所事事地待在办公室里。他的报酬——哦,我不应该管它叫'报酬',我们都是没报酬的——他分得的补助不多,大概是我的十倍吧,但算不上富裕。艾瑞克不在乎钱——就算有钱也不知道该怎么用。他整天和我们混在一起,以显示他是多么平易近人。他好像很希望自己能受人爱戴,为此,他总是跟我们唠叨说他把工厂都给了我们,简直烦死人了。

"杰拉德·斯塔内斯是我们的生产主任——我们从来就不知道他到手的赃物——也就是他的补贴——究竟有多少,这得需要一群会计才算得出来,还得有一群工程师才能查清楚那些赃物是通过什么渠道明里暗里地流进了他的办公室。那不是给他的——全都是公司的花销。杰拉德有三辆车、四个秘书、五部电话,经常在大型聚会上挥金如土,全国上下,守规矩的大老板没有一个能像他那样花钱。他一年的花费就超过了他父亲在世的最后两年挣的钱。我们看到杰拉德的办公室里有一堆厚厚的一百磅重的杂志——那可是我们称过的——上面登的是我们的工厂和这个高尚的方案,还有杰拉德·斯塔内斯的大幅照片,称他是一个伟大的社会改革家。杰拉德喜欢在晚上到车间里来,他总是穿得一身笔挺,手腕上晃着足有五分钱那么大的钻石袖扣,把雪茄的烟灰弹得到处都是。一个只剩下钱来炫耀的吝啬鬼就已经够可恶的了——他不会假装那钱不是他的,而你一般不理他也就完了——但当杰拉德·斯塔内斯这样的混蛋口口声声说什么他不在乎钱，他只是为'大家庭'做贡献，他要那些好东西不是为了自己，而是为了维护公司和高尚方案的形象，是为我们大家的利益着想——你就明白什么是切齿痛恨了。

"但他的姐姐爱芙更坏。她的确不稀罕钱财，拿的补贴不比我们多，总是穿着破旧的平底鞋和衬衣式连衣裙走来走去——就是为了显示她有多么无私。她是负责分配的主任，我们的需求都攥在这个女人的手上，卡我们脖子的就是她。当然，分配应该通过人们的表决来决定。但要是六千多人都开始不管不顾、不讲道理地吵吵起来，要是没了规矩，人人都可以要任何东西，却又什么权利都没有，人人都管不了自己，却有权干预别人的生活，那就会像那时候一样，爱芙·斯塔内斯就成了人们的喉舌。到了第二年的年底，我们以'生产效率和节约时间'为理由，取消了这个徒有其表、一次要开十天的'大家庭会议'——所有的申请一律要送到爱芙·斯塔内斯的办公室。不对，不是送过去，是每个申请人都要把自己的理由亲自向她陈述一遍。然后，她整理出一份分配名单，开个四十五分钟的会，念给我们听，让我们投票表决。我们表决后，有十分钟时间来讨论和提出反对意见。我们不提什么反对意见，那个时候大家看得更清楚了，谁都不可能毫无标准地就把工厂的收入分给好几千人。她的标准就是要会阿谀奉承。无私？她父亲当年从来不去理睬那些最会拍马屁的人，而她现在不理睬的是我们技术最棒的工人以及他们的妻子。她长了一双暗灰的眼珠子,给人一种多疑、阴冷、死气沉沉的感觉。你要是想见识一下什么是真正的魔鬼,就应该看看当她瞧着人们听到自己除了基本补贴一无所得时,她眼睛那种闪闪放光的样子。看到了这个,你就明白为什么有人要鼓吹这样的口号了:'最能干的为最需要的去奉献。'

"这就是全部的秘密。一开始,我总觉得纳闷,既然这种错误显然可恶得离谱,为什么那些受过教育、有教养、有名气的人还会去犯,并对它极力推崇。现在我明白他们不是搞错了,这么大的错误绝不是无意中造成的。既然行不通也解释不通,还要继续如此丧心病狂下去的话——那一定是因为他们有着不可告人的目的。在第一次开会投票通过那个方案时,我们也不见得就多清白。之所以那样做,并不仅仅是因为我们相信了他们的胡说八道,而是出于别的原因,只不过是用他们的鬼话去自欺欺人罢了。这鬼话给了我们一个冠冕堂皇的借口来掩饰心中的羞愧。每个投赞成票的人都很清楚,这么一来,他是在把更能干的人创造的利益硬生生地抢为己有——每个富有和聪明的人都会想到总有人比他更富有,更聪明,这项政策能让他瓜分本来只属于能人的那部分财富和心血。不过,他在想着占他上面的人的便宜时,却忘记了他下面的人同样会占便宜,正如他压榨比他强的人那样,所有那些不如他的人也会把他给榨干。工人们一心想着有辆他们老板那样的好车是自己天经地义的需要,却忘了这地球上所有的懒汉和叫花子都会叫嚣说他们连冰盒都应该和他的一模一样。那才是我们表决的真正动机——这是事实——可我们不愿意这么想，越是不愿意，我们就越要嚷嚷自己是多么关心大家的利益。

"现在可好，我们要的东西到手了，等发现是怎么回事以后，为时已晚，我们陷在了里面，无法脱身。新方案实行的第一个星期，最能干的人们就离开了工厂。我们失去了最优秀的工程师、主管、工头和技术最熟练的工人。有自尊的人是不会任人宰割的。有些能人还想再忍忍，但也没能忍多久。我们的人手不断流失，他们就像躲瘟疫一样纷纷从工厂里逃走——到最后，一个能干的人都没了，剩下的都是要这要那的人。

"几个还有点用的人之所以留下来，不过是因为他们在那里待的时间太久了。过去，从来没人会从二十世纪公司辞职——而且不知道为什么，我们很难接受它已经名存实亡的事实。再过一阵子，我们就是想换地方都不行了，因为没有别的雇主愿意接收我们——这我也不能怪人家。任何一个正经点的人或企业都不会和我们有来往。我们常去的那些小店，全都匆匆撤出了斯塔内斯村——最后只剩下酒馆、赌场和向我们高价贩卖次品的混蛋。我们拿到的补贴越来越少，但维持生活的费用却越来越高；向厂里提要求的人名单越拉越长，但工厂的客户名单却逐渐萎缩，能够用于给不断增加的人分配的收入越来越少。过去，二十世纪发动机的标志曾经像金子一样值钱,我不知道斯塔内斯的儿女们是怎么想的,也许他们连想都没想过,不过我认为他们跟所有的规划者和野人一样,把这块金字招牌当成了有魔力的图章,觉得它会像对待他们的父亲那样,让他们一直发财。哼,等我们的客户发现我们不能按时交货,生产出的发动机总是有毛病的时候,这个神奇图章便开始反其道而行之了:标着二十世纪公司的发动机就是白送都没人要。后来,剩下的那些客户要不就是从来不付钱,要不就是根本不打算付钱。可杰拉德·斯塔内斯还以为他的名气很大,就火冒三丈地到各处去,用他那种居高临下的正义腔调,要求人家给我们下订单,倒不是因为我们的发动机有多好,而是因为我们实在太需要订单了。

"事情到了这个地步,那些大教授们世代以来假装看不见的东西,就连村里的傻瓜都瞧出来了。要是因为我们发动机的缺陷,造成电厂的发电机停转,我们嚷嚷的那些需要能管用吗?医生做手术的时候电灯一下子灭了,我们嚷嚷的那些需要能管用吗?天上的飞机发动机因为故障熄了火,我们嚷嚷的那些需要救得了乘客吗?如果人家购买我们的发动机只是为了满足我们的需要,而不是根据质量的话,那对于电厂的厂主、医院的医生以及飞机制造商来说,这样做究竟好不好,对不对,道德不道德?

"但这就是那些学者、领导人和思想家们想要在全世界推行的道德法则,它把一个亲密和睦的小镇都搞成了这副样子,一旦普及到全世界的话，后果还用说吗？你能想象出自己在一个灾祸不断、欺骗横行的世界里工作和生活的情形吗？你得工作——只要任何地方有人干砸了，就必须由你来为此做出补偿；你得工作——其他地方一旦发生了诈骗、饥荒和瘟疫，就会影响到你的衣食住行和享受，让你永无出头之日；你得工作——在填饱柬埔寨人的肚子、供南美的巴塔哥尼亚山里的孩子上完大学之前，你就只能拿到那点干巴巴的定额补贴；你得工作——去满足每个新出生的家伙手里攥着的空白支票，去满足你这辈子都不会见到的人们，你永远无法知道他们还需要些什么，他们是能干、懒惰，还是糊弄、骗人，你也永远没办法了解，更无权质疑，只有不断地工作、工作、工作——让全世界的爱芙和杰拉德们来决定，你所付出的努力、梦想和生命究竟要被谁来享受。这就是要我们接受的道德法则？这——就是道德理想？

"好吧，我们努力过了——并且我们也尝到了滋味。从第一次会议到最后一次会议，我们的痛苦经历持续了四年，最后只能以不可避免的方式来结束：破产。在最后一次会议上，只有爱芙·斯塔内斯还对此恬不知耻，她在会上的简短发言既恶心又蛮横无理，她说这项计划失败的原因是它没有被全国其他的地方所认同，在一个自私贪婪的世界里，不可能单凭一个社区让这项计划获得成功——还说这个想法本身非常崇高，但人的天性实在配不上它。有个小伙子——就是那个头一年因为自己发明的好创意而被惩罚的年轻人——在所有人都沉寂地坐着时站了起来,他径直向主席台上的爱芙·斯塔内斯走过去,二话不说,冲她的脸上吐了口唾沫。这个高尚的方案和二十世纪公司就这么完蛋了。"

他在滔滔不绝地说着,仿佛多少年来沉默的压抑突然挣脱了束缚。她明白,这是他对她表达的敬意:对于她的好意,他没有流露出丝毫反应,似乎他已经对人的价值和希望感到麻木,但内心受到的触动使他说出了这番话,他对于那些不公早就憋了一肚子的不满,此时的倾诉说明他觉得终于遇到了知音,在她面前,诉求公正不再是徒劳的。刚才几乎要被放弃的生命似乎又被两样重要的东西带回到了他的身上:他吃的晚饭,以及在面前出现的这个理性的人。

"可是,约翰·高尔特又是怎么回事?"她问。

"哦……"他回想着,"哦,对了……"

"你本来是要告诉我大家怎么会开始问那样的问题。"

"对……"他把目光移开,像是凝视着一个他已经观察了许多年,却依然原封未动、令他不得其解的东西;他脸色怪异,带着不解的恐怖神情。

"你是要告诉我,他们所说的那个约翰·高尔特假如确有其人,究竟是谁。"

"我倒希望没有,小姐。我是说,我希望这只是巧合,只是句废话罢了。"

"你心里有话，是什么？"

"是……是在二十世纪的工厂里第一次开会时发生的一件事情。这也许就是从那时开始的，也许不是，我说不准……那次会议是在十二年前的一个春天的晚上开的。我们六千多人聚集在露天看台上，看台很高，都快够到厂里最高的厂棚顶了。我们刚刚表决通过了新方案，正在一片躁动和喧哗中欢呼人民的胜利，嘴里警告着那些我们都不了解的所谓敌人，心里却惶惶不安。白色的弧光灯打在我们身上，让我们觉得冷森森的，情绪很不稳定，在那种时候，我们简直就是一群恶狠狠的暴徒。作为大会主席的杰拉德·斯塔内斯不停地敲着手里的木槌来维持会场的秩序，但我们也只是稍稍安静了点而已。你可以看到整个会场的人群就像锅里的水那样，在剧烈的震荡下此起彼伏。'这是人类历史上的关键时刻！'杰拉德·斯塔内斯在喧哗声中叫喊着，'要记住，我们现在谁也不能离开这里，按照大家都接受的道德法则，我们每个人都是属于这个集体的！''我不属于。'有个人说着站了起来。他是个年轻的工程师，大家对他都不太熟悉，因为他总是独来独往。他一站起来，人们就一下子鸦雀无声了，因为我们看到了他那副昂首挺胸的样子。他长得又高又瘦——我记得当时还在想，人群里随便上来两个都可以不费什么劲儿就把他的脖子拧断——可当时所有人都被吓住了。他就站在那里，像是知道他没有错一样。'我要把这一切彻底结束。'他说话的时候,声音清晰,不带一丝感情。只说了这一句,他便向外走去。在雪白的灯光下,他不慌不忙、旁若无人地穿过会场,没有人出来对他进行阻拦。杰拉德·斯塔内斯突然在他身后叫道:'你怎么结束?'他回过身来,说道:'我要让推动这世界的发动机停转。'说完,他就走了出去。我们从此再没见过他,也不知道他后来怎样了。但几年过后,我们发现在那些世代相传、坚实无比的大工厂里,电灯一盏接着一盏地在熄灭,发现大门在慢慢地关上,传送带慢慢地停下不动,道路变得空空荡荡,不见了往日的车水马龙,仿佛某种无声的力量停下了为全世界输送能量的发电机,这世界便像是丢了魂的身躯一样,静静地倒了下去——于是我们有了猜疑,开始打听他的下落。我们在当时听他说那些话的人里面打听。我们开始想他真的是说到做到。他把我们不愿去看清的真相看得一清二楚,他是我们自己请来的索命的复仇者,是我们曾藐视过的正义之人。我们开始想,他一定诅咒了我们,而我们也逃不过他的咒语,再也无法将他摆脱——更可怕的是,并不是他在追我们,而是我们突然开始去找他,他却只是像蒸发一样消失了。我们怎么也找不到他,不知道他是靠着什么神奇的力量实践了他的诺言,但这没有答案。只要哪里又莫名其妙地垮掉了,只要我们受到了再一次的打击,失去了又一个希望,感到自己被困在向全世界笼罩下来的惨雾里的时候,我们就会想到他。在我们叫喊着这样的问话的时候,人们或许不明白我们的意思，但他们绝对能体会到我们的感受，他们也感觉到这世界上有什么东西不见了。也许是因为如此，只要他们一觉得没有希望，就也开始这么说。我很希望自己是错的，希望这些词没什么意义，希望在人类走向灭亡的背后没有蓄意复仇者。可是只要听到他们重复着这样的问话，我就感到害怕，我就会想起说要把推动世界的发动机停下来的那个人。你要知道，他就叫约翰·高尔特。"

车轮声的改变令她醒了过来。这声音极不规律，夹杂着突如其来的急刹车声和短促、尖锐的爆裂声，像是时断时续的狂笑，引得车厢也随之摇晃不已。她还没看自己的手表，就已经知道现在走的是西堪萨斯铁路公司的轨道，列车已经在内布拉斯加州科比市的南面开始转道绕远行驶了。

列车的座位一半是空的，在隧道事故之后，几乎没什么人敢冒险乘坐出事以来这第一趟彗星号。她给流浪汉安排了一个卧间，然后便独自回味着他所讲的那一切。她本来打算好好想一想，想清楚明天要问他的所有问题——但她觉得自己的大脑僵硬，像是个观众，只能直呆呆地瞪着眼前发生的一切，别的什么都做不了。她感觉自己好像已经看明白了眼前的这幕情景，再没有什么问题，必须得把它甩到一边去了。行动起来——这句话在她心中急切地敲击着——行动起来——仿佛行动注定要成为它本身的重要而绝对的目的。

在半梦半醒之间,她的全身在车轮的声响中变得愈加紧张。她发觉自己一次次从无端的惊恐之中醒来,在黑暗里坐直了身子,茫然地想着:这是怎么回事——接着,便自我宽心道:我们是在动着……我们还在动着……

西堪萨斯铁路公司的轨道可比她预计的还要糟糕——她听着脚下的车轮声,心里想道。列车正带着她行驶在离犹他州还有几百英里远的地方。她一度迫不及待地想要跳下主干线的火车,把塔格特泛陆运输的所有问题都抛到脑后,去找一架飞机,直接飞到昆廷·丹尼尔斯那里。此时待在车厢里,她感到如坐针毡。

躺在黑暗里,她一边听着车轮声,一边想着现在只有丹尼尔斯和他的发动机像一簇火苗一样拉着她前行。现在,发动机对她还有什么用处呢?她想不出答案。她为什么总觉得一定要这样急急忙忙地赶过去呢?她想不出答案。她心里只是在想着要及时找到他。于是,她便抱定了这个念头,不再问任何问题了。在沉默中,她知道真正的答案是什么:之所以需要这台发动机,并不是为了推动列车,而是为了推动她走下去。

从杂乱无章和尖厉的金属声响中,她再也分辨不出那每四声一次的重音,听不到她正与之赛跑的敌人的脚步声了,只觉得绝望的恐慌正向她蜂拥袭来……我要及时赶到那里,她想,我要抢先赶到那里,救下这部发动机。有一部发动机是他停止不了的，她想……他不可能停止……他不可能停止……他不可能停止，她想——她猛地从震动之中醒来，从枕头上将头抬起。行驶的车轮已经戛然而止。

她让自己静静地待了一会儿，试着去感受她周围这种特别的宁静，然而，这像是要竭力想象出虚无的样子一般徒劳无功。现实的一切她统统感觉不到，只有它们消失后留下的空白：寂静之中，仿佛列车上只有她孤身一人——当一切静止下来，火车便似乎不复存在，这里更像是一座大楼里的房间，不，漆黑的四周使得这里既不像火车，也不像房间，而像杳无一物的空旷——看不到暴力或灾难的痕迹，仿佛这里就是灾难匿迹的地方。

她从这阵静寂中刚缓过神来，便一挺身，像是反抗般坐了起来。她一把撩起窗帘，窗帘发出的刺耳声音犹如一把刀子划破了寂静。窗外只有荒原一片；朔风将云吹散，一缕月光泻落下来，然而，它照耀下的荒原却如清冷的夜空一样全无生机。

她将手一挥，打开车厢内的灯，按响了召唤侍者的铃声。灯光把她带回了这个理性的世界。她瞄了一眼手表：刚过午夜。她从后车窗向外望去：窗外延伸出一条笔直的铁道，她看见红色的信号灯被按规定放置在了距离火车尾部有一段距离的地方，以起到警示保护作用。眼前的这些似乎可以让人放心。

她再次按了按召唤侍者的铃，然后等待着。她走到车厢的通廊，打开门，探身出去，望向前方的列车。在长如带状的钢铁躯壳中，有几扇车窗亮着灯，但她没有发现人影，看不到有人活动的迹象。她把门用力一关，回到自己的车厢里开始换衣服，动作突然变得镇静而迅速起来。

她按的铃没有人理会。匆匆走过相邻的车厢时，她已经把恐惧、茫然和绝望甩到了脑后，一心想着要尽快采取行动。

旁边车厢的小隔间里不见侍者，下一节车厢里还是没有。她急忙穿过狭窄的过道，依旧不见一个人，但有几个车厢的门却敞开着。乘客们坐在里面，有些已经穿好了衣服，像是在等待着。他们用诡秘的眼神看着她冲过去，似乎知道她想干什么，他们一直在等着有人来，好把他们没去应付的事情给应付掉。她顺着这死气沉沉的列车继续向前走去，奇怪地发现一路都是亮着灯的包厢、打开的车门和空荡荡的过道：没有人挺身而出，谁也不想带头多事。

她跑过列车上唯一的一节硬座车厢。这里的一部分乘客累得七倒八歪地睡着，醒着的那些人则一动不动地在座位上蜷着身子，像是面临打击的动物，呆呆地毫不躲闪。

她在硬座车厢的通廊处停下了脚步。只见一个人正打开车门，探身出去，向黑乎乎的前方张望，并准备纵身下车。听到脚步声，那人便转过身来看她。她认出了那张面孔：他是欧文·凯洛格，就是那个曾经对她的提职建议表示谢绝的人。

"凯洛格！"她惊呼了起来，仿佛在沙漠中突然看见了人，如释重负的声音里透出惊喜。

"嗨,塔格特小姐,"他回答道,吃惊的笑容里带着一丝难以置信的愉悦——还有渴望,"我不知道你在车上。"

"过来,"她这命令的语气仿佛依旧把他看成铁路的员工,"看来这趟车是被冻结了。"

"没错。"他答应道,马上开始服从。

他们就像听到岗位的召唤,彼此心领神会,用不着多余的解释——在这列车上的几百号人里面,他们俩似乎自然而然地就成了危难中的搭档。

"知道我们停了多久了吗?"她在他们向下一节车厢快步走去的时候问。

"不清楚,"他回答说,"我醒过来的时候,车已经停了。"

他们走遍了列车的前前后后,连一个侍者都没有找到,餐车里没有服务员,司闸员和列车长踪影全无。他们偶尔对视一眼,始终什么都没说。他们听说过弃车的事情,听说过车组人员为了反抗奴役,会突然集体失踪。

他们从列车的一端跳了下来。四下静悄悄的,只有风打在脸上。他们敏捷地爬上了火车头。车头的大灯如同一只手臂,向着无尽的黑夜兴师问罪般地直伸出去,驾驶室内空空如也。

面对眼前这令人震惊的场面,她不由得脱口喝彩道:"真有他们的!他们算是有人样!"

突然，她像是听到陌生人的叫喊一般，骇然止声。她注意到凯洛格正感到有些怪异似的打量着她，脸上却含着隐隐的笑意。

这辆老式蒸汽机车是公司能给彗星号找到的最好的一辆机车了。炉内仍有火光，气压计的指针已经降到很低，透过宽大的挡风玻璃，只见大灯正射向前方铁轨间的一排排路枕，它们本应是向车灯飞奔而来，此刻却一动不动地躺在那里，像梯子一般，屈指可数。

她伸手拿过行驶日志，查阅上面记的最后这批车组人员的名字。司机的名字是帕特·洛根。

她缓缓地垂下头，闭上眼睛，想起了在蓝绿色钢轨上的第一次试车。在帕特·洛根最后这次寂静的行驶途中，他一定也像此刻的她那样，想到了那一幕。

"塔格特小姐？"欧文·凯洛格在一旁轻声说道。

她一下子将头扬起。"啊，"她答应着，"哦……好吧。"她平淡的声音里只有斩钉截铁般的果断——"我们必须得找到电话，叫另一组人上来。"她瞟了一眼手表，"按刚才行驶的速度，我想我们肯定是在距离俄克拉荷马州界八英里的地方，布莱德肖应该是可以联系上的最近一个分公司站点，我们离那里大约还有三十英里。"

"我们后面还有塔格特泛陆运输的火车吗？"

"下一趟是253号长途货车,但就算它能准时,也要早上七点才能开到这里。"

"七个小时里就只有一趟货车?"他情不自禁地说道,语气里流露出他对自己曾经引以为豪的这家伟大的铁路公司的无比忠诚。

她的嘴角微微一咧,笑容稍纵即逝。"现在咱们的长途运输可不是你那个时候的样子了。"

他慢慢地点了点头:"我想,西堪萨斯公司今晚也不会有车过来吧?"

"这我一下说不好,但我想应该没有。"

他望了望铁道边的电线杆:"但愿西堪萨斯公司的人能维护好他们的电话线路。"

"你是说根据他们的路况判断,他们有可能维护不好。不过我们总要试试看。"

"对。"

她转身欲走,却又停了下来。尽管她知道现在说什么都于事无补,但话还是脱口而出。"你知道,"她说,"最难过的是看到我们的人放在火车后面用来保护我们的那些信号灯。他们……他们对生命的关注程度超过了这个国家对他们生命的关心。"

他像是特意强调似的迅速望了她一眼,随即庄重地回答道:"的确如此,塔格特小姐。"

他们攀着机车一侧的扶梯下来的时候,发现铁道旁边已经聚起了一群乘客，不断还有更多的人从车上下来加入到人群之中。这些原本一直在坐等的人凭着固有的直觉，知道已经有人出来挑起了责任，那么他们现在出来就是安全的了。

众人都带着询问期待的神情看着她向他们走来。惨白的月光似乎消融了他们相貌各异的面孔，只是把他们共同的特征凸显了出来：那是一种审慎的打量，有些害怕，有些乞求，还有一些暂时压下去的粗鲁。

"有没有谁愿意代表乘客讲话？"她问道。

大家面面相觑，无人出声。

"很好，"她说，"你们不用非得说话。我叫达格妮·塔格特，是这家铁路公司的业务副总裁，那么"——人群中顿时出现了一片骚动，一些人在晃动，另一些人则开始交头接耳地嘀咕起来，显然大家都觉得踏实了——"那么，就由我来说好了。我们这趟车上的乘务人员已经丢下车跑了。没有发生任何事故，火车头完好无损，却没人驾驶。这就是报纸上所说的被冻结的火车。你们都知道这是什么意思——并且你们也清楚原因是什么。或许你们比今晚才发现这些理由，并把你们抛下的那些人更早地知道这是为什么。法律禁止他们逃跑，但现在这已经毫无用处了。"

一个妇人突然不耐烦而歇斯底里地扯着嗓子尖叫道："我们该怎么办？"

达格妮停下来看着她。那妇人正往前面挤，想要钻进人群之中，好让自己的身旁能有一些人，填补她身边那无边的真空——那便是延展开去、与月光融为一体的荒原，靠着微弱的光线泛出死一样的磷光。妇人在睡袍外披了一件外罩，外罩敞开着，肥胖的小腹在薄薄的睡袍下挺了出来，那副猥琐不堪的样子好像是自认人类的一切裸露都是丑陋的，并对此毫不掩饰。一时间，达格妮后悔自己还要继续说下去。

"我会沿着铁路去找电话，"她继续开口说，声音犹如月光一般清冽，"路的右侧每隔五英里就有一部紧急求助电话，我会叫人再派一组乘务人员过来。这需要一些时间，请你们待在列车上，尽量保持好秩序。"

"要是碰到抢劫的怎么办？"另一名妇女紧张地问。

"不错，"达格妮说，"我还是找个人和我一起走一趟比较好，有谁愿意去？"

她误解了那名妇女的用意。人群中没人应声，大家都尽量避免跟她和周围的人目光相对。这里没有了眼睛，只有一双双在月亮下发出亮光的潮湿的椭圆形。瞧瞧他们吧，她心里想，瞧瞧这群新时代的人，这群只知道索取和接受他人牺牲成果的人。她被他们沉默之中蕴藏着的怒气所震惊——这怒气是在告诉她，她不应该把他们带到这样的时刻中——而她则怀着从未有过的冷酷感，显然是在故意地保持着沉默。她注意到欧文·凯洛格也在等待，但他没有去看其他的乘客，而是一直盯着她的脸。当确信人群中不会有人回应时,他便平静地开口说:"我当然会和你一起去,塔格特小姐。"

"谢谢你。"

"那我们怎么办?"那个紧张的妇人尖叫道。

达格妮向她转过身去,以商界经理人特有的正式而刻板的平淡语气说道:"可惜的是,目前还没有出现过抢劫者袭击冻结火车的案件。"

"可我们现在究竟在哪里?"一个大块头的男人问道,他穿了件贵得出奇的外套,一张脸格外臃肿;他装腔作势地拿出一副喝令佣人的腔调,"是在哪个州的哪个地方?"

"我不知道。"她回答。

"我们要在这里耽误多久?"另外一个人俨然一副被逼急了的债主的口气。

"我不知道。"

"我们什么时候能到旧金山?"第三个人问话时活像是警长在审问嫌犯。

"我不知道。"

此刻,在感到有人会照管他们,他们安全了之后,人们便像在黑暗的炉膛里炸开的栗子一般,你一言我一语地开始不依不饶起来。

"这简直骇人听闻!"一个女人跳上前来,冲着达格妮的脸上狂喷道,"你没有权利让这种事情发生!我可不打算被困在这个前不着村后不着店的地方干等!我需要有交通!"

"闭上你的嘴,"达格妮说,"否则我就锁上列车的门,让你们在原地待着。"

"你不能那么做!你是公共运输者!你无权歧视我!我要向联合理事会告状!"

"——那也得等我找到火车,把你拉到理事会那里才行。"达格妮说完便转过身去。

她看到凯洛格正望着她,他的目光犹如在她说的话下面划了一道线,像是给她提着醒。

"去找个手电筒来,"她说,"我去拿上我的手袋,然后咱们就走。"

当他们开始沿着一节节沉寂的车厢向前走,去找铁路电话的时候,他们发现从火车上下来了一个人,急匆匆地向他们走来。她认出此人正是那个流浪汉。

"遇到麻烦了吗,小姐?"他停住问道。

"乘务人员都跑了。"

"哦,那该怎么办?"

"我要找电话和分公司的站点联系上。"

"你不能一个人去,小姐,现在这世道可不行,还是我和你一起去吧。"

她笑了。"谢谢,不过我没事。这儿的凯洛格先生会陪我去的,那个——你叫什么名字?"

"杰夫·艾伦,小姐。"

"听着,艾伦,你在铁路上干过吗?"

"没有,小姐。"

"那好,你现在就要开始干了。现在你就是副列车长和代理业务副总裁。我不在的时候,你的任务就是负责这趟列车,维持秩序,不要让那些家伙乱来。告诉他们你是我亲自任命的。你用不着拿什么凭据,只要有人发话,他们就会老老实实的。"

"是,小姐。"他带着理解的目光,坚定地回答。

她想起有钱便有信心这句话来,于是从手袋里拿出一张百元大钞,塞进他的手里。"就算是预付的工资吧。"她说。

"是,小姐。"

她刚刚迈步走开,他便在身后叫了起来:"塔格特小姐!"

她转过身,"怎么了?"

"谢谢你。"他说。

她笑笑,微微抬起手做了个告别的动作,便继续往前走。

"那人是谁?"凯洛格问。

"一个被抓住逃票的流浪汉。"

"我看他能行。"

"他行的。"

他们无言地从机车旁边走过,向着车头大灯照亮的前方走去。起初,他们脚踩着枕木行进,强烈的灯光从身后打来,这一切似乎令他们还有熟悉的铁路的感觉。接着,她发觉自己开始盯着脚下枕木上的灯光,眼看着它慢慢地黯淡下去,她竭力想抓住它,想一直看到它那黯淡的光芒,但终于意识到了木头上的微亮已经变成了月光。她情不自禁地一哆嗦,回身望去。车灯依旧在他们的身后亮着,像是个泛着银色水光的星球,看上去很近,但已经属于另一个星系的另一个轨道。

欧文·凯洛格默默地走在她的身旁,她很清楚他们都知道对方正想些什么。

"他不可能,上帝呀,他不可能!"她忽然浑然不觉地把心里的想法说了出来。

"谁?"

"内特内尔·塔格特,他不可能让自己与那群乘客一样的人为伍,不可能去为他们开火车,不可能去雇用他们,无论作为顾客还是工人,他都绝不会和他们打交道。"

凯洛格笑了:"你的意思是说他不会靠剥削他们来发财吧,塔格特小姐?"

她点了点头。"他们……"她说道,他听到了她的嗓音在微微地颤抖,那里面饱含着爱与痛苦,以及愤怒。"多少年来,他们总说他的发迹靠的是压制别人的才能,是不给别人任何机会,还说……还说人的无能正好符合他自私的胃口……可他……他并不想要人们对他唯命是从。"

"塔格特小姐,"他的声音中多了一种奇怪的严厉语气,"只要记住他所代表的是生存的法则,在人类漫长历史的一瞬间,正是这个法则将奴隶制逐出了文明社会。当你难以辨别他的敌人的真实嘴脸时,只要记住这一点就可以了。"

"你听说过一个叫爱芙·斯塔内斯的女人吗?"

"嗯,听说过。"

"我一直在想,那些乘客今晚的举动一定是她很想看到的,这正是她的追求。但我们——像你我这样的人却对此难以忍受,对不对?没人会忍受,也不可能忍受。"

"你怎么知道爱芙·斯塔内斯追求的不是生存的法则呢?"

她感到自己内心的边缘有某种模糊——如同她此刻在荒原的尽头望见的一团团既不像光,又不像云或雾的东西——她不明白这模糊究竟是什么,它却半遮半露地引诱着她去琢磨。

她没有说话。他们那富有节奏感的脚步声犹如在寂静中被一节节展开的铁链,在枕木之间起落。鞋跟踩在木头上,发出硬邦邦的、迅捷的声响。

除了知道他是个从天而降的得力助手之外,她一直没来得及好好看看他,现在,她特意仔细地打量起他来。他的脸上依然有她记忆中喜欢的那种坦荡、坚毅的神情,但这张脸已经变得宁静晴朗,安详了许多。他的衣服已经磨得很旧,即使是在黑夜之中,她也能辨认出他那件旧皮夹克上的道道磨痕。

"你离开塔格特泛陆运输后一直在做些什么?"

"哦,干过好多事。"

"现在你在哪儿工作?"

"应该算是临时工吧。"

"那干什么活儿呢?"

"什么都干。"

"你没在铁路上干?"

"没有。"

这短促有力的声音似乎极有说服力。她知道,他很清楚她问话的用意。"凯洛格,要是我告诉你现在整个塔格特系统里一个能干的人都没了,要是我同意你随便挑职位和待遇,你愿意回来吗?"

"不。"

"我们下滑的运输状况让你很吃惊,我想,你还想象不到人才流失给我们带来了什么样的后果。三天前,我为了铺五英里长的临时铁轨而四处找人,这种痛苦我就不和你提了。我要在落基山里修五十英里的铁路,现在想不出办法,但这条路非修不可。我在全国到处找人,一个也找不出来。我现在情愿拿半个公司换像你一样的雇员,偏偏这个时候,我就突然在这里的一个硬座车厢里遇见了你——你明白我为什么不能让你走了吗？你可以随便挑职位，你想做地区总经理，还是业务副总裁助理？"

"不。"

"你现在还在为生计奔波，对不对？"

"对。"

"看来你挣的钱并不很多。"

"我能够自食其力——而且也用不着给别人挣钱。"

"你怎么单单不愿意在塔格特泛陆运输工作呢？"

"因为我想做的工作你是不会同意的。"

"我？"她顿时停住了脚步，"老天爷，凯洛格！你难道还不明白？无论你想做什么我都会同意的！"

"好吧，那就做巡道工。"

"什么？"

"路段工，或者做机车保养。"他看着她那副表情，笑了笑，"不行吗？你瞧，我就知道你不答应。"

"你是说你要当工人？"

"只要你同意，我马上就干。"

"不想要更好的了？"

"没错，就干这个。"

"难道你不明白干这些活儿的人有的是，现在缺的是更能干的人吗？"

"这我明白,塔格特小姐,可你明白吗?"

"我需要的是你的——"

"——头脑,对不对,塔格特小姐?我再也不会出卖自己的头脑了。"

她站在原地看着他,脸色变得冷峻起来:"你和他们是一伙的,对不对?"

"和谁?"

她并不作答,耸了耸肩膀,继续走起来。

"塔格特小姐,"他问,"你还想做多久的公共运输者?"

"我绝不会把世界拱手让给你所说的那个生物。"

"你刚才对她的回答可要实际得多。"

在随之而来的沉默中,只能听见他们的脚步声。她过了许久才问:"今晚你为什么要支持我?你为什么要帮我?"

他不假思索,简直是很高兴地回答说:"因为这趟车上没有谁比我更急着想赶到目的地了,要是车能走起来,那对我是最有好处的。只不过我一旦有任何需要的话,不是像那帮家伙一样只知道干坐在那里等着。"

"是吗?要是火车全都停了呢?"

"那我如果有要事的话,就不去指望火车了。"

"你要去哪儿?"

"西部。"

"是有'临时的活儿'要做吗？"

"不，是和朋友一起过一个月的假期。"

"是去度假？而且你还觉得这很要紧？"

"是最最要紧的。"

在步行了两英里之后，他们走到了路边的一根电线杆旁，那上面的小灰盒便是应急电话。盒子被风刮得吊在一旁。她将盒盖打开，在凯洛格的手电光照射下，他们看见了熟悉而令人欣慰的电话。但是，她一将听筒贴近耳边，他一看到她的手指狠命地在挂钩上按了又按，他们就全都明白这电话已经不能用了。

她一声不吭地把听筒递给了他，然后举着手电筒，他在电话四周快速地摸索着，用力将它从电线杆上扯下，然后检查起线路来。

"线路没问题，"他说，"电流已经接通了，只是这部电话机坏了。下一部电话很可能就行了。"他又补充道，"到下一部电话要走五英里。"

"那走吧。"她说。

火车头的灯光在他们身后很远的地方依然可见，但它不再像星球一般，而是已经成了一颗在漫漫长空里闪烁着的小星星。在他们前方，铁轨延伸出去，隐没在深蓝色的夜幕之中，看不到尽头。

她意识到自己是如此频繁地回头遥望着那车灯——只要能

看到它，她就觉得生命还有一线安全的维系——可现在，他们必须要离开它，跳入……是要跳离这个星球，她心想。她发现凯洛格也在回头向车灯望去。

他们对视着，却什么也没有说。碎石子被她的鞋底踩得哗哗响，犹如在寂静中燃爆的鞭炮。他故意冷冷地飞起一脚，将电话踢得滚进了沟里，突如其来的响声回荡在空寂之中。

"该死的东西，"他冷冷地说道，嗓音并没有升高，但憎恶之情却溢于言表，"也许他不愿意去干活，而且他还需要领薪水，但别人不能要求他把电话维护好。"

"走吧。"她说。

"要是你累了的话，我们可以休息一会儿，塔格特小姐。"

"我没事，我们没时间休息。"

"这就是我们所犯的最大的错误，塔格特小姐，有些时候，我们不应该那么拼命。"

她无奈地笑笑，踏上一根枕木，用自己的脚步做了回答。他们继续上路了。

踩在枕木上行走很是吃力，可他们沿着铁轨的一侧试着走了走，却发现更困难。细碎沙石混合的路面非常绵软，如同既非液体、也非固态的某种物质，在他们的踩踏之下向四周滑散开来。于是他们走回了枕木，感觉仿佛是踩在河中央的一根根木头上面。

她想到，人们修建横跨大陆的铁路时，心里想的是成千上万英里的距离，可这五英里突然间变得如此漫长，而三十英里之外的分公司站点现在看来则遥不可及。这张联结着两个大洋的铁路和电力网，此时居然要依赖于一根电线，依赖于一部生锈坏掉的电话——不会是这样，她心想，它应该依赖于一种更强大、更精密的东西，它所依赖的是人们头脑之间的联系，而那些人明白，一根电线、一列火车、一份工作以及他们的自身和他们的行动，存在的这一切都绝对不可或缺。一旦失去这些头脑，这列两千吨重的火车就只能依赖于她的一双腿了。

累了吗？她思忖着。赶路就是再辛苦也还有一分价值，也还是他们周围那一片死气沉沉之中的一小片真实的存在。在一个不明不白的空间内，在一片暧昧的土地上，在一团欲动又止的迷雾里，这种努力的感觉是实实在在的，那就是痛苦，只是痛苦。唯一还能证明他们并没有停息下来的只剩下了疲惫：他们周围依旧那么空旷，没有任何东西可以表明他们是在不断地前进着。对于那些鼓吹宇宙的毁灭才是终极理想的说教，她一向无法理解，并且轻蔑地不予接受。这就是他们的心愿达成之后的那个世界，她想。

铁道旁一出现绿色的信号灯，便有了一个可以让他们走近和越过的标志，但它在这一片影影绰绰的晃动之中，无法让他们松一口气。就如那些虽然已经消失，但光亮还存在的星星一样，它似乎也属于一个早已消亡的世界。绿色的光圈在空中闪着亮光，表示轨道畅通，在等待着车的到来，四周却没有任何动静。她心里在想，那个宣扬不动便是动的哲学家是谁来着？这，也正是他的世界。

她发觉自己如同顶着某种阻力，向前走得越来越费劲，阻挠她的不是压力，而是向后的拖曳。她瞧了瞧凯洛格，只见他也像是顶着狂风在走。她觉得他们就好像……现实中仅有的两个幸存者，她心想——他们两人孤身与之奋战的并不是风暴，却比风暴更恶劣：那便是不存在。

过了一阵儿，凯洛格首先回头望去，她便也随着他的目光回过了身，身后的车灯已经从视野里消失了。

他们并没有停。他注视着前面的路，伸出手在衣袋里摸索着。她看出他的动作是自然而然的。他取出一盒烟，向她递了过去。

她正要从盒里抽出一支——突然，她猛地抓住他的手腕，一下子从他的手里夺过了烟盒。在这个纯白色的烟盒上，赫然只印着一个美元的符号。

"给我手电筒！"她停住脚，命令道。

他听话地站下，用手电光照着她手中的烟盒。她朝他的脸上瞧了瞧：他稍稍显得有些惊讶，同时又觉得很好笑。

盒上没有印任何其他东西，没有商标和地址，只有一个烫金的美元符号，盒里的香烟也是如此。

"你这是从哪里弄来的？"她问。

他微微一笑："既然你知道问这个，塔格特小姐，就应该明白我是不会回答的。"

"我知道它代表了一定的含义。"

"你是说美元符号？它的意义可大了。作为邪恶最典型的特征，所有卡通片中胖得像猪一样的角色穿的背心上都有它，就是以此来揭示角色的骗子、贪污犯以及恶棍的身份。作为一个自由国度的货币，它代表了成就，代表了成功、能力和人的创造力量——并且正因为如此，它才恰恰被人利用，成了一种耻辱。它被当成诅咒的标记，印在像汉克·里尔登这样的人的额头上。很巧的是，你知道这个符号是从何而来的吗？它就是美国这个词的英文缩写。"

他啪的一声关掉了手电筒，但并没有走开。而她依稀看得见他脸上的苦笑。

"你是否知道，美国是历史上第一个把自己名字的字母组合当成邪恶象征的国家？你自己好好想想原因吧，好好想想要是一个国家这么干的话，那它还能指望生存多久，又是谁的道德标准毁掉了它。它曾经是历史上唯一一个依靠生产和贸易，而不是掠夺和武力来获得财富的国家，只有在这个国家，金钱才象征着人拥有他自己的思想，拥有他自己的劳动果实，拥有他的生命、他的幸福，以及他本身。如果按现今的标准把它视为邪恶，如果它就是用来诅咒我们的理由，那么我们——我们这些追求钱并且挣钱的人——就会接受它，并甘愿被这世道所诅咒。我们甘愿前额上带着这个美元的符号，把它骄傲地当作我们的高尚的徽章——我们情愿为了这个徽章而活，并且可以为它去死。"

他伸手要那个烟盒，她举着它，手指仿佛不愿意松开，但终于还是把它放回了他的掌心。他似乎是有意想让她看清他的动作，慢慢地取出一支烟，递给了她。她接过来，将烟放到唇间。他自己也拿了一支，划了根火柴，将两人的香烟点燃，然后他们继续走了起来。

他们走过了陷在松软土地里的朽烂的木桩，穿过了一大团浮在空中的月光和弥漫的雾气——他们手里握着的是正在燃烧的两点光亮，小小的光圈不时照亮他们的脸庞。

"火，一种危险的力量，却在他的手指中间服服帖帖……"她想起了那个老人对她说过的话，他曾经说过地球上没有任何地方生产那种香烟。"人在思考时，心中便会燃起火花——这时，点燃的香烟就自然而然地成了他的一种表达方式。"

"我希望你能告诉我这烟是谁生产的。"她的声调已经是在绝望地哀求。

他善意地笑了笑："我可以这么告诉你：这烟是我一个朋友生产的，而且对外售卖，不过，他可不是公共运输商，他只在他的朋友圈子里卖。"

"能把那包烟卖给我吗?"

"我觉得你买不起,塔格特小姐,不过——你想要的话,行啊。"

"多少钱?"

"五分钱。"

"五分?"她惊愕地重复着。

"五分——"他说,又加上一句,"是黄金。"

她停住脚步,瞪着他:"黄金?"

"对,塔格特小姐。"

"那好,你的兑换率是多少?折合成我们的货币是多少钱?"

"没有什么兑换率,塔格特小姐,只要是有形的——或者只有韦斯利先生说了才算的无形的货币——无论多少钱,都买不来这包香烟。"

"明白了。"

他将手伸进兜里,拿出那盒烟,向她递了过去。"我把它送给你,塔格特小姐,"他说,"因为你已经挣出无数包烟了——而且,因为你需要它的目的和我们的完全一致。"

"什么目的?"

"就是在失意的时候,在流浪的孤独之中,能够让我们想起我们真正的故乡,它也一直是你的故乡,塔格特小姐。"

"谢谢。"她说道。她将那盒烟放进了她的兜里。他看见她的手在颤抖。

来到第四个一英里的路碑时，他们已经很久没有说话了，除了坚持着吃力地挪动脚步外，他们已经筋疲力尽。他们看见远远的前方出现了一点亮光，它紧贴着地平线，远比星星更加清晰耀眼。他们没有言语，一边走一边继续望着它，直到终于认出，原来那是矗立在空旷原野之上的一座巨大的灯塔。

"这是什么？"她问。

"不知道，"他说，"看着像是——"

"不，"她急忙打断了他，"不可能，不可能是在这附近。"

她不愿让他一语道破自己期待已久的希望，她强忍着不去碰这个念头，不去知道这念头便是希望。

他们在第五个一英里的路碑处找到了电话。那座灯塔像一团冰冷的火焰，高悬在他们南面半英里外的夜空之中。

电话机可以用。她提起听筒，便听到了电话线沙沙的静音，仿佛一个活着的生命的呼吸。随即，一个听上去困恹恹的声音无精打采地答道："这里是布莱德肖站的杰萨普。"

"我是达格妮·塔格特，是从——"

"谁？"

"我是塔格特泛陆运输的达格妮·塔格特，正在——"

"哦……哦……我知道了……什么事？"

"正在你们的83号铁路电话这里。彗星号被困在了从这里往北七英里的地方,是被抛下的,乘务人员都逃了。"

停顿了一刻后,"那么,我又能怎么办呢?"

她简直不敢相信,一时顿住了:"你是夜班调度吗?"

"对。"

"那就马上给我们派另一个车组过来。"

"一整个车组?"

"当然了。"

"是现在吗?"

"对。"

停顿了一刻后,"没有这个规定呀。"

"把总调度给我找来。"她屏住呼吸说道。

"他度假去了。"

"去叫分公司的主管。"

"他到劳力尔去了,要一两天才回来。"

"给我把负责的人叫来。"

"现在我负责。"

"听着,"她耐着性子,慢慢说道,"你明不明白,现在有一趟运载乘客的列车被抛在了野地里?"

"明白,可我怎么知道该怎么办?规定上没有讲啊。如果是事故的话,我们会派事故车过去,可如果没有事故……你不需要事故车吧？"

"不，我们不需要事故车，我们要的是人，你明白吗？是能开火车的大活人。"

"规定上没讲有车没人，或者有人没车的时候该怎么办，没有关于大晚上派一整个车组出去找火车的规定。我还从没听说过。"

"现在你就听说了。难道你不知道该怎么办吗？"

"我凭什么知道？"

"你明不明白，你的工作就是确保列车的运行？"

"我的工作是遵守规定。要是我擅自派车组人员出去了，天晓得会出什么事？现在联合理事会出了这么多的规定，我干吗要自找苦吃？"

"你任凭火车在铁轨上抛锚，会导致什么样的后果？"

"那不是我的错，与我无关。他们可怪不到我头上，我没办法。"

"你现在必须帮忙。"

"谁也没让我这样做呀。"

"我正在让你去做！"

"我怎么知道你该不该命令我干什么呢？我们本来就不应该给塔格特泛陆运输提供车组人员的。我们得到的命令是，你们的火车应该由你们自己的车组人员负责。"

"可现在是紧急情况!"

"从来没人跟我提过什么紧急情况。"

她不得不用几秒钟的时间抑制住自己的情绪。她看见凯洛格正一脸苦笑地看着她。

"听着,"她对着话筒说道,"你知不知道彗星号三个小时前就该到布莱德肖了?"

"哦,当然知道,可谁都不会对此大惊小怪,现在没有什么火车是准时的。"

"那么,你是想让我们的火车永远停在那儿堵着你们的铁道吗?"

"我们最近的一趟车是从劳力尔发出的北向的客车,那也要等到十一月四日上午八点三十七分才会到。你可以等到那个时候,到时白班调度就来了,你可以和他讲。"

"你这个蠢货!这是彗星号!"

"跟我有什么关系?这儿不是塔格特泛陆运输。你们出了钱之后就要这要那的,让我们这些小人物多干了不少活儿,钱却一分也多拿不了,你们只会让我们伤脑筋。"他的声音渐渐开始傲慢起来,"你不能用这种口气跟我讲话,你用这种口气跟人讲话的日子已经过去了。"

她一直不相信一个她从来没用过的办法会在某些人身上奏效——这些人并非塔格特泛陆运输的雇员,她以前从没和他们打过交道。

"你知不知道我是谁?"她冷森森的问话里带着一股威逼的语气。

它果然起了作用。"我……我想我知道。"他回答说。

"那我就告诉你,如果你不马上给我派人来,等我到了布莱德肖,出不了一个钟头你的饭碗就会丢掉,我早晚都会到的,你最好还是让我早点到。"

"好的,小姐。"他答道。

"召集起一个车组,命令他们把我们运到劳力尔,那里就有我们自己的人了。"

"好的,小姐,"他接着说,"你能不能告诉总部,是你让我这么做的?"

"我会的。"

"而且是你来负这个责任?"

"我负责。"

片刻的停顿后,他绝望地问道:"现在我怎么去召集人呢?他们大多数都没有电话。"

"你有没有跑腿的人?"

"有,可他早晨才会来。"

"现在院子里有没有任何什么人在?"

"库房里有个清洁工在。"

"派他去叫人。"

"是，小姐，等一等。"

她把身子靠在电话箱的一侧等待着。凯洛格在笑。

"要管理铁路——这可是遍及全国的铁路，你就打算靠这个？"

她耸了耸肩膀。

她再也不能将视线从灯塔上移开，它看上去是如此之近，简直唾手可得。她感觉到她不肯承认的那个念头正在她的心里剧烈地翻腾：一个人有能力去开发利用崭新的能源，他所研制的发动机令现在所有的发动机形同废铁……再有几个钟头，她就可以和这样聪明的头脑对话了……只要再过几个钟头……这么着急地赶过去，要是已经没有必要了呢？这是她想做的，是她唯一想做的……这是她的工作吗？她的工作又是什么呢：是继续去淋漓尽致地发挥她的才智，还是把这辈子都耗费在琢磨一个不称职的夜班调度是怎么想的上？她为什么要工作？就是为了维持她一开始在洛克戴尔车站当夜班调度员时的水平吗？不，比那还要低——就算在洛克戴尔的时候，她也比那个调度员强——难道最终的结果就是终点比起点还要低？……没有什么理由急着赶过去了吗？她就是理由……他们需要火车，但不需要发动机？她需要发动机……这是她的义务吗？是对谁的义务？

调度离开了很久，回来的时候，声音显得闷闷不乐："那个清洁工说他倒是能去叫人，可没有用，因为我怎么能把他们送到你那里呢？我们手里没有机车。"

"没有机车？"

"对。主管去劳力尔用了一辆，其他的都在修理厂待了好几个星期了，扳道车今天早晨出了脱轨事故，要一直到明天下午才能修好。"

"那辆你刚才说要派过来的事故车呢？"

"哦，它去北边了，昨天那里出了事故，现在还没回来。"

"你们有柴油机车吗？"

"从来没有过那玩意儿，这里肯定没有。"

"你们有轨道动力车没有？"

"哦……有，夫人。"

"让你们的人到83号铁路电话这里来一下，把凯洛格先生和我接上。"她的眼睛望着灯塔。

"好的，夫人。"

"给塔格特泛陆运输劳力尔站的铁路段段长打电话，告诉他彗星号延误的情况和这里发生的事。"她把手放进兜里，手指忽然缩紧了——她摸到了那盒香烟。"对了——"她问道，"那个距离我这里半英里远的灯塔是干什么用的？"

"是你现在的位置吗？哦，那肯定是旗舰航空公司的紧急降落机场。"

"我知道了……好吧,就这样。叫你的人马上出发,告诉他们到83号电话的地方接凯洛格先生。"

"是,夫人。"

她挂上电话。凯洛格咧嘴笑了。

"是个机场,对吧?"他问。

"对。"她望着灯塔,手还握着兜里的烟。

"那么他们要过来接凯洛格先生,是吧?"

她猛地朝他转过身去,忽然意识到她已经在无形中做出了一个决定。"不,"她说,"不是这样,我不是想把你扔在这里,只是我也要去西部办一件要紧的事,我想应该赶快才行,所以我刚才是想能不能搭飞机去,但我不能这么做,况且也没必要。"

"来吧。"他说着便向机场的方向走去。

"可是我——"

"假如你想做的事比伺候那些笨蛋紧急——就别犹豫了。"

"比世上的任何事情都要紧急。"她喃喃地说道。

"我替你留下来,负责把彗星号交给你们劳力尔站上的人。"

"谢谢你……但你要是认为……你知道,我不是在逃跑。"

"我知道。"

"那你为什么这么急着帮我?"

"我只是想让你体会一下,做一次你自己想做的事情是什么感觉。"

"那个机场不太可能有飞机。"

"很可能有。"

机场边上停了两架飞机:一架是事故后烧焦了一半的残骸,连回收当废铁都不值;另一架崭新的则是全国上下难得一见的怀特·桑德斯单翼飞机。

机场里有一名睡眼惺忪的工作人员,他岁数不大,又矮又胖,如果不是说起话来有股学生味道的话,活脱脱地就是一个布莱德肖站夜班调度的翻版。对于一年前他来上班时就停放在此的这两架飞机,他一无所知。他和其他人一样,对这两架飞机向来不闻不问。随着遥远的总部不为人知的动荡和这家曾经颇具规模的航空公司的日渐衰落,那架桑德斯单翼飞机已经被人们忘记——它就如同大自然中随处可见的那些被人遗忘的资产……如同被遗弃在废品堆中的发动机模型,就那么赤裸裸地扔在那儿,对继承和接管的人来说,没有任何意义。

从来没人告诉过这个年轻的管理员这两架飞机是否还应该保留,令他作出选择的是两个不速之客那种不由分说的架势,是作为堂堂的一家铁路公司副总裁的达格妮·塔格特的名头,是他们大致透露的,在他听来犹如华盛顿般重要的机密而紧急的任务,是对方提及的与航空公司在纽约那些他连名字都没听说过的高管之间的协议,是塔格特小姐亲自签字,担保返还桑德斯飞机的一万五千美元押金支票,还有另外一张酬谢他的两百块钱支票。

他给飞机加足了油,尽可能仔细地做了检查,找出了一张全国机场的地图——她看到犹他州阿夫顿市区边上一个可供降落的机场还有标志。她一直紧张忙碌得顾不上去想别的,但到了最后关头,当管理员打开照明灯,她即将登机的时候,她停下来望了一眼空荡荡的天空,然后看了看欧文·凯洛格。他一个人站在炫目雪亮的灯光里,双脚稳稳地叉开,站在被一圈耀眼的灯光所环绕的水泥台上,在那圈亮光的后面,便只有无尽的黑夜——她一时难以说清,他们当中究竟是谁更可能去面对更加荒凉的渺茫。

"假如我出了什么事,"她说,"你能不能告诉我办公室的艾迪·威勒斯,让他按我答应的那样给杰夫·艾伦一份工作?"

"我会的……假如你出什么事的话……要做的就只是这个?"

她想了想,对意识到的这一点也感到有些吃惊,凄然一笑,"是啊,我想就这些吧……还有,把发生的事情告诉汉克·里尔登,告诉他是我托你转告他的。"

"好的。"

她抬起头,坚定地说道:"但是,我想是不会出事的。等你到了劳力尔,给科罗拉多州的温斯顿打个电话,告诉他们我明天中午赶到那里。"

"好的,塔格特小姐。"

她正欲伸手表示告别,却发现这显得很是苍白无力,随即,她想起了他曾提到过的落寞时分。她拿出那包烟,默默地将原本就属于他的一支烟递给了他。他脸上的笑容凝聚着理解的千言万语,火柴划出的小小火光,在点燃两支烟的同时,便是他们两双手久久的紧握。

然后,她便登上了飞机——时间和她的动作并未因此中断,而是继续进行着,仿佛是一段音乐般一气呵成:她的手接触到启动装置,发动机顿时发出山崩一般的轰鸣,令她暂时忘记了过去的一切。螺旋桨的叶片徐徐转动,很快就消失成了一片脆弱的漩涡气墙,驶入跑道,然后是短暂的停顿,向前加速,开始做长长的、危险的起飞滑行。这笔直的滑行目标坚定,势不可当,把它积聚的能量转化为一点点艰难地抬升的力量——直到在不知不觉间发现大地开始跌落,笔直的线条在不间断的延伸之中自然而然地便腾空而起了。

她看见铁道旁的电话线从她的脚尖下掠过,大地向下方沉落。她似乎感觉到大地的重量正从她的脚踝上渐渐卸去,仿佛地球将会缩小,变成她曾经背负着,然后甩掉了的罪犯的镣铐。她的身体摇摆着,陶醉在这个发现所带来的震惊之中,机身随着她的身体在晃动,下面的大地则随着机身的晃动摆个不停——这发现便是她的生命掌握在她自己的手中,再也没有去争论、解释、手把手地教以及乞求和搏斗的必要——需要的只是去看,去思考，然后去行动。接着，大地成了广阔的一片，随着她的盘绕上升，变得愈加辽阔起来。当她最后一次向下望去时，机场的灯光已经踪影全无，能够看见的只有那座灯塔，看上去像是凯洛格手中的烟头，透过黑暗，向她闪烁着最后的敬意。

接着，她眼前能看到的便是仪表控制板上的灯光和机舱玻璃外的点点繁星。此时，除了发动机的转动和飞机制造者们的头脑之外，她已别无依靠。但在任何地方，除了这些，又能有什么别的可以依靠吗？她心想。

她向西北方直飞过去，准备对角斜穿过科罗拉多州。她知道她选择的是飞越大面积险峻山岭的最危险的航线——但这是一条捷径，只要有一定的高度就会安全，况且和布莱德肖的那个调度相比，再险恶的高山也不算什么了。

星群宛如一堆堆泡沫，天空似乎不停地涌动着，气泡此起彼伏地变幻着模样，漂浮的旋涡突如其来。大地上时而会闪现出一点亮光，看上去比头顶那片单调的蓝幕更加明亮。可它却如同被夹在深蓝色的洞穴和黑沉沉的土地之间，正竭力站稳着脚跟，向她打个招呼后，便一闪而过。

一条大河的灰色线条慢慢开始浮现，在她的视野里驻留了许久，不露声色地迎接着她，犹如一根泛射着夜光的血管，从大地的皮肤下凸显出来，病弱无比，没有血液在其中流淌。

她望见了一座城镇的灯火，依靠电流发出的明亮炽烈的光芒，如同是撒在原野上的一把金币，此时，它们似乎和那些星星一样遥不可及。点亮它们的能量已经消失，在荒芜的原野上造出电站的那股力量已经消失，她想不出任何办法去再次得到它。然而，这些就是她的星星——她眼望着下方，心里在想——这些便是她努力的目标，她的灯塔，激励她不断向上的动力。别人一见到星星，便声称有一种感受，她却在看见照亮了城镇街道的电灯时才有如此的感觉——那些星星之间相隔了数百万年，所以彼此互不相干，只是华而不实的装饰罢了。她想攀上的顶峰其实正是天空下的地球，她搞不懂自己怎么居然会失去了它，搞不懂是谁让它成了一副囚徒的镣铐，被胡乱地扯来扯去，又是谁将它那注定能够实现的辉煌变成了幻想。但飞机已经越过了城镇，她必须注意前方正在耸立起来的科罗拉多的重重山峦。

仪表板上那小小的指针显示出她正在爬升。发动机的嘶吼仿佛重载之下的心脏搏动，从包裹着她的金属机壳穿进来，震得她掌心里的方向盘不停地颤抖，使她感受到背负着她跨越山巅的是一股多么大的力量。此时，大地变成了一座褶皱纵横、不停摇摆的雕塑，不时会有高耸的山峰钻出来向飞机逼近。它们仿佛一道道黑色的裂口，划破了她前方白茫茫的星云，并越撕越宽。她全神贯注，仿佛将人机合为一体，抗拒着下方那股要将她吸进去的无形力量，抗拒着突如其来地撞歪飞机，像是要把她和半壁山峰都从空中摔下去的气流。这如同在与一片冰冻之海做着殊死的搏斗，只要沾上它一点，就会丧命。

当山峰渐渐低落，雾气充斥在山谷间的时候，一切便安静了下来。大雾随即弥漫开来，笼罩了大地。她被困在空中，一动也不能动，只有飞机的发动机仍在耳畔轰鸣。

然而，她根本无须去察看大地，此刻，仪表成了她的眼睛——这个缩小的视野凝聚着能够为她引路的优秀导航员的智慧。她心想，他们将自己的视野提供给了她，只要她懂得如何去看就够了。他们为人们带来了光明，但自己得到了什么呢？从提纯的牛奶到优雅的音乐，乃至可供读取的精密仪器——他们为这个世界带来了一切，然而他们得到了什么样的回报？他们现在又在哪里？怀特·桑德斯现在在哪里？她那发动机的发明者，现在又在哪里？

雾气向上飘散——从豁然开朗的云雾之中，她发现下面成片的山石上有一点火光。这不是电灯，而是在漆黑大地上燃烧着的一簇孤独的火焰。她知道了自己此时的方位，知道这火焰便是威特的火炬。

她正在接近自己的目的地。在她身后的东北方向，耸立着那座被塔格特隧道贯穿的山峰。群山逶迤下行，渐渐沉没在犹他州的坚实土壤里。她降低了飞机的高度。

星星在慢慢地隐去，天空变得更加黑暗，但东边的云层正露出窄窄的缝隙——由起初的丝丝缕缕变成了隐隐泛光的亮块，然后变成虽然尚不粉红,但已不再是蓝色的一大片,那是未来的阳光的色彩,是即将到来的日出的第一丝征兆。它们不停地隐现变化,渐渐透亮起来,令天空被衬托得更加黑暗,然后如同一句诺言正在奋力地将自己化为现实,在空中越伸越宽。她听到一阵音乐在她的心中响起,她极少愿意想起这乐声:那不是哈利的《第五协奏曲》,而是他《第四协奏曲》中在折磨中挣扎的呐喊之声,彰示着主题的乐句犹如即将接近的远景,正喷薄欲出。

她远远地望见了阿夫顿机场。开始它像是一个闪亮的小方块,接着便是一片亮如白昼的强光。机场的灯是为一架准备起航的飞机打开的,她只好等一等才能降落。在机场上方盘旋时,她看见一架银光闪闪的飞机宛如一只凤凰,从白色的火焰中腾空而起,向东飞去,笔直的轨迹几乎在它身后留下了一串光影。

等它飞走之后,她便低低地掠过,朝着灯火璀璨的漏斗状的跑道扎了下去——她看见了扑面而来的一片水泥地,感觉到轮胎颠簸着停在了上面,随后,她绷紧的神经松弛了下来,飞机在牵引下顺利地离开了跑道,被安全带到了一辆汽车旁边。

这是个小型的私人机场,起落寥寥,服务的对象是依然留在阿夫顿的几家大企业。她看见一个管理员只身向她匆忙地赶了过来。飞机甫一停稳,她便跳了下来。此刻,她已经忘了刚才数小时的飞行,心里急得连几分钟也嫌太长。

"能找辆车把我送到理工学院吗?"她问。

管理员不解地看了看她:"可以呀,我想没问题,夫人,可是……去那儿干什么?那里已经没人了。"

"昆廷·丹尼尔斯先生还在。"

管理员缓缓地摇了摇头,然后一跷大拇指,指了指向东飞去的那架飞机的尾灯。"丹尼尔斯先生现在正在那上面。"

"什么?"

"他刚刚走。"

"走了?为什么?"

"他和一个两三个钟头前飞来接他的人一起走了。"

"是什么人?"

"不知道,从来没见过,不过真够开眼的,他那架飞机可太漂亮了!"

她又回到了方向盘前,冲向跑道,升上了天空。她的飞机像出膛的子弹,向着正在东方的天空上闪烁远去的两盏红绿机灯射了出去——与此同时,她一遍一遍地喊着:"噢,不,他们不能走!他们不能走!他们不能走!他们不能走!"

要就此了结——她一边想,一边紧紧地抓着方向盘,仿佛它是不能放跑的敌人一样。她的想法如同一个又一个炸弹,被心中的一串怒火点燃——就此了结……和这个毁灭者去面对面……看看他究竟是谁,要躲到哪里去……这个发动机不能给他……不能让他把发动机带到他那无人知晓的紧闭的黑暗中去……这次绝不能让他跑掉……

一道光芒自东方升起,仿佛是憋了许久的一口气,终于从地球下面呼了出来。在光芒上方的深蓝色天幕之中,陌生人的飞机变成了一个小亮点,色彩不断地从一边到另一边闪烁和变换着,宛如暗夜里的钟摆,一下一下地数着时间。

由于距离过远,那个小亮点正慢慢地向地平线下落。她开足马力,不让那亮点逃出她的视野,不让它触到地平线,然后消失。阳光像是被陌生人的飞机从地球下拉了出来,洒进了天空。那架飞机是在朝着东南方飞,她跟在后面,迎着太阳飞去。

天空从透明的冰绿融化成淡淡的金色,在一层薄薄的粉色玻璃膜下,这金色映亮了一池碧水。她忘记了自己曾经在哪一个清晨头一次看见过这样的颜色。云变成了灰蓝色的碎片,渐渐向下坠落。她一直紧盯着陌生人的飞机不放,仿佛她的目光是一根拖索,可以将她的飞机向前拉得更近一些。陌生人的飞机此时已经变成了一个小小的黑十字,仿佛是印在闪亮空中的一个不断缩小的记号。

接着,她发现那些云并没有坠落,而是在前方的地平线上堆积了起来——她意识到飞机正朝着科罗拉多的崇山峻岭飞去,她即将再一次与那无形的风暴搏斗。她对自己所看到的这些毫无感觉;她没有去考虑飞机或者自己的身体是否还能再次承受住考验。只要还能动,她就要跟住这个带着她对世界的最后一线希望一起逃走的小黑点。仇恨和愤怒的火焰烧光了她心中的一切,她此刻只有一种迫不及待地想要去厮杀的冲动;这一切融合成了一道冰痕,融合成了她要跟着这个陌生的家伙的决心,无论他是谁,无论他会将她带到什么地方,都要跟着他,并且……她的心中没再去想别的什么,但她那空荡荡的心底还埋藏着一句话:假如能把他除掉,她情愿去死。

她像一台设定好的自动控制仪器那样操纵着飞机——群山透过蓝蒙蒙的雾气展现在她眼前,凹凸不平的峰峦宛如罩上了一层死亡的蓝色面纱,突兀耸立在她的前方。她注意到自己与陌生人飞机的距离已经缩短:他在接近险峻的山峰时放慢了速度,而她则将危险抛到脑后,毫不减速,只是努力保持着飞行的高度。她微微抿了一下嘴唇,等于是在笑:其实是他正替她驾驶着飞机,她心里想;他使她能够在大脑一片空白之中,操作准确而娴熟地跟住了他。

她飞机上的高度表指针仿佛受了他的控制,一点一点缓缓地抬起。她正在不断地爬升。她觉得自己的呼吸和飞机的螺旋桨随时都会停止,而他则朝着位于东南方向那座遮住了太阳的最高峰飞去。

他的飞机终于迎上了第一缕阳光,一瞬间,机翼闪烁着明晃晃的光芒,如同迸发出一团白炽的火焰。接踵而至的是一座座峰顶:她看见射进石缝的阳光照着里面的积雪,然后顺着花岗岩石壁洒落下来；它在凸出的峭壁下面布上了浓重的阴影，令山峰充满了活力。

他们飞越的是科罗拉多最原始的一片地方，这里荒无人烟，人们无论徒步还是乘飞机都无法进入和居住。方圆百里之内没有地方适合降落；她瞧了一眼油表：只够飞半个小时了。陌生人直奔另一道更高的山脉飞去。她奇怪这个人为什么总是选择无人去走的路线。她但愿自己能够越过这道山脉——这是她所能做的最后努力了。

陌生人的飞机突然减缓了速度，就在她以为他要爬升的时候，他的高度下降了。耸立的花岗岩层向他迎面扑来，撞向他的机翼，但他的确是在做着长而流畅的滑降动作。她没有发现它有任何的停顿、摇晃和机械故障的征兆：那看上去完全是在有意控制下的平稳动作。它的机翼忽然在阳光下一闪，飞机便划出了一道长长的弧线，阳光如水珠般从机身上滑落——随后便流畅地兜着大圈在空中盘旋起来，似乎准备在这个看不出可以落脚的地方降落。

对于面前发生的一切，她看在眼里，却感到无法解释和相信，同时，她等着看他拉起飞机，回到天上。但那飞机从从容容地继续盘旋下降，朝着她看不见也不敢去想的那块土地落了下去。在她和他的飞机之间，矗立着一排犬牙交错的花岗岩壁——她说不清他扎下去会碰到什么，只知道这看上去虽然不像,但绝对是在自取灭亡。

她看到他机翼上阳光一闪,然后便发现那架飞机如同一具胸口朝下、四肢张开的尸体,静静地在令它坠落的力量拉扯下,消失在了峭壁后面。

她继续留在空中,几乎是在等待着它重新出现,简直无法相信她目睹的这场灾难居然发生得如此轻易而无声无息。她继续飞到了那架飞机掉落的地方,那里看来像是被花岗岩石壁围绕起来的一座山谷。

她来到山谷上空,向下望去。那里看不见任何可以降落的地方,找不到飞机的踪影。

山谷的底部像是一大片地球冷却时期交错生成、难以修补的嶙峋的硬壳。巨大的山岩紧紧挤在一起,大块的圆石看上去随时会滚落,石壁上有又长又暗的裂缝,几株虬龙般的苍松从里面探出躯干,几乎是和地面平行地横亘在半空之中。地上连一块巴掌大的平地都找不到,这里没有飞机的藏身之处,没有飞机的残骸。

她在空中急转,稍稍降低了高度,在山谷上方打起转来。在她无法解释的光线作用下,谷底比其他地方看得更清楚。她完全可以看出那里并没有飞机——但这是不可能的。

她盘旋得更低了一些,打量着周围——在一瞬间,她悚然想到,在这样一个寂静的夏日清晨,她独自一人迷失在了落基山脉某一个飞机从不会靠近的角落,随着最后一点燃油在耗尽,她还寻找着一架根本就不存在的飞机,寻找一个像从前那样转眼就可以消失的毁灭者——或许将她引到这里自我毁灭的只是对他的幻觉而已。她接着摇了摇自己的头,闭紧嘴巴,把高度降得更低。

她觉得假如昆廷·丹尼尔斯还活着,并且在她能够救援的范围之内,她就不能将这样一笔无法估量的财富遗弃在下面这样的荒山里。她已经下降到了山谷的峭壁之内。在如此狭小的空间飞行极其危险,但她仍然盘绕和降低着高度。此时她的性命全靠她的视线,而她的视线在两个任务之间不停地变换着:搜寻着谷底,同时注意两旁像是要撕碎她的翅膀一样的峭壁。

她把这危险仅仅当成了任务的一部分,已不再有任何个人的意义在里面。这样的残酷几乎让她感到很受用,这是输掉的战役中的最后一场战斗了。不!她在心中喊道,向着毁灭者,向着她离开的世界,向着她往昔的岁月,向着渐渐到来的失败发出了呐喊——不!……不!……不!

她的眼睛扫过仪表板,然后她便呆坐着,哑然一叹。她记得上次察看的时候,高度表还是在一万一千英尺的地方,现在显示的是一万英尺,但谷底的面貌并未改变,飞机并没有靠近它。它依然如她第一次俯瞰时那般遥远。

她知道,八千英尺这个数字表明的是科罗拉多这一带的地表高度。她没有留意到她降了多深,没有留意到从高处看去曾如此清晰和接近的地面，此时显得那么模糊和深远。她是在从同一个角度看着同一群岩石，它们并没有变大，它们的影子没有偏移，而那怪异的不自然的光线，依然高悬在谷底的上方。

她以为自己的高度表坏了，便继续向下盘旋着。她看见自己的仪表指针在向下滑，看见石壁在向上升，看见这一带的山峦变得更加巍峨，群峰在空中靠得更近——但谷底的模样依旧没有变化，仿佛她所下落的是一口无底的深井。指针移向了九千五百英尺——九千三百英尺——九千英尺——八千七百英尺。

她看见一片不知从哪里来的闪光，仿佛机舱内外的空气骤然无声地爆发出一团冰冷的火球。她惊得靠在了座椅背上，双手松开方向盘，捂住了双眼。刹那之间，当她再次抓住方向盘的时候，亮光不见了，但她的座机正在打转，她的耳朵嗡嗡的听不见任何声音，她的螺旋桨一动不动地停在她面前：她的发动机熄火了。

她拼命想把飞机拉起来，但飞机正在下落——迎面而来的不是一堆奇形怪状的大石头，而是一片此前并不存在的绿油油的草地。不容再看周围，不容再思索任何解释，她已经来不及从旋转中摆脱出来。几百英尺外的大地如同一座绿色的屋顶，向她迎头盖了下来。

她像是个不听使唤的陀螺一般荡来荡去，半坐半跪地抓着方向盘，拼命想把飞机拉成滑行的状态，试图让它肚皮着地降落。绿色的大地在她的四周旋转,掠过她的上方,接着又出现在了她的下方,螺旋般地越来越近。她的双臂紧拉着方向盘,来不及考虑有无成功的可能——在这转瞬之间,她真切而强烈地体会到了她所具有的那种特别的生存的感受。在这瞬间,她把她奉献给了她的爱情,奉献给了她对灾难叛逆般的否定,奉献给了她对生命、对她自己无上的价值的挚爱——她无比坚定而自豪地确信:她能够活下来。

她听见她在脑子里面对向她飞速迎来的大地,以她对命运的嘲讽和蔑视,呐喊出了那句令她愤恨的,在失败、绝望和求救时所说的话:

"该死的!谁是约翰·高尔特?"

接 第三部
PART THREE
A is a 同一律